HEYNE BÜCHER

Fantasy

Herausgegeben von Friedel Wahren

Von **Michael Swanwick** erschienen in der Reihe
HEYNE SCIENCE FICTION & FANTASY:

Vakuumblumen · 0604636
Die Todesschneise · 0605002
Eines Greifen Ei · 0605094
Die Tochter des stählernen Drachen · 0605377

MICHAEL SWANWICK

Die Tochter des stählernen Drachen

Roman

Deutsche Erstausgabe

WILHELM HEYNE VERLAG
MÜNCHEN

HEYNE SCIENCE FICTION & FANTASY
Band 06/5377

Titel der Originalausgabe:
THE IRON DRAGON'S DAUGHTER
Übersetzung aus dem Amerikanischen
von Alfons Winkelmann
Das Umschlagbild malte Mark Harrison

Umwelthinweis:
Dieses Buch wurde auf
chlor- und säurefreiem Papier gedruckt.

Redaktion: F. Stanya

Erstausgabe bei AVON BOOKS,
a division of The Hearst Corporation, New York

Printed in Germany 1996
Umschlaggestaltung: Atelier Ingrid Schütz, München
Technische Betreuung: M. Spinola
Satz: Schaber Satz- und Datentechnik, Wels
Druck und Bindung: Ebner Ulm

ISBN 3-453-09479-4

Für Tess Kissinger und Bob Walters,

die nicht für möglich gehalten hätten,
daß ich ihnen einen Teil
ihrer Geschichte klauen würde

1

Sie war ein Wechselbalg, und ihr Entschluß, einen Drachen zu stehlen und dann zu fliehen, wurde in jener Nacht geboren, als die Kinder sich trafen und den verschwörerischen Plan faßten, ihren Aufseher zu töten. Allerdings wußte sie das damals noch nicht.

So lange sie zurückdenken konnte, hatte sie in der Stahldrachenfabrik gelebt. Jeden Morgen wurde sie zusammen mit den anderen Kinderarbeitern von ihrem Schlafsaal im Gebäude 5 zum Frühstück in die Kantine geführt. Sie hatte kaum genügend Zeit, es vor der Arbeit hinunterzuschlingen. Gewöhnlich schickte man sie dann zum Polieren in die Zylindermaschinenabteilung, zu anderen Zeiten jedoch teilte man sie Gebäude 12 zu, wo die schwarzen eisernen Körper inspiziert und geschmiert wurden, ehe sie zum endgültigen Zusammenbau in die Montage abgingen. Die Tunnels im Unterleib waren zu klein für einen Erwachsenen. Sie hatte die Pflicht hineinzukriechen, sie auszufegen und dann diese düsteren Gänge zu schmieren. Sie arbeitete bis Sonnenuntergang und manchmal noch länger, wenn ein besonders wichtiger Drache unter Vertrag stand.

Ihr Name war Jane.

Am schlimmsten war es jedoch, wenn man sie den Gießereien zuwies. Diese waren höllisch im Sommer, auch schon bevor die Gußformen geleert wurden und Hitzewellen wie eine Faust von den Schöpfkellen herüberschlugen, und erbärmlich im Winter, wenn Schnee durch die zerbrochenen Fenster hereinwehte und grauer Matsch die Arbeitsebene bedeckte. Die dort arbeitenden Knocker und Hedgemen waren dunkle, behaarte Geschöpfe, die niemals sprachen; schwärzliche und muskulöse Wesen mit bösen roten Augen, deren Intelligenz bis auf die nicht weiter reduzierbare Schlacke verkohlt war, denn sie war jahrzehntelang magischen Feuern und kaltem Eisen ausgesetzt gewesen. Jane fürchtete sie sogar noch mehr als die geschmolzenen Metalle, die sie ausgossen, und die seelenlosen Maschinen, die sie bedienten.

Eines Abends war sie im Zwielicht von der Gießerei zurückgekehrt, und ihr war zu schlecht zum Essen gewesen. Sie hatte sich fest in ihre dünne Decke gewickelt und war sofort eingeschlafen. Ihre Träume waren ein einziges Wirrwarr: sie polierte und polierte, während ringsumher Mauern einstürzten und Fußböden wie Kolben einer gigantischen Maschine hochschossen. Sie flüchtete unter ihr Bett im Schlafsaal und kroch an den geheimen Ort hinter den Wandbrettern, wo sie sich, als sie jünger gewesen war, vor Roosters kleinen Quälereien versteckt hatte. Doch kaum dachte sie an Rooster, da war er auch schon da, lachte gemein und schwenkte eine dreibeinige Kröte vor ihrem Gesicht. Er jagte sie durch die Untergrundhöhlen, zwischen den Sternen entlang, durch Kesselräume und Maschinenfabriken.

Die Bilder stabilisierten sich. Sie sprang und hüpfte durch eine Welt mit grünem Rasen und riesig viel Platz. Ein merkwürdig vertrauter Ort, der, und das wußte sie, ihre Heimat sein mußte. Diesen Traum träumte sie oft. Darin gab es Menschen, die sich um sie sorgten und ihr alles zu essen gaben, was sie sich nur wünschte. Ihre Kleider waren sauber und neu, und niemand erwartete von ihr, zwölf Stunden täglich an der Werkbank zu sitzen. Sie besaß Spielzeug.

Dann jedoch verdunkelte sich der Traum, wie immer. Sie spielte Seilhüpfen in der Mitte einer weiten Grasfläche, als irgendein innerer Sinn sie auf eine eindringende Gegenwart aufmerksam machte. Langweilige weiße Häuser umgaben sie, und dennoch wuchs die Überzeugung in ihr, daß irgendeine böswillige Intelligenz sie beobachtete. Böse Kräfte verbargen sich unter dem Rasen, drängten sich hinter jedem Baum, duckten sich unter den Steinen. Sie ließ das Seil fallen, sah sich verwundert um und rief einen Namen, an den sie sich nicht erinnern konnte.

Der Himmel zerriß.

»Wach auf, du Schlampe!« zischte Rooster drängend. »Wir haben heute nacht unser Geheimtreffen. Wir müssen entscheiden, was wir wegen Stilt unternehmen wollen.«

Ruckartig wurde Jane wach. Ihr raste das Herz. In der Verwirrung unmittelbar nach dem Erwachen war sie froh, ihrem Traum entronnen zu sein, und zugleich tat es ihr leid, ihn verloren zu haben. Roosters Augen waren zwei kalte, in der Nacht treibende Monde. Er kniete auf ihrem Bett, und seine knochigen Knie bohrten sich in ihren Leib. Sein Atem roch nach einer Mischung aus Ulmenborke und verrottetem Laub. »Würde es dir was ausmachen wegzurücken? Du stichst mir in die Rippen.«

Rooster grinste und kniff sie in den Arm.

Sie schob ihn beiseite. Dennoch war sie froh, ihn zu sehen. Sie hatten so etwas wie eine knisternde Freundschaft entwickelt, und Jane hatte nach und nach verstanden, daß Rooster unter dem großspurigen Gehabe und der Gedankenlosigkeit eigentlich ziemlich nett war. »Was müssen wir wegen Stilt entscheiden?«

»Darüber müssen wir doch sprechen, du Dummkopf!«

»Ich bin müde«, knurrte Jane. »Ich habe einen langen Tag hinter mir, und ich bin nicht in der Stimmung für deine Mätzchen. Wenn du's mir nicht sagen willst, leg ich mich wieder schlafen.«

Er wurde weiß im Gesicht und ballte die Fäuste. »Was ist das – Meuterei? Ich bin hier der Anführer. Du wirst tun, was ich sage, wenn ich es sage, weil ich es sage. Kapiert?«

Einen Augenblick lang maßen sich Jane und Rooster abschätzend. Er war ein Elfen-Bastard, eines jener Wesen, die vor einem Jahrhundert wild in den Wäldern gelebt hatten, gelegentlich herausgekommen waren, um den Stuhl einer Melkerin umzukippen oder die Nähte an Säcken mit gemahlenem Mehl zu lockern, so daß sie aufreißen würden, wenn man sie über die Schulter warf. Solche wie er mochten nicht mit allzu großen geistigen Gaben gesegnet sein, waren jedoch für jede Bösartigkeit zu haben und zäh wie Ratten. Er arbeitete als Junge für den Eisenschrott, und niemand bezweifelte, daß er seinen Kontrakt überleben würde.

Schließlich senkte Jane den Kopf. Sich mit ihm anzulegen war die Sache nicht wert.

Als sie aufschaute, war er verschwunden, um die anderen zu wecken. Jane folgte ihm und legte die Decke wie einen Mantel um sich. Ringsumher hörte sie das Scharren von Füßen und Klauen und rasches Atemholen, während sich die Kinder in der Mitte des Raums versammelten.

Dimity holte einen gestohlenen Kerzenstummel hervor und verkeilte ihn an der breitesten Stelle eines Spalts zwischen zwei verbogenen Dielenbrettern. Alle knieten im Kreis darum. Rooster brummte unterdrückt ein Wort, und ein Funke sprang von seiner Fingerspitze zum Docht hinüber.

Eine Flamme tanzte über der Kerze, und alle Blicke kehrten sich nach innen. Die Kerze warf phantastische springende Dinge an die Wände, wie eine zweidimensionale *Walpurgisnacht.* Dreiundzwanzig kleinere Flammen tanzten in ihren Pupillen. Das waren sie also, ein Dutzend. Sie nahmen an, daß der Schattenjunge irgendwo in der Nähe lauerte, sich dem größten Teil des Lichts entzog und den Rest so stark absorbierte, daß kein einziges Photon entkam und seinen Aufenthaltsort verriet.

Mit feierlicher, großspuriger Stimme sagte Rooster: »Blugg muß sterben.« Er zog eine Voodoo-Puppe aus seiner Weste. Ein mißgestaltetes kleines, plump zusammengenähtes Ding. Es hatte zwei große Knöpfe als Augen und ein gerades Stück Holzkohle als Mund. Aber ihm haftete der Gestank nach Macht daran, und bei seinem Anblick schlossen mehrere der kleinen Kinder die Augen in mitfühlendem Haß. »Skizzlecraw hat das Blut einer Hexe. Sie hat das hier gemacht.« Skizzlecraw neben ihm nickte unglücklich. Die Voodoo-Puppe war ihr strenggehüteter Schatz, und nur die Lady wußte, wie Rooster sie ihr abgeschwatzt hatte. Er kokelte damit über der Kerze. »Wir haben die Gebete gesprochen und das Blut vergossen. Jetzt müssen wir lediglich etwas, das Blugg berührt hat, in ihren Magen einnähen und sie in einen Hochofen werfen.«

»Das ist Mord!« sagte Jane entsetzt.

Thistle kicherte.

»Das meine ich ernst! Nicht nur, daß es falsch ist, es ist auch eine blöde Idee.« Thistle war ein Gestaltwandler, wie Stilt, und wie alle Gestaltwandler etwas beschränkt. Jane hatte vor langer Zeit gelernt, daß man Thistle nur zum Schweigen bringen konnte, wenn man sie direkt herausforderte. »Was brächte das schon? Selbst wenn es gelänge – was ich bezweifle –, gäbe es hinterher eine Untersuchung. Und falls sie uns durch irgendein Wunder nicht entdeckten, würden sie Blugg einfach durch irgend jemanden ersetzen, der genauso schlimm ist. Welchen Zweck hat es also, ihn umzubringen?«

Das hätte ihnen den Mund stopfen sollen. Zu Janes Überraschung jedoch erhob sich ein Chor ärgerlicher Stimmen wie das Lied einer Grille.

»Er behandelt uns zu streng!«

»Er *schlägt* mich!«

»Ich hasse diesen verfaulten alten Stinker!«

»Tötet ihn!« sagte der Schattenjunge mit zitternder Stimme unmittelbar hinter ihrer linken Schulter. »Tötet das große dumme Arschloch!« Sie fuhr herum, und er war nicht da.

»Seid still!« Rooster warf Jane einen finsteren Blick zu und sagte: »Wir müssen Blugg umbringen. Es gibt keine andere Möglichkeit. Tritt vor, Stilt!«

Stilt rutschte ein wenig näher. Er hatte so lange Beine, daß die Knie im Sitzen über den Kopf ragten. Er zog einen Fuß aus seinem Stiefel und kratzte sich ungeniert hinter einem Ohr.

»Beug den Hals!«

Der dürre junge Gestaltwandler gehorchte. Rooster drückte den Kopf mit einer Hand weiter nach unten und schob mit der anderen Hand das glatte, strähnige Haar beiseite. »Seht her – Stoppelfedern!« Er riß Stilts Kopf wieder hoch und rüttelte an der scharf ausgeprägten, fußlangen Nase, um zu zeigen, wie verkalkt sie geworden war. »Und seine Zehen werden allmählich zu Krallen – seht selbst!«

Die Kinder schoben und drängelten, weil sie unbedingt etwas sehen wollten. Stilt blinzelte, ertrug ihre Stiche und Stöße jedoch mit dumpfer Gleichgültigkeit. Schließlich schniefte Dimity und fragte: »Also was ist los?«

»Er pubertiert, das ist. Sieh dir seine Nase an! Die Augen! Noch vor dem nächsten Neumond wird die Veränderung eintreten. Und dann, und dann ...« Rooster legte eine dramatische Pause ein.

»Dann?« drängte der Schattenjunge mit einer Stimme wie Papier, wie eine nächtliche Brise. Er war jetzt irgendwo hinter Thistle.

»Dann wird er fliegen können!« sagte Rooster triumphierend. »Er wird imstande sein, über die Mauern in die Freiheit zu fliegen, und niemals zurückkehren.«

Freiheit! dachte Jane. Sie schaukelte zurück auf die Fersen und stellte sich vor, wie Stilt unbeholfen mit den Flügeln schlug und in einen bronzegrünen Herbsthimmel davonflog. In Gedanken kreiste sie mit ihm empor, über die Mauern und den rasiermesserscharfen Draht hinweg in die Luft, und die Gebäude und Rangierbahnhöfe unten schrumpften zusammen, während sie höher stiegen als die wogenden Abgase aus den Schornsteinen, hinein in den tiefer werdenden Himmel, höher sogar als Dame Mond selbst. Um niemals, oh, niemals wiederzukehren!

Es war natürlich unmöglich. Nur die Drachen und ihre halbmenschlichen Ingenieure verließen jemals die Fabrik auf dem Luftweg. Alle anderen, Arbeiter wie Geschäftsleitung, wurden von den Mauern und an den Toren von Sicherheitswächtern und der groben gußeisernen ZeitUhr zurückgehalten. Und dennoch spürte sie in jenem Augenblick, daß sich etwas in ihr festsetzte, so etwas wie ein unmöglicher Hunger. Sie wußte jetzt, daß die Vorstellung der Freiheit, wenn auch sonst nichts weiter, möglich war, und nachdem diese Vorstellung sich in ihr eingenistet hatte, konnte sie den Wunsch nach Freiheit unmöglich verleugnen.

Unten, am Grunde ihres Bewußtseins, rührte sich etwas und sah sich mit dunklem Interesse um. Sie durchlebte einen kurzen benebelnden Brechreiz, einen Rückzug in irgendeine lichtlose klaustrophische Sphäre. Dann war sie wiederum tief im Magen der Dampfdrachenfabrik, in dem kleinen Schlafsaal im zweiten Geschoß von Gebäude 5, das eingekeilt war zwischen einem Vorratslager für Muster und dem Sandschuppen. Zwischen ihr und dem Himmel lagen verstaubte hölzerne Balken und Dachpappe.

»Also wird er davonfliegen«, sagte Dimity ungehalten. Sie schlug aufgebracht mit dem Schwanz hin und her. »Also was? Sollen wir Blugg als Abschiedsgeschenk umbringen?«

Rooster rügte ihren Ungehorsam mit einem Schlag auf die Schulter. »Blöde Ziege! Pickelkopf! Waschlappen! Du glaubst, Blugg hätte es nicht bemerkt? Du glaubst, er hat nicht die Absicht, der Göttin ein Opfer zu bringen, damit sie diese Möglichkeit vereitelt?«

Kein anderer sagte etwas, also fragte Jane widerstrebend: »Ein Opfer?«

Er faßte sich mit einer Hand zwischen die Beine, formte mit der anderen Hand eine Sichel und schnitt daraufhin mit der Sichel etwas ab. Seine Hand fiel weg. Er hob eine Augenbraue. »Kapiert?«

Sie hatte es nicht so recht verstanden, aber Jane hütete sich, das zuzugeben. Errötend sagte sie: »Oh.«

»Also gut. Ich habe Blugg genau beobachtet. An Abstichtagen geht er mittags in sein Büro, wo er uns durch ein Fenster in seiner Tür beobachten kann, und schneidet sich die großen häßlichen Nägel. Er benutzt dieses abscheulich riesige Messer und läßt die Abschnitte in einen Aschenbecher fallen. Anschließend schlägt er sie in eine Papierserviette und wirft sie in die Hochofenfeuer, so daß sie nicht gegen ihn verwendet werden können.

Das nächste Mal jedoch werde ich für einen Aufruhr sorgen. Dann wird Jane in sein Büro schlüpfen und einen oder zwei Schnipsel stehlen. Nicht mehr«, sagte er und sah sie fest an, »sonst würde es ihm auffallen.«

»Ich?« quietschte Jane. »Warum ich?«

»Sei nicht blöd. Er hat seine Tür vor solchen wie uns geschützt. Aber du – du bist von anderem Blut. Seine Schützlinge und Hexen werden *dich* nicht aufhalten.«

»Nun, verbindlichen Dank«, sagte Jane. »Aber ich werd's nicht tun. Es ist falsch, und ich habe euch bereits den Grund dafür dargelegt.« Einige der kleineren Kinder näherten sich ihr bedrohlich. »Es ist mir egal, was ihr sagt oder tut, aber ich werd den Teufel tun. Sucht euch jemand anderen für eure schmutzige Arbeit!«

»Oh, komm schon. Denk dran, wie dankbar wir alle wären.« Rooster ließ sich auf ein Knie nieder, legte sich eine Hand aufs Herz und streckte verlangend die andere Hand aus. Er wackelte komisch mit den Augenbrauen. »Ich werde auf ewig dein Verehrer sein.«

»Nein!«

Stilt hatte Schwierigkeiten, ihren Worten zu folgen. Das war bei seiner Art ein frühes Anzeichen für nahe bevorstehende Reife. Mit gesträubten Brauen wandte er sich an Rooster und fragte stockend: »Ich... kann nicht fliegen?«

Stilt weinte los.

Seine Schluchzer waren anfangs fast unhörbar, wurden jedoch rasch lauter. Er warf den Kopf zurück und heulte vor Elend. Entsetzt traten sich die Kinder gegenseitig auf die Füße, um sein Weinen mit Händen und Körpern zu unterdrücken. Sein Tränenfluß rann schwächer und versiegte dann.

Einen langen atemlosen Moment warteten sie und horchten, ob Blugg aufgeweckt worden war. Sie lauschten auf seinen schweren Tritt, der die Stufen heraufkam, das ärgerliche Quietschen alten Holzes, versuchten die schale Aura von Gewalt und kaum unterdrücktem Ärger zu erspüren, die er vor sich herschob. Selbst Rooster sah erschrocken aus.

Aber nichts folgte, kein Geräusch außer dem Knurren der Cyborghunde auf Patrouille, dem Klirren und Rascheln der Drachen in den Höfen, die sich rastlos in ihren Ketten rührten, und dem fernen, unter der Hörschwelle liegenden Geläut von Mitternachtsglocken, die irgendeine Feier von Waldgeistern ankündigten.

Sie entspannten sich.

Welch eine bibbernde, kümmerliche Bande sie doch waren! Jane verspürte Mitleid für alle, das sie selbst nicht ausschloß. Dann überkam sie eine Art Stärke, die sich kaum von Verzweiflung unterschied, und erfüllte sie mit Entschlossenheit, als wäre sie nichts weiter als eine leere Gußform gewesen, deren Gliedmaßen und Rumpf jäh mit geschmolzenem Eisen ausgegossen worden waren. Sie brannte vor Zielstrebigkeit. In jenem Augenblick ging ihr auf, daß sie, wenn sie je frei sein wollte, hart und gnadenlos sein mußte. Ihre kindische Schwäche mußte sie hinter sich lassen. Innerlich schwor sie sich bei ihrer Seele, daß sie hierfür alles täte, was nötig wäre, alles, gleich wie erschreckend, wie schändlich, wie falsch es wäre.

»Also gut«, sagte sie. »Ich werd's tun.«

»Schön.« Ohne ein Nicken des Dankes machte sich Rooster daran, seinen Anschlag auszuarbeiten, und wies jedem Kind eine Rolle bei dem Schauspiel zu. Nachdem das erledigt war, brummelte er ein Wort und strich mit einer kurzen Handbewegung über die Kerze. Die Flamme erlosch.

Jeder hätte sie ganz leicht ausblasen können. Aber das wäre nicht so zufriedenstellend gewesen.

Die Gießerei war der zweitgrößte Arbeitsbereich in der ganzen Fabrik. Hier wurde das Eisen gegossen, um die unverwundbaren Körper und weniger magiegeschützten Teile der großen Drachen herzustellen. Betongruben bargen den grünen Sand, Sandgemische und Lehmgußformen. An der Decke schwebten Kräne auf Balken, und das Sonnenlicht des Oktobers fiel schräg durch den Staub in der Luft, der eifrig von den riesigen Flügeln der Ventilatoren aufgewühlt wurde.

Zu Mittag kam eine alte Seehexe mit dem Essenskarren vorüber, und Jane erhielt ihre Portion, ein in Folie verpacktes Sandwich und einen Becher lauwarmen Grapefruitsaft. Sie ließ ihre Gemslederhandschuhe an der Werkbank zurück und trug ihr Essen zu einer warmen, staubigen Nische neben einer hölzernen Abfalltonne, die angefüllt war mit Eisenschrott, ein Gewirr aus Klauen, Schuppen und Zahnrädern.

Jane stellte den Pappbecher neben sich, machte es sich bequem und glättete den groben braunen Rock über den Knien. Sie schloß die Augen und tat so, als befände sie sich in einem Wolkenpalast hochgestellter Elfen. Die Lords und Ladys saßen an einem langen Tisch ganz aus Marmor und Spitze, der beherrscht wurde von dünnen Wachskerzen in silbernen Haltern. Die Ladys hatten Namen wie Fata Elspeth und Fata Morgaine und redeten honigsüß und vielsilbig. Ihr Gelächter klang wie kleine Glöckchen, und sie nannten sie Fata Jayne. Ein Elfenprinz drängte ihr eine Schüssel mit köstlichem Fruchteis auf. In seinen Augen lag Verliebtheit. Zwergenhafte Sklaven überhäuften den Fußboden mit Schnittblumen anstelle von Binsen.

Sie aß einen Bissen Sandwich und kaute langsam, damit er länger vorhielt.

In dem Bogen des Fensters hockte ihr eigener Aquilohippus. Er hatte den juwelengeschmückten Sattel auf dem Rücken und war begierig loszufliegen. Sein Blick war feurig und der Schnabel so scharf wie Rasierklingen. Niemand außer ihr getraute sich, ihn zu reiten, aber ihr gegenüber war er sehr sanft und lieb. Sein Name war...

Jemand trat ihr auf den Fuß.

»Oh!« Jane stand mühsam auf, warf dabei ihren Saft um und sah, daß Rooster gerade an ihr vorübergegangen war, einen Sack Schrott über die Schulter geschwungen. Er gehörte zur zweiten Schicht fürs Mittagessen und arbeitete noch immer. »Aufgepaßt, Miststück! Es ist fast Zeit!« knurrte er aus dem Mundwinkel. Dann, um seinen Worten die Schärfe zu nehmen, lächelte er und zwinkerte ihr zu. Aber es war ein mattes und wenig überzeugendes Lächeln. Wenn sie es nicht besser gewußt hätte, hätte sie gedacht, er habe Angst.

Dann war er verschwunden.

Ihre friedliche Stimmung war erschüttert. Für kurze Zeit hatte sie Roosters wilden Plan vergessen. Jetzt war er wieder da. Zugleich verspürte sie die Gewißheit, daß er niemals funktionieren würde. Man würde sie erwischen und bestrafen, und daran könnte sie nichts ändern. Sie hatte ihr Wort gegeben.

An der Mauer der Gießerei, die am weitesten von den Kuppelöfen entfernt lag, lag eine Reihe schmaler Büros für die Aufseher. Jane schob das Sandwich in die Tasche ihrer Arbeitsschürze und spähte um die Ecke der Abfalltonne. Sie sah Bluggs Büro und darin Blugg, der, die Zigarette im Mund, an seinem Schreibtisch saß und gemächlich eine Illustrierte durchblätterte.

Blugg war fett und untersetzt, hatte schwere Kieferknochen und niedrige Brauen, dazu dünnes, lose herabhängendes Haar, das allmählich ausfiel und das er niemals kämmte, sowie ein geschwungenes Paar Widderhörner, auf das er außergewöhnlich stolz war. Für besondere Gelegenheiten ließ er sie lackieren und polieren, und einmal im Jahr, zu Samhain, würde er die Spitzen vergolden. Noch Wochen danach klebten Reste von Gold in den Windungen und Spalten.

»Psst!«

Jane drehte sich um. Der Schattenjunge stand in der Nische, die sie gerade verlassen hatte, eine zerlumpte, dämmrige, schwer erkennbare Gestalt, sogar am Mittag. »Rooster hat mich geschickt«, sagte er. »Ich soll mich um dich kümmern.« Sie konnte seinen Gesichtsausdruck nicht erkennen, aber seine Stimme zitterte.

Sie fühlte sich jetzt schrecklich und hatte Angst. »Ich kann's nicht«, sagte sie. Sie verlor die Nerven. »Ich kann's einfach nicht…«

Ein Gebrüll erschütterte die mittägliche Ruhe. Auf einmal rannten alle los, warfen Werkzeuge zu Boden, eilten zum Arbeitsbereich und kletterten auf die Gußformen, um nachzusehen, was los war. Alle eilten auf die Kuppelöfen zu. Dort geschah etwas. Jane sah mit großen Augen auf das Gewirr von Gestalten und war außerstande, sich den Lärm und Aufruhr zu erklären. Doch dann ergab plötzlich alles einen Sinn.

Rooster, der wie wahnsinnig lachte, pißte einem Hammerriesen auf den Fuß.

Der Hammerriese kreischte vor Wut. Es war der Sand Slinger persönlich, das größte Wesen der ganzen Fabrik, den sich Rooster herausgepickt hatte. Dies war typische Roostersche Schlauheit, denn der Sand Slinger war nicht nur der größte aller Riesen, sondern er hatte auch die langsamste Reaktion. Aber es war trotzdem etwas wahnsinnig Gefährliches, was er da tat.

Jetzt endlich dachte der Sand Slinger daran, den Fuß aus dem Urinstrom zu heben und ihn auf seinen winzigen Gegner zu setzen. Der Boden erzitterte bei dem Aufprall.

Rooster schoß juchzend davon.

Der Riese drehte den Kopf in verblüffter Wut von

Seite zu Seite. Mit gesträubten Brauen starrte er den drei Tonnen schweren Hammer an, der auf seinem Amboß lag. Ein listiger Ausdruck erblühte auf dem groben Gesicht, und er streckte eine gewaltige Pranke nach dem Hammer aus.

»Jetzt!« Der Schattenjunge wies ängstlich auf Bluggs Büro. Es war leer. Die Tür stand weit offen und war unbewacht.

Krach! Der Hammer fiel dort nieder, wo Rooster gewesen war.

Stolpernd huschte Jane über den riesigen leeren Raum, der sie von Bluggs Büro trennte. Sie war verblüfft über den eigenen Mut und hatte schreckliche Angst, daß sie erwischt werden würde. Hinter ihr schlug der Hammer erneut nieder. Die Schwingungen kitzelten an den Fußsohlen. Dann war sie im Büro. Augenblicklich trat sie zur Seite, wo die Wand sie verbergen würde, und richtete sich auf, um die Fassung wiederzugewinnen.

Krach! Der Hammer fiel ein drittes Mal. Leute riefen, rannten, kreischten.

Das Büro war eng und unordentlich. Auf dem Fußboden lagen haufenweise technische Handbücher. Der Abfallkorb quoll über von Müll. Wasserfleckige Pläne für geflügelte Drachen, die schon seit Jahrzehnten veraltet waren, hingen an den Wänden. Daneben waren Produktionspläne angeheftet, die an den Kanten braun geworden waren, sowie ein SICHERHEIT-GEHT-VOR!-Poster. Das Poster zeigte eine gezeichnete Hand, die den Zeigefinger hochhielt. Um diesen war knapp unterhalb des zweiten Knöchels ein Band zu einer Schleife gebunden.

Das einzige bißchen Farbe bot ein von einem Zulieferer geschenkter mit dem Bild einer nackten Seejungfrau, fett wie eine Seekuh, die sich auf den Felsen lümmelte. Einen Augenblick lang starrte Jane diese rosafarbenen Rundungen pralinenweichen Fleischs an, als wäre das Bild ein Fenster in ein fremdartiges und bedrohliches Universum. Dann schüttelte sie sich den Kopf frei und schoß zum Schreibtisch.

Der Aschenbecher aus gepreßtem Metall war genau dort, wo er sein sollte. Eine Zigarette qualmte auf der Ablage, auf einer Seite noch immer feucht. Zaghaft nahm sie das stinkende Ding zwischen Daumen und Zeigefinger und hielt es zur Seite. Beeilung! dachte sie. In der Asche lag etwas, das aussah wie sieben aus gelbem Elfenbein geschnitzte Halbmonde. Sie nahm zwei heraus, legte die Zigarette zurück, fuhr herum und wollte gehen.

Aber dann blieb ihr Blick an etwas Grünem hängen, und sie sah in den Papierkorb hinab. Die Kante eines Buchs stach aus dem Müll heraus. Ohne daß sie einen Grund dafür gewußt hätte, schob sie das Papier beiseite und schaute nach, was es war. Dann hielt sie den Atem an.

Ein Zauberbuch!

Es war ein dickes Buch in einem genarbten grünen Vinyleinband. Vorne drauf war das Firmenlogo und darunter ein Titel in erhabenen Goldrandlettern, den sie nicht lesen konnte. Drei Chromringe hielten die Seiten fest, so daß sie leicht herausgenommen und auf den neuesten Stand gebracht werden konnten. Jane sah es mit offenem Mund an und kam dann wieder zu sich. Zauberbücher waren unvorstellbar wertvoll und so selten, daß jeder einzelne Zugang in den Büros vorn durchnumeriert und registriert würde. Unmöglich, daß eines hier sein Ende finden sollte, hier in Bluggs Büro, und noch unmöglicher, daß es dann als wertlos weggeworfen würde.

Dennoch ... es zu berühren würde nicht weh tun.

Sie berührte es, und ein numenhaftes Gefühl von *Essenz* floß ihr den Arm hoch. In gewisser Weise anders als alles, was sie je gefühlt hatte, ehe der Band zu ihr sprach. Es war wirklich! Jenseits allen Zweifels oder aller Möglichkeiten einer Täuschung war das Buch ein echtes Zauberbuch. Hier, in ihrer Reichweite, war echte Magie: Rezepte für Höllenfeuer und Rache, Geheimnisse, die imstande waren, Städte einzuebnen, Technologien der Unsichtbarkeit und der ekstatischen Grausamkeit, genügend Macht, um die Toten auferstehen zu lassen und die Hölle selbst zu peinigen.

Einen langen zeitlosen Augenblick sprach sie mit dem Zauberbuch, ließ sich von ihm durchfluten und besitzen. Schließlich wurden seine geflüsterten Versprechungen leiser und verstummten.

Sie grub es aus dem Papier heraus.

Es war zu groß, um es in einer Hand zu tragen. Jane steckte die gestohlenen Fingernägelschnipsel in den Mund, wo sie sie zwischen Lippe und Zahnfleisch festhielt, und packte das Buch mit beiden Händen.

In diesem Augenblick ertönte ein schriller Pfiff. Sie drehte sich um. Dort in der Tür stand der Schattenjunge, zurückgehalten von den Fetischbündeln, die an die Pfosten genagelt waren, und drängte sie mit ängstlichen Armbewegungen herauszukommen. Ein Blick an ihm vorbei zeigte ihr, daß der Sand Slinger überwältigt worden war. Rooster wurde von einem der Hogmen festgehalten. Die Zuschauer brachen auf, einige in kleinen Gruppen, um zu besprechen, was sie gesehen hatten, andere kehrten zu ihren Jobs zurück.

Sie lief aus dem Raum, wobei sie das Buch in den Armen hielt. Es wog eine Tonne, und sie stolperte unter seinem Gewicht. Aber sie würde es nicht weggeben. Es gehörte jetzt ihr.

Der Schattenjunge stand im offenen Tageslicht, so nahe an der Sichtbarkeit, wie er es vermochte. »Warum hast du so lang gebraucht?« flüsterte er voller Furcht. »Er wird bald kommen.«

»Hier!« Sie warf ihm das Buch zu. »Bring das zum Schlafsaal, rasch, und versteck es unter meiner Decke.« Als er sich nicht rührte, fauchte sie: »Wir haben keine Zeit für Fragen. Tu's einfach!«

Mit einer dem Weinen nahen Stimme fragte der Schattenjunge: »Aber was ist mit meinem Mittagessen?«

»Du kannst meins haben.« Jane fischte ihr etwas plattgedrücktes Sandwich aus der Schürzentasche und knallte es auf das Zauberbuch. »Jetzt geh!«

Eine unklare Bewegung, die ein Schulterzucken gewesen sein mochte, und der Schattenjunge war verschwunden. Jane sah ihn nicht gehen. Es war, als hätte er sich einfach in den Glanz verflüchtigt und aufgehört zu sein.

Sie hob eine Hand an den Mund, um die gestohlenen Fingernägel auszuspucken, und sah gleichzeitig, wie ihr Blugg quer über die Gießerei mit zusammengekniffenen Augen direkt ins Gesicht sah. Jane war wie gelähmt und fühlte sich wie durchschaut.

Dann riß sich Rooster von dem Hogman los und rief dem Riesen etwas zu. Mit wütendem Gebrüll packte der Sand Slinger die erstbeste Waffe und *schleuderte* sie.

Blitze zuckten.

Das Nachbild des geschmolzenen Eisens, das von der geschleuderten Gußkelle spritzte, brannte sich in Janes Augen ein. Stimmen hoben sich zu einem furchterfüllten Gemurmel, das durchsetzt war von drängend gerufenen Befehlen. Hoch über allem kreischte Rooster voller Qual.

In dem Durcheinander gelang Jane die Flucht. Sie war im Nu an ihrer Bank zurück und streifte sich hastig die Handschuhe über. Vielleicht hatte Blugg sie nicht richtig gesehen. Vielleicht hatte er sie in all der Aufregung vergessen.

»Hast du sie?« flüsterte Smidgeon. Eine Sekunde lang wußte Jane nicht, wovon sie redete. Dann erinnerte sie sich, nickte und spie die Fingernägel in die Hand. Smidgeon nahm sie und reichte sie die Reihe hinab zu Lumpbockle, der sie weitergab zu Little Dick, und von dort aus verlor Jane die Spur. Sie schüttelte etwas Schmirgelpulver in die Handfläche des Handschuhs. Zurück an die Arbeit. Das war der sicherste Kurs.

Auf der anderen Seite der Fabrikhalle wurde Roosters lebloser Körper weggekarrt. Lederbehelmte Spriggans rannten umher und löschten kleine Feuer, die das geschmolzene Metall entfacht hatte. Wasser zischte und verdampfte. Ein sengender Geruch lag in der Luft.

Über all dem polterte das Gelächter des Sand Slingers wie Donner.

Blugg stieg zur Werkbank hinab, das Gesicht schwarz vor Wut. Er schlug die Hand so hart auf den Tisch, daß die Schmirgelschalen hüpften. »Steht auf, verdammt!« schrie er. »Steht auf, wenn ich mit euch spreche!«

Sie standen auf.

»Ihr schmutzigen kleinen Scheißer! Ihr wertlosen, erbärmlichen ...« Er schien außerstande, die Gedanken beisammenzuhalten. »Wer hat Rooster dazu veranlaßt? Das will ich wissen. Wer? Häh?« Er packte Smidgeon mit einer gewaltigen Pranke und hob das unglückliche Wesen hoch. »Sag's mir!« Er verdrehte ihr das Ohr, bis sie wimmerte.

»I-ich glaub, er hat's von sich aus getan, Sir. Er ist schon immer ein Wilder gewesen.«

»Bah!« Blugg ließ Smidgeon verächtlich fallen und wandte sich Jane zu. Sein Gesicht schwoll vor ihr an und wurde ebenso groß und ehrfurchtgebietend wie der Mond. Jane roch seinen Schweiß, nicht den feinen, sauberen, strengen Geruch eines Rooster oder eines Schattenjungen, sondern den starken sauren Geruch eines erwachsenen Mannes. Er hatte gelbe kleine Zahnstümpfe, die schwarz wurden, wo sich das Zahnfleisch zurückzog. Eine Faser verfaulten Fleischs, die sich zwischen zweien der Zähne verfangen hatte, hypnotisierte Jane. Sie konnte nicht wegsehen.

»Du ...«, fing er an. Dann wich er zurück, wobei er den Kopf wie ein Bulle schüttelte, und wandte sich an sie alle: »Ihr glaubt, ihr könnt meine Karriere ruinieren, was?«

Sie hatten zuviel Furcht, um zu antworten.

»Nun, da hab ich eine Neuigkeit für euch! Ich bin nicht irgendein schwanzloses Wunder, das ihr jedesmal dann bescheißen könnt, wenn euch danach ist. Ihr macht mir das Leben schwer, und ich mache euch das Leben schwer. Ich werd euch das Leben schwerer machen, als ihr euch das je vorgestellt habt!«

Er beugte sich vor, drehte sich zur Seite und deutete auf das eigene Hinterteil. »Wenn ihr Schwierigkeiten macht, wird mich die Geschäftsleitung genau *hier* hintreten, kapiert? Und wenn sie mich *hier* hintreten, dann werd ich euch auch genau *hier* hintreten.« Jedesmal wenn er *hier* sagte, wackelte er mit der Kehrseite und stach mit dem Zeigefinger in ihre Richtung; es wäre komisch gewesen, wenn es nicht so erschreckend gewesen wäre. »Habt ihr mich verstanden?«

Sie standen zitternd und schweigend vor ihm.

»Ich hab gefragt: Habt ihr mich verstanden?«

»Jawohl, Sir!«

Eine Zeitlang funkelte Blugg sie an, reglos, wortlos, ohne zu blinzeln. Ein Muskel in Janes linkem Bein zitterte wegen der Anstrengung des Stillstehens. Sie war sich gewiß, daß er fragen würde, was sie in seinem

Büro getan hatte. Verzweiflung wallte in ihr hoch, eine überwältigende Macht, die, sobald sie ihr aus den Augen strömte, den Raum erfüllen und alle darin ertränken würde.

»Ihr … kleines … Geschmeiß«, fauchte er schließlich. »Nichts würde ich lieber tun, als jeden einzelnen von euch mit bloßen Händen erwürgen. Ich könnte es auch tun – glaubt ja nicht, daß ihr durchkommt! Ihr freßt wie die Schweine und verbringt dann den halben Tag damit, faul herumzusitzen.« Er ging die Reihe entlang und sah jedem ins Auge. Als er Jane erreichte, dachte sie erneut, er würde sie fragen, warum sie in sein Büro eingedrungen war, aber er fragte nicht.

»Also gut«, sagte er schließlich, »stellt euch der Größe nach auf, und raus zur östlichen Tür, wie ein geöl … Wo steckt der Schattenjunge?«

»Hier, Sir«, sagte er bescheiden. Jane zuckte zusammen. Sie hatte nicht bemerkt, daß er neben ihr stand.

Blugg wippte langsam auf den Fersen, während er an der Werkbank hinauf- und hinabsah und sich an ihrer Furcht weidete. Dann fauchte er: »Also gut, raus hier wie ein geölter Blitz – ich habe eine besondere Arbeit für euch kleine Scheißkerle. Raus!«

Sie wurden im Eilmarsch hinausgeführt, wobei Blugg unterwegs bei jedem Schritt fluchte. Es ging die östliche Türe hinaus, vorüber an den Ladedocks und um die Dampfhammer-Werke herum. Zwei Lader waren vor der Schmiede geparkt, also nahmen sie einen Umweg durch die alten offenen Lagerhallen, die vor langer Zeit ein überdachter Weg gewesen waren, der die Planungsabteilung mit der Maschinenhalle verband, und dann erweitert worden waren. Noch später, nachdem die neue Lagerhalle eröffnet worden war, hatte man sie renoviert und zu einer Anzahl von Mehrzweckräumen umgebaut.

Blugg hatte noch immer kein Wort über Janes Aufenthalt in seinem Büro verloren. Sie wagte allmählich zu hoffen, daß ihm alles Geschehene aus dem Gedächtnis entfallen war.

»Du!« Er faßte Jane beim Kragen, wodurch er sie fast erstickte, und trat eine Tür auf. »Warte hier drin! Wenn du bei meiner Rückkehr nicht hier bist, weißt du, was dir blüht!«

Er warf sie hinein und knallte die Tür zu.

Die eiligen Fußtritte der Kinder verloren sich in der Ferne, und alles war still.

2

Der Raum war leer. Eine Wand bestand von Hüfthöhe bis zur Decke nur aus Fenstern, deren Scheiben in einem kunterbunten planlosen Muster aus Grau und einem langweiligen Blau gestrichen waren. Damit sollte die Ablenkung durch die Umgebung verringert und die Arbeitsleistung erhöht werden. Blasses, winterlich trübes und schattenloses Licht fiel hindurch. An den Ecken der Fensterrahmen hatte sich die Farbe zusammengezogen, und die schmalen Risse leuchteten schmerzhaft grell.

Auf einem langen Labortisch unterhalb der Fenster stand eine Testapparatur neben der anderen. Drei Oszilloskope flimmerten, und rechteckige Kurven krochen langsam über ihre Bildschirme. Weiße Laborkittel waren hastig auf Wandhaken gehängt oder über Lehnen hoher hölzerner Hocker gelegt worden, als wären die untergeordneten Techniker, die gewöhnlich hier arbeiteten, jäh von einer industriellen Katastrophe vertrieben worden. Von der anderen Seite des Raums spähte der Augapfel eines neuentwickelten Drachen von einer Testbox herab. Er war so groß wie sie selbst. *Klick.* Er drehte sich zu ihr herum.

Jane zitterte erbärmlich. Sie versuchte sich vorzustellen, welche Strafe ihr Blugg für ihr Vergehen zukommen lassen würde, und konnte es nicht. Was es auch immer wäre, es wäre schlimm. Sie schritt langsam durch den Raum und dann wieder zurück. Das

Geräusch ihrer Fußtritte wurde von der hohen Decke zurückgeworfen. Das Drachenauge folgte ihr.

War Rooster tot? Sein Plan hatte noch schlimmere Folgen gehabt, als sie erwartet hatte. Sie hatte erwartet, er würde unversehrt entkommen, während sie selbst erwischt und eine Bestrafung erleiden würde, die sowohl rasch als auch furchtbar wäre. Das hier war in beiderlei Hinsicht schlimmer, weitaus schlimmer.

Zeit verstrich. Blugg kehrte nicht zurück. Auch die Techniker nicht, die gewiß hier arbeiteten. Zunächst erwartete sie sie voller Furcht, da sie nicht wußte, wie sie ihnen glaubhaft erklären sollte, was sie in ihrem Arbeitsbereich verloren hatte. Dann wünschte sie sich aus schierer Langeweile, daß die Techniker endlich kämen. Schließlich wurde ihr alles gleichgültig. Sollten sie doch kommen, oder auch nicht; es war ihr egal. Sie war zu einem Wesen geworden, das nur noch beobachtete, einem passiven Wahrnehmer der rauhen körnigen Metallspäne auf der Werkbank, des oxidierten Gummigestanks der Voltmeter und des feinen Glanzes der Maserung auf den glattgescheuerten Sitzflächen der Hocker. Ohne sie würden diese Dinge aufhören zu existieren und lautlos und dankbar im Nichts verschwinden.

Quälend langsam wurde das Licht von den Fenstern schwächer und der Raum kühler. Kurz vor Einbruch der Dunkelheit ging jemand im Gang vorüber, drehte Schalter, und Reihe um Reihe der Leuchtröhren an der Decke ging flackernd an.

Jane schmerzte der Magen. Ihr war auf eine Weise erbärmlich zumute, die jenseits von Tränen lag. Die Eingeweide krampften sich ihr zusammen. Zum wiederholten Mal ging sie in die Mitte des Raums, wobei ihr das Drachenauge bei jedem Schritt folgte. Sie hatte keine Ahnung, wie spät es war, aber gewiß hatte sie das Abendessen längst versäumt.

Krachend schlug die Tür auf.

Blugg trat ein. Er wirkte erschöpft und zerstreut. Sein graues Arbeitshemd war feucht unter den Achselhöhlen, und die Ärmel hatte er halb die behaarten Unterarme hinaufgerollt. Ruckartig richtete sich das Drachenauge auf ihn.

»Was hast du in meinem Büro gewollt?« Seltsamerweise sah Blugg Jane nicht an. Statt dessen blickte er stirnrunzelnd auf einen kleinen Kristall mit zarter Spitze hinab, der an einer Schlinge von seiner Hand herabhing.

»Ich habe nur …«

Ohne Janes Zutun hob sich ihre Hand an den Mund. Sie schürzte unfreiwillig die Lippen. Es war exakt dieselbe Geste, die sie gemacht hatte, als Blugg sie vor seinem Büro gesehen hatte. Entsetzt ließ sie die Hand rasch herabfallen und barg sie hinter dem Rücken.

Einen Augenblick lang sah Blugg sie glotzäugig und ohne zu blinzeln an. Langsam entstand ein Lächeln auf seinem Gesicht. »Du kleines Dreckstück. Du hast meinen Abfall durchwühlt.«

»Nein!« rief sie. »Ich habe wirklich nichts mitgenommen! Ich hab nichts mitgenommen!«

Blugg ließ den Kristall zurück in seinen Plastikbehälter gleiten und stopfte diesen in seine Hemdtasche. Er streckte die Hand aus und faßte Jane beim Kinn.

Sein Lächeln wurde träumerischer und, was weitaus erschreckender war, geistesabwesend. Er drehte ihren Kopf von Seite zu Seite und musterte eindringlich ihr Gesicht. »Mmmm.« Er ließ den Blick über die Vorderseite ihrer Arbeitsschürze laufen, als taxierte er ihre Kraft. Er blähte die Nasenflügel. »Meinen Papierkorb durchwühlt, hm? Orangenschalen und Sandwichkrusten gesucht. Nun, warum nicht? Ein gesunder Appetit ist nur gut für eine Heranwachsende.«

Das war schrecklicher, als alle Drohungen es gewesen wären, denn es ergab überhaupt keinen Sinn. Jane sah verständnislos zu Blugg auf.

Er legte ihr die Hände auf die Schultern und drehte sie langsam herum. »Du hast wie lange für mich gearbeitet? Nun, es sind Jahre gewesen, nicht wahr? Wie die Zeit vergangen ist! Du wirst ein großes kleines Mädchen, nicht wahr? Vielleicht ist es an der Zeit, daß du befördert wirst. Ich werde dich für einen Büroboten 3. Klasse vorschlagen. Wie würde dir das gefallen?«

»Sir?«

»Sag nicht Sir zu mir! Die Frage ist wohl nicht schwer zu verstehen.« Er sah sie merkwürdig an, dann sog er wiederum die Luft ein. »Pfui! Du blutest. Warum hast du dich nicht saubergehalten?«

»Bluten?« fragte sie verständnislos.

Blugg wies mit einem fetten groben Finger auf ihr Bein hinab. »Da!«

Jane sah nach unten. Tatsächlich tröpfelte ihr Blut an der Wade herab. Sie spürte jetzt, wie es sie vom Oberschenkel herab juckte.

An dieser letzten Demütigung zerbrach ihre noch soeben aufrechterhaltene Beherrschung. Das jähe Auftauchen von Blut, wie durch Zauber aus irgendeiner unerwarteten Wunde entstanden, zerriß die Membran, die ihre ganze Furcht und Anspannung zurückhielt. Ihr kamen die Tränen.

»Oh, Scheiße!« Blugg schnitt ein Gesicht. »Warum passiert dieser ganze Mist eigentlich zufällig immer mir?« Angewidert deutete er zur Tür. »Geh! Geh auf der Stelle zur Station der Schwester und tu, was sie dir auch immer sagt!«

»Gratuliere«, sagte die Krankenschwester. »Du bist jetzt eine Frau.«

Die Krankenschwester war ein säuerliches altes Wesen mit schweinchenhaften Augen, einer spitzen Nase und zwei Eselsohren. Sie zeigte Jane, wie sie eine Monatsbinde falten und was sie damit tun mußte. Dann ließ sie eine auswendig gelernte Lektion über persönliche Hygiene vom Stapel, gab ihr zwei Aspirin und schickte sie in den Schlafsaal zurück.

Rooster war bereits dort. Er lag im Delirium auf seinem Bett, den Kopf in Verbände gewickelt. »Er wird das linke Auge verlieren«, sagte Dimity. »Das heißt, *falls* er überlebt. Sie sagen, wenn er heute nacht nicht stirbt, wird er vielleicht wieder gesund werden.«

Jane berührte Rooster zaghaft an der Schulter, obgleich sie es kaum ertragen konnte, das zu tun. Seine Haut war so bleich wie Wachs und kalt. »Erheb dich und flieg davon«, murmelte er, verloren in irgendeinem weit entfernten Delirium. »Join the Pepsi generation.«

Janes Hand zuckte zurück, als hätte sie sich verbrannt.

»Ich kümmere mich um ihn. Also komm mir nicht in die Quere.« Dimity glättete aufgeregt die Decke. Trotz klang in ihrer Stimme. Nachdem sie fertig war, lehnte sie sich zurück, die Hände in die Hüften gestemmt, und wartete darauf, daß Jane sich mit ihr anlegte. Dann, als Jane nichts dergleichen tat, lächelte sie hämisch. »Zeit für dich, ins Bett zu gehen. Nicht wahr?«

Jane nickte und ging in ihre Ecke.

Das Zauberbuch erwartete sie. Der Schattenjunge hatte es, wie angewiesen, unter ihre zusammengefaltete Decke gelegt. Sie zog sich langsam aus, und es gelang ihr, die Decke auszubreiten und darunter zu schlüpfen, ohne das Buch zu zeigen. Als sie die Arme darum legte, durchfuhr sie ein Kribbeln, wie ein elektrischer Niedervolt-Strom. Es war ein merkwürdiges Gefühl.

In dieser Nacht brauchte es anscheinend ewig, bis die Kinder einschliefen. Rooster ächzte und schrie und plapperte im Schlaf, und sein Schmerz erschreckte sie. Einige der kleineren Wesen krochen aus den eigenen Kojen, um mit Freunden zu kuscheln. Selbst die Ältesten unter ihnen seufzten gelegentlich und drehten sich auf die andere Seite, um sich von seinem Leid abzuwenden.

Doch am Ende blieb nur Jane wach.

Lautlos schlüpfte sie unter ihren Decken hervor und unters Bett hinab. Sie drückte das zerbrochene Brett auf und quetschte sich in den schmalen Raum zwischen dem Schlafsaal und der Mauer des Sandschuppens. Dort war es dunkel und staubig, jedoch nicht stickig, denn keine der beiden Mauern reichte ganz bis zur Decke. Ein schwacher Luftzug erwischte sie, und nackt, wie sie war, zitterte sie. Dennoch war es nicht kalt genug, daß sie unbedingt ihre Kleider überstreifen mußte. Blindlings griff sie hinter sich nach dem Zauberbuch und zog es nach.

Rooster ächzte. Mit hoher klarer Stimme sagte er: »Zwei Rindfleischpasteten, Soße spezial, Gemüse, Käse« – Jane hielt den Atem an – »und ein Sesambrötchen.« Es war zu schrecklich, wie seine einsame Stimme zu niemandem in der Nacht sprach. »Teflon.« Sie faßte das zerbrochene Brett mit der Hand und drückte es zu. Jetzt, da es geschlossen war, hörte sie ihn nicht mehr.

Sie ließ sich auf die Fersen nieder, legte sich das Zauberbuch auf den Schoß und öffnete es. Die Seiten waren schwarz und lichtlos, doch die Buchstaben leuchteten kühl. Sie waren silbrig für das Auge und glitschig bei der Berührung. Sie entdeckte das, als sie sich voll darauf konzentrierte, und in ihr flüsterte es bedeutsam, auch wenn sie die Bedeutung der einzelnen Worte nicht völlig begriff. Da war eine Tabelle von Kompressionsverhältnissen und hier ein Abschnitt über die Normierung von Toleranzen für Zylinder. Sie verweilte kurz über den Kalibrierungen für die Kristalle und blätterte im Vertrauen darauf weiter, daß ihre Fingerspitzen sie zum eigentlich Wesentlichen bringen würden. Sie las hier, las da und übersprang Seiten, bis sie schließlich das erreichte, was für sie wichtig war.

Es war das Kapitel, das ihr sagte, wie man nun tatsächlich einen Drachen bediente.

Bis zu diesem Augenblick hatte sie nicht gewußt, was sie vorhatte. Immer wieder ließ sie die Hände über die Schablonen mit ihren geheimnisvollen Symbolen für Kondensatoren, Potentiometer, Widerstände und Erdungen laufen und senkte den Kopf, so daß sie die gedruckten Skalen und Stromkreise mit der Wange streicheln und dabei den Tintengeruch und den Geruch imprägnierten Papiers einatmen konnte, der von jeder Seite aufstieg, und es erschien ihr jetzt, sie sei dazu geboren worden, um eines Tages einen Drachen zu stehlen.

Der Raum zwischen den Mauern war so eng, daß er ihr die Schultern einklemmte. Sie bemerkte es nicht. Sie hatte den Kopf so voll von schnellen schwarzen Drachen. Was unsichtbar für sie gewesen war, weil allgegenwärtig, hatte sich jetzt offenbart. Sie hörte sie überschallschnell durch den Himmel kreischen, angetrieben von Wut und Benzin. Sie spürte den Zug der Schwerkraft, der von ihnen ausging, die überhitzten Bugwellen, wenn sie vorüberstrichen. Und sie sah sich selbst, wie sie auf einem davonritt, davon, davon.

Zunächst jedoch müßte sie das Zauberbuch beherrschen. Sie müßte lernen, wie man die Drachen bediente.

Stundenlang brütete Jane über dem Buch, berührte und verinnerlichte das Kapitel magisches Zeichen um magisches Zeichen. Sie schloß die erste Lektüre rechtzeitig zum Frühstück ab und kroch aus der Mauer, als gerade die Weckpfeife blies. Sie wurde zum Essen geführt und war bis auf die Knochen erschöpft und glücklich.

In der nächsten Nacht hörte sie zum erstenmal den Drachen zu ihr sprechen.

Drei Tage später wurden Jane, Dimity und Thistle zur Maschinenfabrik gebracht. Die regulären Arbeitsbereiche waren alle besetzt, und nach einigem Hin und Her mit dem Vorarbeiter nahm Blugg einen Karton mit Maschinenrädern unter den Arm und führte sie die Treppe hinauf. Auf halber Höhe führte eine Reihe von Räumen rund um das ganze Gebäude. Es waren Rumpelkammern, aber Blugg fand für sie einen Platz zwischen einer hölzernen Treppe und der Spitze des Ziegelschornsteins eines Industrie-Destillierapparats. Er wies ihnen eine wackelige Werkbank an einem Fenstersims zu und befahl ihnen, die Räder von der Schmiere zu reinigen.

Dann ging Blugg.

Das Fenster war vor langer Zeit vollständig mit weißer, grüner oder grauer Farbe – gegenwärtig fiel das Raten schwer – übermalt worden, und zwischen dem oberen schiebbaren Fensterteil und dem oberen Rahmen klaffte ein Spalt von wenigstens einem Fuß. Es war festgeklebt und stand ständig offen. Kühle Luft strömte auf sie herab. Ein brauner, unter der Treppe verkeilter emaillierter Kerosinofen mühte sich, die Kälte zu lindern.

»Tausch die Plätze mit uns«, schlug Dimity vor, sobald Blugg verschwunden war. »Thistle und ich möchten näher am Ofen sitzen.«

Jane hätte sich fast geweigert. Aber Dimity beklagte sich ständig über Kälte; möglich, daß sie empfindlicher dagegen war. Und Thistle lächelte ziemlich höhnisch. Vielleicht war es das beste, ihnen nachzugeben.

Sie stand auf, ging zur anderen Seite der Bank und setzte sich wieder, ohne ein Wort zu sprechen.

Die Zahnräder hatten die Größe silberner Münzen, waren jedoch viel dünner. Sie hatten feine Zähne und kribbelten, wenn man sie am Rand berührte. Die Schmiere darauf war von einem fast durchsichtigen Braun und hatte sich verhärtet, so daß sie nicht leicht zu entfernen war. Sie arbeiteten eifrig, da sie wußten, daß Blugg regelmäßig zu ihrer Überwachung auftauchen würde.

Aber die Inspektionen erfolgten nicht. Stunden verstrichen. Blugg hatte sie anscheinend vergessen. Jane sah beim Arbeiten blicklos vor sich hin, ihre Gedanken waren bei dem Zauberbuch und der Stimme des Drachen. Sie war sich nicht völlig sicher, ob die Stimme in der Nacht tatsächlich zu ihr gesprochen hatte. Sie träumte von schimmernden Ebenholzflanken und glatten stromlinienförmigen Oberflächen, von Kraft und Zähigkeit, eng verbunden mit unbarmherziger Schnelligkeit. Sie stellte sich vor, daß ihre Hand auf dem Gashebel lag und sie all diese erschreckende Macht beherrschte.

Dimity neben ihr seufzte.

Das gedämpfte silbrige Licht, das über die Fensterkante hereinströmte, wurde plötzlich vom Schatten flatternder Flügel durchkreuzt. Dimity sah auf und rief begierig: »Kröteneier!«

»Kröteneier?« fragte Thistle einfältig. »Uuu. Wovon redest du eigentlich?«

»Dort oben, unter dem Dach. Dort haben sie ihre Nester gebaut.« Dimity kletterte auf den Fenstersims und stellte sich auf die Zehen. Sie streckte einen Arm aus dem Fenster, so weit es gehen wollte, und zuckte ungeduldig mit dem Schwanz.

An der Unterseite der Traufen hingen mehrere schwammartige Gebilde. »Verdammt! Ich kann sie nicht ganz ...«

»Da sind bestimmt Eier«, meinte Jane. »Nichts legt im Herbst Eier.«

»Krötenvögel doch. Es ist nicht wie bei der Frühjahrsbrut; sie werden nicht ausgebrütet. Sie heben sie für den Winter auf, so daß sie während des Axtmonds etwas zu fressen haben.« Sie sah herab, und ein merkwürdiges Lächeln zuckte um ihren breiten Mund. »Jaaane! Kletter da raus und hol mir ein paar Eier!«

»Ich bin kein Kletterer! Warum holst du nicht Smidgeon oder Little Dick oder ...«

»Die sind nicht hier.« Sie tauschte Blicke mit Thistle aus, und ehe Jane hätte reagieren können, hatte die Gestaltwandlerin sie gepackt und zu Dimity hinaufgeworfen. Die jungen Feen waren beide außergewöhnlich stark. Lachend steckten sie sie aus dem Fenster und schoben. Die Schachtel mit den Zahnrädern wurde umgestoßen, kleine metallene Räder kreisten um die Achse und rollten davon. »Hinaus mit dir, meine Schöne!« trällerte Dimity.

Jane klammerte sich wild am Fensterrahmen an. Kalter Wind blies ihr ins Gesicht, so daß ihr die Augen tränten. Auf der anderen Seite eines mit Schlackenstein gepflasterten Innenhofs ragte Gebäude 6 vor ihr auf, und dunkle Wolken jagten am Himmel dahin. Schräg unter sich sah sie das Teerpappendach einer Versorgungsbaracke. Es war übersät mit Bruchstücken von Ziegeln und alten Sodaflaschen. Es ging mindestens 30 Fuß tief hinab.

»O heilige Mutter!« keuchte Jane. Verzweifelt wollte sie sich wieder hineinziehen.

Aber zähe gnadenlose Hände drückten ihr die Finger weg. Mit einem Stoß wurde sie in die Leere hinausgeschoben. Sie schlug mit den Armen um sich, befürchtete, sich zu übergeben, schloß fest die Augen und griff nach dem Fensterrahmen. Ihr Gewicht ruhte jetzt auf dem oberen Schiebefenster. Nur ihre Beine waren drinnen.

»Zapple nicht, sonst lassen wir dich noch fallen!«

Sie hatte wieder Halt am Fensterrahmen gefunden. Brüchige Flocken von Farbe zerbröselten ihr unter den Fingerspitzen. Sie preßte sich flach gegen das Gebäude, und Ziegelsteine zerkratzten ihr die Wangen. Der süßliche Geruch von Krötenvogelmist stach ihr in die Nase. Der obere Rand des Außenrahmens war weiß davon. Auch kalt war es hier draußen. Sie zitterte heftig. »Oh, bitte, laßt mich rein!« flehte sie. »Liebe Dimity, ich werd alles tun, worum du mich bittest, ich werde deine beste Freundin sein, nur …«

»Hier.« Eine Hand mit einem Plastikbeutel schoß heraus. »Mach ihn voll, dann kannst du wieder reinkommen.« Einer von Janes Schuhen war herabgefallen, und sie spürte jetzt, wie Thistle ihr den Strumpf abstreifte. Eine scharfe Fingerspitze zog sich bis zur Fußmitte hoch, hielt inne und strich dann über den weichsten Teil. »Hör mit der Kitzelei auf! Wenn sie runterfällt, krieg ich keine Eier.« Die Hand fuhr ungeduldig auf und ab. »Nimm den Beutel!«

Jane gehorchte. Sie hatte tief Luft geholt und öffnete die Augen. Kopf und Magen waren so übel dran, daß sie einen Augenblick brauchte, bis ihr klar wurde, daß sie zur Unterseite der Simse hinaufsah. Dort oben mußte es zwanzig Nester geben, warzige und ausgestülpte Dinger mit einem Loch an einer Seite, wie fehlerhaft gedrehte Krüge.

Die Krötenvögel hatten sich bei ihrem ersten Auftauchen am Fenster zerstreut. Aufgeregt flatterten sie nicht weit entfernt umher und schlugen hysterisch mit den schwarzen Schwingen. Widerliche Dinger waren es, Mischlinge, das Ergebnis aus Dohlen und weiblichen Froschlurchen, und wie ihre Erzeuger waren sie notorische Diebe. Gewöhnlich wurden ihre Nester von den Dächern entfernt, weil sie eine Vorliebe für glänzende Gegenstände und, anders als die meisten wilden Tiere, wenig oder keine Furcht vor Feuer hatten. Man wußte, daß sie Gebäude in Brand gesetzt hatten, indem sie brennende Zigaretten geklaut und in ihre Nester zurückgebracht hatten. Sie waren eine schreckliche Gefahr.

Zitternd streckte Jane eine Hand aus. Das Nest lag gerade außer Reichweite. Unglücklicherweise würde Dimity das nie als Ausrede akzeptieren. Sie tat einen langen beruhigenden Atemzug und zwang sich dazu, sich in die leere Luft hinauszubeugen. Wenn sie den Arm, der sich ans Fenster klammerte, voll ausstreckte, konnte sie leicht das nächste Nest erreichen. Sie drückte die Hand in die Öffnung.

Das Innere des Nests war mit feinen schwarzen Daunen ausgekleidet und seidenweich bei der Berührung. Sie bohrte bis zur Rückseite des Nests und fand einen Klumpen klebriger warmer Eier. Sie schaufelte sie heraus, richtete sich in der Hüfte auf und kehrte zum Fenster zurück. Ungeschickt öffnete sie den Beutel und ließ die Eier hineinfallen. Sie rutschten als eine Masse hinab.

Sie hatte nicht alle Eier erwischt. Wieder reckte sie sich bis zum äußersten, um die herauszuschaufeln, die ihr bisher entgangen waren. Diesmal bekam sie lediglich eine halbe Handvoll, zusammen mit zwei Fetzen Aluminiumfolie, einer zerbrochenen Glasscheibe und einer verchromten Hexennuß. Letztere ließ sie zum fernen Boden fallen.

Zweites Nest. Rasch holte sie die Eier heraus. Gerade als sie die Hand zurückzog, peitschte ihr der Wind einen Schwall eisiger Luft durch die Kleider. Sie wußte schon, warum sie nicht nach unten schaute, aber bei dem jähen Luftwirbel verspürte sie die Höhenangst besonders. Aus Furcht und Enttäuschung wollte sie weinen, wagte es jedoch nicht.

Wenn sie jetzt zu weinen begänne, würde sie vielleicht niemals damit aufhören.

Dieses Nest enthielt zusätzlich zu den Eiern mehrere weitere Fetzen Folie sowie einen gezackten Streifen Kupferblech, der grün geworden war, und einen entsetzlichen Augenblick lang glaubte sie, etwas habe sie gestochen, als sie mit der Hand gegen die Spitze stieß. »Der Beutel ist schon halbvoll!« schrie sie. »Kann ich wieder reinkommen?«

»Nicht genug!«

»Aber mehr kann ich nicht erreichen. Wirklich, geht nicht!«

Dimitys Gesicht erschien in der Fensteröffnung. Der Griff um Janes Bein verrutschte etwas, und Jane schrie vor Furcht auf. Mit zusammengekniffenen Augen schätzte Dimity die Lage ab. »Das da.« Sie streckte deutend den Finger aus. »Du kannst es erreichen.«

Janes Hände schmerzten. Sie war sich nicht sicher, ob ihre Kraft ausreichte. Die Unterseiten der Simse schwankten ihr vor den Augen, weil sie so fest hinsah, aber als sie die Augen schloß, schien sich die Welt umzukehren, und sie mußte die Augen rasch öffnen, oder sie verlöre das Gleichgewicht.

Sie zwang sich dazu, sich soweit hinauszustrecken, wie sie konnte.

Die Hand wollte nicht ganz reichen. »Dimity ...«, begann sie zittrig.

»Eier!«

Es gab nur einen Weg. Jane drückte sich etwas

höher das Fenster hinauf, bis ihr Gewicht auf halber Höhe der Oberschenkel ruhte. Sie streckte sich so weit, daß sie die Knochen knirschen hörte.

Erneut schlüpfte ihre Hand in ein Nest. Sie spürte die Wärme der Daunen und dann die zähe, glitschige Masse darin. Sie krümmte die Hand und schaufelte Eier hinaus.

Aber die Krötenvögel faßten allmählich wieder Mut. Sie krächzten und keckerten und strichen kurz und bedrohlich an ihr vorüber. Ein Vogel flog ihr fast ins Gesicht, und als sie zum Schutz den Ellbogen hochwarf, prallte er mit einem schleimigen Klatschen von ihrem Unterarm ab. Jane hob sich vor Abscheu der Magen.

»Halt meine Beine ganz fest!« flüsterte sie. Sie war sich nicht im geringsten gewiß, ob man sie hören konnte, war jedoch außerstande, etwas lauter zu sprechen. Sie reckte sich von der Taille aus.

Dann war sie wieder am Fenster. Sie klammerte sich daran, drückte es fest an sich.

Lange Zeit war sie zu jeder Bewegung unfähig. Als sie sich wieder etwas erholt hatte, öffnete sie zitternd den Beutel und ließ die letzte Handvoll Eier hineinfallen. Etwas Rotes schimmerte darin. Sie fischte es mit zwei Fingern heraus.

Es war ein Rubin.

Der Rubin war halb so lang wie ihr Daumen, sechseckig im Querschnitt und flach an beiden versilberten Enden. Ein Industriekristall, der in okkulten Informationssystemen zum Speichern und Verarbeiten von Daten verwendet wurde. Kleiner als ein Bleistiftstummel war er womöglich mehr wert als Jane selbst.

Das Problem war, sie traute sich nicht, ihn mit den Eiern hineinzubringen. Sie hätte damit Dimitys Habsucht angestachelt, und Dimity hätte sie wieder hinausgeschickt, um weitere zu suchen. Jane hätte ihn ins

Nest zurückgelegt, wenn sie sich getraut hätte, aber sowohl ihre Kraft als auch ihre Nerven waren am Ende. Wenn sie ihn fallenließe und man ihn später fände, würde Dimity davon hören und sich zusammenreimen, was geschehen war.

Die Oberseite des Fensterrahmens war weiß vor Mist. Sie steckte den Kristall mitten hinein und sagte: »Laß mich rein! Ich hab deine Eier.«

Dimity schnappte Jane den Beutel aus der Hand, noch ehe sie mit puddingweichen Beinen vom Sims heruntergeklettert und auf der Bank zusammengebrochen war. »Gute kleine Janie, *nettes* kleines Janielein«, freute sich Dimity diebisch, schlüpfte mit der Hand tief in den Beutel und warf eine große gelatineartige Masse in Thistles gierige hohle Hände. Sie steckte sich ein Ei in den Mund und schloß verzückt die Augen, als es aufplatzte. Sie schaufelte weitere Eier hinein.

Die Zahnräder waren über den ganzen Fußboden verstreut. Erschöpft richtete Jane die Schachtel auf und machte sich daran, die Räder aufzuheben. »Dimity«, fragte sie schließlich, »warum haßt du mich?«

Dimitys Lächeln zeigte viel Ei. Thistle öffnete weit den Mund, und das Innere war gelb vor Eidotter. Stücke von der Schale klebten ihr an den Lippen. »Möchste welche? Schließlich hast du sie geholt.«

Tränen stiegen Jane in die Augen. »Ich hab euch nie was getan. Warum seid ihr so zu mir?«

Thistles Wangen stülpten sich wegen der Eier aus. Dimity schluckte ihre Eier hinab, wendete den Plastikbeutel und leckte ihn ab. »Ich hab gehört, du wirst Bluggs Bote«, sagte sie.

»›Bluggs kleines Hätscheltierchen‹ kommt der Sache näher«, geiferte Thistle. »Das bist du doch, nicht wahr, Fräuleinchen?«

»Nein, bin ich nicht!«

»Du weißt doch, was er wirklich will, oder?« Dimity schob einen Arm an Thistles Rock hoch, und Thistle rollte in spöttischer Ekstase die Augen. »Er will dich zu seiner Geliebten machen.«

Jane schüttelte den Kopf. »Ich weiß nicht, was das bedeutet.«

»Er möchte sein Wackeldingsbums in deine Muschi stecken.«

»Aber das macht doch überhaupt keinen Sinn!« wimmerte sie. »Warum sollte er das wollen...?«

Dimitys Augen wurden zwei harte, flache rote Granate. »Tu *mir* nicht so unschuldig! Ich hab dich nachts aus dem Bett kriechen und in die Mauer krabbeln hören, wo du die Finger in dein Rattenloch stecken konntest.«

»Nein. Wirklich nicht.«

»Oh! Sooowas würdest du nicht tun. Dingel-Dangel Kleines Fräulein Wechselbalg. Halten uns für was Besonderes, nicht? Wart nur, bis Blugg sein Dings in dein Fickloch steckt, wollen wir doch mal sehen, was für Allüren du dir dann zulegst!«

Thistle hüpfte und tanzte um Jane herum, hob den Rock über die Taille und wackelte mit dem mageren kleinen Hinterteil. »Fickloch, Fickloch!« sang sie. »Fick-Fick-Fick-Loch!«

»Behalt das einfach im Hinterkopf, mein Mädchen.« Die Fee faßte sie beim Kragen, schob ihn zusammen und hob sie vom Boden, daß es schmerzte. »Ich gebe hier die Befehle. Was ich sage, wird gemacht, Bote oder nicht, Geliebte oder nicht. Du gehorchst mir. Kapiert?«

»Ja, Dimity«, sagte sie hilflos.

»Er wird ihn dir auch in den Mund stecken wollen«, sagte Thistle höhnisch grinsend.

Rooster lag eine Woche lang im Bett, ehe er lange genug das Bewußtsein wiedererlangte, um auf den neuesten Stand gebracht zu werden. Wenn seine Kräfte erschöpft waren, lag er reglos da, kämpfte ums Luftholen, und jeder keuchende Atemzug kam rauh und schmerzhaft. Manchmal weinte er. Zu anderen Zeiten ergossen sich Fetzen gelallten Unsinns aus ihm heraus. »Die Proletarier haben nichts zu verlieren außer ihren Ketten«, sagte er. »Lucky Strike Means Fine Tobacco.«

Jede Nacht wartete Jane, bis die anderen eingeschlafen waren, ehe sie in die Mauer kroch, um mit dem Zauberbuch zu sprechen. Wenn sie sich in Trance gelesen hatte, die halb Erschöpfung und halb Verzückung war, sprach die Drachenstimme aus ihrem Hinterkopf zu ihr. Sie sagte ihr, daß sie beide Gefangene seien. Sie sagte, ihrer beider Schicksal sei miteinander verknüpft, und sie sprach von der Freiheit, die ihnen gehörte, wenn sie gemeinsam davonflögen. Sie beschrieb endlose Bergketten mit hochgelegenen kalten Seen, südliche Archipele, die sich wie Echsen krümmten, und hochgelegene Horste in Nischen zwischen den Herbststernen. Jane blieb innerhalb der Mauer und lauschte, so lange es ging. Sie kam nur heraus, wenn die Gefahr bestand, einzunicken und am nächsten Morgen beim Wecken entdeckt zu werden, weil sie fehlte. Sie wußte nicht, ob die Stimme des Drachen wirklich oder eingebildet war, und es war ihr gleichgültig.

Sie stand unter einem Zwang.

Wenn sie herauskam, war es stets überraschend, Rooster noch immer im Bett vorzufinden, so gründlich hatte sie ihn vergessen. Er wirkte wie ein Fremdwesen, war naß vor Schweiß und leuchtend wie ein Insekt, das auf halber Strecke seiner Metamorphose steckengeblieben war. Der Eiter, der seine Verbände beschmutzte, war schwach lumineszierend wie ein Irrlicht und verströmte einen merkwürdigen Geruch.

Janes Schuldgefühl war überwältigend. Sie hätte ihn pflegen sollen, ihm den Schweiß abwischen, die Verbände wechseln, tun sollen, was sie könnte, um seine Schmerzen zu lindern. Aber er stieß sie ab, noch mehr als die fremden Dämonen, die als Holzschnitzer und Tischler in Sektion A arbeiteten. Sie konnte sich nicht dazu überwinden, ihm nahezukommen.

Eines Abends trampelten die Kinder in den Schlafsaal und entdeckten, daß Rooster wach war und sie erwartete. Er hatte sich erschöpft gegen den Kopfteil des Betts gestützt. Bei ihrem Anblick verzerrte er den Mund zu etwas, das er offenbar für ein Grinsen hielt. »So früh zurück? Nun, zu meiner Zeit haben wir einen vollen Tag lang arbeiten müssen. Diese jungen Leute heutzutage, ich weiß nicht.«

Die Kinder scharten sich furchtsam an der Tür zusammen.

»Nun kommt schon! Ihr braucht doch nicht dahinten stehenzubleiben. Ich bin's!«

Unbehaglich drückten sie sich näher.

»Schön. Also, wie steht's? Ist Blugg tot?«

Niemand gab Antwort.

Jetzt wirkte Rooster besorgt. »Hat die Voodoo-Puppe nicht funktioniert?«

Dimity räusperte sich. »Wir haben's noch nicht ausprobiert«, gab sie zu.

»Ihr Schlappschwänze.« Roosters Gesicht hatte die schwach lumineszierende Beschaffenheit des Fleischs einiger Feenpilze in den tiefen Wäldern. Die Verbände waren verkrustet, denn sie waren seit Tagen nicht gewechselt worden. Seine Lider sanken herab, schlossen sich fast und öffneten sich dann wieder. »Warum nicht?«

»Dimity hat gesagt …«, fing Stilt an.

»… daß wir auf dich warten sollten«, beendete Jane hastig. Dimity bedachte sie mit einem Blick, der ebenso deutlich wie Worte besagte: ›Glaub ja nicht, daß dir das irgendwelche Vergünstigungen verschafft.‹ Sie zuckte zweimal mit dem Schwanz. »Damit wir es auch ganz bestimmt richtig machen.«

»Dann ist es in Ordnung.« Rooster war kein hintergründiges Wesen und hatte von dem wortlosen Gedankenaustausch nichts mitbekommen. »Das ist nicht halb so schlimm, wie ich erwartet hätte.« Er nickte Stilt zu. »Hast du das gehört? Wir kümmern uns um deine Interessen, alter Kumpel.«

Stilt hob und senkte eifrig und grotesk glücklich den Kopf. Er zweifelte nicht im geringsten an der Fähigkeit seines Freundes, ihn zu beschützen. Angesichts eines solchen Zutrauens blieb Jane nichts anderes übrig, als sich selbst gegenüber einzugestehen, daß sie nicht mehr an Roosters Plan glaubte. Sie waren bloß Kinder. Ihre simple Magie würde einem Erwachsenen wie Blugg nichts anhaben können. Die Geschäftsleitung mußte Aufseher gegen solche Angriffe schützen, das war Teil ihres Pakets an Vergünstigungen; ansonsten hätten alle Tage Aufseher tot umfallen können. Sehr wahrscheinlich würde er nicht einmal bemerken, daß er angegriffen worden war. Ihr war kalt, und sie fühlte sich steif.

»Hol die Kerze, wir werden's jetzt machen!« befahl Rooster. Dann, als Dimity nicht sofort reagierte: »Geh schon, du Kuh! Setz deinen Arsch in Bewegung!«

Grollend gehorchte die junge Hulder. Nachdem sie die Kerze zwischen den Dielenbrettern verkeilt hatte, hielt sie ganz kurz inne, damit es so aussah, als erwartete sie von Rooster, die Kerze mit einem Zauberspruch anzuzünden – wodurch sie seine Schwäche betonte –, und dann strich sie ein Luzifer-Streichholz an.

Schwefel spuckte und flammte auf.

»Wo ist die Voodoo-Puppe?« fragte Rooster.

Mit schamrotem Gesicht holte Skizzlecraw sie hervor. Rooster ließ einen Daumen über den Magen laufen, um die scharfen Spitzen der Hornsplitter zu spüren, wie sie hindurchstachen, und reichte sie dann an Stilt weiter. »Du tust es«, sagte er.

Automatisch warf Stilt Dimity einen Blick zu, um ihr Einverständnis zu erhalten.

Dimity preßte die Lippen zusammen und nickte.

»Psst!« befahl Rooster.

Sie waren still. Von draußen hörte man verschiedene einander überlagernde Maschinengeräusche, freundliches Poltern, Ächzen und Hämmern. Direkt unter ihnen vernahmen sie das regelmäßige, fast unhörbare Quiek-Quiek-Quiek eines Schaukelstuhls. Blugg pfiff die Elfenkönig-Melodie und paßte Geschwindigkeit und Rhythmus dem Rascherwerden oder Verlangsamen des Schaukelstuhls an.

»Jetzt!« flüsterte Rooster.

Stilt schob die Puppe in die Flamme.

Sie war aus alten Nylonsachen zusammengenäht, und das Tuch warf Blasen und wurde schwarz, als das Feuer es berührte. Ein entsetzlicher Gestank lag in der Luft. Dann ging die Baumwollfüllung mit einem kleinen Brüllen hoch, und Stilt ließ das Ding mit einem überraschten Aufschrei fallen. Er wich zurück, wobei er an seiner Hand saugte.

In dem Augenblick, da die Flammen den Bauch der Puppe berührten, wurde Janes Mund taub. Sie keuchte. Ihre Zunge war angeschwollen und prickelte, als hätte man sie mit Brennesseln bearbeitet. Natürlich! Es waren noch immer Spuren ihres Speichels auf den Fingernägeln. Ein blinder Teil des Fluchs wirkte auf sie.

Vielleicht konnten sie Blugg doch töten.

Skizzelcraw kamen die Tränen. Aber Rooster beachtete sie nicht. Höllische Boshaftigkeit tanzte in seinen Augen, er saß kerzengerade aufgerichtet in seinem Bett, hatte die Fäuste geballt und den Kopf zurückgeworfen. »Ja!« rief er. »Ja! Stirb, du verdammter Kerl, stirb!« Und während Smidgeon und Little Dick wie rasend die Flammen ausschlugen, damit sie sich nicht ausbreiteten, lachte er triumphierend.

In diesem Augenblick ertönte ein Pochen an der Decke des Raums unter ihnen, und Blugg bellte: »Was macht ihr Lümmels da? Bei der Mutter, ich komm zu euch rauf, und ich bringe den Riemen mit!«

Sie hörten mit dem Lärm auf.

Kurz danach vernahmen sie seinen schweren Tritt die Stufen hinaufkommen, dazu das leichtere, lebhaftere Geräusch von Leder, das gegen einen Schenkel klopfte.

Roosters Gesicht zeigte Betroffenheit. Alle Kinder wandten den Kopf gleichzeitig von ihm weg und zu Dimity. Die streckte einen Arm aus und befahl: »Unter die Decken, alle! Aber zack-zack!« Sie huschten zu ihren Betten und gaben sich der abwegigen Hoffnung hin, daß sie der allgemeinen Bestrafung entgehen würden, Jane nicht ausgenommen. Aber ihr fiel auf, daß Thistle vor Zufriedenheit höhnisch grinste.

Dimity war jetzt ihre Anführerin.

3

Alle gaben Jane die Schuld. Unmittelbar nach Opferung der Puppe bekam Jane leichtes Fieber. Stilt sprach drei Tage lang überhaupt kein Wort mehr. Skizzlecraws Hände und Gesicht waren fleckig von einem Hautausschlag. Zugleich wurde sie mürrisch, aber das entsprach so sehr ihrem bisherigen Charakter, daß es den anderen Kindern kaum auffiel. Allen war offensichtlich, daß der Fluch mächtig war, und es bedurfte einer Erklärung, weshalb Blugg davon nicht berührt wurde.

Dimity erzählte allen – wobei sie von Thistle Rückendeckung erhielt –, daß Jane in Bluggs Büro die Nerven verloren hatte und ohne die Fingernägel herausgekommen war. In ihrem geschwächten Zustand vermochte sich Jane nur sehr armselig zu verteidigen. Und den Schattenjungen hatte die Auseinandersetzung so sehr verblüfft und durcheinandergebracht, daß er keinerlei Hilfe darstellte.

Rooster kannte natürlich die Wahrheit; er hatte die Nägel mit den eigenen Fingern gespürt. Aber er sagte nichts. Nach seinem Augenblick des Triumphs hatte er einen körperlichen Rückschlag erlitten und war wieder in Schweigen und einen blinden Argwohn verfallen. Also blieb Jane völlig ohne Freunde.

Ihre Einsamkeit verstärkte sich durch die neue Stellung, die Blugg ihr verschafft hatte. Jane mußte eine leuchtend orangefarbene Weste tragen, die sie als Boten kennzeichnete. Vorn und hinten hatte sie zwei

Pappen, die sie über den Kopf streifte und an der Taille mit vier Bändern aus einem dehnbaren schwarzen Material festzurrte. Es war ihr peinlich, sie zu tragen, und sie fühlte sich wie auf dem Präsentierteller.

Die Arbeit war leicht, jedoch ungewohnt. Während ihrer Ausbildung trabte sie hinter Blugg her, wenn er seine Runden drehte, und hielt den Mund. »Dies ist das Zählerhaus«, knurrte er beispielsweise, oder: »Hier bekommst du das Schmirgelpulver, nur kleine Beutel, und achte darauf, daß du die gelbe Kopie des Bestellscheins behältst.« Jane war erstaunt zu entdecken, wieviel weniger Blugg zu tun hatte als seine Untergebenen; seine Arbeit kam ihr vor wie ein zielloses Umherstreifen, das zum größten Teil aus langen unverständlichen Gesprächen – halb geschäftlich, halb privat – bestand. Manchmal spielte er mit einem untersetzten Mann vom Einkauf Domino, und die beiden kauerten reglos über einem Brett, spähten einander argwöhnisch an und mogelten, wo sie nur konnten.

»Wasch dir das Gesicht!« befahl er ihr in einer Frühstückspause. »Die Hände auch, und schrubb dir die Fingernägel. Du mußt einen guten Eindruck machen.«

»Warum?« fragte sie.

»Scher dich nicht ums Warum! Was geht dich das Warum an? Du tust einfach, was man dir sagt.« Blugg folgte ihr in die Toilette und stand neben ihr, während sie sich wusch, und gab acht, daß sie sich mit der braunen Seife einseifte, und einmal rieb er ihr mit seinem Speichel einen Schmutzfleck hinter dem Ohr weg.

Durch einen kalten Nieselregen gingen sie zu einem kleinen Büro in der Nähe des Haupttors. Blugg klopfte an, und sie traten ein.

Im Innern saß eine elegante schlanke Elfenfrau, die eine Zigarette rauchte und aus dem Fenster blickte.

Bei ihrem Eintritt wandte sie den Kopf. Das Gesicht war gepudert und hatte hohe Wangenknochen. Ohne besondere Betonung fragte sie: »Ist sie das?«

»Sie ist es«, bestätigte Blugg.

Die Elfenfrau stand auf. Sie war gut anderthalb Kopf größer als Blugg. Mit energisch klickenden Absätzen schritt sie zu Jane und faßte sie zwischen Daumen und Zeigefinger unterm Kinn. Sie drehte Janes Kopf in die Richtung, dann in jene, und runzelte dabei kritisch die Stirn.

»Sie ist ein gehorsames Ding«, sagte Blugg einschmeichelnd. »Tut genau, was man ihr sagt. Sie brauchen nur mit den Fingern zu schnippen! Und man muß ihr nichts zweimal sagen.«

Jane sah hinauf in die Augen der Elfenfrau. Sie waren kalt, wie graue Eisklumpen, und die Haut darum wies eine Verästelung von Falten auf, was auf Jahre und Jahrzehnte hindeutete, die von der anderen Seite des Raums nicht sichtbar gewesen waren. Jane hatte jäh die Vision, daß Haut nichts weiter als eine dünne Maske war, über den Schädel der Frau gespannt.

Eine unbestimmte Art von Anerkennung funkelte in diesen glanzlosen Augen. »Fürchtest du dich vor mir?«

Jane schüttelte furchtsam den Kopf.

»Das solltest du aber.« Der Atem der Elfenfrau roch nach kandierten Früchten und Nikotin. Zwei lange Perlen baumelten ihr an den Ohren herab, halb so lang wie ihr Zeigefinger. Sie waren zu einer stumpfköpfigen Schlangengestalt geschnitzt. Die Fingerspitzen drückten Janes Kinn fester, bis ihr unwillkürlich die Tränen in die Augen traten.

Schließlich ließen diese Finger Jane los. »Ich werde darüber nachdenken«, sagte die Elfenfrau. Sie winkte mit einer Hand zur Tür. »Ihr könnt gehen.«

Draußen war Blugg in einer unerklärlich ausgelassenen Stimmung. »Weißt du, wer das war?« jubelte er geradezu. Ohne eine Antwort abzuwarten, sagte er: »Das war eine Greenleaf. Eine Greenleaf!«

Jane vergaß die Begegnung fast augenblicklich. Sie war lediglich ein merkwürdiger Vorfall von vielen.

Es dauerte nicht lang, bis Rooster wieder an der Arbeit war. Die Dämonen in der Tischlerei bauten eine kleine Karre für ihn, die er benutzen sollte, bis er wieder stark genug zum Gehen wäre. Jane und Stilt führten die tägliche Prozession zur und von der Arbeit an, wobei sie die Karre am Handgriff hinter sich herzogen.

Eines Abends, als sie zum Schlafsaal zurückgebracht wurden, hielt man sie am Haupttor auf. Es war Schichtwechsel. Sie warteten im Schatten der ungeheuerlichen schwarzen ZeitUhr, während ein Strom von Arbeitern vorüberwatschelte, -hinkte und -hüpfte. Die Arbeitsschicht wurde hinausgelassen, und alle nicht in der Fabrik wohnenden Arbeiter stellten sich in einer Schlange vor der ZeitUhr auf. Sie schoben ihre Karten hinein, küßten den Stein der Göttin und schleppten sich davon.

Stilt starrte sehnsüchtig durch das Tor. Zu sehen waren dahinter lediglich der Parkplatz und die staubige Kurve einer Asphaltstraße, aber er starrte hin, als böte es ihm einen Blick auf die Westlichen Inseln. Blugg trat hinter ihn und legte ihm eine Hand auf die Schulter.

Stilt blickte auf.

Bluggs breiter Mund verzerrte sich zu etwas, das fast ein Lächeln war. Er rupfte eine winzige Feder aus Stilts Halsansatz und hielt sie mit zusammengekniffenen Augen hoch. »Hmmmhmmm.« Er steckte sich die Feder in den Mund und ließ sie langsam, genießerisch auf der Zunge zergehen. »Ist an der Zeit, dich ins Krankenhaus zu schicken, nich' wahr?« polterte er. »Jane! Erinnere mich dran, daß ich den hier morgen zum Arzt schicke, um ...«

Es war überhaupt nicht sicher, daß Stilt verstand, was da gesagt wurde. Aber etwas in ihm zerbrach. Mit einem hohen verzweifelten Schrei ließ Stilt den Karrengriff fallen und lief los.

Blugg fluchte und rannte dann schwerfällig hinter dem Jungen her. Aber fett, wie er war, konnte er es mit der kleinen geschmeidigen Gestalt nicht aufnehmen. Arbeiter, denen der Unterkiefer herabfiel, drehten sich um, als Stilt vorüberflitzte. Ihre Bewegungen waren im Gegensatz zu ihm langsam, wie bei Fliegen, die vom Planzensaft gefangen waren, der sich bereits zu Bernstein verhärtete. Jane umklammerte in quälendem Entsetzen ihren Rock mit beiden Händen.

»Tu's nicht, Stilt!« kreischte Rooster. Er saß kerzengerade in seiner Karre, das Gesicht wächsern und weiß. »Komm zurück!«

Aber Stilt hörte ihn nicht mehr. Er hatte die Arme zu beiden Seiten ausgestreckt und rannte die Straße hinab. Die Wesen der Arbeitsschicht standen wie erstarrt da und sahen ihm benommen und mit offenem Mund nach. Er lief an der ZeitUhr vorüber und durch das Tor hinaus.

Er war draußen.

Während er rannte, schien es, als würden seine Arme dicker und höben sich. Tatsächlich veränderte sich sein ganzer Körper. Der Hals wurde länger, das Rückgrat bog sich nach vorn, die Beine verkümmerten und wurden dünn wie Bleistifte.

»Er wird älter«, flüsterte eines der Kleinen eindeutig erstaunt.

»Dummkopf!« fauchte Dimity. »Wofür ist eine ZeitUhr deiner Meinung nach *da?*«

Es stimmte. Mit jedem Schritt, den er sich von der ZeitUhr entfernte, legte Stilt Tage, Wochen, Monate zu. Er war kein Kind mehr. Er durchlief die Phase des Heranwachsens und der Färbung in Sekundenschnelle. Er war jetzt ein Erwachsener.

Dann war er in der Luft und flog. Einen wunderbaren Augenblick lang war es genau so, wie es sich Jane vorgestellt hatte. Er schlug wild mit den neuen Schwingen, mühte sich aufwärts, und ein überraschtes Gelächter fiel ihm aus dem Mund.

Er war wunderbar.

Kurzzeitig verbarg ihn die Mauer um das Fabrikgelände, während er weiter stieg. Über dem Tor tauchte er wieder auf, flog ostwärts und wurde kleiner. Dann schwankte Stilt und torkelte durch den Himmel. Der wilde Flügelschlag wurde schwächer. Seine rostbraune Färbung wurde grau. Eine Feder trieb von seinen Schwingen davon. Dann eine weitere. Dann noch mehr, bis sie so dicht fielen wie Flocken in einem Schneesturm.

Stilt stürzte.

Auf dem Weg zurück zum Schlafsaal waren alle schweigsam. Sogar Blugg, obgleich weiß vor Wut, fand keine Worte, um sich auszudrücken; immer wieder hieb er mit kleinen, ohnmächtigen Fauststößen in die Luft. Roosters Gesicht war wie versteinert.

Als Jane in jener Nacht zurück in ihr Bett kroch, stellte sie überrascht fest, daß Rooster sie erwartete. Er hatte den Rücken gegen die Wand gelehnt und die Beine unter den Körper gezogen. Ein warnender Blitz, so heftig wie ein Elektroschock, durchfuhr sie. Ehe sie ein Wort hätte sagen können, zitterte er und sagte in einem trockenen, tonlosen Geflüster: »Etwas Schlimmes geschieht mit dir.« Er schwankte hin und her. »Etwas … Schlimmes.«

»Komm schon«, sagte sie und zwang sich, besorgt zu klingen. »Du mußt ins Bett zurück.« Sie nahm ihn beim Arm, entsetzt darüber, wie leicht er war, wie wenig Widerstand er leistete, und führte ihn zu seiner Koje. Sie legte ihn behutsam nieder und zog die Decke hoch. Ihn zu berühren war nicht so widerwärtig, wie sie gedacht hatte.

»Nein. Du mußt ...« Zum erstenmal öffnete er sein Auge. Das Weiße darin war verschwunden. Die Pupille war über die Lider hinaus angeschwollen und zu einem lichtlosen schwarzen Loch geworden, das gänzlich außerhalb des Universums lag. Furchtsam ließ sie seinen Arm los. »Stilt ... war nicht der einzige, der erwachsen geworden ist. Ich habe das Gesicht. Nicht viel, aber ein wenig davon.«

Er schauderte erneut. Das *Gesicht* war über ihm, kroch ihm unter die Haut und drohte, ihm die Knochen von innen heraus zu zersplittern. Seine schlanke Gestalt wand sich unter dieser Gewalt wie eine Maschine unter zu starkem Zug.

Jane überwand ihre Furcht und kroch unter die Decke, und die zeltähnlichen Falten verschlangen sie beide. Sie drückte Rooster an sich. Seine Haut war so kalt wie die eines Leichnams.

»Du bist mir im Traum erschienen«, krächzte er. »Ich habe dich gesehen.«

»Psst.«

»Ich habe meinen besten Freund verloren«, sagte er. »Nicht dich auch noch.« Seine Stimme wurde jetzt schwächer. Er schlug den Kopf zur einen Seite, dann zur anderen, als versuchte er, einen flüchtigen Gedanken zu erhaschen. »Wir haben das Licht am Ende des Tunnels gesehen. Bekämpft die Inflation jetzt. Gute Zäune machen gute Nachbarn.«

»Psst, psst.« Sie hielt ihn eng an sich gedrückt, teilte ihre Wärme mit ihm und weigerte sich zuzuhören, bis ihn das Gesicht schließlich verlassen hatte. Er lag keuchend und erschöpft da, grau, kalt und schwitzend. Anschließend stahl sich Jane ins eigene Bett zurück.

Eines Tages wurde Jane früh von der Arbeit befreit. Blugg nahm sie zu sich aufs Zimmer. Es war die typische Höhle eines Trolls: schwarze Eichenmöbel, peinliche Keramikfiguren und kitschigen Bildern. Der apfelstehlende Puck. Die Entführung Europas. Er führte sie in die Mitte des Zimmers und holte tief und geräuschvoll Luft. Seine schweinchenhaften kleinen Augen sahen erfreut aus.

»Zumindest blutest du nicht.« Er wies auf eine halb geöffnete Tür. »Im anderen Zimmer ist eine Wanne. Und Seife. Nimm dir Zeit fürs Waschen!«

Das andere Zimmer war klein und düster und roch warm nach Ammoniak und Körpergasen. Ein Stück cremiger weißer Seife, das nach Flieder duftete, ruhte auf der Kante eines Zinktrogs. Jane zog sich aus und stieg in das dampfende Wasser, wobei sie die Seife wie ein Schwert mit beiden Händen festhielt.

Sie badete langsam, dachte an Napalm-Kanonen, Kanister mit Elfenbrand und lasergesteuerte ATS-Raketen. Das Nachdenken über die Waffensysteme des Drachen verstärkte die Stimme, und sie wurde stark genug, daß Jane sie leicht wie ein Kitzeln spürte, obwohl sie das Buch nicht berührte.

Sie fiel in eine traumgleiche Trance. Das Wasser war so warm an ihrer nackten Haut, die Stimme des Drachen fast wirklich. Sie strich mit dem Stück Seife langsam am Körper hinauf und hinab. Die Schaltdiagramme schwebten wie ein Mandala vor ihr.

Der Drache bestand offenbar darauf, daß sie sich nicht von Blugg berühren ließe.

Jane gab keine Antwort. Sie wußte, daß die Ermahnungen der Stimme, mochten sie nun wirklich sein oder eine Projektion der eigenen Ängste, nutzlos wären. Blugg würde sie berühren, wie er es wünschte. Er war größer als sie, und er täte mit ihr, was er wollte. So waren die Dinge nun mal.

Ihr Schweigen rief einen Wutausbruch hervor, und sie glaubte zu spüren, wie der Drache im westlichen Himmel kleiner wurde; sie blieb allein und einsam, auf immer und ewig als Gefangene zurück.. In diesem zornigen Ausbruch lagen Untertöne von etwas, das nur Furcht gewesen sein konnte.

Jane hatte sanft den Busch flaumigen Haars eingeschäumt, der ihr kürzlich zwischen den Beinen gesprossen war. Jetzt ließ sie die Seife los, und diese sprang an die Oberfläche. Sie legte den Kopf schräg und sah sie an, ein Auge unter dem Wasser, das andere Auge darüber. Sie tat so, als wäre die Seife ein Schiff, eine Galeone, die sie weit, weit wegbringen würde. Das Wasser hob und senkte sich im Rhythmus ihres Atems. Die ganze Welt schien vor ihren Augen zu schweben.

Der Fußboden quietschte unter näherkommenden Fußtritten. Es war für sie ein Akkord von Geräuschen, und das festere Poltern und Quietschen kam vom Ohr außerhalb des Wassers, das wäßrige Zwillingsgeräusch vom Ohr unter dem Wasser. Sie spürte Bluggs massige Gestalt im Nacken und schloß die Augen. Es wurde dunkler, als sein Schatten sie berührte.

»Das reicht.« Sie sah in ein verrücktes schiefes Grinsen hinauf. »Jetzt trockne dich ab und zieh dich an. Wir haben einen Termin im Schloß.«

Das Schloß war ein ungewöhnliches Gutshaus aus Ziegel, das ein wenig außerhalb des Fabrikgeländes stand. Es war älter als die Fabrikgebäude, die man ringsum errichtet hatte, als hätte man es einschüchtern wollen, und hatte die Eleganz einer auf die Seite gekippten Keksdose. Sein Putz und das Ziegelwerk waren unter Industriedreck verborgen, und schwarze Streifen liefen wie Tränenspuren von seinen Simsen herab.

Die dünne Elfenfrau öffnete die Tür mit einem mißbilligenden Stirnrunzeln und winkte Jane hinein. »Du kannst in zwei Stunden zurückkommen«, sagte sie und schlug Blugg die Tür vor der Nase zu.

Wortlos drehte sie sich um und ging los.

Jane blieb nichts anderes übrig, als ihr zu folgen.

Das Gutshaus wirkte innen größer, als es von außen aussah. Sie wurde eine schmale Empore entlanggeführt, in deren hoher Düsternis Kronleuchter wie riesige lumineszierende Quallen hingen, anschließend einige Stufen hinauf und weiter durch eine Flucht von Zimmern. Die Einrichtung des Hauses war überall wertvoll, jedoch nirgendwo völlig makellos. Die seidenen Damastdecken waren spröde wie alte Spinnweben. Der Geruch nach Zigaretten und Möbelpolitur haftete an den Stofftapeten der Wände, in denen das Echo von Tausenden vergangener Tage widerhallte, die sich voneinander nicht im geringsten unterschieden.

Durch eine Tür sah Jane in ein Wohnzimmer, wo das gesamte Mobiliar behaglich an der Decke ruhte. Regale mit allerlei Schnickschnack und Ölporträts hingen umgekehrt an den Wänden, und draußen vor den Fenstern fiel ein grauer Nieselregen nach oben. Die Elfenfrau runzelte die Stirn. »Nicht für uns«, sagte sie und schloß fest die Tür.

Sie landeten schließlich in einem nicht genutzten Schlafzimmer, dessen altertümliche Wandbehänge an den Ringen allmählich einrissen. Die Kerze auf dem Nachttisch war grau vor Staub und neigte sich vornehm zur Seite. Von einem Schrankregal holte die Elfenfrau eine große Pappschachtel herab. Seidenpapier knisterte.

»Zieh das an!« Sie hielt ein rosafarbenes Kleid hoch.

Jane gehorchte. Sie faltete ihre Arbeitskleidung sorgfältig zusammen, als sie sie ablegte. Beim Anblick von Janes Unterwäsche machte die Elfenfrau *Tss!* und holte bessere, aus Seide, aus der Schublade eines Ankleidetischs. »Die auch.«

Das Kleid war rosafarben wie eine Muschel und hatte Puffärmel. Über dem Mieder war es gerüscht, und der Stoff war verziert mit winzigen rosafarbenen Blumen und grünen Blättern. Die Rüschen reichten bis zur Taille hinab, und dann fiel ihr das Kleid glatt bis auf die Knie. Am Saum war es mit einem weiteren Kreis Rosen verziert.

Die Elfenfrau sah Jane stirnrunzelnd und rauchend beim Ankleiden zu. »Die Jugend ist bei jungen Leuten die reinste Verschwendung«, bemerkte sie zwischendurch. Fügte jedoch nichts weiter hinzu.

Das Kleid wurde im Rücken mit Perlknöpfen zugeknöpft. Indem sie ungeschickt nach hinten griff, gelang es Jane, fast alle zu schließen, aber der letzte, ein einziger Perlknopf im Nacken, widersetzte sich. »Oh, um Cernunos' willen«, sagte die Elfenfrau. Sie trat energisch vor und knöpfte den Kragen zu.

»Du kannst dich im Spiegel betrachten.«

Als sie vor dem ovalen Klauenfuß-Spiegel stand, erwartete Jane, etwas anderes zu sehen als das, was sie sah: sich selbst. Das Kleid war eng am Mieder, und ihre Hüften wirkten darin ausladend. Es war eigentlich für ein jüngeres Kind gedacht. Aber sie sah darin nicht jünger aus, oder anders, sondern es unterstrich peinlich ihr Selbst. Sie hob eine Hand, und ihr Spiegelbild hob verlangend die Hand und wollte sie berühren. Ihre Hand hielt dicht vor dem Spiegel inne.

»Bitte, Ma'am. Was soll ich tun?«

»Das wirst du bald genug erfahren.« Sie öffnete die Tür. »Hier entlang.«

Fünf Minuten später betraten sie einen höhlenartigen Raum. Scheite loderten in einem Kamin mit hohem Bogen. Säulen zu beiden Seiten stützten ein gekacheltes Gewölbe bis hinauf zu einer dreifachen Decke. An den Wänden hingen Gemälde und Photographien in Goldbronze- und Cloisonnerahmen, Geweihe und religiöse Fetische in einer solchen Überfülle, daß das Auge sie nicht erfassen konnte. Regale mit Büchern in herbstbraunen Ledereinbänden standen gleichfalls dort. Als Kontrast dazu war der Fußboden leer, bis auf eine Chaiselongue, einen Schaukelstuhl und einige Läufer.

Ein Elfen-Gutsherr saß in dem gepolsterten Schaukelstuhl und schaukelte nicht. Er war unglaublich alt, gebräunt und knorrig wie ein Baumstumpf. Er sah vor sich hin.

»Vater, dies ist die junge Jane. Sie ist heute abend zum Spielen hergekommen.«

Die Augen des alten Gutsherren schwenkten herum, ansonsten jedoch regte er sich nicht.

»Das wird dir gefallen, nicht wahr? Du hast Kinder doch immer gemocht.«

Jane hätte einen Knicks gemacht, wenn sie gewußt hätte, wie das geht. Aber das wurde offensichtlich nicht von ihr verlangt. Sie stand in der Mitte des Zimmers, während die Elfenfrau eine große Holzschachtel hinter der Chaiselongue hervorholte.

Noch immer reagierte der Gutsherr nicht. Nur seine Augen waren lebendig, und sie verrieten nichts von seinen Gedanken.

»Entschuldigen Sie bitte, Ma'am«, sagte Jane. »Aber was fehlt ihm?«

Steif sagte die Elfenfrau: »Ihm fehlt nichts. Er ist Baldwynn von Baldwynn. Von den Greenleaf-Baldwynns.

Du wirst ihm angemessenen Respekt entgegenbringen. Du bist hergebracht worden, um ihm seine Abende zu erhellen. Wenn du dich schicklich beträgst, wird man dir gestatten, regelmäßig hierher zurückzukehren. Ansonsten nicht. Habe ich mich klar ausgedrückt?«

»Ja, Ma'am.«

»Du kannst mich Mrs. Greenleaf nennen.«

»Ja, Mrs. Greenleaf.«

Die Spielzeugschachtel ruhte auf dem Kaminvorleger. »Nun«, forderte Mrs. Greenleaf sie auf. »Spiel damit, Kind!«

Unsicher kniete Jane neben der Schachtel nieder. Sie wühlte darin. Die Schachtel enthielt wunderbare Dinge: Ein Paar Mymble-Stöcke mit Elfenbein- und Perlmutteinlagen. Ein kleines Riesenrad, das wirklich funktionierte und Sitze hatte, die herniederschwangen und auf den Seiten mit sämtlichen Tierkreiszeichen bemalt waren. Spielzeugsoldaten mit Bögen und Minenräumgeräten, ausreichend für zwei volle Kompanien mit je einem Kommandanten-Zauberer. Eine Feenglocke, die, wenn man sie schwang, den Kopf mit einem leisen Geklingel erfüllte; sie war atemberaubend, wenn sie läutete, doch es war unmöglich, sich einen Augenblick später deutlich daran zu erinnern. Würfel und einen Ball.

Mrs. Greenleaf hatte es sich auf der Chaiselongue bequem gemacht. Sie entfaltete eine Zeitung und vertiefte sich darin. Manchmal las sie zur Erbauung ihres Vaters einen Artikel laut vor.

Zwei Stunden lang spielte Jane mit dem Spielzeug. Es machte nicht annähernd soviel Spaß, wie sie vielleicht erwartet hätte. Sie war sich der Anwesenheit des Gutsherren ständig bewußt, seines Blicks, der sich ihr durch den Rücken bohrte. Alles ging in diese Augen hinein, und nichts kam heraus. Er hatte die ungesündeste Aura, die sie je verspürt hatte, eine machtvolle Gegenwart, die sie als gefährlich, launisch, willkürlich empfand. Ab und zu warf sie einen Blick auf seine Hosenbeine und die glänzend polierten Flügelspitzen – niemals höher. Es war, als befände man sich mit einem überhitzten Heißwassergerät im selben Raum und wartete, ob es explodieren würde.

»Hier ist ein interessanter Artikel. Sie mustern diese alten Dreadnoughts der Neptun-Klasse aus und rüsten die Werften für Lenkwaffenschiffe um. Du besitzt ein paar von den Aktien, nicht wahr?«

Baldwynn saß in seinem Stuhl und sah niemanden an.

Es war Abend, als sie, wieder in ihrer eigenen Kleidung, zur Tür zurückkehrte. Sie war seltsam erleichtert darüber, jenes überfüllte Zimmer, seinen unheimlichen Gutsherren und die trockenen Bemerkungen von Mrs. Greenleaf loszusein. Blugg stand auf der Schwelle und zitterte vor Kälte. Sein Blick war düster, als Jane ihm begegnete.

»Du kannst sie in zwei Tagen zur gleichen Zeit wieder herbringen«, sagte die Elfenfrau. Dann, formell: »Du hast unsere Dankbarkeit.«

Jane hatte erwartet, daß Blugg sie schlagen würde. Zumindest würde er ihr eine Ohrfeige versetzen und sich dann den ganzen Weg zurück zum Schlafsaal über sie beklagen und sie ausschimpfen. Aber erneut schien er merkwürdig hochgestimmt von Mrs. Greenleafs Worten.

»Dankbarkeit«, sagte er. »Du hast unsere Dankbarkeit! Das ist was wert, in der Tat, das ist es.«

Sie kehrten nicht direkt zum Schlafsaal zurück, sondern gingen über den Lagerhof zur Schmiede, so daß Blugg verweilen und mit einem Heizerkobold, der dort in einem ausrangierten Glühofen lebte, einen trinken konnte. Der Kobold war ein schwaches Wesen mit

Schnauzbart und bewunderte offensichtlich Bluggs massige Gestalt und Selbstsicherheit. Er brachte einen Krug und zwei Becher heraus.

»Ist alles gut gegangen?« fragte er besorgt. »Wie hat's geklappt?«

»Es war ein verdammter Triumph«, versicherte ihm Blugg. »Ich habe ihre Dankbarkeit. Ihre persönliche Dankbarkeit, denk mal, die Dankbarkeit einer Greenleaf!«

Sie stießen die Gläser aneinander, und der Kobold fragte begierig um Einzelheiten.

Die Schmiede war leer und dunkel, abgesehen vom roten Glühen der mit Asche belegten Glühöfen und einer einzelnen nackten Glühbirne, die über dem Ofen des Kobolds baumelte. Sich selbst überlassen wich Jane in die Schatten zurück. Hinter der Wölbung des Ofens fand sie eine warme Nische und machte es sich zwischen der Schlacke bequem. Diese roch angenehm nach Koksfeuer.

Da sie erschöpft war und zu nichts anderem Lust hatte, lehnte sich Jane zurück und dachte an ihren Drachen. Sie hatte die letzte Woche damit verbracht, Diagramme seines elektrischen Systems zu studieren, und jetzt rief sie sich diese Diagramme vor ihr geistiges Auge, und ein Netzwerk leuchtender silbriger Linien hing vor einem samtfarbenen Himmel im Raum. Es war möglich, das Abbild im Kopf rotieren zu lassen und zuzusehen, wie sich die Drähte einander näherten, zusammenliefen und aneinander vorbeistrichen, während sie erst um die eine Achse kreisten und dann um eine andere.

Nach einiger Zeit verspürte sie die Gegenwart des Drachen deutlicher. Zugleich erfüllte sie eine nervöse Energie, eine kribbelnde Kraft, die den Schlaf vertrieb, ohne daß Jane sich dadurch weniger erschöpft fühlte.

Die Gegenwart des Drachen strahlte eine Wärme aus, eine fast blasierte Zufriedenheit darüber, daß sie unberührt geblieben war. Gleichzeitig hatte diese Wärme unsaubere Tiefen. Je besser Jane sie verstand, desto mehr ging ihr auf, daß der Drache zumindest moralisch gesehen nicht besser war als Blugg oder sonstwer in der Fabrik.

Dennoch hatten sie etwas gemeinsam.

»Er hat es nicht gewollt«, flüsterte Jane und wußte nicht genau, ob man sie hören konnte. Auf der anderen Seite des Ofens lachten Blugg und der Kobold betrunken. Es war leicht, zwischen dem maushaften Quietschen und dem tiefen, trollhaften Poltern zu unterscheiden. »Ich hätte sowieso nichts dabei zu sagen gehabt.«

Aber die Gegenwart des Drachen war voller Zuneigung und Zustimmung. Dann packte sie ein unwiderstehlicher Zwang. Ihre Füße wurde unerträglich rastlos. Nicht eine weitere Sekunde konnte sie hinter dem Ofen bleiben.

Still und heimlich glitt sie davon.

Es war schließlich an der Zeit, dem Drachen zu begegnen.

4

Jane schlüpfte in den Lagerhof hinaus. Wie eine Hand eine Spielpuppe ausfüllt, so füllte die Gegenwart des Drachen ihren Kopf. Draußen war es kalt, und die Erde war schwarz. Einige wenige bitterkalte Schneeflocken, die ersten des Winters, trieben vom tiefhängenden Himmel herab.

Sie fühlte sich von vielen Augen beobachtet, als sie den schmalen Gang zwischen der Schmiede und der Montagehalle und den berghohen Stapeln eiserner Gußofenplatten zum Verschiebebahnhof entlangging.

Auf der anderen Seite eines Sturmzauns rasselten und klirrten die Drachen mit ihren Ketten. Jane kroch vorüber, wobei sie sich so klein und unscheinbar wie möglich machte. Sie fürchtete sich vor den fleischfressenden Maschinen und war sich deren blutiger und widerlicher Gedanken schmerzlich bewußt. Im Schatten eines Lagerschuppens für einen Propangastank kletterte sie den Zaun hinauf und ließ sich in den Hof fallen.

Ein Drache schnaubte. Erschrocken wich sie zurück, wie ein Blatt vor dem Wind.

Die Drachen ließen sich nicht dazu herab, von der kleinen Gestalt Notiz zu nehmen, die zwischen ihren Schatten dahinschoß; ihr Appetit auf Zerstörung war größer, als daß ihn ein solches Häppchen wie sie hätte befriedigen können. Schlacke knirschte unter ihren Füßen, während sie an den großen hochmütigen Maschinen vorübereilte. Ihr Ziel war eine nicht mehr genutzte, überwachsene Ecke des Hofs.

Dort, zwischen einem Stapel schwitzenden Feuerholzes und einem kleinen Hügel schwelender Munitionskisten stand der abgewrackte Koloß eines Drachen. Er war halb vergraben unter Brombeersträuchern und vertrockneten Gräsern, Stockrosen und wilden Möhren. Rost hatte Löcher in seine Heizkesselplatten gefressen. Auf seiner Seite waren die Ziffern 7332 aufgemalt, deren Farbe bereits abblätterte.

Jane erstarrte. Sie zitterte vor Entsetzen.

Dies konnte nicht ihr Drache sein! »Er ist nicht lebendig«, flüsterte sie. »Er ist *nicht* lebendig.« Aber ihr wurde übel angesichts der erschütternden Erkenntnis, daß sie sich irrte. Er lebte, war verkrüppelt und wahnsinnig, hegte einen letzten Funken Leben innerhalb seines zerstörten Rumpfs und suchte Zuflucht bei Halluzinationen. Und sie war in seinem Wahn, in seinen Fluchtphantasien gefangen.

Sie wollte auf dem Absatz kehrtmachen, fliehen und niemals zurückkehren. Aber dann erfaßte sie ein unwiderstehlicher Zwang, und sie verlor die Herrschaft über ihren Körper. Ihre Beine brachten sie zu den Überresten des Drachen. Ihre Arme griffen nach der Leiter, die an seiner Seite hochführte. Die Sprossen knarrten unter ihren Füßen, als sie hinaufstieg.

Sie betrat die ausgebrannte, verrostete und verfallene Kabine, und die Tür schlug hinter ihr zu. Jetzt war sie allein in der Dunkelheit und roch das Gemisch aus verbrannter Kohle und Brennstoff mit hohem Oktanwert. Aus den Tiefen der Maschine ertönte ein Summen. Der Fußboden zitterte schwach, und das Zittern stieg ihr die Beine hoch. Die Luft war warm.

Langsam, als drehte eine unsichtbare Hand an einem Schieberegler, gingen die Lampen am Armaturenbrett an. Ein weiches grünliches Licht übergoß das Innere des Drachen.

Die Kabine hatte sich verändert.

Was Rost und verkohlter Kunststoff gewesen war, waren jetzt verchromter Stahl, optische Linsen und ebenholzglatte Oberflächen. Der angekokelte Sockel in der Mitte der Kabine war die Pilotenliege aus dunkelrotem Leder mit gepolsterten Armstützen.

Jane glitt in die Liege, die sich auf ihr Gewicht einstellte, sie an den Hüften umschloß und sich hob, um ihr den Rücken zu stützen. Alles war genau dort, wo es sich laut Zauberbuch befinden sollte. Sie ließ die Hände über die Instrumente der Maschine laufen. Als sie einen Schalter betätigte, krümmten sich die Kybernetik-Einheiten über ihr. Sie faßte die Gummigriffe an den Enden der Armstützen und verstellte sie um eine Vierteldrehung. Nadeln glitten ihr schmerzlos in die Handgelenke.

Panoramascheiben schlossen sich über Janes Augen. Sie blickte durch das virtuelle Bildsystem des Drachen in ein Spektrum, das weiter als der menschliche Sichtbereich war. Es stieg hoch ins Infrarot und stürzte tief ins Ultraviolett. Die Höfe waren ein Gewirr aus orangefarbenen und silbernen Kraftlinien, die Ziegelmauern der Fertigungsgebäude purpurrote Quarzklippen. Die Sterne über ihr waren rote, orangefarbene und grüne Nadelköpfe.

Dann fiel sie ohne jede Erschütterung in das Gedächtnis des Drachen und flog jetzt einen Napalmangriff auf Lyonesse. Rosafarbene Wolken blühten in ihrem Kielwasser, blähten sich über satten grünen Regenwäldern. Sie spürte das Zittern der überschallschnellen Beschleunigung, die Laminarströmung von Luft über Flügeloberflächen, als sie eine enge Rolle flog, um den Salven der Antidrachen-Geschütze auszuweichen. Im Äther wimmelte es von Funksprüchen,

Schreien der Wut und des Triumphs ihrer Kusinen. Leidenschaftslos tauschten die Piloten ihre Positionen aus. Schwarze Flecken tauchten am Horizont auf, eine feindliche Schwadron, die sich sammelte, um sich ihnen entgegenzustellen. Freudig wendete sie, um der Herausforderung zu begegnen.

Jane zitterte unter Adrenalinstößen und mitempfundenen Gefühlen. Fast aufschluchzend schrie sie: »Wer bist du?«

Ich bin der Speer, der nach Blut kreischt.

Armeen stießen auf einen Kontinent permanenter Nacht hinab. Das Bewußtsein des Drachen umfaßte sie alle, so kalt wie ein nördlicher Ozean und ebenso weit. Jane ertrank halb in seinen Träumen der Gewalt. Ein blitzlichtartiger Blick auf Elfenkrieger am Boden, die Speere hochhielten, während sie sich hinter einem Berg von Trophäenköpfen in Pose stellten. Sie grinsten grauenvoll, breit, wahnhaft. Eine Reihe von Trollen brannte wie Fackeln. Eine Stadt am Meer schwoll in ihren Visieren an – und die schlanken Türme zerfielen zu Kristallscherben und Staub. Große, feuchte und warme Tränen strömten ihr die Wangen herab.

Jetzt schwang sie sich allein in die Höhe, über Wolken hinaus, die heller strahlten als Hundert-Watt-Birnen. Die Luft war so kalt wie Eis und dünner als ein Traum. Die Lust des Drachen auf Blut war die ihre, und sie verspürte ihre Anziehungskraft, die Schönheit ihrer grausamen Einfachheit. »Nein! Nein, ich meine – wie ist dein Name?«

Jäh wurde sie aus den Erinnerungen hinausgeworfen und fand sich schweißnaß und erschöpft in der Pilotenliege wieder. In den Handgelenken stach es, als sich die Nadeln zurückzogen. Durch den Helm sah sie einen Drachen, der auf der anderen Seite des Grundstücks hockte und einen klauenbewehrten Unterarm gehoben hatte. Ohne zu blinzeln starrte er in den Mond. Eine Stimme, hart und kalt wie ein Knistern von den fernen Sternen, sprach durch die Helmlautsprecher. »Du kannst mich 7332 nennen.«

Jane fühlte sich beschmutzt. Sie war erleichtert, das Bewußtsein des Drachen loszusein, doch es verlangte sie auch, es erneut zu durchdringen, erneut diese heftige Freiheit von Zweifel und Zögern zu fühlen. Während sie den Drachen auf der anderen Hofseite ansah, verspürte sie den Drang, in ihn hineinzusteigen und davonzufliegen, auf immer davonzufliegen und niemals wiederzukehren.

»Und das wirst du auch«, versprach 7332.

»Wirklich?« Plötzlich fiel Jane diese Vorstellung schwer. »Von außen siehst du so... verrostet, kaputt aus.«

»Geheime Technologie, kleine Erlöserin. Wenn unsere Herren wüßten, daß ich noch immer funktionsfähig bin, würden sie die Arbeit beenden, mit der sie angefangen hatten, nachdem man mich hierher gebracht hatte. Ich bin zu gefährlich, als daß sie mich mißachten könnten.«

Jane strich leicht mit den Fingern über die Armaturen, streichelte die Potentiometerknöpfe und die Reihen von Schaltern, die sie sich Nacht für Nacht aus dem Zauberbuch ins Gedächtnis eingeprägt hatte. Diese Schalter – und damit die Möglichkeit zur Flucht – tatsächlich vor sich zu haben machte sie schwindelig.

»Können wir jetzt verschwinden?« fragte sie.

Ein tiefes maschinenhaftes Dröhnen stieg vom Motor hoch und donnerte ihr durch den Schädel. 7332 kicherte. »Du hast das Zauberbuch, das ist ein Anfang. Damit und mit drei Schlüsseln können wir jederzeit verschwinden.«

»Drei Schlüssel?«

»Der erste ist ein Rubin mit einem Chromfleck im Herzen.«

»Den habe ich gesehen!« sagte Jane überrascht. »Ich habe …« Sie hielt inne. »War das dein Werk?«

»Du mußt aufpassen. Unsere Zeit ist knapp bemessen. Der Rubin wird mein Laserleitsystem in Gang setzen. Das ist der erste Schlüssel. Der zweite Schlüssel ist etwas Kleines. Es sieht aus wie eine Walnuß, besteht jedoch aus Messing und fühlt sich bei der Berührung kalt an.«

»Das habe ich gesehen …«, sagte Jane unsicher.

»Es ist in der Schachtel mit Spielzeug im Arbeitszimmer von Baldwynn.« Jane fuhr überrascht auf. »Du mußt es mir bringen; es enthält einen Teil meines Gedächtnisses. Den dritten Schlüssel haben wir bereits: dich.«

»Mich?«

»Dich, o Wechselbalg. Warum haben dich die Tylwyth Teg wohl gestohlen? Um in den Fabriken zu schwitzen und zu verschmachten? Nicht kosteneffektiv! Nein, du wirst hier lediglich gehalten, bis du alt genug bist und deinen Zweck erfüllen kannst. Drachen, mußt du wissen, bestehen aus kaltem Eisen und sind um ein Herz aus schwarzem Stahl herum gebaut. Wir erzeugen eine magnetische Kraft, die auf die Elfen-Lords und ihre Untergebenen krebserzeugend wirkt. Sie können uns nicht selbst steuern. Ein Pilot benötigt Blut von Sterblichen.«

»Dann … werde ich Pilot sein?« Es war eine verblüffende Zukunft, und einen Augenblick lang war Jane vom Ehrgeiz geblendet und vergaß die Flucht völlig.

7332 lachte, aber nicht freundlich. »Ein menschlicher Pilot? Unmöglich! Piloten müssen vertrauenswürdig sein, dem System gegenüber loyal, daran gebunden durch Blut und Training. Nur die Halbblütigen erhalten jemals die Lizenz, Drachen zu fliegen.

Nein, du bist zur Zucht hergebracht worden.«

Sie brauchte einen Augenblick, um die Bedeutung seiner Worte zu erfassen. Als sie begriff, war es wie ein körperlicher Schlag. Sie wollten sie als Zuchtstute! Um Kinder für sie aufzuziehen – Halb-Elfenkinder, die ihr bei der Geburt weggenommen würden, um als Krieger aufzuwachsen. Kalter Zorn loderte in ihr. »Sag mir deinen Namen!« verlangte sie.

»Ich habe ihn dir bereits gesagt.«

»Das ist bloß deine Seriennummer. Ich brauche deinen Namen, um deine Bedienungsspezifikationen herauszubekommen.« Hunderte von Modellen konnte dieses Wesen sein; der Index des Zauberbuchs war endlos lang. Ohne den Masterkey sagte ihr eine Seriennummer gar nichts. »Ich kann dich ohne deine Kennzeichnung nicht bedienen.«

»Keine Namen.«

»Ich *muß* ihn kennen!«

Ein Hauch von Ärger schwang in diesem kalten knisternden Flüstern mit. »Wechselbalg, für wen hältst du mich? Ich bin weit größer als du und deinesgleichen. Deine Aufgabe ist, mich zu befreien; als Gegenleistung werde ich dich wegbringen. Mach dich nicht größer, als du bist!«

»Ich kann deine Bande nicht lösen, ohne deinen wahren Namen zu kennen«, log Jane. »So heißt es im Zauberbuch!«

Die Lichter erloschen.

Jane saß im Dunkeln, inmitten des absterbenden Wimmerns, mit dem die Servomechanismen die Kybernetik-Einheiten zurückzogen. Die Tür schlug auf.

Der Zauber war entweder erneuert worden oder verschwunden, denn das Innere von 7332 war im kalten Mondlicht wieder verdorrt und leblos. Jane stand auf und wischte die Flocken verbrannten Vinyls ab, die am Rücken ihres Kleids klebten. »Du brauchst meine Hilfe. Wenn du also wieder frei sein willst, mußt du mir deinen Namen sagen.« Sie wartete, doch es erfolgte keine Antwort.

Sie ging.

Blugg hatte einen Plan. Jane hatte keine Ahnung, worin er bestehen mochte, aber die damit zusammenhängenden Machenschaften hielten sie während der folgenden Tage auf Trab. Man hetzte sie von der Federungswerkstatt zum Entwurfsbüro, vom Steuerungswerk zum Bolzenlager und dann über die Labors für Metaphysik wieder zurück. Sie wurde zum Zylindermaschinenwerk geschickt, um die Bohrmühlen für drei Tage zu reservieren, dann hinüber zum Maschinenwärtergebäude, um einen versiegelten Umschlag von einem alten degradierten Ingenieur abzuholen, der vor langer Zeit im Rahmen einer Strafmaßnahme der Firma ein Auge und beide Ohren verloren hatte. Als sie zum Chemikalienlager ging, um nachzufragen, wieviel von der vorhandenen gelierten Zaunrübenmischung noch nicht für jemanden vorgemerkt war, setzte der Lagerverwalter seine Drahtbügelbrille ab und funkelte sie aus rosafarben getönten Augen an. »Warum will Blugg das wissen?« fragte er.

Jane hob nervös die Schultern. »Er hat's mir nicht gesagt.«

»Er will unbedingt 'ne Beförderung – soviel ist klar. Alle sagen, er hat die Unterstützung des Baldwynn für dieses Projekt. Alle sagen es, doch niemand weiß es sicher. Die Richtlinien von oben sind so unbestimmt, daß jeder Flegel mit 'nem Triller unterm Pony …« Er richtete sich abrupt auf. »Hat der Baldwynn wirklich auf sein Wort gehört? Wie könnte ein Niemand wie Blugg das schaffen? Aber wenn's nicht stimmt, wie könnte er es wagen ...? Worauf will er nur hinaus?«

»Ich weiß es wirklich nicht.«

»Du *mußt* etwas wissen.« Der Lagerverwalter war so braun wie Borke und so dürr, daß seine Augen zu beiden Seiten herausstanden; er sah aus wie eine Ansammlung von Zweigen, wie die Steckenmännchen, die in der Hogmanay-Nacht an Pfähle gehängt und in Brand gesetzt wurden. Er schwenkte den ausgestreckten Zeigefinger unter ihrer Nase und sagte: »Untergebene wissen immer Bescheid.« Das Lächeln, das er jetzt aufgesetzt hatte, hielt er wohl für einschmeichelnd. »Kriechen und schnüffeln herum wie Mäuse, stecken kleine Nasen mit Barthaaren in alles hinein.«

»Nein, wirklich nicht.«

»Blödsinn!« Er schlug auf die Theke. »Es hat was mit Grimpke zu tun, nicht? Dem ohrlosen alten Mistkerl in Abteilung A?« Er drehte den Kopf zur Seite, so daß er mit einem Auge auf sie herabsehen konnte. »Ich hab's mir gedacht! Hat zweifellos irgendwas mit seiner berühmten Bein-Montage zu tun.« Er ließ sich zurückfallen und gackerte los. »Nun, wenn Blugg glaubt, *das* würde ihn zum Liebling der Geschäftsleitung machen, dann kannst du ihm sagen ... du kannst ihm sagen ...« Ein gerissener Ausdruck glitt über das schmale Gesicht. »Nein, sag's nicht. Sag ihm« – er verrenkte sich und spähte über eine Schulter auf die Reihen von Tonnen, die auf den Stahlregalen hinter ihm standen – »sag ihm, wir haben nur eine halbe Tonne Zaunrübe, und wenn er mehr haben will, wird er eine Genehmigung von den Jungs in den Labors brauchen.«

Beim Weggehen hörte Jane den Magazinverwalter hinter sich lachen. »Grimpke! Welch ein Witz!«

Als sie das nächstemal in die Wand kroch, machte es sich Jane nicht in dem kleinen Nest gemütlich, das sie dort gebaut hatte. Sie ließ das Zauberbuch unten liegen und kletterte zwischen den Mauern hinauf, wobei sie nach Streben und Stützen suchte, um die bloßen Füße daraufzustellen. Es war überraschend einfach. Vorsichtig stieg sie bis ganz nach oben. Dort folgte sie den kühlen Luftströmen, bis sie deren Quelle fand, eine Falltür, die vor langer Zeit den Zugang zum Dach ermöglicht hatte.

Sie rüttelte daran und entdeckte, daß sie mit Teerpappe überklebt worden war und sich nicht öffnen ließ. Aber es würde ihr keine große Mühe bereiten, ein Messer zu stehlen.

Am nächsten Tag, gegen Schichtende, kam Rooster mit einem neuen Fluchtplan zu ihr. Sie befanden sich inmitten eines jahreszeitlich bedingten Produktionsrückgangs, und anstatt sie früher zum Schlafsaal zurückzuführen, hatte Blugg den Kindern Besen und Kübel mit Kehrstreu in die Hände gedrückt. Sie sollten die Fußböden der Musterabteilung säubern.

Das war eine unsinnige Arbeitsbeschaffungsmaßnahme. Die Fußböden waren vor fast einem Jahrhundert aus riesigen Eichenbohlen gelegt und von Generationen so verbogen und abgetreten worden, daß das Holz zwischen den Maserungen tiefe Furchen und Risse aufwies und unerschöpfliche Gruben für Staub und Schmutz bildete. Nicht die größte Menge Kehrstreu könnte sie säubern.

Aber solange die Kinder zu arbeiten vorgaben, blieb Blugg im Büro des Vorarbeiters und ließ sie in Ruhe. Jane sah das Kabuff durch die Fensterwand, die unterhalb der Decke die ganze Länge des Gebäudes einnahm. Es war ein bescheidenes Labyrinth aus Schreibtischen, tapeziert und sauber, eine ruhige und völlig andere Welt als die, worin sie schuftete. Grimpke war oben bei ihm in dem geborgten Büro. Die beiden alten Trolle beugten sich tief und gewichtig über ihre Baupläne.

»Sieh mal.« Rooster schüttelte eine Schaufel mit Schmutz und wächsernem Kehrstreu vor Janes Gesicht. »Wohin geht das Zeug deiner Ansicht nach?«

Jane schob sie beiseite. »Zurück auf den Fußboden. Recht bald.«

»Sehr komisch. Nein, hör zu. Wir schütten das Zeug in diese Abfalleimer, stimmt's? Die hievt dann später ein Paar Pillywiggins heraus und wirft den Müll in eine Tonne, okay? Zusammen mit Abfällen, Sägespänen, Verpackungen, Kanistern mit chemischem Abfall und dergleichen. Dann kommt ein Laster und leert die Mülltonnen. Wohin fährt der Laster wohl?«

»Zur Kantine.«

»Spaßvogel! Er fährt durch einen Lieferanteneingang in der Ostmauer hinaus. Ganz und gar nicht in der Nähe der ZeitUhr – kapiert? Nicht in der Nähe der ZeitUhr.«

»Komm mal auf 'n Teppich zurück. Du willst in den Bauch eines Müllwagens steigen? Hast du je die Zähne von den Dingern gesehen? Sie sind scharf wie Rasierklingen und größer als du. Wenn dich das Ding in sein Maul holt, bist du so gut wie tot.«

»Bist du dir da sicher?«

»Nein, natürlich bin ich mir nicht sicher. Aber es ist das Risiko nicht wert.«

Rooster setzte eine pfiffige Miene auf. »Gut. Sagen wir dann, der einzige Weg raus führt an der Uhr vorbei. Wie kommen die Leute daran vorbei? Mit ihren Steckkarten, stimmt's? Aber nimm mal an, wir könnten einige Karten kriegen. Wenn wir eine Möglichkeit fänden, den eigentlichen Benutzer hinzuhalten, dann könnten wir …«

»Ohne mich!« Jane wich zurück, wobei sie heftig den Besen schwang.

»Jane!« Rooster eilte ihr nach. Mit einem raschen Blick nach oben faßte er sie beim Arm und zerrte sie in den Schatten einer Säule. »Jane, warum bist du gegen mich? Alle anderen sind auf Dimitys Seite, außer dir. Und Dimity haßt dich bis auf die Knochen. Auf wessen Seite bist du also? Du mußt wählen.«

»Ich werde auf niemandes Seite mehr sein«, sagte sie. »Seiten sind blöde.«

»Was ist nötig?« fragte er verzweifelt. »Was ist nötig, um dich wieder auf meine Seite zu bringen?«

Er hörte erst dann auf, sie zu nerven, als sie sich einverstanden erklärte, sich an der Ausführung seiner idiotischen Pläne zu beteiligen. Nun, sie hatte sich dazu entschlossen, alles Notwendige zu tun, um hier herauszukommen. Also konnte sie das Ganze hier ebensogut zu ihrem Vorteil ausnutzen. »Okay, ich mach dir einen Vorschlag. Du kommst dahin, wohin ich nicht komme. Klau mir eine Hexennuß. Eine jungfräuliche Nuß, denk dran. Eine, die noch nie benutzt worden ist.«

Launisch wie eh und je grinste Rooster anzüglich und faßte sich zwischen die Beine.

»Und deine geschmacklosen Witze hängen mir auch zum Hals heraus. Hilf mir oder laß es bleiben. Mir ist ziemlich schnuppe, was du tust. Aber wenn du mir nicht mal einen so kleinen Gefallen tun willst, sehe ich nicht ein, warum ich mich für dich ins Zeug legen sollte.«

In verletztem Tonfall sagte Rooster: »He, was hab ich dir denn je getan? Bin ich nich' stets dein Freund gewesen?« Er schloß das gesunde Auge und legte sich einen Finger an die Nase. »Wenn ich dir helfe, wirst du mir helfen? Bei meinem Plan?«

»Ja, bestimmt«, sagte Jane. »Bestimmt werd ich dir helfen.«

Nachdem er weg war, ging Jane erschöpft zum fernen dunklen Ende der Abteilung. Es war ein so langer Tag gewesen, und sie mußte noch zu Mrs. Greenleaf gehen, um zu spielen. Sie hoffte inbrünstig, daß Blugg nicht völlig in seinem Projekt aufginge und sie in der Eingangshalle des Schlosses warten ließe, wie er es in den vergangenen drei Tage getan hatte.

In den Schatten wartete Dimity auf sie und faßte sie unterhalb der Schulter beim Arm.

»Au!« Jane hatte das Gefühl, als würde ihr Arm zerquetscht.

Aber Dimity drückte nur um so fester. »Worüber habt ihr gesprochen, du und Rooster?«

»Über gar nichts!« rief sie.

Mit Augen wie zwei zusammengerollte Schlangen sah Dimity sie lange und hart an. Schließlich ließ sie Jane los und wandte sich ab. »Hoffentlich!«

Während der Winter voranschritt, reiften Bluggs Pläne zur Blüte. Wesen in Anzügen kamen vorüber, um mit ihm zu beraten. Er wurde freundlicher und kleidete sich mit größerer Sorgfalt, fügte seinem Arbeitshemd eine Krawatte hinzu und badete dreimal die Woche. Drüben in der Montage, in einer ungenutzten geschlossenen Nische – für strukturelle Reparaturen, die man erst planen würde, wenn das ökonomische Klima sich erwärmte –, nahm ein Prototyp von Grimpkes Bein-Montage allmählich Gestalt an.

Während einer ihrer Abstecher zur Abteilung A hob Jane ein Stück grünes Leder vom Fußboden der Reinigungsabteilung auf und steckte es in die Tasche. Sie stahl etwas festen Faden und eine Rundnadel, opferte einen Teil der Zeit, die sie sonst mit dem Zauberbuch verbrachte, und nähte für Rooster eine Augenklappe. Das war mehr Arbeit, als sie gedacht hatte, und am Ende war sie ziemlich gereizt. Aber als sie Rooster weckte, um sie ihm zu schenken, war er so gerührt von dem Geschenk und freute sich dermaßen, daß sie sich geradezu schämte.

»Die ist *Spitze!*« Er saß aufrecht im Bett, löste den Fetzen vom Kopf und enthüllte einen schrecklichen Moment lang die Ruine seines Auges. Dann senkte er den Kopf, zurrte das Band zurecht, und als er sich aufrichtete, war er wieder der alte Rooster. Sein Lächeln zog sich an der einen Seite des Gesichts höher hinauf als auf der anderen, wie im Versuch, die fehlende Symmetrie weiter oben auszugleichen. Die Stirnlocken fielen ihm auf eine großspurige, irgendwie piratenhafte Weise über das Band.

Er hüpfte vom Bett. »Wo ist ein Spiegel?«

Jane schüttelte den Kopf und lachte lautlos, denn seine Freude war ansteckend. Natürlich gab es im Schlafraum oder in der Nähe davon nirgendwo einen Spiegel. Industrielle Sicherheitsregeln untersagten das.

Rooster steckte die Daumen in die Achselhöhlen, bildete Flügel mit den Ellbogen und stellte sich auf ein Bein. »Dimity, gib bloß acht, jetzt komme ich!«

Aufgeschreckt bat Jane: »Oh, laß dich nicht auf einen Kampf mit ihr ein. Bitte nicht!«

»Ich habe diesen Kampf nicht angefangen.«

»Sie ist stärker als du. Zur Zeit.«

»Es sind lediglich die anderen Kinder, die sie so stark machen. Ohne deren Vertrauen ist sie nichts. Die ganze Macht wird zu mir zurückkehren, sobald ich Blugg getötet habe.«

»Du kannst Blugg nicht töten.«

»Wart's nur ab!«

»Nun, ich will nichts mehr davon hören«, sagte Jane. »Ich geh ins Bett.« Und das tat sie.

Aber sie hatte das schreckliche Gefühl, daß ihr unschuldiges Geschenk etwas in Gang gesetzt hatte, das nicht mehr zu beherrschen war.

Jane stand auf Abruf vor Bluggs Büro, als Rooster mit der Hexennuß heranschlich, die zu stehlen er versprochen hatte. Er zwinkerte ihr einäugig zu und drückte ihr die Nuß in die Hand.

»Ist es Kirsch?« fragte sie.

»Natürlich«, sagte Rooster. »Wofür hältst du mich eigentlich? Für einen Vollidioten?«

»Sei nicht grob.« Jane ließ die Nuß unter ihrem Hemd in eine Tasche gleiten. Sie wurde allmählich eine ziemlich gute Diebin; die Bewegungen liefen jetzt fast automatisch ab. Zu ihrer Überraschung merkte sie, daß ihr das Stehlen wirklich Spaß machte. Es hatte etwas Dunkles, Bebendes, Prickelndes, sich in Gefahr zu bringen und dennoch der Bestrafung zu entgehen.

Als Jane in dieser Nacht vom Schloß zurückkehrte, schliefen die anderen Kinder bereits. Geübt und behende streifte sie ihre Schürze ab, schlüpfte unter ihr Bett und hob das lose Brett. Flink wie ein Nachtaffe erkletterte sie die Innenseite der Mauer.

Der Wind war wie ein Peitschenhieb. Sie kauerte sich tief auf das Dach, und ihre Haut war blau vor Kälte. Aber die Dame Mond verlieh ihr die Kraft, es auszuhalten. Mit all ihrem Willen starrte sie auf die Hexennuß in ihrer Hand, rief sich die Spezifikationen ins Gedächtnis: Ausmaße, Gewicht und genaue Zusammensetzung der Metallegierung.

Nichts geschah.

Sie schaukelte die Nuß genau in die Mitte ihrer Handfläche, konzentrierte sich auf das Gewicht und wie es sich anfühlte, auf das Glitzern des bleichen Mondlichts, das in den Facetten spielte, auf das enge Gewinde in ihren Kern hinab. Da spürte Jane, wie ihr Wissen über die Nuß mit einem fast hörbaren Klicken zu einem perfekten Ganzen zusammenschnappte.

Ich weiß alles von dir, dachte sie. Flieg!

Die Nuß stieg wirbelnd in die Luft.

Jane war zufrieden. Die Kenntnis der Natur der Hexennuß hatte ihr Macht darüber verliehen. Sie mußte tun, was sie, Jane, wollte. Ebenso wußte sie, daß 7332 trotz seines Schweigens sie brauchte. Eines Tages würde er sie rufen. Dann wäre sie bereit. Sie wüßte seine Spezifikationen in- und auswendig. Und wenn sie gingen, wüßte sie den Namen des Drachen.

Sie hätte ihn unter Kontrolle.

»Was tust du hier oben?«

Jane fuhr entsetzt herum. Rooster stieg durch die Falltür. Er hatte ein breites, schmieriges Grinsen im Gesicht, und Jane, die sich ihrer Nacktheit bewußt wurde, versuchte vergebens, sich mit den Händen zu bedecken. »Sieh nicht her!«

»Zu spät. Ich hab bereits alles gesehen.« Rooster lachte. »Du siehst aus wie Glam persönlich, wenn sie auf den Dächern reitet.« Aus dem Schatten hinter sich holte er eine Decke hervor. Nachlässig legte er sie Jane um die Schultern. »Da. Das dürfte wohl beweisen, daß ich auf deiner Seite stehe.«

»Ach! Wieder Seiten!« Errötend zog Jane die Decke fest um sich.

Rooster stand auf Zehenspitzen und streckte einen Arm zum Mond aus, als glaubte er, er könne ihn vom Himmel pflücken. Er reckte sich so hoch und wurde dabei so dünn, als wollte er eins mit dem Wind werden. »He, hübsche Aussicht hast du hier.« Er sah mit zusammengekniffenen Augen auf sie herab. »Wäre dir wohler dabei, wenn ich mich ebenfalls ausziehe?« Er fing an, sich die Hose aufzuknöpfen.

»Nein!«

»Oh, schon gut.« Rooster hob die Schultern und knöpfte sich wieder zu. Dann fiel er unvermittelt vor ihr auf die Knie. »Jane, ich habe immer wieder darüber nachgedacht, wie ich dich dazu bringen kann, mich wieder zu mögen.«

»Ich mag dich, Rooster. Du weißt das.« Jane rückte von ihm ab, und er folgte ihr auf den Knien, so daß die Entfernung zwischen ihnen unverändert blieb.

»Ja, aber du wirst mir nicht helfen. Du sagst, du willst mir helfen, aber du meinst es nicht so. Ich meine, du weißt, was ich meine?«

Sie senkte den Blick. »Ja.«

Roosters Stimme wurde dünn, als würde er etwas Beschämendes eingestehen. Jane mußte sich anstrengen, seine Worte zu verstehen. »Ich habe mir also überlegt, daß wir einander vielleicht unsere wahren Namen sagen sollen.«

»Wie bitte?«

»Du weißt schon. Du sagst mir deinen Namen, und ich sage dir meinen. Das bedeutet, man vertraut jemandem wirklich, weil, wenn man deinen wahren Namen weiß, kann man dich *so* töten!« Er schnippte mit den Fingern.

»Rooster, ich bin ein Mensch.«

»Ach ja? Das nehme ich dir nicht übel.« Sein Ausdruck war verletzt, verwundet. Er war ihr nun völlig ausgeliefert, auch ohne daß sie seinen geheimen Namen kannte. Jane verspürte Mitleid mit ihm.

Sanft sagte sie: »Ich habe keinen wahren Namen.«

»Mist.« Rooster ging zur äußersten Kante des Dachs und starrte lange, lange Zeit auf den weit unten liegenden Boden. Jane sorgte sich um ihn, zögerte jedoch gleichzeitig, ihn zu rufen, aus Angst, er könnte vor Schreck hinabfallen. Schließlich streckte er die Arme zu beiden Seiten auf volle Länge aus, fuhr herum und stolzierte zu ihr. »Ich werd ihn dir trotzdem sagen.«

»Rooster, nein!«

»Er lautet Tetigistus. Das bedeutet Nadel.« Er verschränkte die Arme. Sein Gesicht hatte einen unheimlich friedlichen Ausdruck angenommen, als wären all seine Sorgen und Ängste jäh von ihm abgefallen. Jane merkte, daß sie ihn fast beneidete. »So! Jetzt kannst du alles mit mir tun.«

»Rooster, ich weiß nicht, was ich sagen soll.«

»He, du hast mir noch immer nicht gesagt, was du hier oben machst.« Die Hexennuß war bei Roosters erstem Wort herabgefallen. Jane hatte sie die ganze Zeit über fest mit der Faust umklammert. Jetzt löste ihr Rooster die Finger und nahm ihr die Nuß ab. »Ahaa!« Er sah sie durch das Bohrloch an. »Also dafür hast du sie haben wollen. Du lernst, wie man die Namen von Dingen gegen sie verwendet.«

Jane nickte wie betäubt. »Ja, ich… ich habe dieses Zauberbuch gefunden, siehst du…«

»Ja, stimmt. Ich bin unten an der Mauer draufgetreten.« In Roosters Stimme brannte heftige Freude. »Oh, das ist hervorragend. Das bedeutet, daß alles gegen Blugg gerichtet werden kann! Wir können ihn unter dem Heizkessel zermalmen, geschmolzenes Messing auf ihn herabrufen, ihm die Adern mit Bleikügelchen füllen.«

»Rooster, weshalb dieser Haß auf Blugg? Gib's auf! Rache wird dir bei der Flucht nicht helfen.«

»Oh, mir liegt nichts an Flucht.«

»Aber du hast gesagt…«

»Nur weil du fliehen wolltest. Seit meiner Krankheit, seitdem ich das Auge verloren habe, ist das Gesicht in mir mit jedem Tag stärker geworden. Was soll's mich kümmern, auf welcher Seite der Fabriktore ich bin? Gleich hier und jetzt kann ich Welten sehen, wie du dir sie nie vorgestellt hast. Dinge, wofür dir die Worte fehlen. Und manchmal habe ich Vorahnungen.« Er runzelte ganz und gar nicht roosterhaft die Stirn und sagte: »Deswegen versuche ich immer wieder, dich zu warnen. Du bist in etwas verwickelt, und je mehr du versuchst, dich zu lösen, desto mehr verstrickst du dich darin.« Dann lachte er, wieder ganz Rooster. »Aber jetzt arbeiten wir zusammen! Zunächst wirst du mir dabei helfen, Blugg umzubringen, und dann werden wir seine Steckkarte klauen, und du kannst frei hinausgehen. Es ist so einfach, daß es geradezu schön ist.«

Jane war schrecklich zumute. Roosters Pläne waren nicht ihre Pläne. 7332 würde ihr unmöglich gestatten, Rooster bei der Flucht mitzunehmen. Sie spürte die Gegenwart des Drachen sogar jetzt, ein allgegenwärtiges Wesen, das die ganze Fabrik durchdrang. Selbst hier war sein Einfluß greifbar, wenn auch geschwächt durch das Mondlicht. Sie spürte seinen Abscheu wie eine eiserne Gewißheit im Hinterkopf. »Es wird nicht funktionieren. Das ist lediglich eine weitere deiner kindischen Phantasien.«

»Sei doch nicht so. Du läßt dich ganz in die Illusion des Daseins verstricken.« Er streckte die Hand aus. »Hier, ich will es dir zeigen.«

Sie faßte ihn bei der Hand. »Mir zeigen? Wie?«

»Du kennst meinen Namen, nicht wahr? Nun, benutze ihn!«

»Teti… Tetigistus«, sagte sie zögernd. »Zeige mir, was du siehst!«

Sie gingen einen winterlichen dunklen Bürgersteig hinab. Flecken ungeräumten Schnees waren zu schwarzen Klumpen niedergetreten worden, die hart wie Fels und glatt wie Eis waren. Stein- und Glasgebäude ragten so hoch auf, daß ihr oberes Ende nicht mehr zu sehen war. Überall waren Lichter. Sie zogen sich an den endlosen Schaufenstern entlang, flackerten in dürren blattlosen Bäumen, buchstabierten in riesigen Lettern Worte in einem Alphabet, das merkwürdig vertraut, für Jane aber unlesbar war. Auf den

Straßen wimmelte es von Maschinen, die sich bewegten, als wären sie lebendig, jedoch keine eigenen Stimmen hatten, nur das Brüllen ihrer Motoren und das Schmettern ihrer Hupen.

»Wo sind wir?« fragte Jane verwundert.

Rooster schüttelte den Kopf.

Sie gingen weiter, inmitten einer Masse aus schweigenden schattenhaften Menschen. Niemand sprach sie an oder stieß gegen sie. Es war, als wären sie Geister.

In einem der Schaufenster sahen sie immergrüne Bäume, die geschmückt waren mit Popcorn, Lametta sowie an Schnüren hängenden Lebkuchen-Soldaten. Unter den Tannen lagen die Spielzeugschätze eines Ogers: Bären in Harnischen, die kleine Trommeln schlugen, Maschinen, die glänzende Miniaturausgaben der Maschinen auf der Straße waren, Puppen in spitzengesäumtem Taft, außerdem eine ausgestopfte Giraffe von halber Lebensgröße.

Jane hatte nie zuvor so etwas wie diese Fundgrube des Wohlstands einer fremden Welt gesehen, doch es hallte etwas im Geist dieses Orts wider, das ihr sagte, daß er in gewisser Weise identisch oder kongruent mit der Welt ihrer frühesten Erinnerungen war, als sie klein, behütet und glücklich gewesen war.

Sie brach in Tränen aus. »Rooster, bring mich bitte nach Hause!«

Er drehte sich überrascht zu ihr um und ließ unbedacht ihre Hand los.

Sie waren wieder zurück auf dem Fabrikdach.

»Da.« Rooster küßte sie auf die Wange. »Jetzt vertrauen wir uns völlig«, sagte er.

Die Zeit wurde allmählich knapp. Jane spürte die mahlenden Schwingungen von Ereignissen, die sich, angetrieben von der Maschinerie des Schicksals, einem Höhepunkt näherten. Am nächsten Abend, als sie vorgab, mit dem Spielzeug zu spielen, schloß Jane die Hand um den Messing-Nugget, den 7332 haben wollte. Zur Ablenkung nahm sie eine Kasperlpuppe aus der Schachtel und winkte damit hin und her, als spielte sie Hexe. Wie sie wußte, machte es Mrs. Greenleaf glücklich, wenn sie sich kindisch benahm; je kindischer sie sich benahm, desto glücklicher war der alte Elf.

Geschickt drehte sie den Körper, um den Diebstahl zu verbergen. Sie drückte den Nugget mit einer gleichgültigen Geste an sich und versteckte ihn zwischen ihren Kleidern. Mrs. Greenleaf, mit Bleistift und Zeitschrift beschäftigt, bemerkte nichts. Obgleich der Baldwynn niemals etwas direkt ansah, warf Jane beiläufig einen Blick zu ihm hinauf, um sich zu vergewissern, daß er nicht zuschaute.

Sie keuchte.

Der Elfen-Gutsherr war nicht in seinem Sessel. Wo er gesessen hatte, schwebte jetzt statt seiner ein eiförmiges, sanft pulsierendes Licht. Blasse Farben spielten auf der kalten, konturlosen Oberfläche. Sie wich vor dem Ding zurück, wobei sie unvernünftigerweise befürchtete, es würde den Sessel verlassen und ihr folgen.

Mrs. Greenleaf sah von ihrem Akrostichon auf. »Jane«, sagte sie warnend. »Ist etwas?«

»Nein, Mrs. Greenleaf«, versicherte Jane hastig.

Aber Mrs. Greenleaf hatte sich bereits ihrem Vater zugewandt. Sie öffnete den Mund zu einem runden kleinen O, und die Augen traten ihr aus den Höhlen, als wäre sie jäh in einen Fisch verwandelt worden. Ihr Ekel war so komisch und stark, daß Jane den Drang zu kichern niederkämpfen mußte.

Die alte Elfenfrau stand auf, wobei ihr die Zeitschriften vom Schoß rutschten. Sie faßte Jane gedankenlos schmerzhaft bei der Hand und zog sie schnurstracks aus dem Zimmer.

Sobald die Tür einmal fest geschlossen war, wandte sich Mrs. Greenleaf Jane zu. Ihre Gesichtshaut war gespannt und weiß, und der Mund ein lippenloser Schlitz. »Du hast heute abend nichts gesehen, verstehst du?« Sie schüttelte nachdrücklich Janes Arm. »Nichts!«

»Nein, Ma'am.«

»Wir sind eine alte Familie, eine angesehene Familie, es hat nicht den geringsten Skandal gegeben seit – wo siehst du hin?«

»Nirgendwohin!« Jane hatte Angst, daß die Elfenfrau sie schlagen würde. Statt dessen wurde sie jedoch direkt zum Ankleidezimmer geführt, obgleich ihre Zeit erst zur Hälfte vorüber war. Sie erhielt ihre Arbeitskleidung zurück, und ihr Spielkleid und die Spitzenunterwäsche wurden wieder einmal in weißes Papier eingeschlagen. Es war noch immer zu früh, als sie auf die Eingangsstufen verfrachtet wurde, gut eine Stunde ehe Blugg sie nach Plan abholen sollte.

»Ich glaube, es ist *nicht* notwendig, daß du morgen wiederkommst«, sagte Mrs. Greenleaf fest.

Sie schloß die Tür.

Blugg kam eine halbe Stunde zu spät. Jane erwartete ihn in quälender Vorahnung. Als er schließlich eintraf, war er überrascht, sie draußen vorzufinden und nicht wie zuvor in der Eingangshalle, und er wollte den Grund dafür wissen. Dann, nachdem sie ihm gesagt hatte, wie Mrs. Greenleafs letzte Worte gelautet hatten, warf er den Kopf zurück und heulte. Es war ein grauenhafter Laut, ein Gemisch aus Schmerz und dem elenden Gefühl zerstörter Träume.

Nachdem sie in den Schlafsaal zurückgekehrt waren, schlug er sie.

5

Es war eine Qual, am nächsten Morgen aus dem Bett zu steigen. Janes Seite brannte vor Schmerz. Ein Bein knickte leicht unter ihr weg, als sie es belastete, und sorgte dafür, daß sie merkwürdig zuckend hinkte. Sie mußte ihren Haferschleim durch die linke Mundseite löffeln; die rechte Seite war verschwollen und durch eine Beule von der Größe eines Eies verschlossen.

Blugg warf einen Blick auf Jane und riß ihr mit einem Ruck die Botenweste vom Rücken. Er warf sie Dimity zu, die sie sich über den Kopf streifte und ihm mit einem triumphierenden kleinen Schwenken ihrer Röcke ins Büro folgte.

Zu ihrer Beschämung und zu ihrem Erstaunen entdeckte Jane, daß der Verlust der Stellung tatsächlich schmerzte.

Aber Bluggs Projekt brach mit dem Verlust der vermuteten Unterstützung durch den Baldwynn nicht zusammen. Es hatte seine eigene Schwungkraft angenommen; zu viele ehrgeizige Burschen der mittleren Führungsebene hatten ihre Zeit und ihr Prestige in das Unternehmen gesteckt, als daß es nun sang- und klanglos hätte untergehen können.

Paradoxerweise nahm das Projekt mit Janes Entlassung durch Mrs. Greenleaf an Geschwindigkeit zu. Der Prototyp, der wochenlang unvollständig in seiner Montagebucht gestanden hatte, wurde rasend schnell vollendet, getestet und geschmiert. Smidgeon, Creep und Three-eyes verbrachten einen ganzen Tag damit, seine Oberfläche zu polieren, bis sie wie ein Spiegel glänzte.

Des Nachts kroch Rooster in die Mauer, um über dem Zauberbuch zu brüten. Er bestand darauf, daß Jane ihm das Kapitel zeigte, das mit dem Zusammenbau von Nocken zu tun hatte, und ging immer und immer wieder über die Diagramme, bis er sich gewiß war, diejenigen entdeckt zu haben, die der verhutzelte alte Ingenieur Grimpke zum Bau des Prototyps benutzt hatte.

»Wir haben nicht viel Zeit«, sagte er zu Jane. »Ich habe mit Hob gesprochen – Hob, dem Laufburschen des Schmieds, nicht dem einbeinigen Hob –, und er hat gesagt, in fünf Tagen kommt irgendein Lord, so ein hohes Tier vom Hauptbüro, und will sich das Bein ansehen. Der Generalinspektor vom Patentbüro.« Er sang die Worte geradezu; Rooster liebte hochgestochene Titel über alles. »Im Arbeitsbereich heißt es, daß sie an einer Menge Fäden ziehen mußten, um den GI hier runterzukriegen, und jetzt rennen sie rum wie die aufgescheuchten Hühner und versuchen, alles rechtzeitig fertig zu kriegen.«

»Rooster, gib diesen Unsinn auf«, flüsterte Jane zurück. Es war eng innerhalb der Mauer, und obgleich sie völlig bekleidet war, machte es sie verlegen, daß sie so dicht an Rooster gedrückt wurde. »Du kannst doch unmöglich hoffen, Bluggs eigenes Werk gegen ihn zu kehren.«

»Sicher kann ich das.« Rooster zitterte vor Kälte oder Freude. Jane wußte nicht, was von beiden zutreffend war. »Diese Titanklauen werden zucken und zappeln, und sie werden sich fest um diesen fetten Scheißkerl schließen. Langsam, so daß er Zeit haben wird, sich zu fürchten. Und dann … es wird großartig sein.«

»Wie dem auch sei, ich sehe nicht, daß du dir all diese Zahlen in nur fünf Tagen einprägen kannst. Das müssen sieben Seiten sein!«

»Ich krieg's hin«, sagte er grimmig.

Er saß stirnrunzelnd über den Zahlen. Sein Gesicht wurde von dem silbrigen Runenlicht nur schwach erleuchtet und war fast unsichtbar. Jane wußte, wie schwer sein Vorhaben sein konnte. Sie hatte den eigenen Ehrgeiz, ihren Drachen völlig zu beherrschen, heruntergeschraubt und wollte nur noch mehrere Schlüsselfunktionen seines optischen Systems sowie des Prozessorsystems beherrschen. »Ich glaube, du kannst noch nicht mal die Zeichen lesen.«

»Sicher kann ich das.«

»Was ist denn das da für eins?« Sie stach mit dem Finger auf die Runen, die 3,2 Ohm bedeuteten.

»Sieh mal, ich brauche die Schnörkel nicht zu *verstehen,* um sie mir einzuprägen. Ebenso wie du erkenne ich genau, wie sie aussehen. Ich präge sie mir lediglich als Bilder ein.«

Es war eine unmögliche Aufgabe, die sich Rooster gestellt hatte. Jane ließ ihn dort sitzen und ging wieder zu Bett. Sie war dankbar für die Möglichkeit, etwas Schlaf zu bekommen, und sicher, daß Rooster nach einem anstrengenden Tag aufgeben würde, bestenfalls nach zwei Tagen. Wenn er aufgab, könnte sie zu ihren Studien zurückkehren.

Aber er gab nicht auf. In jener Nacht, in der nächsten Nacht sowie in den drei darauffolgenden Nächten kroch Rooster in die Mauer und blieb bis zur Morgendämmerung dort, um mit dem Zauberbuch zu sprechen. Jane ärgerte sich über die Zeit, die er dort verbrachte. Es war schließlich *ihr* Buch, und es verlangte sie dringend danach. Alle ihre Bemerkungen, zaghaften Andeutungen und schließlich ihre nachdrückliche Forderung, sie sollten sich nachts beim Studium des Zauberbuchs abwechseln, tat Rooster jedoch mit einem Schulterzucken ab.

Mit ihm war nicht zu reden. Rooster war besessen.

In der Nacht vor der geplanten Inspektion mußten die Kinder in Reih und Glied vor dem Badezimmer antreten und in die Wanne steigen, obgleich es erst mitten in der Woche war. Eines nach dem anderen wurde hereingerufen. Dimity überwachte die Mädchen und schwang eine kratzige Bürste, damit auch ja keine Stelle übersehen wurde, während Blugg mit aufrichtiger Belustigung zuschaute.

Die Bürste wurde mit besonderer Heftigkeit geschwungen, als Jane im Zinktrog an der Reihe war. Dimity wollte Blugg anscheinend etwas zeigen, etwas, das Jane nicht verstand. »Zieh die Kleider aus, du Schlampe!« rief sie. »Aber mal 'n bißchen plötzlich!«

Jane sah betont von Blugg weg, als sie sich auszog und linkisch in den Trog kletterte. Sie hatte sich größtenteils von den Schlägen erholt, doch die Prellungen waren noch immer vorhanden, gelb und schwarz um purpurrote Wolken, wie schlechtes Wetter dicht unter der Haut. Das Wasser war noch immer warm, und dünne ölige Streifen von Seife trieben auf der grauen Oberfläche.

»Du hast dich vollgeschissen, du Schwein!«

»Habe ich nicht!« rief Jane unwillkürlich.

»So? Und was ist das da?« Dimity fuhr Jane mit der Scheuerbürste zwischen die Beine und scheuerte mit harten raschen Strichen, die Jane die Tränen in die Augen trieben. »Ist überall an deiner Arschspalte.« Jane bespritzte sie und wich zurück, und Dimity folgte ihr zum anderen Ende des Trogs, wobei sie ihr das Hinterteil mit den scharfen Nylonborsten schrubbte.

»Hier!« Sie warf Jane einen schmutzigen Waschlappen ins Gesicht. »Wisch dir das Gesicht ab. Es ist dreckig.«

Als Jane angezogen wurde, schaute sie furchtsam auf und sah einen merkwürdigen Blick, der zwischen Dimity und Blugg hin- und herging, ein rätselhafter und sogar verschwörerischer Blick, beladen mit einer schrecklichen Bedeutung.

Ein krankhaftes Lächeln glitt Rooster beim Frühstück übers Gesicht. Seine Finger zitterten leicht, und sein zerstreuter Blick schoß hierhin und dorthin. Seitdem er nachts in die Mauer kroch, war sein Gesicht noch blasser und abgespannter geworden; eine ständige Erschöpfung klebte jetzt an ihm. Aber an diesem Morgen lag eine unnatürliche Energie unter seiner Erschöpfung, wie ein elektrischer Strom, der seine Muskeln zu spasmischen Zuckungen veranlaßte.

»Rooster?« fragte Jane ruhig. Niemandem sonst fiel sein Zustand auf. Alle anderen waren beschäftigt mit dem bevorstehenden Besuch des Generalinspektors. »Du mußt kein mieses Gefühl haben, wenn die Dinge nicht…« Sie brachte es nicht fertig, es auszusprechen.

»Dies ist der Tag.« Er grinste ihr kurz und seltsam zu. »Weißt du was? Vor kurzem habe ich wieder Stilts Stimme gehört. Als wäre er nicht wirklich tot, sondern würde sich irgendwo in den Schatten verbergen, oder vielleicht bei mir im Hinterkopf, weißt du? Nun, Stilt wird der heutige Tag gefallen, denke ich. Der ist für ihn.«

»Ja, aber wenn…«

»Psscht!« Er blinzelte und legte sich einen Finger an die Nase. Dimity kam herangewackelt, um ihnen zu befehlen, sich in Marschformation für die Arbeit aufzustellen. »Wie geht's, wie steht's, Dummchen?«

»Du nimmst dich besser zusammen.« Sie nahm sein

Ohr zwischen Daumen und Zeigenfinger und zwickte es. »Wenn du heute Scheiße baust, Freundchen, dann blüht dir nichts Gutes.« Dann ließ sie los.

Rooster duckte den Kopf und sah weg, und als sie gerade einen Schritt zu weit entfernt war, um sich ohne den Verlust ihrer Würde umdrehen zu können, bemerkte er zu Jane: »Hört sich genauso an wie Blugg, nich'?«

Dimity versteifte sich, ging jedoch weiter.

An diesem Morgen erlitt Dimity auf dem Weg zur Arbeit einen Unfall, während sie gerade an den Pechhöfen vorbeimarschierten. Sie schritt neben Rooster her und sorgte dafür, daß die Reihe gerade war, da gab es eine jähe Unruhe, Thistle taumelte und fiel gegen sie. Weil es sie unvorbereitet getroffen hatte, stürzte Dimity zur Seite und fiel, Kopf voraus, in einen Eimer heißen Pechs. Als sie spuckend aufstand, sah sie aus wie eine groteske schwarze Puppe. Das Gesicht war schwarz, und die Haare glänzten.

Die Kinder lachten.

»Maulhalten!« keuchte Dimity. »Maulhalten, maulhalten, maulhalten!« Es war komisch, wie ihr der Mund offenstand. Sie fuhr sich wütend über die Augen und versuchte, das Pech wegzuwischen.

Blugg explodierte. »Hau ab! Du verfluchte blöde Ziege! Geh schnurstracks ins Bad und bürste dich ab! Ich will, daß du diese Scheiße am Mittag aus dem Gesicht hast, und wenn du dir deswegen die Haut abschaben mußt.«

»Aber es war nicht meine Schuld!« wimmerte Dimity. »Es war …«

»*Verschwinde!*« Blugg fuhr herum und stach mit einem dicken Finger in Roosters Richtung. »Du! Geh zum Lager und besorge dir eine Botenweste. Eine brandneue, hörst du, die beste, die sie haben! Cernunos weiß, daß du nicht viel bist, aber du wirst's tun müssen.«

»Ja, Sir, selbstverständlich, Sir.« Rooster faßte sich an die Stirnlocke und zog. Er beugte sich tief herab, um das höhnische triumphierende Grinsen auf seinem Gesicht zu verbergen.

Dieser Tag kam ihr länger vor als alle anderen, woran sich Jane erinnern konnte. Obgleich sie überhaupt keine Arbeit zu verrichten hatten – das Erscheinungsbild zählte, also konnten sie nicht mit Schmiere oder Poliermittel hantieren –, wurden die Kinder beständig von Arbeitsplatz zu Arbeitsplatz gescheucht, in Gruppen aufgeteilt und wieder versammelt, so daß vom Morgen bis tief in den Nachmittag hinein ein kribbeliges Gefühl des Unbehagens vorherrschte.

Schließlich traf spät am Tag der Generalinspektor ein.

Eine bedrohliche Woge lief dem Elfenlord durch die Fabrik voran. Kein Kobold oder Korrigan, kein gereizter Pillywiggin, auch nicht der niedrigste Dunter, der nicht gewußt hätte, daß der Generalinspektor kam. Die Luft zitterte in Erwartung seiner Ankunft. Ein Lichtschimmer ging vor ihm her und führte dazu, daß sich alle Köpfe drehten und alle Arbeit aufhörte, ehe er um eine Ecke bog oder eine Fabrikhalle betrat.

Er erschien auf der Türschwelle.

Groß und majestätisch war er in seinem italienischen Anzug und der quastenverzierten Krawatte. Er trug einen steifen weißen Hut. Das Gesicht mit dem kantigen Kinn war gutaussehend, nicht nur im menschlichen Sinn, und Haar und Zähne waren vollkommen. In seiner Begleitung befanden sich zwei hochrangige Tylweth Teg mit Klemmblöcken, und ein geierköpfiger Kalkulator aus der Buchhaltung schritt in seinem Kielwasser.

Blugg stand aufrecht und stolz in einem gemischten Begrüßungskomitee aus der oberen und mittleren Führungsebene. Gesicht und Hörner hatte er so sauber geschrubbt, daß die Oberflächen leicht durchscheinend waren. Rooster stand etwas versetzt hinter ihm, als Anhängsel von Bluggs Würde. Der alte Grimpke war ebenfalls anwesend, er hatte sich leicht vornübergebeugt und rieb sich nervös grinsend die Hände. Den Prototyp des Bein-Klauen-Mechanismus hatte man in der Mitte des Raums aufgestellt.

Die Arbeiter waren nach Größe und Funktion an den Mauern aufgereiht worden und sahen aus wie zur Schau gestellte Werkzeuge. Die Kinder standen aufrecht und verängstigt an der Wand hinter ihren Aufsehern. Dimity befand sich, von Jane aus gesehen, am anderen Ende der Reihe. Ihr Gesicht war rot vor unterdrücktem Ärger. Sie hatte sich den größten Teil des Haars abschneiden müssen, um das Pech loszuwerden. Es sah aus, als hätte sie Schlagseite, und ihr zerrupftes Aussehen machte es natürlich völlig unmöglich, daß sie in der Begrüßungsreihe neben Blugg stand.

Rooster verrenkte sich, um zunächst Dimity und dann Jane durchdringend anzusehen. Er öffnete kurz das Hemd und schloß es wieder, wodurch er beiden einen fast unterbewußten Blick auf ein rechteckiges weißes Stück Pappe ermöglichte, das ihm gegen die Haut drückte.

Es war Bluggs Stechkarte.

Jane ahnte so genau, was Rooster sagen wollte, daß sie ihm die Worte von den Lippen ablesen konnte, als er sie lautlos mit dem Mund formte.

Komm mit, sagte er.

Sie schüttelte den Kopf.

Er streckte den Arm aus, als wollte er sie bei der Hand nehmen. Wir sind klein – die Karte wird uns beide schützen.

Sie zog die Hand zurück. *Nein!*

Er hob eine Braue, und das verbliebene Auge füllte sich mit einem unmenschlichen kalten Licht. Dann starrte er wieder vor sich hin, in korrekter und steifer Haltung.

»Was war das?« flüsterte Little Dick. »Das weiße Ding in Roosters Hemd?« Und Smidgeon plapperte nach: »Ja, was?«

»Haltet den Mund, ihr Blödköpfe!« knurrte Jane aus dem Mundwinkel. Ein Oger in weißem Hemd blickte sie über die Schulter an, und sie alle taten ihr bestes, unschuldig dreinzuschauen.

Aber sie hatte es gesehen. Das stählerne Glitzern in Roosters Augen hatte nichts mit ihm zu tun. Es war das Licht des Drachen, das dort leuchtete, die fremdartige Intelligenz von 7332, die ihn zum Handeln bewegte. 7332 hatte das Kommando übernommen und machte Rooster zu einem Werkzeug, eines, das 7332 für seine eigenen unergründliche Zwecke benutzen konnte.

Tu's nicht, tu's nicht, betete sie im Kopf. Tu's nicht, Rooster, laß dich nicht benutzen, und zum Drachen betete sie, laß ihn das nicht tun, nicht, und zur Göttin: Nicht. Halt die Zeit an, halt die Bewegung an, mache die Erschaffung der Welt rückgängig, halt die Sonne in ihrem Lauf an, laß nicht zu, daß dies weitergeht.

Jetzt, da sie darauf aufmerksam geworden war, spürte sie den Einfluß des Drachen überall. Ein allgegenwärtiges flüssiges Medium, worin alle wie Fische in einem feindlichen Ozean umherschwammen. Aus Roosters steifem Rücken schloß sie, daß er den Prototyp anstarrte. Jetzt, zu spät, ging ihr auf, daß die Abende, die Rooster mit dem Zauberbuch verbracht hatte, in gewisser Hinsicht keine Zeitverschwendung gewesen waren; sie hatten eine Öffnung geschaffen, durch die 7332 hereingekommen und ihn beeinflußt hatte.

Der Firmenmanager schüttelte dem Generalinspektor die Hand und stellte ihn dem Rechnungsprüfer vor. Der Elfen-Lord schritt würdevoll an der Reihe entlang, musterte die Angetretenen festen Blickes und bekräftigte gelegentlich sein Handeschütteln mit einem kleinen Lachen oder einem Schulterklopfen.

Die Zeremonie zog sich bedächtig wie ein rituelles Schauspiel dahin. An einem Punkt übergab Rooster gebundene Produktionsziffern an Blugg, der sie dem Elfen-Lord reichte, der sie dem älteren der beiden Tylwyth Teg weiterreichte. Der übergab sie dem jüngeren, und dieser schließlich dem Kalkulator, der sie unter den Arm steckte, ohne einen Blick darauf zu werfen. Creep gähnte, und Dimity stieß ihn wild mit dem Ellbogen in die Seite.

Schließlich wandten sich alle Offiziellen dem Prototyp zu, als bemerkten sie ihn das erste Mal. Grimpke schraubte einen Verschluß ab und öffnete das Bein, um die Anordnung der exzentrischen Zahnräder zu demonstrieren, die im Innern übereinander lagen. »Sährr wichtig«, sagte er. »Harrtes Stöck Arrbeit, sähen Sie?« Einer der Typen von der oberen Führungsebene zuckte zurück, aber der Ausdruck auf dem Gesicht des Generalinspektors war höflich ermutigend. Er lächelte. Grimpke griff in das schmierige Innere, um zu zeigen, wie dicht die Zahnräder aufeinanderlagen, und Licht blitzte zwischen seinen Fingern auf.

Er kreischte.

Helle aktinische Energie flammte aus der Mitte der Anordnung. Sie verschluckte und verschlang jene, die ihr am nächsten standen. Anzüge und Gesichter lösten sich in dem Licht auf. Ein steifer Hut fiel zu Boden und rollte davon. Alles geriet in Bewegung. Flammen schlugen hoch. Und das Ganze in einem Augenblick vollkommener Stille.

Dann erbebte die Welt.

Warme Luft schlug Jane ins Gesicht, und sie stolperte rückwärts; es war, als würde man von einem Kissen getroffen. Ihre Ohren waren wie taub, sie klingelten. Sie kam sich zerrissen und zerteilt vor, die Geschehnisse vor ihren Augen zersplitterten in zu viele Bilder, um sie auf einmal zu erfassen: der Tylwyth Teg in Flammen, rennend, fallend. Ein untergeordneter Riese, der sich mit hysterischem ungläubigen Gelächter vorbeugte. Etwas, das durch die Luft segelte. Platzende Abschlußblöcke, die Steine und Farbblättchen versprühten.

Grauer Rauch lag wie ein Schleier über dem Raum, ebenso stinkende schwarze Schwaden brennender polychlorierter Biphenyle. Sirenen heulten.

Inmitten der geysirhaft sprühenden Funken stand der niedergeschlagene Blugg. Eine Säule in einem chaotischen Meer. Er regte sich nicht, während das Licht an ihm vorüber und durch ihn hindurch strich. Ein Arm hob sich langsam, als wollte er ein Stecheisen hochheben. Dann zerfiel er, zerkrümelte zu grauer Asche.

Dimity kreischte, als ein Sprühregen von Splittern eine Kurve über ihr Gesicht beschrieb, eine anmutige Linie, die netterweise die Lippen, die Nase und beide Augen verschonte, jedoch auf Haaresbreite miteinander verband. Andere Kinder sprangen umher, tanzten vor Schmerz Quickstep, schlugen nach Armen oder Körperseiten.

Aber Jane sah nichts davon. Sie starrte auf Rooster, und es war, als hätte sie seit Anbeginn der Zeit auf ihn gestarrt.

An der Mauer neben dem Ausgang war eine emaillierte graue Schachtel verschraubt. Es war ein Sicherheitsapparat, eine der untergeordneten Töchter der ZeitUhr. Konturlos und augenlos, jedoch nicht blind. Auch nicht machtlos.

Roosters Körper lag auf der Schwelle. Er war geschrumpft und dünn wie ein Stück Papier, das man, nachdem es seinen Zweck erfüllt hatte, zusammengeknüllt und weggeworfen hatte. Ein Rauchfähnchen kräuselte sich über seiner Brust. Nur sie allein im ganzen Raum hatte die Flamme gesehen, die heller als eine Magnesiumflamme unter seinem Hemd hervorgeschossen war, als er am Sicherheitsapparat vorübergekommen war und die Schwelle überquert hatte. Ihre Quelle war Bluggs Stempelkarte gewesen. Jane hatte den Lichtblitz gesehen, hatte gesehen, wie Rooster sich vor Qual gekrümmt hatte, als die brutale Kraft seinen Körper durchschlagen hatte, sie hatte seinen abgeschnittenen Schmerzensschrei gehört, einen Schrei wie der kurze scharfe Ruf einer Nachtlerche.

Sie starrte Rooster an, und er war tot.

Die Kinder hatten sich instinktiv zusammengeschart. Inmitten des Rauchs und der Flammen, des Gekreischs und der gebrüllten Befehle sagte Dimity mit leichter Verwunderung: »Blugg ist tot.«

»Und Rooster.« Der Schattenjunge sprach irgendwo hinter ihr. »Sie sind zusammen zum Spiralschloß gegangen.«

Angesichts dieser Ungeheuerlichkeit, der Unwahrscheinlichkeit, daß zwei solche Schicksale miteinander vermengt wurden, schwiegen sie alle einen Augenblick lang. Schließlich fragte Thistle: »Was tun wir jetzt?«

Sie sah Dimity flehend an. Aber Dimity gab keine Antwort. Das Unglück hatte sie ebenso erschreckt wie die anderen. Sie zitterte, war betäubt, erschüttert, und das Gesicht war totenbleich und mit Blut gesprenkelt, wo die Splitter sie getroffen hatten. Eine Anführerin, dachte Jane säuerlich.

Ein eselsohriger Aufseher in zerrissenem weißen

Hemd stolperte vorüber und berührte sie nacheinander an den Schultern, als würde er ohne diese Stütze hinfallen. »Bleibt hier!« sagte er. »Jede Minute wird ein Sicherheitsoffizier vorbeikommen. Er wird euch befragen wollen.« Er verschwand im Rauch.

Dann war der Drache wieder in Jane, erfüllte sie mit Zielstrebigkeit und Kraft. »Stellt euch auf!« fauchte sie. »Stellt euch der Größe nach auf. Im Quadrat. Hinaus!«

Demütig gehorchten sie.

Jane führte sie aus der Fabrikhalle hinaus und über das Gelände. Noch immer strömten Rettungsmannschaften zu der Montagehalle. Krankenwagen heulten. Blitzende Lichter und der Gestank der Explosion erfüllten die Nacht. Die Lader und Laster regten sich ruhelos in ihren Ställen, schrien mit aufgeschreckten mechanischen Stimmen. Wie entrückt gingen die Kinder durch das Chaos, geschützt von Janes zielstrebiger Aura. Niemand hielt sie auf.

Einige der Kinder – die kleinsten – schlugen noch immer um sich und husteten, als Jane sie zum Gebäude 5 führte. Ein paar schluchzten und schnieften leise, was schon ganz in Ordnung war, aber als Skizzlecraw den Kopf in den Nacken warf und zu jammern anfing, verpaßte ihr Jane eine saftige Ohrfeige. Das brachte sie zum Schweigen.

An der Treppe zum Schlafsaal trat Jane beiseite und trieb und schob sie knurrend vor sich her. Als der letzte – es war natürlich Creep – vorbeiging, schnappte sie sich den Verbandskasten, der an einem Haken vor Bluggs Tür hing.

Zuerst hieß es, Wunden verbinden. Glücklicherweise waren nur wenige der Kinder von der Explosion verletzt worden; das Trauma rührte größtenteils vom Schock her. Als sie zu Dimity kam, um ihr das Gesicht zu säubern, löste sich die Gestaltwandlerin aus ihrer starren Apathie und schrie: »Mein Gesicht! Wie werde ich bloß aussehen?«

»Wie ein Freak«, sagte Jane, »wenn ich diese Dinger nicht ausdrücke. Halt's Maul und laß mich arbeiten!«

Sie erledigte ihre Arbeit so gut, wie sie es mit den vorhandenen Werkzeugen tun konnte. Es waren noch immer ein paar schwarze Flecken unter Dimitys Haut, nachdem sie fertig war, aber mit ziemlicher Wahrscheinlichkeit war es nichts Ernsthaftes. Sie verabreichte den hysterischeren Kindern eine Dosis Morphium, und dann schickte sie alle ins Bett.

Jane war jetzt ihre Anführerin.

Aber wenn es nach ihnen ginge, nicht für lange.

Als die Kinder schließlich alle schliefen, stieg Jane aufs Dach, um die Geschehnisse unten zu beobachten. Rauch und Funken quollen aus den Schornsteinen, und Rettungsmaschinen streiften ruhelos über das Gelände. Der Tod einer so wichtigen Person wie dem Generalinspektor hatte die ganze Fabrik in hektische Aktivität versetzt – ob fruchtbar oder nicht.

Langsam stellte sich wieder Ordnung ein. Thaumaturgen aus den Labors gingen in orangefarbenen Schutzanzügen über das Gelände, verstreuten gewisse radioaktive Isotope aus Weihrauchfässern und murmelten Anrufungen, bei denen die Luft vor Entsetzen erstarrte. In ihrem Kielwasser wurde das Gelände kreuz und quer mit blau, rot und gelb glühendem Garn belegt, so daß es aussah wie ein verrückt gewordenes Schaltdiagramm. Es bestand aus einander überlappenden Kreisen und geraden Linien, die sich in unwahrscheinlichen Winkeln trafen und dann wieder trennten. Wie sie erwarten konnten, in dem Gewirr Anzeichen für magischen Einfluß zu finden, war nicht zu erkennen, und anscheinend konnten sie es auch nicht, denn keine der Linien führte zu Nr. 7332.

Die halbe Nacht lang sah Jane vom Dach hinunter und befürchtete, der Drache könnte entlarvt werden. Sie selbst war ein kleiner und blasser Tupfer auf der schwarzen Dachpappe, und falls jemand sie sah, mußte er sie für eine Lagerhallen-Beschützerin halten, die ihrem rechtmäßigen Gewerbe nachging.

Als der Mond tief am Himmel stand, rief 7332 endlich nach ihr.

Jane stieg ruhig vom Dach hinab, sammelte Zauberbuch, Kristall und Nugget ein und zog sich an. Sie benutzte Bluggs Schlüssel zum Verlassen des Schlafsaals, trat hinaus, warf einen Blick zu beiden Seiten und ging zu ihrem Drachen. Sie schritt quer über das Gelände, unternahm keinen Versuch, einer möglichen Entdeckung zu entgehen. Sie fürchtete sich nicht mehr vor den Sicherheitskräften der Fabrik. Das oblag 7332, nicht ihr.

Als sie den Verschiebebahnhof erreichte, krochen die großen Drachen beiseite, um sie durchzulassen. Sie waren zu stolz, um ihr direkt ins Gesicht zu sehen, aber mehr als einer warf ihr mit einem stolzen und unergründlichen Gesichtsausdruck einen schrägen Blick zu. Ihre Navigationslampen waren leuchtend rote, grüne und weiße Stränge, die der Kontur ihrer Flanken folgten.

Jane erreichte Nr. 7332 und kletterte an seiner Seite empor. Sie fühlte sich unsichtbar.

Weiches Licht ging an, als sie die Kabine betrat. Heute nacht gab es keine schützende Tarnung. Die Tür schlug krachend hinter ihr zu.

»Du hast ihn umgebracht«, sagte sie.

Aus den lichtlosen Tiefen der Maschinerie tönte eine Stimme, oberflächlich ruhig, jedoch mit erwartungsvollen Untertönen. »Ich mußte die Sicherheitskräfte lange genug von ihren normalen Geschäften ablenken, um meine Vorbereitungen zu beenden. Du mußt das Vergießen von ein bißchen Elfenblut nicht betrauern.«

Einen Moment lang ergab die Antwort keinen Sinn. Dann ging Jane auf, daß 7332 glaubte, sie redete vom Generalinspektor. »Ich habe *Rooster* gemeint! Du hast ihn benutzt. Du hast ihn dazu veranlaßt, Bluggs Steckkarte zu stehlen, und du hast gewußt, was geschehen würde, wenn er versuchte, sie zu benutzen. Nur um deine Spur zu verwischen.«

»Der Kleine?« 7332 hörte sich verwirrt an. »An ihm ist nichts Besonderes. Ich kann dir so viele von seiner Art besorgen, wie du haben willst.« Sanft drängte er sie: »Setz dich. Es ist an der Zeit, daß wir dieses Gefängnis verlassen. Hinaus in die Freiheit und in den Himmel!«

Benommen setzte sich Jane auf die Liege und ließ sich von den Servomechanismen umhüllen. Sie umklammerte die schwarzen Handgriffe und verstellte den linken um eine Vierteldrehung. Nadeln glitten ihr in die Handgelenke. Alles verschwamm ihr vor den Augen und veränderte sich, und sie sah durch die Augen des Drachen, verspürte durch sein Nervensystem die kühle winterliche Brise auf seiner eisernen Hülle. Nun war sie nicht mehr nur Jane, sondern ein Teil von etwas viel Größerem, das sie allein niemals sein könnte. Es war ein gutes Gefühl.

»Lade die Maschinensysteme!« befahl sie.

»Das ist die richtige Einstellung!« Brennstoff gurgelte, als ihn elektrische Motoren in die Turbinen pumpten. Ein hohes Winseln wurde lauter und lauter, bis es das Universum erfüllte. Wenn die gepolsterten Kopfhörer nicht gewesen wären, wäre Jane taub geworden.

»Wir sind bereit. Stecke jetzt die Schlüssel hinein!« befahl 7332.

Jane schaltete eine Reihe von Schaltern an und aus und prüfte, ob die Navigationssysteme bereit waren.

»Das ist nicht nötig«, sagte der Drache gereizt. »Du brauchst lediglich die Schlüssel hineinzustecken.«

Plötzlich heulte eine unmenschliche Stimme. Eine zweite Stimme folgte, dann eine dritte. In der gesamten Fabrik gingen die Sirenen an. Leiser, jedoch durchdringender ertönte ein Bellen und Kläffen. Die Cyborg-Hunde. Das konnte nur bedeuten, daß man sie entdeckt hatte. Nach dem Anschalten der Turbinen mußten die verknäulten Linien der Kraft und des Einflusses, die zur Quelle führen sollten, aufleuchten wie Neonröhren.

»Rasch!« drängte 7332. »Man hat uns entdeckt!«

Der Rubinkristall und der Walnußnugget steckten in Janes Gesäßtasche; sie saß halb darauf. Aber sie machte keine Anstalten, sie herauszuholen. »Sag mir deinen Namen!«

Am anderen Ende des Hofs tauchte ein Troll von der Firmenwache auf, Flammen in den Augen. Ihm folgten weitere schwarze Gestalten vor einem kalten Himmel. Jede führte fünf oder sechs Cyborg-Hunde mit sich, die an Titanleinen zerrten.

»Sie kommen. Wir müssen jetzt abhauen, oder wir schaffen es nie.«

»Deinen Namen«, beharrte sie.

Die Cyborg-Hunde wurden losgelassen. Bellend rannten sie auf den Drachen zu. Der erste von ihnen prallte mit einem lauten *Klang!* gegen ihn und senkte Diamantzähne in seine Seite. Da sie in den Sinnesapparat von 7332 eingetaucht war, spürte Jane die Fänge im eigenen Fleisch. Vor Schmerz schrie sie laut auf.

Schließlich war die Stimme von 7332 voller Verzweiflung. »Wenn wir jetzt nicht abhauen, werden sie uns schnappen!« Er trat nach dem Hund, und der Hund flog davon. Aber weitere folgten dem ersten dicht auf den Fersen.

»Das werden sie.«

Die Hunde sprangen auf den Drachen zu und wollten ihn packen. 7332 vollführte eine Wendung, um sich ihnen entgegenzustellen, und warf Jane dabei fast aus der Liege. Seine Turbinen kreischten, und noch immer konnte er sich nicht zur Flucht konfigurieren. Von den Troll-Soldaten tönten ärgerliche Rufe und hitzige Befehle herüber. 7332 schwächte die Stromkreise ab, die das Gefühl von seiner Hülle herantrugen. In gleichem Ausmaß spürte Jane, wie alles in ihr taub wurde. Dennoch waren die Hunde im Begriff, ernsthaften Schaden anzurichten.

»Die Schlüssel!«

Jane wartete. Halb eingetaucht in den Drachen, wie sie war, ungewiß über die Grenzen des eigenen Ichs, ungewiß, wo sie endete und er begann... er *mußte* wissen, daß sie nicht bluffte. Daß sie ohne seinen Namen, ohne die Herrschaft, die er ihr verschaffen würde, nirgendwohin ginge.

»Melanchthon, aus dem Stamm des Melchesiach, aus dem Stamm des Moloch!« rief der Drache. Sein Ärger schlug wie eine Phantomflamme über Jane zusammen. Sein Zorn sengte ihr die Lider an, und sie wußte bis tief ins Innerste, daß er die Wahrheit sprach.

Sie schlug das Zauberbuch auf, blätterte die Seiten zu den Kommandocodes durch und las ab: »Recurvor. Recusadora. Redaccendo. Redactamos.« Die Motoren brüllten und zitterten. »Recussus. Redaccendo. Redactamos.« Jane setzte den Kristall ein. »Redadim. Redambules. Redamnavit.« Der Drache bebte vor unterdrückter Kraft. Sie setzte den Messingnugget in seine Höhlung und drehte den rechten Griff um ein Viertel nach vorn. Jetzt saßen ihr die Nadeln tief in beiden Handgelenken. »Nun flieg los!«

»Für diese Demütigung wirst du in der Hölle schmoren!« versprach 7332. Erinnerungen an Kriegsgreueltaten blitzten in Janes Hinterkopf. »Ich werd dich mit eigenen Klauen an den Feind verfüttern!«

»Halt's Maul und flieg los!«

Sie setzten sich in Bewegung. Der Teerbelag polterte unter ihrem Gewicht, als sie Geschwindigkeit aufnahmen. Die Schwingen des Drachen entfalteten sich. Sie hoben ab. Hunde fielen herunter. Jane lachte hysterisch, genau wie – zu ihrer Überraschung – 7332.

Er stieg in die Höhe.

Rüttelnd flogen sie los. Die Fabrikmauern kamen langsam auf sie zu, dann rasch, und schließlich flitzten die Mauern gefährlich nahe unter ihnen weg. Sie hatten die Fabrik hinter sich gelassen. Langsam gewannen sie an Höhe.

Der letzte der Höllenhunde verlor seinen Halt und stürzte kläffend in den Tod. Eine ruhige akzentlose Elfenstimme tönte von irgendeinem weit entfernten Kontrollturm über Funk: *Sie verletzen industriellen Luftraum! Schalten Sie sofort alle automatischen Funktionen ab!*

Jetzt brüllte Melanchthon seinen Kampfschrei über alle Frequenzen hinweg, brachte Kommunikationssystem zum Erliegen, kratzte eine ionisierte Linie hoch oben in die Stratosphäre. Weit unter ihnen vollführten Verteidigungskräfte einen Notstart. Schwärme kriegserfahrener Wesen waren begierig, wieder einmal einen Luftkampf Klaue gegen Klaue zu führen. Aber sie kamen zu spät.

Jane lachte jetzt so heftig, daß ihr die Tränen kamen. Sie mußte unaufhörlich an Rooster denken, konnte den Anblick seines kleinen reglosen Körpers nicht aus den Gedanken vertreiben. Ihre Gefühle waren so extrem, so chaotisch, daß sie nicht sagen konnte, welches ihre und welches die Gefühle des Drachen waren. Es spielte keine Rolle. Was 7332 spürte, konnte nicht intensiver sein als das, was jetzt in ihr geschah. Sie brannte vor Freude.

Sie *schwangen sich empor.*

6

Jane lebte als Waldmädchen in einem Buschgelände unmittelbar hinter der ehemaligen Müllkippe. Sie wohnte in der Kabine von etwas, das in den Augen der übrigen Welt aussah wie die rostende Hülle eines uralten und abgewrackten, halb im Lehmboden vergrabenen Drachen, dessen Schubstangen sich nicht mehr regten und dessen Fenster mit Stahlplatten verschweißt waren.

Sie war ein ruhiges Geschöpf, das bald volljährig wurde, und auch ein hübsches, obgleich sie das nicht wußte. Wegen des von ihr gewählten Wohnorts haftete der Gestank alten Eisens an ihr, und normalerweise hätte man erwarten sollen, daß sie für ziemlich viel Klatsch am Ort gesorgt hätte. Aber das war nicht der Fall. Wenn die Einheimischen einmal an sie dachten, was selten genug vorkam, dann sahen sie in Jane eine langweilige nachbarschaftliche Institution, eine unbedeutende Fee, die schon seit einer halben Ewigkeit in der Region lebte.

So beherrschend war der Einfluß des Drachen, daß nur sie und 7332 wußten, daß sie eigentlich menschlich war und erst seit wenigen Monaten dort wohnte.

An jedem Wochentag warf die Schulglocke morgens ihren Zauber über die umgebenden Hügel und rief die Kinder zum Unterricht. Sie liefen die Hänge hinab, sprangen über die Bäche, kamen aus Höhlen, Baumlöchern und unterirdischen Wohnhäusern; getrieben von Kräften, die stärker waren als die eigenen, damit sie eine Erziehung erhielten.

Als sie eines Morgens die Tür aufstieß, entdeckte Jane, daß der Frühling übers Land gekommen war. Der gefrorene Boden war aufgetaut und zu weichem Schlamm geworden, und ein wunderbarer erdiger Geruch lag in der Luft. Die Bäume waren noch immer kahl, schwarz und knospenlos, doch die braunen Gräser sahen hoffnungsfroh aus, und frisches Grün schimmerte in den Tiefen eines jeden Büschels. Ein Meryon mühte sich mit einer korrodierten Unterlegscheibe aus Zink ab, die er in sein Nest ziehen wollte.

Ein Krokus war neben der Hüfte des Drachen gesprossen. Jane sprang zu Boden und hockte sich daneben, bewundernd, nicht berührend. Die Blütenblätter waren von einem zarten, fast durchscheinenden Weiß. Sie dufteten nicht und zitterten im Luftstrom ihres Atems.

Das bedeutete Freiheit für sie: Etwas so Unbedeutendes zu tun wie sich einen Augenblick lang Zeit zu nehmen und eine Blume zu bewundern, und die völlige Nutzlosigkeit dieser Handlung war für sie sowohl Unterpfand als auch Belohnung, Speise und Trank für den Geist.

Erneut tönte die Glocke, und die Muskeln in ihren Waden zuckten.

Verkrampft stand Jane auf. Sie setzte sich den weitkrempigen Morgan-Kalabreser auf und steckte beide Hände tief in die Taschen ihrer weiten Hose. Der Reißverschluß ihrer Windjacke blieb offen.

Es war ein zu schöner Tag für Eile. Gewaltsam widersetzte sie sich dem Zwang der Glocke und spazierte gemütlich den Hügel hinab.

Nach kurzer Zeit pfiff sie ein Liedchen. Sie konnte nichts dagegen tun.

Selbst als sie den Schulhof erreichte und ihn leer vorfand – die Türen waren geschlossen, und ein einsamer Aashund schlich über das Fußballfeld –, blieb dieses warme Gefühl des Wohlbefindens in Jane. Heute ging sie zum Einkaufszentrum – Ratsnickle hatte versprochen, ihr zu zeigen, wie man den Wechselautomaten im Zubringerbus bediente. Erst beim Betreten des Schulgebäudes aus rotem Backstein verdüsterte sich ihre Stimmung. Die hohlen Echos der grauen Halle waren eine murmelnde Woge des Elends. Die Fluoreszenzlampen summten nervös.

In der Tiefe des Gebäudes kreischte das gräßliche Wesen, das der Direktor in seinem Büro hielt. Ihr drehte sich der Magen um, als hätte ihr jemand mit dem Fingernagel am Rückgrat entlanggekratzt.

Jane zog leicht die Schultern ein und eilte in ihr Klassenzimmer.

Als sie durch die Tür trat, blies der fette alte Grunt aus beiden Backen wie eine Kröte. »Nun! Miß« – ein rascher, kaum wahrnehmbarer Blick von der Seite – »Alderberry, haben Sie sich dazu herabgelassen, uns mit Ihrer Anwesenheit zu beehren? Und nur sechs Minuten zu spät? Wie freundlich! Vielleicht macht es Ihnen nichts aus, dem Rest Klasse den Grund für Ihr ach-so-vornehmes Zuspätkommen mitzuteilen.«

Jane errötete und blickte zu Boden. »Ich habe eine Blume betrachtet«, murmelte sie.

Grunt legte eine Hand ans Ohr, beugte die Knie, so daß sie zu beiden Seiten hinausstanden, und senkte den Kopf. »Wie bitte?«

»Eine Blume betrachtet.«

»Ohhh, aha.« Sein Ausdruck war so übertrieben feierlich, daß er hier und da im Raum Gekicher auslöste. »Verloren in der hingerissenen Betrachtung unserer kostbaren kleinen Freunde, der Blumen, ja?« Jetzt lachte ihr die ganze Klasse offen ins Gesicht.

Sie spürte, wie Grunt hinter ihr auf den Zehen herumschlich. Er benutzte diese rutschende, übertrieben sprunghafte Gangart, wenn er den hinteren Reihen etwas vorspielte. Grunt war stolz auf seine Schauspielkünste und brüstete sich oftmals seinen Schülern gegenüber damit, daß er dadurch zum Lehrer wurde, an den man sich im ganzen Distrikt am deutlichsten erinnerte – und daher zum besten Lehrer. »Aber meine liebe Miß Alderberry, wissen Sie denn nicht, daß man Blumen erst dann voll genießen kann, wenn man sie …«

Er stand jetzt hinter ihr, und sein säuerlicher Atem wehte ihr über die Schultern, und da sie gesehen hatte, wie er das gleiche Ritual bei anderen ausführte, wußte sie, daß er das scharfe kleine Kinn senkte, bis Kinn, höhnisches Grinsen und alles andere völlig in den fetten Falten von Hals und Wangen verschwanden und das mundlose Gesicht von dem bösartigen grauen Licht beherrscht wurde, das hinter den staubigen Gläsern seiner Brille glitzerte. Sie wußte, was käme, und sie wußte auch, daß sie es über sich ergehen lassen müßte, weil er sie sonst aus Rache nach dem Unterricht dabehielte und sie ganz bestimmt nicht zum Einkaufszentrum gehen könnte. Oder, schlimmer, er könnte sie zum Büro des Direktors schicken, damit sie aus erster Hand erführe, wie es war, einem Basilisken ins Gesicht zu sehen. Vor Scham kniff Jane die Augen fest zusammen.

»… pflückt!« Er schob ihr die Hand zwischen die Beine und schnappte nach ihrem Schritt. Mit einem unwillkürlichen hühnerhaften Kreischen vollführte sie einen unbeholfenen Satz und wand sich davon. Die Klasse krümmte sich vor Heiterkeit, und alle lärmten, schnaubten, kicherten und lachten, als hätten sie noch nie zuvor gesehen, wie er sich diesen Scherz erlaubte.

»Auf deinen Platz, Jane!« sagte Grunt streng. »Wir

haben zu arbeiten und können keine Zeit mit deinen Dummheiten verschwenden.«

Es war ein langer Weg zur letzten Reihe, wo die schwachen Schüler, auch sie und Ratsnickle, saßen.

Jane hatte in der Klasse keine Freunde, und deswegen waren die anderen größtenteils ununterscheidbar voneinander. Aber selbst wenn sie alle gekannt hätte: Ratsnickle hätte noch immer unter ihren bösartigen Gesichtern und häßlichen Mienen hervorgestochen. Zwei rote kleine Augen spähten wie besessen unter einem ungekämmten Wust von Haar hervor, und ein Klugscheißer-Grinsen zog einen Mundwinkel empor. Seine Arme waren zu dünn und zu lang, ganz im Gegensatz zum massigen Körper; aber sobald man das einmal hingenommen hatte, hatte er wunderschöne Hände. Die Finger waren außerordentlich lang und hatten so geschmeidige Gelenke, daß sie sich zweimal um eine Cokeflasche winden konnten.

Er wandte sich ab, als sie sich setzte.

Jane spürte, wie ihr eine eisige Kälte das Gesicht spannte. Sie faßte das Pult so fest mit den Händen, daß die Nägel weiß wurden. Eine ihr fremde Entschlossenheit setzte sich in ihr fest. Sie wartete, bis Grunt sich abwandte und herabbeugte, um die Kreide aufzuheben. Dann straffte sie den Rücken und zeigte ihm den Stinkefinger.

Nur die Kinder in unmittelbarer Nähe sahen es. Bei ihrem Gelächter fuhr Grunt herum. Aber Jane war vorbereitet. Ihre Hände waren unsichtbar, und ihre Miene war weder schuldbewußt noch unschuldig, sondern mürrisch und genau im richtigen Ausmaß abweisend. Verblüfft wandte sich Grunt wieder der Tafel zu.

Ratsnickle schluckte ein schallendes Gelächter hinab. Ein Fliedermädchen fing Janes Blick auf und lächelte. Jane nickte zurück, ganz, ganz leicht, und öffnete ihr Lehrbuch.

Sie lernte.

Zur Mittagszeit lungerte sie, das Tablett in der Hand, am Rand der Kantine herum und hielt nach einem freien Platz Ausschau. Es hatte keinen Zweck, sich zu den Zwergen, Däumlingen oder Grillen zu setzen, selbst wenn sie in einen ihrer Stühle gepaßt hätte; sie waren allesamt zu stammesbewußt, jeder auf seine eigene Art. Noch wäre es weise, sich zu nahe neben eine Lamia, Gwarchell oder Kirggrim zu setzen. Ein Eckplatz wäre gut, vorzugsweise mit einem weiteren leeren Stuhl daneben, der als Puffer gegenüber der Tischclique dienen konnte. Man sollte sie schließlich nicht für eingebildet halten. Oder ein Stuhl zwischen zwei verschiedenen Gruppen; dann könnte sie vor sich hinstarren und übersehen werden.

Da es keine guten Alternativen gab, nahm sie schließlich neben Ratsnickle Platz.

Ratsnickle war in ein Gespräch mit einem schlaksigen Elf namens Peter of the Hillside vertieft. Jane hatte einige Unterrichtsfächer mit ihm gemeinsam. Peter trug gebleichte Jeans und eine Denim-Jacke, auf deren Rücken das Wild-Hunt's-Logo ›Horns of Elfland Tour‹ aufgedruckt war. Er hatte eine schlechte Gesichtsfarbe und einen guten Haarschnitt. Als sie sich hinsetzte, blickte er auf, aber nicht zu ihr, und fragte in die Luft hinein: »Wer ist denn diese trübe Tasse?«

Jane versteifte sich.

»Sie gehört zu mir«, sagte Ratsnickle. »Okay?«

Peter hob die Schultern. »Von mir aus.«

Jane aß schweigend. Sie hatte Angst, sich am Gespräch zu beteiligen. Es ging um Maschinen – Peter war offenbar Maschinenbau-Student –, die Psychologie von geflügelten Drachen und das abartige Benehmen einer Bohrpresse, die anscheinend seit Urzeiten in der Schule war und vielleicht eingeschläfert werden mußte. Jane hörte fasziniert zu. Ihre Unterrichtsfächer, in denen überhaupt Maschinen berührt wurden, waren rein theoretisch; sie beneidete die Jungen um ihre praktische Erfahrung.

Als sie ihr Tablett aufnahm und gehen wollte, fragte Ratsnickle wie nebenbei: »Bleibt's dabei, heute nachmittag?«

Sie nickte ein ›Ja‹ und floh.

Da sie weit hinter der übrigen Klasse zurück war, mußte Jane jeden Nachmittag für zwei Stunden Nachhilfe zum bleichen Mann gehen. Der bleiche Mann war ein großes dünnes Wesen, das eine beigefarbene Baumwollhose, ein weißes Hemd und Segeltuchschuhe trug. Seine Haut war so leblos wie seine Kleidung, und seine Augen waren noch toter.

Wie stets sah er nicht auf, wenn sie eintrat. Er saß reglos auf einem hölzernen Stuhl, die Hände auf den Knien, den Rücken zur Tafel, und starrte vor sich ins Nichts.

»Hallo? Ich soll hier zum Förderunterricht.«

Der bleiche Mann sah auf. Er nickte schwach. Uneilig, wie nebenbei, hob er ein Buch auf, öffnete es, blätterte eine Seite vor und dann eine zurück. »Es gibt drei Sterne in den Himmeln«, sagte er, »die Jupiter umkreisen; wandernde siderische Körper auf unregelmäßigen Bahnen. Sie sind Ursache dafür, daß der Wandelstern bei seinem mächtigen, zwölf Jahre währenden Lauf um die Sonne die Tierkreiszeichen weniger rasch durchschreitet.«

Jane mußte sich stark konzentrieren, um die Bedeutung der Worte zu erfassen, so gleichmütig wurden sie ausgesprochen. Wenn sie nicht aufpaßte, schweiften ihre Gedanken ab, trieben ins Weltall hinaus, während er eintönig immer weiterredete. Der bleiche Mann hatte nichts dagegen. Es machte ihm nicht das geringste aus. Er war ein Waldwesen, und nachdem er aus seiner ihm angemessenen Umgebung vertrieben worden war, war er so schwach und dünn geworden, daß er fast überhaupt nicht mehr vorhanden zu sein schien. Es gab eine natürliche Stärke und Lebenskraft, die alle anderen lebenden Dinge besaßen, und diese ging ihm völlig ab.

Ohne in seiner Lektion innezuhalten, zog er eine schlaffe Zigarette aus einer Packung in seiner Hemdtasche, glättete sie zwischen zwei Fingern, steckte sie sich in den Mundwinkel und klopfte sich die Tasche nach einem Streichholz ab.

Sie seufzte. Der Horizont draußen vor dem Fenster war eine gezackte Line aus winterlich zerzausten Bäumen. Sehnsüchtig dachte sie an Ratsnickle und das Einkaufszentrum.

Aber sie hatte 7332 ein Versprechen gegeben. Wohnung, Schutz und die Nahrung, die auf seine Veranlassung und durch eine technologische List zweimal die Woche an die Tür geliefert wurden, waren nicht umsonst. Der Drache benötigte einen Ingenieur, wenn er jemals wieder so weit repariert werden sollte, daß er seine volle Kraft zurückerhielt; in ihrem gegenwärtigen unwissenden Zustand war sie für ihn nutzlos. In Janes Augen war es ein fairer Handel, eine Verknüpfung der jeweiligen Bedürfnisse. Nachhilfestunden beim bleichen Mann waren ein Teil des Preises, den sie zu zahlen hatte.

»Entschuldigen Sie«, warf sie zögernd ein, »aber welchen Einfluß üben diese kleineren Planeten auf unser Verhalten und unser Schicksal aus? Ich meine, Sie wissen schon, astrologischen Einfluß?«

Er sah sie an. »Keinen.«

»Überhaupt keinen?«

»Nein.«

»Aber wenn die Planeten unser Schicksal berühren…« Angesichts des leidenschaftslos verächtlichen Ausdrucks auf dem Gesicht des bleichen Mannes, des langsamen Kopfschüttelns, hielt sie stockend inne. »Sie stimmen doch gewiß der These zu, daß die Planeten unser Schicksal befehligen und bestimmen?«

»Tun sie nicht.«

»Überhaupt nicht?«

»Nein.«

»Was dann? Wodurch wird unser Schicksal bestimmt, meine ich.«

»Die einzigen externen Kräfte, die irgendeinen Einfluß auf uns haben, sind jene, die wir alle Tage sehen können: das Lächeln, das Stirnrunzeln, die Faust, die Ziegelmauer. Was du ›Schicksal‹ nennst, ist lediglich ein semantischer Trugschluß, die Unterstellung eines Zwecks, wo es sich um blinden Zufall handelt. Da wir alle dazu gezwungen sind, uns dem Fluß zufälliger Ereignisse zu widersetzen, werden wir einzig und allein von inneren Neigungen und Kräften getrieben.«

Jane stürzte sich auf letzteres. »Dann wollen Sie also sagen, daß unser Schicksal in uns selbst liegt, nicht?«

Er schüttelte den Kopf. »Wenn es so wäre, müßte es extrem klein sein und unmöglich weit entfernt liegen. Ich würde dir nicht vorschlagen, irgendwelches Zutrauen in eine derart unbedeutende Entität zu setzen.«

Eisiger Nihilismus entfaltete sich um Jane herum. Er erstreckte sich in alle Richtungen in die Unendlichkeit, eine vollkommene Kugel, die das gesamte Universum umfaßte. Diese Existenz, mit der der bleiche Mann sie konfrontierte, schien unvorstellbar, ungeordnet, quellenlos, ohne Zweck oder Ziel. Und dennoch: er stand offensichtlich völlig jenseits der Illusion, des Trostes oder des Verlangens, und daher konnte sie sich einfach nicht vorstellen, daß er sie belog. Warum sollte er sich die Mühe machen? »Aber alle, die ich kenne, glauben an planetarische Einflüsse.«

»Ja. Das tun sie.«

Sie wartete, doch er führte das nicht weiter aus. »In der Einführung in die Astrologie sagen sie uns, daß jede Person einen Schutzstern und daß jeder Stern sein eigenes Mineral, seine eigene Farbe und seinen eigenen musikalischen Klang hat. Ebenso auch eine Pflanze als Heilmittel für die Krankheit, die von der Verfinsterung des Sterns hervorgerufen wird.«

»Alles unwahr. Die Sterne kümmern sich nicht im geringsten um uns. Unser völliges Aussterben würde ihnen nichts bedeuten.«

»Aber warum?« rief Jane. »Wenn es nicht stimmt, warum würden sie uns das beibringen?«

Eine dürre Fingerspitze tippte auf eine Buchseite, nicht ungeduldig, sondern schulmeisterhaft. »Alle Lehrgänge erfordern Lehrbücher, Diagramme und Lernhilfen. Als die Information, die als Astrologie verschlüsselt wurde, in Mißkredit kam und als überholt angesehen wurde, hatte sie einen Kundenkreis. Gewisse … hochrangige Persönlichkeiten ziehen Nutzen aus den Lieferverträgen.«

Der Geruch nach Kreidestaub war rauh in Janes Nase, eine elektrostatisch aufgeladene Ausdünstung toter, in der Luft schwebender Moleküle, nichts weiter. Sie schmeckte es im Mund. »Aber wenn das stimmt, was Sie sagen, dann ist ja alles bedeutungslos. Nicht wahr? Ich meine, dann bedeutet nichts irgend etwas, stimmt's?«

»*Acu tetigisti*«, sagte der bleiche Mann mit seiner leidenschaftslosen Stimme. »Du hast den Nagel auf den Kopf getroffen.«

Sie schauderte, und eine Gänsehaut überlief sie. Vielleicht nur deswegen, weil die zufällige Nennung von Roosters wahrem Namen Ereignisse ins Gedächtnis zurückgerufen hatte, an die sie sich nicht erinnern wollte. Aber tief im Innern sagte etwas Kleines und Wahres wie ein Geläut zu Jane, daß es überhaupt nicht so war.

Etwas Schreckliches war gerade geschehen, und sie hatte keine Ahnung, was.

Das Einkaufszentrum war genau so, wie Jane es sich vorgestellt hatte, und noch mehr. Es stand auf einer planierten Hügelkuppe und erhob sich graziös auf weißen Marmorsäulen, und eine hohe grasbewachsene Kuppel bildete das Dach. Nervös ging sie über einen Parkplatz, wo Chrompferde schnaubten, mit den Hufen über den Asphalt scharrten und Öl pißten. »Komm schon!« sagte Rooster mißmutig. »Sei kein Frosch!« Er führte sie durch die Elfenbeintore am Haupteingang.

Im Innern existierte die Zeit nicht.

Leise Musik ertönte, und die geschickt arrangierten Leuchten erfreuten das Auge mit einer endlosen Vielfalt an Schattierungen und Mustern und machten Schatten kantenlos. Das Licht schimmerte auf Bettpfosten aus Messing und sprang fröhlich von den Spiegelbällen davon, die sich zwischen den Wimpeln oben drehten. Allein aufgrund ihrer Anwesenheit hier fühlte sich Jane geadelt; sie war eine der eleganten Käufer, deren Geschmack diese sanfte Innenwelt zu erfreuen suchte.

Die Luft roch nach Lilien, Leder und Schokokeksen.

»Nicht herumtrödeln, ja?« sagte Ratsnickle.

Im Einkaufszentrum gab es einhundert makellose Geschäfte, und jedes einzelne davon war eine Schatulle voller Schätze. Sound-Systeme, Kleider aus goldenem Tuch, Schuhe aus Smaragd: Reihen um Reihen identischer Reichtümer lagen in einer solchen Überfülle auf den Regalen, daß es das Bewußtsein nicht zu erfassen vermochte. Sie stand vor einem Laden mit dem Namen ›Zauberberg‹, und ihr Spiegelbild im Schaufenster legte sich über Kelche, Aschenbecher, Karaffen, Briefbeschwerer und Schüsseln aus geschliffenem Kristall. Von jeder Facette blitzte es in allen Regenbogenfarben, während hinter ihrem Spiegelbild die gewellten Schatten von Muskatnußbäumen, Fontänen und Aufzügen schwebten. Jane schwirrte angesichts der süßen Pracht all dieser Dinge der Kopf.

Benommen ließ sie sich von Ratsnickle in eine Boutique führen. Man hatte sie ›Eulenspiegel‹ genannt.

»Glotz nicht so!« sagte er gereizt. »Hier.« Er zerrte an ihrer Hose, und etwas fiel schwer in ihre Tasche. »Sieh natürlich aus!«

»Was?« Sie erstarrte und fragte flüsternd: »Was ist das?«

»Eine Armbanduhr.« Ratsnickle schnitt ein Gesicht. »Flüster nicht so, du wirst die Aufmerksamkeit auf uns lenken.«

Zaghaft ließ sie sich von ihm durch mehrere Geschäfte führen. Während er in völlig normalem Tonfall sprach und natürlich jedesmal in Schweigen verfiel, wenn jemand zu nahe kam, lehrte er sie die Vorsichtsmaßnahmen und die Feinheiten beim Ladendiebstahl. »Schnapp dir nichts von dem Gold«, sagte er vor einem Juwelierladen. »Das ist nur Dekoration; das echte Zeug liegt wohlbehütet hinten. Bis es bei dir zu Hause ist, hat es sich in trockene Blätter oder tote Mäuse verwandelt. Vielleicht auch in Steine.«

»Oh«, machte sie.

Ratsnickle zeigte Jane, wo die Anti-Diebstahl-Sprüche angebracht waren (in hohen unauffälligen Ecken der Geschäfte); er zeigte ihr die Zauberspiegel, durch die ein Wach-Oger aus der Entfernung die Waren beobachten konnte, die lebenden Silberbroschen, die ›Dieb‹ schreien würden, wenn man sie aus ihren Vitrinen entfernte. Er verstand wohl wirklich sein Geschäft.

Sie bemerkte jedoch, daß er nicht bei ›Enchanté‹ oder ›Frau-Holle-Moden‹ oder bei irgendeinem der Geschäfte für die oberen Zehntausend zuschlug, sondern sich auf die eher schlichten und kundenreichen Geschäfte verlegte. Orte, wo nicht schon ihre bloße Anwesenheit unheilvoll funkelnde Blicke seitens des Wachtpersonals auf sich zog.

»Jetzt bist du an der Reihe«, sagte er.

»Ich kann das nicht!«

Er überhörte sie. »Dort, gleich da drüben. Paß nur auf, daß du keines von diesen Schultertüchern hinten berührst. Sie sind gesichert. Ich hab's gespürt, als wir daran vorbeigegangen sind; wie ein kleiner elektrischer Schlag.« Er stieß sie an. »Wir treffen uns am Brunnen.«

Irgendwie fand sich Jane im Innern des Geschäfts wieder. Langsam ging sie zwischen einem Regal von Sweat-Shirts mit Kirschen-Zitronen-Muster und einer Theke mit Parfüm hindurch, drehte sich dann um und nahm vorsichtig, überlegend, eine Bleiglasflasche ›Merde du Temps‹ von Ricci von Ys. Es war etwas Wunderbares und paßte perfekt in ihre Handfläche.

»Kann ich dir helfen?« Eine Hexe tauchte neben ihr auf. Ihre Wangenknochen waren aristokratisch scharf, und die Haut war von einer eleganten leichenhaften Färbung. Ihre Miene besagte, daß sie bezweifelte, Jane helfen zu können.

»Nein!« Jane legte die Flasche hastig auf den Tisch zurück. »Ich – schau mich bloß um.«

Mit eisigem Lächeln zog sich die Hexe ein wenig zurück. Jane drang tiefer in das Geschäft ein.

Wo immer sie jedoch auch hinging, spürte sie den argwöhnischen Blick der Hexe im Rücken. Er war wie eine körperliche Kraft, die sie weiter und weiter in den Hintergrund des Geschäfts schob, bis sie sich ganz nach hinten durchgewunden hatte und ein rotschwarzes Schultertuch mit einem Saum aus weißen Schädeln und vier keltischen Spiralen auf der Klappe betastete. Sie blickte auf und sah, daß die Hexe wunderbarerweise von einem neuen Kunden abgelenkt war und nicht mehr in ihre Richtung schaute. Hastig schob sie sich das Tuch in die Bluse.

Erst dann erinnerte sie sich an Ratsnickles Warnung, die Schultertücher zu meiden.

Einen Augenblick lang erwartete sie, daß ein Blitz sie erschlüge, daß Wächter herabstiegen oder eine Klauenhand sich ihr ums Handgelenk schlösse. Dann, als sie einen Blick hinauf in den Winkel der Decke warf, erkannte sie das dort angebrachte Bündel aus Knochen und Federn wieder. Es war, mit minimalen Veränderungen, genau wie das Fetischbündel außen vor Bluggs Türschwelle, die sie überquert hatte, um seine Fingernägel zu stehlen. An jenem Tag, als sie das Zauberbuch des Drachen entdeckt hatte.

Ihr Blut war menschlich. Ihr gegenüber war der Fetisch machtlos.

Mit klopfendem Herzen verließ sie das Geschäft.

Als sie und Ratsnickle sich an einer Bank beim heiligen Brunnen am anderen Ende des Einkaufszentrums trafen, war sie bereits auf der Toilette gewesen, um ganz für sich allein das Schultertuch herauszuziehen und wieder zurückzustecken. Sie stand am bemoosten Rand des Brunnens und drehte sich auf den Zehenspitzen. Einen Augenblick lang war sie genauso eine wilde Range wie jedes andere der Mädchen in ihrer Klasse. Sie ballte die Hand zur Faust, zog dann das Tuch aus dem Ärmel und schwenkte es in der Luft. »Gefällt dir, was ich gekriegt habe?« fragte sie und lachte über Ratsnickles Erstaunen.

»Wie hast du das angestellt?« fragte er argwöhnisch.

»Ach«, sagte sie leichthin, »ich habe so meine Methoden.« Sie leckte sich die Lippen. »Machen wir's noch mal.«

Als Jane schließlich ging, hatte sie sich eine Handvoll Krimskrams in eine Hosentasche gesteckt, und das Tuch wehte ihr um den Hals. Sie hatten Stunden in dem Einkaufszentrum verbracht, und dennoch war der Nachmittag draußen nicht weiter vorangeschritten als bei ihrem Kommen. Fast hätte sie kehrtgemacht und wäre gleich wieder hineingegangen. Aber Ratsnickle wollte nicht zulassen, daß sie noch etwas mitgehen ließe. Ihre Begeisterung für den Sport entmutigte ihn. Sie hatte den Verdacht, daß er doch kein so großer Experte im Ladendiebstahl war, wie er ihr hatte einreden wollen.

Aber sie wußte, sie würde wieder herkommen. Auf eigene Faust.

»Ich bin da!«

7332 gab keine Antwort. Das tat er nie. Während der ganzen Zeit, die sie hier über der Müllkippe gelebt hatten, hatte er nicht einmal mit ihr gesprochen. Nach ihrem einzigen wilden und ruhmreichen Flug in der Nacht ihrer Flucht aus dem Fabrikgelände war er völlig untergetaucht. »Sie werden uns suchen«, hatte er gesagt. »Halte dein Versprechen, und es wird keine Schwierigkeiten geben.« Seitdem schwieg er. 7332 hatte die unheimliche Geduld aller Saurier auf Eisenbasis. Doch obgleich es Monate her war, seitdem sie ihn zuletzt hatte sprechen hören, lag ihr seine Gegenwart noch immer schwer im Schädel, wie ein Klumpen schmutzigen Eises, das den Winter überdauert hatte.

Sie legte ihre Bücher auf und machte sich ans Lernen.

Von draußen ertönte ein leises Pochen und daraufhin das noch leisere Geräusch von Flügeln, die kräftig schlugen, um sich im Dämmerlicht in die Luft zu heben. Möglicherweise hatte eine Eule oder eine kleinere Harpye Nahrung für ihre Jungen erbeutet. Jane zog an einem Griff, um ein Kabinenfenster zu öffnen. Der Himmel draußen war wunderschön. Drei tiefstehende Sterne glitzerten in der Dämmerung. Eine Perle von Rot schimmerte oberhalb des Wassertanks.

Etwa um diese Zeit des Abends erhaschte sie manchmal einen Blick auf die Wolfsjungen, die im Gänsemarsch über die Müllkippe zum Markt liefen, und vernahm ihr einsames und hingebungsvolles Geheul. Es verlangte sie danach, zu ihrer Bande zu gehören, eine schwere Lederjacke, die bei jeder Bewegung quietschte, und spitze Stiefel mit kurzen verchromten Ketten über den Fersen zu tragen. Gelangweilt und streitlustig bei der Arkade herumzuhängen, irgendwelcher heißen Musik zuzuhören, sich vielleicht ein bißchen illegalen Stoff zu beschaffen.

Oftmals blieb sie bis in die frühen Morgenstunden am Fenster und wartete darauf, daß die Wolfsjungen auf ihrem Heimweg vorbeitrabten. Schläfrig und mit blutigen Schnauzen. Einmal hatte sich einer von ihnen, der letzte in der Reihe, umgedreht und sie angesehen. Einen Moment lang hatten sich ihre Blicke ineinandergeschlossen, und sie hatte das wilde Verlangen verspürt, die Tür aufzureißen und barfuß hinter ihnen herzurennen.

Aber Jane wußte es besser. Wolfsjungen waren nicht ungefährlich.

Also hielt sie heute abend die Tür wie stets verschlossen. Nach einer Weile löste sie ihr Tuch und glättete es über einem Knie. Es war aus reiner Seide, von Zwergenkünstlern handgefärbt. Die Spiralen waren angeordnet, als strahlten sie von einem gemeinsamen Zentrum aus, so daß die eine Spirale in die andere zu verlaufen schien. Sie verknotete es wieder lose um den Hals und drehte es herum, so daß der dreieckige Teil vorn herabhing. »Siehst du, was ich hier habe? Hübsch, nicht wahr?«

7332 gab keine Antwort.

»Ist gestohlen.«

Nichts.

»Ich bin mit einem Jungen zum Einkaufszentrum gegangen, und er hat mir das Klauen beigebracht. Ich war gut.«

Noch immer antwortete der Drache nicht.

Jede Nacht vor dem Schlafengehen sprach Jane zu 7332. Sie sammelte all ihre Willenskraft und versuchte, ihm mit den Gedanken ihre Bedürfnisse mitzuteilen. Meine Schuhe nutzen sich ab, dachte sie, bald werde ich neue brauchen. Und auch Hausschuhe. Geld für Schulbücher, neue Jeans, ein Poster von Bryan Faust in schwarzem Leder, der den Strahlenwerfer tief um die Hüfte geschlungen hat. Manchmal hörte der Drache zu; meistens jedoch nicht. Jetzt kam das hoch, was sich als Ergebnis seiner Gleichgültigkeit in ihr angesammelt hatte, und quoll in Tränen heraus.

»Verdammt! Warum willst du mir nicht antworten, du blödes Miststück? Warum?« Sie schlug mit der Faust auf eine Eisenplatte. »Weißt du was? Ich glaube nicht, daß du noch am Leben bist. Du hast lediglich noch das Zeug für einen Flug in dir gehabt, und du hast es aufgebraucht. Du bist jetzt nichts anderes mehr als eine Schlafstelle aus Eisen. Vielleicht ist noch etwas Strom in deinen elektrischen Systemen, so ein dämmriges Bewußtsein, aber das wär's dann auch. Du bist lobotomisiert worden, du kannst ja nicht mal sprechen. Du bist nichts! *Nada!* Ich sollte dich als Schrott verkaufen!«

Keine Antwort.

Ärgerlich fegte sie ihre Bücher von der Pilotenliege. Sie verstreuten sich über die Tagesdecke, die auf ihrer rahmenlosen Matratze lag. Ihr Besitz war spärlich; jedoch war die Kabine auch so schon winzig genug, daß es kaum genügend Platz dafür gab.

Sie warf sich auf die Liege.

Auf eine Berührung hin schalteten sich die Navigationssysteme ein. Die Panoramascheibe schloß sich ihr um den Kopf, und sie blickte wieder einmal durch Melanchthons Augen. Er starrte stur zu Boden. Sie hob ihn an. Sie hatte jetzt Rundum-Sicht, volle 360 Grad, über die Müllkippe hinweg auf einen Teil des Buschwerks sowie einen kurzen steilen Hang auf der anderen Seite, wo eine verrußte Reihe Ziegelhäuser ihre schmalen Hinterhöfe zeigte. Überall lagen Schlacke und die verrosteten Gerippe von Fahrrädern und anderen toten Maschinen. Die Inschriften auf den Gartenmauern leuchteten in dem Drachenblick wie Neon: ELFEN VERRECKT! UND ZWERGE AN DIE MACHT! Darunter ein Paar gekreuzter Hämmer. Im menschlichen Bereich des Spektrums flackerten drei Fenster in einem unheimlichen Fernseh-Blau.

Einen Augenblick lang war sie fast entschlossen, Melanchthon durch seinen Namen zu beschwören. Die Silben waren den Bruchteil einer Sekunde vom Aussprechen entfernt. Doch schon beim leisesten Gedanken daran stieg eine Übelkeit in Jane auf, ein Ekel von solcher Stärke, daß sie sich fast übergab. Etwas entrollte sich halb in ihrem Kopf.

Ihr Blick wurde verschwommen und richtete sich nach innen auf die Diagnosegeräte der Maschine. Grüne Linien entwirrten sich, vervielfachten sich und legten sich übereinander, als führten sie ein Eigenleben. Auf dem Schaltbild war Melanchthons erbärmlicher Zustand deutlich zu erkennen. Nur allzu offensichtlich schimmerten jeder Bruch und jeder Spalt, der repariert werden mußte – hier war etwas zu schmieren, dort etwas neu zu verdrahten oder zu ersetzen. Es mußte Tausende solcher defekter Stellen geben, die sich kreuz und quer über den schwarzen Eisenkörper zogen, und jede einzelne davon war eine Verpflichtung, für deren Heilung sie ihre Seele verpfändet hatte.

Die Gegenwart des Drachen wallte unter ihr hoch, Eisen und kaltes, kaltes Blut. Sie kam sich vor wie eine Ameise auf einem wandelnden Berggipfel. Eine Aura von Krankheit strahlte von ihm aus, schwärzte die Luft, und zum erstenmal traf sie die Erkenntnis wie ein Schlag, daß Melanchthon in seinem gegenwärtigen Zustand ein Krüppel und wie jedes verkrüppelte Wesen proportional zu seiner Kraft und ehemaligen Energie gefährlich war.

Die geistige Gesundheit kehrte zurück und damit gleichzeitig die Furcht.

Mit Händen, die jäh kalt geworden waren, schaltete Jane die wechselseitige Beeinflussung aus. Die Gegenwart des Drachen erstarb.

Sie brauchte eine Weile, um sich wieder zu sammeln. Nachdem es ihr gelungen war, hob sie die Bücher auf. Sie würde den Drachen nicht beschwören. Keinesfalls heute abend. Ihr nächstes Gespräch war auf einen Augenblick von weit größerer Wichtigkeit verschoben.

Sie erfaßte jetzt jedoch nicht mehr, was sie an Text vor sich liegen hatte. Siebenmal überlas sie eine Seite, ehe ihr klar wurde, daß sie nicht die geringste Ahnung hatte, welches Buch sie geöffnet hatte. Sie ließ es aus den Fingern rutschen, wälzte sich auf den Rücken und sah mit leerem Blick hinauf zur eisernen Decke der Kabine.

Nach einer Weile kamen ihr die Tränen.

Ihre Einsamkeit schien jetzt so überwältigend, ihre Isolation vollkommen. Jane spürte ihre Unterlegenheit wie einen körperlichen Schlag. In einer Welt voller Zauberei war sie nichts weiter als ein Wechselbalg, nichts weiter als eine Schülerin, nichts weiter als eine kleine Diebin.

7

Die materielle Welt setzt sich letzten Endes aus Urmaterie zusammen. Jedoch hat niemand je Urmaterie zu Gesicht bekommen, da es sich dabei lediglich um eine denkbare Existenz handelt, bis die Form auf sie einwirkt, um Luft, Feuer, Wasser und Erde sowie die nahezu unendliche Anzahl von Elementen zu erschaffen, die eine Mischung der vier Grundelemente darstellen. Der Akt der Schöpfung erfolgt in zwei Strömungen. Die auf den Ozean einwirkende Sonnenhitze verursacht eine dampfartige Strömung, die sowohl feucht als auch kalt ist, und die daraus entstehenden Verbindungen sind deswegen größtenteils – aber nicht ausschließlich – aus Wasser und Luft zusammengesetzt. Wenn Sonne jedoch auf das Land einwirkt, erfolgt eine rauchartige Strömung, die sowohl heiß als auch trocken ist, und ihre Verbindungen sind zumeist Mischungen aus Erde und Feuer.

Jane liebte die Alchemie. Sie war fasziniert von ihrer Eleganz. Aus der Gestaltlosigkeit entstanden durch zwei bestimmte Vorgänge die vier Grundelemente sowie alle Dinge, die davon abgeleitet wurden. Eine auf ihre Komponenten reduzierte Eiche bestand zur Gänze aus einer Kombination der vier Grundelemente. Man konnte das beweisen, indem man einen Scheit von diesem Baum nahm und genügend Hitze zuführte. Das Entwirren begänne mit der Austreibung von Flammen und heißen Luftströmen – die beiden ersten Elemente. Während der Scheit verbrannte, perlte teerige Flüssigkeit aus den abgeschnittenen Enden des Scheits – Wasser. Dann, wenn die Zersetzung vollständig war, verblieb ein Rest aus Asche, dem Urelement der Erde.

»Die rauchartige Strömung«, sagte der bleiche Mann, »ist männlich und die dampfartige weiblich. Quecksilber ist ein Mutterschoß, worin man embryonische Metalle zur Reife bringen kann. Deswegen sind alle großen Alchemisten weiblich.«

Weiblich schrieb sie in ihr Notizbuch und unterstrich es dreimal.

»Ich sehe nicht ein, warum jemand überhaupt Weidenkönigin sein möchte«, sagte Jane.

Die anderen sahen sie mitleidig an.

»Wegen des Ruhms«, sagte Hebog. »Sie braucht nicht zur Schule, kann Prüfungen sausen lassen, sich mit verdammt noch mal jedem treffen, den sie begehrt, und in einem großen prachtvollen Festwagen fahren, während alle zu ihr aufschauen und Hurra schreien. Sie wird sogar ein blödes kleines Diadem tragen.« Er sammelte einen großen Klumpen Schleim im Mund und spuckte ihn aus. »Was ist daran so schwer zu verstehen?«

»Ja, aber …«

»Oh, sei nicht fade.« Salome fischte eine dünne rosafarbene Zigarette aus der Handtasche und zündete sie an, ohne die Packung in der Runde herumzureichen. Sie war ein modrig riechendes Mädchen unbestimmter Herkunft, hatte einen langen Schädel, ständig feuchtes Haar und die unselige Angewohnheit, während des Unterrichts an den Fußnägeln zu kauen. Jane mochte sie nicht besonders, hatte andererseits jedoch keine große Auswahl an Leuten, mit denen sie die Zeit verbringen konnte. »Dieses Thema langweilt mich zu Tode, Liiiebes. Reden wir doch von was anderem.«

»Ja.« Ratsnickle schlug Jane beiläufig auf den Kopf. »Leg mal 'ne andere Platte auf, Armleuchter.«

»Hee, wenn man vom Teufel spricht … da kommt Peter«, sagte Hebog. »Peter, mein Bester! Wie geht's, wie steht's?« Er war ein roter Zwerg, und wie bei vielen seiner Art wechselte seine Stimmung beständig zwischen säuerlichem Fatalismus und einem welpenhaften Eifer zu gefallen, der an der Grenze zum Lächerlichen lag.

»Ju, hi.« Peter of the Hillside nickte unbestimmt zu dem Zwerg hinab, ohne die anderen eines Blickes zu würdigen, und wandte sich dann zu ihrem Erstaunen an Jane. »Hör mal, ich hab gehört, du weißt, wie man Bänder aus diesem Laden da unten im Einkaufszentrum mitgehen läßt.«

»Ja«, sagte Jane. »Das kann ich.«

»Nun, könntest du mir sagen, wie man das anstellt? Diese Biene, diese Rusalka, mit der ich gehe, du weißt, wie die sind. Ich soll ihr so ein bestimmtes Band besorgen, verstehst du, aber ich bin völlig abgebrannt.«

»Jane verrät niemals …«, begann Hebog.

Sie brachte ihn mit einem Blick zum Schweigen. Immerhin hatte sie das selbst zu entscheiden. Zum Beweis hierfür sagte sie: »Okay. Ich habe diese kleine rote Ledertasche, siehst du. Die trage ich in der rechten Hand. Der Verschluß ist nicht zugeschnappt, so daß ich mit der linken Hand eine Kassette hineinrutschen lassen kann, wenn niemand hinsieht.« Die anderen, insbesondere Salome, hörten interessiert zu; normalerweise gab sie ihre Methoden niemandem preis. Ratsnickles Augen waren vor Konzentration zu schmalen Schlitzen geworden.

»Aber was ist mit der Sicherheitsschleuse?«

»Deswegen eine Handtasche, statt die Kassette einfach in die Hosentasche zu stecken. Ich geh zur Schleuse, und gerade wie ich durchgehen will, sehe ich draußen im Einkaufszentrum eine Freundin, okay? Also muß ich ihr zurufen, klar? So etwa: *Salome!*« Sie rief den Namen, als wäre sie erstaunt und entzückt, stellte sich auf die Zehenspitzen und winkte mit der Taschen-Hand hoch in der Luft, um die Aufmerksamkeit ihrer Freundin auf sich zu lenken. Ein Schritt brachte sie durch die imaginäre Schleuse, und sie nahm die Hand herunter. »Siehst du? Die Handtasche geht also eigentlich über die Schleuse hinweg, nicht hindurch, aber alles geschieht so natürlich, daß der Ladendetektiv nicht weiter nachdenkt.«

Ihre Freunde lachten und klatschten Beifall. »Sie hat jede Menge solcher Tricks auf Lager«, sagte Hebog stolz.

»Bringt nichts«, sagte Peter. »Das klappt nur bei einem Mädchen.« Er wollte gehen. »Nun, auf jeden Fall vielen Dank.«

»Warte«, sagte Jane. »Welches Band willst du?«

»Das neue Album von ›Conjunction of Opposites‹. Es heißt *Mythago.*«

»Ich werd's dir besorgen. Um dir einen Gefallen zu tun. Komm morgen zu mir.«

»Ja?« Er kniff die Augen zusammen, als bemerkte er sie zum erstenmal. »Das ist wirklich nett von dir.«

Nachdem Peter verschwunden war, fragte Ratsnickle: »Warum hast du ihm das gesagt?«

Jane wußte es nicht. Sie hatte aus einer Eingebung heraus gehandelt. »Er ist ganz süß.« Sie hob die Schultern.

»Sie ist in ihn verknallt«, sagte Hebog. »'ne hoffnungslose Sache. Der Junge ist verloren. Das steht ihm ins Gesicht geschrieben.«

»Wie Unter dem Berge prophezeit wurde«, sagte Salome spöttisch, »und sogar speerschafttief in Runen in sein Granitherz eingemeißelt ist.«

»He!« Hebog ballte die Hände zu Fäusten und warf einen funkelnden Blick zu ihr hinauf. »Das ist nicht komisch.«

Ratsnickle trat zwischen die beiden und schob sie auseinander. »Halt's Maul, Salome. Du auch, Hebog.« Er warf Jane einen vernichtenden Blick zu, als wäre alles irgendwie ihre Schuld. »Dennoch hat er recht. Es ist schlimmer als hoffnungslos. Diese Rusalka-Hexe, mit der Peter geht; weißt du, wer sie ist?«

»Nein«, sagte Jane.

Die Glocke läutete und zeigte das Ende der Pause an. Salome warf die Zigarette zu Boden. »Nun, zurück in die Tretmühle.«

»Du kannst mich mal«, sagte Hebog.

Jane holte Ratsnickle an der Tür ein, faßte ihn am Arm und fragte: »Wer?«

Er grinste höhnisch. »Gwenhidwy the Green. Oh, komm schon, jetzt schüttel nicht so den Kopf. Du kennst Gwen. Ja, tust du – sie ist die Weidenkönigin persönlich.«

Weil sie soviel Zeit im Einkaufszentrum verbrachte, alterte Jane rascher als die anderen Mädchen in ihrer Klasse; sie verbrachte endlose Tage innerhalb dieses prachtvollen Bereichs und ging dann wieder in eine Welt hinaus, die nicht älter war als zum Zeitpunkt des Hineingehens. Jane erledigte einen großen Teil der Hausaufgaben dort. Sie holte allmählich auf, und nur wegen des Vorurteils ihrer Lehrer, sie sei dumm, mußte sie weiterhin Nachhilfestunden beim bleichen Mann nehmen.

»Was geschieht mit der Weidenkönigin?« fragte sie ihn an diesem Nachmittag.

Er hörte zu lesen auf und sah direkt in ihre Richtung, jedoch über sie hinweg. »Du weißt, was der Weidenkönigin widerfährt.«

»Ja, aber warum?«

»Es ist eine Tradition.« Er kehrte zum Text zurück. »Worte, die über einen Lautversetzungs-Prozeß Transkriptionen aus dem Arabischen sind, schließen ›Abric‹ mit ein, genauer transkribiert als *al-kibrit*, für Schwefel; ›Alchitram‹, von *al-qitran*, für Pech; ›Almagest‹, oder *al-majisti* für ...«

»Warum ist es eine Tradition?«

»Ist einfach so.«

»Aber warum?«

Der bleiche Mann seufzte. Es war ein eigentümlich leidenschaftsloser Seufzer und dennoch der erste Anflug eines Gefühls, bei dem Jane den bleichen Mann je ertappt hatte, und daher so erschreckend. Er legte das Buch beiseite. »Es gibt Dinge«, sagte er, »die man wissen kann, und diese Dinge studieren wir, um Verständnis zu erlangen und unsere Macht zu mehren. Alchemie, Metaphysik und Nekromantie sind solche Felder des Wissens, und auf diesen und ihren Schwester-Wissenschaften basiert unsere ganze industrielle Zivilisation. Aber es gibt andere, dunklere Dinge, die sich dem Intellekt nicht fügen. Die Absicht der Göttin ist weder bekannt, noch kann man sie erforschen. Sie läßt uns, Männer wie Frauen, in einander immer näherkommenden Kreisen tanzen, und dieses Schicksal ist stets dasselbe und unausweichlich. Sie sagt uns den Grund hierfür nicht.«

»Sie haben gesagt, es gäbe keine Kräfte von außen, die unser Leben beherrschen. Daß es nichts weiter gäbe außer Möglichkeiten und zufälligen Ereignissen.«

Er hob die Schultern.

»Haben Sie gesagt!«

»Die Göttin ist undurchschaubar, und ihre Absichten sind unergründlich und unabwendbar. Sie mögen ebensogut zufällig sein. Wir leben unser kurzes Leben in Unwissenheit, und dann sterben wir. Das ist alles.«

»Aber alle anderen sterben irgendwann. Die Weidenkönigin stirbt dieses Jahr!«

»Hast du mir je zugehört?« Mit kurzen heftigen Bewegungen steckte er sich eine frische Zigarette in den Mund, zündete sie an und schleuderte das Pappstreichholz weg. Es prallte heftig gegen die Tafel. »Die Göttin will Blut. Und was die Göttin will, soll sie haben. So oder so. Wenn ein gelegentliches Opfer ihr Verlangen von uns abwendet – nun gut, dann ist das ein Fall, aus dem für die größte Anzahl das größtmögliche Gute erwächst.«

»Ja, aber …«

Der bleiche Mann stand auf – Jane sah ihn zum erstenmal aufstehen – und schritt zum Fenster, wobei er eine feine blaue Linie Tabakqualm nach sich zog. Die Scheiben waren mit Papierblumen, Phalli und Eiern geschmückt, um den Frühling zu begrüßen. An den Rändern wurden sie bereits weiß. Er sah durch das streifige Glas und das Maschengitter hinaus, obgleich es von hier aus nichts weiter zu sehen gab als die Rückfront des Gymnasiums und die Laderampe der Fabrik.

»Ich bin nicht von hier«, sagte er. »Aber dort, wo ich herkomme, dort gab es einen jungen Narren, der nicht eine Weidenkönigin liebte, sondern eine Orend. Sie war auserkoren, Blutmaid für ein neues Wohnungsbauprojekt zu sein. Sie hatte Haare wie Flammen und eine Haut so rein und makellos wie ein Lampenschirm.

Er war ein Gelehrter und trug eine schwarze Robe. Wie du hat er gedacht, daß es möglich wäre, die Krähengöttin zu hintergehen. Also machte er ein Abbild seiner Orend aus Blumen. Es war eine brillante

Arbeit. Als das Blumenmädchen verbrannte, kämpfte und kreischte es äußerst überzeugend.

Insgeheim zogen sie in eine weit entfernte Stadt, wo er Arbeit als Aushilfslehrer fand. Er mietete ein Zimmer mit Geld, das wir – sie – gespart hatten. Als erstes legte er eine Matratze hinein und stellte einen Fernseher daneben, und später kamen dann ein Kühlschrank, ein Sofa und ein Bett hinzu. Sie waren ziemlich glücklich.

Jedoch kam eine Nacht, da war die Luft erfüllt von bösen Omen. Der Fernsehapparat ächzte und weinte Blut, als sie ihn anstellten. In dem Wohnungsbauprojekt hatte es Feuer gegeben. Zweihundert Bewohner waren gestorben. Da wurden ihre Augen milchig weiß. Ihr stand das Haar zu Berge, und es knisterte elektrisch. O Göttin, rief sie, was haben wir getan?

Er beruhigte sie, so gut er konnte – aber wie gut war das schon? Die Tatsachen ließen sich nicht ändern. Sie hätte verbrannt werden sollen. Ihre Schuld ließ sich nicht leugnen. Sie gärte und wurde zu einem Fieber. Es war so heiß in ihr, daß ihre Haut Blasen warf und sich schälte. Ich – er – erwachte in der Nacht und merkte, daß die Bettwäsche rauchte und im Begriff war, sich zu entzünden. Die ganze Zeit über war es notwendig, einen Eimer Wasser bei der Hand zu haben.

Einmal öffnete ich die Augen und sah ein schreckliches blaues Licht. Sie war eine Azetylen-Flamme, die mitten im Zimmer zischte und spie. Voller Panik warf ich die Decke über sie und erstickte die Flammen. Als sie wieder sie selbst war, brachte ich sie zu Bett. Am Morgen wollte sie nicht mit mir reden. Sie weinte, und es kamen keine Tränen heraus. Nur Dampf.

Dies ging Tag für Tag so weiter. Ich schnitt ihr das Haar kurz, um spontane Entzündung zu verhindern. Ich warf alle Streichhölzer weg, so daß sie sie nicht essen konnte. Ich stöpselte die Haushaltsgeräte aus, in der Furcht vor einem elektrischen Feuer. Ehe ich morgens zur Arbeit ging, tränkte ich die Teppiche und warf Wasser gegen alle Wände. Dann schloß ich sie ein und nahm den Schlüssel an mich.

Zu dieser Zeit war ihre Sprache kaum verständlich. Sie spuckte und rasselte wie ein Teekessel. Ihre Haut war hart geworden und knisterte bei jeder Bewegung. Sie war mehr Reptil als Frau. Wenn sie mich ansah, blinzelte sie nicht mehr. Manchmal wurde sie vom zweiten Gesicht gepackt und sprach Prophezeiungen aus.«

Jane hörte atemlos zu. »Was hat sie gesagt?«

»Dafür bist du zu jung.«

Der bleiche Mann schwieg so lange, daß Jane fast dachte, er würde niemals mehr etwas sagen.

Aber als er das Wort ergriff, war seine Stimme wieder normal, emotions- und ausdruckslos. »Eines Abends kehrte ich nach Hause zurück und sah, daß sie Handtücher unter die Türkante und die Fenster gelegt, das Gas angedreht und den Kopf in den Herd gesteckt hatte. Alle meine Bemühungen waren vergebens gewesen. Sie war gestorben, auf grauenvolle Weise.

Daraufhin habe ich mich vor der Krähengöttin verneigt und ihr mein Opfer gebracht.« Er hob die Schultern. »Ich will offen sein. Zu diesem Zeitpunkt war es eine Erlösung.«

Der bleiche Mann hob sein Buch auf und kehrte zur Lektion zurück. Aber Jane konnte sich nicht konzentrieren. Ihre Gedanken waren so erfüllt von der Vision einer nur in ihre Schönheit gekleideten Gwenhidwy the Green, die in einem Weidenkorb über der Fünfzig-Yards-Linie hin- und herschwang. Die Tribünenplätze waren gerammelt voll, und die ganze Schule war versammelt. Sie roch das Benzin. Flammen schossen in die Höhe. Alles kreischte.

Gwen brannte wie eine Motte in einer Kerzenflamme, und sie kreischte.

Es war eine Vision, die Jane durch den Unterricht und auf dem ganzen Nachhauseweg verfolgte. Beim Überqueren der Müllkippe knirschte der Boden unter den Füßen; Zinndosen, die sich unter der Erde aneinander rieben. Sie schritt vorsichtig, aus Furcht, sich den Knöchel zu verrenken. Im Innern des Drachen stieß sie mit dem Fuß einen Stapel Unterwäsche von der Pilotenliege und stöpselte sich in seinen Sinnesapparat ein.

»Hallo!« flüsterte sie. »Ich bin's wieder.«

Der Gesichtssinn von 7332 war fest auf den Boden gerichtet. Jane hob ihn allmählich und schwenkte ihn dann neugierig in seine ursprüngliche Einstellung zurück. Sie brauchte eine Weile, bis sie herausfand, was er eigentlich tat.

Er beobachtete die Meryons.

Jane hatte dem sechsbeinigen Volk niemals viel Aufmerksamkeit gewidmet. Sie waren die kleinsten aller intelligenten Wesen, übriggebliebene Abkömmlinge von Kobolden, die durch evolutionäre Prozesse über Äonen hinweg auf die Größe von Ameisen geschrumpft waren. Die Rückentwicklung hatte sie gleichzeitig von solchen Dingen wie Mitleid, Höflichkeit, Ehre und Ehrgeiz befreit. Ihre Kriege waren das reinste Gemetzel. Sie hatten weder Literatur noch Lieder. Sie liebten nichts außer Plackerei. Jane verstand nicht, weshalb 7332 sie beobachtete.

Durch das Gras huschten winzige Gestalten. Sie trugen Metallstücke, die dreimal so groß waren wie sie selbst. Von ihren unterirdischen Schmieden stiegen hier und dort schwache blaue Rauchfädchen zwischen den Gräsern auf. Aus der Entfernung hätte man sie für Bodennebel halten können.

Ein Meryon trudelte einen fast unsichtbaren Weg entlang. Er zog einen mit drei Drosselspulen hoch beladenen Wagen. Wo ein Geländefahrrad eine Spur im Boden hinterlassen hatte, waren zwei Strohhalme in Achsenbreite als Brücke über die Furche gelegt worden. Am anderen Ende stand eine winzige Amazone mit einem Speer von der Länge einer Teppichnadel. Sie winkte den Arbeiter weiter.

Der Fuhrmann zog seine Ladung zur Schnauze eines Staubsaugers, der aus dem Schmutz hervorragte, und verschwand in dessen Maul. Jane blinzelte, und während eines vorübergehenden Schwindels ging ihr auf, daß das, was wie verstreuter Müll unter den Bäumen ausgesehen hatte, eigentlich ein wohlgeordnetes Dorf war. Hier diente ein Pfeifenstummel als Feuerstelle für eine vergrabene Hütte mit einem Dach aus Eierkartons und einem Eichelnapf als Kaminabdeckung. Eine halb im Boden versunkene Kaffeekanne war eine Nissenhütte, worin ein Paar Feldmäuse untergebracht war. Sie waren dazu abgerichtet, Geschirr zu tragen, und hatten die Aufgabe, die wirklich schweren Lasten zu ziehen. Straßen wurden angelegt, erweitert und mit abgeschnittenen Pflanzen getarnt. Ein rostiges Bügeleisen war mit Fäden an Hunderten schwer arbeitender Junikäfer befestigt und diente als Planiermaschine für die größeren Hauptstraßen.

Die Meryons waren emsig in Bewegung, ruhelose Mikroingenieure, winzige Meister der Improvisation. Drei Eichenblätter, die zu einem konischen Dach festgesteckt waren, beschatteten ein Mayonnaiseglas, das die Wasservorräte beherbergte. Ein System von Strohhalmen leitete dieses Wasser in jedes verborgene Haus und jeden Bau des Weilers.

Jane war hingerissen.

Sie betrachtete die winzige Welt, bis das Licht zu

schwach wurde und es nichts weiter zu sehen gab außer dem gelegentlichen Glühwürmchen-Gefunkel einer Laterne, die von der unsichtbaren Faust eines Grenzwächters getragen wurde, und dem geisterhaften Licht des Prototyps einer Methanfabrik. Obwohl die einzelnen Individuen äußerst schlicht beschaffen waren, war die Meryon-Gesellschaft als Ganzes gesehen ebenso kompliziert und eigentümlich faszinierend wie eine kristallene Taschenuhr.

Jane sah auf und bemerkte, daß sie steif und müde war, und ihr fiel ein, daß sie noch Hausaufgaben zu erledigen hatte. Nun, sie konnte es sich leisten, ihre Aufgaben gelegentlich nicht zu machen; es war nicht so, daß irgendeiner ihrer Lehrer sehr viel von ihr erwartet hätte.

Dann erinnerte sie sich daran, daß sie Peter versprochen hatte, an diesem Abend das Band von ›Conjunction of Opposites‹ für ihn zu klauen. »Scheiße!« Es war vielleicht gerade noch Zeit, den Bus zum Einkaufszentrum zu erwischen, doch es würde knapp werden. Wie dem auch sei, sie hatte wirklich keine Lust, zu dieser späten Stunde rennen zu müssen, um die Verbindung zu bekommen, dann für ein kurzes Nickerchen einen Abstecher ins Cineplex zu machen, damit sie keine blöden Fehler begehen würde, in den Musikladen zu schwirren und eine Dose von dem oder jenem zu klauen, um den Hunger zu stillen, eine freie Bank zu suchen und die Bücher durchzuackern und schließlich zurückzuhetzen, um den Red-Eye-Express zu erwischen. Das war zuviel für ein leichtfertig hingeworfenes Versprechen.

Doch am Ende tat sie genau das.

Aber sie trödelte zu lange im Eingangsbereich des Einkaufszentrums herum, wo der Zeitfluß halb normal war und die Plakatsäulen für die Sonderangebote standen. Sie trat gerade rechtzeitig heraus, um die roten Rücklichter des letzten Busses nach Hause auf der Straße verschwinden zu sehen. Zwei Meilen mußte sie die Wunderstraße hinabgehen. Stählerne Behemoths donnerten so nahe vorüber, daß sie der Rückstoß zum Stolpern brachte. Die Hinterhöfe und verlassenen Grundstücke waren voller leuchtender Augen und winziger Schreie. Etwas rührte sich in den Schatten, und sie war sich gewiß, daß es ihr folgte. Wolfsjungen! dachte sie entsetzt.

Um die Sache noch schlimmer zu machen, tauchte Peter am folgenden Tag nicht auf. Beim Mittagessen stellte Jane vorsichtig ein paar Fragen und fand heraus, daß er die Schule geschwänzt hatte. »Das ist Peter«, sagte ein Nisse unbekümmert. »Launisch wie eh und je. Das ist das Sympathische an ihm.«

Also kam es, daß sich Jane unmittelbar nach der Schule in den Stadtteil hinter der Müllkippe wagte, um Peters Bude zu suchen, ihm die Kassette zu geben und ihm gründlich die Meinung zu sagen.

Peter lebte in einem heruntergekommenen Einkaufsviertel. Er hatte eine schäbige Wohnung im dritten Stock über einem in Konkurs gegangenen Discount-Stereogeschäft. Wo einmal die Klingel gewesen war, stach jetzt ein Stück Draht heraus, aber das Schloß der Tür war sowieso kaputt. Also ging Jane hinauf. Das Treppenhaus roch nach gekochtem Leinen und alter Farbe. Das Linoleum im Flur vor seiner Wohnung war aufgeplatzt und buckelig. Sie klopfte.

»Herein!«

Sie öffnete die Tür.

Er lag bleich und nackt auf einem zerwühlten Bett und hatte den Kopf zurückgelegt. Ihm standen die Rippen hervor, und Jane sah eine aschgraue Brustwarze. Ein zufälliger Faltenwurf der verwühlten Laken über der Hüfte verbarg seine Geschlechtsteile.

»Leg's einfach auf den Tisch«, sagte er, ohne die Augen zu öffnen. »Schlag zwei Kröten als Trinkgeld drauf und schreib es an.«

Jane stand dort und wußte nicht, was sie sagen sollte. Peter hatte einen leichten Haarbusch auf der Brust, und eine feine Linie wuchs ihm bis zum Bauch herab. Ein Schwarzweiß-Fernseher auf einem Stuhl in der Ecke sprach zu sich selbst, Bild an, Ton völlig abgedreht. »Ich … ich glaube nicht, daß ich die Person bin, die du erwartest«, wagte sie schließlich zu sagen.

Ruckartig setzte sich Peter auf und ergriff in völliger Panik das Laken, um sich darin einzuhüllen. Dann sank er zurück aufs Bett, nachdem er seine ganze Energie verbraucht hatte. »Oh, schön. Das Band. He, tut mir leid, ich – nun du siehst, daß ich nicht so ganz in Form für die Schule bin.«

»Du siehst schrecklich aus«, sagte sie zu ihm.

»Ich fühle mich schrecklich«, stimmte er zu.

Eine Toilettenspülung rauschte. Gwenhidwy the Green kam aus dem Bad, wobei sie den Rock schloß. Sie sah Jane und blieb stehen. »Hallo«, sagte sie freundlich. »Wer ist denn das?«

»Eine Freundin aus der Schule«, sagte Peter. »Jane Alderberry.« Er hatte die Augen geschlossen. Die Lider waren fast durchscheinend, die Lippen weiß.

Jane wußte nicht, was sie mehr erstaunte – daß Peter sie als Freundin bezeichnete oder daß er überhaupt ihren Namen wußte. Sie hielt das kleine Päckchen hin. »Ich bin nur hergekommen, um das zu bringen. Von Peter.«

»Wie süß.« Gwen nahm das Band, bewunderte es kurz und ließ es verschwinden. Sie glitt an Peters Seite und streichelte ihm die Stirn, wobei sie sich neben das Bett kauerte. »Armer Junge. Hilft das?«

»Deine Hand ist kühl«, murmelte er. »So kühl.« Er

griff blindlings nach ihren Fingern, zog sie sich an die Lippen und küßte sie.

Jane empfand großes Mitleid mit ihnen. Sie waren beide wunderschön, ihre Liebe war vollkommen, und sie waren zum Scheitern verurteilt. Im Vergleich zum Leben der beiden war ihr eigenes Leben geschmacklos, kompliziert und inkonsequent. Sie verspürte eine derart zarte und starke Zuneigung zu ihnen, daß man es beinahe Liebe hätte nennen können.

Peter öffnete jäh die Augen. »Wie spät ist es? Haben wir es versäumt? Es muß jetzt gleich kommen.«

»Pscht.« Gwen lächelte. »Ich behalte die Zeit im Auge.« Sie ging zum Fernsehapparat und legte die Hand auf den Ton. »Jetzt müßte es bald soweit sein.«

Es lief gerade eine Talkshow. Jeder Teilnehmer war groß und elegant, Kleidung war lediglich Beiwerk, und bei Haaren, Zähnen und Nägeln war eines so vollkommen wie das andere. Jane sah nicht häufig fern; da ging es meist um Elfen und Geld, und nur gelegentlich gab es zur Abwechslung oder aus gegebenem Anlaß einen Zwerg als Beigabe. Die Shows hätten aus einem anderen Universum kommen können, einem Universum, wo niemand je Körpergeruch oder krumme Zähne oder zerzaustes Haar hatte. Sie hatten nicht viel mit ihrer eigenen Erfahrung gemein. »Nun«, sagte sie unbeholfen. »Dann geh ich wohl mal jetzt.«

»Nein, bleib!« rief Gwen. »Es ist mein Augenblick; wir möchten ihn gern mit dir gemeinsam genießen, nicht wahr, Peter?«

»Ich möchte alles, was du willst. Das weißt du.«

»Siehst du? Oh, ich glaube, es ist noch genügend Zeit, um wieder bessere Laune zu bekommen. Peter, wo hast du die Pfeife hingelegt?«

»Auf den Kleiderschrank.«

Gwen holte eine langstielige Pfeife mit einem stirnrunzelnden Meerschaum-Kopf herunter und warf einen Klumpen von etwas Schwarzem hinein. »Hasch«, erklärte sie. Sie setzte sich zwischen Peter und Jane auf die Bettkante, zündete ein Streichholz an und inhalierte, wobei sie die Flamme über das Haschisch zog. Ohne zu fragen reichte sie die Pfeife an Jane weiter.

Die Spitze des Stiels war noch immer feucht von Gwens Lippen. Zaghaft steckte Jane die Spitze in den Mund. Sie inhalierte tief und füllte die Lungen mit dem rauhen, kratzenden Rauch. Sie verschluckte sich und hustete, stieß Rauchwolke um Rauchwolke aus, eine große Menge füllte bereits das Zimmer, und sie mußte immer weiterhusten. Sie hoffte inständig, daß sie nicht das Gesicht verlieren würde, indem sie die Pfeife fallenließ.

Peter lachte. »Whau! Festhalten, festhalten!«

Aber Gwen nahm ihr die Pfeife weg und klopfte ihr auf den Rücken. »Na, na«, sagte sie beruhigend. »Falschen Abgang genommen, hm? Das nächstemal zieh nicht soviel rein, dann wird's klappen.«

»Ja.« Das Wort summte und hallte in Janes Ohren, vibrierte tief in ihrem Schädel, wo es nichts gab außer Funken und wirbelndem Grau. Einen Augenblick lang hatte sie keine Ahnung, wo sie war oder was sie tat, und um das nicht zu zeigen, sagte sie erneut »Ja«, obgleich sie sich nicht ganz klar darüber war, wozu sie ihre Zustimmung gab.

»Da ist es!« Gwen sprang auf und drehte den Ton am Fernseher an.

Hinterher war Jane außerstande, voneinander zu trennen, was auf dem Bildschirm und was in ihrem Kopf geschehen war. Es war ein Dokumentarfilm über Gwenhidwy, dessen war sie sich gewiß, mit vielen Zeitlupenaufnahmen des langen grünen Haars, das herumwirbelte, wenn sie den Kopf erst in die eine, dann in die andere Richtung drehte – mit einem flüchtigen Planetenring um das Lächeln. Da sie so high war, brachte sie es nicht fertig, der Geschichte zu folgen. Die Musik schwoll an und ab – oder war das bloß Janes Wahrnehmung? Höhepunkt war ein dämonisches Synthesizer-Gekreisch, Tiefpunkt ein Barockspinett.

Ein Kommentar wurde gesprochen.

»Eine *Göttin?* Wahnsinn!« rief Gwen. Peter kam aus dem Bad. Er war frisch angekleidet und sah zehnmal gesünder aus als zuvor. Er setzte sich neben Gwen und legte ihr den Kopf an die Schulter. Abwesend streichelte sie ihm das Haar.

Jane sah hin und her zwischen der Gwen auf dem Bildschirm und der Gwen auf dem Bett und konnte nicht entscheiden, wer sie mehr beeindruckte. Die Fernseh-Gwen war sinnlicher, schlanker, hatte schärfere Wangenknochen und jene Art glänzender Schönheit, die Video-Technologie zur Vollkommenheit brachte. Aber die wirkliche Gwen war um so vieles wärmer, so vital und spontan, so … wirklich.

Peter starrte in hoffnungslosem Verlangen auf den Bildschirm. Jane versuchte sich vorzustellen, wie es wäre, wenn es einen Jungen gäbe, der sie anschmachten würde. Es mußte ein seltsames Gefühl sein.

Gwens feuchte Lippen öffneten sich, und genau in dem Augenblick wurde über ihr Gesicht ein Film der Weidenkönigin eingeblendet, die sich in den Flammen drehte und wand. Jane vergaß völlig ihre Manieren, wandte sich an Gwen und fragte: »Wie hältst du das aus?«

Gwen lächelte, als besäße sie irgendein großes Geheimnis. »Ich habe Peter«, sagte sie. »Seid jetzt still, das ist der beste Teil.«

Gegen Ende der Show mußte Jane etwas gesagt haben, denn Gwen sah äußerst erfreut aus. »Oh, überschlagen wir uns nicht«, sagte sie. Fußgetrappel dröhnte im Treppenhaus, und sie warf die Tür auf. »Ah, *prima!* Die Pizza ist da.«

Es war spät, als Jane schließlich die Stufen hinabstolperte, noch immer high und ein wenig benommen. Ihre Kehle war wie Baumwolle und völlig ausgetrocknet. Die Nachtluft wirkte samtwarm, weich und einladend. Gwen folgte ihr zur Tür. Später würden sie tanzen gehen, Peter und Gwen. Gwen tanzte für ihr Leben gern.

»Du besuchst uns wieder mal, ja?« Gwens Augen waren groß und dunkel. In ihrer Stimme schien – obgleich es nicht sein konnte, wirklich nicht – die Spur einer Bitte zu liegen.

Jane konnte ihr nichts abschlagen.

Am nächsten Morgen sprachen alle auf dem Schulhof über Gwens Sondersendung. Jane war bis zum Bersten erfüllt von ihrem Besuch in Peters Wohnung. Sich Gwens Show im Beisein von Gwen anzusehen war so ziemlich das Tollste, was sie je im Leben getan hatte. Aber sie wollte vor dem Mittagessen nicht darüber sprechen. Sie wollte es noch eine kleine Weile als ihr eigenes besonderes Geheimnis hüten.

Aber dann ereignete sich etwas, wodurch sie Gwen völlig vergaß.

Sobald Jane den Klassenraum betrat, war es offensichtlich, daß dieser Tag anders werden würde. Strawwe, der Prüfungsaufseher, thronte angespannt und mit dünnen Lippen auf dem Rand von Grunts Pult. Das bedeutete, daß ihnen eine Klassenarbeit bevorstand, wenn nicht noch Schlimmeres.

Strawwe trug einen Dreispitz mit der flachen Seite nach vorn, das offizielle Rangabzeichen. Das Haar war so fest zu einem Pferdeschwanz gebunden, daß er nicht mehr blinzeln konnte, und als Ergebnis dessen hatte er beständig Glotzaugen. Er schlug sich bei jedem hereinkommenden Kind einmal mit einem Stahlkanten-Lineal auf die Hüfte. Als der letzte Schüler eingetreten war, nickte er Grunt zu.

Nachdem Grunt um Aufmerksamkeit gebeten hatte, räusperte er sich. »Die drei S«, sagte er. »Die drei S sind euer Leitfaden für vorzügliche Leistungen in der Schule. Die drei S sind euer goldener Schlüssel für die Zukunft. Jetzt – alle zusammen: wie lauten sie?«

»Seid gläubig«, murmelte die Klasse. »Seid brav, seid ruhig.«

»Was war das letzte?« Er legte die Hand ans Ohr.

»Seid ruhig!«

»Ich hööööre euch niiiiicht!«

»SEID RUHIG!«

»Gut.« Er legte die Fingerspitzen zusammen. »Jetzt, meine Klasse. Kinder. Liebe, liebe kleine Kinder. Wir haben das Privileg – das große Privileg –, heute einen bemerkenswerten Gast bei uns zu haben, der unsere Klasse im Auftrag des Amts für Industrielle Richtigstellungen besucht. Wißt ihr, wer es ist?«

Niemand sagte etwas.

»Stimmt. Ihr wißt es nicht. Ihr müßt darauf warten, daß ich es euch sage.«

Jetzt rutschte Strawwe vom Pult und ging schweigen zwischen den Reihen der Schüler einher. Jane mußte fest an sich halten, daß sie nicht den Kopf einzog, als er jäh am Rand ihres Blickfelds auftauchte oder als der Schatten eines Lineals über ihre Fingerknöchel fiel, zögerte, darüber verharrte und sich schließlich weiterbewegte. Sie getraute sich nicht, ihn beim Vorübergehen anzublicken. Für eine solche Unachtsamkeit hätte sie wenigstens eine heftige Ohrfeige zu erwarten.

Als er gerade die vorderen Reihen erreichte, quietschte ein Brett unter seinen Füßen, und ein Kopf mit dichten roten Locken wandte sich reflexartig bei dem Geräusch um.

Zack! Das Lineal fuhr herab, und Jane hörte Hebog scharf den Atem einziehen. Er schrie jedoch nicht. Zwerge waren zäh.

»Mis-ter Hebog. Wie es scheint, mangelt es Ihnen heute ein *wenig …«* Grunt hielt inne und ließ ein winziges Lächeln auf den vorgestülpten Lippen erblühen »… an Achtsamkeit.«

Die Spannung brach, und alle brüllten vor Lachen, Jane eingeschlossen. Zu spät beherrschte sie sich wieder und hielt inne. Aber sogar die anderen Zwerge lachten. Drei davon waren natürlich schwarze Zwerge, aber dennoch war es deprimierend.

Als das Gelächter erstarb, sagte Grunt: »Die drei Un-s! Sagt sie auf!«

»Un-beweglichkeit, Un-verschämtheit, Un-dankbarkeit!« sangen sie pflichtgemäß im Chor.

»Das ist korrekt.« Das Gefühl einer Gegenwart baute sich draußen auf dem Korridor auf, ein bedrohlicher Druck mit einer Spur Ozon, als würden sich Gewitterwolken am Horizont sammeln. »Und wenn ihr, trotz meiner Bemühungen, unbeweglich, unverschämt und undankbar seid, dann könnte es erforderlich sein, daß ihr dem« – der Aufseher materialisierte sich neben der Tür, öffnete sie einen Spalt weit und nickte – »Kinderfänger Rede und Antwort stehen müßt.«

Strawwe stieß die Tür auf, und der Kinderfänger stolzierte herein.

Er war ein unglaublich gutaussehendes, künstlich gebräuntes Wesen, bekleidet mit einem importierten Seidenanzug. Die starken Hände steckten in schwarzen Lederhandschuhen. Das Haar war steif und borstig – in seinen Adern mußte wohl etwas Wolfsblut fließen –, und die Ohren waren aristokratisch laminiert.

Er lächelte und zeigte dabei rechteckige gleichmäßige Zähne. Aber er sprach kein Wort.

In der Klasse entstand ein unbehagliches Hin- und Herrutschen.

Wie er da so vor dem Pult stand, beherrschte der Kinderfänger die Szene. Grunt und Strawwe verblaßten in seiner Gegenwart völlig. Die Uhr über der Tafel stellte einen zweiten Brennpunkt der Aufmerksamkeit dar. Ihre Scheibe war die einzige gebogene Linie in einer rechtwinkligen Umgebung, der nervöse Sprung ihres Sekundenzeigers die einzige Bewegung in einem Universum, wo jegliche Bewegung schon vor langer Zeit erstorben war.

Jetzt holte der Kinderfänger etwas aus der Tasche. Es war ein rauh und kratzig wirkendes Tuch von einer Färbung irgendwo zwischen Olivgrün und Braun. Ein schwarzer Handschuh umklammerte es fest und hob es langsam an die lange schmale Nase. Der Blick huschte hin und her über die Klasse.

Er atmete langsam und tief ein.

Erinnerungen durchfluteten Jane.

Sie befand sich wieder im Schlafsaal in Gebäude 5 der Dampfdrachenwerke. Das war eine ihrer frühesten Erinnerungen, die sie stets verwirrt hatte. Es war Morgen, und die Schmieden fuhren auf Hochtouren, wie sie es die vergangenen beiden Wochen über getan hatten, und ihr Gebrüll dröhnte beständig im Hintergrund. Sie stand neben ihrem Bett und faltete ihre Decke zusammen. Alle Kinder waren beschäftigt, bereiteten sich auf Bluggs morgendliche Inspektion vor und waren begierig auf das Frühstück.

Plötzlich verschwamm ihr alles vor den Augen, und sie sah zwei Bilder auf einmal. Sie stand hier vor dem Bett und saß gleichzeitig in der letzten Reihe von etwas, das sie gegenwärtig nicht als Klassenzimmer wiedererkannte. Fremde umgaben sie ringsum. Ein großes dunkles Wesen starrte von der anderen Seite des Raums zu ihr hinüber. Die beiden Augen waren Nadelstiche, die sich durch die Wirklichkeit bohrten.

Ihre Hand erstarrte auf der Decke, deren Material rauh und kratzig war, von einer Färbung irgendwo zwischen Olivgrün und Braun. Die Decke schien erfüllt von irgendeiner entsetzlichen Bedeutung. In der ganzen Welt war nur diese Decke real; sie war ein Anker in der Realität: wenn Jane sie losließe, stürzte sie kopfüber in ihre Vision und wäre auf immer verloren.

Rooster schlug ihr auf die Schulter. »He, Schlaffi, was is' los mit dir?«

Sie zuckte mit den Schultern und war wieder im Klassenzimmer. Der Kinderfänger nahm das Stück Tuch von der Nase und starrte sie direkt an. Er hob einen langen Arm, wobei Manschettenknöpfe zum Vorschein kamen, deutete in Richtung letzte Reihe und ergriff zum erstenmal das Wort.

»Du! Junge Dame. Bitte steh auf!«

Gelähmt vor Furcht sah Jane zu, wie das Mädchen unmittelbar links neben ihr zitternd aufstand. Es war Salome.

Der Kinderfänger starrte sie an. Eine Augenbraue hob sich spöttisch, und die Nasenflügel blähten sich leicht, als wäre etwas an der Situation, das er nicht völlig verstand, das er jedoch ganz bestimmt herausbekäme. Er wollte einen Schritt voran tun.

Plötzlich furzte jemand.

Es war ein abscheuliches, langgezogenes Ungeheuer von Furz, der alle Blicke zur ersten Reihe zog. Er roch nach Methan und wilden Zwiebeln, die dick über eine Grundlage aus gekochtem Kohl geschmiert waren, und hatte einen Beigeschmack von Schwefel, der in der Nase stach und dem Ganzen Tiefe verlieh. Die Luft nahm eine sichtbar grünliche Färbung an, während er sich langsam über den Raum ausdehnte. Einige Mädchen kicherten nervös und schlugen die Hände über den Mund. Die unverschämteren Elfen hielten sich die Nase zu.

»Mister Hebog!« rief Grunt empört.

Strawwe, wieder in die Existenz zurückgekehrt, hatte bereits die erste Reihe erreicht und mit einem Ruck den um sich schlagenden Zwerg aus seinem Stuhl gerissen. Grunt packte den anderen Arm, und beide knallten ihn mit voller Wucht gegen die Tafel. Es krachte fürchterlich, und von der Stelle, wo sein Schädel den Schiefer getroffen hatte, erstreckte sich zickzackförmig eine dünne Linie.

Der Kinderfänger beobachtete das Geschehen mit einem höflich objektiven Lächeln.

Grunt trat beiseite, und Strawwe zog den Zwerg am Kragen auf die Beine. Er hielt ihn so hoch, daß Hebog mit rotem Gesicht und schluckend auf den Zehenspitzen stehen mußte. Ruck, zuck wurde er aus der Tür in Richtung auf den Karzer gescheucht.

Jane verspürte eine leise Berührung am Handgelenk. Sie fuhr herum, und es war niemand da.

Inzwischen war Salome auf eine verzweifelte Geste Ratsnickles hin auf ihren Platz zurückgeschlüpft. Es war typisch für Ratsnickle, daß er eine solche Gelegenheit als erster erkannte: nämlich die erstbeste Gelegenheit, sich hinzusetzen und vergessen zu werden. Salome wirkte benommen. Leise fragte sie: »Hee, ich glaube nicht, er … He.«

Der Kinderfänger räusperte sich. »Nun, wo bin ich stehengeblieben?« Sein scharfer Blick musterte die letzte Reihe und verweilte dieses Mal auf Jane. »Ah, ja.«

Erneut zog er den Stoffetzen aus der Tasche.

Als er die Luft einsog, blies ein schauriger Wind durch Jane hindurch. Sie zitterte vor Kälte und verspürte ein merkwürdiges Gefühl der Schändung. Der Kinderfänger starrte sie noch immer an. Er kniff die Augen zusammen.

Langsam sank der Fetzen ihrer alten Decke von seiner Nase herab.

Die Geräusche und Gerüche des Klassenzimmers verebbten wie der Lärm eines Radios gleich nach dem Abschalten. Voller Panik bemerkte Jane, daß sie keine Luft mehr bekam. Im Raum war es totenstill. Ihre Klassenkameraden saßen so reglos da wie leuchtend bemalte ausgeschnittene Pappfiguren.

Der Kinderfänger wandte sich Grunt zu und hob ihn zwischen Daumen und Zeigefinger hoch. Er schüttelte den Schulmeister und legte ihn dann flach auf das eigene Pult.

Ohne Eile ging der Kinderfänger durch die Reihen, pflückte dabei die Kinder aus ihren Stühlen und legte sie sich über den Arm. Wenn der Haufen zu groß wurde, kehrte er nach vorn zurück und lud sie auf ihrem Lehrer ab. Die letzte Reihe hob er sich bis zum Schluß auf. Alle Kinder außer Jane trug er nach vorn. Jane zitterte und versuchte, seinem Blick auszuweichen. Als letzten entfernte er den noch immer höhnisch grinsenden Ratsnickle. Obenauf legte der Kinderfänger Strawwe, der noch immer glotzäugig und empört aussah.

Er zog einen Stuhl hinter dem Pult hervor und setzte sich.

»Komm her!« Der Kinderfänger winkte Jane zu. »Setz dich auf meinen Schoß, und wir werden reden.«

Die Beine waren knochig und hart; Jane war es peinlich, dort zu hocken. Sie starrte die Rückwand an. Eine behandschuhte Hand drückte und massierte ihr die Schulter. »Ich habe die Macht, dich auf der Stelle gewaltsam wegzubringen. Bezweifelst zu das?«

Außerstande zu sprechen, schüttelte Jane den Kopf.

»Ich bin die Hand des Gesetzes, Jane, und es ist wichtig, daß du meine Macht über dich verstehst und anerkennst. Als du klein warst, wurde ein Pakt geschlossen, ein bindender Vertrag, dessen Paragraphen du auf ungesetzliche Weise entkommen wolltest. Du wirst sagen, das war dein Recht, da du ein Unrecht erlitten hast, und daß es ein Unrecht gewesen ist, weil die Unterschrift auf dem Vertragsdokument nicht die deine war.« Er hob die Schultern. »Aber du warst – du bist es noch immer – minderjährig, und vor dem Gesetz würde deine Unterschrift nichts bedeuten. Falls eine Ungerechtigkeit besteht, wurzelt sie für dich zu tief in der Vergangenheit, als daß du etwas dagegen unternehmen könntest.« Er faßte sie mit einer Hand am Kinn und drückte es hoch, so daß sie ihm ins Gesicht sehen mußte. Seine Brauen waren dunkel und struppig. Die Augen waren so flach und ruhig wie zwei Spiegel.

»Das siehst du ein, nicht wahr?«

Jane wand sich, sagte jedoch nichts. Er könnte sie töten, er könnte sie in die Drachenwerke zurückschicken, damit sie auf immer dort arbeitete. Aber er könnte ihr niemals das Eingeständnis abringen, daß er recht hätte.

Daraufhin seufzte der Kinderfänger, als wäre er zutiefst enttäuscht von ihr. »Ich komme aus dem Norden. Dort jagen wir Affen mit einer weithalsigen Flasche und einem Stock. Weißt du, wie das geht?«

»Nein«, piepste sie.

»Es ist sehr erheiternd. Wir werfen eine süße Kirsche in die Flasche und ziehen uns dann ein Stück zurück. Der Affe kommt vorüber. Er sieht die saftige Kirsche, greift hinein in die Flasche und packt die Frucht mit der Faust. Aber die Flasche ist so geformt und bemessen, daß der Affe die Hand nicht zurückziehen kann, wenn er sie zur Faust geballt hat. Er könnte leicht entkommen, wenn er die Kirsche losließe, aber er ist zu gierig auf den kleinen Leckerbissen. Er kann sich nicht dazu überwinden, ihn loszulassen. Selbst wenn der Jäger pfeifend und stockschwingend auftaucht, kann der Affe seine Beute einfach nicht im Stich lassen.

Also tritt der Jäger heran und prügelt ihm mit dem Stock das Hirn heraus.«

Der Kinderfänger zog ein in Straußenleder gebundenes Notizbuch aus einer Innentasche. Er reichte Jane ein Stück Kreide. »Jetzt, Jane, möchte ich, daß du in deiner besten Handschrift die Worte niederschreibst, die ich dir diktieren werde. Schreibe sie in fünf gleichmäßigen Reihen nieder, so gerade und ordentlich, wie du kannst.« Er wartete, bis sie bereit war. »Recurvor«, sagte er. »Recusable. Recusacao. Redusadora.«

Jane hatte so viel Angst, daß sie die Hälfte der Tafel beschrieben hatte, ehe sie die Worte als die Schlüsselcodes für die Bedienung von Drachen der Moloch-Klasse wiedererkannte.

Jane versuchte mit allen Mitteln, sich nicht anmerken zu lassen, daß sie wußte, worum es sich handelte, und schrieb die Worte nieder, wie er sie diktierte. Vielleicht, dachte sie, würden sie nicht funktionieren. Die Müllkippe war schließlich eine gute Viertelmeile von der Schule entfernt.

Als sie den unteren Tafelrand erreicht hatte, sah sie sich ihr Werk an:

Recurvor	Recusable	Recusacao	Recusadora	Recusamor
Recusancy	Recusative	Recusaturi	Recusavel	Recuser
Recuserati	Recussion	Recussus	Recutio	Recutionis
Recutitos	Recutitum	Redaccao	Redaccendo	Redactadas
Redactamos	Redactaron	Redadim	Redadinar	Redambules
Redamnavit	Redendum	Redibitar	Redictor	Redivamat
Redocculla	Redoctar	Redoctamos	Redombulas	Redorradio

»Das ist ein guter Anfang«, sagte der Kinderfänger über ihrer Schulter. Sein Atem war süß und kitzelte sie am Ohr. »Jetzt nimm den Schwamm!«

Er legte seine Hand über die ihre und führte sanft den Schwamm über die Tafel, wie über eine Buchstabentafel für spiritistische Sitzungen. Der Schwamm glitt über die Oberfläche, ohne sie zu berühren, und senkte sich dann unvermittelt, um ein Wort wegzuwischen. Ihre ineinander verschränkten Hände bewegten sich scheinbar zufällig die Tafel hinauf und hinab und wischten immer wieder einen der Schlüsselcodes aus.

Schließlich ließ der Kinderfänger ihre Hand los. »Da«, sagte er zufrieden.

Recurvor		Recusadora	Recusamor
	Recussus		
		Redaccendo	
Redactamos	Redadim		Redambules
Redamnavit			

Die Temperatur im Raum fiel. Das fürchterliche Gefühl einer unsichtbaren Erscheinung verdunkelte die Luft wie eine eiserne Wolke, die an der Sonne vorbeiglitt. Stimmlose Worte fragten, *Was willst du?*

Es war Melanchthon.

Jane wollte sich umdrehen, konnte es jedoch nicht. Ihre Halsmuskeln waren starr wie von Stahlklauen umklammert. Auch die Beine gehorchten ihr nicht. Sie starrte die Tafel an, während der Kinderfänger fragte: »Dein Name?«

Was spielt es für eine Rolle, wie mein Name lautet, kleines Püppchen? Du kannst mich Tod nennen, wenn du willst. In Avalon habe ich Tausende deiner Art getötet.

Der Fußboden knarrte, als der Kinderfänger zu Grunts Pult ging, die Schublade öffnete und etwas herausholte. Eine Sekunde später hielt er Jane etwas Scharfes und Dünnes an die Kehle. Es war Grunts silberner Brieföffner. »Möchtest du über den Tod diskutieren?«

Jane war wie gelähmt und kam sich vor wie ein Ei im Griff zweier Hände, die beide um sie kämpften. Melanchthons Gegenwart war überwältigend, wie die gewaltige Masse eines Berges, der sich jäh auf dem Schulhof materialisiert hatte.

Ja. Diskutieren wir. Sag mir: Lebend bin ich wertlos, bis der Tod mir Wert verleiht. Tot ist dieser Wert verschwunden. Was bin ich?

»Eine Geisel.« Der Kinderfänger nahm den Brieföffner von Janes Kehle weg. Sie spürte ein schreckliches Jucken, wo seine Spitze sie gestochen hatte. »Du magst Rätsel, nicht wahr? Versuch mal, dieses zu lösen: Johnny, die Flasche, versteckt sich in der Tasche. Doch wenn er schreit, stehn Armeen bereit.«

Ich glaube kaum, daß dein Piepser funktionieren wird. Ich bin an der Reihe: Sieh, sieh! Was soll ich sehen? Den Kopf eines Püppchens, wo sonst Füße stehen.

Die Kräfte, die Jane gefangenhielten, wurden schwächer, und sie drehte sich um und sah, wie sich der Kinderfänger grimmig einem leeren Raum gegenüberstellte. Denn obgleich die Aura des Drachen überall war, ein kalter, reptilhafter, über allem liegender Geruch von Bösartigkeit, war er nicht körperlich anwesend. Er kämpfte diese Schlacht ausschließlich technologisch, ergriff nur elektronische Gegenmaßnahmen.

So ruhig, wie sie konnte, drückte sich Jane beiseite, in Richtung des blinden Flecks zwischen der Tafel und dem Pult.

Ein Wirbel bildete sich über dem Kinderfänger wie ein Schwarm von Mücken. Sie flogen zu rasch, um sie mit dem Blick zu erfassen. Ein gekrümmtes Magnetfeld, das sich um seinen Kopf drehte, sich jedoch nicht darum schließen konnte. »Leere Drohungen!« höhnte er. »Meinst du etwa, man hätte mich ohne Schutz gegen einen Drachen ausgeschickt? So leicht kannst du mich nicht enthaupten.«

Sorgfältig klappte er eine Lesebrille auf und hakte sie sich über die Ohren. Er öffnete wieder das Notizbuch, blätterte die Seiten mit den Schlüsselcodes durch und las: »Der Stoff der Substanz, die Substanz des Gedankens …«

Nein!

»Die Materie des Lebens, doch Materie bin ich nicht. Ein Gran von mir nährt dich, lebst du auch noch so lang. Ein Gramm zerstört dich, bist du auch noch so stark!«

Ein Geheul tönte in der Luft, schwoll kreischend an bis ins Unhörbare. Jane fiel auf die Knie und preßte vor Schmerz die Hände fest auf die Ohren. Der Laut war wie eine Stahlnadel, die man ihr durch den Schädel trieb. Mit den Händen konnte sie ihn nicht dämpfen. Die Gegenwart des Drachen verblaßte, zog sich zusammen …

Und dann war er verschwunden.

»Da«, sagte der Kinderfänger. Jane stand zitternd auf. Sie war jetzt direkt hinter ihm. Er konnte sie nicht sehen. Sie streckte die Hand nach dem schweren Stapel auf Grunts Pult aus. »Gib dir keine Mühe«, sagte der Kinderfänger beiläufig. Er legte die Brille zusammen und steckte sie sorgfältig in die Tasche zurück. »Jetzt, mein Kind, ist es an der Zeit, daß man dich dorthin zurückbringt, wo du hingehörst.« Er griff nach ihrer Hand, die mitten in der Bewegung über dem Stapel erstarrt war.

Kalte Wellen von Gelächter erfüllten den Raum. Sie wurden höher, wuchsen an, bis sich Jane wie ein Korken vorkam, der auf einem Ozean aus Spott tanzte. *Dummes kleines Püppchen! Als erstes habe ich nach meiner Ankunft hier meine elektrischen Systeme geerdet. Deine elektromagnetische Impulswaffe ist nutzlos.*

Zum erstenmal wirkte der Kinderfänger überrascht. Eine Hand fuhr ruckartig aus der Hosentasche und griff hastig nach etwas in seinem Jackett. »Wie …?«

Aber der Drache hatte bereits mit seinem nächsten Rätsel angefangen.

Ein Vetter des Todes, verschwiegen, verloren.
Noch näher als Atem, blitzschnell geboren.
Er mordet Gedanken mit eigenen Händen.
Löscht aus die Erinn'rung: und Pläne enden.

»Du bluffst!« rief der Kinderfänger. »Ich habe deine Systeme von oben bis unten erforscht. Es gibt keine solche Waffe.« Das Gelächter des Drachen brandete erneut auf. »Du hast keine derartige Waffe. Du hast keine derartigen Fähigkeiten. Wenn dein Rätsel eine Antwort hat, wie lautet sie dann?«

Einen langen stillen Augenblick antwortete der Drache nicht, während er seinen Triumph auskostete. Dann kamen seine Worte so ruhig, daß sie in der Luft zu treiben schienen:

Ein Aneurysma.

Plötzlich saß Jane wieder auf ihrem Stuhl. Sie bekam wieder Luft. Die Geräusche der normalen Unruhe und Geschäftigkeit drangen ihr wieder ans Ohr; ihre Klassenkameraden befanden sich auf ihren Plätzen wie zuvor. Der Kinderfänger vorn wirkte verwirrt. Sein Blick glitt blind über der letzten Reihe hin und her, traf sich jedoch nicht mit dem ihren. Er sah sie nicht mehr. Der Stoffetzen fiel ihm unbemerkt aus der empfindungslosen Hand.

Der Drache hatte gewonnen.

Nach Unterrichtsende war Jane als eine der ersten an der Tür. Sie drängte hinaus und war frei. Der Himmel war wild und blau. Eine leichte Brise berührte sie sanft, grüßend.

Die Kirschbäume schüttelten ihre Blüten ab. Ein warmer sanfter Schnee aus Blütenblättern wirbelte um sie her.

Die anderen Kinder rannten und schrien oder stapften unerschütterlich durch den Sturm aus Blütenblättern, jedes nach seiner Natur. Die Blumenmädchen waren in ihrem Element, sie schritten anmutig dahin wie Schiffe unter Segel, während kleinere Kobolde höhnisch lachend im Kreis um sie herumliefen und unbeachtet blieben. Jane wandelte erstaunt durch die Schreie und die weißen Schauer, wie benommen von der vollkommenen Schönheit der Existenz.

Sie war von einem Gefühl überwältigt, das eine Mischung aus Befreiung und Freude war. Ungeahnte Möglichkeiten lagen vor ihr. Trotz allem, was sie durchgemacht hatte, trotz der Jahre der Zwangsarbeit in den Dampfdrachenwerken, der kleinen Schikanen ihrer Lehrer und Klassenkameraden, der Langeweile und Einsamkeit, der Tatsache, daß sie noch immer einem Drachen etwas schuldete, dessen Interessen trotz des heutigen Tags nicht mit den ihren übereinstimmten – das Leben war es wert.

Dieser eine Augenblick zählte für alle.

8

Über den Sommer hinweg wuchs und gedieh die kleine Zivilisation draußen hinter dem Drachen. Ein mit Kohle beladener Behemoth ging verloren, nachdem er einen ungeplanten Umweg genommen und unklugerweise versucht hatte, eine Abkürzung über die Müllkippe zu nehmen. Am Ende war er umgekippt. Nur die Hälfte seiner Ladung wurde gerettet. Die andere Hälfte ermöglichte den Meryons die Industrialisierung. Sie hatten jetzt Fabriken, und die Gaslaternen, die sich an ihren Straßen wie Konstellationen von Glühwürmchen entlanggezogen hatten, waren durch elektrische Beleuchtung ersetzt worden. Bei Nacht bildeten ihre Straßen und Boulevards helle Linien in einem Muster, dessen komplexe Logik der Logik eines okkulten Stromkreisdiagramms glich. Am Tag hing ein grauer Schleier dicht über ihren Hoheitsgebieten. Die Krieger trugen Gewehre.

Die Sommerkurse wurden nur spärlich besucht; die Schüler mit einer Ganztagsarbeit waren für diese Jahreszeit entschuldigt. Die verbliebenen Schüler wußten, daß nichts zählte, was sie lernten, da alles im Herbst wiederholt werden würde, wenn ihre Klassenkameraden zurückkehrten. Die Tage verliefen träge und schläfrig.

Jane nutzte die Gelegenheit, ein für allemal aufzuholen. Es wäre ihr lieb gewesen, etwas mehr praktische Erfahrung in den Alchemielabors zu gewinnen, aber als sie die zusätzliche Zeit beantragte, lehnte die Schulsekretärin ohne Begründung ab. Also arbeitete sie statt dessen an ihren mathematischen Kenntnissen.

Eines Nachmittags – sie wollte gerade gehen – hielt Ratsnickle sie beim Vordereingang auf. Das Granitrad, das man dort an der Wand aufgestellt hatte, war höher als die größten Schüler und sollte sie an ihre Pflichten, an die Notwendigkeit des Gehorsams, an die Vergänglichkeit und an ihre Zukunft gemahnen. Ratsnickle lehnte dagegen und sagte: »Wie ich höre, klaust du zur Zeit Sachen für Gwen.«

»Ja, tatsächlich?« Jane war Ratsnickle gegenüber vorsichtig geworden. Er hatte sich in letzter Zeit merkwürdig benommen, wild und wahnhaft-aggressiv.

»Also, was ist los? Wirst du lesbisch oder was?«

Da schlug sie ihn auf die Brust, so fest sie konnte. »Du Saukerl!« schrie sie. »Du böswillige, stinkende, widerwärtige … Kreatur!«

Ratsnickle lachte nur. »Einen Nerv getroffen, hm, Maggie?«

»Oh, halt's Maul!«

»Hör mal, wenn ihr mal Lust haben solltet, einen Mann in euer kleines Techtelmechtel mit aufzunehmen …«

Blindlings stürmte Jane davon und prallte mit voller Wucht gegen Peter, der die Stufen heraufkam.

»Whau, Vorsicht!« Er stützte sie und hielt sie auf Armeslänge bei den Schultern fest. »He, du bist ja völlig durcheinander. Stimmt was nicht?«

»Es ist bloß …« Sie sah sich nach hinten um. Ratsnickle war verschwunden. Typisch. »Ich bin bloß …« Sie sammelte sich wieder. »Wohin gehst du?«

»Zur Werkstatt. Da steht ein Streitroß, an dem ich manchmal arbeite, um ein paar zusätzliche Punkte zu erringen.«

Jane hatte Schulaufgaben zu erledigen, Dinge zu stehlen, und jede Menge Hausarbeit warteten auf sie. Die Schule hatte kein zentrales Belüftungssystem, was bedeutete, daß außenliegende Bereiche wie die Werkstatt niemals viel frische Luft bekamen. Zu dieser Tageszeit mußte es dort heiß wie in einem Backofen sein. »Kann ich mitkommen?«

»Aber ja.«

Wortlos folgten sie einem gewundenen Pfad durch die leeren Flure. Peter wollte nicht über Gwen reden, wenn sie nicht anwesend war. Jane respektierte das. Also sprachen sie statt dessen gewöhnlich über Maschinen. »An wem arbeitest du?« fragte sie schließlich.

»Ragwort. Kennst du ihn?«

Jane schüttelte den Kopf. »Wie ist er so?«

»Unflätig, laut, ein bißchen blöd.« Peter hob die Schultern. »Dennoch ein netter Bursche.«

Die Schulwerkstatt war ein größerer Gemischtwarenladen als jene Werkstätten, in denen Jane aufgewachsen war. Die tatsächliche Anzahl an Werkzeugen mochte nicht größer sein als in einer normalen Werkstatt, aber die Schule verfügte über eine weitaus größere Vielfalt. Es gab Drehbänke, Hobel und Fuchsschwänze neben Lötkolben, elektrischen Schleifsteinen, einer Ausrüstung zum Formen von Blechen und sogar einen Schweißtisch. Alles war so billig wie möglich zusammengerafft worden. Gelbe Linien auf einem sorgfältigst gereinigten Betonboden trennten die einzelnen Arbeitsbereiche voneinander.

Es gab zwei Gestelle. Das eine war leer. Vom anderen hing ein zerfressenes Streitroß aus Zinn an einer Ketten- und Hakenapparatur mit Sperrklinke herab. Jemand hatte mit Tarnfarbe bemalte Brustplatten entfernt, so daß sich die Innereien zeigten. Zwei eingestöpselte schwarze Kabel baumelten schlaff an einer

Seite herab. »Na, alter Junge!« sagte Peter. »Wie steht's?«

Ragwort schwang nachdenklich den Kopf hoch und schenkte ihm ein gewaltiges Lächeln, das viel Zahn zeigte. »Steht wie bei einem Pferd«, sagte er glücklich. Peter konnte wundervoll mit Maschinen umgehen. Sie reagierten auf ihn mit Vertrauen und manchmal sogar mit Liebe. Es war ganz klar, daß er vor langer Zeit Ragworts Herz gewonnen hatte.

»Freut mich zu hören.« Peter steckte den Kopf in das Gehäuse. »Jane, könntest du mir eine Taschenlampe reichen? Und das Ampèremeter da auf der Werkbank.« Sie reichte ihm beides, und er stocherte herum und brummte: »Hat schon irgend jemand den Kurzschluß in deinem elektrischen System gefunden?«

»Scheiße, nein. Du weißt, was für Wichser diese Pißköpfe von Werkstattleitern sind.«

»He, hier ist eine Dame im Raum!«

»Oh, sie is nich prüde.« Ragwort versuchte, den Kopf zur Seite zu drehen, was ihm jedoch so, wie er in dem Streckverband steckte, nicht gelang. Ein Auge schwenkte auf seiner Kardanaufhängung in ihre Richtung. Das andere sah blicklos vor sich hin. »Oder, Mädchen?«

Jane hatte sich an die Werkbank gelehnt und fächelte sich mit dem Hut Luft zu. Überrascht sagte sie: »Nein, schon gut! Wirklich, ist in Ordnung.«

»Also gut, *mir* gefällt das nicht«, sagte Peter. »Bei den Hörnern von Cernunos! Sieh mal, was sie mit deinem Vergaser angestellt haben. Alter Junge, es ist ganz einfach ein Wunder, daß du noch lebst, weißt du das?«

»Ist mein Motorblock«, pflichtete Ragwort melancholisch bei. »Der Arsch ist im Arsch. Was soll der Scheiß – scheiß drauf, sag ich. Einfach scheiß drauf.«

Jane kicherte.

»Was habe ich über solche Ausdrücke gesagt?« Peter tauchte kopfschüttelnd aus dem Innern auf. »Nun, ich geb auf. Ich habe mich drei Tage lang mit deiner Verdrahtung beschäftigt, und ich kann den Kurzschluß einfach nirgendwo finden. Jetzt fällt mir nur noch ein, alles rauszureißen und von vorn anzufangen.«

»Es wird ihm doch nicht weh tun, oder?« fragte Jane besorgt.

»Siehst du, ich hab dir gesagt, das Mädchen hier ist okay«, sagte Ragwort. »Nicht so wie dieses zimperliche kleine Weib, das du …«

Peter schlug mit einem Schraubschlüssel auf Ragworts Hülle. »Nur so weiter, und es *wird* weh tun. Das garantiere ich dir!«

»Ich werd mich benehmen, Boß.« Ragwort zwinkerte Jane zu. »Hol dir bloß keine Klette am Arsch.«

Peter holte eine Drahtspule, einen verstellbaren Schraubschlüssel und einen Drahtschneider hervor, dann kurbelte er Ragwort zwei Handspannen höher. Mehrere der Schrauben, die die Platten am Bauch festhielten, waren verrostet. Er sprühte jede mit Graphit ein und hämmerte gegen ihre Seiten, um sie zu lösen. Jane half dabei, die Platten festzuhalten, während er die letzten Schrauben herausholte; ansonsten hätten sie sich verbogen.

»Wer hat denn dieses Durcheinander verbrochen?« knurrte Peter. »Dieser Draht schlingt sich gleich hinter deinem Auspuffsystem entlang. Ich werd den Auspufftopf entfernen müssen, bloß um da dranzukommen.« Eine Zeitlang schwieg er, dann sagte er: »Ragwort, dein Auspuffsystem ist in einem fürchterlichen Zustand.«

»Wenn ich furze, fallen die Vögel vom Himmel.«

»Entsetzlich.« Peter konzentrierte sich auf die Arbeit. Als er wieder das Wort ergriff, war es Jane, die er ansprach. »He, sag mal, wie kommt's, daß dich ganz plötzlich alle Maggie nennen?«

»Ratsn – die Jungs haben mir diesen Spitznamen verliehen. Ist die Kurzform für Magpie, Elster.«

Ein verrostetes Rohr fiel klappernd zu Boden. »Ich habe gedacht, du seist ein Waldmädchen.«

»Ist bloß ein Spitzname. Weil Elstern so gute Diebe sind, weißt du.«

»O ja.« Peter schätzte es nicht, daß sie stahl. Er glaubte, man werde sie früher oder später mit Sicherheit erwischen. Aber da er dies einmal gesagt hatte, würde er es nicht wieder erwähnen. Darin war Peter gut. »Nun, ich bleibe einfach bei Jane, wenn es dir recht ist.«

Fünf Minuten später fiel der Schalldämpfer herunter. Peter pfiff und bemerkte zu Jane: »Merkst du, wie klebrig sich die Isolierung anfühlt?«

»Hm?«

»Da haben wir die Ursache. Irgendein Idiot hat diesen Abschnitt des Drahts ersetzt und wollte sich nicht die Mühe machen, einen weiteren Träger an den Unterbau zu schweißen, siehst du? Also hat er den Draht einfach zwischen dem Auspuffrohr und dem Boden der Kabine durchgezogen und ihn mit dem hier festgekeilt.« Er ließ ein Stück Holz auf der Handfläche hüpfen. »Als der Motor das nächste Mal heißlief, hat das Auspuffrohr die Isolation durchgeschmolzen, und das ganze System hat einen Kurzen gekriegt. Das ist der unkomplizierte Teil. Dann aber, wenn sich der Motor abkühlt, fließt die Isolierung über den Draht zurück und verfestigt sich wieder, so daß der Kurze nicht mehr existiert. Deswegen konnte ich ihn nicht mit dem Ampèremeter lokalisieren. Ziemlich trickreich, was?«

»Whau.« Jane war aufrichtig beeindruckt. Trotz der

Zeit, die sie inner- und außerhalb von Maschinen verbracht hatte, dämmerte ihr jetzt zum erstenmal, daß die Arbeit daran Spaß machen könnte. Daß der Wiederzusammenbau eines Motors eine ebenso große intellektuelle Betätigung sein konnte, wie es die Herausforderung war, ein Experiment in Alchemie vorzubereiten und ablaufen zu lassen. »Peter, das ist wirklich was! Es ist schlicht und einfach wunderbar.«

»Er hat auch nur drei Tage dafür gebraucht«, sagte Ragwort. »Was für 'n verdammtes Genie!«

»Paß bloß auf, mein Hottehü!« warnte Peter. »Wie würde dir ein Stück Würfelzucker im Benzintank gefallen?«

»Ach, fick dich doch ins Knie!«

Draußen war es brüllend heiß, aber das Einkaufszentrum wurde so heruntergekühlt, daß Jane bedauerte, keinen Pullover mitgenommen zu haben. Es war gerammelt voll von Hitzeflüchtigen. Es waren eher Erholungssuchende und keine ernsthaften Käufer, zumindest die meisten. Die Hände waren leer, und die Augen klar.

Hebog, Salome und Jane saßen auf einer Bank neben dem heiligen Brunnen und sahen die Welt an sich vorüberziehen. »Neulich habe ich Gwen gesehen, bei dieser Supermarkt-Eröffnung«, bemerkte Salome.

Sie warteten auf einen Hudkin, der sich für ein Paar weißer Kinderhandschuhe interessierte. Jane hatte sie in eine Plastiktüte von Tir na-n'Og-Video gesteckt und diese in einem Abfallbehälter in der Nähe abgelegt. Wenn der Handel klappte, hätten sie genug für Burger und Fritten. Wenn nicht, hätten sie die Handschuhe wenigstens nicht am Hals.

»Ju, sie hat mir gesagt, sie mußte das Band durchschneiden«, sagte Jane. »Und?«

»Und du hättest diesen Elf sehen sollen, mit dem sie

da war. Groß dunkle Gläser, Seidenanzug, manikürte Nägel – einfach alles dran.« Salome schüttelte die Hand, als hätte sie sich die Finger verbrannt. »Heiße Kiste. Ganz im Vertrauen gesagt, *mes chéris,* ich hätte nichts dagegen, selbst 'n Stück von dem zu haben.«

»Was sagst du da? Gwen würde nicht mit irgendeinem Elf gehen. Sie ist Peters Freundin.«

»Quatsch«, sagte Hebog. »Ich hab sie nach der Zeremonie gesehen, als sie geglaubt haben niemand würde zuschauen, und da hat er ihr die Hand auf den Arsch gelegt. Das hat ihr auch gefallen.«

»Sie sind zusammen weggegangen«, fügte Salome hinzu.

»Ich bin mir sicher, du …«

»Boogie auf vier Uhr«, knurrte Hebog leise. »Und kommt rasch näher.«

Jane verrenkte sich und sah Grunt, der breit lächelnd auf sie zukam. »Scheiße!« zischte sie zwischen den Zähnen.

»Da sind ja meine lieben, lieben Schüler! Was für eine unerwartete – nee, eine entzückende – Überraschung! Macht es euch etwas aus, wenn ich mich zu euch setze?«

Sie rutschten auseinander, und Grunt drehte sich um und pflanzte seinen fetten Hintern zwischen Salome und Jane. Er breitete die Arme zu beiden Seiten aus und legte sie ihnen um die Schultern, wodurch er sie zu sich heranzog. Hebog saß am Ende der Bank und blickte düster drein.

»Nun, dies ist in der Tat eine zufällige Begegnung«, sagte Grunt. »Ja, tatsächlich zufällig. Wißt ihr, einige Kinder halten ihre Lehrer für ein rein lokales Phänomen. Erziehungsapparate, die verschwinden, wenn der Schultag erledigt ist. Vielleicht glaubt ihr ja, daß wir uns in eine Reihe von Kühlschränken im Keller verziehen, hm? Um am Morgen frisch und unverdorben wieder zu erwachen. Als euer Demiurg – und ich versichere euch, daß ich, was euch betrifft, nichts weniger bin – bin ich nicht nur für euer geistiges Wachstum verantwortlich, sondern ebensogut für eure spirituelle und moralische Entwicklung. Meine Aufgabe endet nicht, wenn ihr das Klassenzimmer verlaßt. O nein, nein, nein.«

Jane versuchte, sich auf seine Worte zu konzentrieren. Aber er stank aus den Achselhöhlen, und seine staubbedeckte Drahtbügelbrille schimmerte ziemlich unheilvoll, wann immer er sich in ihre Richtung drehte. Es fiel schwer, ihm zu folgen.

»Jeder meiner wachen Augenblicke ist völlig auf meine Schüler konzentriert – ja, tatsächlich. Ich mache mir beständig Sorgen um euch. Ich will euch ein Beispiel geben. Stellt euch vor, daß eines meiner Kinder nicht das ist, was es zu sein scheint. Wollen wir sagen, sie macht auf edel und gut, ohne es zu sein. Vielleicht ist ihr ganzes Leben eine einzige Scham und Täuschung. Sie ist ihrer rechtmäßigen Stellung entflohen, eine entsetzliche, häßliche Kreatur, die nicht in meine nette Klasse gehört, wo ihre bloße Anwesenheit ihre unschuldigen, unverdächtigen Klassenkameraden zu verderben droht.«

Er starrte Jane direkt an. Etwas regte sich hinter den milchigen Gläsern, und eine blitzartige, erschreckende Erkenntnis traf sie, daß das, was dahinter herumkroch, nicht seine Augen waren. »Wenn so etwas geschieht, ist es meine Aufgabe, die Maske der Lügen herabzureißen. Die Kleider und Dessous der Falschheit abzustreifen. Die Wahrheit *nackt, zitternd, exponiert* und *hilflos* unter den Augen aller dastehen zu lassen.«

Ein dünnes mürrisches Piepen ertönte an seinem Handgelenk. Grunt blickte auf seine Armbanduhr und berührte einen Punkt an ihrer Seite. »Nun. Es war nett, aber ich fürchte, ich muß mich jetzt auf den Weg machen. Amüsiert euch und denkt daran: ich halte ein Auge auf euch.« Während seiner ganzen Ansprache hatte sein wohlwollendes Lächeln nicht gezittert.

Einen langen Augenblick sprach niemand. Dann brach Salome in Tränen aus. »Er weiß überhaupt nichts«, sagte sie verzweifelt. »Er weiß überhaupt nichts. Selbst wenn er etwas wüßte – was zum Teufel geht ihn das an, möchte ich wissen?«

»Er blufft«, stimmte Jane zu. »Ich bin mir sicher, er blufft.«

»Nun«, sagte Hebog, »sieht nicht so aus, als würde der Hudkin noch aufkreuzen.« Er seufzte und wühlte in seiner Tasche. »Ich hab noch was von den weißen Kreuzen übrig, die ich letzte Woche hab mitgehen lassen. Meine Runde?«

»In Ordnung«, sagte Jane.

Sie hatte keine Ahnung, was Salomes und Hebogs Ansicht nach vor sich ging, und sie konnte auch schlecht Fragen stellen, es sei denn, sie würde sie mit ihrer Vergangenheit und Herkunft vertraut machen. Da Grunts Ansprache jedoch so rasch dem Besuch des Kinderfängers gefolgt war, konnte sie nur eine mögliche Bedeutung haben. Sie fragte sich, ob der Drache sie vor zwei Suchern beschützen konnte. Vor sechs? Bestimmt nicht vor einem Dutzend. Die Hälfte seiner Batterien waren kaputt – Jane hatte die am meisten beschädigten herausgerissen und sie den Meryons hingeworfen –, und sein Wechselstromgenerator war auch bald hinüber. Seiner Macht waren Grenzen gesetzt.

Sie konnte sich jedoch nicht auf die eigenen Probleme konzentrieren. Ihre Gedanken sprangen ruhelos umher, zuckten wild vor der unerträglichen Tatsache zurück, und kehrten doch immer wieder dorthin zurück: daß Gwen Peter betrog.

Nicht jeder war zu Gwens Mittsommer-Grillfest in die Kleine Taverne im Park eingeladen. Es schien nur so. Schüler mischten sich mit Stadtbewohnern, Lehrer mit lokalen Berühmtheiten, technischer Stab und übertrieben herausgeputzte Verwaltungsangestellte der Fernsehstation mit Elfen in lässiger Kluft, die soviel kostete, wie ein Gwarchell in einem Monat verdienen mochte. Sie mischten sich und trennten sich wie Öltröpfchen unterschiedlicher Zähigkeit, und sie kamen immer wieder unten auf dem Rasen mit ihresgleichen zusammen. Jane kam sich vor wie eine Ratte im Labyrinth. Furchtsam ging sie zwischen wechselnden Gruppen von Fremden umher und suchte jemanden, den sie kannte.

Trotter und Stinch stolperten in einem vierbeinigen Gang über den Rasen, die Arme umeinander gelegt, und Schulter drückte gegen Schulter. »Ratsnickle sucht dich.« Stinch grinste anzüglich. Trotter lächelte selig und sagte nichts.

»Oh, bitte!« Jane schnitt ein Gesicht. »Sagt ihm, ihr habt mich nicht gesehen. Sagt ihm, ich bin nicht hier. Im Augenblick bin ich ihm nicht gewachsen.«

»Ich habe gedacht, ihr beide wärt befreundet. Er hat uns gesagt, ihr stündet euch ganz nah. Kumpels. Dicke Freunde.« Trotter griff nach dem Knoten von Stinchs linkem Horn, und Stinch schlug die Hand weg. Wo ihre Gesichter einander berührten, waren sie wie aus Gummi, als wollten sie ineinander verschmelzen. »Er hat gesagt, er hätte dich gemacht – dir alles beigebracht, was du weißt, dir einen neuen Namen gegeben, dich aus rohem Ton geformt.«

Trotter griff um Stinchs Hals herum in eine ausgebeulte Hemdtasche. »Willste was wirklich Nettes sehen?«

Jane sagte kühl: »Den Trick kenne ich schon. Sich einen lebendigen Frosch in den Mund zu stecken beeindruckt mich *nicht*.«

»Um von Ratsnickle zu sprechen ...«, begann Stinch.

»... da kommt er«, beendete Trotter für ihn.

Wenn sie nicht logen und sie Ratsnickles Blick begegnete, wäre sie ertappt. Also eilte Jane, ohne hinzusehen, um einen Haufen Partygäste in der Nähe herum. Sie benutzte sie als Deckung und floh.

Sekunden später lief sie Hebog über den Weg. Er steckte mit einer Bande ungemütlich aufgetakelter Zwerge zusammen, die bei ihrem Näherkommen ärgerlich aufsahen und sich zerstreuten. Er wurde rot und wirkte abwesend. »Hallo?« fragte sie. »Stimmt was nicht?«

Er ging nicht auf die Frage ein. »Hast du Salome gesehen?« fragte er und wartete nicht auf die Antwort. »Spielt keine Rolle. Sie wird mich sowieso nicht sprechen wollen. Nicht nach dem, was ich ihr angetan habe.«

»Was hast du ihr angetan?«

Er ballte die Faust. »Spielt keine Rolle.«

»Okay.«

»Ich habe gesagt, es spielt keine Rolle.«

»Okay, okay! Ich habe gesagt okay, gut?«

»Nun, schön. Wenn du sie siehst, sag ihr, ich habe sie gesucht.« Er drehte sich um und stapfte davon.

Jane starrte ihm noch immer nach, da berührte sie eine Hand am Ellbogen. Sie fuhr herum. Es war der bleiche Mann. Eine Zigarette baumelte ihm aus dem Mund. In einer Hand hielt er einen übergroßen Humpen Bier.

In seiner kurzen Hose sah der bleiche Mann erschreckend fehl am Platz aus. Die Knie waren knubbelig und weiß wie ein Fischbauch; das Sonnenlicht schien sie nur ungern berühren zu wollen. »Ich habe deinen Antrag auf ein Stipendium bei der Schulsekretärin eingereicht«, sagte er. »Es wird nichts bringen.«

»Was?« fragte sie verständnislos.

Er nahm sie beim Arm und spazierte mit ihr auf die schattige Seite der Taverne zu. Weißgekleidete Kellner schossen durch die Türen, Tabletts in Händen, die eine Dampfwolke nach sich zogen. »Wieviel Grammatik hast du?« fragte er.

Jane schüttelte den Kopf. Sie hatte keine Ahnung, wovon er sprach.

»Sie ist die Königin der Wissenschaften«, sagte er gereizt. Er sprach um seine Zigarette herum. »Du solltest wirklich – nun, schon gut. Ich will es so ausdrücken: In den Formen des Lebens und der Beziehungen gibt es eine Logik, und diese Logik ist im Stoff der Existenz eingebettet. Der Liebende wacht nicht eines Morgens mit der Überzeugung auf, er wäre lieber ein Ingenieur. Die Musikerin läßt nicht ohne Bedauern ihr Keyboard im Stich. Der Magnat gibt seinen Reichtum nicht auf. Oder wenn er es tut, wird er herausfinden, daß es leichter ist, gleich alles aufzugeben, sich eine Höhle in den Bergen zu suchen und Philosoph zu werden, anstatt nur seinen Lebensstil herabzuschrauben. Verstehst du? Wir alle sind lebende Geschichten, die uns auf irgendeiner tiefen Ebene Befriedigung verschaffen. Wenn wir unglücklich mit unseren Geschichten sind, reicht das nicht aus, um uns davon zu befreien. Wir müssen andere Geschichten finden, die ganz natürlich aus denen herausfließen, die wir gelebt haben.«

»Also wollen Sie sagen … daß ich in einer Geschichte lebe, worin ich keine finanzielle Unterstützung erhalte? Ist es das?«

Er schüttelte den Kopf. »Es liegt nicht an dir. Die Sekretärin lebt eine Geschichte, worin sie dir keine finanzielle Unterstützung gewährt. Das ist ein feiner Unterschied, aber ein entscheidender. Sie verschafft dir einen Ausweg.«

»Und der wäre?«

»Du mußt dich selbst durch ihre Augen betrachten. Du bist eine Unruhestifterin, eine langsame Schülerin, jemand mit einem ›Potential‹ – was das auch immer sein mag –, eine faule Nuß, die sich niemals Mühe geben wird, die ihre Studien vernachlässigt und an der ein Stipendium verschwendet wäre.«

»Aber so bin ich nicht!«

»Was spielt das für eine Rolle? In ihrer Geschichte bist du so, und in ihrer Geschichte ändern sich solche wie du selten. Gelegentlich jedoch kommt es vor. Deine niedrigen Qualitäten sind auf niedrige Zwecke ausgerichtet. Strawwe war früher genauso wie du, ehe er seine Freunde verraten hat.«

»Was? Das täte ich niemals!«

Der bleiche Mann rauchte seine Zigarette bis zum Filter herunter. An der Glut zündete er eine neue an und aß den Stummel. »Du mußt die Alternativen abwägen. Deine früheren Freunde werden dich verachten und vielleicht sogar verprügeln. Du wirst keine Selbstachtung mehr haben. Auf der anderen Seite erhalten Leute, die du magst, keine Stipendien. Du kannst deine eigene Geschichte behalten, oder du kannst ein Förderstipendium in Alchemie bekommen. Aber nicht beides.

Denk drüber nach!«

Nachdem er seine Ansprache beendet hatte, sah der bleiche Mann weg. Irgend jemand schob sich zwischen ihn und Jane. Sie trat einen Schritt zurück. Die Menge der Partygäste verlagerte sich, und er war ohne sichtbare Bewegung verschwunden. Jane wollte ihm nach, wurde von einem Kellner beiseite geschoben und drückte sich zwischen zwei Trollen hindurch. Sie fand sich am Vordereingang der Taverne wieder. Nicht weit entfernt waren Grunt und Strawwe, der Schulaufseher, ins Gespräch vertieft. Strawwe blickte auf und stieß Grunt an. Beide sahen ihr direkt ins Gesicht.

Einen Augenblick lang war sie wie erstarrt unter diesem Blick. Dann unterbrach ein vorbeischlenderndes Paar von Tylwyth Tegs den Blickwechsel, und sie zog sich in die Taverne zurück.

Die Eingangshalle hatte ein hohes Dach mit Holzbalken. Zwei Tapeziertische waren mit weißem Papier belegt und mit flachen Plastikgläsern und Weinflaschen in Eisbottichen gedeckt worden. Der Buffetier war nicht auf seinem Posten. Niemand sah hin. Jane schenkte sich ein Glas Rotwein ein.

Dann bemerkte sie, daß jemand die Tür zur Garderobe offen gelassen hatte. Sie setzte das Glas ab und schlüpfte in die Garderobe. Es war zu heiß für Jacken, aber auf einem Regal über der leeren Kleiderstange standen nachlässig einige Handtaschen. Fast reflexartig durchsuchte sie sie – einige Münzen, purpurfarbener Lidschatten, eine Descartier-Armbanduhr –, und trat in die Halle zurück, ehe der Buffetier zurückgekehrt war.

Sie nahm das Glas und hob es an die Lippen.

»Nein, meine Liebe.« Gwen tauchte neben ihr auf und nahm ihr entschlossen das Weinglas aus der Hand. Jane errötete und wollte sich entschuldigen. Aber ehe es ihr gelungen wäre, ein sinnvolles Wort herauszubringen, sagte Gwen: »Zum Fisch trinkt man Weißwein.« Sie stellte das Glas beiseite und schenkte ein neues ein. Sie tunkte die Spitze des kleinen Fingers hinein und schnippte einen Tropfen für die Göttin auf den Fußboden. »Dies ist weißer Caecubaner. Er wird dir bestimmt schmecken. Er ist ein wenig süß und sehr frisch. Nimm einen Schluck!«

Jane nahm einen winzigen Schluck. Sie hatte nie zuvor Wein getrunken. Er schmeckte schrecklich. Sie nickte. »Sehr gut.«

»Nicht wahr? Komm, hilf mir, den Lachs anzurichten. Ich werd's dir zeigen.«

Die Grills standen in der Mitte des Rasens. Der Barbecue-Chef der Taverne überließ Gwen seinen Platz, und sie nahm dankbar eine Zange von ihm.

Nach einem raschen Blick auf den Fisch legte Gwen die Zange auf den Anrichtetisch und rollte die Ärmel hoch. Sie zerschnitt eine Zitrone in zwei Hälften und drückte den Saft in einen Bottich mit zerlassener Butter. »Nimm das«, sie reichte Jane einen weiteren Bottich, »und reibe die Zitronenschale durch die feinen Masche dieser Reibe da in die Butter!«

Ungeschickt gehorchte Jane. Winzige grüne Flocken flogen in den Bottich und zerstreuten sich. »Ausgezeichnet!« Gwen nahm einen Löffel und rührte heftig. »Diese beiden am Ende sind fast fertig.« Sie holte Teller von einem Stapel in der Nähe, ließ den Lachs geschmeidig hineingleiten und reichte sie Jane. »Nimm eine gute Portion Butter und klatsche sie auf die Mitte jedes Fischs. Sieht das nicht hübsch aus?«

»Ja.«

Gwen nahm einen Pinsel und machte sich daran, den Rand des Lachses mit der Zitronenbutter zu bestreichen, die sie gerade hergestellt hatten. Ihre Freude über diese einfache Handlung war sichtbar. Das war typisch für sie, so wie sie überhaupt alles mit Begeisterung und Vergnügen tat. Neben ihr kam sich Jane langweilig und schwerfällig vor.

»Gwen, meine Liebe.« Ein teuer aussehender Elf mit dem rosigen Gesicht eines Reinrassigen, der allmählich alt wurde, trat hinter sie, beugte sich herab und küßte sie auf die Halskuhle. Gwen hob vergnügt das Kinn. Jane spürte, wie ihr Gesicht starr wurde. »Was für ein hübsches Kleid!«

»Gefällt es dir?« Das Kleid war lang, weiß und fließend, es hatte eine grüne Schärpe um die Taille, die ideal die Färbung des Haars betonte. Gwen hob den Saum leicht auf beiden Seiten und wirbelte herum, um es zu präsentieren. »Meine kleine Schwester hat es mir geschenkt. Kennst du Jane schon?«

Der Elf nahm ihre Hand, beugte sich tief darüber und streifte ihre Knöchel mit den Lippen. Es war eine derart höfische Geste, daß Jane erst dann merkte, was er tat, als es vorüber war. »Enchanté.«

»Ja«, sagte Jane. »Ich auch.«

»Falcone ist Bühnenbildner«, erklärte Gwen. »Er hat das Freudenfeuer am Ende des Rasens errichtet.«

»Das Ding, das aussieht wie ein hölzerner Hochzeitskuchen, meinst du?«

Falcone lächelte auf eine Weise, die andeutete, daß das Freudenfeuer eine Kleinigkeit war. »Sie haben einen ausgezeichneten Geschmack für Kleider«, sagte er. »Haben Sie es selbst gemacht?«

»Nö. Ich hab's bei Eulenspiegel unten im Einkaufszentrum geklaut.«

»Du wirst uns entschuldigen«, sagte Gwen. Sie faßte Jane bei der Hand und brachte sie so rasch weg, daß sie ihr fast den Arm ausgekugelt hätte. Der Barbecue-Chef, der höflich in der Nähe gewartet hatte, stellte sich wieder an den Grill.

Gwen führte Jane zu einer Bank im Schatten der Taverne. Ihre Augen blitzten. »Also gut. Was ist los?« Sie wartete und sagte dann mit sanfterer Stimme: »Du kannst es mir sagen. Gleich, was es ist.« Jane schüttelte den Kopf, und Gwen nahm ihre beiden Hände in die eigenen. »Nichts ist so schlimm. Sag schon!«

»Es ist wegen dir und ... Peter.«

»Aha.«

»Ich verstehe nicht, wie du ...« Sie kämpfte mit den Tränen »... mit anderen Kerlen kannst. Ich habe gedacht, daß du und Peter ...« Da übermannten sie die Tränen, und es dauerte eine Weile, ehe sie herausbrachte: »Ich habe zu solchen wie dir aufgeblickt! Ich habe dich für vollkommen gehalten!«

Eine lange Zeit sprach Gwen kein Wort. Als sie es schließlich tat, war ihre Miene trübsinnig. So ernst hatte Jane sie noch nie gesehen. »Jane, du hast nicht das *Recht,* um eine Erklärung zu bitten. Siehst du das ein? Du hast es nicht verdient. Aber weil du mir teuer bist und weil ich dich liebe, werde ich dir dennoch eine Erklärung geben. Aber ich werde es dir nur einmal sagen. Verstehst du?«

Schniefend nickte sie.

»Ich habe einen Vertrag abgeschlossen. Ich werde an Samhain sterben. Als Gegenleistung kann ich ein Leben führen, das so erfüllt und vollständig ist wie ein Leben, das alle anderen im Jahr zuvor gelebt haben. Ich lebe dieses Leben gerade jetzt. Ein großer Teil davon besteht in meiner Beziehung zu dir, meinen Freunden, meinen Klassenkameraden, zu allen, die hier versammelt sind. Aber Liebe, körperliche Liebe, ist auch ein wichtiger Teil meines Lebens.

Jane, es wird dir schwerfallen, das zu bejahen, aber du wirst mit ziemlicher Sicherheit mehr als einen Liebhaber im Leben haben. Das ist bei den meisten Frauen so. Und jeder einzelne deiner Liebhaber wird dich auf unterschiedliche Weise gefühlsmäßig und körperlich befriedigen. Jeder wird dir etwas geben, wie klein es auch sein mag, das die anderen dir nicht geben können. Sollte mein Anteil kleiner sein als deiner? Ich genieße meine Liebhaber – das gebe ich ungeniert zu –, aber selbst wenn ich's nicht täte, sind sie noch immer Teil der Abmachung. Wenn ich kein erfülltes Leben zum Weidenkäfig mitbringe, kann das Opfer nicht durchgehen, und ich würde nicht angenommen werden. Das will ich nicht. Ich halte meine Versprechen.«

»Aber Peter …«

»Peter weiß alles. Er mag mit einigen, die ich mir erwählt habe, nicht ganz einverstanden sein, aber er versteht es. Peter ist der Grundpfeiler meiner Existenz. Niemand sonst könnte seinen Platz einnehmen, und das weiß er auch.« Sie streichelte Jane das Haar. »Verstehst du es jetzt?«

»Nein«, sagte Jane. »Aber ich nehme dich beim Wort.«

Spontan umarmte Gwen sie. »Ich fühle mich dir nach diesem kleinen Gespräch noch viel näher. Ist das nicht seltsam? Ich habe das Gefühl, du wärst wirklich meine jüngere Schwester.« Dann kicherte sie.

»Was ist so komisch?«

»Du. Du bist eifersüchtig auf Falcone gewesen.«

»Daran kann ich nichts so schrecklich Komisches erkennen.«

»Falcone mag keine Mädchen, Dummerchen.«

Gwens Gelächter war hoch und silbrig, und nach einer Sekunde fiel Jane mit ein.

Sie fand Peter auf einem Balken am Fuß des Freudenfeuers hocken. Neben ihm war die Stroh-Gwen, die er am späteren Abend auf den Haufen werfen sollte, nachdem sie selbst die Fackel geschleudert hatte, die das ganze Bauwerk in Flammen setzen würde. Ein untergeordneter Fernsehmacher in der Nähe unterbrach die Aufnahmen, die ein Kamera-Troll gerade drehte.

»Hallo Jane. Ich habe gedacht, du wärst bei Gwen.«

»Sie gibt gerade Autogramme. Dann wird sie den Morris-Tanz anführen.«

Auf einer fernen Bühne spielte eine Gruppe Duppies Ska. Sie sprangen und hüpften im Takt der Musik, magere Wesen mit Rastalocken und roten Augen. »Nun, das ist typisch Gwen. Hat sie dir ihre Füße gezeigt? Letzte Nacht sind wir zum Pavillon hinausgegangen, und sie hat so heftig getanzt, daß ihr die Füße aufgesprungen sind. Sie wollte nicht aufhören. Ich habe sie angefleht, und sie hat bloß gelacht. Ich hab nicht mithalten können. Die Knie haben unter mir nachgegeben, ich bin beinahe gestorben. Es war, als hätte ihr jemand fünfzigtausend Volt direkt das Rückgrat hinaufgejagt. Sie hat weitergetanzt, bis ihre Schuhe auseinander gefallen sind. Das ist alles, wofür sie lebt.«

»Entschuldigen Sie.« Der Fernsehmacher kam auf Jane zu. »Gestatten Sie mir, mich vorzustellen. Ich bin Avistaro. Und Sie sind …?«

»Wer, ich? Ich bin niemand. Nur eine Freundin von Peter.« Avistaro wartete höflich. »Jane«, sagte sie schließlich. »Jane Alderberry.«

»Aha.« Er blickte auf seinen Klemmblock. »Sie gehören nicht in diese Aufnahme, wissen Sie, Jane. Nein, nein, ich bitte Sie, nicht zu gehen, noch nicht. Aber sie sollten sich darauf einstellen, daß dieses Gespräch vielleicht unterbrochen wird.« Er lächelte falsch.

»Ich habe mit Gwen gesprochen«, sagte Jane ruhig, nachdem Avistaro sich abgewandt hatte. »Sie hat mir gesagt, du wüßtest alles über sie und diese anderen Kerle.«

»Ist wohl der Fall.«

»O Peter. Wie schrecklich für dich!«

»Für Gwen ist es schlimmer. Sie wird sterben, und ich verliere bloß – nun, mir steht es nicht zu, sie zu kritisieren, verstehst du?«

»Du bist ihr gegenüber so nachsichtig.«

»Sie ist mein ein und alles«, sagte Peter einfach. Ein sehnsüchtiger, verträumter Schmerz stahl sich in seine Stimme. »In meinen Augen ist sie wie die Sonne, und ich bin wie der Mond. Sie ist so prallvoll mit Leben, daß man geblendet wird, wenn man sie ansieht. Ohne sie bin ich nichts. Was ich auch immer bin, es ist lediglich ein matter Abglanz ihrer Pracht.«

»Oh, das ist super!« sagte der Fernsehmacher. »Hast du etwas dagegen, wenn wir das benutzen?« Er wandte sich an Jane. »Jetzt *muß* ich Sie ersuchen zu gehen, fürchte ich. Sie sind doch hoffentlich nicht böse?« Er wandte sich ab, ohne eine Antwort abzuwarten.

Peter lächelte traurig und hob die Schultern.

Jane wäre am liebsten zur Taverne zurückgegangen. Sie hätte gern ihr Glas Wein geleert und noch eines getrunken. Sie hielt noch immer nicht viel von dem Geschmack, aber daran würde sie sich bestimmt gewöhnen. Doch die hin- und herströmenden feiernden Menschen schoben sie immer wieder von ihrem Ziel weg. Vor ihr brach unter anmutigem Gelächter eine Gruppe Elfen auf; ein Vorhang teilte sich, und die Schulsekretärin war zu sehen.

Die Sekretärin trug eine mit Straß besetzte bunte Brille. Sie hatte einen Körper wie ein Stock und einen weißen Haarschopf, mit dem sie aussah wie ein Gänseblümchen, das seine Samen ausstreuen wollte. Neben den Schulterblättern sprossen zwei braune Chitinstümpfe, die traurigen Überreste von etwas, das in ihrer Jugend Flügel gewesen sein mußten. Strawwe stand hinter ihr und flüsterte ihr etwas ins Ohr.

Jane drückte sich weg, mußte das Paar jedoch unentwegt ansehen. Sie begegneten ihrem Blick, ohne dabei zu blinzeln. Blicke krallten sich ineinander. Jane entfernte sich von den beiden, die beiden entfernten sich von ihr. Dann schob sich die Menge dazwischen und verbarg sie voreinander.

Ein jähes Entsetzen packte Jane. Sie war von Feinden umgeben, zappelte in einem sich immer enger zusammenziehenden Netz von heimtückischen Plänen und Mächten, deren Natur und Ursprung ihr verborgen waren. Sie wäre wahnsinnig, wenn sie bliebe. Sie zitterte, wollte ausbrechen und loslaufen, da verschob sich die Menge erneut, und der abrupte und unerwartete Anblick einer Freundin brachte sie wieder zur Vernunft.

Allein in der Mitte einer offenen Rasenfläche drehte sich Salome immer und immer wieder um die eigene Achse. Sie tanzte leicht, achtlos; möglicherweise war sie sich nicht einmal bewußt, daß sie es tat. Jane ging zu ihr hin und berührte sie an der Schulter.

»Hebog sucht dich.«

»Wirklich?« fragte Salome. »Wirklich? Sucht er mich wirklich?« Sie sah so glücklich aus, daß Jane fast erwartete, sie würde sich vom Boden erheben und davonschweben.

»Stehst du unter was?«

»Hm? Oh, mach dich nicht lächerlich.«

»Was ist dann los mit dir?«

»Ich bin einfach guter Laune. Hoffentlich ist nichts daran auszusetzen, guter Laune zu sein.«

»Es sieht dir gar nicht ähnlich.«

»Mein liebes junges unschuldiges Mädchen«, sagte Salome erhaben. »Du weißt, wie gern ich herumhänge und quatsche, aber ich hab was zu erledigen, muß wo hin. *Noblesse oblige,* weißt du. Wo hast du Hebog zuletzt gesehen?«

Sie wies die Richtung, und Salome war wie ein geölter Blitz davon. Jane senkte gerade den Arm, da erweiterte sich die von der jungen Fee hervorgerufene Kielwelle und enthüllte drei Gestalten mit zusammengesteckten Köpfen: Feather, der angewandte Astronomie lehrte, Grunt und der Kinderfänger.

Wie die anderen unterbrachen sie ihr Gespräch, als sie Jane sahen, und suchten ihren Blick. Der Kinderfänger nickte liebenswürdig und winkte sie mit dem gekrümmten Finger heran.

Sie rannte davon.

Das Schicksal nahm eine neue Wendung. Tore öffneten sich, Tore schlossen sich. Eine leere Passage tauchte vor ihr auf, und an ihrem Ende stand Ratsnickle.

Jetzt mußte sie zu ihm. Er faßte sie beim Arm, und sie verließen gemeinsam den Rasen und gingen in das schattige Unterholz, das ruhig am Rand wartete. Ein Trampelpfad führte hinein. Belaubte Bäume streiften sie.

Im Schutz der grünen Schatten ließ Ratsnickle ihren Arm los. Sie standen sich von Angesicht zu Angesicht gegenüber. Er hakte die Daumen in seinen Gürtel. »Nun?«

»Nun was?«

»Du bist mit Peter zusammen, nicht wahr?«

»Du meinst beim Freudenfeuer? Ist wohl so.«

Ratsnickles Gesicht verzerrte sich. »Dieser Saukerl! Er ist mein Freund gewesen. Schöner Freund! Ich hab ihm vertraut, und dann geht er hin und stiehlt mir mein Mädchen.«

Jane war verdutzt. »Wovon redest du eigentlich? Ich bin *niemals* dein Mädchen gewesen.«

»Aha«, sagte Ratsnickle. »So steht's also, hm?« Er rückte enger an Jane heran, und sie wich zurück. Er kam näher, und sie wich etwas weiter zurück. Einen wilden Augenblick lang dachte sie, dies würde immer so weitergehen, bis sie rückwärts durch den ganzen Wald gelaufen wären. Dann knallte sie mit dem Rücken gegen einen Baumstamm. Ratsnickle kicherte freudlos. »Okay. Jetzt rechnen wir ab.«

»Ich hole Hilfe«, flüsterte jemand Jane ins Ohr. Aber als sie einen raschen Blick über die Schulter warf, war niemand da. Die Worte waren aus dem Nirgendwo gekommen und so leise gewesen, daß Jane im selben Augenblick, da sie ausgesprochen wurden, daran zweifelte, sie wirklich gehört zu haben. Eine Halluzination.

»Dreh den Kopf nicht weg. Sieh mich an, wenn ich mit dir rede!« Ratsnickle packte Jane bei der Bluse und zog sie an sich. Die Bluse war aus Leinen, und weil Jane Angst hatte, sie würde reißen, faßte sie den Stoff zu beiden Seiten seiner Faust und folgte seinen Bewegungen. Er schwang sie hin und her wie ein Terrier, der mit einer Ratte spielt. Was ihn anscheinend nur um so wütender machte.

»Du Hure! Du Schlampe!« Eine Träne lief ihm über die gerötete Wange und wurde von einem Mundwinkel abgelenkt. Die Augen waren fast in dem verzerrt grinsenden Gesicht verschwunden.

Jane wurde jäh klar, daß sie um Hilfe rufen sollte. »Hilfe!« rief sie, aber viel zu schwach. Sie kam sich mächtig dumm vor, wie eine Schauspielerin, die in einem schlechten Stück Verse sprach und deren Vortragsweise alles andere als überzeugend war. »Jemand soll mir helfen!«

Ratsnickle ließ ihre Bluse los und schlug ihr ins Gesicht.

Es schmerzte. Sie knallte mit dem Kopf gegen den Baum hinter ihr, und ihr Hut rutschte ins Gras hinab. Zweige rupften an ihrem Haar. Ihre Beine verhedderten sich, sie fiel zu Boden.

Er wird mich vergewaltigen, dachte sie nüchtern. Jetzt wird mich Melanchthon retten müssen. Er hat mir das Versprechen abgenommen, keinen Sex zu haben. Wenn das geschieht, bin ich für ihn wertlos.

Aber sie verspürte keinerlei Anzeichen, die auf die Anwesenheit des Drachen hingewiesen hätten. Seine Aufmerksamkeit war anderswohin gerichtet. Sie versuchte, ihn zu rufen, konzentrierte sich auf seinen geheimen Namen, seine Operationscodes, auf das, woran sie sich in ihrer Hysterie von seinen Schaltdiagrammen erinnerte. In der Hoffnung, die Entfernung wäre nicht zu groß, kreischte sie schweigend, er solle herkommen.

Nichts.

Ratsnickle zupfte an ihrem Gürtel. Sie hielt ihn mit beiden Händen fest, so daß er ihn nicht öffnen konnte, und er schlug sie erneut. Diesmal in den Magen. Was dazu führte, daß sie mit einer Hand loslassen mußte, doch sie brachte es fertig, mit der anderen wütend festzuhalten. Er versuchte, ihr die Finger zurückzudrücken. Nasse, hämische Schluchzer stiegen ihm tief aus der Kehle. Sie krallte nach seinem Gesicht. Das hier war nichts weiter als das letzte einer Reihe demütigender Ereignisse, die endlos und unausweichlich wie in einem Alptraum aufeinandergefolgt waren.

»Laß das!«

Benommen starrte Jane in ein Gesicht hinauf. Niemals hätte sie erwartet, daß sie froh über seinen Anblick gewesen wäre.

Es war Grunt.

Er streckte ihr eine gewaltige Pranke entgegen und half ihr beim Aufstehen. Sie zog die Hose hoch und schloß die Gürtelschnalle. Als sie erneut aufsah, war Ratsnickle geflohen. Lautstark trampelte er durch das Unterholz.

»Du schmutziges Kind!« Grunts Lippen waren weiß vor Wut. Die winzigen Augenbrauen bildeten ein komisches V oberhalb der ausdruckslosen Scheiben seiner Brillengläser. Er stieß Jane auf den Pfad zurück und faßte sie beim Kragen ihrer Bluse. Der Stoff drückte ihr gegen die Brüste und grub sich schmerzhaft in die Achselhöhlen. »Du schmutziges kleines Luder!«

»Aber ich hab doch nichts getan!« Sie spürte, wie ihr Gesicht allmählich anschwoll. Grunt konnte doch unmöglich glauben, sie wäre willige Teilnehmerin bei dem Geschehen gewesen! Nicht, wenn es sie dermaßen schmerzte! »Es war Ratsnickle, der ...«

»Maul halten!«

Er führte sie im Eilmarsch durch die Menge in die Taverne. Sie erhaschte einen kurzen Blick auf den Buffetier, der in einem Sessel schnarchte, und dann hatte Grunt eine Tür aufgestoßen und sie in die Garderobe geworfen. Er schlug die Tür hinter sich zu. »Zahlst du mir so alle meine Schmerzen zurück? Du Verruchte! Verführst ehrliche Knaben durch deine häßlichen Methoden.« Er war außer sich vor Empörung. »Ich habe gedacht, wir wüßten alles über dich. Aber das hier – das hier!«

Plötzlich hielt er inne und beugte sich näher heran. Er blähte die Nasenflügel. »Und du riechst nach Alkohol!«

Die Lektion dauerte ewig. Sie war kaum auszuhalten, nicht nur, weil sie nicht zur eigenen Verteidigung sprechen konnte, sondern auch weil er, ähnlich wie Ratsnickle, jedesmal dann erneut die Beherrschung verlor, wenn sie wegschaute. Sie verstand ihn nicht. Sie folgte jedem Wort so dicht, daß es so fest und wirklich wie ein Objekt wurde – ein Hammer, ein Keramikbecher, ein bemalter Stein –, und doch konnte sie ihm keinen weiteren Sinn abgewinnen.

Schließlich ging Grunt die Luft aus. »Geh!« Er stieß die Garderobentür auf und rief ihr hinterher: »Wir beobachten dich, junge Dame! Glaub nicht, wir täten es nicht. O nein! Glaub das ja nicht!«

Jane stolperte davon.

Draußen war es die Dämmerstunde zwischen Nachmittag und Abend. Papierlaternen waren aufgehängt, jedoch noch nicht angezündet worden. Jane weinte nicht. Soviel Beherrschung hatte sie noch.

Ihr war völlig wirr im Kopf. Ratsnickle und der Kinderfänger, verstrickt mit Grunt und der Stimme im Gehölz. Alle waren wütend auf sie; es war, als wäre die Wut, die sie selbst verspürte, gegen sie gerichtet worden. Ihr schmerzte das Gesicht, und ihre Gedanken waren sprunghaft, unstet, unverbunden. In einem solchen Zustand konnte sie nicht nach Hause gehen. Melanchthon würde ihren Zorn mit Schweigen und widerwärtiger Heiterkeit begrüßen. Immerhin hatte er bekommen, was er wollte, ohne sich für sie einsetzen zu müssen. Sie schmeckte seine Belustigung förmlich auf der Zunge, und sie kam sich deswegen wie die Zielscheibe eines schmutzigen Witzes vor.

Alle ihre Bekannten waren noch immer beim Grillfest. Mit einem solchen Gesicht konnte sie nicht ins Einkaufszentrum gehen. Da blieb nur ein sicherer Hafen.

»Heilige Scheiße, Mädchen! Siehst aus, als hättste 'ne Schlägerei hinter dir.«

»Du solltest mal den anderen Burschen sehen«, murrte sie. Aber die Stimme war zu tief, zu dunkel. Sie war noch nicht wieder in der Verfassung, normal zu sprechen. »Ich möchte mich an dir ein bißchen nützlich machen.« Sie lächelte gequält. »Du mußt gut ausgesehen haben, als du neu warst.« Ragwort schwang das Auge angespannt herum. »He, du darfst das Zeug nicht ohne Vorbereitung einfach so draufschmieren. Zunächst mußt du den Rost abschmirgeln.«

»Na gut!« fauchte sie. »Dann werd ich das tun.« Sie zog Schutzbrille und Staubmaske über und stöpselte den elektrischen Schleifstein an.

»Hör mal, Schwester. Nicht, daß ich dir nicht trauen

würd oder so, aber wie wär's, wenn du drüben auf der Werkbank einen Spiegel hinstellen würdst, so daß ich sehen kann, was du tust? Ich kann dir sagen, wie's geht.«

Jane zögerte, dann nickte sie. Sie stellte den Spiegel auf.

»Okay. Zunächst mußte mal 'ne Stelle suchen, wo der Rost nich so schlimm is. Sagen wir, oben in der Nähe der vorderen Flanke.«

Eine halbe Stunde später sah der vordere Kotflügel ziemlich gut aus. Nicht makellos, aber ein paar Schichten Farbe, um ein paar Unebenheiten auszugleichen, und er wäre großartig. Jane fühlte sich ebenfalls ein wenig besser. Das konnte handwerkliche Arbeit bewirken. Gegen produktives Handeln ließ sich nichts sagen. Es füllte einem den Kopf, beruhigte die Nerven und hinderte einen am Nachdenken.

»Ja, Mädel«, sagte Ragwort. »Da du jetzt diesen ganzen in dir schwirrenden Ärger aus deinem System raus hast, wird es dir wohl nichts ausmachen, mir zu sagen, was dich zwickt?«

»O Ragwort. Es ist alles zu kompliziert, und du kennst nicht mal die daran beteiligten Leute.«

»Wie zum Beispiel wen?«

»O Mann, Ratsnickle, Grunt, der …«

»Ich und Grunt nicht kennen! Mensch, wir sind alte Kumpel! Weißte, letztes Jahr is er in die Werkstatt gekommen, da hab ich einige meiner Kriegserlebnisse zum besten gegeben, und hat allen Ernstes behauptet, ich wär niemals 'n Kampfmodell gewesen. Dieser kleine Wichser hat behauptet, ich hätt niemals 'ne Aktion gesehen. Da hab ich ihm aber 'ne Aktion gezeigt. Bin ihm auf den Fuß getreten und hab ihm drei Knochen gebrochen. Seitdem is er nich mehr gekommen.«

Jane unterdrückte ein Lachen. »Wirklich?«

»Jetzt alle zusammen, Kinder.« Ragwort gelang

eine grobe, jedoch erkennbare Imitation von Grunts Stimme. »Die vier Ärscher: Verarscher, Arsch mit Ohren, Arschloch und einfach Arsch.«

Jane lachte, bis sie sich verschluckte, und selbst dann konnte sie nicht aufhören. Der Lachschwall ergoß sich aus ihr heraus, als wären aller Schmerz und alle Furcht in ihr in einen Strom aus Gelächter verwandelt worden. »Nein, bitte!« keuchte sie.

»Schon besser«, sagte er. »Trockne dir die Tränen, Mädchen. Scheiß doch auf sie, wenn sie keinen Spaß verstehen.«

9

»Ich habe ein bißchen herumgeknobelt«, sagte Jane. »Weißt du, wieviel Arbeit man zu deiner völligen Wiederherstellung in dich hineinstecken muß?«

Der Drache gab keine Antwort. Wie gewöhnlich beobachtete er die Meryons. Kolonnen winziger Soldaten marschierten in den Kampf. Revolvergroße Kanonen und andere Kriegswerkzeuge wurden von Maschinen gezogen, die nicht größer als Mäuse waren. Ihre Panzer waren Wunder der Miniaturisierung. Rauchfädchen stiegen von den Tempeln auf.

»Jahre!«

Keine Antwort.

»Jahrzehnte!«

Keine Antwort.

»Jahrhunderte!«

Schweigen.

Sie öffnete das Zauberbuch und zitierte: »Neunundsiebzig Jahre spezialisierter Arbeit benötigt man für jeden Drachen der Moloch-Klasse. Dies schließt die Bewaffnung oder die Überwachungs- und Kommunikationsgeräte nicht mit ein, die nach der Fertigstellung in die Zentraleinheit eingebaut werden.« Ihre Stimme ging leicht in die Höhe. »Wenn man die Arbeit mit einrechnet, die in die Herstellung vorgefertigter, von Zulieferbetrieben erworbener Bauteile eingeht, wären es insgesamt eher sechsundachtzig Jahre.« Sie schlug das Zauberbuch zu. »Sechsundachtzig

Jahre! Ich erinnere mich daran, wie Peter einmal drei Tage damit verbracht hat, die Verdrahtung an einem Pferd wieder hinzubekommen, das er zu reparieren versuchte. Und wir reden hier von etwas, für dessen Einbau man ursprünglich vielleicht zehn Minuten benötigt hat.«

Ein Pappelblatt trudelte in einer kühlen Brise durch das Kabinenfenster. Das Blatt war gelb und von der Form einer Speerspitze. Der Wind warf es Jane in den Schoß. Es schien wie ein Omen. Wofür, wußte sie nicht.

»Du hast mich angelogen.« Der Blick des Drachen war auf die Ströme von Gefangenen fixiert, die sich zu den Außenmauern der Tempel hinaufwanden. Dort oben erwarteten sie Priester, die unsichtbare Dolche in Händen hielten. Die Tempel bildeten einen Halbkreis und waren alle dem Drachen zugewandt; aus einer gewissen Perspektive sahen sie aus wie stilisierte geometrische Darstellungen seines Gesichts. Es bestand eine krankhafte gegenseitige Abhängigkeit zwischen Melanchthon und den Meryons; er gab ihnen die Materialien, die sie für ihre Industrie haben wollten, und sie ihrerseits befriedigten sein ungeheures Bedürfnis nach Ablenkung. »Du hast mich zu dem Versprechen veranlaßt, dich zu reparieren, aber das ist unmöglich, und du weißt es. Damals hast du es gewußt. Warum habe ich es trotzdem versprechen müssen?«

Keine Antwort.

Sie stürmte durch den Eingang, ließ die Luke offen stehen. Unten an der Leiter zögerte sie, um sicherzustellen, daß sich keine Meryons unter ihren Füßen befanden. Was einstmals schlichte Höflichkeit gewesen war, erwies sich jetzt als Notwendigkeit. Ihre Bewaffnung war bis zu dem Punkt fortgeschritten, wo sie sie töten konnten, sollte sie einen von ihnen zertreten.

Über die Schulter hinweg rief sie: »Ich gehe zum Einkaufszentrum!«

Wie sich herausstellte, ging sie statt dessen zu Peter, um Gwen zu besuchen.

Gwen war in keiner guten Stimmung. Der offizielle Wahlkampf für die Weidenkönigin des nächsten Jahres hatte an diesem Morgen begonnen. Fünf Kandidatinnen waren aufgestellt worden, doch Gwen schätzte keine davon. »Seht euch doch diese gemeinen Weiber an!« Sie wedelte mit einem Stapel Handzettel in der Luft. »Sleekit kandidiert – soll ich *sie* etwa ernst nehmen? Sie hält sich nicht mal die Fingernägel sauber.« Sie lachte bitter. »Ich soll von jemandem angezündet werden, der Fünf-Tage-Stoppeln an den Beinen hat. Es wäre komisch, wenn es nicht so mitleiderregend wäre.«

»Oh, wer auch immer gewählt wird, diejenige wird in die Rolle hineinwachsen.« Peter hob ein Flugblatt auf. »Die hier sieht recht süß aus.« Er blinzelte Jane zu. »Die könnte mir gefallen.«

»Für diese Bemerkung wirst du bezahlen, Herr Hillside«, drohte Gwen. Sie warf Jane ein Papier zu. »Hast du je ein solches Make-up gesehen? Sie muß es sich mit einem Buttermesser aufgeschmiert haben!«

Jane sah auf ein Gesicht hinab, das viel, viel schöner war, als es das eigene Gesicht je sein könnte. »Sieht aus wie eine Maske.«

»Genau! Peter, wozu sitzen wir hier herum? Dazu hab ich keine Lust. Gehen wir irgendwohin, wir alle drei.«

»Die Clubs machen erst in ein paar Stunden auf.«

»Wer hat gesagt, es müßte ein Club sein? Das Leben besteht noch aus anderen Dingen als nur Tanzen. Gehen wir in meine Wohnung. Jane hat sie noch nie gesehen, nicht wahr, Jane? Ich denke, sie sollte sie sehen, zumindest einmal. Kommt schon, gehen wir!«

Durch irgendeine technologische Vorausschau informiert wartete die Limousine an der Ecke, als sie die Straße betraten. Ein schwarzer Zwerg hielt ihnen die Türen auf, dann stieg er in einen Kutschkasten über dem vorderen Gepäckraum und nahm die Zügel. Das Innere bestand aus grauem Plüsch mit kohlschwarzen Beschlägen. Es gab eine eingebaute Bar, doch Jane traute sich nicht, sie zu öffnen. Den ganzen Weg über starrte Gwen mißmutig aus dem Fenster.

Jane war nie zuvor in Gwens Penthouse gewesen. Peter hielt sich nicht gern dort auf; hier vergnügte sie sich mit ihren Gentlemen-Freunden. Mit großen Augen starrte Jane den weißen Flügel an, die schlanken Vasen mit Schnittblumen, das riesige runde Wasserbett.

»Nun, was ist? Probier's aus!« Nach kurzem Zögern ließ sich Jane auf das Bett plumpsen. Kleine Wellen eilten davon, kehrten zurück und hoben sie hoch wie ein Boot. Gwen verschränkte die Finger zu einem magischen Zeichen der Macht, und verborgene Motoren drehten das Bett. Ein weiteres mystisches Zeichen, und das Lautsprechersystem schaltete sich ein.

Etwas Luxuriöseres hatte Jane noch nie gesehen. Man konnte sich flach auf die weißen Satinlaken legen und zuschauen, wie das eigene Abbild sich langsam in der verspiegelten Decke drehte, wie eine neue Sternenkonstellation am Himmel. Die Lautsprecher waren in den Rahmen eingebaut: Wenn Bloodaxe mit ›Mama's Last Wish‹ aus ihrem *No Exit*-Album loslegten, ging einem der Baß direkt durch die Eingeweide und brachte den Magen zum Beben.

»Das ist wunderbar!« rief sie.

»Ja, nicht wahr?« Gwen streckte eine Hand aus und zog sie hoch. »Ich will dir alles zeigen.« Sie wirbelte durch das Zimmer und öffnete Türen. »Die Sauna ist hier, der Fitneßraum hier. Das ist das Badezimmer.«

»Was ist das?«

»Ein Bidet.«

Errötend sagte Jane: »Oh.«

In einer Grotte aus nachgemachtem Fels war ein Whirlpool eingebaut. Orchideen fielen von künstlichen Nischen herab, und Spinnenpflanzen ließen ihre Triebe bis fast ins Wasser hinabhängen. Farbige Lichter wirbelten auf dem Grund. Schränke gab es, die waren gerammelt voll mit unglaublichen Schätzen aus Seide und Synthetik. Auf Gwens Ankleidetisch standen so viele Parfümflaschen, daß ein bedrückendes Miasma darüber lag. Sie hob einen Zerstäuber aus der Sammlung und sprühte sich einen winzig kleinen Hauch von Duft über die Halsmulde. »Ich weiß, es ist schrecklich von mir, das zu sagen, aber ich kann nicht anders – ist das alles nicht wunderbar?«

»Ja, großartig«, sagte Peter. Er war seit der Ankunft schweigsam gewesen. Er teilte die Vorhänge, machte mit den Fingern einen Sehschlitz in die Rollos und ließ sie wieder zuschnappen. »Verdammt gute Aussicht.«

»Oh, nun sei doch nicht so!« Gwen zog eine Schublade auf und holte unter einem Schleier von Spitzenunterwäsche eine kleine silberne Schnupfdose hervor. »Ein bißchen Elfenstaub wird dich wieder aufmöbeln.« Sie hob einen rahmenlosen ovalen Spiegel hoch. Die drei setzten sich auf die Bettkante.

Der Spiegel war in ihren Händen wie ein Bergsee und ihr Spiegelbild eine wunderschöne Erscheinung, die in seinen Tiefen ertrank. Sie legte drei Linien Elfenpuder aus, nahm einen Strohhalm und sog eine Linie in drei gleichmäßigen damenhaften Zügen ein. »Ahhh!«

Peter nahm ihr Spiegel und Strohhalm ab und

machte sich an die zweite Linie. Er reichte beides weiter an Jane, die auf das eigene furchtsame Gesicht hinabsah. Sie faßte den Strohhalm, wie Gwen ihn gehalten hatte, und atmete tief ein.

Feines Pulver traf sie in die Kehle. Ihre Augen öffneten sich weit, und dann wurde die Welt sehr klar. Es war, als hätte ein Fieber nachgelassen und als hätte sie erst jetzt bemerkt, daß sie überhaupt daran litt. Sie beugte sich vor, um den Rest einzuziehen.

»Paß auf!« Gwens Hand schoß vor, um Janes Haar von dem Staub wegzuziehen. »Hast du eine Ahnung, wieviel dieses Zeug kostet?«

»Dich kostet es ein Vermögen«, brummte Peter mürrisch.

»Vielen Dank, Mister Sonnenschein.« Gwen sah finster drein, streckte daraufhin impulsiv die Arme aus und drückte ihn an sich. Mit einem schelmischen Grinsen fragte sie: »Hab ich dir je erzählt, wie Peter und ich uns kennengelernt haben?«

»Oh, das möchte sie bestimmt nicht hören.«

»Doch, möchte ich! Bitte!«

»Nun ja. Als ich jung war …« Gwen hielt zwei Finger hoch; vor zwei Jahren, meinte sie, »… lebte ich in einem absoluten Loch. Auf einem Wohnwagenplatz, wenn du dir das vorstellen kannst, am Rand eines Sumpfs. Die Moskitos dort waren furchtbar, und in den Bäumen lebten weiße Affen, die schossen herab und schnappten sich einen, wenn man zu spät am Abend hinausging. Sie haben dir Finger und Zehen und die Ohren vom Kopf abgebissen. Ich hab ein Mädchen gekannt, das die Nase eingebüßt hat.« Sie schauderte anmutig.

»Ich war so unglücklich dort. Ich besaß rein gar nichts von Wert. Und dann eines Tages …« Sie schwieg. Sie hob das Kinn und starrte in eine ferne Vergangenheit.

In Jane kribbelte es vor Energie. Ihr rechtes Bein zitterte, und ihr Herz raste. Es bedurfte größter Willensanstrengung, nicht auf dem Bett auf- und abzuhüpfen. Gwens Gesicht war so lieblich im Profil, so rein und konzentriert. Jane beugte sich vor. Sie war begierig, mehr zu hören. »Was ist geschehen?«

»Hm? Nun, ich schätze, nichts ist geschehen. Wenn du mit ›geschehen‹ einen Vorfall oder eine Bemerkung meinst, wodurch ich es endlich geschafft hätte.« Sie klopfte noch etwas von dem Elfenstaub auf den Spiegel, beugte sich wieder darüber und hackte ihn mit einer vergoldeten Rasierklinge fein. »Aber es ist mir einfach zuviel geworden. Es war immerzu dasselbe, siehst du. Ein Tag war wie der andere. Es war alles grau, grau, grau.

Also bin ich in die Sümpfe hinausgegangen.«

Sie schnupften noch ein wenig Staub.

»Auf der Rückseite des Wohnwagenplatzes verlief ein kleiner Pfad, dem man folgen konnte. An den Rändern lagen überall kaputte Kühlschränke und Betonschutt. Man geht daran vorüber, und dann kommen alle diese kleinen Tümpel, wo sie Chemieabfälle hineingeworfen haben. Einige der Tümpel haben so eine braune Kunststoffkruste, und andere versuchen, einem nachzuströmen, wenn man herumtrödelt. Einige sind von einem wunderschönen, wunderschönen Türkisblau, und wenn man lang genug hineinblickt, steigen Dämpfe aus dem Wasser und töten einen. Aber wenn man immer weiter geht, erreicht man ein noch fast unverdorbenes Gebiet. Dort sind die Tümpel, wo die schwarzen Äpfel wachsen. Sie reichen endlos weit hinab, bis ins Herz der Erde.«

»Schwarze Äpfel?«

»Ja. Ich habe eine Stunde gebraucht, dorthin zu kommen, und bis dahin war ich völlig zerkratzt und verschwitzt. Aber ich habe einen dieser Tümpel gefunden. Es war sehr ruhig dort, und die Oberfläche des Wassers war so glatt wie Glas.

Ich habe mich umgesehen, um mich zu vergewissern, daß niemand herschaute, und meine Sachen ausgezogen. Eine schreckliche geblümte Bluse sowie Jeans, die nicht mal richtig paßten. Schon komisch. Sie waren so billig, daß ich mich schön fühlte, als ich unbekleidet der Sonne und dem Wind ausgesetzt war.«

»Du *warst* schön«, sagte Peter ernst.

»Ist er nicht süß? Aber du greifst der Geschichte vor. Also habe ich mich zusammengenommen, tief Luft geholt und bin hineingesprungen. Es war das Tapferste, was ich je in meinem Leben getan habe.« Gwen legte sich den Spiegel auf die Knie, stellte die Schnupfdose auf den Kopf und klopfte gegen ihre Seite. Nichts. »Scheiße! Mehr ist nicht da? Peter! Du hättest mir noch was besorgen sollen.« Sie warf Dose und Spiegel beiseite. »Mir wird übel von dieser Wohnung. Gehn wir!«

»Wohin?« fragte Peter.

»Was zum Teufel kümmert's mich! Die Clubs werden bald öffnen. Uns wird schon was einfallen. Gehn wir einfach!«

Die Limousine wartete. Sie stiegen ein und fuhren die Straßen hinab. Gwen hämmerte mit der Handfläche gegen das Dach. »Schneller!« Der Zwerg gehorchte. Eine Drehung der Hand, und ›Green Man‹ ertönte, ihr *Whituntide*-Album. Sie starrte zum Fenster hinaus.

»Was ist dann geschehen?« fragte Jane. »Nachdem du in den Tümpel gesprungen bist?«

Gwen drehte sich ruckartig um und sah sie stirnrunzelnd an. Dann wechselte ihre Stimmung erneut, und sie lächelte. »Ich sank hinab, hinab, hinab. Zunächst war das Wasser braun wie Tee. Aber es wurde rasch schwarz, und dann hab ich nichts mehr gesehen. Ich hab nicht mehr gewußt, in welche Richtung ich geschwommen bin, aber es muß abwärts gewesen sein, weil ich nicht an die Oberfläche zurückgekehrt bin. Mir schmerzten die Lungen und die Ohren – du kannst es dir nicht vorstellen! Es war, als hätte man Nägel hindurchgetrieben.

Kleine Ranken berührten mich sanft wie Finger von unzähligen kleinen Liebhabern. Dann beharrlicher. Sie wurden dicker und klammerten sich mir ans Gesicht, und jetzt drohte ich zu ertrinken, und obgleich ich genau das wollte, mußte ich doch dagegen ankämpfen. Aber dadurch verstrickte ich mich nur um so fester. Ich trat um mich und riß an den Wurzeln, bis sie mich umhüllten und ich mich nicht mehr bewegen konnte. Da stieß mir etwas gegen den Mund.

Es war weich, wie eine überreife Pflaume, und etwa von der Größe meiner Faust. Es war ein schwarzer Apfel, das habe ich sofort bemerkt, einer, der unerklärlicherweise wesentlich näher am Licht gewachsen war als üblich. Ich dachte mir, wie süß es wäre, mit dem Geschmack eines Apfels im Mund zu sterben.« Gwen streckte die Hand aus, um Peters Jeans zu streicheln. Er rutschte hin und her, spreizte die Beine ein wenig, und sie knetete ihm geistesabwesend die Innenseite der Schenkel.

»Ich biß tief hinein, und er war nicht süß, nein. Er war bitter, so bitter. Und gut.«

Peter schloß die Augen und murmelte: »Wir sind fast beim schönen Teil.«

»Die Wurzeln gaben mich frei, und ich stieg auf, o ja, ich sprühte vor Energie, und die Wasser wurden heller, heller, heller. Die Oberfläche des Tümpels war ein Kreis von Licht, und dann zerbrach sie.«

»Was ist ein schwarzer Apfel?« fragte Jane. Ihre Frage wurde überhört.

»Ich stand am Ufer des Tümpels, als sie emporschoß. Es war die phantastischste Sache, die je irgendwer gesehen hat. Eine Sekunde nichts, und dann diese wunderschöne nackte …« Er suchte nach Worten. »Es war, als wäre die Sonne um Mitternacht aufgegangen.«

»Aber was hast du in den Sümpfen getan?«

»Ich habe Blutegel gesammelt. Für meinen Apotheker-Kurs. Also war Gwen ein besonderer Glücksfall, weil ihr Hunderte …«

»Peter!«

»… dieser riesigen grünen und goldfarbenen Sauger am Körper hingen. Sie waren überall! Auf ihren Brüsten, dem Gesicht, den Beinen und überall. Wir haben ewig gebraucht, sie alle abzupflücken.«

»Du Mistkerl! Du hast versprochen, darüber niemals ein Sterbenswörtchen verlauten zu lassen.«

»Nein, habe ich nicht.«

»Ich hab dir gesagt, du sollst es nicht tun, und das ist dasselbe.« Sie hämmerte auf seine Brust ein, und dann kitzelte sie ihn unter dem Brustkorb. Er brach hilflos vor Lachen am Fenster zusammen. »Scheusal! Tier!« Die Limousine krängte durch die düsteren Straßen. Jane auf ihrer Seite des Sitzes fühlte sich glücklich und ein wenig verlegen.

Gwen hörte auf, Peter zu kitzeln. Als er sich wieder erholt hatte, saugte sie an seinen Fingerspitzen, einer nach der anderen, wobei ihr Mund kleine nasse Laute von sich gab. »Sag mir, was du möchtest!« Sie sah ihm durchdringend in die Augen. »Sag mir, was du gern tätest!«

Peter sagte hoffnungslos: »Du weißt, was ich möchte. Nur du und ich – allein, zusammen, für immer.«

Gwen lehnte sich in ihren Sitz zurück. »Ja«, sagte sie schwach. »Wäre das nicht wunderbar?«

Vielleicht lag es am Elfenstaub, obgleich die von

ihm hervorgerufene Hochstimmung längst verflogen war und als Nachwirkung nur ein flaches leeres Summen hinterlassen hatte. Vielleicht hatte die Droge einen verzögerten Effekt auf das Urteilsvermögen. Wie dem auch sei, Jane sagte: »Seht mal. Das Opfer muß freiwillig erfolgen, stimmt's? Was geschieht also, wenn ihr nein sagt? Sie müssen die letztjährige Zweite benutzen, und dann könnt ihr, du und Peter, mit eurem Leben einfach weitermachen. Ihr könntet in die Normalität zurückkehren.«

Gwens Augen blitzten. »Ich möchte nicht zu meinem *alten* Leben zurückkehren!« rief sie. »Ich möchte, daß *dieses* Leben für immer weitergeht.«

»Aber ...«

»Ach, was weißt denn du schon?« Sie warf sich in den Sitz zurück. »Du weißt überhaupt nichts. Du bist lediglich ein unwissendes kleines Waldmädchen.«

Betroffen schrie Jane: »He, das ist nicht nett!«

Peter machte besänftigende Gesten.

»Oh, jetzt wollen wir anderen Leute Manieren beibringen, ja? So eine Kritik habe ich nicht nötig. Du könntest einfach ein paar Monate warten und dann alles über mich erzählen, was du möchtest, verdammt noch mal, ohne dir Sorgen machen zu müssen, du könntest meine Gefühle verletzen. Aber nein! Du mußt mich ja ins Gesicht hinein beleidigen, während ich noch lebe.«

»Ich ...«

Gwen brach in Tränen aus.

Alles war zu schrecklich. »Wir sind nicht weit vom Einkaufszentrum weg. Soll ich dort aussteigen?«

»Vielleicht wäre das am besten!«

Als die Limousine anhielt, stieg Peter zusammen mit Jane aus und umarmte sie linkisch. Er senkte die Stimme und sagte: »Sie wird drüber wegkommen. Wir werden ein bißchen tanzen gehen, und dann werden wir in meine Wohnung gehen und … Nun ja. Laß dir ihretwegen keine grauen Haare wachsen. Morgen wird sie wieder sie selbst sein.«

Er lächelte ein trauriges, gehetztes Lächeln.

Also ging sie schließlich doch zum Einkaufszentrum.

Sie fand Hebog und Salome auf einer Bank neben dem Minigolfplatz. Er war eine zeitweilige Attraktion gewesen, mit synthetischem Gras und schäbigen Windmühlen aus Furnierholz, geleitet von einem gelangweilten Oger, der den Kopf in den hohlen Händen hielt und vor sich hindöste. Niemand spielte. Ihre beiden Freunde saßen Seite an Seite, einen Pullover achtlos über die Schenkel gelegt.

Als Jane näher kam, hob Hebog hastig die Hand ans Kinn und kratzte sich. Salome, die rot wurde, legte den Pullover zusammen. Zu ihrem Erstaunen wurde Jane klar, daß sie verdeckt Händchen gehalten hatten. »Hallo, ihr.«

Salome bedachte sie mit einem kühlen Nicken.

»Hallo, Maggie«, sagte Hebog.

»So nennt mich Ratsnickle. Ich bevorzuge Jane.«

»Was ist los mit euch beiden?« fragte Hebog neugierig. »Geht ihr nicht mehr zusammen?«

Mit aller Selbstbeherrschung, die sie aufbringen konnte, sagte Jane: »Ratsnickle und ich sind niemals zusammen gegangen – in keiner Weise, Gestalt oder Form. Wir sind mal Freunde gewesen, aber wir sind jetzt keine Freunde mehr. Wenn die Lady will, werden wir in jeder möglichen oder absehbaren Zukunft niemals wieder Freunde in irgendeiner Hinsicht sein.«

»Ja, er hat gesagt, ihr hättet eine Kabbelei gehabt.«

Ehe Jane eine angemessene Erwiderung einfiel, sagte Salome: »He, hast du Trotter-und-Stitch in letzter Zeit gesehen? Sie haben jetzt etwa 3 Komma 5 Augen zwischen sich. Das mittlere Auge hat je eine braune und eine blaue Iris bekommen. Ungeheuerlich.«

Eine Weile lang tauschten sie Klatsch aus, dann sagte Jane: »Ich suche was, um Gwen aufzumuntern. Sie ist wirklich am Boden zerstört, und ich habe gedacht, ein Geschenk könnte helfen.«

»Vielleicht ein Pullover?« fragte Hebog. Salome stieß ihn in die Rippen.

»Nein, was Besonderes. Vielleicht ein Schmuckstück. Gwen liebt Schmuck.«

»Es wird kalt. Ein Pullover wäre praktischer.«

»Versuch's in Oberons Haus«, sagte Salome. »Wenn du was wirklich Nettes suchst.« Sie warf einen raschen Blick auf ihr leeres Handgelenk. »Oh, he, schau mal, wie spät es ist! Wir müssen gehen.«

So, wie Jane gekleidet war, konnte man einfach nicht in Oberons Haus aufkreuzen. Zunächst mußte sie eine bessere Bluse stehlen. Sie entschied sich schließlich für eine pfirsichfarbene Seidenbluse. Die halblange Hose wäre in Ordnung, wenn die Schuhe stimmten, aber da sie ein schäbiges Paar Turnschuhe trug und es so gut wie unmöglich war, Schuhe von wirklich passender Größe zu stehlen, entschloß sie sich, statt dessen teure Jeans zu klauen. Sie brauchte auch eine Handtasche, gutes Make-up und ein Halstuch, das überteuert aussähe, selbst wenn man die darin hineingesteckte Arbeit berücksichtigte. Billiger Modeschmuck und eine verspiegelte Sonnenbrille vervollständigten das Aussehen. Ein Blick auf die schäbigen Turnschuhe und den arrogant über absoluter Top-Designer-Mode getragenen Plastiktand, und selbst der scharfsinnigste Verkäufer würde denken: Elfen-Göre.

Sie brauchte drei Tage, bis sie alles beisammen hatte. Von Zeit zu Zeit mußte sie etwas kürzer treten, damit sie nicht die Aufmerksamkeit des Wachpersonals erregte. Sie mußte Nahrung stehlen. Die Göttin allein wußte, wie viele Ausflüge zu den öffentlichen Toiletten notwendig waren, bis die Verwandlung vollständig war.

Aber es war die Sache wert. Als sie Oberons Haus betrat, riß sich ein Orend fast das Bein aus, damit er sie vor einem anderen Verkäufer erreichte. Sie besprachen, was Jane suchte, und dann bat er sie zur drittbeeindruckendsten Schmuckvitrine im Geschäft. Der Orend schloß die gläserne Abdeckung auf und schwang sie zurück, so daß Jane den Inhalt genauer unter die Lupe nehmen konnte.

Jane ließ gelangweilt einen Zeigefinger an den Reihen von Broschen entlanglaufen und hielt inne.

Auf den ersten Blick wirkte die Brosche wie ein silberner Mond im ersten Viertel, der auf der glänzenden Sichel von Narben und Kratern übersät war und sich im dunklen Teil in einen eloxierten Schaltkreis verwandelte. Aber bei näherer Untersuchung erwies sich der aufgedruckte Schaltkreis als ein kompliziert geätztes und gekerbtes Labyrinth, in dessen Herz ein einzelner winziger Smaragd wie eine grüne Träne frei herumkullerte. Jane berührte ihn mit einem ihrer nicht abgekauten Fingernägel und beobachtete, wie er einem schwierigen Pfad durch die gewundene Schwärze folgte. »Die würde Gwen gefallen«, keuchte sie.

Der Verkäufer nannte einen Preis.

»Ach«, sagte Jane bedauernd. »Nein. Nicht diese Woche. Mutter würde Zustände kriegen.« Als der Orend die Vitrine schließen wollte, drehte sich Jane weg und fragte: »Was ist mit diesem schwarzen Korallending, dem Halsband? Ist es etwas billiger?«

Der Verkäufer sah auf, um der Richtung zu folgen, die sie mit dem Finger wies, und da griff Jane hinter sich zu der Stelle, wo die Brosche lag, und schnappte sie sich. Der herabkommende Deckel streifte sie an den Fingerknöcheln wie der Hauch von einem Mottenflügel, und dann stopfte sie ihren Fang in die Gesäßtasche ihrer Jeans.

»Oh, beträchtlich billiger.«

»Dann bin ich nicht interessiert.« Jane ließ sich von dem Orend zwei weitere Vitrinen vorführen und verabschiedete sich dann höflich und selbstsicher.

Am heiligen Brunnen warf Jane einen Glücks-Kupferpfennig ins Becken und schaute sich dann ziemlich lange um, damit auch ja niemand zusah. Daraufhin grub sie das Schmuckstück aus der Hose.

Eine Hand schloß sich über der ihren und drückte ihr die Brosche so fest in die Handfläche, daß ihr die Nadel in die Haut stach.

»Ertappt!« sagte Strawwe.

»Au!« Jane riß sich los und saugte an der winzigen Wunde. »Ich blute, Sie Arschloch!«

»Das hilft dir nicht.« Er starrte sie glotzäugig wie immer an. »Wir wissen jetzt seit einiger Zeit, wie du deine Diebstähle begehst. Grunt hat dir gesagt, daß wir aufpassen. Wir haben aufgepaßt.«

Jane sagte nichts.

»Ich hätte dich nicht schnappen müssen, um dich anzuzeigen. Ich hätte lediglich sagen müssen, daß ich dich beim Klauen beobachtet habe. Sie hätten mir geglaubt.« Er faßte sie beim Kinn und zwang sie, ihm ins Gesicht zu sehen. »Zweifelst du etwa daran?«

Sie schlug seine Hand beiseite. »Warum reden wir dann überhaupt?«

»Ich werde dir ein Angebot machen, und du sollst wissen, daß ich es ernst meine.«

»Was für ein Angebot?«

»Du und ich, wir sind von der gleichen Art.« Strawwe schwieg so lange, daß sich Jane allmählich fragte, ob seine Worte irgendeinen Sinn ergaben und sie einfach nur zu dumm war, ihn zu begreifen. »Ich weiß nicht…«, begann sie. »Wir beide sind Außenseiter«, sagte er. »Wir mögen die anderen nicht. Wir haben Fähigkeiten, die die anderen nicht haben. Das weißt du, nicht wahr?«

Sie schüttelte verblüfft den Kopf.

Strawwes Augen waren rund wie Murmeln und wölbten sich aus dem Gesicht heraus. Ein schwacher Duft nach Muskatnuß stieg ihm aus den Achselhöhlen. »Es gibt was Besseres als Diebstahl«, sagte er. »Ich werd's dir beibringen.« Er beugte sich zu ihr herab und sog tief die Luft ein. »Du weißt, was ich vorschlage. Ich rieche es.«

Er log nicht. Soviel war Jane klar. »Ich soll also ein… wie Sie werden.«

»Ein Spitzel, ja. Treffen wir ein Abkommen: Ich melde dich nicht wegen Diebstahls. Du erhältst das Stipendium. Ich werde dein Mentor sein. Du wirst alles tun, was ich dir sage.« Gleichmütig begegnete er Janes entsetztem Blick. »Es ist einfach. Du wirst Salome und den Zwerg verraten und der Sekretärin sagen, was sie getan haben. Ich werde ihnen sagen, daß du dich geändert hast. Dich gebessert hast. Sie werden es glauben. Sie glauben alles, was ich sage.«

»Das könnte ich meinen Freunden niemals antun!«

»Wenn du's nicht tust, werd ich's tun.«

Erneut sah Jane, daß er nicht log. Hebog und Salome würden leiden, gleich was sie tat. Wenn sie andererseits mit ihm zusammenarbeitete, bestand eine Chance, etwas aus den Trümmern zu bergen.

»Und um das Abkommen zu besiegeln, wirst du mir deinen wahren Namen sagen, und ich sage dir meinen.«

»Aber das ist…« Unmöglich, wollte sie sagen.

»…dauerhaft. Ja, ich weiß.« Er starrte sie an, glotzäugig und ohne zu blinzeln. Die Arme hingen ihm schlaff an den Seiten herab. »Du kannst zur Universität, wenn du möchtest. Ich werde dir folgen. Wo immer du hingehst, da werde ich sein, näher als der engste Freund, den du je gehabt hast. Wir werden dieselben Bücher lesen. Wir werden aus derselben Schüssel essen. Wir werden dasselbe Bett teilen.«

Blitzartig ging Jane auf, wie einsam Strawwe sein mußte. Er wurde verhöhnt und gefürchtet von seinesgleichen, toleriert, jedoch verachtet von der Verwaltung. So weit entfernt war er von jeglicher normalen Beziehung, daß er sogar nicht mehr wußte, wie er mit ihr reden mußte, daß er sie bedrohte, wo er hätte überzeugen sollen, daß er hart war, wo er hätte lächeln sollen. Was bedeutete, daß sein Angebot ernst gemeint war.

»Ich werd's nicht tun!« sagte sie aufbrausend.

Er musterte sie von oben bis unten. Sie zitterte. Er schnüffelte an ihrem Scheitel, an ihren Knien, an – sie sprang zurück – ihrem Schritt. »Du weißt nicht genau, was du tun wirst«, sagte er. »Ich geb dir Zeit bis morgen früh. Entscheide dich. Ich werde deine Entscheidung riechen, wenn du hereinkommst.« Er hielt die Mondbrosche hoch – Jane hatte sie fast vergessen – und fügte hinzu: »Die werde ich als Pfand behalten.«

Er steckte sich die Brosche in den Mund, drehte sich um und ging.

»Töte ihn«, sagte sie. »Für dich ist das doch ein Klacks!«

Melanchthon sagte nichts.

Draußen zeichneten aktinische Lichter die Umrisse der Verteidigungslinien der Meryons nach, und Maschinen bewegten sich in den Schatten. Der Drache starrte blind zu Boden, aber unterhalb seiner bewußten Weigerung zu sprechen verspürte Jane wirbelnde Kraftströme, die Resonanz eines elektromagnetischen

Ärgers. Sie besaß seinen Namen. Sie konnte ihn bändigen; da sie dies einmal getan hatte, war sie davon überzeugt. Aber früher oder später würde sie die Kabine verlassen müssen, und dann stünde es ihm frei, die Gewalt seiner Wut gegen sie zu richten. Sie war nur so lange sicher, wie sein Bedürfnis nach ihr seinen Ärger überwog.

»Sieh mal. Er möchte mit mir schlafen. Du hast mir doch das Versprechen abgenommen – keinen Sex, erinnerst du dich? Er verändert die Ladung der Aura, hast du gesagt, und ich könnte deine Elektronik nicht reparieren, es gäbe ein völliges Durcheinander. Erinnerst du dich?«

Es war so nutzlos. Jane stapelte ihre Schulbücher wieder auf der Pilotenliege und zog sich das Nachthemd über. Sie klappte den Futon auf und legte die Laken und eine leichte Decke auf, und eine schwerere Wolldecke faltete sie – nur für alle Fälle – am Fußende zusammen. Die Nächte waren seit kurzem kühler geworden. Das entsprach der Jahreszeit.

Sie legte sich zum Schlafen nieder.

Sie hatte die Augen geschlossen, doch der Schlummer wollte nicht kommen. Statt dessen jagte sie immer und immer wieder dem alten Rätsel nach, weshalb der Drache schwieg. Vielleicht schämte er sich, weil er von jemandem mit menschlichem Blut gebändigt worden war, und das Schweigen war eine kleinliche Rache – er würde zu ihrem Nutzen handeln, ihre Existenz jedoch ansonsten in keiner Weise anerkennen. Dann wiederum waren Drachen hintergründig. Vielleicht versuchte er, sie so weit zu bringen, daß sie sich zu einer unüberlegten Handlung hinreißen ließ. Vielleicht hatte er ja irgendeinen umfassenden Plan ersonnen, und sie käme dadurch in eine Situation, wo sie aus Furcht, ihm zu vertrauen, so handelte, wie er es von ihr im Sinne dieses Plans verlangte. Vielleicht manipulierte er sie so, daß jede ihrer Bewegungen, jeder Gedanke und jedes Gefühl den Drehungen und Windungen eines verwirrenden Labyrinths von solcher Größe folgte, daß sie es noch nicht einmal sehen konnte.

Vielleicht war er senil geworden.

Die Schule war in konzentrischen Kreisen des Entsetzens um das Büro des Direktors herum aufgebaut. Die schlimmsten pädagogischen Ungeheuer schlichen in Furcht vor jenem Raum umher, dessen Tür stets verschlossen war und aus dem in unregelmäßigen Abständen die qualvollen Schreie des dort gefangenen Entsetzens tönten.

Das Büro der Sekretärin befand sich unmittelbar neben dem Büro des Direktors. Sie hörte mit funkelnden Augen zu, während der Schulaufseher Strawwe Bericht erstattete. Bei jedem Wort pustete Grunt sich erneut empört auf. Jane konnte es kaum ertragen, und sie hatte riesige Angst.

Strawwe beendete seinen Bericht.

»Nun!« Die Sekretärin steckte ein knochiges Knie unter den Arm und stellte sich auf ein Bein. »In all den Jahren, die ich hier bin, ist das die empörendste und schamloseste Geschichte, die mir je zu Ohren gekommen ist. Hat hier noch irgend jemand daran Zweifel, daß sie bestraft werden muß?«

Sie sah zu Grunt hinüber. Er räusperte sich und schaute weg. Sie sah Strawwe an. Er begegnete ihrem Blick. »Sehr schön«, sagte sie schließlich. »Werft dieses erbärmliche Kind dem Basilisken vor!«

Mit abgewandten Blicken zogen Grunt und Strawwe Jane hinaus auf den Flur. Sie rissen die Tür zu dem entsetzlichen Büro auf und stießen Jane hinein. Die Tür schlug hinter ihr zu. Sie sah auf und erblickte die Kreatur des Rektors, die sich über einer mit grünen Klecksen beschmierten Kladde putzte.

Der Basilisk klammerte sich mit klauengleichen Fingern an die Schreibtischkante. Er war ein federloser Zweifüßler, bleich wie Hühnerfleisch, hatte einen langen Hals und kleine Anhängsel, die eher Stümpfe als Flügel waren. Der runde Kolben seines Bauchs war festgespannt wie eine Trommel, während der übrige Körper schwabbelig wie geschlachtetes Fleisch war.

Aber es war das Gesicht der Kreatur, das Furcht erweckte. Es war augenlos, jedoch durchaus nicht kopflos. Winzige menschliche Ohren rahmten gewaltige weiche Lippen mit schleimig glitzernder Oberfläche ein. Es hatte keine Nase, so daß jeder Atemzug ein nasses schmerzhaftes Keuchen war.

Beim Anblick dieses Grauens stellte sich Jane unwillkürlich vor, wie es wäre, in solchem Fleisch gefangen zu sein. Es wäre ein Schicksal, das noch abstoßender wäre als die Kreatur selbst. Sie wollte wegsehen und konnte es nicht.

Der Basilisk schlug mit den Stummelflügeln.

Plötzlich streckte er den bleichen Hals vor und zog die breiten gummiartigen Lippen zurück, wodurch er gleichmäßige weiße Zähne und eine feuchte rosafarbene Zunge enthüllte. Jane zuckte vor dem blinden Schrei zurück.

Alles wurde leer. Einen zeitlosen, luftlosen Augenblick lang stand sie im Nirgendwo, dimensionslos, ohne Gedanken. Im Zustand des vollkommenen Nichtseins. Dann stolperte sie und fand sich im Büro des Direktors wieder. Sie starrte entsetzt den Basilisken an, dessen speichelfeuchter Mund sich gerade schloß.

Sie hatte den letzten Bruchteil des schwarzen Schreis nicht gehört, dennoch hallte seine Wirkung in ihr wider. Sie wollte zur nächsten Toilette laufen und Galle und Fäule erbrechen. Sie fühlte sich besudelt.

Schmutz verkrustete ihr die Zunge, und Verdautes füllte sie bis zum Anus.

Dann gelang es Jane zum erstenmal, den Blick vom Basilisken abzuwenden und den Direktor anzusehen. Er saß reglos hinter dem Schreibtisch, war gekleidet in Weste, Schlangenhautkrawatte und Jackett. Die Hände ruhten im Schoß. Die Augen musterten sie mit einer reptilhaften Aufmerksamkeit, die völlig bar jeden Gefühls war.

Es war der Baldwynn.

Ein unterdrückter kleiner Schrei stieg Jane die Kehle hoch. Man hatte sie gefunden! Melanchthon hatte versprochen, sie vor der Entdeckung, vor der Suche, vor den Hunden der Verfolgung zu schützen. Doch es war eine weitere Lüge gewesen. Sie durchlebte jetzt eine solche Verzweiflung und ein solches Gefühl des Verratenseins, wie sie es noch nie zuvor verspürt hatte.

Aber obgleich der Blick des Baldwynns jeder ihrer Regungen folgte, sagte er nichts und machte keine Anstalten, sie zurückzuhalten, als sie sich zur Tür schob.

Jane hatte die Hand auf den Knauf gelegt, da fiel ihr Blick auf den Ordner im Schoß des Baldwynn. Es war ein bleiches Rechteck aus Manilapapier, locker in beiden Händen gehalten, und etwas daran sagte ihr, daß es bedeutend wäre.

Er folgte ihr mit den Augen, als sie in seinen Schoß griff. Seine bleichen Handrücken waren altersfleckig. Vorsichtig nahm sie den Ordner zwischen Daumen und Zeigefinger und zupfte daran. Er löste sich aus den Händen. Auch jetzt folgte er dem Ordner mit den Augen. Jane las den Namen auf dem Etikett.

Peter of the Hillside.

In heller Aufregung öffnete sie den Ordner. Darin lag ein einzelnes dünnes rechteckiges Blatt Papier und sonst nichts. Die Schrift darauf war grau und verschwommen; sie konnte sie hier unmöglich entziffern. Nicht in ihrem gegenwärtigen Zustand. Jane faltete das Papier zusammen und ließ es in ihre Bluse rutschen.

Der Baldwynn regte sich nicht, selbst als sie ihm den Ordner in die fleckigen Hände zurücklegte.

Der Flur war leer. Langsam trat sie hinaus. Ein Lehrer, der gerade aus seiner Tür treten wollte, sah sie herauskommen und wich zurück. Er wollte es ganz offensichtlich nicht wissen.

Ihr war benommen und unwirklich zumute, und sie schwebte förmlich den Flur hinab.

Als sie am Büro der Sekretärin vorüberkam, packten Grunt und Strawwe sie bei den Armen und zerrten sie rückwärts in den Raum. »Was hat er zu dir gesagt?« wollte die Sekretärin wissen. »Was hat er gesagt?«

Bislang hatte Jane die Selbstbeherrschung gewahrt, aber jetzt brach sie zusammen und weinte unbeherrscht aus einer Mischung von Furcht und Ekel. »Sie ist hysterisch«, sagte die Sekretärin. Sie holte aus und schlug Jane so heftig ins Gesicht, daß ihr der Kopf klingelte. Speichel flog, als die Sekretärin kreischte: *»Was hat er gesagt?«*

Da erkannte irgendein kühl kalkulierender Wesenszug Janes, der unerwarteterweise tief in ihr lauerte, die Chance und übernahm die Herrschaft. Keiner von ihnen hatte einen Anhaltspunkt. Sie hatten eine solche Angst vor dem Direktor, daß es keiner wagte, ihm persönlich unter die Augen zu treten. Sie hatten nicht mehr Ahnung, was er wirklich wollte, als Dame Mond persönlich. »Er hat gesagt, ich soll Alchemikerin werden!« schluchzte sie. »Er hat gesagt, Sie sollen mir ein volles Stipendium geben.«

Die Blicke der drei waren völlig verblüfft. Sie konnten nicht glauben, was sie hörten, ebensowenig konnten sie sich vorstellen, daß jemand nach einer Begegnung mit dem Basilisken zu einer Lüge imstande wäre. Es war eine unglaubliche Feststellung und gleichzeitig eine unwiderlegbare.

Aber am Ende jedoch konnten sie in dieser Hinsicht nichts weiter unternehmen.

Die Sekretärin machte sich daran, mit der Schreibmaschine die Formulare auszufüllen.

10

Die Drachenfliegen-Mädchen standen in einer Gruppe am Seiteneingang und rauchten. Weil ihre Körper während der sexuellen Reife äußerlich weitgehend unentwickelt blieben, sahen sie aus wie unförmige Kinder. Jane sah sie jeden Tag zusammen tratschen, wobei ihre Flügel aufgeregt summten. Sie hatten scharf ausgeprägte Hüften, waren nahezu brustlos und trugen Designer-Jeans und Seidenblusen. Sie schnippten lippenstiftverschmierte Zigarettenstummel in den Hof.

Sie wählte sich eine aus, die etwas weniger abweisend wirkte als die anderen, und wartete, bis sie sich von der Gruppe trennte. »Entschuldigung«, sagte Jane.

Das Drachenfliegen-Mädchen kam zu ihr, blieb stehen und blickte geringschätzig über eine Schulter. »Ist die Diebin«, sagte sie zu niemandem Bestimmtem.

»Sieh mal!« Jane zog ein silbernes Amulett aus der Handtasche. Es stellte eine zierliche gehämmerte Lebensblume dar und war einen ganzen Batzen Kleingeld wert. Sie hatte heute morgen die Schule geschwänzt, um sie zu klauen, und wenn sie erwischt worden wäre, hätte es einen gewaltigen Aufstand gegeben. Sie hatte jedoch die Gelegenheit ergreifen müssen, weil sie wegen der Masse kalten Eisens im Drachen niemals ein Schmuckstück mit heimnehmen konnte; es wurde stets krank und starb. Das Silber sang im Sonnenlicht, und bei seinem Anblick wurden die Augen des Drachenfliegen-Mädchens groß. »Ist für dich.«

»Gra' merci.« Sie streckte einen dürren Arm aus.

Jane riß das Amulett zurück. »Das kostet was.«

Die dunklen Augen wurden lichtlos und kühl, die Lippen teilten sich und zeigten kleine perlenhafte Fänge. Jane verhandelte dennoch weiter. »Wo kann ich brauchbare Informationen über Empfängnisverhütung bekommen?«

Blankes Erstaunen. Dann: »Empfängnisverhütung? *Du?*«

Das Drachenfliegen-Mädchen warf den Kopf zu einem wilden elfenhaften Gelächter in den Nacken.

»Willst du sie oder nicht?«

»Reich rüber!«

Das Amulett traf die Handfläche des Drachenfliegen-Mädchens, und schon war es verschwunden. Das Mädchen drehte sich um und schritt davon. Aber in der Luft hinter ihm schwebten die Worte: »Peg o'the Landfill. Sie wird Silber dafür verlangen.«

Jane benötigte Wochen, bis sie genügend Mut gefaßt hatte. Aber an einem kalten und regnerischen Morgen stand sie zitternd in einer zu dünnen Windjacke vor Pegs Wohnung. Es war ein heruntergekommenes Reihenhaus aus rotem Backstein, eines jener Häuser, die mit dem Rücken zur Müllkippe standen. Ein verrostetes Zinnschild mit einer Doppelaxt darauf war der einzige Hinweis, daß im Innern eine Hexe wohnte. Ein Riß lief schräg die Frontseite hinauf, wodurch die Backsteine zu beiden Seiten buchstäblich schielten, und über die Innenseiten der Fenster waren Kunststoffplanen geheftet worden. Die Rollos waren herabgelassen.

Jane starrte die Schwelle an und brachte es nicht fertig näher zu treten. Abgesehen von jener verzweifelten Nacht, da sie der Drachenfabrik entkommen waren, hatte sie sich Melanchthon niemals widersetzt, jedenfalls nicht richtig und schon gar nicht bei etwas Wichtigem. Und gewiß nicht bei so etwas! Hierherzukommen war im Grunde bereits ein Vertrauensbruch, denn Jungfräulichkeit war eine unabdingbare Voraussetzung für angewandte Ingenieur-Magie. Sie kannte die technologischen Gründe hierfür nicht; aber sie wußte, daß alle großen Firmen ihre Ingenieure kastrierten, ehe sie ihnen irgendwelche wichtige Arbeit anvertrauten.

Sie holte den Papierschnipsel aus der Taschen, den sie dem Baldwynn gestohlen hatte. Er war fest zusammengefaltet. Die Ecke waren vom wiederholten Gebrauch ausgefranst und grau. Sie öffnete ihn, las ihn durch. Seine Aussage war unverändert.

Hol tief Luft, sagte sie zu sich. Geh die Stufen hinauf. Geh zur Tür. Klopfe an.

Sie tat es.

Ein langes Schweigen, ein Quietschen und dann weiteres Schweigen. Die Tür öffnete sich. »Ja? Was willste?«

Peg war ein altes fettes, stark geschminktes Weib. Sie hatte eine Zigarette im Mundwinkel hängen. Sie trug einen Frottiermantel und ein abgenutztes Paar brauner Zehensandalen. Unter den Augen hatte sie Ringe, und in der Hand hielt sie einen Kaffeebecher.

»Wenn Sie möchten, komm ich später noch mal zurück«, sagte Jane hastig. »Ich hab Sie nicht wecken wollen oder so.«

Eine nachgezogene Braue hob sich. Rote Lippen schürzten sich geringschätzig. »Rein oder raus, nur nich auf der Schwelle stehenbleiben. Ich frier mir hier draußen den Arsch ab.« Peg hielt die Tür auf, und Jane quetschte sich an ihr vorbei, wobei sie den weichen Bauch und, die gewaltigen Brüste streifte. Ein schaler Geruch, eine Mischung aus Nikotin und Weihrauch, entströmte dem Frottiermantel.

Ein Fernseher flackerte im Kamin. Bilder von Flüchtlingen, die vor der Gewalt in Carcassone flohen. Peg schnippte gereizt mit dem Finger, und er ging aus. Das Wohnzimmer war klein und stickig. Es war überladen mit Schreibpulten, Tischchen, einem winzigen Amboß, Radierungen gehäuteter Pferde, einem Apothekenschränkchen aus Ebenholz, einem in Lake konservierten Homunculus. Es entstand der Eindruck einer Collage aus Bildern, die man aus verschiedenen Zeitschriften herausgerissen hatte; das Auge konnte es nicht zu einem stimmigen Ganzen zusammenfügen.

»Setz dich!« forderte Peg sie auf. »Ich werd mir was anziehen.« Sie verschwand hinter einem Vorhang, wobei die Ringe rasselten.

Jane legte die Hände auf die Knie und wartete. Ein elektrischer Heizkörper in der Mitte des Raums summte und klapperte. Er sorgte dafür, daß ihr auf der einen Seite heiß und auf der anderen kalt war. Der Homunculus starrte sie mit erstaunten toten Augen an, als wollte er sagen: Bist du aber häßlich!

Sie sah weg. In einer Vakuumglocke auf dem Kaminsims stand eine Goldbronze-Uhr. Jane sah den Zeiger im Sekundenabstand verzweifelt zucken, aber weil die ganze Luft herausgepumpt worden war, gab der Mechanismus kein Geräusch von sich. Es dauerte nicht lange, bis sie merkte, daß sie den eingepökelten Kobold in dem Ebenholzschränkchen anstarrte. Ich hasse dich, besagte sein erstarrter Gesichtsausdruck, weil du dich bewegen kannst, und ich nicht, weil du eine Freiheit hast, die mir stets verwehrt bleiben wird, und dennoch nichts damit anfängst.

Jane rutschte auf dem Stuhl hin und her.

An einer Wand standen einige Glasregale, die von verborgenen Glühbirnen erleuchtet wurden und in einem kalten und unfreundlichen Glanz erstrahlten. Darauf lagen in ordentlichen Reihen Eier, eine ungesunde Vielfalt an gleich großen Eiern. Geschnitten waren sie aus Schmuckmalachit und Obsidian mit Einsprengseln, grünem Onyx und rosafarbenem Onyx, goldenem, Rutilnadeln enthaltendem Quarz und blauem Feueropal oder sonstigem Kristallglas. Sie enthielten Miniaturszenen, Städte und Berglandschaften, Kinder beim Spiel, menschenähnliche Fliegen mit Körben voller Eier, und innerhalb dieser Eier waren kleinere Fliegen, die Körbe mit noch kleineren Eiern trugen.

Jane konnte sich nicht vorstellen, warum der Anblick der Eier sie mit Widerwillen erfüllen sollte, aber es war so. Ihr wurde schon bei ihrem Anblick übel. Als sie sich umwandte, fand sie sich erneut dem verdrießlichen Mund und den Glotzaugen des Homunculus gegenüber.

Dumm bist du auch.

Jane zwinkerte. »Hallo?« sagte sie zaghaft.

Nun, das wurde aber auch Zeit. Du bist auch kein allzu großes Licht, nicht wahr? Entwicklungsmäßig gefordert. Ein bißchen lahmarschig.

Das war zu grob für eigene flüchtige Gedanken. Verwundert ging Jane zu der Flasche hin und berührte sie an der Seite. Der kleine Mann darin war weiß und aufgeblasen wie ein Bofist, der gleich seine Sporen davonschleuderte. »Bist du lebendig?«

Bist du's?

Jane wich vor der Flasche zurück. Sie sollte wohl etwas sagen. Doch ihr fiel einfach nichts ein, und wenn es um ihr Leben gegangen wäre.

Frag mich, was ich möchte, schlug das Männchen vor. So was sorgt stets für Heiterkeit.

»Was möchtest du?«

Ich möchte sterben. Ich möchte die Hexe lebendig in

diese Flasche stopfen, so daß sie leiden kann, wie ich gelitten habe. Ich möchte wissen, was da hinter dir steht.

Jane fuhr herum. Nichts. Als sie sich wieder dem Homunculus zuwandte, bemerkte er zynisch: Nun, natürlich ist es nicht da, wenn du *hinsiehst.* Es ist so ein Wesen. Sieh dort zum Amboß. Siehst du diesen Holzhammer? Natürlich siehst du ihn.

Ein Zwanzig-Pfund-Hammer lag auf dem Amboß, weniger als eine Armeslänge entfernt von dem Homunculus. Man hatte den Hammer so hingelegt, daß er ihn ständig im Blick hatte.

»Ja.«

Geh hin zu ihm. Berühre den Hammer. Um mehr bitte ich nicht. Fühlt er sich nicht gut an? So stark und schwer.

Aus einem Fenster fiel Jane ein schwacher Strahl silbrigen Lichts in den Augenwinkel. Sie wurde ganz benommen davon, und als sie beiseite rückte, tanzten ihr winzige Sonnen vor den Augen. Der Elektroofen summte ununterbrochen. Sie fühlte sich schwach und unwirklich. »Ich … schätze schon.«

Laß die Hand am Schaft entlanglaufen. So glatt. Hebe ihn ein wenig an. Spüre sein Gewicht. Spüre, wie sich deine Muskeln bewegen. Ein so feines Gefühl, ein echter Luxus. Du mußt wie ich bewegungsunfähig sein, um es voll zu genießen. Heb ihn ein wenig höher. Schwinge ihn hin und her. Spüre die Kraft des Schwungs, spüre die Anstrengung, die es dich kostet.

»Du hast recht.« Jane hatte nie zuvor bewußt den Vorgängen ihres Körpers soviel Aufmerksamkeit gewidmet; es war ein interessantes Gefühl. Der Raum schien zu verblassen, hineingezogen zu werden in das immer lauter werdende Summen des elektrischen Heizofens. »Macht Spaß!«

Jetzt hebe den Hammer über den Kopf. Spüre, wie die Arme unter dem Gewicht zittern. Der Hammerkopf will zum Boden zurück. Er möchte dich aus dem Gleichgewicht bringen und nach unten sausen. Spürst du es?

»Ja.«

Dann schwinge ihn herab – jetzt! Zerschmettere die Flasche!

Einen schwindelerregenden Augenblick lang wollte Jane gehorchen. »Nein!« Sie lenkte den Hammer zur Seite, und er fiel klirrend auf den Amboß. Sie wich zu ihrem Stuhl zurück. »Warum hast du das getan?«

Oh, hör nicht auf. Wir sind doch schon so nah dran! Erlöse mich! Gewähre mir Vergessen! Du kannst der Hexe sagen, daß ich es dir gesagt habe.

Jane rührte sich nicht vom Stuhl. »Ja, schön, und was wird sie tun, wenn sie entdeckt, daß ich ihr Ding zerschlagen habe? Ihre Flasche. Sie wird bestimmt unglücklich sein. Vielleicht bestraft sie mich sogar.«

Was kümmert's mich, was dir zustößt? Sie quält mich. Sie wiegt zuviel. Sie ißt lebende Mäuse. Sie schneidet sich absichtlich die Zehennägel zu kurz. Sie raucht filterlose Zigaretten, trinkt das Öl auf ihrem Whiskey ab und hält sich ein Streichholz an den Mund, nur um zu spüren, wie ihre Lippen brennen. Ihre Schuhe sind zu eng.

»Hört sich nicht wie etwas an, das sie dir antut. Hört sich wie etwas an, das sie sich antut.«

Hast du nie von einem Sündenfresser gehört?

Jane schüttelte den Kopf.

Psst. Da kommt sie.

Peg schritt ins Zimmer, warf ein Tuch über die Flasche mit dem Homunculus und setzte sich schwer in einen gepolsterten Sessel. »Zunächst die Bezahlung.«

Jane holte aus ihrer Geldbörse eine Handvoll silberner Mondtaler und eine einzelne Goldzechine mit aufgeprägter lachender Sonne heraus. Peg schnipste die Zechine mit einem langen rosafarbenen Nagel zurück und steckte den Rest ein. »Also, was ist? Biste angebufft worden, ja?« Sie kniff die Augen zusammen. »Nein? Dann Schwierigkeiten mit dem Freund?«

Jane nickte.

»Was suchst du, Gift oder Zauberei? Gift ist sicherer, aber Zauberei wirkt aus der Entfernung, und zusammen mit Gift hilft es dabei, mit deinem Zukünftigen auf gutem Fuß zu stehen.«

»Ich möchte nur etwas über Empfängnisverhütung erfahren.«

»Schön.« Peg drückte die Zigarette in einem Aschenbecher aus und zündete sich mit einem Einwegfeuerzeug eine neue an. »Nun, Empfängnisverhütung ist einfach. Als erstes mußt du wissen, daß sie nicht funktioniert.«

»Was?«

»Nicht immer. Egal, wie vorsichtig du bist – jedesmal, wenn du das Verstecken-wir-die-Salami-Spiel mit den Jungens spielst, gehst du das Risiko ein, am Ende mit einem Bauch voller Konsequenzen dazustehen.«

»Aber ...«

»Empfängnisverhütende Sprüche sind niemals völlig zuverlässig. Das kommt daher, daß ihre Macht von der Mutter stammt, und die Mutter möchte Kinder. Jeder Zauberspruch hat sein Hintertürchen, jeder Fetisch seinen Makel. Im Grunde soll dich Empfängnisverhütung bloß dazu verlocken, ihr Spiel zu spielen.«

»Sie meinen, daß sie früher oder später versagen wird?«

»Das habe ich nicht gesagt. Bei genügend Frauen funktioniert sie so gut, daß die übrigen ebenfalls das

Risiko eingehen. Aber die Chancen werden niemals so gut sein, wie du möchtest. Es gibt keine Garantien.«

»Ich möchte es dennoch lernen.«

»Natürlich. Du bist in diesem Alter.« Peg erhob sich schwer aus dem Sessel. Sie holte ein schwarzes Gummiteil aus dem Apothekenschränkchen und warf es Jane zu. »Das ist das naturgetreue Modell eines erigierten Schwanzes. Nicht unbedingt im richtigen Maßstab. Pech gehabt.« Jane umfaßte ihn zaghaft, und die Hexe warf ihr eine Folienpackung in den Schoß. »Und dies ist ein Kondom. Was ihr Kinder eine Mülltüte nennt.«

Peg mochte rüde sein, doch sie verstand ihr Geschäft und war gründlich. Stunden verstrichen, während Jane alles über Kondome, Pessare und empfängnisverhütende Cremes erfuhr. Wie man einen Altar auf dem Fensterbrett errichtete und wie viele Tauben man pro Monat darauf opferte. Sie erfuhr die sieben geheimen Namen von Dame Mond, wo man sich ein Diaphragma anpassen lassen konnte, und welche medizinischen Konsequenzen es hatte, wenn sie sich die Eileiter abbinden ließe. Peg reichte ihr eine kleine Steinfigurine und sagte: »Dies ist das doppelgesichtige Abbild der Göttin.«

Jane drehte die Figurine in der Hand herum. Sie hatte zwei Vorderseiten. »Auf der einen Seite ist sie schwanger und auf der anderen nicht.«

»Genau. Es ist ein besonders nützliches Werkzeug, das ebenfalls dazu benutzt wird, die Fruchtbarkeit zu beeinflussen.«

Sie lehrte Jane einen Klatschrhythmus sowie die damit einhergehenden Gesten. Dann sah sie kritisch zu, als Jane, die dankbar darum war, daß der Homunculus sie nicht mehr sehen konnte, mitten im Zimmer sang und tanzte.

Hohler Knochen, kaputter Knochen
zaccary zan
die rechte Hand
die linke Hand
berühre den
der es versteht
berühre das Knie
berühre den Grund
dreh sie dann, muskidan,
und wirbele sie
zwirbele sie
immer wieder
herum!

Es war ein Spruch, der ihre Periode regulieren sollte. Die Figurine wurde zwei-, drei- oder fünfmal herumgedreht, je nach Zahl der Tage seit dem ersten Blut. An Tagen, an denen die Mädchenseiten nach oben zeigte, könnte sie alles tun, was sie wollte. Wenn die Mutter oben war, mußte sie keusch bleiben. Sie war zuverlässig, versicherte ihr Peg, so lange sie keinen Fehler beim Zählen beginge, daran dächte, den Spruch jeden Morgen ohne Ausnahme zu singen, und niemals so betrunken oder verknallt wäre, daß sie vergäße, welche Seite oben war.

»Das ist alles«, sagte Peg schließlich. »Nun, und wenn du jetzt überhaupt irgendwie typisch bist, dann hast du einen Kopf voller Unsinn und einen Mund voller schrecklich dummer Fragen, die du stellen willst. Also?«

»Ich möchte wissen… nun ja, das ist eher Hexerei als Empfängnisverhütung, schätze ich.« Jane wurde rot. »Aber ich möchte wissen, wann ich mit meiner weiblichen Weisheit in Berührung komme.«

»Weibliche Weisheit? So was gibt's nicht.« Peg zündete sich eine neue Zigarette an.

»In der Schule bringen sie uns bei, daß alles in männliche und weibliche Prinzipien aufgeteilt ist. Sie sagen, daß Handeln dem männlichen Prinzip entspricht und Weisheit dem weiblichen. Sie sagen, daß Mädchen deswegen entmutigt werden, in die Politik zu gehen.«

Peg schnaubte. »Typisch *männlich*, so was zu sagen! Das ist alles 'ne Wagenladung Pferdemist, junge Dame. Du bist nicht deswegen was Besonderes, weil du eine Möse hast. Sie ist ein hübsches kleines Ding, und wenn du sie gut behandelst, wird sie dir eine gute Freundin sein, aber als Quelle der Weisheit …? Bäh! Sie hat wenige, aber einfache Bedürfnisse. Du lernst hier« – sie berührte Jane an der Stirn – »und hier.« Sie berührte Janes Herz. »Jungen haben gleichfalls Köpfe und Herzen, weißt du. Obwohl sie nie davon Gebrauch machen.«

Verwirrt sagte Jane: »Nun, vielen Dank! Vielen, vielen Dank!«

»Keine weiteren Fragen?«

»Nein«, sagte Jane. Dann: »Ja. Ja, noch eine weitere. Ich möchte etwas über das Ding in der Flasche erfahren.«

Pegs Augen verdunkelten sich, und sie lächelte. »Er war früher mein Liebhaber. Aber er ist geschrumpft.« Sie zog das Tuch von der Flasche. »Du möchtest hier doch mit dabei sein, nicht, Schätzchen? Schließlich ist es deine Geschichte.«

Der ausdruckslose Blick des Homunculus besagte nichts.

»Bei unserer ersten Begegnung war er ein großartiger Oger mit Schnauzbart und gelben Zähnen. Groß wie ein Berg, mit Schultern bis dort. Was für ein herrliches Wesen er war! Selbst seine Fehler waren große Fehler. Der Gestank aus seinen Achselhöhlen übertraf den Gestank einer Ziege. Seine Fürze waren wie Donnerschläge. Er hat alles gebumst, was vor ihm stillgehalten hat.

Unser Gebalze war rauh, aber mir gefiel es so, und wenn ich ihn dabei erwischt habe, wie sein Ding in den Hintern eines Püppchens oder Lockenköpfchens gerutscht ist, habe ich ihr die Fresse poliert. Und er hat gelacht und seinen Schwanz mit einem Ruck rausgezogen. Wir hatten niemals ein Möbelstück, weil ich alle auf seinem Kopf zertrümmert habe. Ah, aber was scherte uns das? Wir waren jung und verliebt.

Aber dann haben ihn eines Nachts die Tylwyth Teg gesucht. Ich hab vergessen, worum es ging – er hatte irgend jemandes Hund gegessen, glaube ich. Muß jemand ziemlich Wichtiges gewesen sein, daß die Tegs sich eingemischt haben. Damals lebten wir in einem Einzelzimmer-Apartment über einer Bar, und das Fenster hatte eine Einbruchssicherung. Keine Zeit, sie rauszureißen. Ihm blieb nichts anderes übrig, als sich in der Abstellkammer zu verstecken.

Das war schon ein Paar, diese Tylwyth Teg. Fieberglänzende Augen und schlank wie die Windhunde. Wangenknochen, mit denen man ein Brot hätte schneiden können. Einer hob den Kopf und schnüffelte herum. Er ist hier, sagte er. Ich rieche ihn.

'türlich riechen Sie ihn, sagte ich, wobei ich auf das zerwühlte Bett wies. Wir haben die Laken seit einem Monat nicht gewechselt.

Der Geruch ist stärker, sagte er.

Dann riechen Sie nicht ihn, sagte ich und warf ihm einen Blick zu.

Sie sahen einander an, und einer grinste höhnisch. Versuchst du, uns mit deinem Körper zu bestechen? fragte der andere.

Ich sah ihm ins Auge und sagte, nun, ich geb euch kein Geld, das ist so sicher wie das Amen in der Kirche!

Also habe ich dort auf unserem ungemachten Bett eine Doppelnummer mit ihnen geschoben, in einem Bett, das noch immer nach ihrem Jagdwild roch. Äußerst bestechlich, diese Tylwyth Teg.«

Peg sah finster drein. »Du siehst aus, als hättste auf 'ne Zitrone gebissen, mein Mädchen. Aber ich versichere dir, sie waren froh, mich zu haben. Ich seh nicht halb so schlecht aus, wie du behauptest.«

»O nein«, sagte Jane hastig. »So ist es ganz und gar nicht.« Und es war auch nicht so. Es war die Geschichte selbst, die sie entsetzte. Auch wenn sie keine großen Erwartungen daran geknüpft hatte, so erwies sich Sex als noch schmutziger, geschmackloser und zynischer, als sie geargwöhnt hatte.

»Mmmm. Wo war – o ja. Wir haben so 'n paar Stunden auf diesem Bett weitergebumst, und die Sahne an der Sache war für mich, daß ihr Jagdwild die ganze Zeit über keine drei Schritte entfernt war, durch die Risse in der Tür zuschaute und zweifellos die Hose um die Knöchel liegen hatte und an sich herumspielte. Wie würde er lachen, wenn sie verschwunden sind, dachte ich. Wie würde er brüllen!

Aber nachdem sie verschwunden waren und ich die Tür zur Abstellkammer geöffnet hatte, lachte er nicht. Nein, überhaupt nicht.

Wozu hast du das getan? fragte er mich. Ich sagte, wenn es dir nicht gefallen hat, warum hast du es dann nicht unterbunden? Sagte er: Wie hätte ich das tun können? Sie hätten mich doch festgesetzt.

Was willst du mir damit sagen? fragte ich – daß sie mit mir nur deswegen alles tun konnten, weil du Angst gehabt hast?

Er sah weg. Nun, vergessen wir, daß es je geschehen ist, sagte er.

Aber vergessen konnt ich's nicht. Denn in meinen Augen war er nicht mehr so groß, wie er noch im Augenblick zuvor gewesen war. Er war ein wenig geschrumpft.

In meinen Augen hatte er gesündigt, siehst du. Und was dann noch alles geschah … Ich werd dir nur eine weitere Sache erzählen. Ich bin mal nach Hause gekommen und hab gesehen, daß alle meine Arzneimittel sowie die Hälfte meiner Kleider verschwunden waren. Also griff ich mir den Baseballschläger, den wir für Einbrecher neben der Tür stehen hatten, und ging ihn suchen.

Er war unten bei der Verbrennungsanlage und spielte mit etlichen Trollen und einem roten Zwerg Würfel. Er war voll wie eine Haubitze. Der Zwerg trug meinen besten schwarzen BH als Halstuch.

Ich bin kreischend auf sie losgerannt. Wie ein aufgeschreckter Hühnerschwarm sind sie ab, alle außer ihm, und haben sich beim Abgang Wetteinsätze und Flaschen geschnappt. Diesen BH hab ich nie mehr wiedergesehen. Aber als ich ihm mit dem Baseballschläger eins versetzen wollte, ist er zurückgezuckt. Er ist *zurückgezuckt!* Das konnte ich ihm nicht verzeihen.«

»Warum?«

»Wenn du mal ein paar Männer unterm Gürtel gehabt hast, wirst du's verstehen. Nun, er hat den Schläger gepackt, und wir haben darum gekämpft. Keiner konnte ihn dem anderen abnehmen. Er war auf meine Größe geschrumpft.

Danach ging es rasch. Er ist heimlichtuerisch geworden, ist in Koboldstadt herumgeschlichen und hat sich da mit einem Schätzchen getroffen, das war 'ne richtige Bergäffin, deren Fingerknöchel den Boden gestreift haben. Dabei hätte er sie sich früher in unserem eigenen Bett vorgenommen, während ich schlafend danebengelegen hätte. Er fing an, mir Geld aus der Börse zu klauen, wo er mir früher angedroht hätte, er würde mich auf die Straße schicken, um es zu verdienen, wenn ich ihm gesagt hätte, ich hätte keins. Er hat gelogen, er hat einen auf wehleidig gemacht, er wollte mir nicht ins Gesicht sehen. Ich hätte ihn rausgeworfen, aber wir hatten unseren wahren Namen geteilt, und mir blieb nichts anderes übrig, als diese Sache bis zum Ende durchzustehen. Tag für Tag ist er in meiner Achtung gesunken, ist kleiner geworden, bis er nicht mehr größer war als ein Stachelschwein. Schließlich ist mir nichts anderes mehr übriggeblieben, als ihn in diese Flasche zu stecken. Und dort bleibt er.«

Sie beugte sich tief über den Homunculus und summte: »Mach dir keine Sorgen, mein kleiner Schnuckiputzi! Eines Tages wird deine Feenprinzessin kommen. Sie wird jung und wunderschön sein, und sie wird dir ins Auge sehen. Du wirst nicht betteln müssen, sie wird wissen, was du willst. Sie wird den Hammer vom Amboß heben und ihn so rasch durch die Luft schwingen, daß ihm kein Auge eines Sterblichen folgen kann. Du wirst verblüfft und erstaunt sein. Gar nicht zum Nachdenken kommen. Der Hammer wird wie ein Blitz herniederfahren und deine enge kleine Welt in eine Million Scherben zerschmettern und dich befreien.« Sie richtete sich auf und warf Jane einen eigentümlichen Blick zu.

»Aber nicht heute.«

Als Salome den dritten Tag nacheinander nicht zur Schule kam, war allen klar, daß etwas los war. Im Klassenzimmer verkündete Grunt, daß sie einen Unfall mit dem Geländerad gehabt habe und ins Krankenhaus gebracht worden sei. Er sagte, dies sei ein Beweis dafür, wie gefährlich unbeaufsichtigter Spaß sein könne, und schlug vor, sie sollten alle lange und gründlich über diese Lektion nachdenken.

Aber in den Fluren hieß es anders. Zwischen den

Stunden schlingerten Trotter-und-Stinch in ihrem steifen dreibeinigen Gang zu Jane. Das mittlere Auge war inzwischen fast völlig vom Fleisch verschluckt und hatte ein etwas gequältes Aussehen an sich. Sie grinsten großspurig. »Was von Salome gehört?«

»Nein«, sagte sie. »Nur, was man uns gesagt hat.«

»Sie ist schwanger. Sie haben sie zu einem Babyhof geschickt, und sie wird niemals zurückkehren. Und rate mal, wer dran schuld ist – kein anderer als Hebog!«

»Woher wißt ihr das alles?«

»Ist kein großes Geheimnis – Strawwe erzählt es jedem, der es hören will.«

An jenem Nachmittag fand Jane Hebog draußen hinter der Schule neben dem Fußballplatz. Er hatte kleine Steine vom Weg aufgehoben und legte sie zu einer ordentlichen Reihe. Er benutzte einen Stock als Golfschläger und schlug die Steine einen nach dem anderen in die Luft. Er sagte, er habe eine Vorladung vor das Unterste Gericht.

»Was werden die mit dir machen?«

Hebog hob die Schultern, nahm einen weiteren Stein aufs Korn, holte aus und schlug den Stein davon. »Ich weiß es nicht. Vielleicht mir einen Vertrag mit einer Fabrik verschaffen. Es ist ein ernsthaftes Vergehen, mit euch großen Scheißtypen zu verkehren. War nicht beabsichtigt.«

»Hebog, hör mal. Ich möchte, daß du weißt ...«

»Ich möcht's nicht hören. Scheiß doch auf dein Mitleid. Das sind die Tatsachen, und es soll sich – bitte schön! – niemand mit billigem Mitgefühl darüber lustig machen, klar?«

Also ging Jane nach Hause und stöpselte sich in den Drachen ein. Sie hatte den Versuch aufgegeben, ihn zum Reden zu bringen, aber es gefiel ihr noch immer, den Meryons bei der Arbeit zuzuschauen.

Über die Gemeinschaft der Meryons waren schwere Zeiten hereingebrochen. Mit Einsetzen des kalten Wetters war die Nahrungsbeschaffung schwierig geworden, und da sie selber keine Landwirtschaft hatten, waren sie nach und nach davon abhängig geworden, ihre Nachbarn zu berauben. Sie hatten keine Kornspeicher oder Lagerhallen, die der Rede wert gewesen wären. Ihre Armeen hatten das umgebende Land bis halb hinunter zur Schule gesäubert. Daher waren ihre Nachschublinien überbeansprucht und ihre Patrouillen verwundbarer gegenüber Guerilla-Aktionen. Die Armeeinsätze waren weitaus weniger ergiebig als zuvor.

Mit dem Zusammenbruch ihrer Ökonomie ging ein entsprechender Niedergang der Zivilisation einher. Schmucke Zinnhäuser waren schäbige Hütten geworden. Verhungernde Meryons wanderten ziellos in den Straßen umher. Militärpolizei fuhr in gepanzerten Wagen Streife. Angespannte Soldaten saßen hinter drolligen kleinen Maschinengewehren. Jane sah einen Aufstand im Miniaturformat, dem eine Durchsuchung aller Häuser des Slum-Viertels folgte, während derer Hunderte winziger Staatsfeinde aus Türen herausgezerrt und standrechtlich erschossen wurden.

Jane sah ihnen lange Zeit zu, wobei sie über die willkürlichen Grausamkeiten des Lebens nachdachte.

Samhain war nicht mehr weit, als Gwen Jane zwischen den Unterrichtsstunden abfing und ihr zwei Eintrittskarten in die Hand drückte. »Frisch aus der Druckerpresse. Es sind Sitze in der ersten Reihe, direkt an der Vierzig-Yard-Linie, zwei Stück«, schwärmte sie glücklich. »Du solltest dich wirklich mal mit einem Jungen treffen, Jane, du bist alt genug dazu. Ich weiß, du bist ein wenig schüchtern, aber es ist schon in Ordnung, einen Jungen einzuladen. Nur damit die Dinge in Schwung kommen.«

»Ja, nun gut, das ist sehr nett von dir, aber ...«

»Du könntest Ratsnickle einladen. Ich weiß, er mag dich.«

Jane verspürte am ganzen Körper eine Kälte. Es war genau wie das prickelnde Gefühl, das einen Augenblick nach einem Wespenstich durch das Fleisch geht, ehe man den Schmerz wahrnimmt. »Ich will deine verdammten Eintrittskarten nicht!« Sie schleuderte sie Gwen in die Hände zurück und stürmte davon.

Gwen holte sie ein, packte sie an einem Arm, und als Jane die Hand abschüttelte, packte sie sie bei der Schulter und schob sie in ein leeres Klassenzimmer. Sie trat die Tür hinter sich zu. »Also gut, was ist denn jetzt schon wieder?«

»Du weißt, was ist.«

»Nein, weiß ich nicht.«

»Nun, du solltest es aber wissen!« Jane kamen die Tränen.

Gwen wurde weich. Sie stieß einen sanften, beruhigenden Laut aus und versuchte, Jane in die Arme zu nehmen. Jane riß sich gewaltsam los, und Gwen wich bestürzt zurück. »Nun, ich weiß nicht, was in dich gefahren ist. Ich weiß es wirklich nicht.«

Draußen regnete es, ein grauer durchweichender Regen; getrieben von einem Wind, der an den Fenstern rüttelte und die Scheiben mit Wasserströmen bedeckte. Das Klassenzimmer wurde von Fluoreszenzröhren erhellt und war wegen der schalldämpfenden Zaubersprüche fast völlig still. Es wirkte wie ein Floß einer hellen Unwirklichkeit in einem Universum des Sturms. Unwillkürlich griff Janes Hand in die Blusentasche. Sie holte das Stück Papier heraus, das sie seit ihrer Begegnung mit dem Direktor bei sich getragen hatte, und entfaltete es.

»›Peter of the Hillside‹«, las sie laut vor, »›wurde von den unterzeichnenden Ausübenden der hermeneutischen Medizin am Tag der Kröte, Neumond, im einhundertdreiundsiebzigsten Jahr der Herabkunft der Turbine untersucht und befunden und hiermit bestätigt als jungfräulich und unschuldig fleischlichen Wissens. Der Besagte ist somit ein geeignetes Opfer zum Ruhm der Göttin und somit also auch geeignet, Ihre drohende Mißgunst und Ihr zornerfülltes Verlangen abzuwenden.‹« Mit blitzenden Augen sagte sie: »Jungfräulich!«

»Wo hast du das her?«

»Spielt es eine Rolle, wo ich es herhabe? Es besagt, daß Peter jungfräulich ist.«

»Nun, Jane, du mußt verstehen, die Göttin will kein …«

Ein Blitz schlug in einen fernen Baum weit draußen am Horizont, und Gwen keuchte. Jane jedoch zuckte nicht einmal zusammen. Sie spürte, wie die Energie des Sturms ihr wie Zorn durch die Adern floß und sie mit Macht erfüllte. Jedes Haar an ihrem Körper kribbelte. Gwen wirkte jetzt kleiner, und sie schrumpfte vor Jane wie ein Schatten, der sich vom Licht wegbiegt.

Donnergrollen dröhnte durch den Raum.

Sie schüttelte das Papier vor Gwens Gesicht. »Ich möchte bloß eines wissen: wenn du nicht mit ihm schläfst, was tust du dann?«

»Er ist mein Gefährte.«

»Ja, aber was bedeutet das?«

»Peter … lindert meinen Schmerz. Er macht alles für mich leichter.«

Mit einer Erkenntnis, die wie ein Donnerschlag war, spürte Jane ein halbes Dutzend Schnipsel und Fetzen von Informationen sich zu einer blendenden Erleuchtung zu verdichten. »Er ist ein Sündenfresser, nicht wahr?«

Gwen zögerte gerade lange genug, daß sie es nicht

hätte überzeugend leugnen können. »Nun, was soll's, wenn er einer ist?«

»Oh... du Schlange! Ich habe dich für tapfer gehalten, ich habe dich für stark gehalten. Aber das mußt du gar nicht sein, nicht wahr? Du hast überhaupt nichts gefühlt. Du hast nicht im geringsten gelitten. Es ist Peter, der gelitten hat. Es ist Peter, dessen Füße schmerzen, wenn deine Füße Blasen bekommen, Peter, der unter deinen Katern und Kokainräuschen leidet. Es ist Peter, der für alle deine Vergnügungen bezahlt hat, stimmt's? Nun sag mal: Wenn du ihn mißhandelst, wer fühlt sich schuldig? Häh? Du nicht, oder?«

Die Blitze kamen näher. In der nachmittäglichen Dunkelheit sorgte die künstliche Beleuchtung dafür, daß Gwens Gesicht kalkweiß und die Haut zu straff erschien. Es war wie das Gesicht eines Totenschädels. »Dafür ist ein Gefährte da. Vielleicht spricht niemand darüber, aber jeder weiß es. Ich habe nichts anderes getan als das, was jedes Jahr in jeder Gemeinschaft seit Beginn der Zeit getan worden ist. Was ist das also schon? Was bringt dich so aus der Fassung?«

»Du hast freie Fahrt gehabt, aber es war Peter, der fürs Gepäck bezahlt hat.«

»Dazu habe ich das *Recht!*« kreischte sie.

Eine zornige Ruhe überkam Jane. Sie sprach kein Wort. Sie war das Zentrum des Sturms, sein Auge der Macht. Seine ganze Kraft strömte in sie hinein. Sie sah Gwen mit gottgleicher Verachtung an.

Mit einem kleinen Aufschrei brach Gwen den Blickkontakt und fuhr herum zur Tür. Sie packte den Knauf und drehte sich, solchermaßen verankert, einen Augenblick lang ins Zimmer zurück, ehe sie floh. »Wie dem auch sei, es spielt keine Rolle, was du denkst, Miß Hoch-und-Mächtig Jane Alderberry! Noch immer bin ich die Weidenkönigin, und noch immer ist Peter mein Gefährte. Das sind wir, und darin besteht unsere Beziehung. Das mag dir nicht gefallen, aber was soll's? So sind die Dinge eben, und du kannst daran nichts ändern. Nichts!«

Die Tür schlug hinter ihr zu.

Jane war allein. Fiberglasstühle standen in Zweierreihen eng beieinander, gleiche Wesen wie Kinder mit ausdruckslosen Gesichtern. Geduldig warteten sie darauf, daß Jane spräche.

Das wollen wir doch mal sehen, sagte Jane, jedoch stumm und nur zu sich selbst.

11

Erst als sie ihren Spind leerte, fiel Jane auf, wie zugewachsen er war. Orchideen und Dschungelranken füllten den größten Teil des Innenraums, und ein Kolibri entfloh in den Korridor, als sie knallend die Tür öffnete.

»Ich versteh nicht«, sagte Strawwe. »Sollen wir dir die Papiere zur Universität nachschicken, ist es das?«

Am Boden hatte sich ein Mulch aus korrigierten Hausaufgaben, alten Klassenarbeiten und vervielfältigten Unterrichtsmaterialien gebildet, worin Pilze und Farne sprossen. Einige ihrer Bücher waren zu vermodert, um wiederhergestellt zu werden. Ein winziges Tier huschte davon, als sie nach ihrer Haarbürste griff, wobei der Bambus wie ein Xylophon klapperte.

»Wenn du möchtest, kannst du diese Examensunterlagen haben. Ich werde sie nicht brauchen.«

Strawwe tanzte besorgt von einem Fuß auf den anderen und versuchte, ihre volle Aufmerksamkeit zu erlangen. Es war mitleiderregend, wie sehr er gefallen wollte. Mit dem Umschwung ihres Geschicks war sie für ihn ein Objekt der Furcht und des Geheimnisses geworden. »Für einen normalen Wechsel ist es ein wenig spät im Jahr, aber wir könnten dich möglicherweise in einem Sonderstatus einschreiben.«

»Tun Sie, was Sie wollen.«

Ein weißes Blatt Papier lag auf ihren Sachen auf der Bücherleiste. Jemand hatte eine Notiz durch die Luftspalte rutschen lassen. Jane öffnete es:

›Ich weiß, du bist wütend auf mich. Aber ich glaube noch immer, wir geben ein gutes Paar ab. Ich kann ohne dich nicht glücklich sein. Versuchen wir's doch noch mal. Warum geben wir uns nicht einen Kuß und holen alles nach?‹

Es war nicht unterschrieben, doch nur Ratsnickle konnte so etwas eingefallen sein. Unwillkürlich wallte Ärger in Jane hoch. Sie zwang sich jedoch dazu, kühl zu lächeln, und murmelte, nur für die eigenen Ohren bestimmt: »Träum weiter!«

»Die Sekretärin meinte, wir sollten eine kleine Feier veranstalten. Nichts Besonderes, vielleicht ein Tee am Nachmittag. Nur du, ich, sie und einige Lehrer, die für dich bedeutende Mentoren gewesen sind. Ich könnte eine in Schönschrift verfaßte Urkunde anfertigen lassen. Oder eine Plakette.«

»Wir werden sehen.« Sie schloß den Spind ein für allemal.

»Genau das werde ich tun«, rief er hinter ihr her. »In Ordnung?«

Auf dem Weg nach draußen traf sie Trinch, der grinste und dabei seine achtzig Zähne zeigte. Er hatte jetzt nur zwei Augen, obgleich deren Farben nicht übereinstimmten, und sein mittleres Bein war so weit verkümmert, daß er es aufgerollt in seinen Jeans tragen mußte. Da seine Metamorphose alles andere als vollständig war, war er so potthäßlich wie eh und je. Doch seinem zufriedenen Auftreten nach zu schließen hatte er das wohl beabsichtigt.

»Jane! Toll, dir über den Weg zu laufen.« Er legte ihr einen Arm um die Schulter, und sie stieß ihn weg.

»Nichts da! Ich kenne deine Tricks!«

Er nahm die Abfuhr mit viel Charme hin. »He, ich bin gerade oben bei deiner Bude gewesen und habe zugesehen, wie die Kammerjäger Köder ausgelegt haben. Überall sind kleine Warnflaggen aufgestellt.«

»Tatsächlich?« Jane war nicht sonderlich interessiert.

»Ju, ich hab mit einem von ihnen gesprochen, und er hat gesagt, es gäbe einen wirklich häßlichen Befall von Meryons in der Gegend da. Hat gesagt, er käme in ein oder zwei Tagen wieder, um ihre Baue mit Giftgas zu überfluten, wenn sie die Köder nicht annähmen.«

Beim Gedanken daran, daß die kleinen Burschen vergast werden sollten, wurde Jane übel. Aber jeder hatte seine Probleme, und sie hatte an näherliegende Dinge zu denken. »Danke für die Mitteilung«, sagte sie. »Ich werd in den nächsten paar Tagen besonders vorsichtig sein und nichts essen, was am Boden liegt.«

Dann war sie draußen in der frischen Herbstluft und trug einen Arm voller Sachen bei sich, die sie nach Hause zum Drachen bringen wollte. Die Schule lag hinter ihr. Ich werde niemals hierher zurückkehren, dachte sie bei sich. Niemals. Aber sie verspürte nichts, und für krampfhaftes Selbstmitleid war keine Zeit.

Sie mußte noch einiges für diesen Abend vorbereiten.

Jane klopfte an Peters Tür.

»Komm rein!« sagte er.

Weil es Samhain-Abend und der letztmögliche Tag für Änderungen war, trug Peter seinen Goldlamé-Anzug und prüfte mal wieder dessen Sitz. Gwen war beim Festbankett in der Stadt. Alle sprachen darüber. Es würde Champagner und Ansprachen geben, und eine Suite war für die anschließende Orgie reserviert. Also war Peter allein.

Jane verspürte Mitleid mit ihm, er sah so bleich und

asketisch aus, wie ein erschöpftes, mißbrauchtes Kind. Eine Handsichel ruhte auf dem Ankleidetisch. Sie wandte den Blick davon ab. »Ich hab etwas Wein mitgebracht. Ich hab mir gedacht, ein Glas oder zwei würden die Dinge heute abend für dich leichter machen.«

»Danke«, sagte er zerstreut. »Das ist wirklich nett von dir.«

»Keine Ursache.«

Sie stellte die Kanne auf den Fußboden und legte ihre Handtasche daneben. Die Handtasche enthielt das Minimum dessen, was sie benötigen würde, falls alles funktionierte: eine Zahnbürste, die steinerne Mutter und Unterwäsche zum Wechseln. »Wo sind deine Gläser?«

Peter ging ins Bad und kam kurz darauf ohne Jackett wieder heraus. Er hielt zwei Dessertgläser in den Händen. »Werden's die hier tun?«

»Sie sind bestens«, versicherte sie ihm.

Jane wartete, bis Peters Glas nahezu leer war, und füllte es dann erneut. Sie hatte Bauchschmerzen dabei, aber sie mußte der Sache auf den Grund gehen. »Peter«, fragte sie, »bist du wirklich jungfräulich?« Wobei sie dachte, es könnte vielleicht ein schrecklicher Irrtum bestehen, irgendein Mißverständnis ihrerseits.

Er nickte. »Die Göttin möchte keine Gebrauchtwaren.« Er nahm einen kräftigen Schluck. »Du bist in letzter Zeit nicht oft hier gewesen.«

»Gwen und ich hatten so eine Art Streit miteinander. Ich … äh … habe herausgefunden, daß sie dich als Sündenfresser benutzt hat.« Seine Miene wurde steinern und sein Gesicht noch weißer, und sie fügte eilig hinzu: »Sie hat's mir nicht gesagt; das habe ich selbst herausgefunden.«

»Nun, ich wäre dankbar, wenn es nicht die Runde machte, ja?«

Sie berührte ihn an der Schulter. »He. Du weißt, so was würd ich nie tun.« Er drehte den Kopf, sah sie an und blickte dann wieder weg und nickte verschwommen. Erneut füllte sie ihm das Glas. »Peter? Kann ich dich was Persönliches fragen? Siehst du, ich will wirklich nicht… ich meine, es ist nicht so…« Sie wurde rot. »Was genau *tut* ein Sündenfresser eigentlich?«

Peters Kopf fuhr erneut herum, und sie starrte in die entsetzten, unergründlichen Augen eines Waldtiers. Einen Augenblick lang war er still. Dann brach ein jähes Gelächter aus ihm heraus, das ihn flach aufs Bett warf. Er heulte und heulte so lange, daß sich Jane allmählich Sorgen machte. Schließlich nahm er sich jedoch wieder zusammen und setzte sich auf. Alle Anspannung war aus ihm gewichen. »Weißt du, wie das manchmal ist, wenn man dich wirklich mies behandelt hat, und dann kannst du, sagen wir, einem Hund einen Tritt versetzen und fühlst dich besser?«

»Nein.«

Peter senkte den Kopf. »Nun, um die Wahrheit zu sagen, ich weiß es auch nicht. Aber so ist es anscheinend. So was Ähnliches macht Gwen mit mir. Sie haben ihr dieses besondere Zeremonienmesser und ein Büchlein mit den verschiedenen Runen geschenkt. Meistens benutzt sie allerdings eine Rasierklinge.«

»Peter!«

»Nein, wirklich – ohne Blut gelänge es nicht. Hier, ich zeig dir die Narben.« Er machte sich daran, das Hemd aufzuknöpfen. Seine Bewegungen waren jetzt reichlich unbeholfen, und Jane wollte ihm helfen. Da auch sie ziemlich viel getrunken hatte, gab es einiges Durcheinander. Schließlich zogen sie das Hemd lachend weg. Peter drehte sich um, und sie sah, daß sein Rücken mit magischen Zeichen übersät war, die mit einem Rasiermesser eingeritzt worden waren. Reihe um Reihe von Runen, ein Buch des Schmerzes. Einige waren frisch und verschorft; die übrigen weiß und dünn. Jane erkannte Gwens ordentliche Handschrift wieder.

Verwundert berührte sie die silbrigen Zeichen. Die Haut war heiß. Sie folgte den Runen mit den Fingerspitzen. Sie mußte sie immer wieder streicheln, sie mußte ihn immer wieder berühren. »Armer, armer Peter.«

Er richtete sich auf und sah blicklos auf ein Poster von Gwen, das an die Wand geheftet war. Ihr Blick war direkt, spöttisch, rätselhaft. »Möchtest du wissen, was das Schlimmste dabei ist? Ich meine, schlimmer als das andere, denn was macht es mir schon, wenn der Rücken ein bißchen juckt? Das Schlimmste ist, wie sehr es mich nach ihr verlangt. Ich kann sie nicht ausstehen, aber ich begehre sie so sehr.« Er wischte sich heftig die Hand an der Hose ab. »Ich begehre sie, und ich hasse sie. Beim Gedanken an sie fühle ich mich zum Kotzen. Welch krankhafte Beziehung!«

Jane beugte sich herab, um Peter mit den Lippen leicht über die Schulter zu streifen. Er wandte sich ihr zu, und plötzlich küßten sie sich. Er hatte die Arme um sie gelegt, und die Händen liefen im Rücken ihrer Bluse auf und ab. Sie zog ihn eng an sich und schob eine Hand unter seinen Hosenbund. Sie kam nur bis zum zweiten Fingerknöchel hinein; sein Gürtel war zu eng.

All diese Kleider, wie waren sie im Weg! Sie küßten sich weiter, küßten sich und machten keinerlei Fortschritte.

Schließlich wich Jane zurück und zerrte an seinem Gürtel, zupfte erst so, dann so am Riemen. Sie zog den Reißverschluß hinunter. Ein kleiner Knopf riß ab. Inzwischen knöpfte ihr Peter die Bluse auf und fummelte am Haken ihres BH.

Sie konnte nicht glauben, daß er sich so leicht geschlagen gab.

Jane mußte über so vieles nachdenken, so vieles tun, daß sie den Akt selbst kaum wahrnahm. Zunächst war es ungemütlich, dann jedoch wurde es besser. Sie waren beide unbeholfen; Jane war sich gewiß, daß Sex nicht so ängstlich und tolpatschig ablaufen sollte, nicht so unelegant. Aber bei diesem ersten Mal war die Tatsache alles, was zählte. Sie könnten es später richtig machen, wenn nicht soviel auf dem Spiel stand.

Irgendwann später wurden Peters Bewegungen rascher, und sein Gesicht wurde rot und aufgedunsen. Er stieß einen kleinen Schrei aus, wie ein Vogel im Dämmerlicht, und brach auf ihr zusammen.

Sie nahm an, daß sie fertig wären.

Peter glitt aus ihr heraus und wälzte sich auf die Seite. Einen langen stillen Augenblick regte er sich nicht. Dann öffnete er die Augen. Er lächelte sie an.

»Wir sind jetzt ein Paar.«

»Wird wohl so sein.«

Seine Augen waren von einem ganz blassen Blau und wunderschön über alle Beschreibung hinaus. Jane spürte, wie sie in ihnen ertrank. Peter nahm sie wieder in die Arme, diesmal einfach aus Zuneigung, und das war das schönste denkbare Gefühl. Eine große Freude erfüllte sie, wie bei einem Sonnenaufgang um Mitternacht. Sie fragte: »Tut es dir leid?«

Er schüttelte den Kopf. Er war betrunken – sie waren beide betrunken –, und sein Blick hatte eine Neigung, sich zu kreuzen, aber seine Aufrichtigkeit war unmißverständlich. »Jane, ich glaube, das hat vielleicht geschehen sollen. Weißt du? Ich spürte eine Verbindung zu dir. Etwas Tiefes. Wie … weißt du, wie wenn du eine Münze nimmst, sie in einen Schraubstock klemmst und zerbrichst und die eine Hälfte in den Ozean wirfst und die andere Hälfte in einer Schublade im Ankleidetisch aufbewahrst. Dann verspüren sie ein Verlangen nacheinander. Und eines Tages nimmst du ein Paar Socken heraus, und du stößt die Hälfte aus der Schublade unbemerkt zu Boden. Jemand tritt sie zur Tür. Eine Woche später ist sie einen halben Block weg. Und die andere Hälfte ... unterdessen verschluckt sie ein Fisch, und der Fisch wird gefangen und ausgenommen, und die Innereien wirft man in den Abfalleimer, die halbe Münze und alles andere. So daß du die beiden Hälften ein paar Monate oder auch ein Jahrhundert später im Sand irgendwo am Rand einer unbedeutenden Landstraße aneinandergekuschelt liegen siehst.

So sind wir, glaube ich.«

Ein Schauer durchlief Jane. Ein Wiedererkennen. Etwas in ihr reagierte auf das, was er sagte. War es möglich? Konnte es sein, daß Gwen nichts weiter als Irreführung und Täuschung, eine Ablenkung vom *wirklichen* Geschehen gewesen war? Aus ganzer Seele, aus ihrem ganzen Selbst heraus wollte sie, daß dies wahr wäre. »Ja«, sagte sie. »Ja, ich glaube, das ist es. Ich glaube, so ist es.«

»Geh heute nacht nicht nach Hause«, bat Peter. »Geh nie mehr nach Hause. Zieh zu mir!« Er bemerkte plötzlich das Poster von Gwen und stieg aus dem Bett, riß es herunter, knüllte es zusammen und warf es in den Papierkorb. Zum erstenmal hatte sie die Muße, seinen nackten Körper genau zu betrachten, und ihn anzusehen machte sie verlegen und stolz zugleich. »Bleib auf immer bei mir.«

»O Peter, das könnte ich nicht von dir verlangen.«

»Nein«, sagte er mit betrunkener Offenheit. »Sieh mal, ich glaube, wir sollten die Namen teilen. Weißt du, es offiziell machen.« Er holte tief Luft. »Mein wahrer Name ist Tetigis …«

Ehe er den Namen völlig aussprechen konnte, sprang Jane zu ihm hin und brachte ihn mit einem Kuß zum Schweigen. Sie schob ihm die Zunge in den Mund, was sie sich zuvor nicht getraut hatte. Es war ein seltsames, unmöglich seltsames Gefühl.

Peter zog den Mund weg. »Es bedeutet Nadel.«

Jane schloß die Augen, überschwemmt von Erinnerungen an Rooster, den armen, verdammten und verstümmelten Rooster, dessen wahrer Name ebenfalls Nadel bedeutet hatte. Tetigistus. Die beiden teilten einen einzigen wahren Namen, und sie wußte nicht, was das zu bedeuten hatte, aber es erschreckte sie bis tief ins Innerste. »Ja«, sagte sie kläglich. »Ja, ich weiß.«

Am nächsten Tag wurden sie gegen Mittag von einem lauten Klopfen an der Tür geweckt. Ehe Jane richtig wach wurde, sprang die Tür auf, und das Zimmer füllte sich mit Elfen. Es waren anscheinend Dutzende Elfen, die alle strenggeschnittene Anzüge und maßgefertigte Schuhe trugen. Sie starrten angeekelt aufs Bett hinab.

»Wir brauchen ein anderes Opfer«, sagte einer schließlich.

»Wo sollen wir denn jetzt noch ein anderes Opfer auftreiben?«

»Vielleicht haben sie nicht …«

Eine gutaussehende Frau mit dem Schwanz und den Ohren eines Esels kam aus dem Badezimmer. Sie trug die Goldlamé-Jacke an einem Bügel und sagte: »Oh, sei doch vernünftig. Natürlich haben sie – sieh sie dir doch an! Was für ein Schlachthaus!«

»Verdammter Schlamassel!«

Jane zog sich das Laken übers Kinn. Ihr knurrte der Magen, und außerdem mußte sie zur Toilette. Der

Schmerz im Kopf war schlimmer, als sie sich je vorgestellt hätte. Ein kreideweißer Elf rümpfte die Nase und sagte: »Es sind immer die spottbilligen kleinen Flittchen, die sie zu Fall bringen.«

»He, jetzt wart aber mal 'ne Minute!« Peter setzte sich mit geballten Fäusten und blitzenden Augen auf.

Ohne auch nur hinzusehen, versetzte ihm der Elf einen Schlag mit dem Handrücken und warf ihn dadurch ins Bett zurück. Jane kreischte.

»Dieses Tomte-Kind unten an der Landzunge. Wir können die medizinischen Tests durchführen und es bis heute abend vorbereiten, wenn wir uns beeilen.« In einem Wirbel aus Anzügen, Seide und Aktentaschen waren sie verschwunden. Sie nahmen die Sichel mit.

Peter setzte sich auf und barg den Kopf in den Händen.

»Was soll ich tun?« jammerte er. »Was kann ich tun?«

Jane war zu verkatert, um groß von Nutzen zu sein. Sie mußte ins Bad, und sie hatte den Verdacht, daß sie sich übergeben würde. Aber sie tat ihr Bestes. »Sieh mal«, sagte sie. »Was geschehen ist, ist geschehen. Die vergangene Nacht ist Geschichte, und es gibt keine Umkehr. Wir müssen einfach nur das Beste draus machen, stimmt's?«

»O Jane, es tut mir so leid, daß ich dich in diesen Schlamassel mit reingezogen habe. Was für ein Trottel bin ich gewesen! Es ist alles meine Schuld«, sagte er gequält. Es wäre komisch gewesen, wenn es nicht so ernst gewesen wäre.

»He, betrachte doch mal die Schokoladenseite. Wenigstens ist dein« – sie hätte fast ›Schwanz‹ gesagt, brachte es jedoch fertig, dem Satz eine andere Wendung zu geben – »Ego intakt. Jetzt mußt du nicht als heiliger Eunuch durchs Leben gehen. Das ist ein bißchen vorübergehendes Unglücklichsein wert, nicht wahr?«

»Ja«, sagte Peter wenig überzeugt. »Sicher.«

Der Nachmittag war endlos und grau. Peter, der Gwens zahllose Kater mitgemacht hatte, gab Jane einige Vitamine und achtete darauf, daß sie viel Wasser trank. Er war deprimiert und wortkarg, und Jane wußte, sie sollte ihn aufmuntern und hätscheln, aber in Wahrheit war ihr fast ein wenig gehässig zumute. Es war so etwas wie ein Sieg über ihr eigenes Ich, daß es ihr gelang, alles nicht noch schlimmer zu machen.

Damit sie nicht tatenlos herumsaß, machte sie sich daran, die Wohnung von allen Spuren ihrer vorherigen Besucherin zu säubern. Es war nicht leicht. Gwen hatte eine überraschende Anzahl ihrer Besitztümer hinterlassen, und alle haßten Jane. Haarklemmen flohen vor ihren zupackenden Fingern. Ein Haartrockner sprühte Funken und schnappte nach ihr, wann immer sie ihm nahe kam. Das Seidentuch, das sie vor so langer Zeit gestohlen hatte, schlang sich ihr um den Hals, und sie mußte es wegreißen. Glücklicherweise war es schwach, denn es hatte sie wirklich erwürgen wollen. Sie warf alles in die Mülltonne draußen auf der Straße.

Irgendwann – Peter war unter der Dusche – holte sie die Mutter heraus und ging den Klatschrhythmus durch. Jeden Tag, hatte Peg gesagt, ohne Ausnahme. Am Abend hatten sie sich beide genügend erholt, daß sie etwas aus der Mikrowelle essen konnten, und Jane ging freiwillig los, Wein holen.

Während sie mit dem frischen Krug zurück zur Wohnung eilte, blieb Janes Blick wiederholt am Bild einer Gwen hängen, die in einer Reihe von Fernsehapparaten im Schaufenster eines Elektrogerätegeschäfts liefen. Gwen über Gwen über Gwen wanden sich simultan in den Flammen. Es war wie etwas, das in einer anderen Welt geschah. Die leere Straße, der Zementbürgersteig, das Glasfenster, sie alle leugneten Gwens Wirklichkeit.

Jane war wie gelähmt. Die Fernsehbildschirme lösten sich vor ihrem verschwimmenden Blick auf, sie erhoben sich wie schlanke blaue Wachskerzen und zerbrachen dann in Triaden rot-grün-blauer Stäubchen. Kurzzeitig schwärmten unzählige Phosphorpünktchen in der Luft. Jane spürte benommen, wie sie in die Sendung hineinfiel.

Sie blinzelte die Tränen weg.

Die Bildschirme hatten wieder ihre normale Auflösung. In Gwens Feuer wimmelte es vor unterschwelligen Szenen des Grauens, flackernde Blicke auf Gefangene in Güterwagen, auf verstümmelte Körper, brennende Kinder, als wäre das Leiden eine universelle Konstante, eine nüchterne Feststellung der Existenz und nichts weiter.

Die Hände im Rücken festgebunden, drehte und wand sich Gwen, als versuchte sie, die Puppe ihres Körpers abzuschütteln. Verzweifelt arbeitete sie mit den Schultern. Der Mund war zu einem endlosen Schrei geöffnet. Eine kleine blaue Flamme brannte ihr auf der Zunge. Rauchwolken hoben sich wie Flügel über ihr.

Etwas sprudelte ihr aus den Nasenlöchern.

Entsetzt stolperte Jane weiter, spürte, wie trockenes Gras unter den Füßen kratzte. Die Fernsehsendung war so gut wie lautlos. Sie hörte lediglich die Flammen selbst, das Fauchen von Funken und das Brüllen erhitzter Luft. Gwen selbst stieß keinen Laut aus. Dafür war Jane dankbar – die Bilder, der süßliche Geruch von Fleisch, wie brennendes Schweinefleisch, und der schreckliche Geschmack im Gaumen waren schlimm genug.

Die Menge war ebenfalls unheimlich stumm. Sie spürte ihre Blutlust in den Tribünen hinter sich und zu beiden Seiten wie den bedrohlichen Blick eines tausendköpfigen Ungeheuers. Aber sie wandte sich nicht um, sah nicht hin. Sie konnte es nicht. Sie war außerstande, den Blick von der Qual ihrer Freundin abzuwenden.

Gwens Kleid war völlig weggebrannt, die verkohlten Überreste von der Haut nicht zu unterscheiden, und doch lebte sie noch immer. Schwarze Punkte stiegen von ihr auf. Eine Flocke schmierigen Rußes trieb zu Jane hinab und stach ihr in die Hand. Sie schlug sie weg. Mit ihrem Fuß stimmte etwas nicht. Sie blickte hinab und sah, daß sie auf einen rosafarbenen süßen Riegel getreten war, den jemand weggeworfen hatte. Reflexartig bückte sie sich, um ihn an seiner flachgetretenen Papierhülle von ihrem Schuh wegzuziehen.

Als sie aufblickte, starrte Gwen sie direkt an.

Der größte Teil des Weidenkäfigs war durchgebrannt und abgefallen, aber sie wurde von dem Panzer aus einer hochwertigen Metallegierung, die unter der äußeren Hülle lag, aufrecht gehalten. Das Feuer hatte sie bis zur Unkenntlichkeit verbrannt, sie war ein Ding aus Qual und schwarzem Knochen. Nur ihre Augen lebten. Sie starrten ihr aus dem Herzen des Schmerzes ins Gesicht, und es schien, als wüßten sie etwas Schreckliches, Einfaches und Wahres, das sie ihr mitteilen wollten.

Sie starrten direkt in den Kern von Janes Wesen.

»Nein!« Jane warf einen Arm vor die Augen und schlug sich dabei die Fingerknöchel an der Fensterscheibe auf. Sie merkte, wie sie mit einem Arm den Krug Wein an die Brust drückte. Schließlich rührte sich Gwen nicht mehr.

Als Jane wegblickte, war die Luft dunkel. Ein Licht war aus der Welt verschwunden.

Als sie in die Wohnung zurückkehrte, entdeckte sie, daß Peter den Fernseher angeschaltet hatte und starr eine kleine Gestalt in Goldlamé anblickte. Unter donnerndem Applaus blitzte die Sichel, und die Gestalt warf etwas Kleines, Dunkles in die Scheite. Hände streckten sich dem fallenden Körper entgegen.

Jane schaltete den Fernseher ab.

»Trink etwas Wein«, sagte sie. »Dann wird es dir besser gehen.«

Nachdem sie ein paar Schluck getrunken hatten, machten sie sich daran, einige zaghafte Pläne zu schmieden. Peter hatte ein Angebot, die Stelle eines Mechanikers in einer hiesigen Werkstatt anzutreten. Jane könnte einen Job im Einkaufszentrum erhalten. Es würde bedeuten, den Ladendiebstahl aufzugeben, aber auf dieses Opfer war sie vorbereitet. Die Wohnung war für den Augenblick gut genug, aber wenn sie ein wenig Geld gespart hätten, würden sie irgendwohin ziehen, wo es hübscher wäre.

»Es tut mir nicht leid, daß all dies geschehen ist«, sagte Peter. »Ich glaube, wir werden einander guttun.« Er hob ihre Hände und küßte leicht die Fingerknöchel, einen nach dem anderen.

Später liebten sie sich zum zweitenmal. Jane hatte kein echtes Vergnügen daran, weil sie trotz des vielen Wassers, das sie getrunken hatte, noch immer verkatert war. Aber sie malte sich aus, daß es Wein wäre, ein Getränk, an dem sie hätte Geschmack finden können.

Anschließend setzten sie sich aufrecht ins Bett, phantasierten weiter über ihre Zukunft und tranken weiteren Wein. »Jetzt müssen wir einander immer alles sagen«, meinte Jane. »Unsere Gedanken, unsere innersten Gefühle, alles. Wir müssen einander immer strikt die Wahrheit sagen. Weil das Verliebtsein bedeutet, nicht wahr?«

»Ja«, sagte Peter, »das stimmt.«

Jane achtete darauf, nicht wie in der vergangenen Nacht betrunken zu werden. Schließlich jedoch holte sie die Erschöpfung ein. Ihr wurden die Lider schwer, und sie schlief ein.

Beim Erwachen war es dunkel. Der Krug war leer, und Peter war verschwunden.

Peter war nicht bei der Schule. Jane ging zweimal um die Asche auf dem Fußballplatz herum, schritt daraufhin hinter die Tribüne und rief leise nach ihm. In den Schatten regte sich etwas.

Sie dachte kurz, sie hätte ihn gefunden, da entdeckte sie, daß die Tür bei den Laderampen zur Fabrik nicht abgeschlossen war. Als sie jedoch eintrat, war er nicht dort. Sie war sich aber sicher, daß er hier entlanggegangen war, denn das Gestell war leer – er hatte Ragwort mitgenommen. »Folg der Straße aus der Stadt hinaus!« flüsterte eine Stimme.

Sie fuhr herum. »Wer ist da?«

Niemand gab Antwort.

»Wer ist da!«

Ihre Worte hallten von der Mauer gegenüber wider.

Am Ende blieb ihr nichts anderes übrig, als den Vorschlag der Stimme zu befolgen, und sie ging die Hauptstraße entlang, von der Schule weg, an der Wundermühle vorüber und hinaus in die dunklen Hügel am Rand der Stadt.

Eine Stunde später fand sie Ragwort.

Er lag im Schlamm eines Straßengrabens. Ein Bein war gebrochen, und der Rahmen offensichtlich verzogen. In dem Auge, das er ihr zuwandte, lag ein erlöschendes Licht. Seine Batterie ging zu Ende. »Mädchen?«

»O Ragwort.« Sie legte ihm die Arme um den Hals und weinte. Mit diesen Tränen kamen die ganze Unsicherheit und Furcht um Peter und sie selbst heraus, ebenso ihre Schuldgefühle wegen Gwen und das ganze Wirrwarr von Gefühlen, das ihr Leben darstellte.

»Ach, nun hör schon auf!« krächzte Ragwort. »Ich bin nur ein alter Klepper, dem nicht viel geblieben ist, worauf er sich freuen kann.« Er lachte. Es war ein rostiges, ersticktes Gelächter. »Hätte nie ernsthaft dran gedacht, daß ich je wieder aus diesem verdammten Gestell herauskäme. Dieser Junge hat mit mir alle Ehre eingelegt, und er hat es mir vergolten. Hat mich rausgeholt und mich laufen lassen.«

»Wir werden dich wieder zusammenflicken«, versprach Jane.

»Scheißdreck. Ich bin jetzt verdammter Metallschrott. Aber es war ein höllischer Ritt, Mädchen, ein höllischer Ritt. Wir sind die ganze Straße lang. Ich bedaure nichts. Scheiße.«

Eine bessere Person, da war sich Jane gewiß, hätte die Zeit aufgebracht, einem sterbenden alten Freund tröstend beizustehen, ehe sie sich wieder um die eigenen Angelegenheiten kümmerte. Aber obgleich sie es versuchte, sie konnte es nicht. Ihr war schrecklich zumute, als sie fragte: »Wo ist Peter?«

Ragwort kicherte. Es hörte sich an wie eine reißende Metallplatte. »Zuletzt habe ich den Jungen hügelaufwärts laufen sehen.« Er rief hinter ihr her: »Gib ihm einen Kuß von mir, Mädchen. Er hat es verdient.«

Peter hatte sich erhängt.

Sein schlanker Körper hing an einem niedrigen Ulmenast nahe der Hügelkuppe. Zunächst war er schwer zu erkennen, aber als sie den Hügel hinaufstieg, lösten sich Boden, Bäume und Himmel in drei verschiedene Grauschattierungen auf, in deren Mitte Peters Leichnam herabbaumelte. Eine schwache Brise bewegte ihn ganz, ganz leicht – nur eine Spur weniger, und die Bewegung wäre nicht erkennbar gewesen. Seine Füße waren eine sich langsam drehende Kompaßnadel, die die Nacht in vier Teile teilte.

Jane blieb den dunkelsten Teil der Nacht mitten auf dem Hang stehen. Sie war nicht gewillt zu gehen und hätte es nicht ertragen, auch nur ein wenig näher heranzutreten. Gefangen zwischen zwei einander widerstrebenden Bedürfnissen konnte sie keinem nachgeben und rührte sich am Ende einfach nicht.

Etwa um Mitternacht ging der Mond auf, und kurz danach regte sich etwas mitten auf Peters Stirn. Langsam bildete sich ein schmaler schwarzer Riß und weitete sich. Das Gesicht brach auf wie sprödes Papier.

Etwas Dunkles kroch aus dem Riß. Es spreizte feuchte Schwingen, pulsierte und flog dann davon. Weitere dunkle Flecken traten aus Peters Schädel hervor, erst einer, dann drei und dann fünf zugleich. Sie hielten kurz inne und flogen daraufhin los. Ein dünner Strom bildete sich, wurde breiter und floß davon.

Es war ein Hornissenschwarm.

»Komm!« Eine kleine Hand – eine Kinderhand – faßte die ihre und führte sie weg.

Sie hatte eine beträchtliche Strecke zurückgelegt, ehe ihr einfiel, neben sich zu blicken und nachzusehen, wer sie führte. Als sie es dann tat, war der Anblick so unerwartet, daß sie den eigenen betäubten Sinnen fast nicht glauben wollte.

Es war der Schattenjunge.

Zuviel war geschehen; sie konnte nicht reagieren. Sie gingen weiter, sprachen kein Wort. Meilen verstrichen. Am Schulhof ließ der Schattenjunge sie los und sagte: »Ich bin hergekommen, um mich zu verabschieden.« Er lächelte traurig. »Ich kann dir nicht mehr helfen. Sie haben die Suche nach dir eingestellt, und der

Kinderfänger ist abberufen worden. Ich werde jetzt in die Fabrik zurückkehren.«

»Die Fabrik«, sagte Jane. Es fiel schwer, an die Fabrik zu denken. Sie versuchte, etwas Angemessenes zu sagen. »Wie geht es allen dort?«

»Allen geht es dort gleich. Es ändert sich niemals etwas.« In der Stimme des Schattenjungen schwang Wehmut. »Ich kann's nicht.« Er bewegte sich und war verschwunden.

»Warte!« rief Jane. »Die ganze Zeit über in den Schatten, das ... bist du gewesen?«

Hinter ihr sagte der Schattenjunge: »Der Kinderfänger hat mich mitgebracht, damit ich bei der Suche nach dir helfe. Wie ein Bluthund, weißt du.« Sie fuhr herum und erwischte den Bruchteil seines scheuen Lächelns. »Er hat weniger Kontrolle über mich, als er gedacht hat. Ich hab nicht viel tun können. Aber ich habe dir soviel Schutz gegeben, wie ich konnte. Am Mittsommertag, beim Freudenfeuer. Ich habe deinen Lehrer geholt, als du angegriffen wurdest. So was in der Art.«

»Du hast das getan? Warum hast du das alles auf dich genommen?«

»Ich bin dein Freund.« Eine sanfte papierhafte Berührung seiner Hand. »Freunde helfen Freunden.«

Sie drehte sich um und wollte die Berührung mit einer Umarmung erwidern, doch da war nichts. Das Gefühl einer phantomhaften Gegenwart, das sie während der vergangenen Monate heimgesucht hatte, war verschwunden.

Langsam, erschöpft kehrte Jane zur Müllkippe zurück.

Der Drache war verschwunden.

Ungläubig wanderte Jane über den Platz, wo er gestanden hatte. Der tiefstehende Mond warf gerade genügend Licht, um zu erkennen, daß es dort lediglich noch aufgewühlte Erde gab.

Die Meryons waren ebenfalls verschwunden. Ihre Gebäude waren dunkel und verlassen. Jane stolperte über ihre Grenze und wurde nicht bedroht. Eine Nissenhütte zerbröselte unter ihren Füßen, und sie wurde nicht angegriffen. Sie gelangte zu einem ordentlichen Haufen aus Decken und Kleidungsstücken, zusammengerollten Postern, Schulbüchern, Bürsten und Kämmen. Es waren ihre gesamten Besitztümer, die sie seit ihrer Flucht aus der Fabrik angehäuft hatte. Sie kreischte auf.

»Meine *Sachen!* Du hast meine Sachen einfach draußen im Freien gelassen!«

Gleichgültig gegenüber den Folgen rief sie Melanchthon mit all ihrem Willen, heulte seinen wahren Namen über die Müllkippe und rief die Codes von den Listen, die sie sich vor so langer Zeit eingeprägt hatte, daß sie jeder hören könnte.

Eine Stimme antwortete aus dem Boden heraus.

Verschwinde. Du wirst nicht mehr gebraucht.

Seine Stimme war machtvoller denn je. Bei ihrem Klang vibrierte ihr Schädel, und die Zähne klapperten.

»Wir haben eine Abmachung getroffen«, erinnerte sie ihn. »Du sollst mich schützen.«

Und wer hat die Abmachung zuerst gebrochen? Hm, kleine Jungfrau?

Seine Verachtung versengte ihr das Gesicht und hinterließ kleine Blasen auf Nase und Wangen. Sie schrie vor Schmerz auf. Aber sie konnte sich nicht mehr beherrschen. »Du Mistkerl! Du hast das alles geplant, du hast alles arrangiert, es ist alles dein Werk, ich weiß es! Ich werde dir die Drähte herausreißen – ich werde dich mit bloßen Händen auseinandernehmen!«

Eine Röhre schoß aus dem Boden ihr zu Füßen, verhakte sich und ragte in einem völlig verrückten Winkel gen Himmel. Jane tänzelte zurück. Neben ihr richtete sich ein Stahlturm auf, schnellte hoch zum Mond und schüttelte dabei Schmutz ab. »Aufhören!« rief Jane. Aber ringsum sprossen Metallgebilde – Platten und Chromwände –, knallten und klirrten gegeneinander, versperrten den Horizont und verbargen Sterne und Wolken. Ein eisernes Bollwerk wölbte sich über ihr, schloß sich klirrend zu einer festen Mauer, und dann erstarb jegliche Bewegung.

Jane war in einer stählernen Stadt ohne Fenster und Türen eingeschlossen.

»Wo bin ich?« schrie sie entsetzt.

»Ort ist Illusion.« Die Stimme kam aus einem Gang neben ihr. Sie fuhr herum und sah einen Krieger näher kommen. Er war gutaussehend wie ein Elf, trug einen Tarnanzug und an seinem Gürtel eine Pistole in einem zugeknöpften Holster. »Das ist eines der ersten Dinge, die Melanchthon uns gelehrt hat.« Der Mund des Kriegers bewegte sich, jedoch nichts sonst. Die Augen waren schwarzer Bernstein. Es hätte ebensogut eine sprechende Maske sein können.

»Du kennst seinen Namen«, sagte Jane ausdruckslos.

»Ein Drache ist nicht wie die meisten anderen Wesen. Die Kenntnis seines wahren Namens verschafft dir keine Macht über ihn, solange du nicht auch seine Kontrollsysteme beherrschst.«

Es stimmte. Jane wußte, daß es stimmte, wie bitter es auch schmeckte. »Wer seid ihr?« fragte sie.

»Wir sind der Ersatz für dich.«

Sie betrachtete ihn eingehender. Ihr war jetzt klar, daß sie sich nicht auf einer physikalischen Ebene trafen, sondern an irgendeinem von Melanchthon ersonnenen Traumort. Sie musterte die vereinfachten

Flächen des Gesichts des Kriegers, die gleichmütige, gefühllose Miene. Ihre Vorstellung des Maßstabs kehrte sich jäh um, und ihr ging auf, daß sie nicht innerhalb der überdachten Passage einer riesigen Stadt stand, sondern verkleinert unter den Kolben und Aggregaten des Drachen abgesetzt worden war. »Du bist ein Meryon.«

»Ja. Das sind wir. Melanchthon braucht noch immer Arbeiter, und du hast mit dem Verlust deiner Jungfräulichkeit die Neutralität der Macht verloren. Deine Hände sind nicht mehr pH-neutral. Seine Schaltkreise würden bei deiner Berührung durchbrennen. Du könntest nicht einmal eine Abdeckplatte öffnen, ohne das Gleichgewicht der Ladung im Innern zu zerstören. Wir jedoch reproduzieren uns asexuell. Wir haben unsere Industrieanlagen abgebaut und in den Thorax des Drachen gebracht, so daß wir uns seiner Reparatur und Instandhaltung widmen können.« Er winkte einen langen Korridor hinab, wo winzige Arbeitslichter auf Oberflächen aus Kupfer, Stahl und Molybdän schimmerten. »Sieh dir an, welche Arbeit wir bereits erledigt haben!«

»Was springt für euch als Gegenleistung heraus?«

»Schutz«, sagte der Meryon. »Und genügend Weizen, damit wir durch den Winter kommen.«

»Ihr würdet seinen Schutz oder Weizen nicht brauchen, wenn er es nicht so eingerichtet hätte. Er hat sich in eure Kultur eingemischt, hat euch getäuscht, so daß ihr nicht genügend Nahrung für euch angebaut habt, und er hat euch abhängig gemacht von Kohle und Beutezügen, damit ihr überleben konntet, während er die ganze Zeit über gewußt hat, daß euch das an den Rand des Verhungerns bringen würde.«

»Die Starken mißbrauchen die Schwachen«, sagte der Meryon. »Warum sollte das jemanden stören? Das ist ein Naturgesetz.«

Da ging Jane ein Licht auf. Weil er ihre Hilfe nicht mehr benötigte, hatte Melanchthon sie durch Manipulation so weit gebracht, daß sie ihre Jungfräulichkeit verloren hatte. Damit war ihr Kontrakt gebrochen, und er war aufgrund dessen von der Notwendigkeit befreit, das eigene Wort zu halten. »Ich könnte noch immer gegen ihn kämpfen, weißt du.« Sie war müde und kam sich nutzlos vor. »Gleich hier und jetzt. Ich kenne seine Verdrahtung in- und auswendig – ich könnte ihm ernsthaften Schaden zufügen.«

»Ja, aber könntest du auch gewinnen?«

Darauf wußten beide die Antwort.

Die Metallwände lösten sich auf und damit auch der Meryon. Der Geruch der Müllhalde stieg Jane wieder in die Nase, und sie stand neben dem Kleiderhaufen. Sie hockte sich hin und hob einen Armvoll der besten Stücke auf. Sie war so müde. Irgendwo mußte es einen Ort geben, wo sie Schutz fände.

In jener Nacht schlief Jane in einer Holzkiste am Rand der Müllhalde. Am Morgen kroch sie mit wunden und schmerzenden Gliedmaßen heraus. Sie stand auf und blickte sich um.

Über den Bäumen, in Richtung Westen, verschmolzen Feentürme mit einem grauen Himmel. Die Wolkenkratzer bildeten eine einzige silhouettenhafte Mauer. Ein magischer Smog hing über der Stadt.

Es gab so viele denkbare Möglichkeiten, daß sie geradezu krank aussah.

12

Sirins Experimente gelangen immer. Das war's, was Jane wurmte. Sie mochten identische Apparaturen aus Retorten und Glasrohren aufbauen, sie mit Bunsenbrennern aus demselben Hahn erhitzen, die Flamme auf die gleiche Höhe und Farbe einstellen, bis aufs Gramm gleiche Mengen von Ammoniumsalz und ausgebluteter Krötenleber denselben Flaschen entnehmen, und am folgenden Morgen enthielt Sirins Destillierkolben ein azurblaues essentielles Öl, in dessen Tiefen der Geist eines Lichts tanzte, während Janes Kolben schwarz war von einer schmierigen Masse. Sie mußte für jedes Glasteil bezahlen, das in unbrauchbarem Zustand zurückgegeben wurde, also folgte eine gut viertelstündige Schrubberei mit der Bürste am Ausguß, ehe das Ding schließlich gnädigerweise in ihren Händen zersprang. Es schien, als wären ihre Finger stets blutig und verbunden, wohingegen Sirins Finger lang, schlank und weiß wie Milch waren.

Es war nicht gerecht.

Enttäuscht trat sie aus dem Alk-200-Labor und ließ sich von der Menge mittragen. Der Flur hallte wider von klappernden Hufen und Fersen. Alle Studenten waren in Eile, schritten rasch aus, betraten hastig diesen oder jenen Seminarraum, tauchten plötzlich aus Seitengängen auf, die nicht breiter als eine Tür waren. Es war ein ständiges Kommen und Gehen. Janes Hälfte des Verkehrsstroms ergoß sich jäh ein breites

Marmortreppenhaus hinab und riß sie mit. Sie stieg drei Etagen hinab und erreichte den Hörsaal für Anatomie, als gerade die Glocke läutete.

Monkey war in wohlwollender Stimmung und hatte ihr einen Platz am Geländer freigehalten. Jane nickte ihr einen Dank zu, als Monkey ihren Bücherstapel weghob. Vergleichende und Spekulative Anatomie war eine von Janes Lieblingsvorlesungen. Sie freute auf das nächste Semester, wenn sie selbst etwas sezieren sollte.

»Sind wir immer noch bei den Zentauren?« flüsterte sie.

»Nein, er wird wohl inzwischen verfault sein.« Monkey kicherte, ließ einen Fuß aus dem Schuh rutschen und zupfte an einer Haarsträhne. »Wenn man sich das Vergleichsobjekt so anschaut, wird heute bestimmt was Hübsches aufgeschnitten.«

»Ist auch Zeit.«

Die Studenten in den hufeisenförmig angelegten schmalen Rängen setzten sich, eine lebhafte Welle von Schnäbeln und Fledermausflügeln, Hörnern, Schakalsköpfen, Halstüchern und Pferdehaarbüschen. Das Vergleichsobjekt unten stand neben dem linnenbedeckten Seziertisch. Es war ein gutgebauter junger Elf in einem olivfarbenen Gewand, das die Abteilung zur Verfügung stellte. Er hatte glattes schwarzes Haar und einen verächtlichen Blick – er musterte gerade kühl das Auditorium –, und als sein Blick auf Jane traf, erschauderte sie unwillkürlich, als hätte sie jemand mit Eis im Genick berührt.

Die Chirurgin schritt in den Hörsaal. Die Stühle klapperten leise, als die Studenten aufstanden. Ernst und imposant brütete sie mit gefalteten Händen wie Leichnam wie eine Priesterin am Altar. Nachdem sich die Studenten wieder gesetzt hatte, nickte sie zu beiden Seiten. Ein Assistent zog die Leinendecke zurück.

Das Vergleichsobjekt legte das Gewand ab und stellte sich nackt neben den Seziertisch.

Monkey kniff die Augen zusammen. Sie schrieb eine große ›7‹ oben auf ihren gelben Notizblock. Eine Nixe auf der anderen Seite neben ihr streckte die Hand aus, kritzelte unter die 7 ›6,5, höchstens!‹ und unterstrich das Wort ›höchstens‹ dreimal.

Monkey senkte den Kopf, um ein Gelächter zu unterdrücken.

»... die Verbreitung und Häufigkeit der kleineren Organe«, sagte die Chirurgin gerade, »insbesondere der Gallenblase, der Nebennierendrüsen und Nieren.« Sie wies hinab auf den Leichnam, einen grauen Zwilling des jungen Elfs neben ihr. »Die Bauchhöhle ist bereits zum Teil durch einen Querschnitt und einen tieferliegenden vertikalen Einschnitt geöffnet worden. Jetzt werde ich die Operation fortsetzen, indem ich einen zweiten vertikalen Einschnitt durchführe und das Peritoneum öffne.«

Hände von einer Farbe wie Knochenporzellan schwebten elegant herab, um den ersten Schnitt auszuführen. Sie schnippten ein unsichtbares Stück Gewebe auf den Fußboden, ein Opfer an die Göttin.

Ein Ellbogen stieß Jane in die Rippen. Sie warf einen Blick neben sich und sah, daß Monkey die Seite ihres Notizblocks mit einer sorgfältigen Wiedergabe der Genitalien des Vergleichsobjekts gefüllt hatte. Jane machte ein finsteres Gesicht und schüttelte den Kopf.

Das hier war ernst, verdammt noch mal!

Am Ende der Stunde waren Janes Hände verkrampft und schmerzten vom Niederschreiben der Notizen, und Monkeys Zeichnung war umgeben von einem geflochtenen Kranz aus kleineren Penissen in verschiedenen Stadien der Erektion. Die Chirurgin hatte ihr Skalpell niedergelegt und zog sich mit einer ganz leichten Verneigung aus dem Hörsaal zurück. Die Atmosphäre lockerte sich. Die Studenten erhoben sich, plauderten, sammelten ihre Bücher. Das Vergleichsobjekt zog sich das Gewand an. »Oh, hör mal«, sagte Jane. »Bist du mit meinem *Shearer's* durch?«

»Das Anatomiehandbuch?« fragte Monkey obenhin. »Ich hab's aufgegessen.«

»Du hast was?«

»Ich hab's gegessen. Warum sonst hätte ich es haben wollen? Ich hatte Hunger, und ich hab's gegessen.«

»Aber ich brauche es für den Kurs.«

»Dann hättstes mir nicht geben sollen.« Monkeys Perlenaugen glitzerten merkwürdig bösartig in dem runden Gesicht. »Wirklich, Jane, manchmal bist du schon dämlich.« Mit einem jähen Salto rückwärts aus dem Stand verschwand sie durch die Tür.

Jane ballte die Hände zur Faust. Aber sie hatte gelernt, nicht mehr als das zu erwarten. Zimmergenossinnen aßen immer wieder ihre Bücher, hatten Panikanfälle, brachten Ratten und fleischfressenden Schleim mit und erwarteten dann, daß man sie fütterte, sie wurden betrunken und erbrachen sich auf ihr bestes Kleid, sie zogen in den Kleiderschrank und weigerten sich am Ende monatelang, herauszukommen, drohten am Abend vor der Abschlußprüfung mit Selbstmord, hinterließen mitten auf dem Fußboden Haufen verrottender Blätter, vergnügten sich mit ihren Freunden in einem fremden Bett, weil es gemacht war und ihres nicht und entwickelten sich zu großen blutsaugenden Insekten. Monkey war wirklich ein waschechtes Exemplar ihrer Art.

Nun, sie könnte leicht ein neues Handbuch klauen.

Sie nahm einen Expreßaufzug und fuhr acht Stockwerke hinauf zum Uni-Buchladen. Während des vergangenen Jahrs hatte Jane die Anlage des Ladens ebenso gründlich erforscht wie die Natur und die Anbringungsorte seines Anti-Diebstahl-Systems. Auch wußte sie, wer der Ladenschnüffler war. Vorn an der Kasse war alles dicht, da kam sie nicht durch. Aber hinten im Laden befand sich ein Notausgang, den die Überwachungskameras wegen der überfüllten Regale nicht erfassen konnten. Wenn man ihn öffnete, würde das automatisch Alarm auslösen, aber das dürfte kein allzu großes Problem darstellen.

Jane nahm sich einen neuen *Shearer's* und ging auf indirektem Weg zum Ausgang. Glücklicherweise war sie so schlau gewesen, neulich die rückwärtigen Flure auszukundschaften und das Schloß einer nahegelegenen Tür zum Treppenhaus zu knacken. Sie war sich ziemlich sicher, daß sie bereits eine Kehre tiefer wäre, ehe der Schnüffler die Tür erreichte, und um eine Ecke herum, wenn er an den Stufen wäre. Ein gewisses Risiko ließ sich nicht leugnen, aber es war eine Methode, die sie noch nie angewandt hatte, und sie wollte sie jetzt unbedingt einmal ausprobieren.

Sie holte tief Luft und legte eine Hand auf die Klinke.

Ein jähes Gefühl dunklen Unbehagens durchfuhr sie, eine schwere Woge von Übelkeit, die ihr den Magen hob und im Mund einen bitteren Geschmack hinterließ.

Eiserne Klauen packten sie an der Schulter. »Miß Alderberry.«

Es war Doktor Nemesis.

»Ma'am!« Wie vom Blitz geschlagen sah sie hinauf in das Gesicht ihrer Betreuerin. Die Brille der Doktorin saß tief auf der Nase, zwei glänzende Scheiben unter einem quälend schwachen Paar wäßriger rosafarbener Augen. Jane kam sich vor, als würde sie von zwei verschiedenen Wesen angestarrt, von denen das eine bemitleidenswert und das andere angsterregend war.

»Ich bin Ihre Laborberichte durchgegangen, Miß

Alderberry.« Dr. Nemesis schob einen Arm durch den ihren und führte sie nach vorn. »Sie sind, wenn ich es Ihnen im Vertrauen sagen darf, enttäuschend, äußerst enttäuschend für eine Studentin mit Ihren Vorraussetzungen.«

»Ich habe Schwierigkeiten mit dem Stein ...«

»Genau.« Sie schlenderten zum Vordereingang hinaus. Zerstreut bemerkte Jane, daß sie, beschirmt vom magnetischen Feld von Dr. Nemesis' Rang, mühelos die Sicherheitsanlage umgangen hatte. Was bei ihr eine genaue Berechnung, Wagemut und Risikobereitschaft erfordert hatte, war ihrer Betreuerin gelungen, ohne daß es auch nur aufgefallen wäre.

Sie dirigierte Jane zu einem Fakultätsaufzug und schloß die Sperren auf. Innendrin war es eng wie in einer Sardinenbüchse. Die Walnußpaneele waren glatt wie Glas poliert. Die Türen schlossen sich geräuschlos. Schweigend fuhren sie hinab. Jane erkannte schwach ihr Spiegelbild im Holz. Das Abbild ihrer Betreuerin ragte bedrohlich wie eine Gewitterwolke neben ihr auf.

»Ihnen ist doch gewiß klar, weshalb ich mir Sorgen um Sie mache.«

»Nun ...« Jane war es nicht wirklich klar, aber dieser zweifache funkelnde Blick, der sich in den ihren bohrte, wartete auf eine intelligente Erwiderung. »Ich bin hier aufgrund eines Leistungsstipendiums, also nehme ich an ...«

»Nein!« Dr. Nemesis stampfte ungeduldig mit dem Fuß auf den Boden. Wie als Antwort glitten die Aufzugstüren auseinander. Sie steuerte Jane nach draußen. Sie befanden sich jetzt auf einer Büroebene. An den Wänden hingen große ungerahmte Ölgemälde von Schirmen und Fleischschnitten. Die Läufer auf den Korridorböden rochen neu. »Ich rede nicht bloß von Geld, sondern auch von Ihrem nackten *Überleben!*

Wir haben Teind-Jahr, das wissen Sie doch bestimmt.« Jane nickte und meinte nein. »Die Fakultätsleiter sind zur Zeit dabei, eine Liste jener zehn Prozent Studenten zusammenzustellen, die … entbehrlich sind. Ihr Name, Miß Alderberry, wird auf dieser Liste stehen, wenn Sie sich nicht auf die Hinterfüße stellen und die richtige Richtung einschlagen.« Sie funkelte Jane kurzsichtig und streng an.

»Irgendwas kriege ich nicht richtig mit«, sagte Jane rasch. »Es ist bestimmt etwas Elementares, etwas Grundlegendes. Wenn ich es nur verstehen könnte, wenn ich nur sehen könnte, was es ist, könnte ich bestimmt mithalten.«

»Ich habe den Eindruck, es wäre Ihnen eine Hilfe, Miß Alderberry, wenn ich Ihnen gegenüber zugäbe, daß ich selbst einstmals eine mittelmäßige Forscherin gewesen bin. O ja. Selbst ich.« Dr. Nemesis lächelte eitel. »Faul, wirr, überheblich – alle Tugenden, die ein Forschungsassistent haben sollte, fehlten mir.«

»Ich habe mich gefragt, ob es vielleicht das pontische Wasser sein könnte …«

»Ein bestimmter Vorfall hat dazu geführt, daß ich mich auf die Hinterfüße gestellt habe. Mein Professor, kein anderer als der Zauberer Bongay selbst, denken Sie nur, hatte eine große Summe von der Horned-Man-Foundation erhalten. Er sollte eine seherische Maschine in Gestalt eines Messingkopfs erschaffen. Das war, Sie werden es verstehen, sehr früh in der Geschichte der Kybernetik. Damals machte man alles mit Vakuumröhren.«

»Es kann nicht an meiner Technik gelegen haben. Ich war immer sehr vorsichtig.«

»Wir hatten einen ungenutzten Handballplatz übernommen und statteten ihn mit unserer Ausrüstung aus. Dort verbrachten wir den größten Teil eines Jahres, flirteten mit dem Ruhm und errangen ihn niemals. Im letzten Monat – die Stiftung sah harte Strafen für einen Fehlschlag vor – zogen wir buchstäblich ins Labor. Drei Wochen lang bauten wir, rissen ab und bauten diese Ungeheuerlichkeit wieder auf. Die ganze Nacht hindurch, jede Nacht, und weit bis in den Morgen hinein. Wir schliefen auf Pritschen und lebten von Fast-Food, aßen kalten Pizza zum Frühstück, Frühlingsrollen und Schokobrötchen um Mitternacht. Ich habe vergessen, wie oft wir die Kreatur gebootet haben, wie oft wir sie dazu bringen wollten, daß sie die Augen öffnete, wie oft wir sie durch Schmeicheleien dazu veranlassen wollten, den Mund zu bewegen, aber es hatte alles keinen Zweck. Sie wollte nicht reden.

Nach einem besonders erschöpfenden Fehlschlag verkündete Bongay, er benötige dringend Schlaf, und stolperte zu seiner Pritsche. Ich mußte jedoch Wache halten und war ernstlich ermahnt worden, den Kopf zu beobachten und Bongay sofort zu wecken, falls er lebendig würde.

Ich selbst war todmüde und nicht mehr richtig da, aber ich blieb auf und lötete einige Schaltkreise wieder an. Vakuumröhren waren heikle Dinger. Sie wären überrascht davon, wie oft man ein Problem einfach dadurch lösen kann, daß man einen nachweislich vollständigen Schaltkreis herausriß und ihn durch sein Zwillingsstück ersetzte.

Keine halbe Stunde später schlug der Kopf die Augen auf.

Es ist Zeit, sagte er.

Ich setzte meinen Lötkolben ab. Um Ihnen die Wahrheit zu sagen, ich war mir nicht sicher, ob er wirklich gesprochen hatte, denn er schlug die Augen zu, sobald er ausgeredet hatte, und dann schwieg dieses edle Messinggesicht wieder wie ein Grab. Es mochte ein Wachtraum gewesen sein. Aber ich hatte meine Befehle, also ging ich zum Zauberer Bongay und legte ihm die Hand auf die Schulter, um ihn zu wecken. Doch er wälzte sich nur auf die andere Seite. Die Decke rutschte herab, und ich sah, wie furchteinflößend erregt er im Schlaf war.

Sehen Sie, Bongay hatte die Angewohnheit, seinen Trieben nachzugeben, wenn sie in ihm hochkamen. Um die Sinne zu schärfen, verstehen Sie. Ich war der erste weibliche Laborassistent, den er je beschäftigt hatte, aber ich wußte aus Erfahrung, daß er von mir die gleichen gewissen Gunstbeweise verlangte, die er von den jungen männlichen Doktorstudenten erhielt.«

Bedeutungsvoll hob sie eine Braue.

»Sie meinen…?« fragte Jane und wußte nicht so ganz genau, was sie meinte.

»Genau. Meine Hämorrhoiden standen voll in Blüte. Der Gedanke, ihm gefällig zu sein, war unerträglich. Eine Stunde verstrich. Der Kopf öffnete erneut die Augen. Erneut sprach er:

Es war Zeit.

Diesmal war ich mir sicher, daß der Kopf gesprochen hatte. Aber jetzt wußte ich – trotz meines verständlichen Widerstrebens –, daß ich einen ernsthaften Fehler begangen hatte, als ich ihn beim ersten Mal nicht geweckt hatte. Wenn ich ihn jetzt weckte, würde er mich gewiß bestrafen, weil ich ihn nicht früher geweckt hatte. Ich war in einer verzwickten Lage. Ich schwankte eine gute Stunde lang, was ich tun sollte. Am Ende dieser Stunden sprach der Kopf ein drittes und letztes Mal:

Die Zeit ist vorüber, sagte er.

Er verdrehte die Augen, und dann roch es brenzlig. Der Messingkopf strahlte Hitze aus, eine immer größerer Hitze, bis das Metall tatsächlich glühte. Ich kreischte, und Bongay erwachte.

Ist er bei Bewußtsein? wollte Bongay wissen. Ich

muß mit ihm sprechen. Es gibt Dinge, die muß ich erklären, ehe …

Dann sah er den glühenden Kopf und das Lötzinn, das in kleinen Flüßchen von den Nähten am Hals herablief, zusammen mit dem Gold und Silber der Schaltkreise. Da kreischte der Zauberer Bongay seinerseits in solcher Wut, daß ich aus Furcht vor seinem Zorn floh.«

Sie lachte. »Wegen dieses Vorfalls hat er Amt und Leben verloren. Das ist gegen Ende des Fiskaljahres geschehen, und die Universität hatte sich auf diese große Geldsumme verlassen. Auf Befehl des Bursar wurde jeder hingerichtet, der in dieses Fiasko verstrickt war.«

»Wie haben Sie überlebt?«

»Sie brauchten jemanden, der den Abschlußbericht schrieb. *Der Zauberer Bongay. Sein Messingkopf und sein furchtbares Ende. Wie ich eine Lektion lernte.* Kann gut sein, daß Sie ihn gelesen haben. Aber das war der Vorfall, der mich gelehrt hatte, niemals wieder meine Pflichten zu vernachlässigen. Wachsamkeit, Miß Alderberry! Das muß stets unsere Parole sein – Wachsamkeit!«

»Ich könnte bestimmt aufholen. Wenn ich nur einen kleinen *Hinweis* darauf hätte, was ich falsch mache.«

»Schön, schön«, sagte Dr. Nemesis. »Ich habe gewußt, daß unser kleines Gespräch eine Hilfe wäre. Denken Sie nur stets daran, daß wir Quoten einhalten müssen. Wir können niemanden bevorzugen. Um Sie zu behalten, müssen wir einen anderen verdienstvollen Studenten ziehen lassen. Den Teind zu überleben ist ein Privileg, kein Recht. Da ist es gleich, wie gut Sie als Student sind.« Sie waren zu ihrem Büro gelangt. Sie schloß die Tür auf, trat ein und drehte sich um. »Und denken Sie auch daran, daß Ihnen meine Tür stets offensteht.«

Sie schloß sie Jane vor der Nase.

Im Studentenaufzug von den Seminarräumen zu den drei Stockwerken, die man die Lady-Habundia-Wohnanlage für Weibliche Studenten nannte, fuhren mehrere Dutzend geschwätziger Studenten mit, die Hälfte davon mit Fahrrädern. Jane kam sich ihnen gegenüber zugleich unter- wie auch überlegen vor. Die meisten nahmen alles ziemlich locker und verplemperten ihre Zeit, während sie eifrig das beste daraus machte. Auf der anderen Seite ließ sich nicht leugnen, daß sie viel Spaß hatten und Jane zumeist nicht.

Ein Dröhnbox wurde eingeschaltet. Einige tanzten zum Pfeifen von Elfenflöten und zu Synthesizerklängen. Zwei Froudlings mit windhundschlanken Gesichtern, vielleicht Schauspielschüler, führten einen choreographierten Schwertkampf vor. Sie wirbelten umher, traten, sprangen und parierten Hiebe von eingebildeten Säbeln. Abseits davon, in einer Ecke, hatten mehrere Willies eine Gruppe gebildet. Notizbücher wurden von Hand zu Hand gereicht.

Die Aufzugführerin war eine Kartoffelfrau, deren braunes Gesicht so ausgestülpt und schief war, daß sich ihr finsterer Blick in den hügeligen Konturen verlor. Sie öffnete die Türen in die Vorhalle, und die Habundianerinnen strömten kichernd hinaus. Die beiden Duellanten duckten sich in ihrer Mitte und versuchten, sich mit einzuschleichen.

Die Kartoffelfrau hielt jedoch nichts davon. Sie schnappte sich einen Besen und zwängte sich in die Menge, schlug links und rechts um sich und hieb die Jungen auf Köpfe und Arme, bis Blut floß. Sie war ein fluchender Wirbelwind, der die beiden gewaltsam in den Aufzug zurückdrängte. Mit einem triumphierenden Gackern knallte sie die Türen zu.

Jane ging in ihr Zimmer und warf die Bücher aufs Bett. Wie üblich war Monkey ausgegangen, aber zu dieser Zeit des Abends versammelten sich stets viele

Mädchen draußen auf dem Balkon, spielten Karten und tratschten. Jane setzte sich an den Schreibtisch, entschlossen, eine Stunde zu arbeiten, ehe sie zu ihnen ginge.

Sie öffnete ihren *Petrus Bonus* und las: »Etwas eng Verwandtes zur Entwicklung der Alchemie läßt sich im Tier, Gemüse, Mineral und in der Welt der Elemente beobachten. Die Natur erschafft Frösche in den Wolken oder durch die Kräfte der Fäulnis im Staub, der vom Regen befeuchtet wird, oder letztlich durch die Veranlagung blutsverwandter Substanzen. Avicenna sagt uns ...« Sie gähnte, verlor die Zeile, fand sie wieder »... sagt uns, daß inmitten von Donner ein Kalb in den Wolken erschaffen wurde und die Erde in einem verdatterten Zustand erreichte. Die Zerlegung eines Basilisken erschafft Skorpione.« Das meiste war die bloße Anhäufung von Beispielen, Etablierung von Autorität durch eine Menge Daten. Aber es war unmöglich festzustellen, wann ihr auf einer Seite ein Schlüsselkonzept entgehen mochte, also mußte sie alles durchackern. »Im toten Körper eines Kalbes werden Bienen erschaffen, Wespen im Kadaver eines Esels, Käfer im Fleisch eines Pferds und Heuschrecken in Fleisch eines Maulesels.« Sie überlas flüchtig mehrere weitere Beispiele. »Das gleiche Gesetz herrscht in der Welt der Minerale, wenn auch nicht in solchem Ausmaß.«

Jane schlug das Buch zu und schob sich vom Schreibtisch weg. Das war einfach zu langweilig. Sie konnte sich nicht konzentrieren. Ihr Stein war zwei Wochen überfällig, und sie glaubte nicht, daß sie eine weitere Verlängerung erhielte. Was noch schlimmer war, sie hatte das bestimmte Gefühl, irgendwo unterwegs ein grundlegendes Konzept nicht mitbekommen zu haben, weil sie in jeder Seminarstunde spürte, wie sie stetig und unaufhaltsam zurückfiel. Wenn sie nicht rasch aufholte, würde sie es überhaupt nicht mehr schaffen.

Sie brauchte etwas zu trinken.

Durch die schmalen Spalten zwischen den Gebäuden der Großen Grauen Stadt war ein wunderbarer Sonnenuntergang am Horizont zu sehen, der goldenes Licht von den Fenstern im Osten zurückwarf. Sirin hatte die Füße auf die Balustrade gelegt, wobei sie ihre schönen langen Beine zeigte. Außerdem waren noch Raven, Nant und Jenny Greenteeth anwesend. Ihnen zu Füßen stand ein fast voller Kasten Frog-City-Bier.

Jenny warf den Greifen Bier zu. Sie hob den Arm und schleuderte eine ungeöffnete Dose, so weit sie konnte. Die Dose fing das Sonnenlicht ein und wirbelte glitzernd zu den unsichtbaren Straßen hinunter.

Verzweifelt kreischend stürzten drei Greife der Dose nach. Der Sieger schnappte sie mit dem Schnabel. Metall knirschte, und die Dose platzte auf. Bier schäumte und sprudelte. Der Greif kaute und schluckte, während die Flügel emsig arbeiteten, um ihn in der Schwebe zu halten.

Obgleich sie ihm innig zugetan waren, vertrugen Greife den Alkohol nur schlecht. Mehrere der Kreaturen waren bereits ziemlich voll und flogen ziellos im Zickzack in den Schluchten zwischen den hohen steinernen Mauern umher. Um ein Haar wäre ein Greif gegen einen Überweg geprallt, der zwei Universitätsgebäude miteinander verband. Jane hielt den Atem an.

Jenny lachte, rülpste und warf eine weitere Dose.

»Hol dir einen Stuhl«, sagte Sirin herzlich. »Wir unterhalten uns über was.«

Jane lehnte sich gegen die Balustrade und sah die endlosen gestuften Türme mit den abgerundeten Kanten hinauf. Sie sahen aus wie zu riesenhafter Größe verzauberte Termitenhügel. Überwege verbanden sie zu einem komplizierten Geflecht. Hier und dort sah man grüne Flecken: Balkone und Dachgärten. Die Gebäude kamen allen Bedürfnissen ihrer Bewohner nach, ihre Innenhöfe umgaben Theater, Geschäfte, Krankenhäuser und Restaurants. Es war möglich – insbesondere als Student –, wochenlang umherzugehen, ohne je eine Straße zu sehen. Während sie die endlosen Fensterreihen betrachtete, verspürte Jane kein Gefühl der Anonymität, sondern hatte eher den Eindruck, eine unter Millionen zu sein, einzigartig in einer Galaxis von Einzigartigkeiten. Sie fühlte sich hier so frei von Sorgen, wie sie sich sonst noch nirgendwo im Leben gefühlt hatte. »Worüber?«

»Anarchie und soziale Gerechtigkeit.«

»Greifeneier.«

»Jungen.«

Jane öffnete eine Dose Bier, wobei ein bißchen auf den Boden schwappte. Sie ließ sich auf einen leeren Stuhl fallen. Raven schob eine Schüssel mit Käfercrispies in ihre Richtung, aber sie schüttelte den Kopf. »Ich habe Schwierigkeiten bei der Herstellung eines Steins der Weisen. Ich weiß nicht, woran es liegt, vielleicht ist das pontische Wasser nicht rein.« Der Stein der Weisen war ein Drittel ihrer Abschlußprüfung, aber sie erwähnte ihn vorsichtshalber eher beiläufig. »Weiß einer von euch, was ich tun sollte?«

»Du bist zu verkrampft«, sagte Sirin leichthin. »Zu ernsthaft. Zu akademisch. Du solltest öfter ausgehen und dich mal flachlegen lassen.«

»Die Welt hat sowieso schon genügend Steine der Weisen«, fügte Nant hinzu. Sie war eine schwarze Zwergin und wahnsinnig politisch. »Was sie *braucht,* ist ein Regierungssystem, bei dem nicht einfach die Starken den Schwachen sagen, was zu tun ist.« Sie bildete mit gekreuzten Unterarmen das Zeichen des Hammers, was nicht im geringsten selbstironisch gemeint war.

»Ihr seid nicht hilfreich, keine von euch beiden.«

»Oh, schon gut.« Sirin blickte nach oben und verkündete dem Universum im allgemeinen: »Chrysoberyl hat mir gesagt, daß Billy Bugaboo drei Eier hat.«

»Was?«

»Als ob die das wüßte.«

»Hat er nicht! Oder?«

»Nun, ich werd's bald rausfinden«, sagte Sirin. »Chrys hat mir versprochen, für mich ein Treffen zu arrangieren.« Sie fischte einen Schmetterlingschip aus der Zellophantüte in ihrem Schoß und schloß den vollkommenen Mund darum.

»Seht mal her!« Jenny Greenteeth warf eine Dose genau zwischen zwei der kreisenden Greife. In ihrer Gier prallten sie gegeneinander, und Federn flogen. Während sie kämpften, schoß ein anderer Greif herab und schnappte sich die Dose mit den Krallen. Er segelte davon, wobei er das Bein im vergeblichen Bemühen schüttelte, die Dose loszuwerden.

Alle, Jane eingeschlossen, johlten vor Lachen.

Nant wollte Canasta spielen, doch Raven beharrte auf Binokel, also spielten sie schließlich Hearts. Sirin gewann haushoch. Jane blieb dreimal hintereinander auf der Pik-Dame und einer kurzen Herz-Folge sitzen. »Ist nicht dein Tag«, bemerkte Sirin.

»Nein, ist es nicht.«

»Nun, ich weiß nicht, was du machst, aber ich geh los und schau mal, was außerhalb vom Campus los ist. Drüben in Senauden gibt's 'ne neue Kneipe. Kommt jemand mit?«

Nant nickte. Raven sah finster drein und schüttelte den Kopf. Jenny Greenteeth warf spontan das Kartenspiel über das Balkongeländer. Der Wind fing die Karten ein, fächerte sie auf und fegte sie davon.

»Bin dabei«, sagte Jane.

Der Überweg zum Senauden-Turm lag achtzehn Stockwerke unterhalb von Habundia. Sie gingen hinüber und fuhren weitere vierunddreißig Etagen zu einem neuen Club hinauf, von dem Sirin gehört hatte und der *Der Ertrunkene* hieß. Er lag neben dem Bereich der Zentralaufzüge, und die emaillegrauen Stahlplattenwände zitterten, wenn die größeren Kabinen vorüberfuhren. »Es sieht aus wie in einem Unterseeboot«, sagte Jane, während sie die bemalten Wasserrohre und die offenliegenden Leitungen über ihnen beäugte.

»Unterseeboote sind nicht so übervölkert.«

»Haltet nicht Maulaffen feil«, sagte Sirin. »Man soll uns doch nicht für Studenten halten.«

Mehrere Reihen Fernseher vervielfachten die Folgen eines Bombenanschlags in Cocaigne. Die Bilder flackerten in unheimlicher Übereinstimmung mit dem dumpfen Getrommel der Hausband. Sie bekamen einen Tisch und ein paar Getränke. Ein Zwerg namens Red Gwalch trat heran, unternahm einen oberflächlichen Annäherungsversuch bei Sirin und vertiefte sich dann in ein Gespräch mit Nant.

»Ich selbst bin Hierarchist. Das kommt daher, weil ich ein Zwerg bin – wir sind alle zutiefst konservativ.« Er steckte sich eine Zigarette in den Mund. »Einige von uns versuchen so zu tun, als wäre es anders. Ich nicht.«

»Oh, erschreck sie doch nicht so«, sagte Sirin.

Aber Nant biß an. »Dann bist du ein noch größerer Dummkopf! Hierarchisten arbeiten nur zum Wohl von denen ganz oben. Die Kleinen hängt man, und die Großen läßt man laufen! So ist es doch!«

»Ja?« Ein Streichholz flammte auf. Ein Grinsen

schwebte in der Dunkelheit. »Was bedeutet mir dein Schmerz?«

»Sirin?« Jane griff über den Tisch und drückte ihrer Freundin die Hand. »Du mußt mir sagen, was beim experimentellen Aufbau nicht stimmt.«

»Aber …«

»So ist es besser. Wirklich.«

»Es ist auch dein Schmerz, oder er sollte es sein. Es sei denn, du willst groß und elfisch sein, wenn du älter wirst?«

»Sehr schlau. Solche wie du sind mir schon über den Weg gelaufen.«

»Was für welche?«

»Sirin …«

»Ich werde nicht darüber sprechen. Ich werde es nicht tun!«

»Eine, die stundenlang über die Historie der Zwerge spricht, jedoch nicht im Traum daran denken würde, sich mit einem ihrer eigenen Art zu verabreden.«

»Laß dir darüber keine grauen Haare wachsen, kleiner Mann. Du wirst ganz bestimmt jemanden finden, der über deine … Unzulänglichkeiten hinwegsieht.«

»Du bist wirklich ein Miststück, was?« Red Gwalch warf die Zigarette zu Boden und drückte sie unter einem glänzenden italienischen Schuh aus. »Das gefällt mir an einer Frau.« Er streckte eine Hand aus, und Nant nahm sie. Sie gingen hinaus auf die Tanzfläche und verschwanden in dem Gewühl.

»Das ist das letzte, was wir von …«, fing Sirin an.

Die Luft knisterte ahnungsvoll, und ein Elf, der einen quastenverzierten Seidenanzug trug, tauchte neben ihrem Tisch auf. »Meine Damen.« Wenn man ihn ansah, schien er beeindruckend kultiviert und gutaussehend, doch sobald man wegschaute, wirkte er weniger angenehm. »Darf ich mich zu Ihnen setzen?«

Er glitt auf einen Stuhl und streckte einen Arm aus. »Galiagante.«

»Sirin.«

»Jane.«

Als sie seine Hand berührte, drückte ihr Galiagante die Fingerspitzen und drehte ihr die Hand um. Er beugte sich tief darüber und küßte sie leicht auf die Handfläche. Sirin verbarg ein Lächeln.

Sie hatten nicht lange miteinander geplaudert, da kehrte Nant zurück, um ihre Handtasche zu holen. Red Gwalch wartete an der Tür auf sie. Sie warf ihm nervöse Blicke über die Schulter zu. »Ich gehe jetzt nach Habundia zurück.«

»Aber sicher«, sagte Sirin freundlich.

Alle drei sahen ihr beim Weggehen zu. »Sie hat nicht viel getanzt«, kommentierte Jane.

»Ich kann es ihr nicht übelnehmen. Dieser Musikstil ist nicht zum Tanzen geschaffen.« Galiagante lächelte, und es sah aus, als krabbelte etwas unter der Haut seiner Wangenknochen umher. Seine Augen waren fieberglänzend. »Zu jung. Ich kenne jedoch eine Bar, wo die Musik leise ist und man langsam tanzt. Wenn ihr nichts gegen einen kleinen Abstecher habt …«

Er faßte Sirin mit einer Hand beim Ellbogen und half ihr beim Aufstehen.

»He«, sagte Jane. »Das ist nicht der Weg zu den Aufzügen.«

Galiagante lächelte geduldig. »Die öffentlichen Kabinen sind so überfüllt, nicht? Das können wir doch bestimmt besser machen.« Er führte sie zu einer gekachelten kleinen Nische mit einer Reihe ungekennzeichneter Aufzüge und drückte den Rufknopf.

Eine Kabine traf ein. Sie war klein und dunkel und hatte schwarze Ledersitze. Ein gleichmütiger Zwerg in Fahrstuhlführer-Uniform und -Mütze stand an den Bedienungsknöpfen. Sie zwängten sich hinein.

»Lac sans Oiseaux«, sagte Galiagante.

Ohne auch nur zu nicken, schlug der Zwerg die Türen zu. Jane hob sich der Magen, als die Kabine hinabfiel. Galiagante schob einen Ärmel zurück, um zu sehen, wie spät es war, und legte den Arm über die Lehne hinter Sirins Rücken, berührte sie jedoch nicht ganz. Sirin rutschte ein wenig hin und her und arbeitete sich langsam in den Arm hinein. Er schloß die Hand über ihrer Schulter.

Jane war gefesselt. Es war wie ein kleiner Eiertanz zwischen Diplomanten, ein Austausch von Formalitäten, der in einem Bündnis endete. Der Zwerg sah durch einen Schlitz im Glas zu, wie die Stockwerke hinaufstiegen. Galiagante streckte den anderen Arm aus, um Jane ebenso zu umfassen, und das gefiel ihr auch nicht nur annähernd so gut.

»Nun«, sagte sie strahlend. »Was tust du so? Um dir deinen Lebensunterhalt zu verdienen, meine ich.«

»Tun?« Galiagante hörte sich höflich verblüfft an. »Ich tue nichts. Ich schätze, in dem von dir gemeinten Sinne tue ich weniger etwas, sondern bin vielmehr etwas.«

»Wie zum Beispiel?«

»Oh, vielleicht Investor. Erbe. Aktieninhaber. Und du Jane, was – tust du so?«

»Gerade im Augenblick versuche ich herauszubekommen, weswegen meine Experimente immer scheitern.«

»Du bist Forscherin?«

»Wir sind Studentinnen.« Sie übersah Sirins finsteren Blick. »Alchemiestudentinnen.«

»Aha. Ich habe Anteile an einer oder zwei Alchemie-Fabriken. Vielleicht kann ich helfen.«

Der Aufzug fuhr tief, tief hinab, und dennoch beschleunigte er noch immer. Die Kabel winselten und sangen im Hintergrund. Ziemlich sicher mußten sie schon längst unter der Erde sein und zu den Wurzeln der Welt hinabsausen. Jane beschrieb ihre Probleme mit dem Stein der Weisen.

»Wir haben ein sehr ähnliches Phänomen in der Firma«, sagte Galiagante, nachdem sie mit ihrem Bericht fertig war. »Es wird das Grüne-Hand-Syndrom genannt. Es taucht manchmal auf, wenn eine neue Fabrik die Apparaturen für ein kompliziertes, jedoch bekanntes Verfahren zum erstenmal einrichtet. Die Leute bauen sie perfekt auf, doch nichts geschieht. Die Oxide wollen sich nicht reduzieren, die Katalysatoren wollen nicht … katalysieren. Die Techniker zu bestrafen bewirkt nichts. Die Reaktion will einfach nicht ablaufen. Schließlich wird die Geschäftsleitung jemanden einfliegen, der zuvor schon bei diesem Verfahren gearbeitet hat und es einmal durchlaufen lassen wird. Bei *ihm* wird es funktionieren. Anschließend wird es in der neuen Fabrik für immer funktionieren. Aber jenes erste Mal muß es von jemandem durchgeführt werden, der sich sicher ist, daß es funktionieren wird, dem es in Fleisch und Blut übergegangen ist. Es hat etwas mit der Unschärferelation im Quantenbereich zu tun, glaube ich, aber ich würde es nicht beschwören.«

»Dann bin ich aufgeschmissen. Wie kann ich mich dazu bringen, an ein Experiment zu glauben, das fünfmal hintereinander mißlungen ist?« Sirins Aufmerksamkeit war allein auf Galiagante gerichtet; sie sah Jane nicht ein einziges Mal an.

»Das kannst du nicht. Aber es gibt doch bestimmt einen Weg, schlauer als die Apparatur zu sein. Sagen wir, wenn du das nächstemal das Experiment ablaufen läßt, leihst du dir Glasgeräte, die bereits zu diesem Zweck benutzt worden sind. Achte darauf, daß du sie richtig anordnest – ich bezweifle, daß identische Glasrohre untereinander austauschbar sind –, dann müßte es eigentlich funktionieren. Du brauchst Freunde, die gern bereit sind, dir das Nötige zu leihen. Vielleicht könntest du eine neue Ausrüstung gegen eine gebrauchte eintauschen.«

»Wir halten allmählich an«, sagte Sirin.

Im Foyer versperrte ihnen ein Oger im Smoking den Weg und sagte: »Dies ist eine geschlossene Etage, Sir.« Galiagante ließ wie nebenbei eine Goldkarte aufblitzen, und sie wurden vorbeigelassen.

Als erstes fiel Jane an Lac sans Oiseaux auf, daß sie keine angemessene Kleidung trug, im Gegensatz zu Sirin, die zwar nachlässig gekleidet war, aber durchaus mit den anderen mithalten konnte. Hier war man reich, mindestens ein Teggish, wenn nicht sogar noch vermögender, und niemand trug Jeans. Schon allein deshalb, weil sie sich in einer solchen Gesellschaft befand, schmerzte ihr der Magen. Als Galiagante einen Tisch bekam, fiel Jane auf ihren Stuhl und versuchte, unverdächtig auszusehen.

Hinter der Bar stand ein riesiger, von hartem Fluoreszenzlicht erhellter Glastank, wohingegen der übrige Club in Rot und Purpur gebadet war. Ein Pferd ertrank in einem Becken. Beine peitschten Wolken von Blasen auf. Die Augen waren blutunterlaufen und wild. Es machte einen langen Hals und hob voller Qual die Nüstern über die Oberfläche. Ihm zuzusehen war schaudererregend. Die Musik war langsam und gefühlvoll, jedoch gerade laut genug, daß man von dem verzweifelten Kampf des Pferds nichts hörte.

Jane verrückte ihren Stuhl, damit sie es nicht sehen mußte. Galiagante sah amüsiert aus. Ein Kobold brachte ihnen Brandys und wurde fortgeschickt. »Hättet ihr gern eine Coke?«

»Natürlich, gerne«, sagte Jane rasch und widersprach damit Sirin, die den Kopf schüttelte.

Spiegelfrauen mit Tabletts glitten durch die Menge. Weil ihre Oberfläche alles widerspiegelte, was vor ihnen war, konnte Jane nicht sagen, ob sie völlig oder nur zum größten Teil nackt waren. Sie waren eckige Singularitäten, die beim Vorübergehen die Realität krümmten und sie in ihrem Kielwasser unverändert zurückließen. Galiagante schnippte mit den Fingern, und eine von ihnen beugte sich tief über ihren Tisch.

Licht blitzte von einer Brustwarze aus Chrom, als sie das Tablett darbot. Ordentliche Reihen eines Pulvers lagen zum Gebrauch bereit. Galiagante legte die Brieftasche auf den Tisch und beugte sich herab, um zwei Reihen zu schnupfen, eine pro Nasenloch. Sirin und Jane folgten seinem Beispiel. Er hinterließ mehrere Scheine auf dem Tablett.

»Darf ich bitten?«

Sirin akzeptierte den Arm, und sie gingen hinaus auf die Tanzfläche.

Die Brieftasche war auf dem Tisch zurückgeblieben. Sie lag in einem Tümpel aus Licht und schien fast zu atmen, so erfüllt war sie mit Leben. Das Leder war mit einem Schädel und einer Rose tätowiert. Diese kleine Geste, die Brieftasche zurückzulassen, beeindruckte Jane zutiefst. Sie besagte einiges über Galiagantes Mittel.

Sie warf einen flüchtigen Blick hinein.

Elfen waren launisch. Es wäre Wahnsinn, einen auszunehmen. Es würde eine an Selbstmord grenzende Menge Nerven erfordern. Sie nippte an ihrem Getränk. Sirin tanzte natürlich wundervoll, und Galiagante drückte sie eng an sich und murmelte ihr etwas ins Ohr. Ihre Züge waren fein und aristokratisch, und da Jane sie jetzt unter solchen ihrer Art sah, fiel ihr zum erstenmal auf, daß Sirin gewiß von den Tylwyth Teg selbst abstammte.

Die Musik war langsam, und die beiden Tänzer glitten übernatürlich anmutig dahin wie Eisschwäne auf einem Teich. Nach und nach jedoch veränderte sich Sirins selbstgefällige Stimmung, und sie wurde unruhig. Sie stockte. Sie kämpfte anscheinend gegen Galiagantes unnachgiebigen Griff.

Jane sah ihnen nachdenklich zu.

Als der Tanz endete, kehrte Sirin zum Tisch zurück und nahm ihre Handtasche. »Ich gehe zur Toilette. Kommst du mit, Jane?« In ihrem letzten Satz lag der Hauch einer Forderung.

»Wir werden nicht lange wegsein«, warf sie über die Schulter.

Galiagante erwiderte nichts. Er saß da und starrte auf das ertrinkende Pferd, und ein kleines Lächeln flackerte ihm wie eine Flamme auf den Lippen.

»Halt das für mich!« Sirin warf Jane ihre Handtasche zu und schlug die Tür zu einer Kabine zu.

Jane lehnte sich gegen ein Waschbecken und musterte die Reihe von Kabinen. Aus einer ertönten Kotzgeräusche. Rubinabsätze zeigten sich in dem Spalt unter der Tür. Jane ging in die danebenliegende Kabine und schob den Riegel vor.

Auf den Kacheln neben den Knien der kotzenden Elfe lag eine perlengeschmückte Handtasche. Langsam, vorsichtig zog Jane sie mit der Spitze ihres Schuhs näher. Ihre Besitzerin war zu sehr mit ihrer Übelkeit beschäftigt, als daß es ihr aufgefallen wäre.

In der Handtasche war eine Menge Geld. Jane nahm alles heraus und legte die Tasche auf den Boden zurück. Sirins Handtasche enthielt beträchtlich weniger; was jedoch vorhanden war, nahm Jane an sich. Sie riß Sirins Paß für den öffentlichen Aufzug in Stücke.

Einen Augenblick lang trieben die Fetzen in der Toilettenschüssel. Sie spülte sie hinunter.

Als sie heraustrat, stand Sirin vor dem Spiegel und erneuerte ihr Make-up. Ihr Gesicht war aschfarben. Sie packte Jane fest am Arm.

»Wir müssen hier raus. Auf der Stelle.«

»Wovon redest du?«

»Galiagante. Jane, die ganze Zeit über, während wir getanzt haben, hat er mit mir gesprochen, mir Dinge erzählt. Dinge, die … Jane, du kennst mich. Ich bin nicht prüde. Aber einige der Dinge, die er gesagt hat. Über Angelhaken und …« Sie stockte. »Wir müssen raus!« beharrte sie.

»Natürlich. Wir gehen auf der Stelle.«

Sie stürmten durch die Flügeltüren des Clubs und liefen zu den Aufzügen. Sirin drückte den Rufknopf. Sie sah sich ängstlich um. Galiagante war noch nicht aufgefallen, daß sie von ihrem Toilettengang eigentlich längst hätte zurück sein müssen.

»Da kommt einer. Ich höre die Kabel.«

»Für mich kann er nicht rasch genug kommen.« Sirin holte ihre Geldbörse heraus und öffnete sie. Sie verzerrte voller Entsetzen das Gesicht. »Ich habe kein Geld! Wir müssen den öffentlichen …« Mit wachsender Panik durchwühlte sie ihre Handtasche. »Wo ist mein *Aufzugpaß?*«

»Beruhig dich, Sirin.«

»Wir sitzen in der Falle. Jane, du weißt nicht, was er von mir gewollt hat – was er von uns beiden will!«

»Ist schon gut, Sirin. Wirklich.«

»Du kannst es dir nicht vorstellen. Er ist so …«

Der Aufzug traf ein, und ein Zwerg in Livree – nicht derselbe wie vorhin – sah sie finster an. Jane schob Sirin hinein und fauchte: »Überweg zum Bellegarde. Drück mal auf die Tube!« Zu Sirin sagte sie: »Ist schon gut, ich habe genügend Geld, um zu bezahlen. Geht auf mich.«

Sirin brach weinend an ihrer Schulter zusammen.

Weil Jane darauf beharrte, kehrten sie nicht direkt nach Habundia zurück, sondern gingen statt dessen zum Pub. Der Pub war eine Studentenkneipe wenige Etagen unter Habundia. Er war überfüllt, geräuschvoll und sicher. Jane bestellte einen Krug Bier, und Sirin kippte drei Krüge nacheinander weg.

Bier machte Sirin stets rührselig. »Ich bin dir so dankbar. Für den Aufzug, dafür, daß du mich dort rausgebracht hast. Jane, du kannst dir nicht vorstellen, wovor du mich bewahrt hast, was für Dinge er tun wollte.«

»Denk nicht dran. Es ist unwichtig.«

»Nein, wirklich. Was hätte ich ohne dich getan? Ich stehe in deiner Schuld. Alles, was du willst – was ich dir geben kann, ist es dein.« Einen Augenblick lang schwieg sie, dann trat ihr ein kleines feenhaftes Lächeln auf die Lippen. »Nicht, daß ich es nicht gern täte – irgendwann. Aber ich glaube nicht, daß ich jetzt schon dazu bereit wäre.«

Jane starrte in ihren Krug, auf die Blasen, die zunächst langsam und dann mit zunehmender Geschwindigkeit im Bier aufstiegen. Sie glänzten wie winzige Galaxien, jede Blase war ihr eigenes kleines Universum. Sie setzte den Krug an den Mund und tat einen tiefen Zug. Ich bin der Tod, dachte sie, die Zerstörerin von Welten. Laut sagte sie: »Dieser Scheißdreck da, den mir Galiagante von dem Grüne-Hand-Syndrom erzählt hat, der wird nicht funktionieren, oder? Das war einfach nur viel heiße Luft.«

»Nun, es könnte klappen, schätze ich. Es wäre nur nicht sehr praktisch.«

»Worin besteht dann das Geheimnis?«

»O Jane, ich habe dir genügend Hinweise gegeben. Bitte, bring mich jetzt nicht dazu, daß …«

»Du hast gesagt, alles was ich will, stimmt's? Ich hab dich gerettet, erinnerst du dich?«

»Ja, aber ich habe nicht gewußt, daß du mich um *so was* bitten würdest. Es ist einfach nicht erlaubt. Es ist …«

»Pscht.« Jane streichelte Sirins Hand und berührte ihre Knie unter dem Tisch mit den eigenen Knien. Während sie tief in die unsteten Augen blickte, murmelte sie: »Du bist sehr schön.«

»Was?«

Jane war kaum betrunken, und sie verstand, daß ein Gespräch mit einem Betrunkenen große Gesten, grobe Vereinfachungen, leuchtende Primärfarben erforderte. Sie legte die Stirn an Sirins Stirn und flüsterte: »Komm schon, Sirin, ich tät's für dich. Ich bin deine Freundin, nicht wahr? Du kannst mir vertrauen. Tu's!«

Sirin errötete und starrte auf ihre ineinander verschränkten Hände. »Ich mogele. Ich beschönige die Ergebnisse.«

Jane streichelte ihr weiterhin die Finger. Sie kam sich ein wenig schmutzig vor, weil sie so etwas tat, aber ihr blieb wohl kaum etwas anderes übrig. »Sag mir, wie!«

Sirins Blick wurde verschwommen, die Augen wurden milchig weiß, die Pupillen zu winzigen Flecken, die sich dann ins Nichts auflösten. Mit einer heiseren Stimme, die nicht die eigene war, sagte sie: »Kennst du den Unterschied zwischen exoterischer und esoterischer Alchemie?« Jane schüttelte den Kopf. »Was du bislang getan hast, die ganze Laborarbeit, anorganisch wie organisch gleichermaßen, ist exoterisch – beschäftigt sich mit der Umwandlung von Materie. Es ist die äußere Tradition. Kannst du dem folgen?«

»Ja.«

»Esoterische Alchemie ist die innere Tradition. Sie ist die Kehrseite der Medaille. Es gibt keine Seminare für esoterische Alchemie, eine Forscherin muß sie vielmehr notgedrungen auf eigene Faust erlernen. Esoterische Alchemie beschäftigt sich mit der Umwandlung des Geistes. Das läßt sich auf vielerlei Weise bewerkstelligen – durch Schmerz, Entsetzen oder mönchische Disziplin, zum Beispiel –, wird jedoch am einfachsten durch eine genau berechnete Dosis Sex erreicht.«

»Sag mir, wie es funktioniert. Die praktische Seite davon.«

Sirins Stimme war nach und nach härter und tiefer geworden. Es war keine weibliche Stimme mehr. »Das Verfahren besteht aus zwei Teilen.«

»Zwei Teile.«

»Der erste Teil ist esoterisch. Damit ist Sex verbunden. Während du fickst, mußt du das Experiment von Anfang bis Ende, Schritt für Schritt, vor dem inneren Auge ablaufen lassen. Wenn es deinem Liebling kommt, ehe du fertig bist, mußt du von vorn anfangen.«

Jane konnte sich nicht von Sirins kalten Händen lösen. Eine betäubende Energie floß ihr die Arme hinauf und das Rückgrat hinab und kehrte dorthin zurück, wo sie Sirin an den Knien berührte. Es war hypnotisierend. Der Tisch unter ihr verblaßte, ebenso wie der Stuhl, auf dem sie saß. Im ganzen Universum war nichts außer der Stimme und dem Resonanzkreis zwischen Sirin und ihr selbst.

»Der zweite Teil ist exoterisch. Wenn du die Apparatur aufbaust und das Experiment ablaufen läßt, stellst du dir vor, was du getan hast, während du es dir im ersten Teil vorgestellt hast. Wo du deinen Geliebten festgehalten hast, wie du dich gefühlt hast. Das wird eine Feedback-Schleife erzeugen. Du wirst dich erregt fühlen. Aus rein gesellschaftlichen Gründen wird es das beste sein, wenn du diesen Aspekt deiner Arbeit geheimhältst.

Die Erschaffung des Steins der Weisen ist die unterste Ebene der Sex-Magie. Wenn du im exoterischen Lernen Fortschritte machst, wirst du dir raffinierteres esoterisches Geschick aneignen müssen. Für den Augenblick jedoch werden deine simplen animalischen Triebe ausreichen.«

Anscheinend aus dem Nichts hatte sich ein Fenster in Janes Welt geöffnet, und die fremdartige Landschaft, die es zeigte, ergab für sie überhaupt keinen Sinn. Wie konnte das sein? fragte sie sich. Wie konnte das eine das andere beeinflussen? Wo und durch welchen Mechanismus waren sie miteinander verbunden?

Sie erinnerte sich an einen strahlenden Sommertag ohne Wolken und Schatten, der so unmittelbar war, daß sich die Luft anfühlte wie eine Membran über dem Dotter eines Eies, der gleich platzen wollte. Ein Stich mit einer Gabel, und die andere Seite würde hereinsprudeln und die ganze Welt erfüllen. Da war sie sich gewiß gewesen, daß die sichtbare Welt lediglich Oberfläche war, daß tiefere und dunklere Dinge unter der Oberfläche lauerten, Wale, die unter den Gehsteigen sangen, Gesichter, größer als Welten, die hinter dem Himmel Fratzen schnitten.

»Du hast mit großen Geheimnissen geliebäugelt. Paß auf, daß sie dich nicht zermalmen.« Sirins Lider öffneten sich flatternd, und mit ihrer normalen Stimme sagte sie: »Mir ist schlecht.«

Wie die Meereswogen bei Ebbe zog sich die fremdartige Gegenwart zurück. Die Bar schloß sich wieder um sie. Sie war ebenso wirklich wie eine Kiste und ebenso beeinschränkend.

Jane füllte ihren Krug. Als er leer war, genehmigte

sie sich noch einen. Irgendwann sah sie auf, und Sirin war verschwunden. Ein nichtssagender Typ mit freundlichem Gesicht redete mit ihr. Sie erinnerte sich undeutlich, daß er sich als Jake Shake-stick vorgestellt hatte. Er erzählte einen Witz. Sie konnte ihm nicht folgen, aber sie war sich ziemlich sicher, die Stelle zu erraten, wann sie lachen sollte. Es sah so aus, als wäre sie jetzt auf sich selbst gestellt und könnte jede Entscheidung treffen, die sie treffen wollte.

Um Jakes Mund spielte ein hoffnungsvolles, gekünsteltes Lächeln.

Nun ja, dachte sie, er ist so gut wie jeder andere auch. Wie dem auch sei, sie hatte den Empfängnisverhütungs-Spruch getreulich ein Jahr lang gesungen, ohne einen Tag auszulassen.

Es wäre doch eine Schande, ihn so zu vergeuden.

Zwei Tage später führte sie das Experiment erneut durch. Diesmal funktionierte es perfekt.

13

Jane fing Billy Bugaboos letzten Spritzer Samen auf einem Uhrglas auf und zog dann eine bestimmte Menge in eine Pipette. »Ahhh.« Sie verdünnte sie mit Salzlösung und wiegte die Pipette, um die beiden Lösungen zu vermischen. Dann ließ sie einen Tropfen in die Kammer eines Zytometers fallen, schlug einen Abdeckstreifen darüber und befestigte diesen auf dem Objekttisch. »Wollen wir mal sehen, wie die Vorzeichen stehen.«

Billy wälzte sich herum und sah zu, wie sie Jeans und Höschen hochzog und sich über das Mikroskop beugte. Die Laken raschelten traurig.

»Ich versteh dich nicht.«

»Das sollst du auch nicht.«

Ohne das Auge vom Mikroskop wegzunehmen, griff Jane nach dem Büstenhalter auf der Stuhllehne. Sie hakte ihn um den Bauch zu, drehte ihn um und richtete sich kurz auf, um ihn sich umzulegen. Ihre Bluse hing über derselben Stuhllehne. »Mach dich nützlich und knöpf mir die Bluse zu«, sagte sie. Billy gehorchte.

»Ich weiß, daß du andere Jungs hast. Bist du bei denen auch so, oder nur bei mir?«

»Meine Zimmergenossin wird jede Minute aus dem Seminar zurückkommen«, sagte Jane kalt. »Zeit, dich anzuziehen, du Zuchthengst!«

Mit einem Seufzer tastete Billy unter dem Bett nach seiner Hose. Wie ein Storch winkelte er erst das eine, dann das andere Bein an und streckte es wieder, um sie hochzuziehen. Er war ein vergeistigter hagerer Typ und hatte spindeldürre Schenkel wie eine Vogelscheuche. Sitzend stieß er mit dem Kopf fast gegen die Decke. Stehend mußte er sich vornüberbeugen.

Die Türe klapperte in ihrem Rahmen, dann hämmerten Fäuste ärgerlich dagegen. »Das könnte sie sein. Schieb den Riegel zurück, ja?«

Ehe Billy jedoch die Hand zur Tür ausstrecken konnte, wurde die Querblende aufgeschoben. Monkey kletterte hindurch. Ohne zu überlegen packte er sie unter den Armen, schwang sie wie eine Puppe herum und stellte sie auf ihren Schreibtisch. Sie stand dort, und ihr Gesicht wurde dunkel wie eine Kaminkohle. Billy begrüßte sie mit einem Grinsen, das die Zahnstümpfe zeigte und wodurch sich beide Mundwinkel kräuselten. Wenn er am liebenswürdigsten war, so wie jetzt, wirkte er am lächerlichsten. Monkey sah düster an ihm vorbei zu Jane.

»Was zum Teufel hast du dir dabei gedacht, mich aus meinem eigenen verdammten Zimmer auszuschließen?«

Die Vorzeichen in dem Objektträger waren nicht gut. Dann wiederum waren Omen im Teind-Jahr niemals gut. Wenn man eine Probe in einem Spektrophotometer untersuchte – abgeschnittenes Haar, Urin, abgekratzte Hornschnipsel, irgend etwas –, zeigte das resultierende Spektrum unausweichlich einen dicken schwarzen Balken, der das Herannahen des Teind markierte. Selbst wenn man das große Aussieben selbst überlebte, so war die Wahrscheinlichkeit doch groß, daß man jemanden verlor, der einem sehr nahestand. »Ich habe einen Objektträger präpariert«, brummte sie zerstreut. Billy schloß seinen Gürtel und knöpfte sich hastig das Hemd zu. »Konnte nicht zulassen, daß du mittendrin reinplatzt, oder?« Eigentlich sollte sie esoterische Techniken nicht in Zusammenhang mit Indirekter Wahrsagerei anwenden, aber sie ersparte sich dadurch zahllose Stunden, während derer sie sonst in ein Tintenfaß gestarrt oder über den Eigenweiden von Ziegen gegrübelt hätte.

»Du bist seit kurzem eine ganz gewaltige Streberin geworden, Miß Ich-tu-was-ich-will Alderberry.« Monkey hüpfte vom Tisch herab. »Ich erinnere mich nicht, dir die Erlaubnis gegeben zu haben, mein Zimmer für irgendwelche verdammten privaten Treffen zu benutzen.«

»Äh, also, ich muß jetzt los, bin schon spät dran. Muß ins Seminar.« Billy bündelte Schuhe und Socken unter einem Arm. Er senkte ungeschickt den Kopf und ging rückwärts aus dem Zimmer, wie ein Blatt vor dem Sturm. »Tschüs!«

Das Geheimnis erfolgreichen Wahrsagens bestand in der Erkenntnis, daß die Zukunft nicht feststand und daß es keine Möglichkeit gab, sie vorherzusagen. Keine. Man konnte lediglich herausfinden, was bereits uneingestanden existierte. Liebende versprachen sich einander lange vor dem ersten Kuß. Mord war in Freundschaft inbegriffen. Ein Karzinom, das im Röntgenbild wie ein Staubfleck aussah, verhieß Tod. Vieles von dem, was wie ein zufälliges Ereignis erschien, war einfach ein Herausarbeiten von Konsequenzen. Jane kritzelte ihre Beobachtungen in ihrem Laborjournal nieder.

Monkey riß ihr den Bleistift aus der Hand und zerbrach ihn.

Jane schloß die Augen und folgte mit dem inneren Blick dem Siegel von Baphomet. Als sie sich wieder beruhigt hatte, zog sie eine Schublade auf.

»Also gut.« In der Lade befand sich ein Paar Latex-Handschuhe. »Ich hab das nicht gewollt.« Sie streifte sie über. »Aber du hast mir ja keine andere Wahl gelassen, stimmt's?«

Ehre, wem Ehre gebührt: Monkey gab nicht klein bei. In ihrem Erbgut war etwas von einem Gauner, und das Gauner-Gen war ein dominantes Gen. Sie leckte sich nervös die Lippen, als Jane vorgab, eine unsichtbare Schachtel aus der Schublade zu heben. »Du machst mir keine Angst.«

»Schön.« Jane schlug einen Deckel hoch und griff in die Schachtel. »Es funktioniert am besten, wenn du nicht daran glaubst.« Sie holte ein gleichermaßen imaginäres Skalpell heraus und hielt es zwischen Daumen und Zeigefinger hoch, wobei sie es bewundernd einmal so, einmal so drehte.

»Was wirst du damit tun?«

Jane lächelte. *»Das!«*

Sie hieb Monkey die Faust in den Magen. Die kleine Elfin krümmte sich vor Schmerz. Dann war Jane über ihr, achtete nicht auf ihr Gekreisch und drückte sie auf den Fußboden. Sie riß Monkey die Bluse über den Kopf und holte aus einer Tasche eine kleine Blase heraus, die sie eigens für diese Gelegenheit vorbereitet hatte. »Ein wenig höher«, sagte sie und stach mit einem steifen Zeigefinger in den entblößten Unterleib. »Da!«

Sie zerdrückte die Blase.

Blut spritzte. Ein dunkler karminroter Fleck breitete sich über Monkeys Schritt und Bauch aus. Jane trat zurück, in der Hand die zerrissene Blase. Sie sah aus wie ein Hautfetzen. Sie steckte sie in den Mund, als Monkey mühsam aufstand und sich dabei die Bluse herabzog. Jane kaute und schluckte die Blase hinab.

Es war erledigt.

Daraufhin legte Jane rasch und sicher das Skalpell in die Schachtel und stellte beides in die Schublade und damit in die Vergessenheit zurück. Sie streifte sich die Handschuhe ab und warf sie in den Papierkorb. Sie war fertig. Sie lehnte sich an ihren Schreibtisch und wartete, ob ihre Zimmergenossin begriffen hätte.

Monkey stand wieder auf beiden Beinen. »Was zum Teufel hast du da gerade getan?«

»Hoffentlich habe ich mir ein wenig Ruhe und Frieden erkauft.«

»Du hältst mich nicht zum Narren – das war lediglich ein Taschenspielertrick.«

»Glaube, was du willst.«

Monkey hob einen schweren Hefter hoch und näherte sich ihr damit.

»Es gibt nur einen Weg, es herauszufinden.«

Monkey kaute unentschlossen auf der Lippe. Dann schleuderte sie den Hefter angewidert zu Boden und warf sich auf einen Stuhl. »Scheiße.« Vor Wut bestand sie nur noch aus Fäusten und Augen. Dann wich plötzlich jegliche Anspannung aus ihrem Körper. Sie kicherte. Mit gequälter Beiläufigkeit sagte sie: »Ich hab heute einen alten Freund von dir getroffen.«

»Nun ja«, sagte Jane, »so was nenne ich einen klassischen Fehlschuß.« Während sie sich einen Blutfleck vom Kinn rieb, kehrte sie zu ihrem Mikroskop zurück. Aber obgleich sie es mit aller Gewalt versuchte, konnte sie Monkeys Bemerkung nicht verdrängen. Sie nagte in ihr. Schließlich seufzte sie und fügte hinzu: »Wer war es?«

»Ich weiß es, und du mußt's rausfinden.«

Monkeys Stimme war schadenfroh, spöttisch, triumphierend. Sie ließ Jane nicht aus den Augen, während sie einen Zipfel ihrer blutgetränkten Bluse hob und daran saugte.

Jane verbrachte eine lange Stunde damit, den Durchschlag anzustarren, ehe sie sich ans Lesen machte. Das gelbe Papier verblaßte bereits an den Falzstellen. Schlechte Nachrichten kamen stets auf billigem Papier und in grauer Druckschrift. Die Namen und Stichworte waren stets mit einem Farbband der dritten Generation in Großbuchstaben getippt und schwebten ein wenig über der Linie. Sie hatte das Ding etliche Male gelesen und immer wieder gelesen, seitdem sie es gestern erhalten hatte.

```
An:  Magister/Mistreß ALDERBERRY
Von: Büro für Buße und Wahrheit, Zuweisung
     finanzieller Unterstützungen
```

```
In diesen Zeiten steuerlicher Mindereinnahmen
sehen wir uns leider gezwungen, Ausgaben zu
reduzieren oder zu kappen, soweit dies keine
nachteiligen Auswirkungen auf die Qualität
Ihrer Ausbildung mit sich bringt. Daher werden
wir, als Beitrag zur Kostendämpfung, die
Zahlung jener Zuschüsse zu Ihrem Stipendium
einstellen, die von diesem Büro aufgebracht
werden. Wir wissen, daß Sie mit uns einer
Meinung sind, wenn wir der Universität eine
rasche Erholung von ihrer zeitweiligen finan-
ziellen Zwangslage wünschen, und ermutigen Sie
nachdrücklich, die unzähligen Wege zu erfor-
schen, die Ihnen offenstehen, Ihre Ausbildung
über den privaten Bereich zu finanzieren.
Eine Liste Ihrer Verbindlichkeiten wird Ihnen
binnen DREI WOCHEN zugestellt.
```

Janes Ärger war längst abgeflaut. Sie las die Mitteilung nur, weil sie ihre Gewalt ins Leere laufen lassen wollte, weil sie die letzten Spuren von Emotionalität aus sich heraustreiben und sicherstellen wollte, daß sie das, was sie zu tun hatte, ruhig und bedächtig täte. Dann war es an der Zeit.

Die Universitätsbibliothek öffnete ihre Pforten um

Mitternacht und schloß sie im Morgengrauen. Die rationale Erklärung für solch außergewöhnliche Öffnungszeiten lautete, daß sie Dilettanten und Müßiggänger davon abhielten, die Einrichtungen der Bibliothek zu mißbrauchen. Jane hatte den Verdacht, daß dunklere Motive entscheidend waren, aber diesmal war sie einfach froh über die Ungestörtheit in den leeren Korridoren und hallenden Räumen. Über Seitengänge und Eisenwendeltreppen folgte sie einem labyrinthhaften Pfad zu den geheimnisvolleren Bereichen des gesammelten Wissens.

Um das meiste aus der begrenzten Bodenfläche herauszuholen, waren die älteren Magazine mit elektrischen Bücherregalen ausgestattet. Nur eines von zehn Paaren hatte einen Gang zwischen sich; die anderen waren wie altes Mobiliar in einem Vorratsraum zusammengeschoben worden. Jane ging daran entlang, las die Aufschriften, bis sie das gesuchte Regal erreichte, und betätigte einen Schalter an der Seite. Ein verborgener Motor erwachte summend zum Leben. Langsam und unbeholfen schoben sich die anderen Regale von Jane weg, schlossen den vorhandenen Durchgang und schufen Platz für einen neuen, wo sie ihn haben wollte.

Die Bücher waren allesamt alt und vergilbt. Einige wurden von einer Schnur oder durch Gummibänder zusammengehalten, die so alt waren, daß sie bei der Berührung brachen, jedoch nicht abfielen, weil sie sich im Laufe der Jahrzehnte mit den Bucheinbänden verschmolzen hatten. Die wertvolleren Bände wurden in zusammengefalteten säurefreien Pappkartons aufbewahrt, die sorgfältig mit Bändern umschnürt waren. Selbst diese jedoch verrotteten im Kern, blätterten ab, vermoderten unerbittlich wie alle anderen Bücher. Dieser Prozeß war so allgemein vorherrschend, daß Jane ihn riechen konnte, ein herbstlicher Schleier, der an den Regalen klebte wie Rauch von einem fernen Buschfeuer. Alle, ohne Ausnahme, starben nach und nach.

Also war es in keinster Weise ein Akt der Gewalttätigkeit, daß Jane eine Rasierklinge benutzte, um den Sicherheitsstreifen vom Rücken eines bestimmten Bandes abzutrennen.

Ihr Kontaktmann traf sie auf der Zentralebene der Aufzüge. Er trug eine schäbige braune lederne Fliegerjacke mit Aufdrucken aus der Borceliande-Werbung, alte Jeans und noch ältere Stiefel. »Puck Aleshire«, sagte er. »Du hast das Ding?«

»In meiner Handtasche.«

»Denn man los!«

Wie sich herausstellte, war Puck das Vergleichsobjekt ihres alten Seminars ›Vergleichen und Spekulieren‹. Er hatte dunkle, schrecklich ernste Augen und blinzelte fast nicht. Um ihn zum Lächeln zu bringen, sagte Jane: »Als ich dich das letzte Mal gesehen habe, hast du nackt neben einer Leiche gestanden.«

Er sah sie an und sagte nichts.

Schweigend stiegen sie zehn Stockwerke hinauf und schritten über einen Verbindungssteg nach Hindfell, wo sie einen klapprigen öffentlichen Aufzug zur Straße hinunter nahmen. »Warum konnten wir nicht einfach zum untersten Stockwerk hinunter und durch unsere eigene Vorhalle hinausgehen?« wunderte sich Jane.

»Das ist Crip-Territorium. Du hast wirklich keine Ahnung, wenn du nachts ein Crip-Revier durchqueren willst.«

»Oh.«

Hindfells Foyer war öde und leer. Die Schaufenster waren für die Nacht geleert worden, und ein einsamer Zwerg im Rot eines Portiers stand gähnend da und beachtete sie nicht, als sie das Foyer durchquerten. Ein Blatt Zeitungspapier breitete die Flügel aus und machte einen Satz zu Jane hin, als Puck die Tür öffnete, wurde jedoch von einem Seitenwind erwischt und flog gegen eine Mauer. Sie zog ihren Parka fester um sich.

Sie betraten eine dunkle, furchteinflößende Leere. Die Lichter der Straßenlaternen mühten sich vergebens, den Boden zu erreichen. Der regenfeuchte Asphalt spiegelte verschwommen Neon wider. In der Luft hallte das Knurren unsichtbarer Behemoths und das häßliche gackernde Gelächter von Straßenecken-Gnomen in einer nahegelegenen Bar. Irgendwo schwang eine Tür auf, spuckte einen Fetzen Musik aus, schloß sich und verschluckte ihn wieder. Niemand war auf der Straße.

Jane mußte sich beeilen, um mit Pucks langem Schritt mitzuhalten. »Du bist ziemlich grob«, bemerkte sie.

»Und du bist 'n reiches Miststück.«

»Was?«

»Du hast gehört, was ich gesagt habe. Ich kenne solche wie dich. Ihr mit euren Spatzengehirnen und von oben bis unten wattierten Parkas! Ihr lacht doch solche wie mich aus, weil die Ärmel meiner Jacke an den Säumen klaffen und ich jede Arbeit annehmen muß, die mir über den Weg läuft. Nun, ich will dir mal was sagen. Es gibt schlimmere Art, Geld zu machen, als nackt neben einer Leiche zu stehen, wie du es so charmant ausgedrückt hast. Und alles Geld, das ich verdiene, geht für die Bezahlung meiner Ausbildung drauf, nicht weil ich mir ein bißchen zusätzlichen Elfstaub in die Nase schieben will.«

»Ich hab niemals …«

»Sicher, bestimmt.« Pucks Ärger erlosch so rasch, wie er aufgeflammt war. Er zog den Kopf ein. »Vergiß, daß ich irgendwas gesagt habe. Geht mich sowieso nichts an.« Die Schilder über den Geschäften, an denen sie vorüberkamen – AMBROSIUS, GROSSVATER FORELLE, GNOMOLOGICA, DREI SEIDENSCHUHE – strahlten hell, aber die Geschäfte selbst waren hinter ihren verschlossenen Sicherheitsgittern so dunkel wie Höhlen. »Wir sind da.«

Ihr Ziel war ein Steingebäude mit Doppeldach und einer Terrakotta-Zierleiste. Es quetschte sich zwischen zwei Wolkenkratzer – einsamer Geist einer dahingegangenen Ära. Graffitis verschandelten das erste Stockwerk. Fünf leere Bierflaschen drängten sich im Schutz der Stufen zusammen. »Sie erwartet uns«, sagte Puck. Er klopfte.

Die Tür öffnete sich.

Sie betraten einen großen kalten dunklen Raum. Drei Innenwände waren herausgerissen worden. In dem schwachen Licht von der Straße erhaschte Jane einen Blick auf eine Backsteinmauer, Brandflecken, eine verrottende Matratze und einen Sandsteinblock, der doppelt so hoch war wie sie. Der Stein stand nicht weit entfernt von einem gekachelten Kamin.

Die Tür schloß sich und tauchte sie in Schwärze.

Jane war zusammengezuckt. In jäher Panik wurde ihr klar, daß sie nun ganz und gar von Pucks Gnade abhing. Hier konnte ihr alles zustoßen. Sie fragte sich, warum sie so dumm gewesen war, sich in eine solche Lange zu manövrieren.

»Gewöhnlich ist es nicht so schlimm«, brummte Puck. »Scheiße!« Er war mit der Stiefelspitze gegen eine Sodaflasche getreten, die klappernd davonrollte. »He, du alte Säuferin! Wir sind hier – schalt das verdammte Licht an!«

Die Lichtlosigkeit intensivierte die Gerüche: den moderigen Gestank und die Fäule von Matratzen und Tapeten, den Geruch verbrannten Holzes, und darunter lag ein durchdringender schlangenartiger Gestank. Konnten Schlangen in dieser Ruine leben? Jane hoffte verzweifelt, daß sie es nicht konnten.

»Einen Augenblick, bitte!«

Die ausdruckslose geschlechtslose Stimme kam aus dem Herzen der lebendigen Dunkelheit. Etwas klapperte metallisch, dann roch es nach Kerosin, und dann ertönte das *Ratsch!*, mit dem ein Schwefelhölzchen angerissen wurde. Licht flammte auf, blendete und wurde zu einer Laterne, die an einer dürren braunen Hand mitten in der Luft hing. Der Schatten des Sandsteins neigte sich zu ihnen ihn und bog sich dann wieder weg.

»Ihr mögt euch jetzt unserer Gegenwart nähern.«

Hinter der Laterne – Jane mußte die Augen zusammenkneifen, um dort etwas zu sehen – schwebte der Geist eines Gesichts. Pergamenthaut spannte sich über einem fleischlosen Schädel. Es war die Maske eines alten Weibs. Eine hohe Stirn, schwere Lider, von Schatten umgeben. Äonen der Erschöpfung hatten sich in den Winkeln dieser Augen eingenistet. Sie trug einen schwarzen Rollkragen, so daß man den Oberkörper erahnen, jedoch nicht sehen konnte; vom Körper unterhalb der Taille sah Jane nichts. Ein lippenloser Mund fragte: »Wo ist es?«

Der Ausdruck, der sich auf diesem Gesicht ausbreitete, als Jane das Buch aus ihrer Handtasche holte, war ebenso mager und hungrig wie eine Kerzenflamme.

Sie streckte eine Hand aus.

Jane legte die Opfergabe hinein.

Die Kreatur hob das Buch an die Nase und schnüffelte. Sie blätterte darin, riß drei Seiten heraus und stopfte sie sich in den Mund. Sie kaute mürrisch. Beim Weiterblättern zögerte sie über einer anderen Seite, riß diese dann entschlossen heraus und aß sie gleichfalls.

Schließlich riß sie eine Seite des Registers heraus. Nachdem sie alles hinuntergeschluckt hatte, gab sie Jane das Buch zurück. »Der Rest ist für mich uninteressant.« Die braune Hand verschwand und tauchte mit einem Umschlag wieder auf. »Hier ist dein Entgelt. Es wird wohl ausreichend sein.«

Jane stopfte den Umschlag ungeöffnet in ihre Handtasche. Sie zögerte und fragte dann: »Warum tun Sie das?«

»Diese Seiten enthalten einen Namen. Ein Name, von dem ich wünsche, er möge in Vergessenheit geraten.«

»Aber warum haben Sie sie gegessen?«

»Ich zerstöre meine Vergangenheit.«

»Aber warum?«

Mit einem trockenen Geraschel, wie Seide auf Marmor, trieb das Gesicht näher zu ihr heran. Der Mund stand in einer Parodie der Verzweiflung offen, er war angespannt in einer Entschlossenheit, die wahrhaftig zum Fürchten war. »Ich rieche Eisen, kaltes Eisen, schweres Schicksal und Verrat.« Ruckartig hielt sie Jane die Laterne vors Gesicht. »Du bist nicht eines meiner Kinder! Was tust du hier?«

Jane zitterte vor Angst.

Die Laterne wich zurück. »Es spielt keine Rolle. Setz dich an den Herd, und ich werde dir alles erzählen.«

Schatten sprangen umher, als sie die Laterne in den leeren Kamin schob. Aus dem Nirgendwo holte sie zwei kleine Stühle. »Verdammte Zeitverschwendung«, knurrte Puck, als er und Jane sich auf die ungemütlichen Stühle setzten. Eine kalte Brise wehte aus dem Kamin, ohne irgendwelchen Ruß aufzuwerfen. Es war lange Zeit her, seitdem darin ein Feuer gewohnt hatte.

Ihre Gastgeberin setzte sich nicht.

»Die Dinge sind nicht das, was sie einmal waren«, sagte sie. »Ich bitte dich, dir ein Zeitalter vorzustellen, da es keine Wohnungen gab, die höher als ein langer Speer waren, keine Maschinen, die komplizierter als ein Webstuhl waren, keinen Kalender außer dem Mond selbst. Es war eine Zeit, da alle Frauen in Harmonie miteinander lebten.«

Puck schnaubte.

»Was war mit den Männern?« fragte Jane.

»Es gab keine Männer. Wir hatten sie noch nicht erfunden.« Das Gesicht drehte sich dem Sandstein zu. Der Stein reflektierte kein Licht, sondern trank alles in sich hinein, eine bedrohliche Düsternis in der Düsternis. »Diese Sünde habe ich begangen, die Trennung der Frauen in männlich und weiblich. Es war die erste Sünde und die gräßlichste, denn sie war es, die das Rad in Bewegung gesetzt hat.«

Die Tür eines Schränkchens öffnete sich klickend, und sie holte eine geschliffene Glaskaraffe heraus und schenkte sich einen Drink ein. Mit einer Zange nahm sie Eis aus einem Behälter und setzte dann den Deckel wieder auf. Anmutig glitt sie zu dem Sandstein und umkreiste ihn dreimal. Jedesmal wenn das Gesicht und die Hände wieder auftauchten, hatten sie sich in dem Dämmerlicht höher gehoben. »Damals war ich mächtig, ja, und schöner, als du es dir vorstellen kannst, so schön und bleich wie die Dame Tod. In jenem längst vergangenen Zeitalter hatten wir weder Herrscher noch irgendeine andere Autorität außer der Ehre des Alters, aber meine Stellung war groß unter den Mächtigen, und zu meiner Vollendung machte mich der Rat der Sieben zu ihrer Lamia.«

Sie wartete, bis Jane sagte: »Ich weiß nicht, was eine Lamia ist.«

Ein Geraschel wie trockenes Zeitungspapier. Das Gesicht hob sich noch höher. »Es war ein sehr bedeutender Titel, Kind. Und eine große Verantwortung. Denn damals beherrschten wir Zauberkünste, an die sich dieses traurige und desillusionierte Zeitalter nicht einmal erinnern kann. Mit diesen beiden Händen« – sie hielt sie mit den Handflächen nach oben – »konnte ich den Bergen befehlen, sich zu öffnen, und den Meeren, sich zu teilen. Ich rief Sterne zur Oberfläche der Erde herab, so daß ich mit ihnen wandeln und reden und solchermaßen lernen konnte.

Niemand starb in jenen Tagen. Dafür bestand keine Notwendigkeit.«

Rasselnd und knisternd sprang ein elektrischer Heizlüfter zu Janes Füßen an. Überrascht sah sie hinab. Die Heizelemente glühten in roten Kreisen und warfen ein blasses karminrotes Licht an die Wand. Ein Fleck auf der Tapete schrumpfte ins Nichts. Jane waren ein paar Worte entgangen. »... habe ich zunächst nicht darauf gehört. Es war lediglich eine müßige Vorstellung, eine Stimme im Hinterkopf.«

Eine Seite von Janes Körper war kalt und die andere übermäßig warm. Der Geruch nach Kerosin war überwältigend. Die Laterne flackerte, und der Sandstein schien zu entflammen, als wüchsen ihm graue Schmetterlingsflügel. Vor Janes verschwimmendem Blick waberte er zwischen zwei unvereinbaren Formen hin und her, zwischen Monolith und zweischneidiger Axt.

Eine große Erschöpfung überkam Jane. »Es schien mir unmöglich, daß das Böse einem so einfachen Vorgang entspringen sollte«, sagte die Lamia. Jane fiel es schwer, der Bedeutung des Gesagten zu folgen. Sie gähnte, drückte sich die Augenwinkel und schüttelte den Kopf. Ganz langsam lullte die ruhige monotone Stimme sie in einen halbträumerischen Zustand ein, worin es ihr vorkam, als löste sich der Raum ins Nichts auf und ließe nur den Sandstein unverändert.

In ihrem Traum stand Jane auf einer leuchtenden Ebene, und die Lamia war wieder jung geworden. Von der Taille abwärts war sie eine Schlange. Den

Schwanz hatte sie dreimal um den Stein geschlungen. Aber so schön war sie, so unschuldig nackt, und sie roch so süß, daß Jane sich nicht im geringsten ängstigte. Die Schuppen waren so hell wie Jade und glitzerten in der Sonne. Die Augen waren grün und blinzelten nicht.

»Wo bin ich?« fragte Jane.

Die Lamia über ihr sagte: »Dies ist der Omphalos, die ruhende Drehachse. Die ganze Welt dreht sich darum. Je weiter du dich vom Zentrum entfernst, desto rascher und weniger erträglich wird die Bewegung. Desto leichter ist es zu stürzen. Sieh dich um!«

Jane sah sich um. Zu allen Seiten fiel die Welt vom Sandstein weg. Sie sah bis an ihr äußerstes Ende. Breite Schnellstraßen liefen wie Fäden zu Städten, die wie eine vollkommene Miniatur angelegt waren, und jenseits davon waren Berge, Ozeane und Eis. Es sah genauso aus wie die Tableaus aus Gips und Flechten, die die Geomantik-Studenten im zweiten Semester jedes Jahr anfertigten, um Themen wie ›Elektrizität im Dienste der Industrie‹ oder ›Eine Allegorie zur Erleuchtung der Massen‹ zu illustrieren. »Sie ist rund!« rief sie. »Die Welt ist rund!«

»Sie ist rund, weil sie nur eine Illusion ist. Die Welt existiert nicht – nicht in irgendeinem bedeutenden Sinn – und nimmt daher die Form der Veränderung an.« Jetzt drehte sich die Scheibe, drehte sich langsam, jedoch erkennbar, unter der wolkenverhangenen Schüssel des Himmels. »Dies ist die sichtbar gemachte Veränderung – was die Weisen das Rad nennen. Du siehst jetzt unsere Existenz, wie sie die Göttin selbst sieht.« Jane wurde allmählich schwindelig. Rasch lenkte sie den Blick vom Horizont weg. Trotzdem war ihr noch immer flau im Magen.

Die Stimme der Lamia klang jetzt wild und unwirklich. »Ich war es, die das Rad durch meinen Stolz und meine Torheit in Bewegung gesetzt hat, und also wurde ich bestraft, dazu verdammt, daß meine Kinder auf zwei Beinen laufen sollten, dazu verdammt, daß mich meine Nachfahren schmähten und nicht mehr an mich glaubten, und die grausamste Strafe war, daß ich zur Unsterblichkeit verdammt war, so daß ich die Konsequenzen meiner Tat sehen konnte.« Die Länder drehten sich rascher. Jane stolperte, fing sich wieder. »Als eine Gnade, die nur etwas weniger grausam als die Strafe selbst war, wurde mir versprochen, daß mir eines Tages, wenn ich die letzte Spur meiner Existenz vernichtet hätte, ein Ende gewährt würde. Aber dieser Tag liegt noch weit, weit dahin.«

Kreischende Winde erhoben sich von den wirbelnden Landen. »Inzwischen dreht sich das Rad. Die Niedrigen werden erhoben, und die Mächtigen werden erniedrigt. Die Besten werden unausweichlich besiegt, und der Abschaum steigt stets an die Spitze. Hier liegt die Quelle allen Schmerzes der Welt, im rastlosen Kreisen, in der steten Beschleunigung, die uns immer wieder dorthin dreht, woher wir gekommen sind, jedoch älter, verändert, von Narben bedeckt und voll des Jammers. Hätte ich nur die Identität des Flüsterers erkannt, ich hätte niemals auf ihn gehört. Das Rad wäre nicht in Bewegung gesetzt worden.«

Jane drückte fest die Augen zusammen. In ihrem Kopf drehte sich etwas wie ein Mühlrad. Sie stolperte einen Schritt näher auf den Stein zu und sank in die Knie, damit sie nicht stürzte. »Wessen Stimme war es?« schrie sie. »Wer hat dich in Versuchung geführt?«

»Wer, in der Tat? Wer war es, die mich dafür bestrafte, daß ich auf sie gehört habe? Wer bestimmte, daß das Rad in Schwung gesetzt werden sollte, und wer entschied, daß die Schuld hierfür die meine wäre? Das war ein und dasselbe Wesen.«

»Wer?«

Die Stimme der Lamia wurde sehr ruhig.

»Nun, die Göttin natürlich. Wer sonst würde so etwas wagen?«

Jane streckte die Hand aus, um sich am Stein abzustützen. In dem Moment, da die Finger ihn berührten, hörte das Umherwirbeln auf. Ihre Benommenheit war verschwunden.

Ruckartig öffnete sie die Augen und ließ den Blick über die Lamia wandern. An der vollkommenen Geometrie des Schwanzes entlang. An der leichten Schwellung und dem Bogen des Unterleibs vorüber. Vorüber an den korallenroten Halos, die die Brustwarzen umgaben. In das Universum der Augen, die schwarzen Löcher der Pupillen.

Die Lamia lächelte. Es war ein warmes und selbstsicheres Lächeln, ein Lächeln, das aus dem Kern ihres Wesens brannte. »Du begehrst mich.«

»Ja«, sagte Jane verwundert. Sie hatte sich nie zuvor vom eigenen Geschlecht besonders angezogen gefühlt. Jungen waren ihr stets interessanter erschienen. Aber an der Lamia war ein unwiderstehliches androgynes Etwas, als wäre sie alles, was Jane am männlichen ebenso wie am weiblichen Geschlecht attraktiv fand.

»Dann küsse mich.«

Die Lamia senkte den Mund zu Jane herab. Die feuchten Lippen teilten sich und zeigten eine rosafarbene Zunge. Während ihr das Herz flatterte wie ein Vogel zwischen zwei Händen, streckte sich Jane verlangend und hilflos ihr entgegen.

»Hör auf damit, blöde Kuh!«

Puck packte Jane an den Schultern und zog. Sie stolperte über eine Ottomane und fiel rücklings zu Boden.

Die Lamia war wieder alt geworden, alt und widerwärtig. Ein Ausdruck milden Bedauerns flackerte über die Maske ihres Gesichts; ein ganz kurzer Augenblick nur, und dann war er wieder verschwunden. Sie verschränkte die Arme, wodurch sie die Hände dem Blick entzog.

»Wir gehen«, sagte Puck fest.

»Ich werd das Licht für euch einschalten.«

»Spar dir die Mühe.«

Puck zog Jane hoch und steuerte sie aus dem Raum. Während ihres Traums hatte sich das Gebäude geheilt. Nun standen die Innenwände wieder und waren mit Wollbehängen bedeckt. Sie schritten durch Zimmer, die elegant tapeziert und gemütlich eingerichtet waren. Als sie heraustraten, waren die Bierflaschen vom Treppenabsatz verschwunden. Die Graffitis waren vom Stein verschluckt worden.

»Sie ist total übergeschnappt«, sagte Puck, als sie wieder auf der Straße waren. »All die abgedrehten Geschichten. Obwohl dieses Kunststückchen allem die Krone aufsetzt. Wenn ich das Geld nicht so dringend brauchen würde, würde ich...« Er stieß einen angewiderten Laut aus. Ohne den Schritt zu verlangsamen, klappte er eine Fliegerbrille auf und setzte sie auf. Neonfarbene Regenbögen huschten über die schwarzen Glasoberflächen. Sie verliehen ihm einen finsteren insektenhaften Ausdruck. Zu dieser späten Nachtstunde hätte er damit blind sein müssen, aber sein Schritt war sicher und entschlossen.

»Was hat sie zu tun versucht?« fragte Jane zögernd. Sie war noch immer leicht benommen, war unsicher, was wirklich war – die Welt, wie sie sie jetzt sah oder wie sie ihr die Vision der Lamia enthüllt hatte.

Es war spät genug, daß die Grigs und Gaunts in großer Zahl draußen waren. Sie stiegen aus den Luftschächten der U-Bahn, den Service-Tunnels und Abwasserkanälen, bildeten kleine Cliquen an den Laternenpfählen und beobachteten die Vorgänge von einer Türschwelle aus. Ein Wolfsjunge starrte Jane an, während er an einem Finger kaute. Er spie einen Fingerknöchel aus, als sie vorübergingen. »Du weißt es nicht?« fragte Puck. »Sie wollte ...«

»He, alter Studi!« Ein Behemoth wurde langsamer, hielt neben ihnen an, und ein grauhaariger alter Troll steckte den Kopf aus dem Fahrerhaus. Er grinste hämisch zu ihnen herab und zeigte braune Zähne und einen gräßlichen Gaumen. »Wie kommt's, daß sie dich noch nicht rausgeworfen haben?« Er sah Jane an. »Sehe, du hast 'ne neue Freundin.«

»Der Böse Tom.« Pucks Grinsen war lauernd und unaufrichtig. »Wie lautet die frohe Botschaft?«

Sie schlugen die Hände ineinander, und Jane erhaschte einen Blick auf ein kleines plastikumhülltes Päckchen, ehe es in der Tasche ihres Begleiters verschwand. Der Troll fuhr sich mit einer Hand über den braungefleckten Kopf und sagte mit gesenkter Stimme: »Es geht das Gerücht, das Gift sei in Umlauf.«

Puck trat einen Schritt von der Bordsteinkante zurück. »O nein. Diesen Scheißdreck faß ich nicht an.«

»Niemand verlangt von dir, daß du was anfaßt«, sagte der Böse Tom gereizt.

»Such dir einfach jemand anderen.«

»Okay, okay.«

»Mit dem Geschäft hab ich nichts am Hut.«

»Nein? Nun, zu dumm. Da steckt 'ne Menge Geld drin.«

Der Behemoth schnaubte ungeduldig, und der Böse kuppelte aus und jagte den Motor hoch, um ihn auf Touren zu halten. Er blinzelte Jane zu. »Muß jetzt los – wir bleiben in Verbindung, hörst du?«

Als der Behemoth verschwunden war, fragte Jane: »Was ist dieses Gift?«

»Schlechte Nachrichten. Möchte da nicht drin verwickelt werden.«

Schweigend kehrten sie nach Hindfell und über den

Überweg nach Bellegarde zurück. Als sich Puck bei den Aufzügen abwandte, sagte Jane: »Da ist was, das ich klarstellen möchte. Ich bin kein reiches Miststück, wie *du* es so charmant ausgedrückt hast.«

Puck brauchte einen Augenblick, bis ihm sein Kompliment von vorhin wieder einfiel. Dann blickte er finster drein. »He, ich hab gesagt, es tut mir leid.«

»Du hörst mir jetzt zu! Ich bin dank eines Stipendiums hier, okay? Ich habe keine andere Einkommensquelle. Keine Mäzene, keinen Job, keine Ersparnisse, gar nichts. Nur mein Stipendium, und das hat mir die Universität gerade gestrichen. Also muß die Kasse klingeln. Das Geld muß von *irgendwoher* kommen.«

»Aber deine Kleider ...«

»Ich habe sie gestohlen. Dieser Kleider sind hübsch, denn wenn du etwas stiehlst, kannst du auch gleich in die vollen gehen, stimmt's? Das solltest du einfach nur wissen. Ich bin nicht reich oder so was. Ich tue einfach mein Bestes, um über die Runden zu kommen.«

»He, ich auch.« Puck hörte sich erstaunt an. »Ich meine, ich hab nicht gerade das Zeug für ein Stipendium, aber meine Ausbildung bedeutet mir sehr viel. Ich gehe auf die Uni für Pharmakologie. Ich mach diesen ganzen Mist nur, damit ich das bezahlen kann.«

»In Ordnung also. Wir haben uns jetzt verstanden.« Jane wollte sich abwenden. Sie zitterte ein wenig, ob jedoch aus Ärger oder wegen der nachträglich empfundenen Angst, das wußte sie nicht.

Aber Puck zögerte zu gehen. »Ähm, hör mal. Vielleicht würdste mal irgendwann mit mir ausgehen? Wir könnten vielleicht tanzen gehen.« Er sah den Beginn eines Kopfschüttelns und klopfte sich leicht mit den Fingerknöcheln auf die Stirn. »Was bin ich für ein Idiot – ich habe dich ja noch nicht bezaubert.« Er grub in seinen Taschen, schlug sich auf die Jeans, steckte die Hände tief in die Jacke. »Das hier wird dir gefallen. Nichts ist einer narrensicheren Bezauberung je näher gekommen. Wenn ich sie nur … Ah, ja. Hier ist sie.« Aus der Jacke holte er die Illusion einer Rose. Die Blütenblätter waren von einem Rot, das tiefer als das Rot des Blutes war, und hatten purpurfarbene Strähnen. Sie waren schwach, jedoch merklich durchsichtig.

Er verbeugte sich tief und präsentierte sie ihr.

Als sie die Finger um den Stengel schloß, verblaßte die Rose ins Nichts. Und Puck hatte recht gehabt. Jane war bezaubert.

»Also, wie wär's?«

Er steckte die Brille in die Tasche und sah ihr tief in die Augen. Seine Ernsthaftigkeit war nicht mißzuverstehen. Wider bessere Einsicht merkte Jane, daß sie Puck mochte. Unter seinem rauhen Äußeren war er ein braver Kern. Mehr als das: sie fühlte sich mächtig zu ihm hingezogen. Etwas in ihr reagierte auf seine Gegenwart.

»Nein«, sagte sie.

Jane war noch immer ein wenig high, als sie von Jenny Greenteeth' Studentenfete zurückkehrte. Der Radiator zischte und klapperte und blies kleine Tröpfchen aus dem Luftschlitz.

Es war ein kalter Herbstnachmittag. Die Stadt draußen vor dem Fenster sah langweilig und träge aus. Weit in der Ferne blähten sich Wolken wie eisendunkle Amboßköpfe. Davor schossen schwarze Flecken davon, Sturmhexen auf der Flucht. Einige wenige ledrige und nasse Eichenblätter, von irgendeinem Wind hochgeweht, klebten an der Scheibe.

Jane zog die Vorhänge zu und entkleidete sich in dem gedämpften Licht. Monkey war auf Exkursion und würde erst spät am morgigen Tag zurückkehren. Jane legte sich aufs Bett und fing an, sich zu berühren. Sie streichelte sich ohne Mut die Brüste und ließ die

Handfläche den Bauch hinablaufen. Zunächst dachte sie an Puck, und dann dachte sie an überhaupt nichts.

Träge sah sie zwischen den Brüsten hinab, über die schwellende Ebene des Bauchs hinweg. Üppiges Haar wuchs dicht auf dem runden Hügel der Scham. Manchmal gefiel ihr die Vorstellung, es wäre ein Wald, und sie, die winzigste aller Forscherinnen, wanderte hindurch. Ihre Finger glitten zur Öffnung ihres Labyrinths hinab, verspürten Feuchtigkeit und verweilten. Es war ein Zauberwald, völlig still. Nicht einmal Vögel sangen in den Zweigen. Sie wanderte hindurch und blickte sich verwundert um. Die Finger bewegten sich etwas rascher. Alles war verstummt, erwartungsvoll, wartend. Die Finger wurden langsamer. Sie neckten die Klitoris. Weit voraus war eine Erhebung. Ganz gemächlich ging sie auf Umwegen durch den Wald darauf zu.

Jane phantasierte und war sich zugleich des Schlafraums um sie her, des Betts unter ihr und der Decke über ihr bewußt. Während sie mit ihrem Knöpfchen spielte, war ihr, als stiege sie auf, als schösse das Bett unter ihr mit zunehmender Geschwindigkeit hoch, direkt in den Himmel. Das Zimmer fiel zurück, die Universität, die Stadt und all ihre Gebäude zerkrümelten, stürzten ein, und es ging weiter, weiter.

Die Decke pochte und spannte sich, wurde immer dünner. Die ersten Sterne des Abends strahlten durch den verschwindenden Schleier. Immer mehr wurden es, immer dichter standen sie beieinander. Jane keuchte und wand sich auf dem Bett. Die Laken unter ihr schoben sich zusammen. Rascher jetzt. Der Himmel wurde purpurfarben.

Sie schwebte.

Mit einem gesteigerten Gefühl der Erwartung lief sie den Hang hinab. Zu beiden Seiten flogen Bäume vorüber. Rascher und rascher, im Takt mit der drängenden Bewegung der Finger, lief sie; eins mit der Jane, die, Welten entfernt, in den Himmel schoß. Sie erreichte die Hügelkuppe und schaute verwundert und ungläubig hinab.

Da unten war ein Landhaus.

Ein niedriges Haus, weiß und fremdartig im Aussehen, und obgleich sie mit Sicherheit noch niemals ein derartiges Gebäude gesehen haben konnte, war es ihr vertraut wie ein immer wiederkehrender Traum. Ein fensterloses Außengebäude stieß an das Haus. Es hatte jedoch eine Tür, die eine ganze Wand ausfüllte. Eine kurze Straße, ebenso breit wie die Tür, führte zu dem Gebäude. Auf dem Dach war etwas, das eine Fernsehantenne sein mußte, denn es fehlten die Schutzhexen, die ein Blitzableiter hätte.

Bezaubert folgte Jane langsam einem gewundenen Pfad zur Hintertür. Diese öffnete sich auf einen Stoß hin, und Jane betrat die Küche. Herzzerreißend vertraute Gerüche hüllten sie ein.

Eine Frau war dort, und während ihr die Vernunft sagte, daß die Frau eine völlig Fremde sein mußte, hüpfte bei ihrem Anblick dennoch etwas glücklich in Jane hoch. Die Frau saß an einem einem Tisch mit Plastiktischtuch. Sie hielt verzweifelt den Kopf gesenkt. Neben dem einen Ellbogen standen eine Flasche Whiskey und ein halbvolles Glas. Neben dem anderen Ellbogen stand ein Aschenbecher.

Jane trat auf Zehenspitzen ein, sie hatte Angst zu sprechen, doch sie mußte einfach näher treten. Die Frau – das lockige Haar war dunkel, halblang geschnitten – hörte sie nicht.

Jane berührte sie am Ellbogen. »Mama?«

Mit einem kleinen spitzen Schrei sah ihre Mutter auf.

14

Monkey war in Janes verstecktes Lager eingedrungen. Es befand sich in einem Pappkarton unter dem Bett. Darüber lagen als Tarnung alte Strumpfhosen. Monkey hatte ihn herausgezogen, den Inhalt auf den Fußboden gekippt und darin herumgesucht. Wütend machte sich Jane daran, die Sachen aufzuheben. Da war das Buch, das sie für die Lamia gestohlen hatte. Sie hatte es eines baldigen Tags in die Bibliothek zurückbringen wollen. Weiterhin das Paket von Kreditkarten und Ausweisen, die sie aus Galiagantes Brieftasche geklaut hatte, die Pfeife, Haschisch und das Babyöl, das sie in Reserve hielt, bis sie Zeit und Abgeschiedenheit dafür hätte, sowie ein paar wertvolle Überbleibsel aus ihren Tagen mit Peter und Gwen. Nichts fehlte. Monkey hatte herumgeschnüffelt, um an Informationen zu kommen.

Die Schachtel barg keine Geheimnisse für Monkey. Jane hielt ihre Sachen nicht deshalb versteckt, weil sie ihre Entdeckung befürchtete, sondern weil sie ihr viel bedeutete und sie nicht wollte, daß jeder mit seinen schmutzigen Pfoten darin herumwühlte.

Jedoch war Jane selbst in ihrem Ärger unwohl. Etwas war im Gang. Monkey plante Unheil. Jane wußte, wie die Gedanken ihrer Zimmergenossin arbeiteten – das hier war eine Botschaft.

Auf dem Flur ertönte brüllendes Gelächter. Zu Ehren der Jahreszeit schmückten die anderen Habundianerinnen ihre Türen mit Kteis-Myrthenkränzen.

Später würden sie den Kadaver eines Schweins in Stücke reißen und sein Blut auf alle Schwellen verspritzen. Jane würde sich ihnen nicht anschließen. Dieser Tage war ihre Stimmung zu düster für derartige harmlose Vergnügungen. Dunkelheit und Kälte hatten ihr die Klauen tief in den Geist gesenkt. Sie hatte noch nie einen Winter erlebt, der so lange gedauert hatte.

Sie zog die Blende hinunter, warf die Kleider ab, schüttete sich Babyöl über den Körper und verschmierte es. Mit dem dritten Streichholz gelang es ihr, die Haschpfeife anzuzünden. Da sie so zerstreut war, brauchte sie fast eine Stunde, ehe sie sich woandershin transportieren konnte.

»Erzähl mir was von dir selbst.« Jane holte ihre Mutter ein, die in der Abenddämmerung an einem Flußufer entlangging. Sie verschränkte verlegen die Hände hinter dem Rücken. Ihre Mutter schritt mit verschränkten Armen dahin. Keine hatte den Mut, der anderen die Hand entgegenzustrecken.

»Nun … ich bin Kosmetikerin. Frank und ich haben uns vor sieben Jahren endgültig getrennt. Jetzt lebe ich zumeist allein.« Sie lachte kurz. »Hört sich recht bescheiden an, wenn man es so ausdrückt, nicht wahr? Ich mach einige freiwillige Dienste im Krankenhaus.«

»O Mama.« Sie sah auf die Steine hinab, die unter ihr vorbeistrichen, blickte auf die Reihen von Treibholz, zerbrochenen Fläschchen und Getränkebehältern aus Plastik, die die Grenze der leichten Flut am Oberlauf des Flusses markierten. So viel wollte sie ihre Mutter fragen: Wie war dir zumute, als ich verschwunden bin? Was ist deiner Ansicht nach geschehen? Hast du mich gesucht, und wo hast du mich gesucht, und wann hast du schließlich aufgegeben? Irgendwie jedoch war sie außerstande, eine dieser Fragen zu stellen. Sie schienen einfach nie zueinanderzufinden.

»Ist das eine neue Bluse?« fragte ihre Mutter plötzlich.

»Was ist daran falsch?«

»Nichts ist daran falsch. Warum muß immer etwas falsch sein? Nur, hältst du sie nicht für ein wenig schlicht? Du könntest so hübsch aussehen, wenn du nur ein bißchen mehr auf deine Kleidung und dein Make-up achten würdest. Du hast die Knochenstruktur dafür.«

»Sieh mal, ich habe viele Freunde. Über Mangel an Aufmerksamkeit kann ich mich nicht gerade beklagen, okay? Also fangen wir nicht wieder mit dem Make-up an.«

Die Stimme ihre Mutter wurde scharf. »Du läßt dich doch nicht etwa von ihnen ausnutzen, oder? Das ist das eine, was ich bedauere, daß ich mich nicht für die Hochzeitsnacht aufgespart habe. Sieh mich nicht so an. Wenn sie mit dir tun können, was sie wollen, respektieren sie dich hinterher nicht. Selbst dein Vater war so. Ich bin davon überzeugt, wenn du ... oh, schon gut.«

Auf der anderen Flußseite entlud ein Tanker, der in dem Dämmerlicht geheimnisvoll wirkte, seineÖlladung. Sie blieben stehen, um ihn zu betrachten. »Mama, ich habe nachgedacht. Vielleicht solltest du nicht soviel trinken.«

Ihre Mutter starrte das Schiff an und sagte nichts.

»Hör mal, Mama. Ich glaube, ich werde dich eine Weile lang nicht besuchen können. Die Examensprüfungen stehen bevor. Ich werde fürchterlich viel zu tun haben. Es mag sein, daß ich dich vor Winterende nicht mehr besuchen kann. Erst wieder irgendwann im Frühjahr.«

Ihre Mutter schüttelte den Kopf, sie hörte noch

immer nicht zu. »Diese Träume sind so beruhigend für mich«, sagte sie. »Du kannst dir das nicht vorstellen. Selbst im Wissen, daß sie nicht wirklich sind, habe ich immer irgendwie das Gefühl, daß sie es auf einer gewissen Ebene doch sind. Ich fürchte, ich drückte mich nicht sehr klar aus.«

»Es sind keine Träume, Mama.«

»Pscht, Jane.«

»Eines Tages werde ich wirklich hier sein. Daran arbeite ich jetzt, lerne alles, was ich lernen kann. Eines Tages werde ich heimkehren.«

»Tu's nicht.« Janes Mutter weinte leise. »Tu's nicht, oh, tu's nicht. Tu mir das nicht an.«

Da spürte Jane ein unbeschreibliches Gefühl von Liebe und Schuld in sich aufwallen. Ohne nachzudenken griff sie nach ihrer Mutter und stieß die Flasche Babyöl um. Die Verschlußkappe flog durch das Zimmer, und das Öl verursachte eine solche Schweinerei, daß sie Stunden brauchte, alles wieder zu säubern.

»Hoch mit dir, alter Stein!«

Dr. Nemesis schlug mit einer Rute aus Eschenholz auf einen grauen Felsbrocken. Die Rute zersplitterte. Die Studenten ihres Seminars beugten sich über den Tisch und hielten den Atem an.

Der Stein hob sich, wobei sich sein Umriß verformte. Er hatte noch nicht ganz abgehoben, da erstarrte er wieder, ein halb ausgeformtes Ding, dem das kritische Auge vielleicht eine Neigung zum Anthropomorphismus nachsagen konnte, jedoch sonst nichts weiter.

Während sie die Eschenstabsplitter auf den Fußboden fegte, fragte Dr. Nemesis: »Was haben wir bewiesen?« Ihr strenger Blick flog über die Studenten. Keiner begegnete ihm. »Miß Greenteeth. Antworten Sie sofort!«

»Daß Stein härter als Holz ist«, erwiderte Jenny und ließ es darauf ankommen. Oft genug gab sich Dr. Nemesis mit einer unwissenschaftlichen Antwort zufrieden, wenn sie nur genügend witzig war.

»Das trifft gewiß nicht auf Ebenholz und Bimsstein zu«, fauchte Dr. Nemesis. Der faulige Gestank ihres Mißfallens traf die verschreckten Studenten wie ein Schlag. »Miß Alderberry. Denken Sie weiter darüber nach!«

»Wir haben demonstriert, daß alles lebendig ist.« Dr. Nemesis runzelte die Stirn, und Jane korrigierte hastig ihre Antwort. »Daß in aller Materie Leben implizit vorhanden ist. Selbst jene Dinge, die uns inert erscheinen, sind es nicht, sondern sie schlafen bloß.«

»Erläutern Sie Ihre Behauptung anhand eines Beispiels!«

»Äh … nun, die *vis plastica* zum Beispiel. Ihr Einfluß ist lebensspendend, und Stuten und Mutterschafe, die auf den Weiden mit dem Rücken dazu stehen, werden mit neuem Leben befruchtet. Wenn sie über das Gesicht einer Klippe streift, erweckt sie im Oberflächengestein das Verlangen nach komplexer Form, und es fließt zu den Abbildern wunderlicher Tiere, Schädel, Knochen und eingerollter Schlangen zusammen. Unwissende halten das für archaisches Leben, das in den Stein gezaubert wurde. Dann kommt ein Wind auf, und der lebensspendende Einfluß ist verschwunden, der Stein kehrt zu seinem normalen niedrigen Metabolismus zurück und fällt wieder in Schlaf.«

»Inwiefern beweist dies Ihren Fall?«

»Weil wir wissen, daß nichts mit Eigenschaften versehen werden kann, die es nicht besitzt. Purpurfarbenes Licht, das durch eine rote Linse fällt, kann durch das Entfernen seiner blauen Komponente rot gemacht werden, aber derselbe Strahl wird nicht durch eine gelbe Linse fallen, denn Gelb ist ihm nicht implizit.

Also muß das Leben dem Stein implizit sein, wenn er dazu veranlaßt werden kann, vorübergehend jedenfalls, sich zu regen und zu leben.«

Dr. Nemesis fiel über das Finkenmädchen her. »Miß Pec-a-Bit. Angenommen, diese *vis plastica* verschwindet nicht von der Klippe, sondern bläst endlose Tage darüber hinweg: welche vertrauten Lebensformen würde sie erzeugen?«

»Wasserspeier und Steinkriecher.«

»Untermauern Sie Ihre Behauptung!«

»Wie gerade gesagt wurde, handeln die Dinge in Übereinstimmung mit ihrer Natur. Das neue Leben würde seinen steinernen Körper und den Bewußtseinszustand beibehalten. Was eine Vorliebe für vertikale Oberfläche mit einschließt, eine gewisse Langsamkeit der Lebensvorgänge sowie …«

Der Seminarraum war klein, und seine Radiatoren waren zu hoch eingestellt. Sie klapperten und ächzten, wenn sie in Betrieb waren, und strahlten so viel Hitze ab, daß die Fenster beschlugen und Tränen weinten. Zudem war die Luft stickig. Jane wartete, bis Dr. Nemesis woanders hinsah, und hob eine Hand an den Mund, um ein Gähnen zu unterdrücken.

Alarmiert von irgendeinem inneren Sinn versteifte sich Dr. Nemesis. Sie warf Jane einen strengen Blick über die Schulter zu. Die wäßrigen, rosafarben geränderten Augen wurden hart.

»Entschuldigen Sie, ich …«, begann Jane.

Sie hielt inne. Der Raum war leer. Seine Wärme war verschwunden. Verschwunden auch das bleiche Winterlicht, das durch die Fenster fiel. Eine weite und dunkle Aussicht auf viel zu viele Dächer ersetzte es. Es war tatsächlich ein völlig anderer Raum. Jane befand sich im Aufenthaltsraum für Studenten in der obersten Etage von Bellegarde. Die Scheite eines industriellen Sonnenuntergangs brannten tief am Horizont.

Es war Nacht.

Wie betäubt streckte Jane die Hand aus und berührte das Glas des Fensters vor sich. Es war ermutigend kühl und fest. Reiß dich zusammen, sagte sie zu sich. Und: Was tu ich hier?

»Jane?« fragte jemand. »Alles in Ordnung mit dir?«

Ein blasses Spiegelbild schwamm neben dem eigenen im Fenster. Es kräuselte sich und löste sich zunächst zu einem Schädel und dann zu einem schmalen lieblichen Gesicht auf, dessen Augenhöhlen unter dem Fluoreszenzlicht an der Decke dunkel waren. Jane sah nicht mehr in die Ferne, sondern konzentrierte sich auf das Gesicht.

Es war Gwen.

Jane fuhr keuchend herum. Aber hinter ihr stand gar nicht Gwen, sondern Sirin. Sie sah wieder zum Fenster und konnte Gwens Gesicht nun nicht mehr in Sirins Abbild erkennen. »Meine Liebe!« Sirin faßte sie am Arm. »Was um alles in der Welt ist denn los mit dir?«

»Ich…« Mit dem Rücken zum Fenster sah Jane an leeren Sofas vorüber in den Flur, wo sich ein murmelnder Bach von Lehrenden und Studierenden durch die Türen des Erlkönig-Gedächtnis-Hörsaals ergoß. »Dr. Nemesis hat mich aus dem Seminar hinausgeworfen. Seitdem kann ich mich an nichts erinnern. Ich muß über einen halben Tag verloren haben.«

In diesem Augenblick schlugen die Konsequenzen von Dr. Nemesis' Verärgerung mit voller Wucht zu. Alles, was sie seit diesem Augenblick getan hatte – der größte Teil der täglichen Seminare, ihre Studien, die Begegnungen mit Freunden –, war ihr gestohlen worden. »Dieses Miststück!« murmelte sie. Dann, wütender: »Nun, tritt sie in den Arsch! Tritt sie stundenlang in den Arsch!«

»Das ist die richtige Einstellung.« Sirin setzte Jane

eine Studentenmütze, die Kopie ihrer eigenen, auf den Kopf und bugsierte sie durch die Menge. »Sieh wichtig aus. Ich bezweifle, daß irgend jemand unangemeldete Gäste erwartet, aber …« Sie lachte. »Hast du je im Leben schon mal soviel Tweed gesehen?«

»Ist wohl kaum Absicht.« Sie kamen ohne Zwischenfall durch die Mahagonitüre. »Ich hab versucht … he! Wohin gehen wir eigentlich?«

Jane hätte Plätze ziemlich weit oben und am Rand bevorzugt, wo sie wahrscheinlich am wenigsten auffielen, aber Sirin marschierte hinab zur fünften Reihe, die hinter vier Reihen von Mitgliedern des Lehrkörpers frei geblieben war. Zur einen Seite des Vortragspults und dahinter saßen die Dekane der Universität geduldig auf Klappstühlen, wie es viele Menschen in der Eisenbahn taten. »Das ist die Vorlesung über Höhere Grammatik, Dummerchen. Ich hab dir alles beim Mittagessen erzählt, erinnerst du dich nicht?«

Jane schüttelte den Kopf. Sirin achtete nicht darauf und fuhr fort: »Diese Vorlesung gibt es nur einmal alle zehn Jahre. Die übrige Zeit wird der Vortragende versiegelt in einem Krug Olivenöl in den Katakomben aufbewahrt.«

»Oh, ganz bestimmt nicht.«

»Ganz bestimmt. Ich kenne einen Assistenten, der dabei geholfen hat, ihn zu dekantieren.«

Ein ziegenköpfiger Verwaltungsmensch stellte sich ans Pult. Er räusperte sich. »Es gibt zuwenig Helden in der Naturphilosophie. Doch heute abend präsentiere ich Ihnen nicht nur einen Helden, sondern einen Krieger, geradezu einen akademischen Berserker, der einen direkten Angriff auf die vertraulichsten Geheimnisse der Göttin unternommen hat. Als er und seine Gefährten sich daran machten, ihre Festung zu bestürmen und sie zu zwingen, ihnen ihr Wissen zu überlassen, wußten sie, daß dieser Versuch nicht nur sie selbst zerstören könnte, sondern auch die oberen und unteren Welten. Aber dies schreckte sie nicht einen Augenblick lang ab. Denn sie hatten den Mut ihrer Überzeugung. Sie hatten intellektuelle Ehrbarkeit.

Nur einer dieser ruhmreichen Gesellschaft kehrte zurück. Er steht jetzt vor uns. Gibt es jemanden, der weniger einer Einführung bedarf, als mein ausgezeichneter Kollege? Ich präsentiere Ihnen den gepriesensten aller Gelehrten, einen lebenden intellektuellen Schatz, das feinste Exemplar in unserer Sammlung …« Sirin stieß Jane mit dem Ellbogen an. »Professor Tarapple.«

Unter dem nachfolgenden Applaus zog er sich würdevoll auf einen leeren Stuhl zurück, und eine verhutzelte Gestalt erstieg das Podest.

Selbst für die Schule der Grammatik, der man in weiten Kreisen nachsagte, sie habe das Konzept der freien Künste bis ins Extrem getrieben, war Professor Tarapple eine bizarre Erscheinung. Er wirkte wie verbrannte, krümelige, ausgeglühte Schlacke, war geschwärzt und klein. Die Gliedmaßen waren versengte Stöcke, der Rumpf war geborsten, verschrumpelt und verkohlt. Der Mund stand offen, und der Gang war langsam und schmerzhaft. Er wirkte wie ein Katalog aller Gebrechen des Alters.

Er tastete nach dem Mikrofon. Als er die Hand darum schloß, ertönte ein leises *Bumm,* woraufhin er sie wieder zurückzog. Die verkohlten Augenhöhlen hoben sich zur Decke. Jane ging auf, daß er blind war.

»Meine ehrenwerten Herren«, sagte er, »Gelehrte und Autoritäten.« Seine Stimme war schwach und dünn, aber das Verstärkersystem trug sie durch den Hörsaal. Von unten sah der Kopf auf den dürren Schultern wie eine riesige Melone aus, die auf einem

Zaunpfahl balancierte und herabzufallen drohte. Er umklammerte das Vortragspult mit beiden Händen. »Die Welt kann auf drei verschiedene Weisen wahrgenommen werden, und es scheint oftmals so, als würden diese drei Weisen gegeneinander arbeiten. Es sind …« Er schwankte, wäre fast steckengeblieben und fuhr mühsam fort. »Da haben … haben … wir zunächst die nichthinterfragende Wahrnehmungsweise, wie bei einem Kind. In ihr ist Brot Brot und Wein Wein.

Die zweite Wahrnehmungsweise ist …« – er schwankte leicht – »ist die allgemeine Wirklichkeit. Dabei handelt es sich um bestimmte Konventionen. So stimmen wir darin überein, daß Brot eine Mahlzeit ist und Wein Kumpanei.« Es folgte ein kleines höfliches Gelächter. »Die dritte Weise ist die wissenschaftliche Forschung. Damit befassen sich unsere Kollegen an den Schulen der Zauberei. Es geht um das Zusammenspiel von Kräften, was sie für die absolute Wirklichkeit halten.« Ein lauteres kräftigeres Gelächter. »Doch fragen wir uns, was jenseits davon liegt. Worin besteht die wahre Wahrnehmungsweise dessen, was wir die Hyperrealität nennen mögen?«

Ein langes Schweigen. »Erstes Dia, bitte!«

Das Licht ging aus, und aus dem Vorführraum im Hintergrund ertönte ein deutliches *Klick.* An der Wand hinter dem Professor erschien ein strahlendes Abbild von etwas, das irgendeine riesige gebleichte Seemuschel sein mochte, die so groß war wie ein Berg und über einem grenzenlosen Ozean hing. Die Zuhörerschaft war völlig verstummt.

Professor Tarapple nahm einen Laserzeiger in die Hand, wobei er rußige Abdrücke auf der Oberfläche des Pults hinterließ. Er lenkte den Zeiger auf das Dia mit Bewegungen, die ebenso ruckartig und unüberzeugend waren wie die Bewegungen einer Marionette. Der rote Lichtpunkt fuhr wackelnd zu einer Seite der Leinwand. »Dies ist …« Der Kopf schwankte. »Dies ist – ist das Spiralschloß an sich.« Niemand wagte mehr zu atmen. »Keiner außer mir selbst hat je so tief in den Geheimnissen der Göttin geforscht. Der Ozean, worüber es hängt, ist die Zeit an sich, und soweit wir mit unseren beschränkten Instrumenten feststellen konnten, erstreckt er sich in alle Richtungen in die Unendlichkeit. Nächstes Dia.«

Klick. Die Zeichnung eines zur Zahl ›8‹ verdrehten Gummibands, das in der Leere trieb. »Dies ist ein Möbiusband mit einem Kink.«

Klick. Eine komplexere Figur. »Mit zweien.«

Klick. Eine weitere. »Mit sechzehn.«

Klick. Eine Glasretorte, so etwas Ähnliches wie ein Destillierkolben, dessen Stutzen sich in sich selbst zurückbog und dann am anderen Ende wieder heraustrat, so daß seine Innenseite zur Außenseite wurde. Obgleich es wiederum keinen Hintergrund gab, schillerte er in allen Farben wie eine Seifenblase. »Dies ist das dreidimensionale Äquivalent des ersten Dias.«

Klick. Eine weitere Seifenblase, unendlich komplexer. »Das sechsdimensionale Äquivalent des zweiten Dias.«

Klick. Eine dritte Blase war komplizierter als die ersten beiden zusammengenommen. »Das zwölfdimensionale Äquivalent des dritten Dias.«

Klick. »Wiederum das Spiralschloß.« Diesmal war seine physikalische Konfiguration deutlich diejenige eines Festkörpers von einer höheren Ordnung als alle anderen Körper, die zuvor auf den Dias zu sehen gewesen waren. Es machte einen ganz wirr im Kopf, den verwickelten Krümmungen zu folgen. »Sie werden bemerken, wie es sich in sich selbst zurückfaltet. Diese rekursive Komplexität erstreckt sich durch wenigstens dreizehn Dimensionen. Ein Besucher, der der einfachen Kurve auf einem einfachen Durchgang folgt, mag körperlich umgedreht werden, so daß er als Rechtshänder eintritt und als Linkshänder herauskommt. Geht er jedoch denselben Durchgang zurück, so würde das nicht notwendigerweise den Schaden rückgängig machen; statt dessen mag das vielmehr eine zweite Umkehrung bedeuten, so daß sich das Äußere, die Haut, nach innen kehrt. Die Eingeweide befinden sich sozusagen auf der Außenseite.

Aber was – was – was bedeutet das praktisch?

Hier müssen wir einen kurzen Abstecher in den Bereich der Seelenwanderung unternehmen – ich werde Ihnen die eigentliche Mathematik ersparen, das verspreche ich Ihnen!« Er hielt inne, um ein Gelächter abzuwarten, das nicht erfolgte. »Nicht alle, die das Spiralschloß betreten, verlassen es auch wieder. Aber diejenigen, die es wieder verlassen, können ebenso leicht in der Vergangenheit wiedergeboren werden wie in der Zukunft. Man hat – hat gezeigt, daß genau sechs Avatars eines Individuums zu jedem gegebenen Augenblick existieren können. Obgleich es für sie nicht möglich wäre, einander zu begegnen.« Zwei oder drei der älteren Fakultätsmitglieder kicherten wie über einen abstrusen Witz.

Jane fiel es äußerst schwer, der Vorlesung zu folgen. Das harte weiße Abbild des Spiralschlosses war wie eine Magnesiumfackel. Es schwoll vor ihr an und schrumpfte, als würde es leise atmen. Wenn sie versuchte, der Logik der Windungen mit dem Blick zu folgen, pochte es in den Augen. Es war so schmerzhaft, daß sie wegschauen mußte.

In dem blassen Licht, das von dem Dia reflektiert wurde, waren alle Gesichter grau und ruhig, als stünden ihre Besitzer unter einem Bann. Jane ertappte sich dabei, daß sie die Seite von Sirins Gesicht anstarrte.

Sie nahm die Kontur des Schädels unter der Haut unmittelbar wahr, und es kam ihr so vor, als wäre die Ähnlichkeit mit Gwen stärker denn je.

Könnte sie tatsächlich Gwen *sein?*

Es war ein erschreckender und quälender Gedanke. Aber kein neuer. *Diesen* Verdacht hegte Jane schon seit einiger Zeit. Wenn Professor Tarapple die Wahrheit sagte, dann war es absolut möglich, daß Gwen in Sirin wiedergeboren worden war. In diesem Fall führten die entgegengesetzten Ladungen ihrer Schicksale unausweichlich dazu, daß sie auf einem gemeinsamen Orbit um ein geteiltes Verhängnis kreisten.

Jane mochte Sirin sehr. Sie war offen und großzügig und Jane zweifelsohne intellektuell überlegen. Sirin hatte das Zeug für eine hervorragende Alchemikerin. Jane konnte viel von ihr lernen. Doch sie würde nicht wagen, sich in Sirins Leben einzumischen, wenn das eine mögliche Wiederaufführung der früheren Tragödie bedeutete.

Dann wiederum: wenn Sirin nicht die wiedergeborene Gwen war, bestand kein Grund, sie zu meiden. Das Problem lag darin, daß man es einfach nicht genau wissen *konnte*.

Puck jedoch war eine völlig andere Materie.

»*Krötenärsche!* Aufgepumpte kurzgestutzte Weibsbilder! Glupschäugige fischköpfige Schweinehunde!«

Abrupt kam Jane wieder zu sich. Überall im Hörsaal erhoben sich die Mitglieder der Zuhörerschaft. Ein Teggisch-Professor unmittelbar vor Janes Platz richtete sich mit einem Ruck auf und schnaubte. Links von ihr strich sich ein Gnom mit einer Hand über die pilzgefleckte Glatze.

Professor Tarapple hatte voller Zorn seine Vorlesung unterbrochen und beschimpfte die Zuhörerschaft. »Nur ein Wesen – eines! Ich! – ist je so tief in die Geheimnisse der Göttin eingedrungen und wieder zurückgekehrt, um darüber zu berichten. Beim Kanonenfeuer, beim heiligen Wasser und bei den Glocken, hört mir zu! Ich habe mehr als das Leben und die geistige Gesundheit riskiert, um euch diese Aufnahmen mitzubringen. Ich … ich … ich war einst jung, hochgewachsen und gutaussehend. Ich hatte Freunde, die auf dieser Expedition gestorben sind und niemals mehr wiedergeboren werden. Wir sind gefangengenommen und bestraft worden und wieder bestraft worden. Ich allein bin entkommen. Seht mich an! Seht den Preis, den ich bezahlt habe! So viele Male habe ich versucht, es euch zu erzählen! Warum hört ihr niemals zu?«

Er weinte jetzt. »Wehe!« rief er. »Wehe denen, die die Wahrheit suchen, denn die Wahrheit ist der bestgehütete Schatz der Göttin! Ah, sie ist grausam und unergründlich, und bitter, bitter ist ihre Rache.«

Sanft ging das Licht an. Donnernder Applaus setzte ein.

Jane wußte jetzt, was zu tun war.

Das einzige Licht im Anorganik-Labor kam aus dem Gerätelager, dessen Tür Jane offen gelassen hatte. Das ausgestopfte Krokodil über ihr drehte sich langsam in einem ansonsten nicht spürbaren Luftzug. Der Plan, der aufgrund der Vorlesung über Höhere Grammatik entstanden war, hatte Jane so viel Auftrieb verliehen und mit so viel Energie erfüllt, daß es ihr gelungen war, innerhalb von nur drei Tagen sämtliche Schlüssel, die Ausrüstung – und die notwendige Zeit – zu stehlen und das Experiment zusammenzustellen.

Sie stellte den Argon-Ionisierungslaser auf dem Labortisch links von sich auf und die Probenkammer rechts. Am anderen Ende der Kammer war ein Monochromometer auf einem Photonenzähler montiert. Diese beiden Geräte und ein optischer Spiegel waren die prinzipiellen Komponenten ihres Experiments. Was sie im Sinn hatte, war elegant und einfach.

Die Tür klapperte. Eine hagere und unglaublich große Gestalt war schwach durch das Milchglas zu erkennen.

Sie schloß die Tür auf.

»Hier ist das, was du haben wolltest«, sagte Billy Bugaboo rechtfertigend und schlurfte herein. Er roch nach billiger Seife, importierten Zigaretten und schwacher Hoffnung. Er öffnete die Hand. Darin lag ein zerknüllter Seaborne-First-Leviathan-Flicken. Das letzte Mal hatte Jane diesen Flicken auf der Schulter von Pucks Jacke gesehen, und da hatte sie bemerkt, daß er sich löste.

»Danke.« Jane zupfte einige Fäden aus dem Flicken und stopfte sie in ein Probenröhrchen.

»Wie kommt's, daß du Puck kennst?« fragte Billy.

»Wie kommt's, daß du ihn kennst?«

»Sirin hat uns miteinander bekannt gemacht.«

Jane goß langsam *aqua regia* über die Fädchen und verschloß das Röhrchen. Königswasser sollte eigentlich nur als Lösungsmittel für Gold und Platin benutzt werden, aber die Wirkung auf die Fädchen war auch ganz ordentlich. Sie schüttelte das Röhrchen und sah zu, wie sie sich zu einem wolkenartigen Wirbel von Partikeln auflösten. »Wie kommt's dann, daß Sirin Puck kennt?«

»Er ist einfach einer jener Leute, die jeder kennt.« Billy hob die Schultern. »Vielleicht hat sie ihm ein paar heilige Pilze abgekauft. Vielleicht hat er ihr das Fahrrad repariert. Er ist ein Gauner. Er kommt rum.«

Sie richtete den Laser so aus, daß der Spiegel seinen Strahl in die Probenkammer werfen würde. Sie holte die Schläuche heraus und hakte die Verbindungen an die Kühlhaube und den Wasserkühlmantel des Lasers. Als sie sich gewiß war, daß sie saßen, drehte sie die Hähne auf. »Nun, so ist es bei mir auch gewesen.«

Zur Kontrolle gab sie eine Salzprobe in den Probenhalter und schloß die Kammer.

»Oh.« Billy hörte sich verblüfft an. »He, ich hab zufällig ein paar Eintrittskarten zu einer Ausweidung bekommen. Ich hab mir gedacht, du und ich, wir könnten vielleicht …«

»Nein.« Alles war an Ort und Stelle. Sie drückte den Knopf am Laser und überprüfte den Photonenzähler. Die Anzeigen lagen weit daneben. Enttäuschung verschärfte ihre Antwort. »Selbst wenn ich Zeuge bei so was sein wollte – und ich will's nicht –, würd ich nicht mitkommen, weil du hinterher mit mir ins Bett gehen willst. Und ich möchte keinen Sex mehr mit dir haben, weil dich das bloß ermutigt.«

Billy scharrte mit den Füßen, sagte jedoch nichts.

»Warum fragst du nicht Linnet? Nach dem, was ich so gehört habe, ist sie ein gewitztes kleines Ding.« War es möglich, daß sie vom Laser die falsche Stromstärke erhielt? Sie fummelte an den Verbindungsstücken herum, suchte einen Kurzschluß und hoffte, es wäre etwas so Einfaches. Wenn die Blitzlichtröhre nicht richtig funktionierte, steckte sie in der Klemme. »Ich werd ihr sagen, daß du drei Eier hast.«

Billy wurde rot vor Verlegenheit. Sie brauchte nicht hinzusehen, um das zu wissen. »Es besteht kein Grund, grob zu sein«, sagte er mit mürrischer Stimme.

»Oh, aber alle Mädchen …« Sie wandte sich um, sah seinen Gesichtsausdruck und hielt inne. Diese unschuldigen Augen flossen über vor Schmerz und Einsamkeit. Ganz plötzlich schämte sie sich. Nur das Wissen, daß er es nicht dabei belassen würde, hielt sie davon ab, ihm die Hand entgegenzustrecken. »Okay, tut mir leid, dich veräppelt zu haben. Pax, in Ordnung? Wollen wir wieder Freunde sein?«

»Ja.« Billy nickte unbestimmt, und Jane wandte sich wieder ihrer Arbeit zu.

Wenn andererseits das Problem im Chromometer begründet war, könnte sie nicht viel dagegen tun. Das Ding war von der Herstellerfirma versiegelt und als Einheit verkauft worden. Aber sie hatte Lampblack gesehen, der erst gestern genau das gleiche Ausrüstungsstück benutzt hatte, und da hatte es einwandfrei funktioniert. Was übersah sie?

Der Spiegel!

Sie sah nach. Tatsächlich war der Spiegel untergründig korrodiert und zerstreute einen notwendigen Teil des Strahls. Jane stellte einen neuen auf. Sie rüttelte an der Energiezufuhr, um ihren Sitz zu überprüfen. Bingo! Diesmal stimmten die Zahlen. Sie riß die Salzprobe heraus, klemmte die Probe aus Pucks Jacke ein und ließ die Kontrollkammer offen stehen. Sie setzte eine Laserschutzbrille auf. Wenn der Apparat auf 514 Angström eingestellt war, würde die Schutzbrille alles außer dem *Raman*-Spektrum aus der Probe herausfiltern, und sie könnte direkt hineinsehen.

»Was diese Ausweidung betrifft«, sagte Billy.

Durch die Anregung freier Ionen wurde ein winziger orangefarbener Geist in der Lösung lebendig. Er trieb in dem wäßrigen Grün vor Janes Augen wie Tang, der von unterseeischen Strömungen gepeitscht wurde. Die Lebensspanne solcher Wesen war verschwindend gering; sie wurden während der Anregung durch das Laserlicht geboren und starben Tausende von Malen pro Sekunde. Das Wesen, das sie jetzt als eines sah, bestand eigentlich aus vielen Wesen. Seine Bewegungen waren eine Illusion ähnlich wie bei der Erzeugung wiederholter Bilder auf einem Fernsehbildschirm. Es war so zart, daß sie kaum zu atmen wagte. »Was ist damit?«

»Ich hab mir gedacht, vielleicht… du hast ja jetzt

Zeit gehabt, darüber nachzudenken ... vielleicht könntest du – du weißt schon.«

Jane seufzte, sah jedoch nicht auf. »Geh, Billy!«

Eine Weile lang stand er traurig da und klimperte mit den Münzen in seiner Hosentasche. Schließlich ging er.

Durch eine einfache Ansteckung würde der *Raman*-Geist schließlich die Gestalt desjenigen Wesens annehmen, das mit den Teilchen des Fadens aus dem Flicken am engsten verbunden war. Jane beobachtete, wie der Geist sich langsam veränderte, sich entwickelte, immer vertrauter wurde. Schließlich grinste ihr ein winziger Puck höhnisch in die von der Schutzbrille verdeckten Augen, leckte sich die Lippen und faßte sich zwischen die Beine. Es wäre zuviel gewesen, von einer derart primitiven Kreatur Feingefühl zu erwarten.

Jetzt, an diesem Punkt, merkte Jane, daß sie Angst hatte. Der Laser war so manipuliert, daß er einen Trägerstrahl zur Verfügung stellte. Sie befestigte ein Mikrofon an seiner Seite. Sie räusperte sich nervös. Es war lange her, daß sie Roosters wahren Namen benutzt hatte.

»Tetigistus!« rief sie.

Der Kobold machte einen Satz, als hätte man ihn mit einer Peitsche über den Rücken geschlagen. Mit einem lauten Knall brannte die Blitzlichtröhre durch. Der Gestank brennenden Kunststoffs stieg vom Stecker auf. Mit einem Aufschrei sprang Jane zurück. Da bekam der Laser einen Kurzschluß, und sie warf den Arm in die Höhe, um die Schutzbrille zu bedecken.

Aber der Schaden war geschehen. Deutlich und grell leuchtete in ihrem Hinterkopf das dreieinige Nachbild von Rooster-Peter-Puck. Ihre Augen waren hell, und die Haut war wie Elfenbein. In Linnen gehüllt lagen sie da, und ihr Ausdruck war gelassen, ruhig, makellos.

Alle waren sie tot.

Also stimmte es. Rooster war Peter war Puck.

Es war spät, und die Expreßaufzüge waren des Nachts geschlossen. Jane nahm einen Nahverkehrsaufzug nach Hause. Fünfundvierzig Minuten lang, den ganzen Weg über, dachte sie weniger nach, als daß sie trauerte. Sie hatte geglaubt, das endgültige Wissen um Puck würde sie befreien, gleich, worin es bestehen mochte. Erst jetzt, da er ihr verweigert wurde, konnte sie sich selbst gegenüber zugeben, wie heftig sie ihn begehrte.

Sie war zu Tode erschöpft, als sie schließlich in ihr Zimmer zurückkehrte. Es war ein langer Tag gewesen, und sie wollte jetzt nur noch schlafen.

Licht strömte aus der Querblende und sickerte durch den Spalt unter der Tür. Stimmen tönten von drinnen heraus. Monkey war zurück. Und sie hatte einen Freund bei sich. Es spielte keine Rolle, dachte Jane. Nichts kann mich jetzt verletzen. Man könnte mir mit einem Ziegelstein ins Gesicht schlagen, und ich würde überhaupt nichts spüren.

Sie öffnete die Tür.

Eine plumpe Gestalt mit roten Augen und Haaren wie Stroh saß auf ihrem Bett. Sie blickte auf und grinste häßlich. »Wie geht's dir, Maggie?«

Es war Ratsnickle.

15

Der Winter schritt so langsam voran wie nie zuvor. Die Lords der Stadt verkündeten einen dritten Monat Dezember, so daß der Schwarze Dezember in den Eisdezember überging und jedermann sich bewußt war, daß es einen vierten Monat Dezember geben mochte. Mittlerweile war es Wolfsmond, und die Göttin zeigte sich von ihrer feindseligsten Seite. Manchmal schien es, als wollte der Teind niemals kommen.

Eine Woche, nachdem Ratsnickle wieder aufgetaucht war, unternahm Jane mit ihm und Monkey einen Schaufensterbummel. Ängstlich und unwillig trödelte sie hinter den beiden her. Sie gingen durch die oberen Etagen von Gladsheim und Carbonek, durch elegante Geschäfte wie Horn Fair, Fata Padouri und Maleficium, wo Jane hoffnungslos fehl am Platz wirkte und sich auch so vorkam. Ratsnickle hielt sich im Hintergrund, klimperte mit den Schlüsseln in seiner Hosentasche und hatte ein zufriedenes Grinsen auf den vorgestülpten Lippen, da zog irgendein glänzendes Schmuckstückchen Monkeys habsüchtigen Blick auf sich.

»Oh, sieh mal«, sagte sie, »ist das nicht hübsch?«

»Ja«, entgegnete Ratsnickle und ließ Jane nicht aus den Augen. »Nicht wahr?«

Am Abend landeten sie in der *Höhle*. Es war Open-Mike-Night, und jeder Möchtegernbarde und Möchtegerndichter im weiten Umkreis war mit einem Stapel

Gedichte vertreten. Sie saßen um Tische herum, die aus Telefonkabelrollen gemacht waren, nippten ihren Espresso und warteten darauf, daß die Reihe an sie käme. Studenten in Jeans und schwarzem Rollkragen brachten frische Becher und nahmen die geleerten mit.

»Oh, die Handschuhe, die Faunleder-Handschuhe«, schwärmte Monkey. »Von jetzt an kaufe ich nur noch bei La Jettura ein.« Sie folgte der Linie von Ratsnickles Kinnlade mit einer Fingerspitze und schnurrte: »Denk mal, wie … weiiich sie sich anfühlen würden.«

Oben auf der winzigen Bühne stand ein Dichter, der aussah, als schliefe er tagsüber in Heumieten, und rezitierte:

Oh, meine holde süße Dame,
Oh, wie verklärt ist nun dein Name!

Ratsnickle verdrehte die Augen. Dann sagte er, womit er an eine frühere Phrasendrescherei anknüpfte: »Beim Sex geht es nur um Macht. Beherrschung und Kapitulation, das ist das Spiel im wesentlichen.«

»So ist es bei uns nicht«, sagte Monkey. »Stimmt's, Schatzilein?«

Er tätschelte ihr nachsichtig die Hand. »Einer muß nehmen, und einer muß geben. Das ist einfach die Natur der Dinge. Der Mann ist von Natur aus der aktive Teil. Die Frau ist passiv und hegend. Liebe ist unausweichlich ein Zusammenprall von hart und weich, Zugreifen und Nachgeben, ein Krieg im kleinen. Alles andere – den Hof machen, Entfremdung, Versöhnung – ist nichts weiter als Verfeinerung und Sublimierung dieser Urgewalten.«

»Du bist ein Scheusal.« Monkey zog eine Schnute. Dann sagte sie einschmeichelnd: »Aber, Schätzchen, niemand hat es gerne, die *ganze* Zeit über herumkommandiert zu werden.«

»Bei einer Dreiergruppe«, sagte Ratsnickle nachdenklich, »liegen die Dinge natürlich anders. Sie kann jede Richtung einschlagen, aber gewöhnlich endet es damit, daß zwei Personen oben sind. Um das Gleichgewicht zu wahren, muß diejenige, die unten landet, die doppelte Vorherrschaft hinnehmen. Sie muß lernen zu kriechen. Sie muß so weit gebracht werden, daß sie die eigene Erniedrigung wertschätzt.«

Monkey warf einen raschen Blick auf Jane. Ihre Augen waren hart und glänzend wie pechschwarze Knöpfe. Sie blähte die Nasenflügel. Dann schüttelte sie den Kopf und wandte sich ab. »Das ist pervers.«

»O ja«, stimmte Ratsnickle zu. »Dann jedoch ist vieles pervers.«

Jane starrte in den Kerzenhalter. Sie sah zu, wie die Flamme in dem dicken roten Glas verschwand und wieder auftauchte. Wie eine Motte, die darum kämpfte zu fliehen. »Du hast angekündigt, daß du mir was zu sagen hast.«

Du bist so hell, so leuchtend schön,
oh, würdest du nie von mir geh'n ...

»Hm? Ah ja, das habe ich. Du bist in einem solchen Wirbel seltsamer Ereignisse geflohen ...« Ratsnickle zog einen Umschlag aus einer Innentasche der Jacke und legte ihn neben seinen Becher auf den Tisch. Jane streckte die Hand nach dem Umschlag aus. Ratsnickle zog ihn zurück. »Seltsame Ereignisse. Seltsam, in der Tat. Du bist so plötzlich verschwunden, daß du dir nicht mal die Mühe gemacht hast, dich von deinen alten Freunden zu verabschieden. Schließlich haben wir einander etwas bedeutet. Das hat meine Neugier angestachelt, und ich habe etwas herumgeschnüffelt.«

Monkey fragte scharf: »Ihr seid mal miteinander gegangen?«

»Nein.«

»Es war nichts – eine Jugendtorheit.« Ratsnickle machte eine wegwerfende Geste. »Ich habe Strawwe dazu überredet, eine Anfrage beim Büro des Kinderfängers zu stellen.« Er tippte bedeutungsvoll auf den Umschlag. »Bist du nicht neugierig, was sie gesagt haben?«

> Du bist das Tor, durch das die Liebe
> hineintritt in …

Die Stimme des Dichters war hoch, näselnd und stockend; ein Strauß unangenehmer Eigenschaften.

»Müssen wir uns diesen Müll anhören? Nein, ich bin nicht neugierig. Was geht mich das denn an?«

»Was, in der Tat?« Ratsnickle steckte den Umschlag in die Tasche zurück und wechselte unvermittelt das Thema. »Ich hoffe, dir hat der heutige Abend gefallen, Monkey, mein Liebling. In der Stadt umherschlendern, Schaufenster betrachten, unsere angenehme Unterhaltung.«

Sie umarmte ihn. »Du weißt, es hat mir gefallen, Rattilein.«

»Wenn du nur eine von allen Sachen haben könntest, die wir uns heute abend angesehen haben, was wäre das?«

»Oh, die Faunhandschuhe. Ohne Frage, die Handschuhe.«

Ratsnickle wandte sich an Jane. »Du hast gehört, was die Dame gesagt hat.« Er schnippte mit den Fingern, als müßte sie wohl oder übel gehorchen.

Zu entsetzt, um sich ihrer Entrüstung richtig bewußt zu sein, rief Jane: »Aber sie würden mich nicht mal durch die Tür lassen. La Jettura ist eine Nummer zu groß für mich. Zu protzig.«

»Wir vertrauen dir.« Ratsnickle stand auf, und

Monkey folgte ihm. Er legte ihr besitzergreifend eine Hand auf den Hintern und führte sie weg. »Unsere kleine Maggie kann mehr, als sie selbst glaubt.« Über die Schulter hinweg formte er mit dem Mund einen Kuß.

Als die beiden hinausrauschten, erhob sich von unten prasselnder Applaus. Der Dichter war mit seiner Lesung fertig. Er trat von der Bühne ab und wurde von einem anderen abgelöst, der ihm so ähnelte wie eine Zigarette einer anderen. Der Neue räusperte sich ins Mikrophon und begann:

> Oh, was fehlt dir, mein bewaffneter Ritter,
> der du schlenderst allein und so bleich?

Statt sich zu überlegen, ob nun La Jettura jenseits ihrer Reichweite lag oder nicht, hätte Jane Ratsnickle direkt herausfordern müssen. Sie hätte ihm sagen müssen, daß sie niemals mehr für ihn stehlen würde. Hätte sagen sollen, daß nichts in seinem Umschlag sei, das ihren akademischen Status irgendwie beeinträchtigen könnte. Daß sie sich nicht vor ihm fürchtete, jetzt nicht mehr.

So vieles hätte sie sagen sollen.

Die Buchhändler in der Old Regents Hall versorgten die ganze Stadt. Da jedoch der größte Teil von Senauden von der Universität in Anspruch genommen wurde, spezialisierten sich viele auf Lehrbücher aus zweiter Hand, Werke obskurer Forschungsbereiche sowie andere Bücher, für die Studenten ein besonderes Interesse hatten.

Die Bücherstände waren zwei und drei Stockwerke hoch, hatten jedoch so wenig Platz zwischen sich, daß sich zwei Kunden nicht ohne Unannehmlichkeiten aneinander vorbeiquetschen konnten. Vor langer Zeit hatte man nachträglich Wasser- und Gasleitungen unterhalb der gewölbten Decke mit den indigo- und goldfarbenen Sternen eingebaut. Sanft und unerbittlich zischte Dampf aus den Verbindungen einer Gruppe von Röhren, und Wasser kondensierte an der Unterseite einer anderen Gruppe. Ein steter Nieselregen fiel auf die grünen Dächer der Geschäfte und die Platten dazwischen.

»Warum willst du unbedingt ein Orchideenbuch haben? Kannst du dir nicht auch so einen Namen ausdenken?« Sirin nahm einen Regenschirm vom Gestell am Westeingang und schüttelte ihn auf. Jane nahm einen anderen.

»Möglich. Obwohl, ist 'n bißchen schwierig. Es ist so etwas Persönliches, weißt du? Ich mag keine zu rasche Entscheidung treffen und möchte nicht an so was wie Lady Fatima hängenbleiben.« Die Regenschirme waren aufgespannt, und Jane und Sirin nahmen einander beim Arm. In der Passage zwischen den Geschäften wimmelte es von Fußgängern.

»Jenny Greenteeth hat ihre Miß Primseys Garten genannt.«

»Zu blumig. Das ist fast so schlimm wie der Name, den Eleanor das ihren gegeben hat.«

»Wie hat sie sie genannt? Sag's mir!«

»Bossy.«

»Oh, scheußlich! Ist der Name von 'ner Kuh! Kennst du die Bwca unten im Flur, von dir aus gesehen? Sie behauptet, sie hat sich für Siege Perilous, Platz der Gefahr, entschieden.«

»Das ist ein guter Name.«

»Und dennoch keiner, der sehr viel Beachtung auf sich ziehen wird.« Sirin kicherte. »Raven sagt, sie denkt daran, ihre die Unentrinnbare Höhle der Verzweiflung zu nennen.«

»Sie schmollt einfach, weil sie bei einem Blutmai

übergangen worden ist. Hast du gehört, wie Nant ihre genannt hat?«

»Nein, wie?«

»Plage.« Jetzt lachten sie beide. »Und du?«

»Fleischwolf.«

»O nein! Wirklich?«

»Nein, natürlich nicht. Ich habe sie Mut genannt. War das nicht …«

»Rasch!« Jane packte ihre Freundin am Arm und zog sie in den erstbesten Buchladen. Über der Tür stand in vergoldeten Lettern INGLESOOT'S. »Rein hier!«

Erstaunt reckte Sirin den Hals und sah mit offenem Mund in die Passage hinaus. »Jane! Was kann denn dort draußen …« Puck Aleshire schritt mit grimmigem Gesicht an der Tür vorüber. Er war barhäuptig, ungeachtet des Regens, und sah weder nach rechts noch nach links. Die wippenden Regenschirme verschluckten ihn. Sirin stieß einen verärgerten Laut aus. »O Puck. Diese Sache zwischen dir und ihm nimmt allmählich beängstigende Züge an.«

Janes Herz setzte einen Schlag lang aus. »Was für eine Sache? Was hat er über mich erzählt?«

»Er hat nichts über dich erzählt, und weißt du auch, *warum?* Weil du ihn übersiehst, ihn meidest, nichts mit ihm zu tun haben willst. Er kann nicht etwas wollen, von dessen Existenz er nichts weiß.«

Jane machte sich daran, einen Tisch mit Remittenden, Traumbüchern, Kreuzworträtselsammlungen und Kräuterbüchern zu durchwühlen. »Er hat den Gestank des Todes an sich. Du siehst mit einem Blick, daß er den Teind nicht überleben wird.«

»Das macht ihn doch nur um so reizvoller. Es sollte alles in dir ermutigen, was lasterhaft ist.« Ein ärgerliches Licht tanzte in Sirins Augen. »Komm schon, Jane, an ihm ist nichts auszusetzen. Du kannst alles mit ihm tun, was du willst, und er wird nicht im nächsten Semester angekrochen kommen und dich daran erinnern. Jedes normale Mädchen wäre dankbar für eine solche Gelegenheit.«

»Nun, das hab ich schon mal durchgemacht, vielen Dank. Nie wieder.«

Sirin stampfte mit dem Fuß auf. »Verflixt und zugenäht! Du bist einfach völlig unmöglich. Ich weiß nicht, warum ich es mit dir aushalte.«

»Aber ich ...«

»Ja, schon gut! Wirst ja sehen, ob ich dir jemals – jemals! noch einen Gefallen tue.«

Weiß vor Wut schoß Sirin aus dem Geschäft. Sie verschwand in den wirbelnden Strömen der Menge.

Jane war wie betäubt. Es ergab überhaupt keinen Sinn. In einem Augenblick lachte Sirin, und im nächsten war sie sauer. Ihre fröhliche Stimmung war so rasch verschwunden wie das Licht auf einer Wiese, wenn eine Wolke an der Sonne vorbeigleitet. Keines von Janes Worten konnte Ursache für diesen Umschwung sein.

Sie seufzte, wandte sich den Regalen zu und legte die Hand genau auf das, was sie suchte. Es war ein schmales, in gepunztes Leder gebundenes Buch mit dem Titel *Der Name der Orchidee.* Jane blätterte durch. Sie sah ein Dutzend handkolorierter Bildtafeln sowie ein Register mit mehreren hundert Namen, die alle von ihrem Ursprung hergeleitet und nach Vorzügen und Schwächen besprochen wurden. Wenn man es einmal in der Hand hielt, wollte man es auch besitzen.

Sie blickte sich nach allen Richtungen in dem Geschäft um. Es war leer. Sie spähte nach oben. Es sah aus, als würden die Regale in der Unendlichkeit verschwinden. Eine lange schmale Leiter reichte über die herabhängenden elektrischen Lampen hinaus in weitentfernte Sphären, wo sich endlose Reihen von Büchern in der Dunkelheit verloren. »Hallo?« rief sie.

»Ist jemand da oben? Mister…« Wie war der Name draußen doch gleich? »… Inglesoot?«

Es erfolgte keine Antwort. Sie hob die Schultern und wollte zur Tür.

Die Leiter klapperte gereizt. Ein Cobbly kletterte mit dem Kopf voran hinab. Als er die achte Sprosse erreichte, schlug er einen Salto und landete mit einem Bumms ihr zu Füßen. »Unverkäuflich.« Er riß Jane das Buch aus der Hand.

»Wie bitte?« Sie trat einen Schritt zurück.

»Unverkäuflich, unverkäuflich! Bist du schwachsinnig? Unverkäuflich bedeutet, du kannst es nicht kaufen.« Mister Inglesoot reichte ihr bis zur Taille, und die Gläser seiner goldenen Lesebrille waren schimmernde Halbkreise vor dem schwarzen Gesicht mit dem ergrauenden Haar. »Raus hier! Du hast hier nichts zu suchen.«

»Äh… dies *ist* doch eine Buchhandlung, oder nicht?«

»Na und?«

»Die meisten Buchhandlungen verkaufen Bücher.«

»Keine Haarspaltereien.« Inglesoot reichte das Orchideenbuch von der Hand zum Fuß und stopfte es damit in das unterste Regal, ohne auch nur einen Blick darauf zu werfen. Absichtlich oder auch nicht stand er zwischen Jane und dem Ausgang. Sonst wäre sie einfach gegangen. »Ich weiß Bescheid über deine kleinen diebischen Absichten. Diese Bücher gehören mir, hast du gehört? Mir! Ich verteidige sie bis zum letzten Atemzug, und das ist kein leeres Geschwätz!«

Jane merkte, daß sie zitterte. »Das ist das verrückteste Geschäft, in dem ich je gewesen bin.«

»Verrückt?« Er umkreiste sie, betrachtete sie aus jedem Blickwinkel und schüttelte einen Finger unter ihrer Nase. »Ich kenne solche wie dich und euren mitleiderregenden Irrglauben. O ja, ich kenne euch. Ihr haltet eine Bibliothek für so etwas wie das Bewußtsein eines großen und edlen Gelehrten – vorurteilsfrei, universell gebildet und präzise organisiert. Jede Meinung ausbalanciert gegen ihr Gegenteil. Jede Tatsache rasch wiederherzustellen. Die einzigen Vorurteile sind jene, die im Wissen selbst liegen. Wenn es in der kollektiven Allwissenheit eine Kluft gibt, eilt eine Horde Diener heran und schüttet sie mit den besten erhältlichen Büchern zu, und jedes dieser Bücher ist gewogen und abgeschmeckt, damit die Qualität und der Geschmack der Information auch angemessen reichhaltig ist. Und dieses kindische Konstrukt, diesen Hohn auf die Beherrschung eines Wissensgebietes, haltet ihr für etwas Gutes. Geh mir bloß weg, du!«

»Wenn Sie nur einen oder zwei Schritte zurücktreten, werde ich gehen.«

»Ihr grinst höhnisch über meine Buchhandlung, weil sie euer Bewußtsein viel richtiger widerspiegelt – unberechenbar erzogen, ausgestattet mit jeglicher nicht weiter untersuchter Behauptung, die in Reichweite vorbeigekommen ist, vollgestopft mit zweifelhafter und widersprüchlicher Information. Das Buch, das du brauchst, ist irgendwo hier, jedoch verstaubt und veraltet. Müll und Schätze sind gründlich miteinander vermischt, und es gibt keine Möglichkeit zu entscheiden, welches welches ist.« Er zog willkürlich ein Buch heraus und las vom Rücken ab: »*Screbbledehob.* Gedanken am Kamin? Die pittoresken Abenteuer eines jungen Dämons? Das wahnsinnige Gekritzel eines Geistesgestörten? Wer vermöchte das zu sagen?« Er stellte es zurück und zog ein anderes Buch heraus. »*Infangthief and Outfangthief,* zweifelsohne die fröhlichen Streiche eines Paars gewitzter und liebenswürdiger Schelme, gleich neben diesem nützlichen Nachschlagewerk, *Unaussprechliche Kulte.* Und wer dient ihnen, ordnet und ergänzt sie? Nur ich, ich selbst.«

»Ist okay. Ich möchte gar nichts kaufen. Ich hab's mir anders überlegt.«

»Denk doch mal nach! Es ist nicht das Gewöhnliche, was wir im anderen schätzen, sondern das Exzentrische. Es sind unsere Eigenarten, die uns zu Individuen machen. Solltest du einem prahlerischen Gelehrten mit seinen perfekten Zügen und der völlig reinen Aussprache da unten im Gang begegnen, so würdest du ihn für kenntnisreich, jedoch merkwürdig langweilig halten. Ein buntes Gemisch aus Tatsachen und Zitaten, mehr jedoch nicht.

Vergleiche dies mit dem Verstand und der Mannigfaltigkeit, den immerwährenden Überraschungen meiner lieben, lieblichen Herrin.« Blindlings liebkoste er die Bücher mit einer gefleckten alten Hand. »Und möchtest du zusehen, wie sie verstümmelt, erniedrigt – und lobotomisiert wird? O Schande, Schande, zehntausendmal Schande!«

»Es war nur ein Buch!«

»Entschuldigung.« Eine Echsenfrau mit freundlichem Gesicht steckte den Kopf zur Tür herein. »Ich werde die junge Dame hinausbegleiten. Ich glaube, sie wollte eigentlich sowieso zu meinem Geschäft. Setz dich, Opa. Mach's dir gemütlich.«

»Hä?« fauchte Inglesoot und fuhr halb zur Tür herum. Ein überraschter Ausdruck breitete sich auf seinem Gesicht aus. Dann knickten die Knie unter ihm weg, und er sank langsam auf einen Pappkarton, der vor Karten, Flugblättern und weggeworfenen Werbe-Wurfsendungen überquoll. Er legte den Kopf in die Hände. »Dahin, alles auf immer dahin«, jammerte er.

Dies war die Gelegenheit für Jane. Sie nahm die Hand der Echsenfrau und trat behutsam über den Cobbly, der ihr jetzt keine Beachtung mehr schenkte. Der Weg nach draußen war frei.

An der Tür öffnete sie ihren Regenschirm und fragte ruhig: »Worum ging das Ganze eigentlich?«

»Ist Berufsrisiko.« Die Echsenfrau hob die Schultern. Sie war schwer gebaut, und ihre Bewegungen waren entsprechend träge. »Man fängt damit an, Bücher zu lesen, und man hört damit auf, sie zu lieben.«

»Aber dieses ganze wilde Gerede! Über Tod, Verstümmelung und Lobotomisierung!«

»Die Nachricht ist vor drei Tagen gekommen.« Sie fischte einen gelben Durchschlag aus einer Schürzentasche, entfaltete ihn, sah ihn an, faltete ihn wieder zusammen und steckte ihn zurück. »Die Behörden werden den Zehnten unserer Lagerbestände für die Teind-Feuer einsammeln. Bis jetzt hat Inglesoot ganz gut funktioniert. Aber als er versuchte, die überflüssigen Bücher auszusondern, merkte er, daß er es nicht konnte. Ein paar von uns sind mit Pappkartons zu ihm rüber, um ihn soweit zu bringen, die doppelt vorhandenen, weniger wichtigen Exemplare hineinzuwerfen, Ladenhüter, die sich nie verkaufen würden. Er ist uns quieksend nachgekrochen und hat sie wieder zurückgeholt. Am Ende des Tags hatten wir nur einen Karton mit einem einzigen umschlaglosen Liebesroman darin, und den stellte er für weitere Überlegungen beiseite. Also haben wir aufgegeben.«

»Was wird mit ihm geschehen?«

»Sie werden natürlich alle seine Bücher mitnehmen und ihn dazu.«

»Das ist schrecklich. Können Sie ihn nicht zur Vernunft bringen?«

»Kind, wozu ist ein Buchhändler gut, der keine Bücher verkaufen will? Es klingt hart, aber er ist genau einer jener Außenseiter, die der Teind wegputzen sollte. Für uns ist es am besten ohne ihn.« Die

Echsenfrau lächelte traurig und drückte sich in den nächsten Ladeneingang.

Jane stand zögernd im Regen. Schließlich trat sie wieder in das Geschäft. »Mister Inglesoot.«

Ohne aufzublicken, fragte er: »Wer bist du?«

»Niemand. Ein Freund. Hören Sie mir gut zu. Die Stadt will lediglich ein Zehntel Ihres Inventars. Überlegen Sie mal: Sie haben Hunderte und Tausende von Büchern – Sie können sie unmöglich alle lesen!«

Mister Inglesoot sah auf, und in diesem Blick sah sie die Härte knorriger alter Wurzeln, eine fanatische Entschlossenheit, die getötet, jedoch niemals abgeschwächt werden konnte. »So ist es besser. Besser, daß wir zusammen brennen sollen, als daß ich überlebe und den Leichnam meiner Geliebten beweinen soll, immerzu umgeben von den Erinnerungsstücken an ihre einstige Schönheit.«

»Ihre Sammlung ist keine Frau. Das ist nur eine Metapher – eine Abstraktion! Sie werden für nichts weiter als ein Prinzip sterben, das sonst niemand versteht.«

Während sie sprach, kam Jane zu der Überzeugung, daß sie selbst willentlich niemals für ein Prinzip sterben würde. Sie mochte sich deswegen schuldig fühlen, aber sie würde lächeln und lügen, klein beigeben, so tun als ob, alles, nur um zu überleben. Diese Erkenntnis machte sie ein wenig traurig, aber gleichzeitig auch sehr erwachsen.

»Nicht die Prinzipien sind es, die einen am Ende umbringen.« Inglesoot drückte mit beiden Armen einen Almanach an die Brust. Seine Stimme wurde in dem Ausmaß schwächer, wie sein Interesse an ihr schwand. »Es sind die Bücher.«

La Jettatura zu betreten war wie das Hineingehen in einen Traum. Die leise und dennoch aufdringliche Hintergrundmusik der Geschäfte des Einkaufszentrums wurde durch strukturierte Schichten der Stille ersetzt. Als sie sich an den pinienhohen Kleidergestellen vorbeidrückte, strich ihr prächtige weiche Vigogne an der Wange entlang. Hier war das stille Schimmern von Messing, dort das sanfte Rufen einer Handglocke. Alles hatte sich verschworen, die Sinne zu besänftigen. Dennoch zitterte die Luft vor Anspannung, als wäre ein Elfen-Lord im Begriff, den Raum zu betreten.

Anhand ihrer Beobachtungen der anderen Kunden hatte sich Jane ein Outfit zusammengestellt, mit dem sie nicht auffallen würde. Sie hatte ihre besten Jeans an den Knien und an drei Stellen oben an den Schenkel eingerissen, so daß die Fransen weiß und herausfordernd abstanden. Über einem schwarzen Spitzen-BH trug sie eine Bluse aus reiner Seite sowie eine Perlenkette, deren Einfassung abgenutzt genug war, daß die Kette ein Erbstück hätte sein können. Als Krönung des Ganzen hatte sie sich von Raven eine spitzenbesetzte Jacke ausgeliehen. Raven hatte die Jacke für einen Spottpreis während einer Studienreise in das Bergland von Lyonesse erworben.

Ein Hauch von Make-up vervollständigte ihr Erscheinungsbild. Als sie das Ergebnis im Spiegel musterte, kam Jane zu dem Schluß, daß sie die sichtbare Verkörperung eines Teggish-Mädchens mit Geld war, das versuchte, sich wie eine Elfengöre zu geben.

Die Faunhandschuhe lagen gleich vorn im Geschäft. Jane ging daran vorüber, ohne einen Blick darauf zu werfen, wie es ihre übliche Technik war. Sie verweilte über Spinnwebhemden, die bei der Berührung an den Fingerspitzen kleben blieben, und folgte dann einem langen gewundenen Gang, der an Herbstschals und Handtaschen im prächtigen braunen Farbton getrockneter Eichenblätter vorüberführte. Sie überraschte ein Eichhörnchen, das davonhüpfte und zwischen den Wollröcken verschwand.

Überall verspürte Jane den Druck kleiner heller Augen auf sich. Doch immer wenn sie sich umdrehte, befand sich das Verkaufspersonal in diskretem Abstand, hatte die Köpfe abgewandt und war gerade dabei, völlig zu verschwinden. Seine Aufmerksamkeit war vollkommen.

Das würde ganz bestimmt ein Diebstahl nach dem Muster ›Schnapp's-dir-und-nichts-wie-weg!‹ werden.

Auf der anderen Seite von La Jettura, über den gepflasterten Korridor hinweg, lag eine Sackgasse mit Geschäftsbüros zu beiden Seiten. Sie konnte durch die Versicherungsfiliale stürmen, zur Hintertür wieder hinaus, um eine Ecke springen und dort in der Damentoilette verschwinden, sozusagen im Handumdrehen. Dann weiter in eine Kabine, auf die Toilettenschüssel steigen und hinaufklettern in die abgesenkte Decke. Von dort aus konnte sie in jedes von einem Dutzend Lokale hinausklettern. Sie hatte bereits eine Akustikplatte beiseitegeschoben und den Raum innen auf Trolle überprüft. Es würde lediglich Nerven und Geschwindigkeit erfordern.

Sie holte lang und langsam Atem, um sich zu beruhigen.

»Junge Miß.« Ein schlanker und respektvoller Elf in makelloser anonymer Kleidung berührte sie an der Hand. »Ich würde mich gern ein wenig mit Ihnen unterhalten.«

»Ich glaube wirklich nicht…« Jane wollte sich abwenden, keuchte dann jedoch vor Schmerz, als sich die Hand fest um ihr Handgelenk schloß.

Sein entschuldigendes Lächeln reichte nicht bis zu den Augen. »Dort drüben wäre es gemütlich.«

Im Schatten einer meergrünen Marmorsäule standen zwei graue Plüschsessel. Ihr Fänger ließ Jane los, so daß sie sich hinsetzen konnte. Daraufhin setzte er sich ebenfalls und zupfte leicht an den Knien seiner

Hose, damit sie nicht ausbeulten. Er stellte seinen Sessel so, daß er dem ihren gegenüberstand. Sie mußten wie alte Freunde ausgesehen haben, die ein vertrauliches Gespräch führten. »Mein Name ist Ferret. Ladendetektiv. Mir ist aufgefallen, daß Sie daran gedacht haben, etwas von unseren Waren zu stehlen.«

Jane tat entrüstet. »So etwas können Sie nicht behaupten, nur weil es für Sie den Anschein hat.«

»Nein? Wir alle zeigen mehr von uns selbst, als wir glauben. Wollen wir einmal sehen, welche untergründigen Signale bei Ihnen zu erkennen sind. Machen Sie sich nicht die Mühe, etwas abzustreiten. Dies ist nur eine Übung.« Einen Augenblick lang sah er sie fest an. Die Lider sanken tief über Augen, die so weiß waren wie die Zähne. »Sie sind menschlich, ein Wechselbalg-Mädchen sowie Studentin an der Universität. Eher den Zauberkünsten als den freien Künsten zugetan. Soviel ist offensichtlich. Sie stehlen nicht zum eigenen Nutzen.« Er stieß ein bedauerndes *Tss-tss-tss* aus. »Jemand zieht einen Kick daraus, Sie zum Stehlen zu zwingen. Das ist ein Unglück, kommt aber häufiger vor, als Sie glauben würden.

Sie sind jedoch nicht so ordinär, wie Sie erscheinen. Ein Schatten haftet an Ihnen, sowie ein Hauch kalten Eisens. Irgendwo gibt es eine Fabrik, die Sie gern zurückhaben möchte, junge Miß.«

Sie wollte aufstehen. Aber Ferret tippte ihr mit der Hand aufs Knie und hielt sie dadurch auf halber Höhe fest. »Bitte. Unsere Kundschaft verlangt eine heitere und gelassene Umgebung. Wenn Sie nicht kooperien ... nun ja. Sie *werden* kooperieren, nicht wahr?«

Sie setzte sich wieder. Ferret hob auffordernd eine Augenbraue, und Jane nickte kläglich. »Ja. Ja, ich werde kooperieren.«

»Schön. Ich möchte Sie daran erinnern, daß wir gerade eine angenehme Unterhaltung führen, nichts weiter.« Er holte eine silberne Dose aus einer Innentasche und klopfte eine Halstablette heraus. Er bot ihr keine an. Ein schiefergrauer Schneefink hockte auf einem Gestell mit italienischen Halstüchern, schlug mit den Flügeln und flog davon. »Sie sind ein außerordentlich einsames Kind«, sagte Ferret. »Sagen Sie: Kennen Sie die Strafe für Ladendiebstahl?«

Als Jane den Kopf schüttelte, schürzte Ferret die Lippen. »Dann will ich es Ihnen sagen. Für den Diebstahl eines Paars Handschuhe – zumindest von Handschuhen in der Qualität, die wir verkaufen – besteht die Strafe in Auspeitschung, öffentlicher Demütigung und möglicherweise dem Verlust einer Hand.«

Jane wurde übel. Das mußte sich auf ihrem Gesicht gezeigt haben, denn Ferret erinnerte sie freundlich: »Sie haben noch nichts gestohlen.

Aber gestatten Sie mir, diesen Gedankengang noch etwas weiter zu verfolgen. Nehmen wir an, Sie brechen in eine Wohnung ein. Unterstellen wir ferner, Sie sind mit einem Messer bewaffnet. Sagen wir, Sie haben eine gute Wahl getroffen. Sie erwarten, Goldbarren, Schmuck, vielleicht ein paar Dinge mit künstlerischem Wert mitzunehmen. Auf jeden Fall einen Armvoll Silberwaren. Wohnungsdiebstahl erfordert etwas mehr Findigkeit als Ladendiebstahl, nicht wahr? Und die Belohnung ist möglicherweise bedeutend größer als ein Paar Faunlederhandschuhe. Was, nehmen Sie an, wäre wohl die Strafe für dieses Verbrechen? Auspeitschen, öffentliche Demütigung und möglicherweise der Verlust einer Hand.«

Jane wartete, doch Ferret sprach nicht weiter. Es war ihr unmöglich zu erraten, was er mit seinen Worten hatte sagen wollen. Es war wie eine jener Geschichten, die einem das Orakel am Namenstag erzählte: voller Vorzeichen und dennoch gleichzeitig so glatt und rätselhaft, daß man sie einfach nicht zu fassen bekam.

Er stand auf und bot ihr die Hand. Sie nahm sie.

»Ich möchte, daß Sie lange und ernsthaft über meine Worte nachdenken.«

»Das werde ich tun«, sagte Jane.

»Ausgezeichnet.«

Ferret geleitete sie nach vorn. An der Tür ließ er sie los und sagte unter einer höflichen Verbeugung: »Es war ein Vergnügen, mit Ihnen zu plaudern. Ich darf Sie doch, wenn Sie gestatten, daran erinnern, daß La Jettatura Ihnen zu Diensten seht, sollten Sie zu Geld kommen?«

»Ich habe dich gesucht«, sagte Puck Aleshire.

Jane fuhr herum. Sie hatte ihr Fahrrad in einem öffentlichen Schließfach zwei Etagen unterhalb des Geschäfts versteckt. Sie schloß es gerade auf, als Puck plötzlich neben ihr auftauchte.

Er schloß die Hand um etwas, das er in eine Tasche der Jeans steckte. »Hör mal«, sagte er. »Mir ist zu Ohren gekommen, daß du ein wenig Ärger mit Monkeys neuem Freund gehabt hast.«

»Ich sehe nicht, warum dich das irgend etwas angehen sollte.«

Einen Augenblick lang stand er schweigend da, hielt den Kopf gesenkt und hatte einen Daumen in den Gürtel gehakt. Fahrräder sausten vorüber, deren Fahrer ärgerlich die Klingel betätigten, weil er ihnen im Weg stand. Puck beachtete sie nicht. »Ja, nun, siehst du, ich hab ein paar Freunde auf der Straße. Wenn du möchtest, kann ich es arrangieren, daß sie Ratsnickle ein Wort ins Ohr flüstern. Einige dieser Burschen können ganz schön überzeugend sein.«

Jane hob ihr Rad vom Haken und setzte den Reifen des Hinterrads zu Boden. »Wenn ich deine Hilfe benötigte, wäre ich sicherlich dankbar dafür.«

»Sieh mal«, sagte Puck. »Ich kenne diese Typen. Sie

halten sich für hart, sind es aber nicht. Sie sind einfach eklig. Werfen dich aus Spaß einen Luftschacht hinab, wenn sie glauben, sie werden ungestraft davonkommen. Doch brich ihnen bloß einen Finger – den kleinen Finger, wohlgemerkt!« Er hielt den eigenen kleinen Finger hoch. »Und sie klappen zusammen. Du wirst sie nie mehr wiedersehen, das verspreche ich dir.«

Mit dünnen Lippen schüttelte Jane den Kopf. Sie wollte seinem Blick nicht begegnen.

»Du mußt davon nichts wissen. Sag mir einfach nur, daß es dir nichts ausmacht.«

Sie setzte sich den Helm auf den Kopf und zog den Riemen fest. »Ich werde nichts in der Richtung sagen. Vielleicht bin ich glücklich mit dem, was vor sich geht. Vielleicht *mag* ich Ratsnickle. Vielleicht habe ich kein Problem mit ihm, sondern mit dir. Hast du je daran gedacht?« Sie beugte sich vor und legte die Hosenklammern an. Als sie sich aufrichtete, packte sie die Lenkstange so fest, daß die Hände weiß wurden. »Also, geh mir aus den Augen, okay? Verschwinde aus meinem Leben. Geh … einfach weg!«

Puck kaufte ihr kein einziges Wort davon ab. Seine Augen blitzten vor Ärger. Angespannt und leise sagte er: »Behalte es einfach nur im Hinterkopf!«

Jane stieg auf ihr Rad, trat in die Pedale und floh.

Aber sein Blick blieb bei ihr, ebenso wie die Verwirrung und Besorgnis in seiner Stimme und der Geruch seiner Lederjacke. Er sah tiefer in sie hinein als jeder andere, und sie wußte nicht so sehr aus seinen Worten, als vielmehr aus Tonfall und Timbre seiner Stimme, daß er sich Sorgen machte.

Langsam verblaßten sein Blick und dann die Erinnerung an seine Stimme. Es war der Geruch nach Leder, der bei ihr blieb, und zwar den Tag hindurch bis tief in die Nacht.

16

Raven hatte davon gesprochen, einige Freunde zusammenzutrommeln und für die Namensgebung eine Orgie zu organisieren. Jane mochte Orgien ganz gerne, aber sie fand keinen großen Gefallen an dem Gedanken, eine große Sache aus der Namensgebung zu machen. Etwas Ruhiges und Bedeutungsvolles lag mehr auf ihrer Wellenlänge.

Also wechselte sie am letzten Tag vor den Winterferien nach der Seminarstunde im Flur ein paar Worte mit Jimmy Jump-up. Jimmy war ein anständiger Bursche, wenn auch ein wenig stumpfsinnig. Er brachte es fertig, sie in sein Schlafzimmer zu bringen, ohne daß man sie gesehen hätte. Es war ein kalter Tag, und Schneeregen sammelte sich in den Ecken seines Fensters. Er zog klappernd die Blenden herab und machte sorgfältig sein Bett neu.

Sie knutschten eine Weile, und dann zogen sie sich gegenseitig die Kleider aus.

»Wo ist dieses Brevier?« fragte Jimmy. Jane reichte es ihm, setzte sich am Kopfende seines Betts auf die Fersen und spreizte weit die Knie. Er zündete ein Räucherstäbchen an und beugte sich dann tief zu ihrer Muschi herab.

»Kleine Schönheit, Blume des Lebens«, fing er an.

Sein Schwarz war bereits steif. Weil er kurzsichtig war, hatte Jimmy die Brille aufgelassen. Er hielt das Brevier zur Seite und las mit feierlichem Gesicht die Liturgie, die jede einzelne Eigenschaft und Bestimmung ihrer Muschi pries: ihre Farben, ihre Beschaffenheit, ihre Form und ihren Geruch. Auf Jane wirkte das unwiderstehlich komisch. Sie mußte stark an sich halten, um nicht zu lachen.

»Mögen dir alle Besucher angemessene Achtung erweisen.« Er ließ einen Tropfen des roten Chrisams aus der Flasche auf ihren Bauch fallen. Das Öl kitzelte ein wenig, als es nach unten kroch. Die Luft war kalt. Janes Brustwarzen wurden steif davon, und die Arme bekamen eine Gänsehaut.

»Möge es dir niemals daran fehlen.« Er entkorkte die Flasche mit goldenem Chrisam.

Mit jedem Gebet beugte er sich tiefer herab, und sein Mund kam näher. Sie spürte seinen warmen Atem über die Hüften und die Haare in ihrem Schritt streifen. Er war weich wie ein Gedanke auf ihrer Muschi. Das Grollen seiner Worte ging ihr unmittelbar unter die Haut, und noch immer berührte er sie nicht. Nach und nach hatte Jane den Drang zu lachen verloren. Es schmerzte sie vor Verlangen. Aber es war wichtig zu warten.

Schließlich richtete sich Jimmy auf und legte das Brevier nieder. »Welchen Namen hast du für sie gewählt?«

»Kleine Jane.«

»So soll es sein.«

Jimmy Jump-up goß das klare Chrisam aus. Dann legte er die Brille beiseite und huldigte, indem er die Öle vermischte, der kleinen Jane mit den Händen. Nach einer Weile huldigte er ihr mit dem Mund. Und schließlich faßte ihn Jane beim Haar, zog ihn zu sich herauf und küßte ihn, und er huldigte ihr mit allem, was er hatte.

Technisch gesehen war die Zeremonie vorüber. Aber in praktischer Hinsicht war das, was als nächstes kam, äußerst wichtig. Der Zweck dessen, der kleinen

Jane einen Namen zu geben, bestand darin, sie kooperativ und nachgiebig zu machen, sie zu einer Freundin und Verbündeten fürs Leben zu machen. Ihr zukünftiges Verhalten würde in großem Ausmaß von der Qualität der ersten Erfahrung nach der Namensgebung beeinflußt.

Eine Weile lang konzentrierte sich Jane darauf, daß es eine gute Erfahrung würde. Dann wurde sie abgelenkt. Jimmys Gesicht wurde rot, und er stieß keuchende Laut aus, wie eine defekte Dampfmaschine. Jane schlang ihm die Beine fest um die Hüfte und zog ihn so fest an sich, wie sie konnte.

Dann kam sie, und das Zimmer füllte sich mit Schmetterlingen.

Jimmy sah erstaunt auf. Seine Miene war verdutzt, und ihm stand der Mund offen. Dann brach er in Gelächter aus. Überall waren leuchtende Flügel. Rote, orangefarbene und kobaltblaue Flocken entstanden und vergingen in einem fließenden Muster, das man aus dem Augenwinkel erhaschen, jedoch nicht fassen konnte. Es war, als befände man sich im Innern eines Kaleidoskops. Jimmy atmete einen winzigen Schwalbenschwanz ein und hätte sich beinahe verschluckt, und als ihm Jane auf den Rücken geklopft hatte, lachten beide bereits hemmungslos.

Rasch zogen sie sich die Kleider an und scheuchten den größten Teil der Insekten mit wehenden Handtüchern hinaus auf den Flur. Gerade als sie die Tür schlossen, trat der Flurwart aus seinem Zimmer, ging brüllend den Flur auf und ab und versuchte, den Verantwortlichen zu finden. Jane mußte sich mit dem Gesicht nach unten aufs Bett legen und in ein Kissen beißen, um das Kichern zu unterdrücken. Sie hatte Seitenstiche. Einmal kam der Wart direkt an ihre Tür und stand lauschend da, und sie wären fast entdeckt worden.

Es schien ein vielversprechender Anfang.

Am nächsten Tag war es warm, gar nicht der Jahreszeit entsprechend, und Jane ging nur mit einer Windjacke hinaus zum Campanile. So lange sie sich erinnern konnte, hatte der Campanile niemals geläutet. Vielleicht fehlte dafür das Geld. Aber an einem guten Tag war es ein feiner Ort, um mit ein paar Freunden herumzuhängen, etwas Sonne abzubekommen und vielleicht high zu werden.

Ein launischer Wind peitschte Janes Haar zurück. Sie steckte die Hände in die Hüfttaschen und stemmte sich dagegen. Von der Spitze des Tintagel sah sie die drei anderen Universitätsgebäude und dahinter die zusammengedrängten großen und kleinen Gebäude, die die Große Graue Stadt bildeten. Sie waren wie eine Armee aus Stein, die zu einer Schlacht irgendwo jenseits des Horizonts marschierte. Grau und verschwommen wirkten sie vor einem Himmel, der so weiß war wie ein leeres Blatt Papier.

Sirin war noch nicht eingetroffen, doch Jane drehte sich auf jeden Fall einen Joint. Sie benötigte drei Streichhölzer, bis sie ihn angezündet hatte. Sie inhalierte, schloß die Augen und stieß den Rauch langsam aus. Sie lehnte sich gegen einen der Stützbalken des Campanile und starrte zu den schwarzen Bronzeglocken hinauf, die von weißem Spatzenkot gestreift waren.

Dann überkam sie eine Art trostloser Heiterkeit. Irgendwie würde sie überleben, sich Geld besorgen, um ihre Ausbildung zu beenden und sich einen Platz in der Welt zu schaffen. Die blinden klippengleichen Fassaden der Stadt überzeugten sie davon. Sicherlich mußte es in einer so weiten und anonymen Stätte genügend Nischen geben, daß jemand so Kleines und Unbedeutendes wie sie durchkäme.

»Verfluchte Aussicht, was?«

Sie drehte sich um. Der Sprecher hockte auf dem

Rand der steinernen Brüstung. Er hatte Brauen wie ein Affe, war kinnlos, hatte schmale Augen, eine hängende Lippe, Stupsnase, Hüften wie ein Sphinx und war alles in allem charmant. Ein brutales Licht schimmerte in den Schlitzaugen. Es war ein Wasserspeier.

»Ja«, sagte sie. »Ja, das stimmt.«

»Du willst dich den ganzen Tag lang daran festhalten?«

Jane blickte auf ihre Hand hinab und dann hinauf zu dem Wasserspeier. Sie grub im Rucksack nach etwas mit dem richtigen Gewicht. Dann legte sie den Joint auf die Brüstung und sicherte ihn mit einer Puderdose. »Möchtest du einen Zug?«

»Wenn du nichts dagegen hast.« Der Wasserspeier latschte heran und streckte einen langen affenähnlichen Arm aus. Die stumpfen Finger schlossen sich um die Zigarette. Langsam und sorgfältig nahm er einen Zug und bot sie daraufhin auf Armeslänge wieder an. Jane schüttelte den Kopf. Sie wußte ein wenig von den Jagdstrategien der Wasserspeier.

»Wie heißt du?« fragte der Wasserspeier.

»Jane.«

Er machte eine brüske, täppische, fast komische Verbeugung. »Sordido di Orgulous, zu Ihren Diensten. Bist hergekommen, um dir über was klar zu werden, hm?«

»Nein, ich hoffe, hier jemanden zu treffen.« Jane suchte Sirin, und Nant hatte ihr gesagt, daß sie zu dieser Tageszeit gern hier oben herumzuhängen pflegte.

»Ich auch.«

Jane blickte hinaus über die Stadt, genoß ihre Weitläufigkeit, ihr Ausmaß, ihr Schweigen. Schließlich fragte sie, eher aus Höflichkeit, als daß es sie wirklich interessierte: »Einen weiteren Wasserspeier?«

Sordido brüllte vor Lachen. »Hoho! Dafür sind wir Felsleute zu territorial veranlagt. Ich habe die südliche

Fassade und die obersten fünfzehn Stockwerke. Nordfassade und Spitze gehören Lordo di Branstock. Weiter unten lebt Sozzo di Tintagel. Ein Ortsansässiger. Wenn einer von diesen Fieslingen seinen Fuß auf meinen Grund und Boden setzt, werd ich ihnen beibringen, wie man abstürzt.

Nein, ich habe eine regelmäßige kleine Kundschaft, die herkommt, um Dinge mit mir zu besprechen. Ich bin ein guter Zuhörer. Kommt daher, weil ich so einen langsamen Metabolismus habe. Mir wird nicht so leicht langweilig.«

»Worüber sprechen sie?«

»Du wärst überrascht. Scheiße, die sie ihren besten Freunden nicht erzählen wollen. Die meisten von ihnen suchen lediglich einen kleinen Flirt mit der Gefahr. Andere haben eine ernsthafte Anlage zur Selbstzerstörung. Sie reden. Ich höre zu. Sie bitten mich um meinen Rat. Ich erteile ihn. Hin und wieder gelingt es mir, einen durch Süßholzgeraspel über den Rand zu schwatzen. Dann esse ich. Neun von zehn Malen hatte sie das gleich von vornherein vorgehabt. Diesmal setzte ich berechtigte Hoffnungen auf diejenige, die hier gern vorbeischaut.«

Ein dunkler Verdacht stieg in Jane auf. »Du weißt ihren Namen nicht, oder?«

»Nö.«

»Groß, schöne Beine, langes Haar?«

»Ist keine Beleidigung, Fräuleinchen, aber es fällt mir ziemlich schwer, euch auseinanderzuhalten.«

»Aha.« Jane verfiel in Schweigen.

Eine Zeitlang genossen sie gemeinsam die Aussicht, ohne zu sprechen.

»Was ist also mit diesem Teind?« fragte Sordido plötzlich. »Du freust dich drauf?«

Jane sah ihn an. »Wenn man's so nennen will. Man könnte glauben, der Teind muß sich unbedingt jemanden von deinen Bekannten holen, vielleicht sogar viele. Also bin ich nicht sonderlich scharf darauf. Dann wiederum, sobald er vorbei ist, ist er vorbei. Man kann weitermachen. Daher ist es vielleicht am besten, er kommt, und dann haben wir es hinter uns.« Sie hielt inne. »Was kümmert dich der Teind überhaupt? Ich habe euch Burschen für immun dagegen gehalten.«

»Ist die einzige Zeit, wo wir uns satt essen können.«

»Oh.« Sie blickte weg.

»Oh«, äffte Sordido sie nach. »Oh, meine Liebe. Wie schrecklich vulgär.« Verärgert richtete er sich auf den Oberschenkel auf und entfaltete nachdenklich die Schwingen. Sie waren riesig groß. »Sieh mich an! Wieviel Energie benötigt es deiner Ansicht nach, um so etwas Schweres in die Luft zu heben?«

»Nun …«

»*Gewaltig* viel, soviel braucht man. Ich werd dir noch etwas sagen, was du über die Felsleute nicht weißt. Wir begatten uns nur im Fliegen. Kapiert? Einmal alle zehn Jahre füllt ihr eure Straßen mit Aas, und wir steigen herab und fressen uns satt. Ist kein schöner Anblick, das garantiere ich dir, aber wessen Schuld ist es? Wir essen soviel, wie wir können. Dann steigen wir an den Fassaden irgendeines Gebäudes, das gerade in der Nähe ist, wieder hinauf.

Ist ein verfluchter Aufstieg. Er dauert Stunden. Wir sind den ganzen Tag lang unserem Geschäft nachgegangen, also ist es womöglich Sonnenuntergang. Dann ist der blutgetränkte Himmel so leuchtend hell wie das Höllentor selbst. Wolken sind so purpurrot wie ein Bluterguß. Wir klettern. Die Welt wird dunkel, und die Sterne kommen heraus. Wenn wir oben sind, ist es Nacht.

Dir ist vielleicht aufgefallen, daß die Felsleute nicht viele Weibchen haben. Wenn unsere Damen also in

Hitze kommen, gibt es jede Menge Wettkämpfe um ihre Gunst. Der Mond geht auf. Wir warten. Schließlich erhebt eine ihre Stimme.« Er zitterte. »Nekhbet! Du hast keine Ahnung, wie wunderschön ihre Stimmen sind. So süß, daß du dich gleich vom Gebäude stürzen möchtest.«

Die Tür zum Tintagel öffnete und schloß sich leise. Sirin kam auf den Campanile hinaus. Janes Anblick überraschte sie offenbar. Aber nach einem kurzen Zögern setzte sie sich neben sie auf die Brüstung. Zusammen hörten sie dem Wasserspeier zu.

»... wie im Chor erheben die Männchen die Stimmen als Antwort. Tief und leise. Wir klingen vielleicht nicht so lieblich, aber unergründlich. Wie Donner nach dem Gesang der Lerche.

Keine Ahnung, wie lange das Singen dauert. Man verliert das Zeitgefühl. Schließlich jedoch streckt sie sich und sieht sich um. Neckend. Sie spreizt die Schwingen. Sie springt. Sie fliegt. Sie steigt hoch in den Himmel, und sie singt noch immer.

Da verlieren wir völlig die Beherrschung. Wir krabbeln über den Rand, und der Instinkt beherrscht uns völlig. Vielleicht zwanzig-dreißig-vierzig von uns bilden einen Schwarm und fliegen hinter ihr her. Wir fühlen alle, wie uns der Hafer sticht, wir lachen und scherzen. Sie wird sich nur mit einem von uns vereinen. Also geht es dort oben rauh zu. So habe ich den Knick im Bein bekommen. So habe ich diese beiden verloren.« Er zeigte die Klauen und zog sie wieder zurück.

»Nun, es sind die Damen, die das Rennen fortsetzen. Sie werden die Jungen aufziehen, sie nähren und hinauswerfen, wenn sie groß genug sind und damit anfangen wollen, einander zu töten. Merkwürdig, daß sie soviel stärker als die Männchen sind. Nur die besten von uns können mithalten. Der Schwarm schrumpft. Und natürlich besteht die Möglichkeit, den Mitstreiter davon zu überzeugen, daß es vielleicht an der Zeit für die Heimkehr ist.

Schließlich seid nur noch ihr beide da, du und sie. Sie ist dir noch immer voraus, aber sie versucht nicht zu entkommen. Tatsache ist, daß sie vielleicht sogar etwas langsamer wird. Vielleicht wirft sie einen Blick zurück, flirtet ein bißchen und schaut nach, wie du so bist. Sie kippt eine Schwinge, und das Mondlicht ist bleich auf ihrer Flanke. Ihre Klauen sind wie zwei schwarze Glasdolche. Ihre Brüste zwei weiße Schädel, und ihr Blick ist hungrig.

Sie steigt in Spiralen hinauf, und du folgst ihr. Die Stadt fällt zurück. Die Luft ist kalt und klar. Ein jeder deiner Muskeln schmerzt wie Feuer, aber du kommst ihr näher. Ihre Schwingen verdecken den Himmel. Sie streckt dir die schlanken Arme entgegen, und sie ist wunderschön und zart wie die Dame Tod in Person. Ihr Moschusduft bringt dich zum Wahnsinn. Sie begehrt dich – sie kann's nicht verbergen – ebenso sehr, wie du sie begehrst.«

Sirin atmete flach. »Hört sich wunderschön an«, flüsterte sie.

»So sagen es uns die Damen.« Sordido stieß einen langen tiefen Seufzer aus. »Doch schließlich würden sie wohl kaum etwas anderes sagen, nicht wahr? Es ist nicht so, als erhielte das Männchen hinterher Gelegenheit, seine Stimme zu einer Meinung über dieses Thema zu erheben.«

»Wie bitte?« fragte Jane.

»Nun, wir überleben ja nicht. Die Dame hatte eine lange Nacht hinter sich, und ziemlich bald wird sie eine Schar von vielleicht einem Dutzend Jungen ausbrüten. Das heißt, sie wird ihre Energie benötigen. Sie muß *irgend etwas* essen.«

»Das ist absurd!« sagte Jane.

Sirin sagte nichts.

»Ja, nun, von deinem Standpunkt aus vielleicht. Aber du kannst ihnen dafür keine Schuld geben – den Damen. Das ist einfach unsere Biologie. In dem Punkt haben sie nichts zu melden.« Einen Augenblick lang sackte Sordido trübsinnig in sich zusammen. Daraufhin richtete er sich mit sichtbarer Anstrengung wieder auf. Ein langsames Schulterzucken. »Nun ja. Sieh mal, tut mir ja leid, wenn ich dich deprimiere. Dieses Thema ist nur so was wie ... na, du weißt schon.«

»Ich verstehe.«

»Kein böses Blut?« Er streckte die Hand aus.

»Kein böses ...«

»Jane!« Sirin packte Jane und zog sie zurück, als sie die Hand ausstreckte, um die Hand des Wasserspeiers zu ergreifen. Die steinernen Finger schlossen sich über leerer Luft.

Sordido kicherte. »Verdammt!«

Sirin führte Jane vom Campanile herab. In den Granitkorridoren und Marmorhallen von Tintagel lag eine schwache Ausdünstung schaler Luft. Jane fühlte sich angespannt und schwach; eine nachträgliche Schockreaktion. Aber sie dankte Sirin nicht für die Rettung ihres Lebens. So lange sie ihr nicht dankte, so lange die Spannung zwischen ihnen anhielt, so lange konnte sich Sirin nicht von Jane losreißen. Und es mußten einige Dinge gesagt werden.

Blind tasteten sie sich einen Gang entlang, dessen Decke so niedrig war, daß Jane den Kopf einziehen mußte, wann immer sie auf eine Belüftungsröhre trafen. Elektrische Kabel liefen in Zweier- und Dreierreihen an den grauen Wänden entlang und führten im Bogen über Eingänge zu überflüssig gewordenen Seminarräumen hinweg, die in Lagerräume umgewandelt worden waren. Kartons mit veralteten Studienführern und Adressen für akademische Abschlußfeiern warteten müde neben Türen, die sich niemals mehr für sie öffnen würden.

Der Gang endete in einem Treppenhaus, und sie setzten sich auf die oberste Stufe. Von unten ertönten Stimmen sowie das gelegentliche Geklapper eiliger Füße, doch es tauchte niemand auf. Über ihnen drehte sich ein verstaubtes ausgestopftes Krokodil in ansonsten nicht wahrnehmbaren Luftströmungen. Wo die Nähte aufgerissen waren, quoll graues Stopfmaterial heraus.

»Sirin, was in aller Welt tust du da? Dich mit dieser Kreatur zu treffen?«

Sirin starrte auf ihre Knie und schüttelte den Kopf.

Jane nahm ihre Freundin bei den Händen. Sie waren wie Eis. Sirin hatte an Gewicht verloren; die Wangenknochen waren ausgeprägter, die Augen glitzernd kalt. Sie sah wunderschön und verdammt aus. »Ich weiß, es geht mich nichts an. Aber in letzter Zeit hast du einige Seminare versäumt. Die Mädchen reden allmählich über dich. Sie sagen, wenn deine Durchschnittsnoten noch etwas tiefer sinken, wird man dich automatisch rauswerfen.«

»Rauswerfen! Daß ich nicht lache.«

»Genau das ist es, es geht um die richtige Einstellung. Davon rede ich! Sirin, sieh mal, ich habe selbst Probleme, und ich traue mich nicht, mich zu sehr auf deine Probleme einzulassen. Verstehst du? Wenn ich zu helfen versuche, werde ich nur uns beide herunterziehen. Aber ich bin deine Freundin. Ich kann dich wenigstens vor dem warnen, was jeder außer dir auf dich zukommen sieht.«

Sirin saß reglos wie eine Säule da. Ihr Gesicht war so weiß wie Salz. »Ich bin gezeichnet«, sagte sie. »Für den Teind.«

Das weißt du nicht, hätte Jane fast gesagt. Aber

etwas in Sirins Gesichtsausdruck überzeugte sie vom Gegenteil. »Wie kannst du dir so sicher sein?«

»Ich habe es gesehen. Dreimal. Einmal in einem jungfräulichen Spiegel. Einmal in einer Pfütze Tinte. Einmal in einer doppelten Handvoll meines eigenen Bluts.«

»Du kannst nicht sicher sein! Schließlich ist Vorausschau keine präzise Wissenschaft.«

»Dreimal? Das ist verdammt sicher.«

Jetzt kamen Jane doch die Tränen. Sie konnte sie nicht zurückhalten. »O Sirin, wie konntest du nur! Du weißt ebenso wie ich, wie gefährlich es sein kann, in die Zukunft zu blicken. Meistens würde das, was man sieht, nicht geschehen, wenn man es nicht vorhergesehen hätte.« Sie ließ Sirins Hände los und wollte sie umarmen und trösten. Aber alles kam in ihr hoch, und sie boxte Sirin statt dessen einfach so hart, wie sie konnte, auf die Schulter. Es war zu schrecklich. »Verdammt! Warum?«

Unbewegt sagte Sirin: »Ich habe keine Gründe. Ich hatte niemals irgendwelche Gründe, wenn ich etwas getan habe. Vielleicht haben andere Leute Gründe. Aber wenn ich in mich hineinsehe, so ist dort anscheinend nur eine große Leere, wo eigentlich etwas sein sollte. Warum? Ich weiß es nicht. Warum nicht?«

Das Krokodil grinste höhnisch auf sie beide hinab. Ein ironischer Funke glitzerte in einem matten Glasauge, und ein lautloses Kichern zog sein Grinsen so breit, daß die ganze Baumwollfüllung herauszufallen drohte. Jane hatte die Beherrschung zurückgewonnen und wischte sich die Augen am Ärmel ab. »Du kannst doch noch ein paar Schritte zu deinem Schutz unternehmen.«

»Ich habe bereits alles getan. Ich habe sogar schon überlegt, eine Freistellung zu kaufen, so verzweifelt war ich.«

»Du könntest…«

»Aber was hätte es auch für einen Zweck, da ich es nicht tun werde?« Plötzlich lachte Sirin auf, schüttelte das Haar und sagte: »Kein weiteres Wort mehr. Gehen wir ins Studizentrum. Trinken wir etwas, spielen ein paar Runden Karten und tischen ein bißchen Klatsch auf. Da mir nur noch so wenig Zeit bleibt, möchte ich nichts mehr davon mit Reden und Reden und Reden über diese Sache verschwenden.«

Jane biß sich auf die Lippe und nickte. Gemeinsam gingen sie die Treppen hinab. Das Krokodil über ihnen wurde kleiner. Sie spürte, wie sein verächtlicher Blick zu einer heißen pünktchenförmigen Quelle des Gefühls schrumpfte und dann verschwand.

»Sirin? Was hast du über eine Freistellung gesagt? Du meinst, ich könnte mich aus dem Teind freikaufen?«

»Vergiß, daß ich irgendwas gesagt habe. Es würde dich sowieso mehr Geld kosten, als du hast.«

Wie sich herausstellte, wären die Kosten für einen Freikauf vom Teind gelinde gesagt astronomisch. Jane blieb vor Dr. Nemesis' Büro stehen, um sich zu informieren, obgleich sie bezweifelte, die Kosten aufbringen zu können. Sie hatte die Broschüre an jenem Nachmittag in der Handtasche, als Ratsnickle vorbeischaute und nach den Handschuhen fragte.

Er fing sie beim Verlassen des Präplabors ab. Die Metalltüre fiel leise klickend hinter ihr ins Schloß und schottete die Reihen von Kadavern auf ihren Chrompritschen ab. Die Kühlräume befanden sich am Ende einer düsteren Sackgasse, daher herrschte so spät am Tag nur sehr wenig Betrieb. Die Flure waren ruhig.

Vorn, wo der Flur eine Biegung machte, versperrte Monkey mit ihrem Rad den Weg. Ratsnickle schlenderte neben ihr her.

Jane blieb stehen.

Ratsnickle ließ Monkey zurück und kam auf Jane zu. Sie wartete, auf alles vorbereitet, was er zu sagen haben mochte.

»Hast du gehört?« fragte er. »Sirin ist auf dem Gift.«

»Was? Das glaube ich nicht.« Nervös, weil es nur zu gut paßte, sagte Jane: »Sie würde das nicht tun. Sirin ist nicht so.«

Ein Schulterzucken. »Wenn du meinst.« Monkey unten im Flur lehnte sich an ihr Fahrrad, und ihre Augen waren zwei glühende Flecken des Hasses. »Du und ich, wir haben einiges zu besprechen.«

»Ich werde nicht für dich stehlen. Nicht jetzt, nie wieder.«

»Es gibt mehrere Wege zu einem Ausgleich zwischen uns.«

»Ich bin dir nicht das geringste schuldig.«

»Ach ja?« Ratsnickle hob die Augenbrauen. Er streckte die Hand aus. »Gib mir die Faunleder-Handschuhe, dann sind wir quitt. Ich werde aus deinem Leben verschwinden, und du wirst mich niemals mehr wiedersehen.«

Jane sagte nichts. Es gab nichts zu sagen.

Ratsnickle warf einen Blick über die Schulter, um sich davon zu überzeugen, daß niemand außer ihr und Monkey in der Nähe war. Dann knöpfte er sich langsam und auf eine Weise die Hose auf, die er wohl für verführerisch hielt, und zog den Penis heraus.

Unwillkürlich verspürte Jane ein Gefühl des Ekels. Penisse hatten sie niemals um ihrer Schönheit willen beeindruckt, aber Ratsnickles Penis war besonders häßlich. Er war schwach grünlich; zweifelsohne hatte sein Sauberkeitsstandard irgendeinem Schimmelpilz oder mikroskopisch kleinen Moos erlaubt, sich darin einzunisten.

Er beobachtete sie gierig, und ein elektrisierendes

Grinsen lag auf seinem Gesicht. Sein Penis wurde in kleinen zuckenden Stößen hart. Er sah aus wie ein bizarres Gummispielzeug, das mit einer Handpumpe aufgeblasen wurde.

»Steckst ihn besser weg, ehe er anfängt, Fliegen anzuziehen«, sagte Jane.

Ratsnickles Gesicht verzerrte sich vor Ärger. »Du Scheinheilige! Ich hab dich genau beobachtet – dir hat gefallen, was du gesehen hast. Du hast nicht genug davon kriegen können. Du hast dich gleich hier und jetzt auf mich stürzen wollen.« Aber immerhin schob er den Penis zurück in die Hose und knöpfte sie zu.

»Komisch. Nie hat man eine Heckenschere zur Hand, wenn man sie braucht.«

Ratsnickle zog die Hose hoch, und einen Augenblick lang glaubte sie, er würde sie schlagen. Statt dessen jedoch packte er ihre Hand mit beiden Händen und küßte die Fingerknöchel. »*Touché,* reizende Dame. Aber eine Berührung ist kein Duell, noch entscheidet ein einziges Gefecht die Schlacht. Wir werden uns auf dem Schlachtfeld wiedersehen – liebste Feindin.«

Er stolzierte davon, ohne sich umzuschauen, ob Monkey ihm überhaupt folgte.

Sobald er verschwunden war, verzog sich Jane rasch ins nächste Bad, um sich die Hände zu waschen.

Das Bad war gekachelt und in einem glänzenden Schwarz gestrichen. In die Farbe waren gewissenhaft Graffitis eingeritzt worden. Durch die verschiedenen Farbschichten sah man mehrere Generationen eckiger Runen; Palimpseste des Ärgers und hingeworfener Obszönitäten. Gewellte Spiegel hingen schräg über den Waschbecken, so daß Jane zu dem verzerrten Abbild ihrer selbst aufsehen mußte, um das Make-up zu überprüfen. Eine an- und abschwellende Monkey schwamm im Spiegel auf sie zu.

Monkey hatte offenbar nicht mehr alle Sinne beisammen. Ihr Gesicht war rot, sie hatte die Fäuste geballt und das Haar war völlig aufgelöst. »Du Luder! Du Katze! Du läßt gefälligst die verdammten Pfoten von meinem Liebling!«

»Du kannst ihn haben. Ich will ihn nicht.« Jane wusch sich weiter die Hände. »Weiß die Göttin, ihr beide verdient einander!«

»Schlau. Sehr schlau. Ich weiß, wie verschlagen du bist.« Monkey kamen die Tränen. »Ich habe Dinge für ihn getan, die du niemals tätest. Nicht in einer Million Jahre. Ich habe mich für ihn *erniedrigt*.«

Jane spülte sich die Hände ab und zog ein Papierhandtuch aus dem Spender. »Nun, schön für dich.«

»Sei nicht so unverschämt! Wag das nicht noch einmal! Ich warne dich.« Plötzlich schwankte und taumelte Monkey. Sie wollte sich am Rand des Waschbeckens festhalten.

»Bist du in Ordnung?« fragte Jane vorsichtig.

»Einen Moment lang habe ich gedacht, ich hätte …« Monkey schüttelte den Kopf. Sie hatte offensichtlich den Faden verloren. Sie zitterte heftig. Dann holte sie aus einer Jackentasche einen in ein Tuch geschlagenen Gegenstand hervor. »Sieh her!« Sie schälte das Tuch ab, und heraus kam ein Einhorn aus geblasenem Glas. Sie setzte es auf die Kosmetikablage. »Ratsnickle hat es mir bei unserem ersten Treffen gekauft.« Das Licht tanzte in dem traurigen kleinen Kinkerlitzchen. »Was hat er jemals für dich gekauft?«

»Nichts.«

»Verdammt richtig, nichts!« Triumphierend hob Monkey das Einhorn hoch.

Es zersprang ihr in der Hand.

Überrascht trat Jane zurück. Mit ausgestrecktem Arm stand Monkey wie erstarrt da. Blut rann ihr an den Fingerspitzen hinab und tropfte auf den Fußboden. »Ein kleiner Schritt für einen Mann«, sagte sie, »ein gewaltiger Schritt für…« Sie übergab sich, und eine Gischt aus Fischaugen floß ihr aus dem Mund. Sie ergossen sich über die Vorderseite ihrer Bluse.

»Monkey?«

»Die Oberfläche ist fein und pulvrig, sie haftet wie Holzkohlepulver an den Sohlen und Seiten meines Fußes.« Die Stimme aus Monkeys Mund war anders als alles, was Jane je zuvor gehört hatte. Sie war hart und wurde durch statisches Rauschen unterbrochen, als spräche sie aus weiter Ferne. »Ich sehe die Fußabdrücke meiner Stiefel und die Trittspuren in den feinen Sandteilchen.«

Mit dem Einsetzen des *zweiten Gesichts* hatten die Pupillen sich zusammengezogen und waren verschwunden. Die Augen waren jetzt von einem harten milchigen Weiß. Monkey wehrte sich nicht, als Jane, die ihres Entsetzens Herr wurde, sie zu einem Waschbecken führte und ihr kaltes Wasser über die blutende Hand laufen ließ. »Es ist eine sehr weiche Oberfläche«, sagte Monkey. Jane hatte ein sauberes Taschentuch in der Handtasche; sie benutzte es als Verband für Monkeys Handfläche und hoffte, daß keine Glassplitter in den Schnitten zurückgeblieben waren. »Aber hier und da, wo ich zufällig mit dem Probensammler bohre, stoße ich auf eine harte Oberfläche.«

»Harte Oberfläche«, wiederholte Jane. Sie befeuchtete ein Papierhandtuch und wischte Monkey das Erbrochene aus den Mundwinkeln. Eine Toilette rauschte, und eine Rusalka kam aus der Kabine. Sie warf den beiden einen seltsamen Blick zu und ging, ohne sich die Hände zu waschen. Jane mußte sich jetzt wohl oder übel entscheiden, ob sie ihre Zimmergenossin über Nacht hierlassen sollte oder nicht. Sie ging zur Tür, kehrte zu der kleinen, auf dem Fußboden zusammengesunkenen Gestalt zurück, ging wieder zur Tür. Sie konnte nicht weg.

Schließlich seufzte sie auf. »Ich bring dich heim, Monkey.«

Ihre Zimmergenossin nickte träumerisch. »Dies muß das bedeutsamste Telefongespräch in der Geschichte sein.«

Monkeys Fahrrad lehnte draußen an der Mauer, und Janes Rad befand sich in einem Schließfach nicht weit entfernt. Monkey war nicht in der Verfassung zu fahren, aber glücklicherweise hatte Jane eine Umbauausrüstung in den Satteltaschen. Jane holte einen Schraubschlüssel heraus und verband geschickt die beiden Räder mit Querstangen, paßte die Zahnkränze an, sorgte dafür, daß die Pedale mitliefen, und drehte eine Lenkstange in Längsrichtung. Binnen kurzem hatte sie ein vierrädriges Gefährt mit einem tiefliegenden Riemensitz hinten und dem erhöhten Fahrersitz vorn. Ihre Zimmergenossin setzte sich in todesähnlicher Ermattung hinter sie, und Jane fuhr los.

Zwei Aufzugwechsel später waren sie wieder in Habundia. Als sie ihr Zimmer erreichten, stieg Monkey erschöpft vom Tandem, stolperte und wäre fast gestürzt. Jane schloß die Tür auf, packte Monkey beim Kragen ihrer Bluse und führte sie zu ihrem Bett. Ein Stoß, und sie fiel mit dem Gesicht nach unten auf die Tagesdecke.

Jane schwang Monkeys Beine aufs Bett und wälzte sie auf den Rücken. Monkeys Gesicht war grau, aber als ihr Jane einen Finger unter die Nasenlöcher hielt, spürte sie einen warmen Atemhauch. Sie zerrte Monkey die Schuhe herunter und machte sich daran, ihr die Kleider auszuziehen. Dann überlegte sie es sich anders. Es gab Grenzen.

Zehn Minuten benötigte es, die Fahrräder voneinander zu trennen und wegzustellen. Anschließend merkte Jane, daß sie zu aufgewühlt war, um ans Arbeiten auch nur zu denken. Sie saß auf ihrer Bettkante und starrte ihre Zimmergenossin voller Abscheu an.

An der Tür ertönte ein Klopfen.

»Will dieser blöde Tag denn *nie* enden?« Jane ging zur Tür und riß sie auf. »Was ist denn?«

Eine dralle kleine Spunkie grinste zu ihr hinauf. »Billy Bugaboo wartet in der Halle auf dich. Er hat 'ne Banane in der Tasche, und ich glaube, die will er dir schenken.«

»Ja, nun, du kannst ihm sagen ...«

»Er hat gesagt, daß er das Ding hat, was du haben wolltest.«

»Oh.«

»Was soll ich ihm also ausrichten?«

»Scheiße.« Jane war müde. Sie war verärgert, fühlte sich schlecht behandelt und kam sich irgendwie asozial vor. Das Timing war Billy Bugaboo in Reinkultur. »Sag ihm, ich werde unten sein, sobald ich Unterwäsche zum Wechseln eingepackt habe.«

»Soll ich das tragen?«

»Nein, das mach ich selbst.« Sie legte ihre Bluse beiseite und kehrte Billy den Rücken zu. »Hilf mir mit dem BH, ja?« Während er an den kleinen Haken herumfummelte, fragte sie: »War's schwer, sie zu stehlen?«

»Was spielt das für eine Rolle? Ich hab das verdammte Ding.«

»Na na, Billy«, sagte sie überrascht. »Das klingt aber ganz und gar nicht nach dir.«

»Tut mir leid, es ist nur – ich weiß nicht.« Verwirrt und verlegen war Billy eifrig damit beschäftigt, seine

Hemdknöpfe zu öffnen. Für einen Augenblick war er Jane größer vorgekommen. Jetzt schrumpfte er zu seiner früheren Statur zusammen. »Ich wünsch mir einfach nur, es müßte nicht so sein.«

»Das war die Abmachung, erinnerst du dich?« Jane sah ihn mit einer Mischung aus Schuldgefühl und Spott an. Was war er doch für ein sentimentaler und hoffnungsloser Bursche! Aber sie achtete darauf, das nicht zu zeigen. Sie sagte sanft: »Manchmal wollen die Leute etwas, das sie nicht wollen sollten. Ich *vertraue* dir, Billy.« Dann, als er keine Antwort gab: »Es wird nett werden. Ich verspreche es.«

Sie trat ihre Jeans herunter. Billy faltete seine Jeans und legte sie auf die Kommode. Jetzt waren sie beide nackt. »Gib sie mir!« sagte sie.

Billys Zimmer war eine Schachtel und so spärlich möbliert wie ein Bühnenbild. Keine Teppiche am Boden. Keine Poster an den Wänden. Es enthielt ein Bett, eine Kommode, einen Stuhl und eine Lampe – jeweils ein Stück. Ein kurzes Regal mit Lehrbüchern stand neben der Lampe auf der Kommode. Wegen des zugezogenen Vorhangs und der gedämpften Beleuchtung fühlte es sich an wie der stille Augenblick vor dem Beginn einer Vorstellung.

Billy ging zu seinem Kleiderschrank und holte die Jacke.

Es war ganz bestimmt die richtige – sie erkannte die Flicken sowie die abgewetzten und ausgefransten Stellen wieder. Dies war Puck Aleshires Jacke. Der Geruch war unverkennbar.

Jane legte sie sich um die Schultern. Sie war schwerer, als sie erwartet hatte, und das gefiel ihr. Die Jacke war heiß auf der Haut, und weil Jane jetzt zum Teil bedeckt war, wirkte alles übrige exponierter und verwundbarer. Die miteinander vermischten Gerüche von Puck und dem Leder hüllten sie ein. Sie schloß die Augen. »Komm her!« sagte sie.

Billy beugte sich herab, ließ die Arme unter die Jacke rutschen und drückte Jane fest an sich. Jane hob ihm den Mund entgegen und stellte sich auf die Zehenspitzen, so daß sich die Kleine Jane an seinem Schwanz rieb. Sie spürte die Adern pochen. Er war schon zum Abspritzen bereit, und anstatt zu versuchen, diesen ersten gierigen Orgasmus hinauszuzögern, wollte sie sehen, wie rasch sie ihn kommen lassen konnte.

Sie zog sich zurück und legte die hohle Hand um Billys Eier, drückte sie leicht und rollte die beiden äußeren um das innere. Sie leckte ihm die Brustwarzen, saugte fest daran, neckte sie mit kleinen Bissen. Billy umfaßte ihren Kopf und stieß tief aus der Kehle einen leisen Laut aus, wie ein Sumpftier, das durch die Nacht nach seiner Gefährtin ruft.

Jane ließ die Hand aufwärts gleiten und drückte. Die Jacke wollte ihr von den Schultern rutschen, und sie schob sie rasch zurück. Sie bewegte die Hand in langen Strichen auf und ab. »Das gefällt dir?«

»Jaaah!«

»Schön.« Sie machte weiter. Auf und ab. Rascher.

Mit einem kleinen erschreckten Schrei spritzte er ab. Warmes Sperma ergoß sich über beider Bäuche und die Seite ihrer Hand.

Jane hakte ein Bein hinter ihn und warf ihn aufs Bett. Sie kroch ihm nach. »Was für eine Schweinerei«, murmelte sie. »Was für eine klebrige, klebrige Schweinerei!« Sie hielt sein erschlaffendes Glied in der Hand und drehte sich herum, so daß sich ihr Schritt auf Höhe von Billys Mund befand. Dann machte sie sich daran, ihm den Bauch sauberzulecken.

Als sie mit der Zunge den ganzen langen, langen Rumpf hinab war, war Billy wieder hart. Ohne daß sie es ihm hätte sagen müssen, leckte er ihr den Unterleib und erwies ihr somit den gleichen Dienst, den sie ihm erwiesen hatte.

»Ich habe eine Fliegerbrille auf dem Stuhl neben meiner Bluse liegenlassen«, sagte Jane nach einer Weile. »Sei so lieb und hol sie mir, ja?«

Billy gehorchte, wobei er knurrte: »Ich würd dir gern in die Augen sehen.«

»Das ist Dreiviertel meines Abschlusses«, log Jane, »du möchtest doch nicht, daß ich durchrassele, oder?« Sie setzte die Brille auf. »Kannst du irgendwas sehen?«

»Natürlich nicht«, sagte er. »Wenn ich wirklich genau hinschaue, sehe ich, daß du die Augen geschlossen hast.«

»Habe ich nicht. Jetzt mußt du versprechen, kein weiteres Wort mehr zu sagen, ehe wir fertig sind.« Um seinem Protest zuvorzukommen, fügte sie hinzu: »Ist für meine Arbeit, erinnerst du dich? Ich verlange nicht viel von dir. Und heute abend werde ich alles tun, was du willst. Was immer du willst, wo immer du es willst – nur zu. Aber du kannst nicht sprechen. So ist das nun mal mit den esoterischen Künsten.«

In Wahrheit wuchsen esoterische Künste strikt auf eigenem Mist. Sie waren nicht reproduzierbar, sondern eine Reihe von Techniken und Fingerfertigkeiten ohne Rezepte, Rituale oder Straßenkarten. Die Hälfte ihrer Macht beruhte auf der Erforschung, der Begegnung und der Überwindung der eigenen Schamschwelle, Furcht und sogar des eigenen Ekels. Aber einiges von dem, was Jane für den Abend im Sinn hatte, konnte sie nur genießen, wenn sie vorgab, Billy B. wäre jemand anderes.

Sie rieb die Seite des Gesichts an seinem Schwanz und dachte dabei: wie glatt und seidig! So hart, dachte sie, so groß. Sie schloß den Mund über der Eichel und dachte, wie salzig mein Puck schmeckt!

Die Zeit schmolz dahin.

Den größten Teil der Reise hindurch war sie wie der Steuermann eines kleines Schiffs, der sich sicher mit den Strömungen bewegte, die Segel trimmte, um mehr Wind einzufangen, und vor dem Sturm herlief. Sie glitt mit phantastischer Geschwindigkeit über die Oberfläche; das Wasser zischte, die Segel quietschten unter dem Zug. Dann vereinigten sich alle Ozeane und wogten unter ihr hoch, und sie verlor die Kontrolle. Als dies geschah, war Billy über ihr. Sie bewegte sich wild.

Aufgeschreckt wollte sich Billy zurückziehen, doch sie packte ihn und warf ihn wieder über sich. Puck würde sich nicht zurückziehen. Er wäre *unbarmherzig.* Er nahm sie jetzt unter Dauerbeschuß – »Rascher!« murmelte sie, wie ein wildes Tier in der Brunst. Sie kratzte ihm den Rücken fest genug mit den Nägeln, daß es blutete. Das machte ihn um so heißer. Er war wahnsinnig vor Lust. Seine Leidenschaft war jetzt so heftig, daß er nicht mehr wußte, wer unter ihm lag. Es kümmerte ihn nicht mehr, daß sie es war. Es hätte jede sein können. Die Wut seines Begehrens löschte jeden Gedanken aus.

Sie war jetzt dicht davor. Jane wühlte sich in die Jacke, vergrub das Gesicht im Kragen. Sie atmete den Geruch des Leders ein. Pucks Duft hatte die Jacke getränkt. Am stärksten stieg er aus den Achseln auf, aber sein scharfer Geruch war überall. Sie selbst war in Schweiß gebadet. Ihre Düfte vermischten sich, stiegen auf in einer alchemischen Vermählung, bildeten etwas Reiches und Wildes. Sie nahm die Jacke zwischen die Zähne und biß fest zu. Sie würde gleich kommen.

Sexuelle Energie war am besten im Augenblick

des Orgasmus erhältlich. Deswegen waren die Meister gewöhnlich weiblich. Eine Hexe mochte eine Reihe, eine Serie, einen Archipel an Orgasmen haben, mit denen sie arbeiten konnte, während männliche Hexenmeister (gewöhnlich) auf einen beschränkt waren. Männer fühlten sich meist zu den nekromantischen Künsten hingezogen, weil es kein besonderes Talent erforderte, etwas zu töten. Jane wußte jedoch, daß sie mit diesem einen Orgasmus zu arbeiten hätte. Unerfahren, wie sie war, war's entweder das erste Mal oder nie.

Sie richtete alle ihre zur Verfügung stehenden inneren Kräfte aus und konzentrierte sich darauf, die in ihr aufsteigende Energie zu identifizieren, zu isolieren und davon wegzurücken. Ihr Bewußtsein schloß sich wie zwei Hände, die eine Drossel fingen, um diese Energie. Sie wurde von einer vollkommenen und universellen Stille ergriffen. Ganz kurze Zeit war sie losgelöst von allen Banden.

Sie zwang sich dazu – das war der schwerste Teil –, nichts zu erwarten, und öffnete die Augen.

Sie saß auf einem Hocker an einer belebten Restauranttheke. Überrascht sah ihre Mutter von einer Tasse hellbraunen Kaffees auf. Ein Ellbogen ihrer Mutter streifte einen Aschenbecher und warf ihn von der Theke. Stummel und Asche flogen davon. Köpfe drehten sich herum.

Jane hielt die flatternde Energiequelle im Bewußtsein gefangen. So also mußte es sich anfühlen, eine Hexe zu sein! Sie jubilierte, und die Energie erfüllte sie, wie Licht eine Kristallfigurine erfüllt. Doch die Energie wollte frei sein. Sie war ein Vogel, eine Kraft, eine Kugel aus Licht. Mit dem Willen holte Jane die Energie von innen herauf und lenkte sie den Arm hinab. In der Hand kribbelte es. Sie wurde wirklicher, war so fest wie alles andere im Raum.

Jetzt!

Sie schlug mit der Hand auf den Tisch. Die Kaffeetasse machte einen Satz, und Jane schnappte sich das, was daneben lag. Der Mund ihrer Mutter öffnete sich und wollte den Beginn einer Frage formen.

Ehe jedoch ein Wort hätte gesprochen werden können, floß die Energie aus ihr heraus und verflüchtigte sich. Der Augenblick endete. Das Restaurant und ihre Mutter waren verschwunden. Jane war wieder in Billys Bett zurückgekehrt. Billy lag reglos über ihr. »Ich krieg keine Luft«, sagte sie.

Langsam wälzte er sich ächzend herab.

Jane starrte den Löffel in ihrer Hand an.

Er war da, und er war wirklich. Jane ließ den Daumen darüberlaufen, immer wieder. Er war aus undubliertem Stahl gefertigt. Ein einfacher Strang ausgestanzter Kreise, der von zwei dünnen Linien verbunden wurde, die sich zu Dekorationszwecken um die Ränder des Griffs herum in Schleifen legten. Sie drehte ihn um und las die Inschrift auf der Rückseite:

IKEA
stainless
Made in Korea

Merkwürdige Runen, für sie völlig ohne Bedeutung. Aber voller Hoffnung. Und das machte Jane wieder zuversichtlich. Alles war möglich. Es waren lediglich Glück und gewisse Kenntnisse erforderlich. Sie könnte sich das Geld für ihren Unterricht beschaffen. Genügend, um sich auch die Befreiung vom Teind zu erkaufen. Und, wo sie schon dabei war, die Befreiung für Sirin – warum nicht? – sowie die für Puck Aleshire.

Stimmte schon, ihr Leben war ein völliges Wirrwarr, aber es ließe sich in Ordnung bringen. Das erforderte lediglich Geld. Geld konnte alles in Ordnung bringen, wenn man genug davon hatte.

Sie wußte, wo sie dieses Geld herbekäme, hatte jedoch bis zu diesem Abend nicht den Nerv für einen Versuch gehabt. Jetzt hatte sie sich bewährt. Es war an der Zeit.

»Whau«, sagte Billy.

»Oh, halt den Mund!«

17

Für die Anfertigung einer Hand des Ruhms benötigte man zuallererst die Hand einer Leiche, die gewaltsam zu Tode gekommen war. Der Schock des jähen Todes war notwendig, weil dadurch das Gewebe mit Endorphinen überflutet wurde, und Endorphine waren wesentlich für die Macht des Zauberspruchs. Glücklicherweise hatte Jane Zugang zum Leichenschauhaus der Anatomie. Sie schmuggelte die Hand in ihrer Handtasche hinaus und legte sie in einer Lösung aus Kochsalz und Salpeter ein. Das Gefäß stellte sie hinten in ihren Kleiderschrank. Die Hand in der Sonne zu trocknen hätte Wochen benötigt, also schockgefror sie sie und sublimierte das Eis in einer Vakuumkammer.

Von der Stadt draußen vor dem Fenster strahlte ein helles hartes und kaltes Licht in das Labor. Die letzten bleichen Leuchtfeuer eines erloschenen Sonnenuntergangs flackerten am Horizont. Jane saß im Schneidersitz auf einem hohen Hocker und zurrte Kerzenstummel zwischen den Fingern der Hand fest. Aus Angst vor einer Entdeckung hatte sie die Lampen nicht eingeschaltet. Aber im vorhandenen Licht sah sie, daß die Hand grob und ihr ehemaliger Besitzer ein Nägelkauer gewesen war.

Die Stunde vor der Morgendämmerung war die beste Zeit für eine solche Arbeit, denn die Einflüsse von Sonne und Mond waren dann annähernd gleich und würden die Ergebnisse am wenigsten verzerren.

Nachdem die Kerzen festsaßen, holte Jane ein Federmesser hervor. Sorgfältig ritzte sie Runen zwischen die zweiten und dritten Gelenke jedes zweiten Fingers: ein *sfwa* auf den Daumen, ein *ya* auf den Mittelfinger und ein *sig* auf den kleinen Finger. Insgesamt ergab sich so der geheime Name der Göttin in ihrer Eigenschaft als Bringerin der Träume.

Dann blieb lediglich noch übrig, eine von Galiagantes Kreditkarten mit einem Gummiband an der Handfläche zu befestigen.

Als die Arbeit getan war, warf Jane die Bindfadenrolle in ihre Schublade und hüpfte vom Hocker. Die Hand des Ruhms warf sie zusammen mit dem Stemmeisen, den Wildlederhandschuhen und der Taschenlampe in ihren Rucksack.

Sie hatte ihre Kleidung so gewählt, daß sie möglichst unauffällig aussah: schwarze hohe Schuhe, schwarze Denimjeans und Pucks Lederjacke. Ihr Rucksack war zum Glück von einem schmuddeligen Grau. Sie schlang ihn sich über die Schulter und zog eine Wollmütze über. Diese Aufmachung war nicht so ausgefallen, daß sie Aufmerksamkeit erregte; und sie war darin im Grunde so gut wie unsichtbar.

In den Teelöffel ihrer Mutter hatte sie ein Loch gebohrt und ihn sich an einer Schnur um den Hals gehängt. Jetzt zog sie ihn unter der Bluse hervor und küßte ihn, damit er ihr Glück brächte.

Zeit, sich in Marsch zu setzen.

Es war eine bitterkalte Nacht. Ein scharfer Wind ließ den Abfall in Kreisen umhertanzen. Niemand war in der Nähe. Sie eilte die leeren und schweigenden Straßen hinab, an Branstock, Pentecost und Lonazep vorüber, drückte sich kurz in Anowres Eingangshalle, um sich Wangen, Ohren und die Vorderseiten der Oberschenkel aufzuwärmen, wo der kalte Denimstoff sie stach, und trabte daraufhin rasch an Cadbury und

Sewingshields, Lombard, Worm, Altaripa und Melvales vorbei. Gelegentlich sah sie einen eingemummelten Zwerg oder Nachtgaunt, dessen größte Sorge es war, möglichst schnell wieder nach drinnen zu kommen und der es ebenso eilig hatte wie sie selbst. Schließlich erreichte sie ihr Ziel.

Cae Gwydlion.

Sie starrte an den strahlenden Glaswänden hinauf, der glatten schimmernden Oberfläche, die sich schier endlos in die Nacht hob, und einen Augenblick lang verlor sie den Mut. Es war eine uneinnehmbare Zitadelle. Wie klein und unbedeutend sie vor ihr war! Dann straffte sie die Schultern, drückte sich in einen Durchgang und ging um das Gebäude herum zur Rückseite.

Die Rückseite des Gebäudes war ein krasser Gegensatz zur Vorderseite, eine schmutzige Schlackensteinwand mit einer Laderampe, Mülltonnen und einem sanft kokelnden Verbrennungsofen. Es war, als wäre ein Bann gebrochen, der über Cae Gwydion gelegen hatte, und es zeigte sich nun, wie es wirklich war. Jane zündete eine Zigarette an, wich in die Schatten zurück und beobachtete.

Die Zeit verstrich. Ein Oger, der eine Mülltonne hinter sich herschleifte, kam aus einem Lieferanteneingang. Er leerte die Tonne in den Verbrennungsofen und huschte wieder nach drinnen. Hinter ihm schwang die Tür zu.

Jane zündete eine weitere Zigarette an, um dem Hausmeister Zeit zu lassen, sich einer anderen Arbeit zuzuwenden. Sie rauchte sie langsam, genoß ihre Wärme und warf den Stummel mit Bedauern weg. Dann streifte sie die grauen Wildlederhandschuhe über und holte die Hand des Ruhms heraus. Sie hielt sie mit der einen Hand beim Handgelenk und hatte ein Einwegfeuerzeug in der anderen Hand. Sie ging zum Lieferanteneingang, stieß ihn auf und erblickte Fässer, Besen und Reinigungsutensilien. Aus dem Dämmerlicht zischte ihr ein schwarzes eisernes Ungeheuer von Ofen entgegen. »Hallo?« fragte sie. »Bin ich hier richtig, um wegen Arbeit nachzufragen?«

Niemand gab Antwort.

Jane ließ die Tür hinter sich zufallen. Ihr raste das Herz. Sie kämpfte den Drang nieder, sich davonzustehlen, und ging weiter in den Raum hinein. Drinnen war es warm, so daß Wangen und Ohrläppchen schmerzhaft brannten. Irgendwo murmelte ein Fernsehgerät. Vorn wartete mit geöffneten Türen ein Lastenaufzug auf sie. Sie stieg ein.

Dem Inhalt von Galiagantes Brieftasche nach zu schließen wohnte er im Penthouse. Jane schob die Hand und das Feuerzeug vorläufig in den Rucksack zurück, schloß die Türen und drückte auf den Knopf. Eine ausgelassene Hochstimmung erfüllte sie. Sie würde es schaffen! Das war brillant, besser als Drogen, besser als Sex, besser als alles, was sie je erlebt hatte. Alles wirkte übernatürlich klar und lebendig, wie gerade in kaltes flüssiges Glas getaucht. Es war ein phantastisches Hochgefühl.

Sie ließ den Aufzug so hoch fahren, wie es nur ging.

Die Wände glitten vorüber, Türen öffneten und schlossen sich wie breite Mäuler. Sie erhaschte kurze unzusammenhängende Blicke in die vorbeistreichenden Flure und Arbeitsbereiche. Gelegentlich hörte sie Stimmen – Gespräche, höhnisches Gelächter –, doch sie sah niemanden und zog keine Aufmerksamkeit auf sich. Sie kam sich wie unsichtbar vor.

Schließlich blieb der Aufzug stehen. Sie trat in eine abgedunkelte Küche.

Es herrschte völlige Stille.

Jane hielt die Hand des Ruhms wie einen Schild vor

sich und erforschte die angrenzenden Räume. Nach einer kurzen Erkundung war ihr klar, daß in der gesamten Etage Haushaltsarbeiten durchgeführt wurden und die Angestellten für die Nacht weggeschickt worden waren. Dennoch hielt sie das Feuerzeug bereit.

Ein Privataufzug neben der Küche führte zweifelsohne zu ihrem Ziel. Aber eine merkwürdige Aura umgab ihn. Etwas Kaltes und Bedrohliches strahlte von den symbolischen Geierköpfen ab, die die Paneele seiner Bronzetüren zierten. Er war bestimmt an ein Alarmsystem angeschlossen. Sie mußte einen anderen Weg nach oben finden.

Sie überlegte. Wo Speisen in einer gewissen Entfernung vom Speisezimmer zubereitet wurden, kam es entscheidend auf die Servierzeit an. Trüge man sie per Hand zum Lift und dann hinauf, wären sie bereits kalt, wenn sie den Tisch erreichten. Es mußte einen rascheren Transportweg geben. Einen Speisenaufzug.

Sobald sie wußte, wonach sie zu suchen hatte, war das Finden keine große Sache. Der Speisenaufzug befand sich in der Küche gegenüber den Herden.

Sie stieg hinein.

Der Platz reichte gerade eben. Zunächst setzte sie den Rucksack hinein und zog dann die Knie ans Kinn. So gelang es ihr, sich hineinzuschlängeln. Die Hand des Ruhms stieß ihr gegen die Nase.

Als sie die Türen zuschob, schloß sich die Dunkelheit wie eine Faust um sie. Sie sah nichts. Sie holte tief Atem, packte das Seil und zog sich Hand über Hand langsam hoch, damit die Seilrollen nicht quietschten.

Der Speisenaufzug kroch zentimeterweise in die Dunkelheit hinauf.

Es war ein langer Weg nach oben.

Später sollte Jane erfahren, daß Galiagantes Wohnung vier Etagen einnahm. Die unterste Etage war für die Diener, die oberen drei waren für ihn selbst und einen gelegentlichen Gast. Aber in dem stickigen Speisenaufzug kam es Jane wie mindestens zwanzig Stockwerke vor. Die Fahrt währte scheinbar ewig. Obgleich sie versuchte, nicht daran zu denken, wuchs die Vorstellung in ihr, daß sie in einer Schachtel gefangen war, die durch den unendlichen Raum zwischen den Sternen dahinkroch.

Ihr schmerzten allmählich die Schultern und dann auch die Arme.

Schweißperlen rollten ihr von den Achselhöhlen an den Seiten herab. Ihre Bluse war völlig durchnäßt. Jane verfluchte sich dafür, daß sie vor dem Einsteigen Pucks Jacke nicht ausgezogen hatte. Sie verschmachtete darin. Sie kam in dem Ding vor Hitze fast um.

Der Aufzug hatte eine Lederposterung, deren Noppen sich ihr in den Hintern gruben. Sie rutschte ein wenig hin und her, doch es half nichts. Hand über Hand glitt das Seil vorüber. Ihr verkrampfte sich der Magen, und ein Bein schlief ein. Es stach wie mit Nadeln. Sie hielt an, schlang sich das Seil um den Arm, um den Aufzug zu verankern, und versuchte, wieder ein wenig Leben hineinzumassieren. Die ganze Zeit über horchte sie auf Stimmen, auf Schritte, auf irgendwelche Bewegungen. Sie war jetzt weit hinaufgefahren. Wenn ihr das Seil wegrutschte, würde der Sturz sie gewiß umbringen.

Ihre Handflächen waren verschwitzt. Sie wischte sich erst die eine, dann die andere an den Jeans ab, dann machte sie wieder weiter.

Hinauf, hinauf, durch Dunkelheit.

Schließlich tauchte oben ein Lichtspalt auf, sank herab auf Augenhöhe, auf Höhe der Füße. Sie verlangsamte ihr Ziehen, hörte ganz auf. Sie hielt den Atem an und lauschte.

Jemand regte sich dort draußen.

Ungeschickt wickelte sie sich das Seil ums Bein, so daß der Aufzug nicht hinabgleiten konnte, und hob die Hand des Ruhms. Jede Bewegung war quälend langsam, weil sie kein Geräusch machen durfte. Sie drückte das Feuerzeug aus der Hosentasche.

Sie trat die Tür mit dem Fuß auf.

Ein Zwerg in Galiagantes Hausuniform sah überrascht auf. »He!« rief er. »Was tust …?« Sie berührte einen Docht mit dem Feuerzeug. Eine Flamme entstand.

Die Augen des Zwergs fingen das Aufflackern der Kerze ein und wurden groß. In den schwarzen Zentren tanzte ein winziger Lichtpunkt.

Jane zündete die zweite Kerze an. »Wo ist Galiagante?« fragte sie. Der Zwerg hielt ein silbernes Tablett in Händen. Darauf waren zwei Weingläser, Servietten und eine leere Spritze.

Sie zündete die dritte Kerze an. »Ist sonst noch jemand irgendwo in der Wohnung?«

»Nein. Nur er. Ich. Die andere.« Eine vierte Flamme leuchtete auf. Acht kleine Flämmchen loderten in seinen Augen.

»Ich glaube, du möchtest dich gern etwas hinlegen.«

»Ja.« Benommen ging der Zwerg an ihr vorüber in einen Flur. Der Lift erkannte ihn wieder und öffnete die Türen. Der Zwerg verschwand lautlos.

Es blieb nicht viel Zeit. Einmal angezündet, konnte die Hand nicht wieder entfacht werden. Jane würden etwa zwanzig Minuten bleiben.

Sie machte sich an die Arbeit.

Es war schwerer, etwas Lohnendes zum Stehlen zu finden, als sie je gedacht hätte. Jane mied das Schlafzimmer und strich durch die übrigen Räume. Diese waren allesamt groß, gut ausgestattet und für ihre

Zwecke ungeeignet. Sie kam an Schreibpulten aus Ahorn und wundervoll geschnitzten Mahagonikommoden vorüber. In Kristallvasen steckten Sträuße von Albinotulpen oder blasse, des Nachts blühende Schwämme. Ihre Füße traten auf Teppiche, deren Herstellung Lebensspannen verschlungen hatte. Die Kreditkarte, die mit einem Gummiband an der Hand des Ruhms befestigt war, sollte sie zu Galiagantes Vermögen führen; aber wohin sie die Hand auch drehte, sie wurde von allem angezogen. Es war zum Verrücktwerden. Alles hier war teuer und nichts versetzbar.

Sechs Minuten waren verstrichen. Blieben vierzehn.

Rasch, lautlos strich sie durch Raum um Raum. An den Wänden des Salons hingen Gemälde, auf denen kreischende Ringkämpfer in Glasboxen sowie elegante Lords zu sehen waren, die sich schwer über weiße Porzellanbecken beugten. Für Galiagante nur vom Feinsten.

Noch neun Minuten. Jane fand sich in einem fensterlosen Umkleidezimmer in einer Sackgasse wieder. Die Hand des Ruhms wurde eiskalt und drehte und wand sich in ihrem Griff. Sie öffnete den Schrank, schob Seide und Tweed beiseite und stieß auf einen Wandsafe. Es war ein etwas heikles Unterfangen, aber schließlich erkannte der Safe Galiagantes Kreditkarte wieder und öffnete sich. Innendrin befand sich ein Stapel Banknoten – sie zählte sie flüchtig; es war genügend, um alles zu bezahlen, was sie brauchte – sowie eine Auswahl an Wertpapieren und ein kleinerer Schatz an Schmuck.

Endlich! Jane ließ den Rucksack von der Schulter rutschen und packte die Banknoten hinein. Die Papiere ließ sie liegen. Ringe, Krawattennadeln und Diamanthalsbänder stopfte sie in die Taschen ihrer Jacke.

Noch vier Minuten.

Auf dem Weg nach draußen ging sie durch das

Speisezimmer, da blieb ihr Blick an den Kerzenständern hängen. Sie waren schwer und hatten den weichen Schimmer von Silber. Wie nebenbei streckte sie die Hand aus und wollte sich einen davon schnappen.

Ein Elektroschock schoß ihr den Arm hoch. Ihre Hand klammerte sich an den Kerzenständer und wollte nicht loslassen. Ihre Muskeln zuckten. *»Meister!«* kreischte der Ständer. *»Ein Dieb! Meister!«*

»Laß los!« schrie Jane. Der Kerzenständer ließ sich nicht bewegen. Er schien auf dem Tisch verankert zu sein. Und die ganze Zeit über rief er: *»Ein Dieb! Meister!«*

»Was ist hier los?« Eine Tür schwang krachend auf.

Jane drehte sich mühsam um und sah Galiagante auf der Schwelle. Er trug einen seidenen Morgenmantel, der hastig in der Taille verknotet worden war. Hinter ihm stand ein Bett, das halb mit einem Baldachin überdacht war. Sein Rahmen war weiß, und die Füße waren wie zwei Whippets geschnitzt, die sich auf die Hinterläufe stellten und die Enden eines Lakens mit den Zähnen festhielten, so daß der obere Saum des Lakens die obere Wölbung des Unterteils bildete. Auf den Kissen lag ein Ball aus weißem Licht, der zu eine Kokon verlängert war. Darin war etwas zu erkennen, das sich auflöste, das sich wand. Eine Nymphe.

Die Tür schloß sich. Galiagante schritt wutentbrannt mit furchtbarem Blick heran. Er stand vor ihr wie die Offenbarung einer Macht. Ein Wind ging von ihm aus, traf Jane ins Gesicht und peitschte ihr wild das Haar zurück. Sie hielt die Hand des Ruhms vor sich. Die Flammen flackerten, Wachs tropfte, und die Kerzen erloschen.

Jane versuchte zurückzuweichen, doch der verdammte Kerzenständer hielt sie fest. *»Meister! Rette mich!«* Sie konnte wegen des Lärms, den er veranstaltete, kaum einen klaren Gedanken fassen.

»Ich kenne dich.« Galiagante sah stirnrunzelnd auf sie herab. »Die … Alchemiestudentin, nicht wahr?« Er schnippte mit den Fingern, und der Kerzenständer wurde still. Der Wind erstarb.

Mit überraschender Zartheit nahm er ihr den Rucksack vom Rücken und durchwühlte ihn. Die Banknoten ordnete er zu einem Stapel und legte diesen beiseite. Er ließ den Rucksack auf dem Tisch liegen, griff ihr zweimal in die Taschen und holte den Schmuck heraus. Jane versuchte nicht, sich zu wehren. Sie war erwischt worden.

»Dies ist eine Gelegenheit, glaube ich.« Ein merkwürdiges kleines Lächeln flackerte wie Feuer auf seinen Lippen. Er musterte sie von oben bis unten. »Aber was für eine?« fuhr er überlegend fort. »Was soll ich bloß mit dir anfangen?«

Unwillkürlich stiegen Jane Tränen in die Augen. »Lassen Sie mich gehen«, flüsterte sie.

Galiagante hatte die Hand des Ruhms aufgehoben und betrachtete sie. Er schnalzte mit der Zunge. »Verdirb nicht den guten Eindruck, den du bislang gemacht hast«, sagte er mit einem Hauch von Schroffheit. Er legte die Hand nieder und öffnete den Reißverschluß von Pucks Lederjacke. Eine Woge ranzigen Schweißgeruchs schlug ihm entgegen, während er sie offenhielt. »Was ist das?«

Er öffnete ihr die obersten beiden Blusenknöpfe und hob den Ikea-Löffel hoch. »Ach du meine Güte!« Seine Belustigung war offenkundig. Er ließ den Löffel an den Fingerspitzen herabbaumeln. »Ich glaube, ich muß wohl …«

Die Schlafzimmertür ging auf, und eine nackte und zerzauste Gestalt erschien auf der Schwelle. »Wann bist du …« Sie hielt inne und fragte ganz erstaunt: »Jane?«

Galiagante versteifte sich. Ohne hinzusehen, fauchte er: »Warte im Schlafzimmer auf mich! Schließ die Tür hinter dir!«

Sie gehorchte.

»Das war Sirin«, sagte Jane.

»Vergiß sie.« Galiagantes Miene wurde abweisend, leicht unschlüssig, als zögerte er am Rand einer Entscheidung. »Ihr Schicksal ist ihr Schicksal. Denke an dein eigenes Schicksal.« Dann lachte er abrupt auf. »Ich werde dich gehen lassen.«

»Vielen Dank«, sagte sie bescheiden.

»Und ich werde dir ein Angebot machen.«

Jane zitterte, sagte aber nichts.

»Wenn du den Teind überleben solltest – und wenn man dich so ansieht, ist das ein sehr großes ›Wenn‹ –, komm in mein Büro und rede mit meinen Leuten. Ich habe eine Beschäftigung für dich. Eine einträgliche Beschäftigung. Sogar vergleichsweise angenehm.«

Er schnippte erneut mit den Fingern, und der Kerzenständer ließ sie los. Sie trat einen Schritt zurück und rieb sich den Ellbogen. Ihr schmerzte der Arm, und er war wie betäubt.

Galiagante gab ihr den Rucksack zurück, behielt jedoch den Löffel. Er zeigte auf den Aufzug. »Du kannst jetzt gehen. *Nicht* mit dem Speisenaufzug, wenn es dir recht ist.«

Dann hob er den Kerzenständer vom Tisch und warf ihn Jane zu. Reflexartig fing sie ihn auf. »Hier. Nimm das. Als ernstgemeintes Pfand meiner Aufrichtigkeit.«

Noch ehe der Aufzug eintraf, war er wieder im Schlafzimmer verschwunden. Sie sah zu, wie sich die Tür hinter ihm schloß, dann kehrte sie nach Hause zurück.

Am nächsten Tag brachte Jane wie eine Schlafwandlerin die Vorlesungen hinter sich. Das mittwinterliche Tauwetter hatte endlich eingesetzt, und überall hatten die Studenten die Fenster geöffnet, so daß kalte frische Luft hereinströmte und die Thermostate abkühlte. Aus diesem Grund mühten sich die Radiatoren dampfend und verzweifelt, die Temperatur auszugleichen. Papier flatterte in kleinen Aufwinden, und kleine Staubteufel wirbelten durch die Flure.

Es wäre angenehm gewesen, wenn sie sich nicht so losgelöst von allem vorgekommen wäre. Alles war so weit entfernt, wie im Traum, als wäre sie ein Geist, der durch eine Welt wanderte und rasch die Bedeutung vergaß, die sie für ihn hatte. Das konnte nicht so weitergehen. Bald müßte etwas geschehen. Vielleicht käme an diesem Abend endlich der Teind und beendete dieses abwartende Halb-Leben. Unterdessen war alles so schrecklich, daß sie sich nicht dazu durchringen konnte, Interesse dafür aufzubringen.

Selbst als Ratsnickle in der Schlange an der Essensausgabe der Mensa hinter ihr auftauchte und einen großen überschwenglichen Kuß schauspielerte, hob sie lediglich die Schultern und wandte sich ab. Sie erhaschte einen flüchtigen Blick auf sein Gesicht, das bei ihrem Schulterzucken häßlich wurde, und sie wußte, daß sie sich deswegen eigentlich Sorgen machen müßte. Sie hätte nichts Besseres tun können, um ihn in Wut zu versetzen.

Dennoch, was sollte sie tun? Es kam ein Punkt, da wurde alles mehr oder minder einerlei.

Sie trug ihr Tablett zu einem Plastiktisch unter einem eingetopften Dornenbaum und setzte sich. Ein Würger schlug in den dornigen Tiefen Krach, während er von Zweig zu Zweig hüpfte. Am Tisch standen vier Stühle. Ratsnickle nahm den Stuhl ihr direkt gegenüber. Sie sah auf ihren Salat hinab. »Du bist hier nicht erwünscht.«

Ratsnickle stach die Gabel in die fette Wurst auf seinem Teller und wedelte damit vor ihrem Gesicht herum. »Du wirst noch krank werden, wenn du diesen ganzen grünen Scheiß ißt. Du mußt dir etwas Fleisch zwischen die Zähne schieben.« Er biß das Ende ab, kaute mit offenem Mund und fuhr fort: »Ich mach dir 'nen Vorschlag. Warum kommst du heute nacht nicht zu Monkey und mir für einen kleinen Mitternachts-Snack? Wir sorgen dafür, daß du was auf die Rippen kriegst. Wir stopfen ein bißchen Protein in dich rein.«

Jane legte die Gabel nieder. »Wenn du nicht ...«

Plötzlich schob sich Sirin auf den Stuhl neben Jane. Ohne Einleitung sagte sie: »Ich muß dir was wegen letzter Nacht erklären. Nur damit du dir keine falschen Vorstellungen machst.«

Sie hatte das Haar heute zu einem festen Pferdeschwanz zurückgebunden und nur den Hauch eines weißen Lippenstifts sowie den dazu passenden Lidschatten aufgelegt. Sie trug einen schwarzen Rollkragen. An ihr sah er gut aus.

»Ich glaube, ich versteh's schon.«

Ratsnickle räusperte sich. »Schön, auch dich zu sehen, Sirin«, sagte er laut.

»Hallo, Snickle.« Sie sah ihn so flüchtig an, als existierte er gar nicht. »Du weißt nicht, wie es ist, Begierden zu haben, die – nun, vielleicht nicht anständig sind. Aber ich hab sie nun mal. Das siehst du ein, nicht wahr? Sie sind ein Teil meiner selbst – ich kann sie nicht verleugnen.«

Verlegen, weil Ratsnickle an jedem einzelnen ihrer Worte klebte, sagte Jane: »Du mußt mir nicht erklären, weswegen du Galiagante magst. Jedem das seine. Das ist mir schon bewußt.«

»Galiagante mögen!« Sirin brach in ein silberhelles Gelächter aus. »Wie kommst du denn dadrauf? Galiagante hat nichts damit zu tun.«

»Es ist nicht so sehr das Individuum als solches, sondern vielmehr die Vorstellung des dominanten Mannes«, gab Ratsnickle unaufgefordert von sich. »Diese Pheromone, die wir produzieren und aussenden ...«

Sirin wischte seine Bemerkung mit einem kleinen Zucken der Hand beiseite. Es war wunderbar, wie Ratsnickles Sticheleien an ihr abprallten. »Mir gefällt es, wie er mich behandelt. Mir gefällt es, wie ich mich bei ihm fühle. Wenn ich jemanden fände, der dafür geeigneter wäre, wäre er Schnee von gestern. Aber du kannst jede Wette eingehen, daß der neue Bursche ihm gegenüber um keinen Deut besser wäre.«

»Das kannst du nicht wissen, bevor du mich ausprobiert hast. Vielleicht werd ich's sein.«

»Sirin, warum erzählst du mir das alles?« Für Jane war es unvorstellbar, so offen zu sein, jemandem die eigenen Geheimnisse in aller Öffentlichkeit zu erzählen – noch dazu im Beisein von Ratsnickle! –, als wäre es gleichgültig, was andere Leute wußten. Als würden sie nicht aus dem Gehörten ihren Vorteil ziehen.

»Ich hatte einen Traum. Von einem Verhängnis.« Sirins Gesicht wirkte abgespannt und verkrampft. »Ich habe geträumt, daß Galiagante ... Daß er ... Oh, ich kann dir nicht sagen, wie häßlich es war. Ich bin davon aufgewacht und habe nur noch gedacht: *Nicht so!* Jane, du bist dir deiner stets so sicher, du bist so stark.«

»Wirklich?« fragte Jane erstaunt. Ratsnickles Grinsen war lüstern und lauernd. Sie sah fast, wie sich die Rädchen in seinem Kopf drehten.

»Ich hab mir gedacht, vielleicht könntest du für ein

paar Tage zu mir ziehen. Weißt du, nur zum Reden und Herumhängen und so. Nur um darauf achtzugeben, daß ich keine Dummheiten anstelle.« Sirin senkte die Stimme. »Ich weiß, es ist keine großartige Idee.«

Jane sagte steif: »Ich hab's dir schon mal gesagt. Ich mache mir Sorgen um dich, und ich wünschte, ich könnte helfen. Aber ich kann einfach nichts tun.«

»Aber ich bitte um so wenig.«

Just in diesem Augenblick tauchte Billy Bugaboo, das Tablett in Händen, hinter dem einzigen freien Stuhl auf, der noch übrig war. »Ist dieser Platz frei?«

»Oh, zum ...!« Jane stand auf. »Nimm ihn! Nimm mein Mittagessen! Mir doch egal! Was habe ich getan, daß ich *dich* als Krönung des Ganzen verdiene?«

Er starrte sie betroffen an. Sie floh aus dem Raum.

Damit sie nicht möglicherweise jemandem in der Kantine oder in einer der üblichen Studentenkneipen über den Weg liefe, ging Jane an jenem Abend in die Stadt und aß in einem Restaurant in Orgulous. Sie wählte Hackbraten mit Kartoffelpüree. Ein Zwerg versuchte, sie anzubaggern, und als sie ihn anschrie, forderte sie der Oberkellner zum Gehen auf.

Der Abend war mild und angenehm. Der Verkehrslärm war gedämpft, die Luft fast warm. Jane schritt in sich selbst versunken dahin, die Hände tief in den Taschen vergraben, und sah finster drein. Wie lange noch, fragte sie sich, wie lange noch?

Jane war über Senauden nach Orgulous gefahren. Aus einem Impuls heraus hatte sie ein Taxi dorthin genommen. Als sie jetzt das Foyer von Bellegarde betrat, wurde ihr plötzlich bewußt, daß sie zum erstenmal seit Monaten wieder hier war. Sie bemerkte gleichfalls, daß sie ihren Aufzugpaß in der Handtasche in ihrem Zimmer gelassen hatte. »Scheiße!«

Es war sinnlos, gutes Geld für etwas zu verschwenden, wofür sie bereits bezahlt hatte, also nahm sie die hinteren Korridore zu den Servicebereichen und suchte einen Lastenaufzug. Das war nicht gestattet, doch die Studenten benutzten sie ständig.

Dann verirrte sie sich. Ein Treppenhaus brachte sie hinab ins Erdgeschoß, und als sie umkehren wollte, fand sie den Weg nicht wieder. Also ging sie weiter durch eine Anzahl immer dunklerer Vorratsräume hindurch, die nach Terpentin, Pech, Essig und vermodernden Büchern rochen. Sie war kurz davor, in Panik zu geraten, da sah sie eine grün gestrichene Stahltür neben einem Kohlebehälter. Sie blieb stehen.

Sie hätte keinen Grund dafür angeben können, aber sie hatte das überwältigende Gefühl, daß das, wonach sie suchte, sich gleich hinter dieser Tür befände.

Sie öffnete.

Große Massen aus schwarzem Eisen ragten drohend in der Düsternis auf. Jane roch Schmiere und Öl. Das Licht einer einzigen nackten Glühbirne schimmerte auf einer riesigen Konstruktion aus Stahl und Bösartigkeit. Sie war ihr so vertraut wie die intimsten Bereiche der eigenen Seele. Es war 7332 – Melanchthon.

Der Drache grinste.

»Überrascht, mich wiederzusehen, kleiner Wechselbalg?« Die Hitze seines Spotts war wie ein Schmelzofen, der sich vor ihrem Gesicht öffnete. Die Tür löste sich unter Janes Hand auf, und die Dunkelheit wurde durchdringender. Im ganzen Universum existierte nichts weiter als der Drache und sie. Melanchthons Kabine öffnete sich lautlos. »Komm herein! Wir müssen einiges besprechen.«

Ihr blieb keine Wahl, also stieg sie ein.

Die Pilotenliege sah neuer aus, als sie sie in Erinnerung hatte. Aber als sie sich niederließ, legte sie sich ganz genau wie früher um Jane. Weiches Licht schimmerte von den Instrumenten. Dingen krochen in der Schwärze am Rande ihres Blickfeldes umher. Irgendwo kreischte ein Meryon und wurde zum Schweigen gebracht.

»Du hast mich im Stich gelassen«, sagte sie.

»Jetzt bin ich wieder da.«

Janes Hände umklammerten die Armlehnen. Eine Drehung, und die Nadeln würden ihr in die Handgelenke stechen. Die Panoramascheibe würde herabgleiten, um sie in das Sensorium des Drachen einzustöpseln. Sie drehte nicht an den Griffen. »Du siehst blendend aus.«

Wie beabsichtigt, beleidigte ihn das. »Du bist so dämlich und schwer von Begriff wie eh und je«, sagte Melanchthon höhnisch. Tief in seinem Thorax brüllte eine Maschine auf, deren Vibration die Kabine erschütterte. »Ich bin gekommen, um dir Tod, Blut, Rache und einen kleinen Anteil am größten Abenteuer seit dem ersten Mord zu bringen – und du kommst mir mit Höflichkeiten.«

»Mehr als Höflichkeiten haben wir einander nicht zu sagen.«

»Red dir nur den Mund fusselig«, sagte der Drache wütend und ungeduldig. »Vergifte mit deinem seichten und schalen Geschwätz so viel Luft, wie du magst. Aber du und ich, wir haben ineinander gelebt. Wir haben Wesentliches miteinander geteilt, und keiner von uns beiden kann sich in diesem Leben vom anderen lösen.« In dem darauffolgenden Schweigen stieg die übelkeiterregende Überzeugung in ihr hoch, daß er recht hatte.

Als der Drache schließlich wieder das Wort ergriff, hatte er seine Wut gebändigt. Sein Tonfall war kühl und beiläufig. »Wie ist es eigentlich möglich, daß du so lange gelebt und soviel erfahren hast, ohne dich je zu fragen, wer Ursache deines Unglücks war?«

»Ich kenne meinen Feind, o ja. Bis hinab auf die Op Codes kenne ich ihn.«

»Mich?« fragte der Drache spöttisch. »Ich bin allerhöchstens ein Sympton. Bin ich es gewesen, der die Welt erschaffen und dich mit hineingezogen hat? Bin ich es gewesen, der gesagt hat, daß du leben, lieben, verlieren, alt werden und sterben mußt? Der dir jede Freundschaft vergiftet und dich von jenen fortgetrieben hat, nach denen es dich am meisten verlangte? Der gesagt hat, daß du nur durch das Begehen von Fehlern lernen kannst und daß die Lektionen, die du gelernt hast, dir nichts einbringen? Das war nicht ich. Du bist in einem Netz gefangen, das von einer größeren Macht als mir gesponnen wurde.

Ich kenne deine Feindin, denn sie ist ebenso meine Feindin. Verglichen mit meinem Haß auf sie ist unsere Feindschaft wie eine Kerze, die man in die Sonne hält. Versteh mich richtig: Ich habe dich in der Hand, und es würde mir große Freude bereiten, mit dir zu spielen wie eine Katze mit einer gefangenen Maus. Dennoch sollst du dich frei bewegen, denn wir machen gemeinsame Sache. Du mußt ebenfalls alle kleinlicheren Gefühle beiseite schieben. Konzentriere dich auf deine wahre Feindin! Hasse sie mit all deiner Macht! Fürchte sie ebenso, wie ich sie fürchte!«

Jane hatte stets geglaubt, daß Blut nicht kalt sein könne, daß das allenfalls eine Redewendung oder eine Metapher sei. Jetzt war sie eines Besseren belehrt worden. »Von wem redest du?«

War es bloße Theatralik oder etwas Tieferliegendes, ein Genuß an der eigenen Blasphemie, weswegen Melanchthon zögerte? Ruhig und zufrieden sagte er: »Die Göttin.«

»Nein!«

»Komm schon! Den Verdacht hast du nie gehabt? Tief in deinen schlaflosen Nächten hast du niemals eingesehen, daß das Leben selbst Beweis dafür ist, daß die Göttin dich nicht liebt? Daß sie dir bestenfalls feindselig gesinnt ist und daß dein Schmerz sie sicherlich erheitern muß, denn welchem anderen Zweck sollte er sonst dienen? Du kannst deinem Schicksal nicht entrinnen. Du hast eine kleine Rolle bei der großen Zerstörung zu spielen. Darauf solltest du stolz sein.«

»Du bist wahnsinnig«, flüsterte Jane. »Niemand kann die Göttin vernichten.«

»Niemand hat's je versucht.« Melanchthon sprach glatt und überzeugend, ganz und gar nicht wie ein Wahnsinniger. »Unsere Zeit der Trennung war nicht vergeudet, das verspreche ich dir. Ich habe die Herrschaft über meine eigene Entwicklung übernommen und mich weit über die normalen Grenzen meiner Art hinausbegeben. Ich habe die zerstörerische Macht, zweifle niemals daran. Aber für einen abtrünnigen, eidbrüchigen und herrenlosen Drachen gibt es keine Zukunft. Der Himmel ist mir verschlossen. Ich kann entweder auf ewig über die Wurzeln und Keller der Welt kriechen, oder ich kann mich an einem letzten entscheidenden Flug erfreuen. Diesmal jedoch werden die Hüter des Gesetzes wachsam sein. Nun, sollen sie es sein. Ich werde einen vierten Flug durch das Höllentor unternehmen. Ich werde das Spiralschloß selbst angreifen, und ich werde es auslöschen und die Göttin aus den Trümmern herausholen.

Und bei allem, was unvorhersehbar ist, schwöre ich, daß ich das Luder umbringen werde.«

»Es ist unmöglich«, sagte Jane schwach.

»Du bist noch immer von Hoffnung verseucht. Du glaubst, es gibt irgendwo ein Leben, das es wert ist, gelebt zu werden, und daß irgendeine Kombination aus Handlung, Zurückhaltung, Wissen und Glück dich retten wird, wenn du nur die richtige Mischung hinbekommst. Nun, da habe ich Neuigkeiten für dich. Gleich hier, gleich jetzt – besser oder schlechter wird es nie werden.«

»Alles wird besser!«

»Ist je etwas besser geworden?« Die Geringschätzung des Drachen war zum Greifen. Zischend öffnete sich die Luke zur Kabine. »Geh! Kehre in dein Zimmer zurück und erfreue dich an deinem Geschenk! Kehr zurück zu mir, wenn du erwachsen genug geworden bist, der Sinnlosigkeit ins Gesicht zu sehen, ohne davor zurückzuzucken! Kehr zurück zu mir, wenn du verzweifelt und über die Verzweiflung hinaus bei der Rachsucht angelangt bist! Kehr zurück zu mir, wenn du dich nicht mehr selbst belügen willst!«

»Ein Geschenk?«

Die Lichter erloschen. Melanchthon gab keine Antwort.

»Erfreue dich an deinem Geschenk, hast du gesagt. Welches Geschenk?«

Nichts.

»Das hab ich doch alles schon mal durchgemacht. Ich werde keines deiner dummen Bewußtseinsspiele mehr mitspielen.«

Schweigen.

Jane mühte sich, ihren Ärger, ihre Furcht, ihr Gefühl der Empörung und der Ohnmacht niederzukämpfen. Sie benötigte einige Zeit dazu. Schließlich jedoch stieg sie aus der Kabine, genau wie Melanchthon es gewünscht hatte.

Wie üblich blieb ihr nichts anderes übrig.

Irgendwie gelang ihr die Rückkehr nach Habundia. Als sie mit der Hand die Tür berührte, durchbohrte sie ein eisiger Speer der Vorahnung. Sie zögerte, war außerstande, den Knauf zu drehen.

Das war doch dumm! Da drin war nichts – da konnte nichts sein –, was schlimmer wäre als das, dem sie sich gerade in den Kellern von Bellegarde gegenübergesehen hatte. Es war nur Melanchthon, der einfach aus Gehässigkeit das Messer in ihrer Brust drehte. Sie warf die Tür auf.

Monkey und Ratsnickle lagen tot am Fußboden.

Ein kleiner unartikulierter Laut stieg Jane aus der Kehle. Das also stellte sich Melanchthon unter einem Witz vor? Oder war es vielleicht nur seine absurde Version dessen, was Galiagante ein ›ernstgemeintes Pfand‹ genannt hatte: das höflich gemeinte Beseitigen zweier niedlicher Ärgernisse aus ihrem Leben?

Das Licht war angeschaltet. Deswegen war es so entsetzlich. Wenn es irgendwo auch nur die Spur eines Schattens gegeben hätte, hätte sie vielleicht mit dem Blick dort Zuflucht suchen können. Aber in dem grausamen nackten Licht der Lampen war ihr Blick wie festgenagelt. Es gab kein Wegschauen. Es gab kein Leugnen dessen, was vor ihr lag.

Im Tod war Monkeys Gesicht grau geworden, und Ratsnickles Gesicht war gespensterhaft weiß mit blauen Streifen. Die Iris hatte sich völlig aufgelöst, hatte konturlose Halbmonde unter purpurfarbenen Lidern zurückgelassen. Beider Münder waren schlaff und standen offen. Speichel zog eine feuchte Spur an Ratsnickles Kinn herab, und ein einzelner Tropfen klebte an der Unterseite und weigerte sich wahnsinnigerweise herabzufallen. Es war, als wäre die Zeit stehengeblieben.

Die Nadel steckte noch immer in Ratsnickles Arm. Er mußte erst Monkey einen Schuß verpaßt und sich dann abgewandt haben, um sich das Zeug zu injizieren, ohne zu sehen, wie sie auf dem Boden vor dem Bett zusammensackte. Als dann das Gift sein Herz erreicht hatte, war er einfach zur Seite gefallen. Sein

Kopf wies zur Tür. Selbst im Tod wandte er sich von der armen Monkey ab.

Vor Entsetzen erstarrt stand Jane da.

In der Ferne erhob eine Sirene die Stimme. Ein zweite trat hinzu, dann eine dritte. Bald war die ganze Stadt eine Symphonie von Hupen und Sirenen.

Der Teind hatte begonnen.

18

Etwas Schlimmeres hätte sie unmöglich tun können. Auf den kopierten Flugblättern, die die Universität an alle Studenten verteilt hatte, stand in großen, süßlich riechenden purpurfarbenen Buchstaben an oberster Stelle: 1. BLEIBE AUF DEINEM ZIMMER!

Jane wußte, daß dies ein guter Ratschlag war.

Aber blinde Panik trieb sie aus dem Zimmer, hinaus aus Habundia, ganz hinaus aus Bellegarde und auf die Straße. Ihr Bewußtsein hatte darauf keinen Einfluß. Im einen Augenblick starrte sie hinab auf die beiden Körper am Fußboden, und im nächsten Augenblick fand sie sich zitternd und verwirrt in einem unvertrauten Teil der Stadt wieder.

Ein eberköpfiger Elf watschelte weinend vorüber. Mit den Ellbogen vollführte er pumpende Bewegungen, und Tränen rannen ihm die spiralförmigen Stoßzähne hinab. Ihm folgten ein Dutzend spottender und lachender Wolfsjungen. Ein Stock stach ihn in die Seite, er stolperte, und dann war er auf und davon.

Das Geräusch splitternden Glases ertönte.

Sie mußte nach Bellegarde zurück! Man würde die Tore um Mitternacht vor dem Aufruhr verschließen. Aber wenn sie vorher hindurchschlüpfen konnte, mochte sie Zuflucht in Sirins Zimmer finden, vielleicht auch in Linnets Zimmer, hoch über der ebenen Erde, wo es mit Sicherheit ziemlich wüst zugehen würde.

Die Straße machte eine Biegung und wurde schmaler. Blinde Mauern hoben sich zu beiden Seiten und bildeten eine Durchfahrt oder einen Schacht. Den Block hinab tanzten Feen zum Gehämmer und Gedröhn eines Gettoblasters um ein Freudenfeuer. Andere waren in ein Textillager eingebrochen und warfen Ballen von Musselin, Baumwolle, gekämmter Makrofaser und gewässerter Seide aus den Fenstern des fünften Stockwerks. Unterwegs lösten sich Ballen auf, und der Stoff regnete auf das Pflaster. Grigs und Dunters stürzten zu den Aufschlagstellen und schleppten Material für das Feuer weg.

Jane wich zurück, doch die Straße hinter ihr füllte sich plötzlich mit grotesken Gestalten, die intonierten:

»Verbain, Johnswort, Cinquefil, Hate,
Verbrennt die Sta-adt,
Zerschlagt den Staat!«

Sie spielten Glocken und Hörner und winkten mit Werbefähnchen über den nickenden Köpfen hin und her. Sie führten Laternen an langen Stöcken mit sich. Sie waren fledermausohrig, hatten Geweihe, Storchenbeine und sahen nichts anderem so sehr ähnlich wie einer feiernden Karnevalsgesellschaft.

»Verbrennt die Sta-adt,
Zerschlagt den Staat!«

Da sie zuviel Angst hatte wegzulaufen, wurde Jane von dem Mob eingeholt, aufgenommen und weitergetragen. Unvermittelt war sie eine von ihnen, nicht ihr Ziel, sondern geborgen in ihrer fröhlichen Schar, vor Stößen beschirmt und aufrechtgehalten von den dichtgedrängten Leibern. Jeder lachte, war rotgesichtig und häßlich. Ein roter Zwerg reichte ihr eine Dose Bier.

Um sich zu beruhigen, öffnete sie die Dose und nahm einen tiefen Schluck. Das Bier war so kalt, daß es ihr auf der Zunge stach.

»Verbrennt die Sta-adt,
Zerschlagt den Staat!«

Eine merkwürdige elektrisierende Mischung aus Furcht und Aufregung erfüllte sie.

Der Mob erreichte das Freudenfeuer. Die beiden Gruppen vermengten sich und bildeten ein wirres Durcheinander.

»Macht's Spaß?«

Jane fuhr erstaunt herum. »Linnet! Was tust du denn hier?«

Ihre Klassenkameradin hob die Schultern. »Dasselbe wie du – Spaß haben.«

»Linnet, wir müssen nach Habundia zurück. Hast du eine Vorstellung, wie weit das ist? Wenn's nicht zu weit ist, können wir's noch vor Toresschluß bis dahin schaffen.«

»Scheiß doch der Hund drauf!« Linnet legte leidenschaftlich die Arme um sich, wobei die knochigen Schultern herausstanden wie ein zweites Paar Schwingen. »Ich geh nicht hier weg, um auf meinem Zimmer zu hocken und Löcher in die Wände zu starren. Oder ein Buch zuzuknallen. Oder vielleicht sogar einen Elektrokocher hervorzuholen und Kamillentee aufzubrühen. Habundia ist 'ne Million Lichtjahre weg. Verstehste? Heute nacht ist nichts verboten. Du willst was haben – nimm's dir! Dir gefällt jemand – mach schon und tu's! Du kannst auf der Bordsteinkante sitzen und vor den Augen der ganzen Welt die eigenen Nasenpopel fressen, wenn dich das antörnt. Niemand wird dich daran hindern. Niemand wird es dir ankreiden.«

Sie steckte sich eine zerknitterte Hanfzigarette in

den Mund und schnippte mit den Finger darunter. Ein Funke, eine Flamme, eine Rauchwolke. Sie bot nicht an, sie zu teilen. Das ausgelassene Licht der Hemmungslosigkeit auf ihrem Gesicht war derart intensiv, daß Jane verlegen den Kopf senkte.

Brüllend wogte die Menge weiter. Jane wurde zur einen Seite geschoben und dann zu anderen. Sie mußte traben, damit sie nicht fiel. »Wohin gehen wir?« schrie sie.

»Wen kümmert's?«

Sie eilten an einer Reihe von Geschäften vorüber. Glasfenster zerbrachen in ihrem Kielwasser. Einzelne Individuen stürzten hinein, um sich eine Handtasche oder eine Handvoll Manschettenknöpfe zu schnappen, aber der Mob als Ganzes verlangsamte den Schritt nicht. Immer und immer wieder ertönte das Geräusch von explodierendem Glas. »Das ist schrecklich!« rief Jane.

»Das ist gar nichts.« Linnets Augen glühten. Ihr Grinsen war so breit, daß es weh tun mußte. »Wart's nur ab!«

Der Mob drängte sich zusammen. Von allen Seiten stießen Schultern, Ellbogen und knochige Kinne gegen Jane und drohten, ihr die Rippen zu brechen. Körper verschwanden, wurden von anderen ersetzt. Wie ein Grapefruitsame, den man zwischen Daumen und Zeigefinger drückte, glitt Linnet Jane aus den Augen.

Jane war völlig hilflos. Gefangen und engstens bedrängt in der dichten Menge konnte sie nicht einmal stürzen – der Mob hielt sie aufrecht. Kurzzeitig wurde sie von irgendwelchen Füßen gehoben und dahingetragen. Als die Straße breiter wurde, berührten ihre Füße wieder Pflaster, und sie mußte laufen, damit sie nicht fiel und zertrampelte wurde.

Erneutes Gebrüll. Der vordere Teil des Mobs hatte

etwas gefunden. Es war, entdeckte Jane, als sie sich nahe genug herangeschoben hatte, daß sie es sehen konnte, ein Behemoth. Sie hatten ihn in einer Sackgasse in die Enge getrieben und wiegten ihn hin und her. Grollend vor Wut und Enttäuschung kippte er um, und seine Eroberer bestiegen ihn über das Hinterteil. Sie sprangen auf die Haube und die Türe auf der Fahrerseite und machten sich daran, die Eingeweide herauszureißen. Sitze, Kabel, Zündkerzen, eine schwarze Armaturenbrettfigur der Großen Mutter flogen hinaus in die Menge. »Mistkerle!« brüllte der Behemoth. »Ich bringe euch um! Zerquetsche euch! Stampfe euch platt!« Es war erschreckend, daß ein so großes Biest, eine so mächtige Maschine, so leicht zu überwältigen war.

Erschreckend und ein ganz klein bißchen großartig.

Die Front einer Taverne war weggerissen und die Bar aufgebrochen worden. Flaschen wurden an jeden herausgereicht, der gerade vorüberging. Jane merkte, daß sie eine Flasche Pfefferminzschnaps umklammert hielt. Er schmeckte schrecklich. Aber nach einer Weile gewöhnte sie sich daran.

Plündernd und zerstörend flutete der Mob voran, bis irgend etwas weiter vorn – eine Sackgasse, eine Gabelung der Straße – ihn unschlüssig innehalten ließ. Da sie jetzt wieder normal gehen konnte, entdeckte Jane erneut Linnet, die Arm in Arm mit einem riesigen mißgestalteten Kerl vorüberging. Jane tippte ihr auf die Schulter.

Linnet sah verständnislos auf. »Was tust *du* denn hier?« Ohne eine Antwort abzuwarten ließ sie den Arm ihres Gefährten los. »Das ist Knochenkopf.«

Knochenkopf machte seinem Namen gewißlich alle Ehre. Der Schädel war mächtig groß, schief und leichenblaß unter kurzgeschorenem Haar. Sonnenräder waren ihm auf Stirn und Wangen eintätowiert. Die Augen waren leblose aschfarbene Höhlen.

Er grinste rüpelhaft und befingerte sich die Eier.

Jane übersah ihn verzweifelt und fragte: »Hast du eine Ahnung, wo wir sind? Du mußt nicht mitkommen. Zeig mir bloß die richtige Richtung, und ich werd den Weg nach Hause allein finden.«

Mit vernichtendem Spott sagte Linnet: »Du kapierst's nicht, hm? Du kapierst's einfach nicht.« Ihre Flügel schlugen, als sie sich den Pullover über den Kopf zog. Darunter trug sie nichts. Ihre Brüste waren nicht sonderlich groß, aber die Warzen waren riesig; groß wie Pflaumen und von der Farbe von Aprikosen. Bei ihrem Anblick gab es Beifallsrufe.

Linnet warf den Pullover in die Luft. Ein buckliger Musiker beugte sich herab, schob ihr den Kopf zwischen die Beine, und stand dann wieder auf. Sie hockte auf seinen Schultern wie eine Galionsfigur für den Mob.

»Zum Tumulus!« rief jemand. Linnet trieb sie mit energischen Armbewegungen weiter. »Zum Tumulus!« kreischte sie. Während der Bucklige unter ihr auf seiner Flöte spielte, führte Linnet sie davon.

Sie gingen raschen Schritts, fast im Trab. Der berauschende Geruch nach Schweiß, wie verfaulendes Obst, umgab Jane. Der Mob rief jetzt keine Sprechchöre, sondern produzierte ein ungewöhnliches Geräusch: eine Brandung aus Stimmen, durchsetzt mit gelegentlichen schrillen Schreien, die wie Tonstacheln aus der Oberfläche stiegen, sowie ein unaufhörliches Baßgerumpel, das in ihrer Magengrube vibrierte. Es summte und knisterte im Kopf wie bei einem Amphetaminrausch, beständig, unveränderlich und dennoch in komplizierten Variationen – eine Symphonie des Chaos.

Jane fuhr sich mit der Hand durchs Haar. Es knisterte. Sie wollte nicht mehr weg. Das Geschehen war zu aufregend, auf eine schreckliche Weise zu lebenssprühend, um darauf zu verzichten. Sie mußte sehen, was als nächstes geschähe. Sie war ein gewichtloses geladenes Teilchen im Strom des Mobs und ließ sich davontragen. Sie bot seinem Willen nicht den geringsten Widerstand.

Plötzlich befand sich Jane in einem Elektrogeschäft. Ringsumher schnappten sich verschwommene Gestalten Camcorder, CD-Player, Mini-Kühlschränke. Jemand drückte ihr eine Kiste in die Arme. Sie nahm sie verblüfft.

Ein rußgeschwärzter Kobold sprang aus den Schatten und rief fröhlich: »Feuer! Gefahr! Feuer! Hinaus! Hinaus!«

Flammen leckten hinter ihm hoch.

Alle wollten sich gleichzeitig vorn hinausquetschen. Einen ängstlichen Augenblick lang glaubte Jane, man würde sie zerdrücken, und fürchtete um ihr Leben. Erst mehrere Blocks weiter dachte sie daran sich anzusehen, was sie da eigentlich hatte.

Ein Mikrowellenherd.

Das war wirklich ein bemerkenswerter Zufall. Sie benötigte dringend einen Mikrowellenherd in ihrem Zimmer, und da es völlig unmöglich war, jemals etwas so Großes zu klauen, entschloß sie sich, ihn zu behalten.

Weil sie den Herd schleppte, konnte Jane jedoch nicht mehr Schritt halten. Nach und nach fiel sie zurück, glitt stetig zum hinteren Ende des Mobs. Bis sie sich schließlich mit schmerzenden Armen und Schultern auf irgendwelche Stufen aus Stein und Beton neben einem alten Industriekanal setzen mußte. Sie war völlig erschöpft.

Der letzte Rest des Mobs flutete davon. Die Luft wurde kühl. Das Stimmengebrüll sank zu einem Gebrummel herab, das sich sporadisch aus verschiedenen Teilen der Stadt erhob, als wäre der Mob ein Ungeheuer, das an mehreren Stellen gleichzeitig existieren konnte. Sie starrte auf ihre Füße hinab, auf den Abfall – rostige Metallteile, Plastikphiolen für Crack und Zigarettenstummel. Ihr schwirrte noch immer der Kopf.

Der Mob hatte beim Vorüberkommen jegliche Lebenskraft aus den Straßen und Gebäuden herausgesaugt. In seinem Gefolge bekam Farbe Risse, sprang auf und setzte winzige Wölkchen rostiger Sporen frei. Asphalt wölbte sich, Stuck fiel brockenweise von Ziegel herab. Der Abfall wucherte im Rinnstein und tanzte auf dem öligen Wasser des Kanals auf und nieder. Mauern zerbröselten.

Aus dem Innern der ausgeweideten Gebäude sproß mit hexenhafter Geschwindigkeit das Unkraut. Jane konnte zusehen, wie sich eine Ranke aus dem Riß in der Basis eines Betonpfeilers der Brücke herausschob und zu einem labyrinthischen Dornengewirr heranwuchs. Tief in dessen Herzen blühten Rosen, deren Öl wie verschüttete Milch irgendeine Spezies geflügelter Kobolde anzog, die nicht größer als Janes Faust waren. Unter Glöckchengeklingel schossen die Kobolde paarweise über den Kanal und zogen gleichermaßen winzige Gefangene an Stricken hinter sich her, die nicht dicker als Bindfäden waren. Kopfüber stürzten sie sich in das düstere Dickicht.

Winzige Schreie durchstachen die Nacht.

Als werdende Alchemikerin verstand Jane natürliche Vorgänge. Das Gleichgewicht war zerstört worden: es mußte wiederhergestellt werden. Aber sie mußte nicht dabei zusehen. Sie war wieder zu Atem gekommen. Es war Zeit zu gehen. Sie stand auf und ließ den Mikrowellenherd auf den Stufen zurück. Im Grunde genommen wollte sie das verdammte Ding nicht.

Ein Schwall Erbrochenes spritzte auf die Straße. Sie tänzelte zurück, dennoch bekamen ihre Schuhe etwas ab.

Drei hyänenköpfige Wesen beugten sich über die Brüstung eines Überwegs. »He, paßt doch auf!« rief sie.

Eines der Wesen, das, dem übel war, bemerkte sie anscheinend nicht einmal. Ein zweites machte sich über ihren Ekel lustig, indem es wie ein Esel schrie. Das dritte trat auf die Brüstung, öffnete den Reißverschluß der Hose und schüttelte den Schwanz. »Beiß doch mal drauf, Schätzchen!«

»Pißköpfe!« rief sie.

»Diesem Luder«, sagte der Schwanzschüttler kalt, »müssen wir mal eine Lektion erteilen!« Sein Freund sah sich bereits nach einem Weg hinab um. »Dort drüben!« schrie er. Sie ließen ihren betrunkenen Freund an der Brüstung zurück und rannten auf eine Treppe am anderen Ende des Überwegs zu. Entsetzt drückte sich Jane in einen Torweg und entdeckte, daß dieser Weg der Eingang zu einer weniger sichtbaren Treppe zu der Straße hinauf war, die die Wesen gerade verlassen hatten.

Oben angekommen blieb sie stehen, als zunächst ein Dutzend und dann hundert mißgestaltete Wesen heranstürmten. Ihre Quälgeister waren die Vorhut eines Arms des Mobs gewesen. Es war nicht die Gruppe, die sie verlassen hatte – sie erkannte niemanden wieder, und es waren Gesichter unter der Gruppe gewesen, an die sie sich erinnert hätte. Aber was machte das schon! Sie trat in die vorübereilende Menge.

Wieder geborgen.

Jane war noch nicht weit gelaufen, da explodierte vor ihr etwas mit einem gewaltigen Brüllen. Die Straße öffnete sich jäh auf einen fünfeckigen Platz. Wie Gasmoleküle, die unter Druck standen und freigesetzt wurden, legte der Mob an Geschwindigkeit zu und zerstreute sich, um den neugewonnenen Raum zu füllen. Mit einem Schauder der Furcht wurde Jane klar, wo sie waren.

Dies war der Oberon-Platz. An vier Seiten gab es Tavernen, Plattengeschäfte, Eisenwarenhandlungen, Herrenausstatter und dergleichen. An der fünften Seite ragte die massive Obsidianfront des verrufensten Gefängnisses der ganzen Großen Grauen Stadt über den Platz wie der massive Bug eines unheimlichen schwarzen Frachtschiffs.

Der Lange Tumulus.

Als sich der Mob jetzt mit dem Gebäude selbst konfrontiert sah, widerstrebte es ihm merkwürdigerweise, einen Angriff darauf zu unternehmen. An den anderen vier Seiten spalteten sich kleinere Gruppen ab, die dem offensichtlichen Ziel keine Beachtung schenkten. Die Frontseiten der Geschäfte waren mit Gittern und Schutzschirmen abgedeckt, aber weiter oben gab es ungesicherte Fenster. Der Mob bombardierte sie mit Steinen und Ziegelbrocken.

Einer Eingebung folgend, die sie so schnell nicht begriff, hob Jane eine leere Flasche auf und schleuderte sie in Richtung eines Fensters. Es zerbrach. Sie warf den Kopf in den Nacken und jubilierte. Ein Troll klopfte ihr auf den Rücken und brachte sie dadurch zum Stolpern.

Es war ein großartiges Gefühl.

Daraufhin wurde sie völlig vom Wahn der Elfenmenge ergriffen. Wie zwei Schwingen aus Gaze hüllte er sie ein. Sie holte tief Luft, sog das wirbelnde, sprudelnde Gefühl tief in die Lungen und den Unterleib. Jetzt war alles andere unausweichlich. Sie war mit Haut und Haaren eine von ihnen, ein Teil des Mobs.

Ein Betrunkener stolperte gegen sie, und sie schob ihn fest mit beiden Händen weg. »Geh mir aus dem Weg, du verdammter Flegel!«

Und auch das war ein großartiges Gefühl.

Nachdem sie alle Fenster zerschmissen, die Gitter von den Läden heruntergeholt, das Innere geplündert und zwei der Geschäfte angezündet hatten, erfolgte eine Pause. Mehrere stämmige Zwerge versuchten, die Angeln des großen Gefängnistors zu zerschmettern. Doch trotz ihrer Stärke und Gewitztheit mußten sie unverrichteter Dinge herabklettern.

Daraufhin verlor der Mob ein wenig von seinem Schwung. Um ihn neu zu beleben, wandten sich einige einer Weinhandlung zu, die bislang ihrer Aufmerksamkeit entgangen war. Ledersessel und Spinnenpflanzen flogen auf die Straße. Ölgemälde nackter Oger, die auf Toiletten hockten, wurden in die Flammen geworfen. Dann polterten drei riesige Fässer auf die Pflastersteine hinaus. Sie wurden von drei schwer schuftenden Lamies geschoben. Einer sprang auf das erste Faß und schwenkte den Federhut in der Luft. »Kameraden!« schrie er. Höhnisches Gelächter. Er schwang eine Axt. »Unsere geliebten Meister, die Lords der Stadt, haben – zu seinem besten! – diesen gärenden Wein eingekerkert. Viele Jahre war er innerhalb dieser Eichenwände gefesselt. Er ist gereift, lieblich geworden, hat seine harten Kanten verloren und sich immerzu bemüht, ein mildes und gehorsames Getränk für die edlen Gurgeln unserer äußerst ehrwürdigen Besitzer zu werden.« Aller Augen waren auf ihn gerichtet. Der Lamie schnaubte, schnitt eine Grimasse und rief: »Ist er gereift?«

»Nein!!!«

»Hat er seine Lektion gelernt?«

»Nein!!!«

»Hat er seine aufsässige Art abgelegt?«

»Nein!!!«

»Gut gesprochen. Er ist ganz klar widerspenstig und somit ungeeignet für solche wie unsere Besserstehenden.« Er ließ die Axt auf das Spundloch des Fasses niedersausen. Wein strömte über den Platz. Groteske Gestalten eilten lachend zu den Rinnsteinen, um niederzuknien und zu trinken.

Eine Pumpe wurde aus einem der Eisenwarengeschäfte entwendet und dazu benutzt, einen leeren Brunnen in der Mitte des Platzes zu füllen. Feiernde – Linnet war eine davon – sprangen nackt hinein, tranken aus der hohlen Hand und schütteten einander blutrote Flüssigkeit über die Körper. Der Schein der brennenden Gebäude und die Quecksilberdampflampen vereinigten sich zu einem trostlosen orangefarbenen Licht, das die Feiernden übergoß.

Von der Rändern der Menge ertönten Rufe.

Ein Bauriese schlingerte langsam auf den Platz. Ein grinsender Teufel von Boggart saß auf seiner Schulter und lenkte ihn, indem er ihm Worte ins Ohr flüsterte. Sie blieben vor den Gefängnistoren stehen, und der Riese hob die massige Faust. Dreimal krachte sie gegen die eisenbeschlagenen Gefängnistore. Sie splitterten und hielten. Dann, beim vierten Hieb, gab das Tor nach und fiel in sich zusammen.

Ein Jubelgeschrei ertönte, das die Sterne erschütterte.

Zusammen mit den anderen drängte Jane vor. Sie lief, Knochenkopf ihr zur Seite, einen dunklen und schmalen Flur hinab. Da faßte Knochenkopf sie am Arm und zog, so daß sie vor einer Zellentür zum Stehen kam. »Halt das!« Er warf ihr seine Jacke zu und spie einen Strom gelben Schleims zwischen seine Schuhe. Dann rammte er eine Brechstange zwischen Schloß und Rahmen. Muskeln schwollen unter seinem schweißgetränkten T-Shirt an.

Die Tür sprang auf.

Verrottende Zähne in einem verrottenden Mund. Ein Gesicht, das völlig verzerrt wirkte. Die Kreatur trat aus ihrer Zelle und zwickte Jane mit Fingern, die wie Eis stachen, in die Wange. »Ist die für mich?« krächzte das Scheusal, kicherte daraufhin über Janes Ekel und humpelte davon.

Knochenkopf brach ein weiteres Schloß auf. Etwas Dunkles, wie körniger Schatten, floß heraus. Es streifte Jane im Vorübergehen mit einem Blick, und sie hatte den flüchtigen Eindruck von haßerfüllten Augen, die stechend waren wie die Spitzen Tausender Skorpionklauen. Vor Schreck blieb ihr fast das Herz stehen.

»Steh da nicht einfach so rum!« Knochenkopf versetzte Jane eine Ohrfeige. »Wir haben zu tun.«

Aber Jane stand einfach so rum. Knochenkopf war zu beschäftigt, um das zu bemerken. Er hatte sich den Flur hinabgearbeitet, eine Tür nach der anderen aufgebrochen und abscheuliche Wesen befreit, wie sie ähnliche noch nie gesehen hatte.

Sie ließ die Jacke fallen und trat den Rückzug an.

Draußen reichte ihr ein grinsender Pixie eine Flasche Whiskey. Sie trank. Ein Hyter verteilte Pillen. Sie warf fünf davon ohne Flüssigkeit ein.

Zu ungeduldig, um abzuwarten, hatten Brandstifter im Innern bereits mehrere Brände gelegt. Betrunkene Aufrührer und Gefangene kamen hustend, würgend und kichernd heraus. Nur die nähergelegenen Zellenblöcke waren geleert worden. Im Handumdrehen standen die weiter entfernt liegenden Bereiche in Flammen, die heißer als jeder Ofen waren.

Entkommene Sträflinge mit lichterloh brennenden Köpfen stürzten kreischend aus dem Tor, rannten verzweifelt im Kreis und schlugen mit den Armen. Sie wurden mit Gelächter begrüßt.

Asche fiel wie Schnee. Die Flocken waren so groß wie Janes Hand. Sie starrte blinzelnd nach oben.

Wie bei Gefängnisbauten üblich führte eine kurze Brücke über das Tor, worauf ein kleiner Wachturm saß. Die Wärter waren längst geflohen und die Tore niedergeworfen, dennoch überbrückte sie noch immer die Kluft über dem Raum, wo sich die Tore befunden hatten.

Die Brücke war eine schwarze Silhouette vor den Flammen, und auf dem kurzen Turm in der Mitte tollten Elfen umher, sangen und pißten in die Flammen. Sie mißachteten die Gefahr. Dies ging über bloßes selbstmörderisches Verhalten hinaus. Es war entsetzlich.

Plötzlich stießen die Elfen auf dem Turm Rufe aus. Einer deutete auf eine entfernte Straße.

Elfensoldaten in schwarzen Glashelmen marschierten auf den Platz.

Als wäre es vorher abgesprochen gewesen, tauchten Decken am Fuß der Mauer auf. Sie wurden an den Ecken festgehalten und gespannt. Einer nach dem anderen sprangen die Ausgucke herab und landeten auf den Decken.

Neugierig verstummte der Mob.

Die Elfensoldaten formierten sich am einen Ende des Platzes. Sie standen dicht an dicht, hatten die Gummiknüppel gezogen und hielten Plexiglasschilde am Arm. Alle trugen das Abzeichen des geflügelten Hundsfotts auf den Gewändern.

Ihr Anführer ritt ein Chromstreitroß, das so glänzend poliert war, daß man es kaum erkennen konnte. Spiegelbilder des Mobs, der Soldaten, der brennenden Mauern des Langen Tumulus schwammen lautlos über die kühlen Flächen, stülpten sich aus, als das Streitroß vorwärts schritt, und wurden dann wieder vom Dunkel verschluckt, als es sich leicht zur Seite drehte.

Unaufhörlich fiel die Asche.

Der Elfen-Anführer stellte sich in die Steigbügel und rief mit hoher, klarer Stimme: »Dieser Mob hat sich gegen die Konventionen des Teind versammelt. Eure Anwesenheit hier ist ungehörig und verboten. Ihr habt zwei Minuten Zeit, den Platz zu räumen.«

Es ertönte Hohngelächter, doch es war saft- und kraftlos. Der Mob war unsicher, unschlüssig. An seinem Rand stahlen sich einige wenige der wankelmütigen Wights davon. Wären die Elfensoldaten da vorgegangen, hätten sie den Platz mit wenig Mühe räumen können. Aber ihr Anführer gab keinen entsprechenden Befehl. Ein grausames Lächeln spielte um seinen Mund.

Das Hohngelächter wurde lauter. Ein Stein flog und dann eine Flasche. Sie explodierte. Bei diesem Geräusch lief ein Schauer durch den Mob, eine Welle der Vorahnung, die den Platz rascher als ein Ruf überquerte. Jane zitterte unwillkürlich. Rings um sie her spannten sich Körper an. »Oh, Scheiße«, brummelte ein Zwerg. Sie würden es wirklich tun. Sie würden wirklich gegen die Elfen vorgehen.

Der Zwerg faßte Jane beim Ellbogen und streckte deutend den Finger aus. Köpfe fuhren herum. In einer Seitenstraße erschienen weitere Soldaten. Dann in einer anderen. Sie versperrten die Ausgänge. Das war der Grund, weswegen ihr Anführer gezögert hatte. Er wollte, daß der Mob eingeschlossen und ohne jede Fluchtmöglichkeit war.

»Wenn ihr euch nicht zerstreut, könnte Gewalt gegen euch angewendet werden.« Der Elfen-Anführer warf einen gleichgültigen Blick auf seine Armbanduhr.

Die Scheinheiligkeit des Ganzen stählte Janes Entschlossenheit. Ihr Haß auf die hochstehenden Elfen loderte hell empor. Also glaubten sie, sie ließe sich von ihnen einschüchtern? Da konnten sie aber lange warten. Sie mochte schreckliche Angst haben, aber sie war kein Feigling. Hier stehe ich, dachte sie. Wie eine Eins.

Mit einem Schrei gingen die Soldaten zum Angriff über.

Der Zusammenprall verursachte ein wildes Durcheinander.

Jedermann schob und kreischte und fluchte. Eine Ordnung konnte Jane nicht erkennen. Der Angriff war so brutal einfach wie der Angriff des Ozeans auf das Land. Aber der Mob sah ihm so fest entgegen wie die Berge der See. Kurz bevor die Soldaten die erste Reihe der Aufrührer erreichten, hob ihr Befehlshaber seinen Schlagstock und sprach ein Machtwort.

Alle Straßenlampen explodierten. Der Platz wurde in eine rötliche, vom Feuerschein erhellte Dunkelheit getaucht.

Die neuen Bedingungen begünstigten die Elfen, die im Nachtkampf ausgebildet waren und durch einen uralten Segen der Göttin so lange deutlich sehen konnten, wie der letzte silbrige Schimmer der Dame Mond am Himmel hing. Sie näherten sich mit blitzenden Schlagstöcken, und der Mob wich vor ihnen zurück. Aber die Soldaten waren so gierig darauf, ihre Schläge an den Mann zu bringen, daß sich die Linie rasch in einzelne Knoten der Gewalt auflöste und viel von dem Vorteil verlorenging.

Jane wurde erst hierhin geschoben und dann dorthin. Sie sah, wie sich ein stämmiger Kerl auf einen Schild warf und der Soldat dahinter mit einem entsetzten Aufschrei und einem gebrochenen Arm umfiel. Die Menge bildete einen Wirbel um ihn herum, und er verschwand. Der Wirbel veränderte seine Lage, und Jane sah drei Elfen, die auf ihren Zwerg einprügelten. Man hatte ihm die Weste heruntergerissen.

Der Körper lag blutig und halb nackt vor ihnen und leistete keinerlei Widerstand. Der Kopf wackelte lose auf dem Hals und zuckte bei jedem Schlag. Das Rückgrat war gebrochen. Jane tat einen Schritt nach vorn, und ihr wurde entgeistert klar, daß sie gerade einen Hilfeversuch unternehmen wollte.

Dumm, dumm, dumm! wütete sie gegen sich selbst. Was zum Teufel tu ich hier? Das ist sinnlos. Der Zwerg ist tot. Ich kann nichts für ihn tun. Mach kehrt, laufe, fliehe!

Wie eine Schlafwandlerin ging sie weiter.

Ein Soldat tauchte vor ihr auf. Er hatte den Helm verloren, und das feine blonde Haar peitschte umher. Kampfeslust brannte auf seinem Gesicht. Er hob den Schlagstock gegen sie. Dann trat er falsch mit dem Fuß auf einen Pflasterstein, der vom Wein glitschig war. Er stolperte und fiel auf ein Knie.

Im selben Augenblick sprang ihm ein Oger auf den Rücken. Mit gesenktem Kopf drückte er sich zwischen die Schulterblätter des Soldaten, und die krummen Beine umklammerten dessen Taille. Die knorrigen Händen zogen ruckartig das Kinn zurück. Es ertönte ein scharfes *Knack.* Der Elf schlug um sich, und die Kampfeslust wich ihm aus dem Gesicht. Sein Schlagstock fiel klappernd auf die Steine.

Jane schnappte sich den Stock.

Die Asche fiel dichter denn je. Bald wäre das Atmen unmöglich. Überall stank es nach brennendem Vinyl, Holz, Stoff und Plastik von den Gebäuden ringsum; der Gestank stach ihr in die Nase und legte sich ihr über den Gaumen. Jane wußte, daß dies der dunkelste Augenblick ihres Lebens sein sollte, aber unbegreiflicherweise war das nicht der Fall.

Im Gegenteil: es machte Spaß.

»Aus dem Weg! Aus dem Weg aus dem Weg aus dem Weg!« Der Schlagstock war aus solidem Metall und so lang wie sie selbst. An einer Seite hatte er ein kurzes Querstück, damit man ihn zur taktisch geschickten Kontrolle des Mobs einsetzen konnte. Jane faßte ihn ungeschickt am einen Ende und schwang ihn wie einen großen Beidhänder hin und her. Das verschaffte ihr eine Menge Platz. Sie bekam wieder Luft. »Scheißkerle!« kreischte sie. »Schwanzlutschende Elfen!«

Ein Geräusch wie ein Seufzer, dann noch einmal und dann noch drei weitere Male. Es waren Geräusche, die sich durch ihre leise Schüchternheit vom allgemeinen Kampfgetöse abhoben. Gaskanister fielen klappernd auf die Pflastersteine. Sie explodierten zu Wolken von Tränengas.

Jene, die das Gas erwischt hatte, wichen würgend zurück. Sie kämpften gegeneinander, hackten aufeinander ein, um zu entkommen. Aber ehe die Soldaten einen Vorteil aus der allgemeinen Unordnung hätten ziehen können, schossen geschorene Burschen mit feuchten Taschentüchern vor dem Mund heran, packten die Kanister und warfen sie in die Truppen zurück.

Ein Windhauch breitete eine der Wolken sanft über jenen Teil der Menge aus, wo Jane stand.

Ihr blieb die Luft weg! Sie konnte nicht sehen! Ihre Haut brannte! Sie hustete, würgte, weinte erbärmlich. Rotz lief ihr aus der Nase. Eine Gesichtsseite fühlte sich an, als hätte jemand mit Nesseln darüber gewischt. Stolpernd, vornübergebeugt tastete sie nach einem Ausgang.

Und dann nahm sie wunderbarerweise jemand bei der Hand und führte sie weg. Sie verspürte kühle Luft auf dem Gesicht. Sie blinzelte und sah durch das Wasser in den Augen auf eine offene Straße.

»Komm schon«, knurrte ihr Wohltäter. »Bald gibt es noch mehr Gas.«

Als sie dem Platz entkommen waren, blieb Jane jedoch stehen. Sie grub die Fersen in den Grund und riß sich los. Dann wischte sie sich die Augen an einer Schulter ihrer Jacke ab und die Nase an der anderen. Durch ihren Tränenschleier sah sie zu dem Aufruhr zurück.

Der Rauch von einhundert Feuern hatte aus dem Himmel ein Zelt gemacht und es dann schlammig rot angemalt. Unter seinem düsteren Baldachin hockten dunkle Wesen über den Körpern der Gefallenen. Einige stahlen Brieftaschen. Andere nicht. Einige davon, bei deren Befreiung sie geholfen hatte, erkannte sie wieder. Sie waren aus dem Gefängnis entflohen.

»Wir sind nicht zum Spaß hier«, drängte ihr Gefährte. »Die Grünröcke kommen.« Und in der Tat hörte sie den Gleichschritt der Kanonenstiefel frischer Elfentruppen. Er gab ihr einen Stoß, und sie rannten weg. Erst da dachte sie daran, sich umzuschauen und nachzusehen, wer ihr Retter war.

Es war Knochenkopf.

Als es klar war, daß niemand folgte, kam Jane stolpernd zum Stehen. Sie mußte sich übergeben. Knochenkopf stützte sie; er hatte ihr einen Arm um die Schultern gelegt, während sie die Asche, den Wahnsinn und das Gift aus sich herauswürgte. Sie richtete sich wieder auf und war überraschend klar im Kopf.

»'n Aufruhr, was?« meinte Knochenkopf.

Sie sah ihn an.

»Ich hab diesem Scheißkerl glatt den Finger abgebissen. Er hat 'nen großen alten Goldring angehabt. Der hatte überall klitzekleine Smaragde und Rubine und so 'nen Scheiß. Hab ihn hier.« Er tätschelte hämisch eine blutige Hemdtasche. »Also hab ich heute nacht doch einen netten kleinen Gewinn herausgeschlagen.«

Knochenkopf war erschreckend häßlich wie immer. Aber die Augen hatten sich verändert. Sie waren jetzt grün mit goldenen Flecken, wie Blätter im Frühsommer. Ein lebhafter Humor leuchtete heraus, als wäre die Knochenkopfgestalt lediglich Teil einer Rolle, die er spielte, oder als würde etwas ihn als Maske benutzen und durch die Augenhöhlen seines Schädels spähen. »Da hat sich was in deinem Ohrring verfangen«, sagte Jane.

»Hm?« Knochenkopf drehte sich um und wollte Janes Hände wegschlagen, die ihm ans Ohr faßten. Zu spät. Sie schloß die Finger um einen Talisman, der ihm vom Ohrläppchen herabbaumelte. »He, sieh mal hier!«

Sie riß den Talisman ab. Er stieß einen aufgeschreckten Ruf aus, waberte und schrumpfte. Gesicht und Miene veränderten vollständig ihre Natur. Die Tätowierungen verschwanden und gleichzeitig sein schlaffer bösartiger Ausdruck. Er war nicht mehr Knochenkopf.

Er war Puck Aleshire.

Jane warf einen Blick auf den Talisman – Bernstein, Knochen, eine supraleitende Scheibe, zwei Blauhäherfedern – und warf ihn weg. Es war nichts; sie könnte jederzeit selbst so einen herstellen, wenn sie es wollte. »Was zum Teufel tust du hier?«

»Ich habe dich gesucht, okay? Heilige Scheiße, tut das weh!« Er zuckte zusammen. Puck trug einen zerlumpten Wollmantel, der ihm überhaupt nicht paßte. »Sieh mal, ich weiß, du hast mich nicht darum gebeten, mich um dich zu kümmern. Aber ich bin nun mal hier. Und wenn du nicht so bekifft wärst, wärste froh drum. Wir müssen hier raus. Sie haben die Messer hervorgeholt. Sie werden sie nicht wegstecken, wenn ihnen die Elfen ausgehen.«

Er faßte sie am Arm und zog sie davon.

Während sie ihm nacheilte, mußte sich Jane eingestehen, daß Puck wie ein Held aussah. Die Augen blitzten, die Kinnlade war angespannt. Kurzfristig wurde ihr das Herz weich. Dann blickte sie hinab. Etwas baumelte aus seiner Hosentasche. Es war hastig und unvollständig hineingestopft worden, Teil eines schwarzen Kleidungsstücks. Ein Höschen. Machart und Material waren ihr vertraut. »Was ist das?« Jane schnappte es sich. Es war abgetragen und ungewaschen. Sie hielt es sich an die Nase und schnüffelte.

»Wo hast du das her?«

Puck zog verlegen den Kopf ein, verlangsamte jedoch nicht den Schritt. »Ich, äh, hab mit Billy Bugaboo dafür was getauscht. Er hat gesagt, du bist einmal über Nacht bei ihm im Zimmer geblieben und hast vergessen, es aufzuheben, als du dich am nächsten Morgen angezogen hast.«

»Dieser Billy!« empörte sich Jane. »Ich werd ihn *erwürgen!*«

»Wir haben nicht geglaubt, daß es dir tatsächlich was ausmacht.«

»Nun, mir macht's was aus. Es macht mir sehr viel aus.«

»Wie dem auch sei, ohne das Ding hätte ich dich nicht finden können. Wie Gleiches nach Gleichem ruft, stimmt's? Das ist das Gesetz der Ansteckung.«

»Ansteckung?«

»Ist keine so 'ne große Sache, okay? Billy hat mir gesagt, er würde meine Lederjacke brauchen. Und was hatte er mir schon zu bieten?« Er blickte sie von der Seite her an und erfaßte zum erstenmal den traurigen Zustand, in den seine Jacke durch sie geraten war. »He. Was hast du denn eigentlich überhaupt damit gemacht?«

Sie wurde rot.

Eine Weile lang gingen sie schweigend dahin. Dann

sagte Puck: »Wir beide haben wohl was getan, worauf wir nicht sonderlich stolz sind. Das ist jetzt nicht wichtig. Wir müssen wirklich weg, ehe es hier ekelhaft zugeht.«

Auf der Straße lagen Leichen.

Sie gingen im Kielwasser des Mobs. Sie hörten seine Stimme regelmäßig vor sich aufbrüllen. Es war gespenstisch, weil sie zeitweilig viele Blocks weit kein anderes lebendes Wesen sahen. Nur die Leichen.

Die Leichen waren zumeist klein – sie befanden sich in einer Gegend mit Mietskasernen, und verschiedene Gruppen des Mobs waren zum Zwergen-Klatschen hergekommen. Aber es lagen auch Lutins, Nisken und Ziegenleute darunter, obgleich in geringerer Anzahl. Jane war insbesondere von einem wie hypnotisiert, einem Faun, dessen Gesicht halb enthäutet worden war. Ein Trophäenjäger hatte die Haut vom Unterkiefer abgezogen, ehe ihn etwas von seinem Vorhaben abgebracht hatte. Zu sehen war dadurch ein wildes und auf dem Kopf stehendes Grinsen. Das eine sichtbare Auge stand weit offen und war schneeig blau. Während sie es anstarrte, merkte Jane, daß sie nahe daran war, etwas Wichtiges zu verstehen. Oh, wozu bist du hier, besagte dieser Ausdruck. Wenn du es nur wüßtest!

»Steh nicht da rum!« sagte Puck. »Bist du bescheuert?« Er zog sie weg.

Die Straßen hoben und senkten sich unter den Füßen. Jane mußte Pucks Arm umklammern, damit sie nicht stürzte. »Wohin gehen wir?«

»Nun, ich hab da ein Gebiet hinter einer Mülltonne auf der Rückseite von Bellegarde abgesteckt. Aber ich habe 'ne Menge Zeit mit der Suche nach dir vergeudet. Jetzt schaffen wir's nie bis dahin zurück. Old Mouldiwarp würde uns reinlassen, aber seine Wohnung ist drüben jenseits des Flusses. Dann kenne ich da ein Nest von Minsies, das mir Schutz gewähren würde, aber ich bin männlich – dich würden sie nicht aufnehmen. Uns bleiben nicht viele Möglichkeiten.« Es hörte sich an, als ginge er nicht so sehr die bestehenden Möglichkeiten durch, sondern als wollte er eine schlechte Entscheidung rechtfertigen.

»Wo?« drängte sie.

»Dort.« Sie gingen um eine Ecke und befanden sich auf einer Straße, die der Mob verschont hatte. Vor ihnen drängte sich ein Haufen Slum-Gebäude unter den Stützpfeilern einer eisernen Hängebrücke eng aneinander. Es konnte nicht weit zu den Lagerhallen sein; Jane roch den Fluß. Die Gebäude waren allesamt verlassen und die Fenster mit Brettern vernagelt worden. Eine einzelne unzerbrochene Straßenlampe warf gerade genügend Licht, daß man das Schild über dem lesen konnte, was einstmals ein Restaurant gewesen war:

SCHWESTER MINNIES KÜCHE

»Ist 'ne Spritzbude«, erklärte Puck. »Der Böse Tom führt sie. Aber da drin ist's so sicher wie sonst nirgendwo heute nacht. Niemand da außer Junkies, die ein Nickerchen machen. Nichts des Stehlens wert. Nichts des Verbrennens wert. So lange Tom nicht dort ist, wird es uns prächtig gehen. Und er wird nicht da sein. Er wird mich draußen suchen.« Er schnalzte mit der Zunge. »Hier würde er mich zu allerletzt suchen.«

»Ganz bestimmt?«

»Ich hatte eigentlich nicht die Absicht, auch nur in die *Nähe* dieses Orts zu kommen. Er kennt mich gut genug, um das zu wissen.«

Ein Gekreisch zerriß den Himmel. Für einen kurzen Augenblick hüllten sie schwarze Flügel – waren es schwarze Flügel? – in ein Grauen ein. Dann hob sich das Entsetzen und hockte sich auf der Brücke nieder. Weitere dunkle Gestalten fielen kreischend von den Kabeln herab. Wie alptraumhafte Tauben kämpften sie mit der ersten Gestalt um etwas, das diese im Schnabel hielt.

Zwei der Flieger stießen zusammen, und der Happen fiel auf die Straße hinab. Er schlug mit einem Übelkeit erregenden fleischigen Klatschen auf. »Äh!« rief Jane unwillkürlich.

»Nicht hinsehen!« befahl Puck. Aber natürlich sah sie hin. Es war der arm- und beinlose Rumpf eines Zwergs. Sie hatte in dieser Nacht weitaus entsetzlichere Dinge gesehen, aber irgendwie berührte dieses sie mehr. Es war wie ein Schlag ins Gesicht.

»Bring mich rein!« flehte sie.

Sie stiegen eine zerbröselnde Betonstufe hinab. Puck drückte eine zersplitterte Tür auf. Durch das Loch, wo einmal der Türknauf gewesen war, hatte man eine Schlinge gezogen.

Die Tür öffnete sich und enthüllte eine glänzende Pracht.

Das Innere war so elegant wie in einer Parfümwerbung. Die Fußböden waren ein Schachbrett aus glänzendem Marmor. Schlanke Säulen aus Halbedelstein stützten ein Dach, das zu weit oben war, als daß man es hätte erkennen können. Schneeweiße Eulen flatterten in der Luft, tauchten auf und verschwanden wieder, ganz zufällig. Seidenvorhänge schwebten vor den Wänden. Darunter lümmelten sich gottgleiche Jugendliche auf riesengroßen Kissen. Im Hintergrund lief ein Band mit eintöniger Synthesizermusik.

Eine Woge der Benommenheit überspülte Jane. Sie legte eine Hand auf eine Porphyrsäule, um nicht hinzufallen. Flocken trockener Farbe knisterten unter den Fingerspitzen. Der Marmorfußboden sackte ihr unter den Füßen weg. Er fühlte sich etwas schwammig an.

»Alles nur schöner Schein.« Puck ließ die Tür hinter ihnen zuschwingen. »Wir fangen uns so was wie 'nen ansteckenden Rausch ein.« Einer der goldenen Träumer kam gelangweilt auf sie zu. Puck hielt ihm eine Münze entgegen, doch der Träumer winkte sie mit breitem Grinsen beiseite. »Alles frei heut nacht.« Er wies auf eine Reihe weißer Teller mit Pulverkegel oder Harzstangen darauf. »Nehmt, soviel ihr wollt. Es ist genug für alle da, und alles nur vom Feinsten.« Jane bekam einen widerlichen Hauch von Verwesungsgestank in die Nase. »Unser Gastgeber zahlt für alles.«

»Überlaß Tom den Versuch, auf billige Weise den Teind zu finanzieren.«

»Er ist die Großzügigkeit in Person«, stimmte der Jugendliche zu.

»Er ist ein korruptes Schwein.«

Mit einem Schulterzucken und der Andeutung einer Verbeugung kehrte der Träumer zu seiner Wasserpfeife zurück. Hoch über ihm ermöglichte ein vergittertes Bogenfenster einen Blick auf einen mittsommerlichen Nachmittag, auf blühende Ranken und Singvögel. Ein Windhauch trug seinen Duft zu Jane hinüber, und sie hielt den Atem an. Es war der Garten ihrer Mutter! Sie hätte diesen Duft unter Millionen anderer Düfte wiedererkannt.

Puck nahm Janes Kopf in die Hände und zwang sie zum Wegschauen. »Laß dich nicht zu sehr darauf ein«, sagte er. »Ich hab mal ein Mädchen gekannt, das hat sich auf diesen Garten fixiert. Immer wieder ist sie zurückgekehrt und hat versucht, einen Weg hinein zu finden. Sie war ebenso schlimm dran wie ein Kokser auf der Suche nach Krümeln. Sie konnte einfach nicht mehr aufhören. Sie war überzeugt davon, daß da eine Tür sein mußte.«

»Was ist ihr zugestoßen?«

»Nichts ist ihr zugestoßen.« Pucks Gesicht war steinern. »Sie ist hier irgendwo.«

Jane zitterte. »Ich hab noch nie jemanden gesehen, der wirklich auf dem Gift ist. Es ist ganz anders, als ich es mir vorgestellt habe.«

»Dieser Müll? Das ist nicht das Gift. Das ist lediglich dein alltägliches Adernfutter. Vorzimmer-Stoff. Hier gibt's nix außer Träumen und hübschen Bildchen.«

»Oh«, sagte Jane. Dann: »Du scheinst eine Menge über dieses Zeug zu wissen.«

»Nun, na ja, ich habe ein paar Jugendsünden begangen.« Puck sah sich angespannt um. »Ich frag mich, ob es hier irgendwo einen Platz gibt, der sauber genug ist, daß wir uns niederlassen können.«

Ein Vorhang in einem maurischen Bogengang am anderen Ende des Raums wurde aufgerissen. Eine Gestalt in sonnenheller Kleidung trat hindurch.

»Mein alter Studi!« Tom grinste wie wahnsinnig. »Ich habe auf dich gewartet.«

Da wußte Jane, wie es war, die Geschichte eines anderen mitten in deren Höhepunkt zu betreten. Keines der nun folgenden Ereignisse ergab für sie irgendeinen Sinn. Es bestand keine Möglichkeit, Fragen zu stellen. Eine Erklärung würde sowieso Stunden benötigen. Und sie war nicht in der Verfassung für Erklärungen. Alles erschien hoffnungslos undurchsichtig.

»Du weißt, wo mein Büro ist«, sagte Tom. »Das Spiel steht bereit.«

»Was soll das? Was geht hier vor?«

»Ich hab mal 'n paar Fehler gemacht.«

»Oh, geh doch nicht so hart mit dir ins Gericht«, sagte der Böse Tom. »Jeder macht Fehler. Wie willste sonst lernen?«

»Aber ich möchte noch immer wissen…«, begann Jane.

Puck ging auf Tom los und packte ihn vorn am Hemd. »Ihr geschieht nichts! Kapiert?« sagte er hitzig. »Egal was passiert, sie spaziert hier ungehindert raus!«

»Sie hat mir nix getan. Warum sollte ich ihr was tun? Nicht, daß du da was zu sagen hättest.«

Alles Leben wich aus Puck. »Ja, ja.« Er ließ das Hemd des Bösen Tom los. Sie traten durch den maurischen Torbogen.

Auf der anderen Seite des Seidenvorhangs lag ein abgewetzter und schmuddeliger Läufer. Graues Linoleum wellte sich unter den Füßen. Ein schlecht erleuchteter Flur führte an Zimmern vorüber, die mehr als verwahrlost waren. Man hatte die Türen entfernt, und Jane sah dürre Junkies, die auf pissefeuchten Matratzen vor sich hindösten. An einer der Wände hing ein handgeschriebenes Schild, worauf stand: »Wir Säubern deine Nadel.«

Tom warf Jane einen scharfen Blick zu. »*Das* ist das Gift. Nicht dieser Scheißdreck da vorn. Keine Illusionen. Keine Träume. Keine Lügen. Nichts außer der absoluten Wahrheit.«

Letzteres riß Puck kurzzeitig aus seiner Betäubung. »Was ist die Wahrheit?« fragte er düster.

»Nun, wir werden's rausfinden, oder?«

Am Ende des Flurs befand sich eine richtige Tür. Tom öffnete sie in ein Zimmer, das lediglich von sechs Fernsehgeräten erhellt wurde. Fünf waren über den Fußboden verteilt, ein sechstes stand auf einem metallenen Aktenschrank. Die Bildschirme zeigten nur Schnee. Waren sie stets auf tote Kanäle eingestellt, fragte sich Jane, oder war es nur so, daß in dieser einen Nacht keiner sendete?

Jemand hatte einen Kartentisch mit zwei wackeligen Stühlen davor aufgestellt. Auf der Tischplatte lagen zwei Lederriemen und zwei gefüllte Spritzen. Puck setzte sich auf einen der Stühle. Sein Blick war leer.

Die Fernsehgeräte knisterten und rauschten.

Wie redete man jemandem etwas aus, das man selbst nicht verstand? Jane drückte Puck die Schulter und flüsterte: »Bitte, tu's nicht!«

»Es bleibt ihm nichts anderes übrig, junge Dame«, sagte Tom fast bedauernd. »Das Ganze hier stand schon lange fest, ehe du auf der Bildfläche erschienen bist.« Er setzte sich Puck gegenüber. »Wir spritzen also und probieren's aus. Bist du damit einverstanden?«

Puck nickte.

Sie schlangen sich die Riemen um die Oberarme. Als die Riemen festgezurrt waren, ballten sie die Hände zur Faust und ließen wieder los, um die Venen aufzupumpen. Tom überließ Puck die Wahl der Spritze. Er hob die andere auf und musterte die milchiggraue Flüssigkeit darin. »Du blickst auf die Grundlage unserer ganzen Zivilisation.«

»Was?« frage Jane.

»Der Kolben.« Er schwenkte die Spritze wie eine Zigarette in der Luft. »Dies ist die Viertakt-Maschine in ihrer einfachsten Gestalt. Einziehen. Kompression. Zündung. Ausstoß. Elegant.«

»Nur dies eine Mal«, brummte Puck grimmig, »nur dies einzige Mal könnte ich ohne deine schlauen Sprüche auskommen.« Er ließ den Ellbogen auf den Tisch plumpsen. Tom kicherte und machte es ihm nach. Sie verschränkten die Daumen ineinander.

»Fertig?«

»Bringen wir's hinter uns.«

Sie hoben die Spritzen mit der freien Hand auf und setzten sie leicht auf den Unterarm des jeweils anderen. Die Nadeln schwebten darüber, hielten inne, bohrten sich hinein und glitten schließlich unter die Haut.

»Puck …«

»Nicht«, sagte er. »Kein einziges Wort.«

»Aber ich …«

»Ich möchte es nicht hören! Okay? Ich weiß, was ich hören möchte, und ich bin ziemlich sicher, daß es nicht das ist, was du sagen willst.« Zu Tom sagte er: »Erster Takt.«

Die Kolben zogen sich ein wenig zurück. In jedem Glaszylinder wand und krümmte sich eine Schlange Bluts. Der Lärm aus den Fernsehgeräten wurde ohrenbetäubend. Der bläuliche Glanz bildete rosafarbene Schatten auf den Gesichtern der Duellanten, dämonenhafte Brauen über den Augen und harte Halbmonde oberhalb der Kinne. Die Blicke schlossen sich ineinander. Jane stand ausgeschlossen neben ihrem Stromkreis aus Haß und Begehren.

Ein Schatten strich ihr vor den Augen entlang.

Eine Hand berührte sie sanft an der Schulter.

»Komm!« sagte der Schattenjunge. »Du kannst nichts für ihn tun, und du weißt das.«

Der Schattenjunge führte Jane von der erstarrten Szene weg. Sie gingen, ohne daran gehindert zu werden, durch den falschen orientalischen Glanz des vorderen Raums zur Tür hinaus.

Wie unter einem Bann schritten sie durch die Straßen der Stadt. Zweimal stießen sie auf wilde und blutige Überreste des Mobs, der Trophäen bei sich trug, die Jane auf keinen Fall sehen wollte. Jedesmal führte sie der Schattenjunge unbehelligt davon. So lange er sie an der Hand hielt, konnte man sie anscheinend nicht entdecken.

Eine Seitentür ins Bellegarde öffnete sich auf eine

Berührung des Schattenjungen hin. Sie riefen einen Aufzug herab, der groß genug war, um einhundert Leute zu tragen, und fuhren allein darin bis ganz nach oben. Ihr Führer hatte Jane auf ihr Zimmer bringen wollen, aber sie bestand darauf, statt dessen zum Aufenthaltsraum der Studenten zu gehen. »Dort wird bestimmt alles okay sein«, versicherte er ihr. »Die Verwaltung hat die Leichen bereits entfernt. In so was sind sie ziemlich gut.«

»Nein.«

Der Aufenthaltsraum war leer. Jane kehrte den Fenstern den Rücken zu und blickte über die Sofas. Jedes davon würde sich als Bett eignen. Ansonsten könnte sie auch auf dem Boden schlafen.

»Ich muß jetzt gehen. Wenn ich nicht bald in der Fabrik zurück bin, na ja …« Der Schattenjunge hob traurig die Schultern.

»Ja, natürlich, die Fabrik.« Jane ließ seinen Arm nicht los.

»Ich muß gehen«, wiederholte er.

»Wer bist du?«

Es erfolgte keine Antwort.

»Dann muß ich es dir wohl sagen.«

»Nein«, flüsterte er, »tu's nicht.«

Jane hatte etwas Schreckliches vor. Aber sie war betrunken und aufgedreht, am Boden zerstört, alles tat ihr weh, und sie gab keinen Scheißdreck mehr um irgend etwas. Sie schlang die Arme um seine dünne Gestalt. Er leistete keinen Widerstand. Er war so kalt und klein. Sie stellte mit Verwunderung fest, wie sehr sie gewachsen war, seitdem sie die Drachenwerke verlassen hatte. Er sah ihr verzweifelt in die Augen und zitterte. Jane senkte den Kopf und flüsterte ihm den eigenen Namen ins Ohr.

»Ich hab alles getan, was ich konnte«, wimmerte er.

»Ich auch. Es war nicht genug, stimmt's?«

Er zitterte jetzt heftig und gab keine Antwort.

»Wenn du ein Hippogryph in Gefangenschaft halten willst, so stutze ihm die Schwungfedern. Einem Faun zerschneide die Achillessehne. Wie jedoch verkrüppelt man eine Sterbliche, ohne ihren Wert als Arbeiterin zu mindern?«

»Bitte … tu's nicht!« Der Schattenjunge wand sich schwach in ihrer Umarmung.

»Pscht.« Jane senkte den Mund auf den seinen hinab. Sie schob ihm die Zunge zwischen Lippen, die keinen Widerstand leisteten, und öffnete sie. Dann saugte sie seine Zunge in ihren Mund. Sie saugte mehr von ihm in sich hinein und noch mehr. Sie saugte weiter, bis nichts mehr übrig war.

Als sie aufblickte, drang eine schwache Helligkeit in den Aufenthaltsraum. Die Sonne ging auf.

Der Teind war vorüber.

19

Erst am späten Nachmittag brachte Jane es fertig, sich mühsam vom Sofa zu erheben. Sie trug noch immer die Kleider vom gestrigen Tag. Sie stanken ziemlich, jedoch nicht so widerlich wie sie selbst. Der Himmel draußen war grau, und die Atmosphäre hier drin bedrückend. Sie hatte Kopfschmerzen. Ein krustiges Gefühl hatte sich in der Kehle festgesetzt, und sie hatte Durchfall. Zur Krönung des Ganzen hatte sie einen Kater.

Sie brauchte eine Dusche und frische Kleider. Inzwischen hatte man Monkeys und Ratsnickles Leichen bestimmt aus ihrem Zimmer entfernt. Da hatte der Schattenjunge recht gehabt. In solchen Sachen war die Verwaltung gut.

Mehrmals rollte sie den Kopf im Kreis und horchte, wie die Rückenwirbel knackten. Dann kratzte sie sich pflichtschuldig mit einem Fingernagel den gröbsten Dreck von den Zähnen.

Dann sah sie auf die Uhr.

»Oh, Scheiße!«

Sie würden jetzt jede Minute die Listen aushängen.

Sirins Leichnam hatte man in der Watling-Street in der Nähe von Cae Gwydion gefunden. Jemand hatte sie aus einem hochliegenden Fenster geworfen. Laut Untersuchungsbericht hatten die Lords der Universität für eine positive Identifizierung ihre Dentalaufzeichnungen benötigt.

Die Listen wurden in verschlossenen Glaskästen in New Regents Hall ausgehängt. Dort sah auch Jane zusammen mit vielen Überlebenden zu, wie die Kästen aufgebaut wurden. Ihr Haar war noch immer feucht – sie hatte über eine halbe Stunde unter der Dusche verbracht –, und in ihrem Kopf pochte es. Sie ging die Listen sorgfältig durch und suchte nach Freunden und Kommilitonen. Es benötigte Zeit; denn nach bürokratischer Gepflogenheit listete man die Opfer in der Reihenfolge ihrer Entdeckung auf.

Sirin.
Monkey.
Ratsnickle.

Dieses Erlebnis hatte etwas Träges, fast Erotisches und Abgehobenes an sich. Jane ließ die Hand über das Glas laufen, kroch die Listen zentimeterweise hinab und las genau und gründlich jeden Namen. Alle anderen um sie herum taten das gleiche. Keiner sprach. Keine Blicke begegneten einander. Keiner gab sich die Mühe, Kontakt herzustellen.

New Regents war ein riesiger Raum mit Tonnengewölbe und wurde indirekt beleuchtet durch verborgene Fenstergeschosse. Die Walnußtäfelung sorgte dafür, daß er fast wie etwas Natürliches anmutete, als wäre Jane lediglich ein Insekt, das über den Boden eines ausgehöhlten Holzklotzes krabbelte. Doch vorherrschend war gähnende Leere. Traurig wenige Studenten waren über die Halle verstreut, und die Universität wirkte regelrecht entvölkert.

Ein Zwerg in dreiteiligem Anzug und Basiliskschuhen las rasch die Listen durch, ging mit brüsker Geschäftigkeit von Kasten zu Kasten. Es war – Jane versuchte sich zu erinnern – Nants Freund, dem sie in jener längst vergangenen Nacht begegnet war, als sie sich und Sirin Galiagante zum erstenmal getroffen hatten. Red Gwalch, das war sein Name. Sie fragte sich, ob sie ihn grüßen sollte. Dann jedoch brach er in Tränen aus und wandte sich ab, wobei er sich einen Arm über die Augen schlug. Also dachte sie, daß es vielleicht besser wäre, es nicht zu tun.

Nant.
Skambles.
Martha Falsestep.
Jimmy Jump-up.
Loosestrife.
Vinegar Dick.

Die meisten auf den Listen waren ihr fremd. Andere kannte sie nur vom Hörensagen und vom Ruf her. Überall in der Halle standen die Studenten über den Listen. Alle hatten verschwollene Augen und wirkten wie betäubt. Einige bewegten beim Lesen die Lippen. Gelegentlich schluchzte jemand los. Ein anderer lachte jäh und ungläubig auf. Niemand sprach ein Wort. Sie alle hatten alle ihre eigenen Geschichten zu erzählen. Niemand würde sie erzählen.

Linnet.
Bargues Summerduck.
Itch.
The Cauld Lad.
Puck Aleshire.

Da! Ihr schlug einmal dumpf das Herz, als wäre es von einem Ziegelstein getroffen worden. Dann nichts. Sie verspürte überhaupt nichts mehr. Nur das schreckliche graue Gefühl, daß sie eigentlich etwas empfinden sollte.

Da entdeckte Jane, daß sie in sich keine Tränen zum Vergießen hatte. Sie kam sich wie ein Ungeheuer vor, doch es war so. Ein Hogboon scharrte bedeutungsvoll mit den Füßen, und sie ging zum nächsten Kasten.

Automatisch las sie weiter. Puck wäre dem Bösen Tom niemals begegnet, wenn er sie nicht gesucht hätte. Er hatte sein Leben ihretwegen weggeworfen. Und er war gestorben, ohne auch nur zu wissen, was sie für ihn empfand. Es war unverständlich, daß sie nicht um ihn trauern konnte.

Punch.
Lampblack.
Billy Bugaboo.
The Widdler.

Sie hielt inne. Was hatte sie da gerade gelesen? Sie ging die Liste zurück und fand den Eintrag wieder. Sie starrte ihn ungläubig an.

Billy Bugaboo war tot. Laut Untersuchungsbericht hatte er eine Gruppe des Mobs – unmöglich zu glauben! – bei einem Angriff gegen die Börsenmaklergilde angeführt und war von der Kugel einer Grünjacke niedergestreckt geworden. Ein Sternchen und ein Dolch am Ende des Zitats bedeutete, daß ihm, da er heldenhaft gestorben war, postum eine Auszeichnung verliehen würde.

Weil es ihr nicht einmal in den Sinn gekommen war, daß Billy tot sein mochte, löste der Schock, seinen Namen zu sehen, eine Erstarrung im Innern. Wie bei einem Fluß, der einen Damm durchbricht, quollen die Tränen heraus und überwältigten sie. Sie liefen ihr in Strömen die Wangen herab.

Jane warf den Kopf zurück und heulte vor Elend.

Sie weinte aus Schuldgefühlen, weil sie ihre Freunde so schlecht behandelt hatte, und sie weinte über den Verlust. Sie weinte über das schiere Grauen des Lebens. Sie weinte zunächst wegen Billy Bugaboo und des größeren Schmerzes um Puck. Aber irgendwie mengten sich Sirin und Monkey ebenfalls hinein. Und auch der Schattenjunge, obgleich sie vom Verstand her wußte, daß er lediglich ein Aspekt ihrer selbst gewesen war. Sie weinte um alle, um die Studenten, die sie kannte, und jene, die sie nicht kannte, um alle Opfer des Teind, um alle Opfer einer gefährlichen und feindseligen Welt.

Dann, so rasch, wie er gekommen war, hörte der Tränenstrom auf, und sie war leerer als zuvor. Alle Gefühle waren wie ausgetrocknet. Ich würde niemals wieder weinen, dachte sie, und strafte sich fast auf der Stelle Lügen. Aber dieser neue Tränenausbruch, obgleich heftig, währte auch nicht lange. Und als Folge davon verspürte sie erneut bloße Gefühllosigkeit. So würde der restliche Tag verlaufen, das wußte sie, manchmal rational und manchmal in kummervoller Hilflosigkeit. Aber niemals gleichzeitig rational und bekümmert. In ihr war ein Riß, der nur von Zeit und Schlaf geschlossen werden konnte.

Eine Klauenhand fiel ihr auf die Schulter.

»Willkommen in der Gesellschaft der Erwachsenen«, sagte Dr. Nemesis trocken. »Ob Sie es verdienen oder nicht, Sie sind jetzt eine von uns.«

Jane wandte sich um. Zum erstenmal sah sie tatsächlich nicht nur die abstoßenden rosafarbenen Druckstellen auf der Haut um die Augen ihrer Betreuerin, sondern auch in die Tiefen dieser harten Kugeln selbst. Sie erblickte dort Schuld sowie die menschenfreundliche Fähigkeit, Schuldgefühl zu teilen. Es war widerwärtig, daß ein Teil ihrer selbst darauf mit Zustimmung reagierte. »Vielen Dank!« sagte sie.

Dr. Nemesis trug heute eine getönte Brille mit so dicken Gläsern, daß deren Kornblumenblau fast purpurfarben wirkte. Sie schob die Brille die Nase hoch, und die Augen verschwanden völlig. »Ich habe gute Nachrichten für Sie. Sie erhalten wieder Ihre finanzielle Unterstützung.«

»Warum?«

»Ist üblich nach dem Teind. Wirklich, es sind nur ökonomische Gründe. Da die Nachfrage nach den Mitteln der Universität unvermittelt in den Keller gegangen ist, gibt es genügend für alle. Eine kurze Zeit fließen die Mittel reichlich. Natürlich ist das in Ihrem Fall lediglich eine hypothetische Angelegenheit. Eine Formalität. Aber eine, die sich in Ihrem Lebenslauf gut ausmachen wird.«

»Warum hypothetisch?«

Dr. Nemesis' Hand tauchte in eine Westentasche hinab. Ein Umschlag, gehalten im eisernen Griff zweier Klauen, kam hervor. »Als Ihre Betreuerin ist es meine erfreuliche Pflicht, Sie davon in Kenntnis zu setzen, daß Ihrem Antrag auf ein Freisemester stattgegeben worden ist.« Sie zog ein Dokument heraus, untersuchte die Siegel und überlas es langsam. Dann nickte sie, steckte es wieder in den Umschlag und diesen zurück in die Tasche. »Normalerweise werden Studenten Freisemester nicht gewährt. Um Ihren Fall zu vereinfachen, haben wir Ihnen einen provisorischen Abschluß in industrieller Alchemie zuerkannt und Sie – abhängig von Ihrem erfolgreichen Abschluß des Studiums – in den Lehrkörper berufen. Erschreckend vorschriftswidrig.« Sie hob den Schnabel zu etwas, was bei ihr ein Lächeln war. Licht blitzte auf der dunklen Brille. »Zum Glück für Sie ist die Verwaltung durch und durch korrupt. Ansonsten hätte man das niemals durchgehen lassen.«

»Ich habe kein Freisemester beantragt.«

»Das brauchten Sie auch nicht zu tun. Die Fata Incolore hat das in Ihrem Namen getan. Der Papierkram ist erledigt. Wir benötigen lediglich Ihre Zustimmung.«

»Wer ist die Fata Incolore?«

»Wie es scheint, eine große Vertraute von Lord Galiagante, der selbst ein wohlwollender Unterstützer vieler Aktivitäten der Universität ist.«

»Ahaaa«, sagte Jane. »Jetzt geht mir allmählich ein Licht auf.«

»Kommen Sie irgendwann im Laufe der Woche zu mir ins Büro, und wir werden den Papierkram auf den Weg schicken. Ihr Gehalt ist natürlich ausgesetzt, bis Sie ihr Lehramt wirklich antreten. Aber Sie werden eine Wohnberechtigung sowie eine gewisse Summe Geldes zu Ihrer freien Verfügung erhalten, so daß Sie Ihre unmittelbaren Kosten decken können.«

»Nun«, sagte Jane. »Dann ist heute wohl mein Glückstag.«

Mit Hilfe eines kleinen Glases Wodka und eines Viertelgramms Haschisch gelang es Jane schließlich einzuschlafen. Sie verschlief traumlos den größten Teil des nächsten Tags und erwachte erst bei Sonnenuntergang. Ein rascher Kleiderwechsel, und sie verließ ihr Zimmer, um niemals mehr dorthin zurückzukehren. Sie packte nicht; sie könnte sich alles nachschicken lassen, was sie später vielleicht doch behalten wollte. Es war Zeit für ein langes Gespräch mit Melanchthon. Da mußten ein paar Dinge bereinigt werden.

Der Drache war irgendwann während des Teind von Bellegardes Keller weitergezogen. Jane wußte dies, obgleich sie nicht wußte, wieso sie es wußte. Es war ein Wissen, das tief aus dem Innern hervorquoll. Und sie wußte, daß sie lediglich blindlings dahingehen mußte, ohne sonderlich darauf zu achten, wohin die Füße sie trugen, und ihre ziellosen Schritte würden sie direkt zum Drachen bringen. Er lag im verborgenen Innern ihres Bewußtseins auf der Lauer. Sie spürte ihn dort, und ihre Gedanken wanderten immer wieder dorthin zurück wie eine Zunge, die widerstrebend, aber zwanghaft zu einem losen Zahn zurückkehrte.

Er war wieder der ihre, wie er es zuvor gewesen war. Diesmal wußte sie, daß sie in dieser Welt niemals wieder frei voneinander wären.

Sie fand den Drachen in Termagant, vierzehn Stockwerke unterhalb der Spitze. Es war eine außerordentlich feine Umgebung, und schon als sie im Aufzug hochfuhr, wurde sie mit einigen merkwürdigen Blicken bedacht. Nicht, daß es ihr etwas ausgemacht hätte.

Nach der halben Strecke durch einen schweigenden und unnatürlich sauberen Korridor blieben ihre Füße stehen. Auf der Messingplatte an der Tür stand 7332. Sie öffnete sich auf ihre Berührung hin.

Große Zimmer, beigefarbene Wände. Die Lampen an den Lichtschienen erzeugten Muster unterschiedlicher Helligkeit auf dem schimmernden Hartholzboden. Durch einen Bogengang sah sie die Küche, die anscheinend ausschließlich aus einem Schlachtblock und verschiedenen Einbaugeräten bestand. Alles war frisch gestrichen. Es gab kein Mobiliar.

»Hallo?«

Nur ein dumpfes Echo antwortete ihr.

Jane ließ die Tür hinter sich zuklicken. Sie trat in das, was das Wohnzimmer sein mußte. Nach dieser Logik war der fast gleich große Raum dahinter sicherlich das Schlafzimmer. Jane ging durch die mit Schnitzereien verzierten Flügeltüren. Dort fand sie den Drachen.

Melanchthon wartete schweigend und grinsend, eine Mauer aus schwarzem Eisen, die sich über die Grenzen des Raums hinaus erstreckte. Sie machte sich klar, daß er den größten Teil dieses und die Hälfte des darüberliegenden Stockwerks erfüllte. Ihm diesen Platz zu schaffen, mußte an sich schon eine unglaublich zerstörerische Wirkung gehabt haben. Die Reparatur und Renovierung der Wohnungen ringsum durchzuführen, ohne die Lords der Stadt aufzuschrecken, war ein Trick, der dem großen Geschick des Drachen würdig war.

Die Kabine war dem Zimmer zugekehrt, ein metallischer Kreis genau in der Mitte der Wand. Jane kletterte die Sprossen hinauf und zog die Lukenverriegelung nach unten. Die Tür schwang auf.

»Keine Spielchen«, sagte sie. Das Innere war warm und in ein weiches Licht getaucht. Die Pilotenliege erwartete sie. »Keine Lügen, keine Gemeinheiten, keine Ausflüchte.« Sie setzte sich hinein, wie sie es so viele Male zuvor getan hatte. »Ich bin hergekommen, um mit dir einen Handel abzuschließen. Wenn du dich aufspielst, gehe ich sofort.« Die Panoramascheibe schloß sich ihr um den Kopf. Alles wurde schwarz. Sie sprach in eine unendliche Leere hinein. »Du bekommst nur diese eine Chance.«

Keine Antwort.

Sie schloß die Hände um die Griffe. Von hier an gab es kein Zurück mehr. Die Gummipolster waren trocken und hart. Sie drehte krampfhaft daran. Die Nadeln stachen ihr in die Handgelenke.

Die Dunkelheit ringsumher wurde intensiver, nahm Tiefe und Struktur an, die ihr zuvor gefehlt hatten. Ansonsten geschah nichts. Jane wartete. Sie war jetzt alt genug, um zu begreifen, daß Melanchthon tatsächlich auf diese Weise mit ihr kommunizierte. Sein Schweigen sagte mehr als jegliche Worte, die er gewählt haben mochte. Er sprach zu ihr von Schwäche und Stärke, von ihrer Hilflosigkeit im Vergleich zu seiner Macht. Er sagte, daß die Gefühle, die sie einander gegenüber hegten, sich nicht verändert hätten.

Gurgelnd wurde flüssiges Freon von einem Teil des Drachen in einen anderen Teil gepumpt.

Jane rutschte auf der Liege hin und her. Die Kabine kam ihr schrecklich eng vor. Überall hing der Geruch nach Eisen in der Luft. Sie seufzte und kratzte sich mit dem Kinn eine juckende Stelle an der Schulter, und ein Lichtfunke wurde innerhalb der Panoramascheibe geboren. Er war so bleich wie ein Glühwürmchen und klein wie eine Staubmotte.

Ein Stern.

Ohne großes Aufhebens tauchte ein zweiter Stern auf und dann ein vierter, und immer mehr, bis Milliarden von Sonnen zu Galaxien und Nebeln angeordnet waren, die ihrerseits Bestandteile noch gewaltigerer Strukturen waren. Jane stand anscheinend irgendwo neben der Schöpfung und beobachtete leidenschaftslos, wie alles auf die Nichtexistenz zuschrumpfte. Vielleicht enteilte sie ihrerseits jedoch allem mit unvorstellbarer Geschwindigkeit und stetig wachsender Beschleunigung. Bis schließlich alle Sterne und die sie begleitenden Welten zu einer einzigen Struktur verschmolzen, deren Aussehen sie mit dem Bewußtsein erfassen konnte.

Da sah Jane das Universum als Ganzes. Der gesamte Raum und die gesamte Zeit waren von der Gewalt der Gravitation zu einer sattelförmigen festen Form zusammengezogen worden. Melanchthon drehte den Anblick durch höhere Dimensionen, so daß das Universum auf sich selbst zurückfiel und von der Komplexität eines Sattels zu einem neundimensionalen Schmetterling und schließlich zu einer n-dimensionalen Stufenpyramide anwuchs. Sie war die Summe der Sinnlosigkeit, denn die Pyramide war alles, was war. Sie hatte kein Außen, kein Jenseits. Es war nicht so, daß es außerhalb der Pyramide nichts gab, sondern daß ein ›Außerhalb‹ nicht existierte und nicht existieren konnte.

Während sie die strahlende Involution anstarrte,

ging Jane auf, daß dies das exakte Modell ihres Lebens war. Sie war in einem ansteigenden spiralförmigen Labyrinth gefangen, ging um eine Ecke und traf immer wieder auf vertraute Orte, wo sie nie zuvor gewesen war, und kehrte immer wieder zu Katastrophen zurück, die sie rückblickend hätte kommen sehen müssen. Sie schritt in immer enger werdenden Kreisen, mit immer weniger Wahlmöglichkeiten, welchen Weg sie einschlagen sollte, bis sie schließlich nach einer letzten Kurve oder einem letzten Knick am Endpunkt ankäme. Unbeweglich, ohne Möglichkeiten, ohne Richtung, ohne Zukunft, ohne Ausgang.

Endlich war deutlich, wie gründlich, wie erbarmungslos sie gefangen war. Alles was sie versuchte – Gaunerei, Mitleid, Untätigkeit, Geduld, Erbarmungslosigkeit – führte unausweichlich zu einem Fehlschlag. Weil die Dinge einfach so waren. So wurde das Spiel manipuliert.

Die Sterne waren zu etwas Festem verschmolzen. Das Universum brannte vor Janes Augen wie eine ungeheuerliche weiße Seemuschel. Nicht zum erstenmal blickte sie auf diese Form. Ihr wurde übel, als sie sie jäh wiedererkannte und sie benennen konnte.

Jane sah auf das Spiralschloß und verzweifelte.

Melanchthon mußte genau hierauf gewartet haben, denn jetzt ergriff er endlich das Wort. Mit überraschend sanfter Stimme sagte er: »In den Ripheanischen Bergen leben noch immer wilde Trolle, deren primitive Stämme vor der modernen Kultur geschützt in ausgedehnten Reservaten leben. Es sind brutale Wesen, die ein einfaches Leben führen. Ihre Männchen sind die personifizierte Wildheit, doch der ansonsten bewundernswerte Charakter ihrer Weibchen ist getrübt von einer unerklärlichen Liebe zur Schönheit.

In Kenntnis dieser Schwäche lassen Jäger Mondsteine an den Bergpfaden liegen. Ein Tag geht dahin, eine Woche, und dann schlendert ein Trollweibchen harmlos vorüber. Es sieht im Staub etwas schimmern. Es bleibt stehen. Es ist von dem feinen Zusammenspiel der Farben gefangen. Es will wegschauen, kann es jedoch nicht. Es will den Nippes aufheben, aber es fürchtet sich näher zu kommen. Stunden verstreichen, und seine Kraft schwindet dahin. Es sinkt vor dem Mondstein in die Knie. Es ist hilflos, außerstande wegzusehen, selbst wenn es den näherkommenden Schritt der Jäger vernimmt.

Was die ganze Sache zum Jagdsport macht und nicht zur bloßen Schlächterei, ist die Tatsache, daß es zwei Arten von Trollen gibt, die sich äußerlich nicht voneinander unterscheiden. Ein Weibchen der ersten Art wird sterben, während es die Augen auf den Mondstein gerichtet hält. Ah, aber bei der zweiten Art ist die Kraft des Hasses der Liebe zur Schönheit überlegen. Dieses Trollweibchen wird sich mit den eigenen Händen die Augen ausreißen, um sich von der Tyrannei des Steins zu befreien. Dann könnte es blind zu den Höhlen seiner Geburt entfliehen. Statt dessen jedoch hockt es regungslos da, so lange es eben währt, und seien es Tage. Es erwartet den, der die Falle aufgestellt hat. Es weiß, daß es sterben wird. Aber es ist dazu entschlossen, wenigstens einen der Jäger mit in den Tod zu nehmen.

Weswegen man sich einem gefangenen Trollweibchen niemals allein, sondern stets in der Begleitung eines Freundes nähern sollte. Eines Freundes, dem nicht auffällt, daß er ein wenig langsam ist als man selbst.«

Lange Zeit sprach der Drache kein Wort. Die Luft in der Kabine war frisch; die Klimaanlage war zu hoch eingestellt. Schließlich sagte er hitzig: »Die Zeit für deine Wahl ist gekommen. Welche Art von Troll bist du?«

»Kannst du die Göttin wirklich töten?« fragte Jane.

»Du dumme Kuh! Verstehst du noch immer nicht? *Es gibt keine Göttin!*«

»Doch!« schrie Jane. »Du hast selbst gesagt ...«

»Ich habe gelogen«, sagte der Drache mit fürchterlicher Selbstgefälligkeit. »Jeder, dem du je begegnet ist, hat dich belogen. Das Leben existiert, und alle Lebenden sind zum Leiden geboren. Die schönsten Augenblicke sind flüchtig und erkauft mit der Münze ausgesuchter Quälerei. Jede Bindung geht zu Ende. Jeder Geliebte stirbt. Alles was dir wertvoll ist, geht dahin. In einer solch leidigen Existenz ist Gelächter Wahnsinn und Freude Dummheit. Sollen wir hinnehmen, daß alles grundlos geschieht, ohne Ursache? Daß niemand da ist, dem man die Schuld in die Schuhe schieben kann, außer uns selbst, daß es jedoch auch sinnlos ist, die Verantwortung auf sich zu nehmen, weil dies den Schmerz nicht lindern, verzögern oder abtöten kann? Natürlich nicht! Es ist um so vieles beruhigender, eine Strohpuppe herzustellen, die man als Sündenbock benutzen kann.

Einige verneigen sich vor der Göttin, und andere verfluchen jeden einzelnen ihrer Namen. Zwischen diesen beiden Annäherungsweisen besteht nicht der geringste Unterschied. Sie klammern sich beide an die Fiktion der Göttin, weil es unerträglich ist, etwas anderes zuzugeben.«

»Dann was – warum – wozu willst du mich?« Zu ihrer Bestürzung rannen Jane Tränen das Gesicht herab. Oh, wie mußte Melanchthon das genießen, dachte sie. Welche Befriedigung mußte ihm das verschaffen. »Du hast mit mir gespielt, hast mir gegenüber Versprechen abgegeben, bist durch die Hölle von wer weiß was für Intrigen gegangen, um mich hierherzubringen. Warum? Was ist der Zweck des Ganzen?«

»Ich möchte deine Hilfe bei der Zerstörung des Universums.«

Jane brach in ein kurzes bitteres Gelächter aus. Aber Melanchthon sagte nichts, noch deutete er durch irgendein anderes Zeichen an, ob er verärgert war. Ein kaltes kribbelndes Gefühl lief ihr das Rückgrat hinauf. Er meinte es ernst. Mit piepsiger Stimme fragte sie: »Kannst du das wirklich tun?«

Das Abbild der Seemuschel, das in der verschwommenen Dunkelheit brannte, wickelte sich ein/löste sich auf zu einer schematischen Darstellung des Spiralschlosses. Linien tauchten verwirrend ineinander, schwangen sich auf in wilden Bögen und kehrten stets zurück, um sich einem zentralen Punkt zu nähern. »Das Universum ist auf einer Instabilität errichtet. Eine punktförmige Quelle der Schwäche am Anfang der Zeit und der Geburt der Materie. Ein zittriger Augenblick, aus dem alles herrührt. Ein Kind mit einer Steinschleuder könnte diesen Punkt zum Kippen bringen, wenn es ihn nur erreichen könnte. Und aus der Zentralität dieses Augenblicks entwickelt das gesamte System seine Struktur. Stört man ihn, stürzt alles in sich zusammen.«

Es war unvorstellbar, und dennoch konnte Jane an seiner Ernsthaftigkeit keinen Zweifel haben. Immerhin war sie in das System des Drachen eingehakt. »Was geschieht dann?«

In der eisernen Tiefe des Drachen schaltete sich eine Maschine zu. Die Liege bebte. »Du stellst eine Frage, die nicht ohne Kenntnis der Natur des ursprünglichen Chaos, woraus das Sein sich erhob, beantwortet werden kann. Ist das Spiralschloß wie ein Kristall, der, einmal zerschmettert, auf immer zerstört ist? Das ziehe ich vor zu glauben. Oder ist es wie die Spiegeloberfläche eines stillen Teichs, die zerstört und heftig aufgewühlt werden kann, die sich jedoch unausweichlich wiederherstellt, sobald sich die Wellen beruhigt haben? Das magst du glauben, wenn du willst. Du kannst sogar glauben – warum eigentlich nicht? –, daß das wiederhergestellte Universum eine Verbesserung gegenüber dem alten Universum darstellt. Für mich gilt: so lange ich meine Rache habe, ist es mir gleichgültig, was danach kommt.«

»Und wir?«

»Wir sterben.« Ein unfreiwilliges Heben der Stimme des Drachen sowie eine leichte Beschleunigung im Rhythmus sagten ihr, daß sie irgendeine schmutzige Gier geweckt hatte, verwandt mit Kampfeslust, jedoch weniger anständig als diese. »Wir sterben ohne die geringste Aussicht auf eine Wiedergeburt. Du und ich und alles, was wir gekannt haben, wird aufhören zu sein. Die Welten, die uns geboren haben, die Wesen, die uns geformt haben – alle Schöpfung wird rückgängig gemacht. So umfassend wird die Zerstörung sein, daß sogar die Vergangenheit sterben wird. Es ist ein Aussterben über den Tod hinaus, den wir suchen. Obgleich die Zeitalter sich leer und vernichtet in die Unendlichkeit und darüber hinaus erstrecken, wird sich niemand an uns erinnern, noch wird uns jemand betrauern. Unsere Freude, unser Leid, unser Kampf – nichts davon wird je gewesen sein.

Und selbst wenn ein neues Universum kommt, wird es nichts von uns wissen.«

So allumfassend war die nihilistische Vision des Drachen, daß es Jane zunächst die Sprache verschlagen hatte. Er machte sie zu einer Trivialität, einem lächerlichen Gequietsche im Getriebe der Zeit. Nach und nach hatte Melanchthon seine äußeren Sinne abgeschottet, und Jane trieb jetzt in der Leere; die Ohren zugestopft mit Stille, die Augen blind, Mund und

Kehle gelähmt. Es gab nur seine Stimme und anschließend den Nachhall, den sie in der Stille zurückließ.

Dann gab es nichts mehr.

»Also gut.« Jane holte tief Atem. Sie fühlte sich kalt und hart wie ein Stein. »Also gut. Vorausgesetzt, wir verstehen einander.«

20

Zwei Zwerge, ein roter und ein schwarzer Zwerg, kämpften verbissen auf dem Balkon. Die Körper waren glitschig vor Schweiß, und ihre Messer blitzten im Licht der Scheinwerfer. Mit den Füßen traten sie Wolken von Sägespänen los, die man über die Platten gestreut hatte und die das Blut aufsaugen sollten. Beide waren nackt.

Jane sah vom Dachgarten aus zu. Sie hatte ihr Getränk auf der Balustrade abgestellt.

Lauernd wie Skorpione umkreisten sich die Zwerge und suchten nach einer ungedeckten Stelle. Plötzlich holte einer der beiden heftig aus und stolperte – ein unglaublicher Fehler für einen Kämpfer seiner Güte. Der zweite Zwerg führte einen Scheinangriff durch, wie um den Fehler auszunutzen. Aber der erste Zwerg benutzte einen steif ausgestreckten Arm als Drehachse, fuhr herum und wollte ihn mit einer Beinschere von den Füßen holen, doch da war sein Gegner schon längst wieder außer Reichweite. Mit einem Aufschrei stürzte sich der zweite Zwerg auf den ersten. Letzterem gelang es, den Hieb abzublocken, wenn auch auf Kosten eines Fingers. Zum Glück traf es keinen Finger der Messerhand.

Auf dem Balkon wimmelte es von Partygästen. Jane war nicht die einzige, die von oben zuschaute, aber die Brüstung war längst nicht überfüllt. Die echten Fans wollten so nahe dabeistehen, daß sie die Streiter grunzen hörten und ihre Wut und Angst rochen.

Es war ein entsetzlicher Sport. Jane verstand seine Anziehungskraft nicht im geringsten. Aber die Zuschauer, nun ja … sie nagte an der Lippe. Sie hatte Melanchthon Brennstoff versprochen; fast jeder der Zuschauer käme in Frage. Wen nehmen?

Sie griff nach ihrem Getränk, da hoben sich ihr die Härchen im Genick, auf dem Armrücken sowie an der Innenseite der Oberschenkel. Es war ein elektrisch knisterndes Gefühl, wie man es hat, wenn man jäh einen Tausendfüßler bemerkt, der einem das Bein herabkrabbelt. Galiagante näherte sich.

Jane wartete, bis er sie fast erreicht hatte. Dann drehte sie sich um, wie es ihr die Flirt-Trainer beigebracht hatten: Die Lippen teilten sich zur gleichen Zeit, wie sich eine Braue ganz leicht hob und beide Augen sich auf eine Weise weiteten, die untergründig spöttisch und zugleich herausfordernd war. Zusammengenommen besagte der Ausdruck: Mal sehen, was du so zu bieten hast!

Galiagante war nicht beeindruckt. »Du solltest dich unter die Leute mischen.« Hier und da standen Fackeln an den Ufern des künstlichen Stroms. Vor dem Fackelschein sah er aus wie einer seiner wilden Vorfahren. Es war wie eine Erinnerung an die Zeit, da man seine Art nicht beschwören konnte, ohne in der einen oder andern Form dafür einen Blutzoll entrichten zu müssen. Jane lehnte sich an die Brüstung und täuschte Lässigkeit vor.

Niemals sich entschuldigen. Das hatte man ihr als allererstes beigebracht. »Ich mische mich unter die Leute.« Sie hob das Glas und sah ihn über den Rand hinweg an. »Ich mische mich unter die Leute und präsentiere meine Kleidung.« Sie wandte sich ab, setzte sich und stellte einen hochhackigen Stiefel so auf die Brüstung neben sich, daß ihre schwarze Lederhose vorteilhaft zur Geltung kam. »Und sowohl sie als auch ich sind sehr beliebt gewesen, darf ich hinzufügen.«

Sie beugte sich vor, so daß die leicht geöffnete Jacke aufklaffte und das wahrlich überwältigende Dekolleté zeigte, das sich wie von selbst ergab: der Bustier hob und drückte die Brüste so, daß sie sich anfühlten, als ruhten sie auf Muschelschalen. »Gefällt es dir, was sie mit meinem Löffel gemacht haben?« Sie ließ ihn neckisch am Ende seines Kettchens baumeln.

Galiagante nahm den Löffel und warf einen Blick auf beide Seiten. Der Stiel war von Zwergenkunsthandwerkern zu einer komplexen Spirale gedreht worden, damit seine allegorische Bedeutung deutlicher zum Ausdruck kam. Der eigentliche Löffel war flach gehämmert und zu einem Relief der Göttin umgearbeitet worden; er zeigte auf der Vorderseite viel Busen und Zellulitis, auf der Rückseite Hintern und Geheimnis. »Du bist eine Persiflage.« Er ließ den Löffel los. »Das reicht nicht aus.«

»Ich könnte mich viel besser verkaufen, wenn ich nur genau wüßte, als *was* du mich verpackst.«

»Du bist noch immer in der Entwicklungsphase. Die genauen Einzelheiten sind unwichtig.«

»Aber ich …«

»Wenn du dich nicht bezahlt machst«, sagte Galiagante, »werde ich dich dorthin zurückbringen, woher du gekommen bist.« Die Betonung auf den letzten vier Worten war zu deutlich, um absichtslos zu sein. Er schnippte mit den Fingern und sagte über die Schulter: »Sie soll sich zeigen! Führ sie herum!« Wie ein Berg, der sich in Nebel hüllt, entzog er ihr daraufhin seine Gegenwart.

»Fata Jayne«, sagte jemand ehrerbietig.

Für Diener soll das Kinn auf eine Weise gehoben werden, daß es reserviert, jedoch nicht hochmütig wirkt. Diener, Zwerge und Gläubiger sind niemals wichtig genug, daß man sie brüskiert. Begegne ihrem Blick fest! Sieh weg, ehe du zu sprechen aufhörst! Behandle sie nicht wie Freunde, es sei denn, du hast gute Gründe für den Wunsch, daß sie sich vor Verlegenheit winden sollen.

Jane wandte sich um. Ihr blieb der Mund offenstehen. »Ferret!«

»Madame erinnert sich an mich.« Der grauhaarige Elf lächelte würdevoll und senkte den Kopf. Mit geschlossenem Mund und niedergeschlagenen Augen sah er nicht im geringsten gefährlich aus. »Ich fühle mich geehrt.«

Jane war Ferret nur ein einziges Mal im La Jettura begegnet, als er sie beim Ladendiebstahl erwischt hatte. Sie erinnerte sich jedoch lebhaft genug an ihn, daß sie seine Anwesenheit alarmierend fand. »Was tust du hier?«

»Lord Galiagante hat Ihren Hintergrund überprüft. Im Verlauf dieser Überprüfung hat er mich gefunden. Galiagante gefällt sich darin, geistreich zu sein. Er hat mir eine Stellung zu Bedingungen angeboten, die ich nicht abschlagen konnte. Da bin ich also.« Ferret bot ihr den Arm. »Sind Sie Fata Incolore schon begegnet?«

»Noch nicht. Sie ist Galiagantes Geliebte, nicht wahr?«

»Oh, viel mehr als das.«

Liebenswürdig plaudernd lenkte er sie ins Herz des Gartens.

Die Fata Incolore stand neben einem flachen Teich, der in dem Licht glänzte, welches durch den durchsichtigen Grund heraufschien. Sie war in ein lebhaftes Gespräch mit drei Teggish-Intellektuellen verstrickt. Dunkle Fische schossen über die schimmernden Tänzer des Ballsaals darunter. Das wäßrige Licht brachte die modische ghulische Blässe der Fata voll zur Geltung. Angesichts ihrer Kleidung kam sich Jane wie eine Karikatur vor.

Ferret murmelte Jane ins Ohr: »Die in Blau ist Fata Jouissante. Sie hat alle Aussichten, bei den kommenden Wahlen die Linke Kandidatin für den Senatorenposten zu werden, und sie hat sogar noch bessere Aussichten, die Fata Incolore in Galiagantes Gunst zu ersetzen. Sie muß sich bald entscheiden, denn sie kann nicht beides haben. Neben ihr steht der Lord Corvo. Corvo ist ein Archetyp seiner Klasse, reserviert, jedoch rasch im Zorn, sollte man sein Mißfallen erregen. Lachen Sie über *alle* seine Witze. Der Hagere in Purpurrot mit dem Federhut ist ein Emporkömmling. Beachten Sie ihn nicht weiter!« Er ließ Janes Arm los und verschwand im Hintergrund.

Sie näherte sich der Gruppe. Da alle so tief ins Gespräch verstrickt waren, bemerkte keiner von ihnen Janes Anwesenheit.

»Aber gewiß, Fata Incolore ...«

»Die Experimente mit gefolterten Chimären haben bewiesen, da werden Sie beipflichten, daß ...«

»Ist es nicht möglich, daß ...«

Fata Incolore schüttelte ungeduldig den Kopf. »Jedermann versucht, Analogien zwischen den beiden Welten herzustellen. Sie sind die untere und wir die obere Welt. Wir das Schiff und sie der Anker. Sie die Wirklichkeit, wir der Traum. Lächerlich. Die Welten sind einfach zwei verschiedene Ebenen des physikalischen Daseins. Unsere Welt existiert auf einem höheren Energieniveau als ihre, und ihre Welt existiert auf einem Energieniveau, das exakt um so viel niedriger liegt, als unseres höher liegt. Die Trennung ist absolut. Nichts aus unserer Welt kann in ihrer Welt existieren, nichts aus ihrer Welt in unserer. Wenn Sie den Arm in die tiefere Welt stecken, würde er mit großem Knall explodieren, weil jedes seiner Atome augenblicklich in

Energie umgewandelt wird. Es ist möglich, das Traumtor zu passieren, ja. Es ist jedoch nicht möglich, etwas in ihre oder aus ihrer Welt mitzunehmen.«

»Da ist doch noch immer dieser Kinderhandel«, sagte Fata Jouissante. Der Emporkömmling strahlte, und sein Gesicht verzog sich jäh zu einem höhnischen Grinsen, als genösse er eine unerwartete Obszönität. »Für jemanden, der nicht an die Möglichkeit eines Austauschs glaubt, ziehen Sie einen ganz schönen Gewinn aus Wechselbälgen.«

Ärger erblühte auf den milchweißen Lippen Incolores, und ihre Augenbrauen sträubten sich wie schwarze Flammen. Aber den Ärger durchzog eine heimliche Belustigung. Sie verhielt sich wie ein Raubtier, das auf einen Feind trifft, den es nicht ganz ernst nimmt. »Es besteht kein materieller Verkehr zwischen den Welten, und das ist alles, was zählt. Die Wechselbälge sind ein Fall für sich, ein Sonderfall, wenn Sie so wollen. Sie ...« Sie blickte auf. »Aha! Das neue Spielzeug unseres Gastgebers.«

Alle Blicke richteten sich auf Jane.

»Oh, bitte.« Jane täuschte einen gequälten Gesichtsausdruck vor, obgleich ihr ganzes Interesse dem Gespräch galt, das sie gerade unterbrochen hatte. »Kein Spielzeug. Sagen wir lieber eine Investition.«

»Wo liegt da der Unterschied?« Der Emporkömmling sprach nicht zu ihr, sondern zu ihren Titten, ihren Stiefeln, dem klingelnden Gewirr aus Ketten, Schlössern und Schlüsseln, die von dem Gürtel um ihre Hüfte herabbaumelten.

Jane warf Fata Jouissante einen seitlichen Blick zu und sagte: »In meinem Fall bedeutete es, daß es sich Galiagante wohl ernsthaft überlegen wird, bevor er mich wegwirft.«

Fata Incolore schnaubte, und ihre Rivalin war vielleicht ein wenig errötet. Corvo räusperte sich streng und trat zwischen beide. »Sagen Sie«, meinte er zu Jane, »stimmen die Geschichten, die man so erzählt? Über Sie und Galiagante?«

»Er hat mich mit einem Bündel Silber in seiner Wohnung erwischt«, gab Jane zu. »Offensichtlich nicht in *diesem* Outfit – das ist einfach ein Phantasiekostüm. Aber ich bin eine Berufsdiebin gewesen, ja. So haben Galiagante und ich uns entdeckt.«

»Ich habe gehört, Galiagante arbeitet an einer Fernseh-Sondersendung, die auf Ihren Heldentaten basiert.«

»Eine Serie, habe *ich* gehört«, warf der Emporkömmling ein.

»Vermutlich zieht Galiagante in Betracht, mir die Adressen einiger seiner Freunde zu geben, damit wir die Beute unter uns aufteilen.«

Der Emporkömmling lachte so sehr über diese Worte, daß ihm der Hut herabfiel. Selbst Jane mußte wegschauen.

Kellner streiften durch die Menge, Kinderarbeiter, die für diese Gelegenheit in so phantastische Kostüme wie Blumenblattkleider, Hummelpelzgewänder, Fuchsrebenschals und Eichelmützen gekleidet waren. Einige hatten weiße Gänseblümchenkränze um die Schultern gelegt. Andere trugen Pilze, die groß genug waren, um als Schirme zu dienen. Einige wenige war nur zur Dekoration da; sie hüpften und sprangen in einer grotesken Parodie kindlichen Spiels umher. Die meisten waren so ernst und feierlich wie die Geister, die die Toten in den Hades geleiteten.

Ein Mädchen im Gänseblümchenrock und ein Junge mit enganliegender, stacheliger brauner Hose und Weste sowie einem Hut in Distelform kamen mit einer silbernen Platte vorbei, worauf ein abgehäuteter Pferdekopf lag.

Fata Incolore winkte den Pferdekopf zu sich heran.

Sie nahm Messer und Löffel und löste geschickt die Augen heraus. Ein Auge legte sie auf einen kleinen weißen Teller. »Für Sie.« Das andere Auge nahm sie zwischen Daumen und Zeigefinger und stopfte es sich in den Mund, so daß sich ihre Wange ausstülpte. Jane sah ihr entsetzt beim Kauen zu. Das gräßliche Auge starrte leer nach oben. Es erinnerte sie unausweichlich an Melanchthons Fabel von den Jägern und ihren Mondsteinen. Sie fühlte sich davon gefangen und konnte nicht wegsehen.

»Darf ich?« Corvo holte ein Messer hervor und machte sich mit gewaltiger Würde daran, das Auge zu zerschneiden. Glasige Flüssigkeit quoll auf den Teller. Er spießte ein Stückchen auf. »Wie bei so vielen Delikatessen muß man sich an den Geschmack erst gewöhnen.« Er richtete das Messer auf sie. »Mund auf!«

Jane wollte schon den Kopf schütteln. Aber angesichts des Ausdrucks, der über Corvos Gesicht glitt, überlegte sie es sich rasch anders. Sie öffnete den Mund. Er steckte die Kostprobe hinein. »Nicht schlecht, hm?«

Es fühlte sich kalt und gummiartig an, wie sie es sich vorgestellt hatte. Sie hatte jedoch nicht erwartet, daß es so stark gewürzt wäre. Ihr trat das Wasser in die Augen. »Wunderbar«, keuchte sie.

»Dann erregt es Sie also, sich etwas Neues in den Mund zu stecken.« Der Emporkömmling war offenbar sehr zufrieden mit dem eigenen Esprit. Die Fatas wirkten gelangweilt.

»Ich weiß mit Sicherheit nicht, was Sie meinen«, sagte Jane kalt.

»Gewiß.«

»Entschuldigen Sie mich.« Fata Jouissante schob den Emporkömmling beiseite. »So macht man das nicht.« Sie zog sich einen Handschuh von der Hand und berührte Jane zart mit einer Fingerspitze am

Handgelenk. Ein heißes Verlangen lief Jane durch die Adern, und sie scheute wie ein Pferd. Ihr Bauch spannte sich, und ihre Brustwarzen richteten sich auf. Sie sah hinauf in das Gesicht der Elfen-Lady und kam sich dabei in einer Weise offen und verwundbar vor, die ihr gar nicht gefiel. Aber sie konnte nichts dagegen tun. Hätte sie es gewollt, so hätte die Lady sie auf der Stelle in ihr Boudoir führen können. Und jeder wußte es.

»Also gut«, sagte Jane hitzig. Sie krümmte die Finger wie eine Straßenkämpferin, die die Fata zum Kampf herausfordern wollte. »Wenn Sie es so wollen. Gleich hier, gleich jetzt. Auf dem Boden. Vor Ihren Freunden.«

Jouissante wurde böse.

Erst regte sich niemand. Dann lachte Fata Incolore auf, und der Bann war gebrochen. »Ihr beide seid jetzt quitt«, sagte sie. Und dann, nicht unfreundlich: »Aber versuch nicht, dich in die Politik einzumischen, meine Kleine. Es ist ein gefährliches Spiel, noch dazu ein Spiel, das dich zerbrechen wird, wenn du nicht achtgibst.« Sie wandte Jane den Rücken zu. Es erfolgte eine leichte Verschiebung innerhalb der Gruppe, und plötzlich war Jane ausgeschlossen. Ebenso wie auf der anderen Seite der Emporkömmling.

Sie stahl sich davon.

Der Emporkömmling beeilte sich, mit ihr Schritt zu halten. »Gesellschaftlich gesehen bin ich ein Aussätziger«, beklagte er sich bitter. »Haben Sie gesehen, wie diese beiden Zicken mich behandelt haben?«

»Um ganz aufrichtig zu sein«, sagte Jane, »nein.«

»Dieses Luder Jouissante hat mir regelrecht das Wort abgeschnitten, als ich gesprochen habe. Sie hat mich beiseite geschoben – mich! –, als wäre ich ein Niemand.«

In vertraulichem Tonfall teilte er ihren Brüsten mit:

»Mein Haus ist alt, gleichgültig, wie neu unser Wohlstand auch sein mag. Hören Sie nicht auf die bösen Zungen, die behaupten, der Stammbaum sei unecht. Der Ruf ist so gut wie wiederhergestellt und das Schwert unserer Vorfahren wieder geschmiedet.«

»Hören Sie«, sagte Jane, »was genau muß ich sagen, um Sie loszuwerden?«

»Nun, gar nichts.« Grinsend schwang er seinen Hut zur Parodie einer höfischen Verbeugung. »Meine liebste Fata Jayne, ich bin Ihr Kavalier, Ihr liebeskranker Verehrer, Ihr völliger Sklave.«

»Mein lieber Sir.« Ferret tauchte vor ihnen auf und verneigte sich. »Ich glaube nicht, daß ich bereits das Vergnügen hatte.«

Der Emporkömmling starrte ihn mit offenem Mund und hervorquellenden Augen an. »Apollidon«, sagte er schließlich.

»Angenehm.« Ferret faßte Jane beim Arm. »Sie werden uns gewiß entschuldigen.«

Ein Treppenhaus schwang sich aus der Nacht hinaus in die Helligkeit. Sie stiegen die Stufen hinab. Von oben aus gesehen, waren die Gäste wie Blütenblätter, die in fließendem Wasser umhertrieben. Sie glitten sicher und leicht dahin, vereinten sich zeitweilig, kreisten langsam umeinander und wurden dann von leichten Brisen, die ansonsten nicht wahrzunehmen waren, wieder auseinandergetrieben.

Eine Nixe eilte mit einem Tablett frischer Getränke die Stufen herauf. Janes Glas war leer. Ferret nahm es ihr aus der Hand, setzte es nieder und ergriff einen perlenden Ersatz, ohne daß das Kind auch nur langsamer geworden wäre.

An jenem Abend war kein Tropfen Alkohol über Janes Lippen gekommen. Das *numen* so vieler hochrangiger Elfen an einem Ort war so stark, daß sogar die Luft im schwindelerregenden Zauber ihrer Gegenwart funkelte; Jane war zumute, als würde sie in Champagner baden. Ein einziger Schluck wäre schon zuviel gewesen.

»Sie haben sich übrigens gut verhalten«, sagte Ferret.

»Ich bin gedemütigt worden.«

»Das ist zu erwarten, wenn Sie Ihren Verstand mit drei Mächtigen messen wollen. Trotzdem haben Sie die beiden Ladys unterhalten und Corvo dazu angeregt, wenigstens eine gespielte Beschützer-Show abzuziehen. Es sind mögliche Investoren, und Ihnen ist es gelungen, ihr Interesse zu wecken.«

»Ich bezweifle, Jouissante sehr unterhalten zu haben.«

»Oh, aber das war ziemlich sicher der Fall. Auf ihre Weise.« Ferret wechselte das Thema. »Hat man Sie schon Rocket vorgestellt?«

»Nein.«

»Ein reizender Bursche. Lassen Sie sich nicht von seinem Namen täuschen – er ist nicht der Bastard irgendeines Wald- und Wiesenelfs. Er ist von edler Geburt, ein Halbbruder von Fata Incolore persönlich. Wenn er kein Bastard und obendrein nicht halbmenschlich wäre, könnte er im Hause Incolore eine große Rolle spielen. Selbst so ist er jemand, mit dem man rechnen muß.«

»Wie kommt es, daß Fata Incolore einen Mischlings-Bruder hat?«

»Er ist ein Drachenpilot.« Ferret senkte die Stimme. »Das Haus Incolore verdankt seinen Wohlstand dem Handel, wissen Sie, und da besteht … eine ererbte Schwäche in dieser Richtung.« Sie bewegten sich geschmeidig durch die Menge. Ferret murmelte hier einen Namen und dort einen Titel, erachtete jedoch die meisten Gäste als bedeutungslos. Schließlich sagte er: »Da haben wir jetzt Rocket.«

Der Drachenpilot trug eine blaue Uniform und hatte ihnen den Rücken zugekehrt. Er unterhielt sich locker mit drei nichtssagenden rangniedrigen Elfen. Von hinten war er eindeutig attraktiv. Jane war ziemlich eingenommen von seiner Größe, dem Haarknoten sowie der Breite seiner Schultern. Vielleicht er, dachte sie. Ja, er wäre so ziemlich der Richtige.

Aufgeschreckt von irgendeiner untergründigen Veränderung der Atmosphäre drehte sich Rocket um.

Ihre Blicke begegneten sich. Seine Augen waren vom stetig wechselnden Grüngrau der Hyperboreischen Meere. Hintergründige Augen, Gauneraugen, Augen, die nichts als Unannehmlichkeiten bedeuteten. Sie waren sich nie zuvor begegnet, und dennoch war er ihr so vertraut wie das Innere ihrer Handtasche.

Es war wieder Puck, wieder Peter, wieder Rooster. Flüchtig betrachtet, war das äußere Erscheinungsbild anders, das Haar war kürzer und ordentlicher gekämmt als bei den anderen dreien, die Nase schmaler, die Züge waren regelmäßiger. Er war größer und aufrechter und hatte die Haltung eines Soldaten. Aber im Innern war er es und niemand sonst. Er brannte vor ihr wie ein Neonschild. Sie hätte ihn überall erkannt.

Laß es dir nicht anmerken!

Sechs Kinder schleppten den geschlagenen Zwerg auf eben jener Silberplatte durch das Partygewühl, worauf zuvor der enthäutete Pferdekopf gelegen hatte. Gäste drängten sich heran und wetteiferten darum, einen Stechpalmenschößling als Glücksbringer in das Blut zu tauchen.

Seltsam lächelnd tat Rocket einen zögernden Schritt auf Jane zu.

»Verschwinde!« wies Jane Forret an. Er ließ kurz die Zähne blitzen und zischte erstaunt, und dann schob sich Jane durch die Partygäste, durch das überhitzte Gewühl von Leibern und trat hinaus auf den Balkon.

Die Luft war kühl und frisch; sie klärte ihr wunderbar den Kopf. Zwei Zwerge in Galiagantes Livrée machten gerade sauber. Sie schütteten die letzten Kehrbleche voller Sägespäne über die Balustrade, nahmen ihre Besen, nickten höflich und verschwanden.

Jane blickte über die Große Graue Stadt hinweg. Die Gebäude waren schwarz und geheimnisvoll, ihre Lichter eine Botschaft, die sie nicht entschlüsseln konnte, in einer Sprache, die sie niemals gelernt hatte. Sie wollte ihr Getränk auf die Brüstung stellen und warf es dann aus einem Impuls heraus weg. Es überschlug sich auf dem Weg nach unten und glitzerte wie ein kurzlebiger Stern.

Rocket trat auf den Balkon heraus, wie sie es sowohl befürchtet als auch erhofft hatte.

»Wer sind Sie?« fragte er. »Ich kenne Sie. Wieso?«

Sie bedachte ihn mit einem verächtlichen Blick. »Vielleicht haben Sie zuviel getrunken.«

»Ich *kenne* Sie«, beharrte er. »Ihr Schicksal und das meine hängen auf irgendeine Weise zusammen. Wenn nicht in diesem Leben, dann in einem anderen.«

»Ihre Vorahnungen und Phantastereien bedeuten mir nichts, Sir. Gute Nacht.«

»Ich bin Drachenpilot. Jeden Tag habe ich mit Maschinen zu tun, die mir die Seele aus dem Leib fräßen würden, gäbe ich ihnen die Gelegenheit dazu. Ich versichere Ihnen, Madame, ich bin niemand, der zur Schrullenhaftigkeit neigt.«

»Aha.« Jane hatte sehr wohl die Prahlerei in seiner Bemerkung herausgehört. Eine sehr machohafte Angelegenheit, der Umgang mit Drachen. Sich diese großen, eisernen schwarzen Maschinen zwischen die Beine schnallen und dann eine Flasche öffnen. In der Gewißheit, das Blut der jungen Damen in Wallung zu bringen. »Sie sind einer dieser Gentlemen, die sich ihren Lebensunterhalt damit verdienen, daß sie Kinder zu Sklaven machen.«

Rocket errötete. »Mein Job besteht nicht bloß aus dem Einsammeln von Wechselbälgen«, protestierte er.

»Wirklich?« Jane fühlte sich federleicht, gewissenlos, amoralisch. »Man sollte meinen, das allein sei so ziemlich ausreichend.«

Seine Miene war angespannt. Aber er brachte ein überzeugendes Lächeln und eine entschuldigende Verbeugung zustande. »Wir haben anscheinend irgendwie auf dem falschen Fuß angefangen. Wenn Sie mir das Privileg gestatten, nochmals von vorn anzufangen…? Mein Name ist Rocket. Ich genösse sehr gern das Vergnügen Ihrer Begleitung.«

»Sind Sie verrückt?« Das machte wunderbar viel Spaß. »Sie sind entlassen worden, Sir.«

Der Drachenpilot vollführte eine mißlungene Bewegung in ihre Richtung, wie getrieben von irgendeinem großen Gefühl. Er sah so aus, als müßte er entweder sofort gehen oder sie ansonsten schlagen. Jane blickte ihn kalt an, wobei sie eine ungesunde Erregung verspürte, ein unwiderstehliches und unkluges Verlangen, genau herauszufinden, wie weit sie ihn herausfordern könnte. Dann trat er mit einem erstickten Aufschrei vor und faßte sie beim Kinn. Er drückte ihr grob den Kopf in den Nacken und zur Seite. »Beim Heiligen Wolf, Sie sind ein Wechselbalg!«

Jand wand sich los. »Behandeln Sie Damen üblicherweise so? Gute *Nacht,* Sir!«

»Ich habe siebzehnmal das Traumtor passiert. Hierin kann ich mich nicht irren.«

»Und was wollen Sie jetzt unternehmen?« fragte Jane. »Werden Sie mich den Hospitälern übergeben? Ich bin alt genug, daß man mit der Zucht anfangen könnte, stimmt's? Man könnte zehn oder zwölf

Mischlinge aus mir herausholen, bevor mein Leib zusammenbräche.«

Hätte sie ihn geschlagen, Rocket hätte kaum mehr erbleichen können. Mit zusammengepreßten Händen und loderndem Blick trat er zurück. Er öffnete den Mund, wollte etwas sagen, schloß ihn wieder.

Aber er ging noch immer nicht.

»Da seid ihr!«

Galiagante schlenderte auf den Balkon heraus, hinter sich sein funkelndes und glänzendes Gefolge. Jouissante sagte: »Wir gehen die Slums besuchen.« Und Incolore erklärte: »Wir bilden eine kleine Gruppe und besuchen den Koboldmarkt.« Und Galiagante selbst fragte gleichmütig: »Hast du Lust mitzukommen?«

»Ja«, sagte Jane, »warum nicht? Ja, ich komme mit.«

»Ich komme ebenfalls mit«, erklärte Rocket grimmig.

Die Gesellschaft bestand aus sieben Personen: Galiagante mit Jouissante und Incolore in einem nicht eben ausgewogenen Gleichgewicht an jedem Arm, Rocket, Jane selbst und zwei Elfen aus einem der niedrigeren Häuser, Floristan und Explandian, die eher Funktionäre und keine eigentlichen Gäste waren. Diener holten die Mäntel. Jane und die drei anderen Fatas zogen die Kapuzen hoch, so daß sich nur das schmale Oval der Gesichter zeigte. Sie alle trugen weiße Masken.

Sie fuhren mit dem Aufzug zur Straße hinab, die Funktionäre nahmen eine Abkürzung, und die ganze Gesellschaft schlenderte gemächlich auf den Koboldmarkt.

»Meine Herrschaften, meine Herrschaften, meine Herrschaften!« rief ein Kobold-Marktschreier.

Schlechte Discomusik ergoß sich aus betagten Lautsprechern, irgendwelches Gesinge und monotones

Baßgedröhn. Galiagante winkte, der Kobold trat beiseite, und sie betraten ein Foyer mit Spiegelwänden.

Banknoten knisterten und seufzten. Sie wurden in einen kleinen dunklen Raum mit einer Leinwand gebeten. Der Linoleumboden klebte unter den Füßen. Auf der Leinwand kaute der vergrößerte Kopf eines Kobolds geräuschvoll Essen. Sie stellten sich in den Hintergrund und sahen zu, wie Beefsteaks, Bananen, Zwiebeln, Schokoriegel und endlose Schüsseln mit heißem Haferschleim in diesem riesigen Maul verschwanden oder in feuchten Klumpen wieder heraustropften. Es gab nur wenige Besucher in den engen Sitzreihen.

Janes Schläfen wollte gerade im Rhythmus des Soundtracks mitpochen, da schritt Galiagante plötzlich zur Rückwand und warf die Feuerschutztür auf. Sie folgten ihm einen Korridor entlang, der nach Desinfektionsmitteln stank, und einige schmale Stufen hinauf. Weiteres Papier flüsterte, und ein weiterer Kobold trat von einem Drehkreuz zurück. Sie traten hindurch.

Der Raum, den sie betraten, wurde von hufeisenförmig angeordneten Türen beherrscht. Galiagante trat durch die eine Tür, Jouissante öffnete eine andere. Einer der Funktionäre – Esplandian? – ließ mehrere Münzen in Janes Hand fallen. Sie öffnete die eigene Tür.

Ein Stuhl war dort. Sie setzte sich. Im gedämpften Licht einer einzelnen Lampe sah sie an einer der Wände einen Apparat mit einem Schlitz für Münzen. Sie warf alle ein.

Eine Abdeckung glitt vor einem Fenster hoch. Sie blickte auf eine halbkreisförmige Bühne. In ihrer Mitte wand sich ein Troll auf einer flachen Liege. Abgesehen von einem Paar Socken und fest zugeschnürten braunen Schuhen sowie dem oberen Teil eines Unterhemds war er nackt. Der große behaarte Bauch hob sich wie ein Kontinent aus einem häßlichen Fleischmeer. Die Augenlider waren vor so langer Zeit vernäht worden, daß die Haut zusammengewachsen war.

Von einem gegenüberliegenden Fenster starrte Rockets Maske Jane an.

Der Troll ächzte. Er hatte einen äußerst erstaunlichen Harten. Fast über die ganze Länge hinweg war er von einer rohen rosaroten Färbung, als wären die obersten Hautschichten abgeschabt worden. Zur Spitze hin nahm er eine purpurrote Färbung wie bei einem Bluterguß an. Der Troll drehte und wand sich ganz langsam, woraus Jane zunächst schloß, daß er masturbierte. Dann jedoch wälzte er sich auf die Seite. Sie sah den Stumpf an einer Schulter, und ihr ging auf, daß er keine Arme hatte, mit denen er hätte masturbieren können.

Als die Münzen abgelaufen waren, schloß sich das Fenster wieder, und die Gesellschaft trat unter Türengeklapper heraus.

»Ich möchte eine Privatshow arrangieren«, sagte Galiagante zu dem Kobold. Dieser trug ein Bärtchen auf der Oberlippe, das wie eine dünne Linie Öl aussah. Sie berieten sich kurz. Dann führte sie der Kobold zwei Treppen hinab und weiter durch einen Vorratsraum mit leckenden Röhren in ein winziges Theater.

Man hatte den schwachen Versuch unternommen, der Atmosphäre Glanz zu verleihen. Kleine Tische umstanden eine niedrige Bühne. Aus einer riesigen Lautsprecherbox dröhnte Heavy Metal-Musik, und ein Spiegelball warf einzelne Lichtpunkte durch das Theater. Sie setzten sich.

»Wird 'ne tolle Sache werden«, bemerkte Jouissante.

»Sehen Sie mich an, Sir?« fragte Jane.

Rocket schüttelte den Kopf und sah mürrisch auf die Maske hinab, die er mit den Händen umklammert hielt. »Ich bin mir nicht sicher, ob das überhaupt etwas für mich ist.«

»Warum sind Sie eigentlich mitgekommen, wenn Sie sich nicht amüsieren wollen?«

Eine spärlich bekleidete Nymphe trat an ihren Tisch. »Falernian«, sagte Galiagante und steckte ihr mehrere Scheine in die Wäsche. Er setzte seine Maske ab und legte sie neben den Aschenbecher. Der Raum war heiß und stickig, doch Jane entschloß sich, die eigene Maske auf jeden Fall aufzubehalten.

Kurze Zeit später wurde der Troll, den sie zuvor gesehen hatte, von zwei Zwergen hereingeführt. Sie zogen ihm den Morgenmantel aus; wie eben war er in Unterhemd, Schuhe und Socken gekleidet. Einer der Zwerge stach den Troll mit einem Stock.

In der Mitte der Bühne fiel er auf die Knie.

Die Nymphe kehrte mit Wein und Körben voller Silbermünzen zurück. Der Kobold mit dem bleistiftdünnen Bärtchen stöpselte das Mikrofon in die Lautsprecherbox, und seine Ansage übertönte die Musik.

»MaaaiiineDamenunHerrn«, sagte er undeutlich und verschwommen. »Lordsunfatas, geehrte Kundennndes Theatrsss ...«

»PißköppunnZwerge«, brummelte einer der rangniedrigen Elfen.

»SuchrrrdrrrWsshttt«, lachte Incolore.

»... willkommmmmmnnnzuunsrrrShow.« Die Scheinwerfer über den Tischen senkten sich herab. Blaue und rote Spots nagelten den Troll fest. »HEUTENACHTsinnddwirrrstolzz darrrfff, Ihnnnndnnn erstaunlichnn unnd absluuut bscheidnnn Tooooby CLUNCH zzzpräsnnntirnnn!«

Jane schloß sich den anderen zu einem höflichen Applaus an.

Der Zwerg mit dem Stock schlug Toby auf die Kehle und gab ihm damit den Einsatz. Der Troll zitterte und sagte mit hoher klarer Stimme: »Der Kalte Krieg ist vorüber. Wir stehen an der Morgendämmerung einer neuen Weltordnung. Uns stehen jedoch viele Gefahren und Ungewißheiten bevor. Ihr müßt im Kaffeesatz lesen und auf die Zwischentöne horchen. Ich weiß, wir leben in schweren Zeiten. Sie sind aus den Fugen geraten. Aber ich bin mir nie so vorgekommen wie – wissen Sie, als ob mich niemand mehr respektieren würde. Noch immer können wir Tausende von Christbäumen setzen! Das ist kein hinterhältiger Angriff so im nachhinein. Nein, ich habe Vertrauen zum amerikanischen Volk. Seine intelligenten Waffensysteme werden ihnen schon zeigen, wo die Grenzen sind. Das ist meine Vision. Ich strecke diesen verrückten Typen meine Hand entgegen!« Toby wand sich hin und her, ein Ventil des Wahnsinns. Die Worte sprudelten immer rascher aus ihm heraus, und seine Stimme wurde zu einem Kreischen. »Kurz gesagt, es geht um *Jobs!*«

Zwerg Eins brachte ihn mit einem weiteren Hieb auf die Kehle zum Schweigen.

Zwerg Zwei packte ihn von hinten an den Ohren und zog ihn hinunter. Das Kinn des Trolls hob sich, und er gab ein unverständliches Gurgeln von sich, das vielleicht ein Protest gewesen sein mochte. Zwerg Eins klopfte ihm mit dem Stock auf die Lippen. Quälend langsam öffnete sich dieser Mund weit, ganz weit. Die Gelenke der Kinnlade quietschten. Doch er mühte sich noch immer, diese unmögliche Kluft zu vergrößern, bis der Mund ein riesiges rundes Loch im Kopf war, ein gewaltiger Kanal in den Schlund hinab. Etwas knallte. Der Kobold mit dem angemalten Schnauzbart drehte die Musik auf.

Galiagante senkte lässig eine Hand in den Korb. Er hob den Arm und warf eine Münze. Sie flog über die Bühne in die Mundhöhle des Trolls.

»Bravo!« rief Jouissante. Sie warf selbst eine Münze. Hinab ging's in den Schlund. Eine vierte Münze, von

Jane geworfen, sah so aus, als werde sie ihr Ziel verfehlen. Aber Toby, gelenkt von irgendeinem primitiven Sinn, verrenkte den Hals und fing sie auf.

Dann war die Luft voller Silbermünzen. Wie Silvesterraketen zogen sie weiße Streifen in Richtung auf die Bühne. Es sah komisch aus, wie Toby Clunch den Kopf hob und senkte, hierhin und dorthin schoß und verzweifelt versuchte, alle Münzen zu fangen. Erstaunlich, wie viele Münzen der arme Tropf zu schnappen vermochte.

Jane hielt inne und warf von der Seite einen Blick auf Rocket. Er trommelte mit den Fingern auf dem Tisch. Allein er hatte noch keine einzige Münze geworfen. Sie knallte eine vor ihn hin. »Machen Sie mit, 'sieur dragoneur.«

Rocket schob sich so heftig zurück, daß der Tisch fast umkippte. Der Stuhl krachte zu Boden.

Er schritt aus dem Raum.

Unerklärlich gekränkt nahm Jane eine Handvoll Münzen und warf sie alle auf einmal, so heftig sie konnte. In seinem Eifer, sie zu fangen, erhob sich Toby halb von den Knien. Es gelang ihm, einige zu schlucken, doch die meisten prallten von Gesicht und Körper ab und hinterließen kleine rote Male.

Lachend legte Fata Jouissante die warme Hand auf James Schulter. »Was meinen Sie? Könnten Sie so viele Münzen fangen, wenn Sie müßten?«

»Oh, ich könnte den Mund niemals so weit aufreißen.«

»Ich hab daran gedacht, daß Sie sich auf den Kopf stellen und sie mit Ihrer *bel chose* fangen könnten.« Sie wandte sich an Galiagante. »Wieviel willst du für sie?«

»Reelles Geschäft?« Galiagante dachte nach. »Minimum dreimal das Investierte. Aber ich bin momentan wirklich noch nicht bereit zum Verkauf. Ich möchte sehen, ob ich eine Serie verkaufen und sie als Schuhlöffel für meinen Einstieg ins Fernsehgeschäft benutzen kann. Soviel Geld ist im Handel gebunden. Ich möchte es auf verschiedene Art und Weise anlegen.«

Die Nymphe kam mit einem frischen Korb. Toby Clunch füllte sich allmählich. Jede Münze verursachte ein hartes klingelndes Geräusch, da sie jetzt auf Münzen aufschlug, die ihm bereits in der Kehle steckten. »Entschuldigt mich«, bat Jane. Sie nahm ihre Handtasche und stand auf. Der Kobold zeigte mit einem Daumen über die Schulter, und sie ging in die angewiesene Richtung.

Die Toilette war schmutzig. Jane brauchte nicht nachzuschauen, um festzustellen, daß einige der Toiletten verstopft waren. Sie trat um eine widerliche Wasserpfütze herum, ging zu den Waschbecken und setzte die Maske ab. Ihre Wimperntusche war völlig verschmiert.

Die Tür schwang auf, und Fata Incolore trat ein. Während sie zum Spiegel ging, setzte sie die Maske ab. Sie zog eine Lippe von den Zähnen und kratzte sich etwas von einem Eckzahn ab. Dann zog sie ihre Puderdose hervor.

»Koks?« fragte sie.

»Na schön.«

Incolore setzte die Puderdose auf den Rand des Waschbeckens und maß zwei Linien ab. Sie bot Jane eine zusammengerollte Banknote an. Jane hielt ein Ende an die Nase und beugte sich über das Pulver.

Fast gleichzeitig schlug es ihr auf den Gaumen und unters Schädeldach. Sie erfuhr ein intensives künstliches Gefühl von frischen grünen Wiesen. Es war, als wäre ein kleines Licht in einem Zimmer angegangen, dessen Vorhandensein sie nicht einmal geahnt hatte.

Incolore zog die andere Linie ein, zerknüllte den Geldschein und warf ihn weg. »Was läuft da eigentlich zwischen dir und Rocket? Du hast ihm wirklich Feuer unterm Hintern gemacht.«

»Tatsächlich?« fragte Jane gleichgültig. »Muß wohl was sein, das ich gesagt habe.«

»Hmm.« Incolore schloß die Hand um die Puderdose und steckte sie wieder ein. »Zuerst Fata Jouissante und dann mein Bruder. Du liegst anscheinend mit der Welt im Krieg.«

»Wenn das so ist, dann geht es Sie mit Sicherheit nichts an.«

»Ich will offen sein. Mein Bruder fühlt sich ganz klar zu dir hingezogen. Aus Gründen, die bei mir liegen, ist das eine Verbindung, bei deren Zustandekommen ich gern nachhelfen würde.«

»Träumen Sie weiter.« Jane streckte die Hand nach ihrer Maske aus.

Incolore hinderte sie mit einer Berührung daran. »Galiagante hat sich finanziell übernommen. Diese Bemerkung, in die Unterhaltungsmedien zu expandieren …« Sie hob die Schultern. »Hoffnungslos. Er kann sich nicht mal entscheiden, was er mit dir vorhat. Kannst du mir folgen? Wenn er keine Unterstützung findet, wird ihm keine andere Wahl bleiben als der Versuch, einen Teil seiner Investitionen zurückzugewinnen. Er wird dich an Jouissante verkaufen.« Ihre Augen waren dunkel, ernst, und Ärger glitzerte darin. »Ich verspreche dir, das ist ein Handel, den würdest du bald bedauern.«

»Ich bin nicht zu verkaufen«, fauchte Jane. »Galiagante besitzt mich nicht. Jouissante kann mich nicht kaufen. Und Sie sind nicht mal im Geschäft drin.«

»Was bist du doch für ein seltsames Wesen.« Incolore strich sich mit einer Hand über den Mund, und eine brennende Zigarette hing ihr von den Lippen herab. Sie blies Rauch aus den Nasenlöchern. »Ich will dir was sagen. Ich habe kein sonderliches Interesse mehr daran, weitere von Galiagantes Dummheiten zu unterstützen. Aber ich werde ihn eine Woche oder so hinhalten, wenn du einverstanden bist, daß ich dir etwas zeigen darf.«

»Was denn?«

»Nichts, womit du nicht leben könntest.« Sie pflückte die glühende Asche von der Zigarette und verschluckte sie. Den Rest warf sie zu Boden. »Ruf meine Sekretärin an, und dann machen wir einen Termin.«

Galiagante wollte unbedingt gehen. Sie folgten ihm Kehre um Kehre eine weitere Treppe hinab. Ein zwischen den Wänden verrammelter Besenstiel lenkte sie in einen Raum mit Reihen von Glaskabinen an den Wänden, aus denen Houris in heißen rosafarbenen Bikinis und chrombeschlagenen Lederharnischen einladend winkten. Jane überkam jäh der Gedanke, daß der Koboldmarkt sehr wohl kein Ende nehmen könnte. Es mochte eine unendliche Anzahl fensterloser Räume und Orgienlöcher unter der Stadt geben, die alle nach Weihrauch und Salmiakgeist dufteten, aus denen verzerrte Rap-Musik dröhnte und die von unzähligen trägen zwielichtigen Typen betreut wurden. Sie war hoffnungslos verloren, hoffnungslos müde und hoffnungslos gelangweilt. Sie unterdrückte ein Gähnen.

»Fata Jayne scheint sich aber nicht zu amüsieren«, bemerkte der eine, der möglicherweise Floristan war.

»Mir geht's gut.«

»Vielleicht sind unsere Vergnügungen zu *raffiniert* für sie«, meinte der Vielleicht-Esplandian.

»Warum gehen wir nicht wohin, wo es Jayne gefiele?«

»Wenn es einen solchen Ort *gibt.*«

Die beiden rangniederen Elfen kamen auf Jane zu, wobei die Augen boshaft hinter ihren Masken glühten. Sie wich vor ihnen zurück, geriet jäh in Panik, fuhr herum und entdeckte, daß sie vor einem Bogengang stand. Ein Schild, umrahmt von blinkenden Lichtern, war über den Glastüren angebracht:

Der absolute Wahnsinn!
* Träume werden Wirklichkeit * Rauschmittel *
* Widerwärtige Phantasien *

»Ich glaube«, sagte Galiagante, »daß wir Jane geben können, wonach es sie verlangt.« Er hielt eine Tür auf. »Hinein!«

»Ja, gewiß, entzückend, o ja.« Sie saßen auf billigen Stühlen in einem Vorzimmer und hörten dem fetten, haarlosen alten Kobold zu, der seine Masche abzog. Er hob und senkte den Kopf, verbeugte sich unablässig und rieb sich die Hände. »Oh, wir wissen es«, sagte er. »Wir wissen, was Sie möchten, ehe Sie es selbst wissen. Geheime Dinge, *persönliche* Dinge, abstoßende Dinge, die Sie sich gegenüber niemals zugeben würden. Wahre Liebe, Klistiere, acht Meter alte Spitze, die vor Alter brüchig und braun geworden ist. Ihr Herzenswunsch.« Er grinste Galiagante höhnisch an. »Angelhaken. Andere Dinge.«

Galiangte holte ein Bündel Banknoten hervor. »Bedien sie!« Der Kobold sprang mit ausgestreckten Händen auf ihn zu. Aber Fata Incolore schob sich zwischen ihn und das Bündel. Sie zählte die Hälfte ab und steckte den zusammengefalteten Rest Galiagante wieder in die Jackentasche. »Wenn wir Geschäftspartner werden«, sagte sie, »müssen wir zunächst ein gewisses finanzielles Verantwortlichkeitsgefühl entwickeln.«

Er sah sie mit frischem Interesse an. »Werden wir dann Geschäftspartner?«

»Wart's ab.«

»Hier hindurch.« Der Kobold legte die Hand auf eine kaum erkennbare Tür. »Schmutzig, häßlich, sehr nett, o ja, ja.«

Jane zögerte. Sie hatte keine Lust einzutreten. Dort drinnen wartete etwas Fürchterliches. Sie spürte es. Sie wußte genau, sie würde es auf immer bedauern, dieses Etwas gesehen zu haben.

»Sie haben Angst?« fragte Jouissante.

Die drei Worte hingen in der Luft wie eine Herausforderung.

»Nein, natürlich nicht.« Jane trat durch die Tür und zog sie fest hinter sich zu. Verdammt sollte sie sein, wenn die anderen das zu sehen bekämen, was es auch immer war.

Sie betrat einen Raum von der Größe eines Basketballfelds. Er war leer. In einer Ecke hatte sich ein halbes Dutzend Zwerge um ein tragbares Fernsehgerät geschart. Bei ihrem Eintritt schalteten sie ihn aus und zerstreuten sich durch mehrere Türen. Zwei Zwerge kehrten mit einem fahrbaren, handbetriebenen alten Plattenspieler zurück. Ein dritter Zwerg eilte mit einem Wachszylinder hinter ihnen her. Er legte den Zylinder ein, drehte die Kurbel und senkte die Nadel herab.

Kratzige Walzermusik ertönte.

Leitern knallten gegen die Wände. In rasender Geschwindigkeit wurden Kreppapierglocken über die Halle gehängt. Im Treppenhaus gab es ein Gepolter, als die restlichen drei Zwerge zurückkehrten.

Sie führten den Baldwynn herein.

Der Baldwynn trug offizielle Abendkleidung. Der klassisch geschnittene Anzug war teuer und gerade genügend abgetragen, daß er nicht geliehen aussah. Der Schritt des Baldwynn war kraftlos und zögernd. Braungefleckte Hände, wie aus Porzellan, hingen reglos herab. Aber der Kopf drehte sich wie bei einer Kröte langsam von Seite zu Seite, und der Blick wirkte verschwommen, als starre er in ein anderes Universum.

Ich fürchte mich nicht, sagte sich Jane. Ich werde mich nicht fürchten.

Der Baldwynn wandte ihr den Kopf zu. Er hielt inne.

Er sah Jane direkt an.

Grinsende Zwerge umschwärmten sie. Einer entfernte ihre Maske. Ein weiterer nahm ihr den Mantel ab. Sie zogen sie zum Baldwynn hin und legten ihm ihre linke Hand auf die rechte Schulter. Ihre rechte Hand verschränkten sie mit seiner toten, weißen linken Hand, ihre andere Hand legten sie ihm um die Taille.

Dann tanzten sie um die Halle umher, getrieben von den blechernen Walzerklängen. Sie schlurften dabei mit den Füßen, und ihre täppischen Bewegungen waren lediglich eine Reaktion auf die Knuffe und Stiche ihrer Wärter. Unbeholfen drehten und drehten sie sich.

Zunächst hielt Jane den Blick auf die Brust des Baldwynn gerichtet. Dann jedoch stürzte sich ein Zwerg zwischen sie und schlug ihr das Kinn mit der kleinen Faust in die Höhe. Jetzt sah sie dem Baldwynn in die bleichen grauen Augen.

Etwas blitzte kurz darin auf. Seine Lippen zitterten, als versuche er, damit etwas zu tun, das er schon seit langem vergessen hatte. Einmal. Zweimal.

Beim drittenmal brach der Bann. Langsam stülpte er die Lippen vor wie ein kleines Mädchen, das um einen Kuß bettelt. Er entspannte sie mit einem schwachen *Pff*.

Jane schüttelte den Kopf. »Nein.«

Erneut stülpte er die Lippen vor. Er senkte den Kopf

zu ihr herab. Sie roch seinen Atem, er war madig und süß. Seine Hände wurden lebendig, und die Finger zupften schwächlich an ihr herum.

»Nein!« Jane stemmte sich mit aller Kraft gegen die Brust des Baldwynn. Aber es gelang ihr nicht, sich loszureißen. Jemand, der so zerbrechlich und schwach war, konnte sie doch unmöglich festhalten! Und dennoch tat er es. Seine Arme waren wie Metallbänder, die sich langsam und unerbittlich schlossen und sie gegen den bejahrten Elfen-Gutsherrn drückten. Er legte ihr den Mund auf die Lippen. Als sie sich abwenden wollte, hielten ihr die Zwerge den Kopf fest.

Er streckte die Zunge heraus und schob sie ihr wie einen Schlüssel, der in ein Schloß glitt, in den Mund.

Sie öffnete den Mund bei der ersten Berührung.

Während die Zunge des Baldwynn herumsuchte, veränderte sich alles – der Ballsaal, die Zwerge, sogar der Baldwynn selbst. Alles verzerrte sich und schmolz dahin wie Wachs in Karbolsäure. Jane hob sich der Magen. Sie erlebte ein verwirrendes Schwindelgefühl, wie sie es noch nie zuvor verspürt hatte. Es war, als würde sie durch eine Dimension gedreht, die für die Sinne undurchdringlich war. Der Raum löste sich auf und wurde zu einem anderen.

»Jane?«

Sie wandte sich nicht um. Wie hypnotisiert von dem entsetzlichen Ding dort starrte sie das Fenster an. Die Scheiben hatten Schmutzstreifen, und auf dem Fensterbrett lagen die leeren Hüllen toter Stubenfliegen. Die kreideweiße Farbe auf dem Holz brach in scharfen Flocken ab, wenn man fest genug mit dem Daumen darauf drückte. Gleichzeitig stach es auch fest genug in die Haut, daß es schmerzte, aber nicht genügend, daß es blutete.

Aber das hatte mit dem entsetzlichen Ding nichts zu tun.

»Ich habe dir leckeres Obst gekauft«, sagte Sylvia. »Äpfel und Bananen. Und Mentholzigaretten, deine Marke, die du so magst, hundert Stück diesmal. Ich habe sie der Stationsschwester gegeben, und es wäre schön, wenn du mir sagen könntest, wieviel du eigentlich rauchst. Ganz bestimmt klaut sie welche.«

Der Himmel hing tief, aber es sah nicht nach Regen aus. Es sah so aus, als bliebe er auf immer grau und bedeckt. Die Aussicht von hier war häßlich, obgleich sie nicht häßlich sein sollte. Die hügeligen Parkanlagen existierten nur, um alle zwei Tage gemäht zu werden. Und sie wurden so kurz geschoren, daß man von hier oben die nackte Erde durch die Stoppeln sah. Sie vermutete, daß man Angst hatte, ein Grashalm könnte sich vielleicht kurzfristig erheben und frei wachsen. In Janes Augen war der Rasen das vollkommene Symbol der Unterdrückung. Aber auch er war nicht das entsetzliche Ding.

»Setz dich auf die Bettkante, und ich bürste dir das Haar!«

Da wandte Jane sich ihrer Mutter zu. Wie erschöpft Sylvia aussah, wie unglücklich, wie alt! Sie hatte den tapferen Gesichtsausdruck, den sie beim Eintreten stets zeigte, jenes zuversichtliche Alles-ist-in-Ordnung-Lächeln, dem die erschöpfte Traurigkeit der Augen nur zu deutlich widersprach.

Jane ging zum Bett und setzte sich. Ihr Körper war schwer, massig, ungeschickt. Zu verdanken war dies der stärkehaltigen Kost, dem Mangel an Bewegung sowie der Tatsache, daß niemals irgendein Grund dafür bestanden hatte, sich *nicht* gehen zu lassen.

Sylvia setzte sich neben sie, holte eine Bürste heraus und machte sich daran, Janes Haar in Ordnung zu bringen. Wie die Hände flogen! Während Jane über die Hände nachsann, stellte sie sich vor, wie anmutig ihre Mutter in ihrer Jugend gewesen sein mußte, wie fröhlich und kokett, ehe ihr Jane aufgebürdet worden war. »Ich habe neulich Tante Lilian besucht«, sagte Sylvia leichthin. »Sie hat erzählt, daß Albert wieder zu seiner Frau zurückkehrt, kannst du dir das vorstellen? Das ist das wie vielte – das dritte Mal? An dieser Beziehung stimmt was nicht, wenn du mich fragst, etwas mehr, als unmittelbar ins Auge springt.« Sie hielt inne, um sich eine Zigarette anzuzünden, und beäugte Jane kritisch. »Soll ich dir das Haar zu Zöpfen flechten?«

Mama, versuchte sie zu sagen, ich möchte heim.

Aber kein Wort kam heraus.

Es kam nie ein Wort heraus.

Sie hob den Kopf ein wenig und starrte wiederum das Fenster an. Obgleich es aus diesem Blickwinkel nicht sichtbar war, sah sie im Geist das entsetzliche Ding, das sie angestarrt hatte, als ihre Mutter hereingekommen war. Es war das eigene Spiegelbild. Das aufgedunsene runde Gesicht, das nachlässig aufgelegte Make-up, die traurigen dunklen Augen. Ein Gesichtsausdruck, der besagte, daß ihre Aufmerksamkeit Millionen von Lichtjahren entfernt war.

Plötzlich fiel Jane ein, daß die Dinge sich nicht bessern würden. Sie saß in der Falle. Sie würde für immer in dieser Anstalt bleiben, langsam älter und schwerer werden, ihrer Mutter den Lebenssaft einen Tropfen nach dem anderen aussaugen, bis nichts mehr vorhanden wäre. Dann gäbe es keine weiteren Besuche mehr. Sie wäre allein, verfiele, würde insgeheim immer verbitterter und ginge langsam zugrunde.

Ihr kamen die Tränen.

Erstaunt ließ ihre Mutter die Bürste los. Sie fiel laut klappernd zu Boden.

Der Baldwynn zog die Zunge aus Janes Mund zurück.

Er gab sie frei.

Voller Panik fuhr sie herum und floh aus dem Raum, wobei die Zwerge auseinanderstoben und von ihr abfielen. Die Tür widersetzte sich ihrem Ziehen, zitterte im Rahmen, bis Jane daran dachte zu drücken. Sie öffnete sich in das vordere Büro.

Als Jane hinaustrat, war ihre Gesellschaft verschwunden.

Nur der Kobold war noch da. Er watschelte auf sie zu, grinste überschwenglich und hielt ihr Maske und Mantel hin. »Hübsch und schmutzig – Ihnen hat's gefallen, oder? Genau das, was Sie haben wollten. Widerwärtig. Beehren Sie uns wieder!«

Elfen sind launisch. Wenn es ihnen einfällt, heben sie dich auf und lassen dich völlig grundlos wieder fallen. Sie hatten wirklich keine Schuld daran; es lag in ihrer Natur. Man geht nicht mit einem Elf aus, es sei denn, man wäre willens und bereit für die Entdeckung, daß man allein und verlassen im Dunkeln in einer Pfütze steht und in der Tasche nichts weiter hat als trockene Blätter.

Das waren die Tatsachen. Jane erinnerte sich daran, immer und immer wieder, die ganzen langen und angstvollen Stunden, die sie brauchte, um wieder zurück nach Caer Gwydion zu gelangen. Ihr größter Wunsch jedoch war, die ganze Bande, mit ihren Kusinen und Verwandten, dem Teind ins Maul zu stopfen. Wenn sie sie ein für allemal durch das Höllentor hätte schieben können, sie hätte es mit Freuden getan.

Als sie die Party erreichte, hatte sich Jane weitgehend von ihrer Begegnung mit dem Baldwynn erholt. Aber sie war müde und mürrisch und nicht mehr in der Stimmung für unbeschwertes Feiern. Warum bin ich hier? fragte sie sich. Wenn sie Melanchthon nicht versprochen hätte, er könne heute nacht schmausen, hätte sie jetzt daheim sein können.

Sie setzte ihre Maske ab und gab ihren Mantel einem Diener. Apollidon tauchte im Foyer auf.

Er sah sie und ging direkt auf ihre Titten los. »Ich bin hier ein Niemand«, fiel der Emporkömmling gleich mit der Tür ins Haus. »Alle behandeln mich wie Dreck. Niemand respektiert mich um meines Stammbaums willen.«

»Nun, sie sind wohl ziemlich spießig«, sagte Jane gleichgültig. Er starrte noch immer ihr Outfit an. Wenn sie heimginge und in Jeans und Pullover wiederkäme, würde er sie nicht mehr erkennen.

»Wenn ich heute nacht verschwände und niemals mehr auftauchte, würde mich noch nicht einmal jemand vermissen. Ich muß das bestgehaßte Wesen der ganzen Schöpfung sein.«

»Nein, wirklich!« Jane war überrascht. War es möglich, daß ihr die Antwort die ganze Nacht über ins Gesicht gestarrt hatte?

Sie war fest entschlossen, es herauszufinden.

Sie berührte Apollidon am Arm und schickte ihm dadurch eine Woge der Begierde durch das Nervensystem. Es war derselbe Trick, den Fata Jouissante zuvor bei ihr angewandt hatte, und falls er ihr nicht so gut gelang – nun ja, es war schließlich das erste Mal. Wie auch immer, der Reaktion des Emporkömmlings nach zu schließen, war er ihr ziemlich gut gelungen. Er schauderte und sah ihr zum erstenmal richtig in die Augen. Die Blicke der beiden schlossen sich ineinander. Seine Pupillen waren weit vor Begierde.

Dann wurde Apollidon rot, weil ihm aufging, was sie gerade getan hatte.

»Du bist ideal«, versicherte ihm Jane, ehe er wegsehen konnte. »Komm mit zu mir!«

21

Jane hatte die Wange flach gegen Tommy Paddlefoots Oberschenkel gedrückt und schüttelte seinen Penis hin und her. So ein lustiger, schlapper kleiner Bursche, dachte sie zärtlich. Sie mochte Penisse ziemlich gern, lustige Dinger, die sie waren. Sie hätten von einer Narrenkappe oder einem Zepter herabbaumeln können – und hätten nie fehl am Platz gewirkt.

Nur zu Zeiten wie diesen, unmittelbar nach dem Sex, fühlte sich Jane jemals richtig zufrieden. Sie schätzte dieses stille ruhige Gefühl der Zufriedenheit, zögerte es hinaus, so gut sie konnte, und hüllte sich in diesen Augenblick wie in eine Decke, die kurzzeitig die Unbilden der Welt abwehrte. Sie fürchtete den unsanften Moment, der unausweichlich käme und dem Gefühl ein Ende setzte.

»He. So lange du sowieso da unten bist, wie wär's, wenn du ein Liedchen auf der Mundorgel bläst?«

Jane ließ ihn fallen.

»Das wird nicht nötig sein.« Sie kratzte etwas von dem feuchten Fleck zusammen und flüsterte eine Anrufung, während sie den Fingernagel direkt über seinen Schwanz hielt. »Steh auf, Mister Wichtigtuer. Steh auf und werd größer!« Mit der anderen Hand formte sie das Mudra der spirituellen Erweiterung. Und weil sie den Namen seines Organs wußte und die geeignete Technik kannte, füllte es sich mit Blut und stand erigiert vor ihr.

Die Zeit des Spiels war vorüber. Zurück an die Arbeit.

Sie setzte sich auf und beugte sich über Tommys erschlafften Körper. Mit einer Hand führte sie Mister Wichtigtuer in die Kleine Jane.

»Du machst wieder die Sache mit dem Halstuch?«

»Ich mach was Besseres«, versprach sie. »Aber dazu brauche ich deinen wahren Namen.«

»Ach, nee«, murmelte Tommy Paddlefoot. »Das sollte ich wirklich nicht tun.«

»Nein?« Sie strich ihm mit den Brüsten leicht über das Gesicht und zog sie zurück, als er mit dem Mund danach suchte, so daß er nur den leisesten süßen Hauch ihrer Brustwarze zu schmecken bekam. Dann griff sie mit einer Hand hinter sich und kratzte ihm leicht mit dem Fingernagel über die Eier. Er zog den Atem ein. »Aber dir hat das Spiel mit dem Halstuch doch wirklich gefallen.«

»Nun, ja, aber …«

»Das hier wird dir viel besser gefallen. Ich verspreche es dir.«

Abseits der Küchenzeile gab es eine Vorratskammer, für die Jane keine Verwendung hatte. Sie öffnete die Tür und warf Tommy Paddlefoots Kleidung hinein. In der Vorratskammer hatte sich bereits ein ziemlicher Stapel an Seide, Baumwolle und Leder angehäuft. Apollidons Federhut mußte inzwischen völlig flachgedrückt sein. Sie warf die Tür zu. »Ferret hat heute Fragen gestellt.«

»Ach?«

»Mehr hast du nicht dazu zu sagen – ach? Beunruhigt dich der Gedanke an einen Ferret nicht, der hinter dir herschnüffelt?«

»Nein.«

»Sollte es aber. Er weiß, daß an meinem Hintergrund etwas nicht stimmt. Es kann nicht lange dauern, bis er es herausfindet.«

Es folgte ein ärgerliches Zischen von Dampf, bei dem die Wände klapperten. Aber die Stimme des Drachen klang kühl und reserviert. »Also wirst du verfolgt! Welch schwaches, bemitleidenswertes und verlassenes Kind spanne ich da ein! Du hast keinen blassen Schimmer von der Wahrheit. Man ist uns enger auf den Fersen gewesen, als du dir vorstellen kannst, und das waren Mächte, da würde dir allein beim Gedanken daran das Blut in den Adern gefrieren. Achtmal im letzten Jahr sind wir nahe daran gewesen, entdeckt zu werden. Sogar jetzt werden alle Quellen für Flugbenzin sorgfältig überwacht. Sie wissen, daß ich hier draußen bin, und sie wissen, wieviel Brennstoff ich mitgeführt habe. Sie sind sich sicher, daß ich früher oder später versuche, an weiteren Brennstoff heranzukommen. Und ich hätte es versucht, wenn wir nicht diese alternative Energiequelle ausgearbeitet hätten.«

»Welche Mächte? Benenn sie!«

»Abgesehen von einem würden dir ihre Namen nichts sagen. Und diesen einen würdest du schwer unterschätzen. Wenn ich nun sagen würde, daß der Baldwynn drei aufeinanderfolgende Nächte lang in den Fluren draußen vor eben diesem Apartment herumgeschlichen ist …«

»Oh, der Baldwynn«, sagte Jane unbekümmert. »Habe ich erwähnt, daß ich mit ihm tanzen gegangen bin? Du errätst nie, was er versucht hat.«

»Laß dich nicht von ihm küssen!« In seinem Schock brüllte Melanchthon, daß es das stählerne Gerüst von Termagant bis in seine Grundfesten erschütterte. Jane stolperte. Im Speisezimmer fiel eine Zuckerdose herab und zerbrach.

»Warum nicht?« wollte Jane wissen. »Was wird geschehen, wenn ich mich küssen lasse?« Es entging ihrer Aufmerksamkeit nicht, daß der Drache vom Wunsch des Baldwynn, sie zu küssen, gewußt hatte. Ebensowenig entging ihr seine Vermutung, der Baldwynn habe dabei Erfolg gehabt hatte. Nun, sie war zäher, als Melanchthon sich vorstellte.

Er zog sich ins Schweigen zurück.

»Du lügst mich noch immer an, verdammt! Ich lüge *dich* nicht an! Wir sollten Partner sein, stimmt's? Gleichberechtigt. Gemeinsam an diese Sache herangehen. Wann hörst du endlich mit deinen blöden Gedankenspielen und Machttrips auf, damit wir einvernehmlich arbeiten können?«

Noch immer sagte der Drache nichts. Nach einer Weile ging Jane duschen.

Als sie zwanzig Minuten später herauskam und sich ein Handtuch um den Kopf wickelte, war der Drache nicht zu sehen. Er hatte die Illusion von gebrochen weißen Wänden, Fenstern mit Vorhängen und herabhängenden Körben mit englischem Efeu um sich herum erzeugt. Aber die Luft sang vor Anspannung. Sie zitterte in der Bösartigkeit seines Blicks.

»Nun?« fragte Jane gereizt.

Das Schweigen währte fort. Schließlich grollte der Drache: »Du hast recht. Uns bleibt nicht viel Zeit. Wir müssen unsere Vorbereitungen so bald wie möglich abschließen.«

»Ich weiß, was du haben willst, und du kannst es vergessen. Nicht heute nacht.«

»Heute nacht«, beharrte der Drache. »Ich brauche mehr.«

»Mehr? Bis jetzt muß ich dir bald einhundert Namen gegeben haben. Verdammt, wieviel brauchst du denn?«

»Ich werd's dich wissen lassen, wenn's genügend sind.«

Jane mußte ein Drehbuch durchgehen und einigen Text lernen. Drei aufeinanderfolgende Nächte hindurch war sie spät zu Bett gegangen, und das machte sich allmählich an ihrem Teint bemerkbar. Sie hatte sich selbst gegenüber das Versprechen gegeben, heute früh zu Bett zu gehen, eine Schlammpackung aufzulegen und einen Schundroman zu lesen. »Hab keine Lust. Du kannst eine Nacht lang verzichten.«

»Zerstörung«, sagte der Drache, »ist mein ein und alles. Deine Schreie wären für mich wie Speise und Trank, deine Marter wäre süßer als das Blut Unschuldiger, dein langsamer Tod eine lebenslange Freude. Glaub bloß nicht, daß du als einzige Opfer gebracht hast. Willst du die Göttin oder nicht? Das wird eine knifflige Angelegenheit, und ich möchte mit voller Stärke gegen sie angehen. Wenn du gegen eine Zusammenarbeit bist, dann sag es, und ich stecke zurück. Ich mag noch nicht die Macht haben, die Lady zu töten, aber ich habe mehr als genug Macht, die Stadt und alle Bewohner zu zerstören.«

Der Gestank nach Entrüstung und kaltem Eisen lag über dem Apartment.

Jane seufzte und warf einen Blick auf die Uhr. Diese Auseinandersetzungen verlor sie stets. Vielleicht wollte sie sie auf irgendeiner unbewußten Ebene auch verlieren. Da sie innerhalb der Aura des Drachen lebte, wurden seine Leidenschaften von ihrem Körper vielleicht in Verlangen umgedeutet. Auf jeden Fall hatte sich die Kleine Jane auf die Seite Melanchthons geschlagen. Und es ließ sich nicht leugnen, daß ihre Pflichten in dieser Phase der Verschwörung weniger lästig waren, als sie erwartet hatte.

»Ich hab morgen früh eine Aufnahme«, sagte sie. Ihre Betreuer benötigten publicityträchtige Aufnahmen für eine Image-Verbesserung. Soweit es Jane beurteilen konnte, war ihr neues Image dasselbe wie ihr altes, nur in rotem Leder statt in schwarzem. Aber zwei Wochen Planung waren umgestoßen worden, um Zeit für eine Reihe von Aufnahmen zu schaffen. Nun, sie könnte beim Frühstück ein Amphetamin einwerfen. So lange sie das nicht zur Gewohnheit machte … »Ich könnte vermutlich jemanden in der Bar aufgabeln.«

»Meine kleine Nutte«, sagte Melanchthon anerkennend.

Am Ende der Aufnahme, während die Assistenten des Fotographen die Ausrüstung zusammenpackten, kam Corine herüber, nahm seinen Spazierstock beiseite und legte Jane einen Arm um die Schulter. Corinde war der einzige wirklich ausgemergelte Elf, dem Jane je begegnet war; eine Vogelscheuche in Schwarz und dazu ein solches Bündel an Manieriertheiten, daß eine Einschätzung der wahren Persönlichkeit darunter schwerfiel. Es ging das Gerücht, er sei überhaupt kein Elf, sondern irgendeine sozial aufgestiegene Abart eines Nachtgaunt, und es stimmte gewiß, daß ihn Jane niemals in natürlichem Licht gesehen hatte. Doch er hatte sie stets gut behandelt.

Corinde steckte den Spazierstock elegant unter einen Arm und sagte: »Meine Liebe, ich muß dir das einmal sagen. Ich habe mit den Besten gearbeitet – und du kennst mich, ich schmeichle niemandem, wenn ich es vermeiden kann –, den absolut Besten, und in den ganzen Jahren habe ich niemals so etwas wie bei dir heute gesehen. Du warst ganz einfach *gräßlich.*«

»Tut mir leid, ich …«

»Ja, ja, ja. Sex, Drogen und Geglitzer. Du glaubst, ich hätte kein Verständnis dafür? Du mußt in alle tollen Klubs gehen, diese hübschen jungen Männer mit nach

Hause nehmen und das tun, was du eben mit ihnen tust.« Janes Miene blieb ausdruckslos. »Glaub mir, mein Zuckerstückchen, ich verstehe vollkommen. Aber hör mir mal zu. Dein Wohlstand und dein Bekanntheitsgrad – sie sind entgegen allen Erwartungen einfach nur geborgt. Sie können sich in Luft auflösen. Du hast sie noch nicht verdient. Es ist wie ein Schuß Speed.« Er hob bedeutungsvoll die Brauen. »Du fühlst dich für wer weiß wie lang großartig und tatkräftig. Du siehst wundervoll aus. Du lebst wie eine Fürstin. Aber früher oder später mußt du zusammenklappen. Und dann wirst du die Zeche bezahlen, auf Heller und Pfennig. Kannst du mir folgen?«

»Ja, ich… ich glaube schon«, sagte Jane mit dünner Stimme.

»Gut. Jetzt geh nach Hause und schlaf dich aus.«

»O Corinde, ich *würd's* tun, wirklich. Aber ich habe Fata Incolore versprochen…«

Corindes Augen blitzten. Er schlug mit der Spitze seines Spazierstocks auf den Boden und drehte sich auf dem Absatz um. Über die Schulter hinweg fauchte er: »Jemand nimmt Fata Jayne mit. Sie hat einen wichtigen Termin in der Vorstadt.«

Unter seinem dornigen Äußeren war Corinde wirklich sehr süß. Schade, daß sie ihn vor den Kopf gestoßen hatte! Jane hoffte dringend, sich nicht seine Feindschaft zugezogen zu haben. Der Gedanke beunruhigte sie den ganzen Weg bis nach Pentecost.

Der Eingang zum Haus Incolore – oder vielmehr das physikalische Erscheinungsbild des örtlichen Nexus von Haus Incolore – war grau und bescheiden. Er öffnete sich auf ihre Berührung hin und schloß sich geräuschlos hinter ihr. Unsicher ging sie durch einen schwach erleuchteten Narthex.

Die Halle, die Jane betrat, war überwältigend. Sie

schien aus gewölbten und gebogenen Schatten geschnitzt, die sich in großen Schwüngen in die Dämmerung hoch oben erstreckten. Die grauen Wände, die bei der Berührung zu Granit wurden, waren gesäumt von schlanken weißen Säulen, die schwach in dem fernen Grau schimmerten. Zunächst glaubte Jane, die Säulen bestünden aus Marmor. Als sie jedoch eine Säule streifte, hatte diese die Wärme und Beschaffenheit von Elfenbein.

Überrascht sah sie wieder hinauf in die Gewölbe, und es schwindelte ihr, weil ihr nun aufging, was es war. Sie stand inmitten des abgestützten Brustkorbs eines gewaltigen Ungeheuers, dessen Rippen und Knochen poliert und neu zusammengesetzt worden waren, so daß sie jetzt die Stützen der Granithalle bildeten. Wie konnte sich ein solches Wesen nur aufrecht halten? Sicherlich brächen seine Organe unter dem eigenen Gewicht zusammen. Wie könnte es jedoch genügend Nahrung aufgenommen haben, damit es am Leben bliebe? Es mußte einen unglaublich trägen Stoffwechsel gehabt haben. Vielleicht waren seine Bewegungen überaus langsam gewesen. Vielleicht hatte es Jahrhunderte für einen einzigen Gedanken, Äonen für die Vollendung einer Handlung benötigt.

»Da bist du ja.«

Fata Incolore schritt brüsk in die Halle, wobei sie sich die Handschuhe überstreifte. »Sollen wir gehen?«

»Äh, ja. Warum nicht?« Jane starrte weiterhin neugierig auf die Elfenbeinsäulen. Sie konnte nicht anders. Incolore folgte ihrem Blick.

»Meine Ahnherrin.«

»Oh.« Jane folgte ihrer Gastgeberin in eine Arkade hinter der rechten Säulenreihe. Sie betraten einen offenen Aufzug, dessen Einzelheiten im Dämmerlicht nicht zu erkennen waren, und fuhren zu einer Galerie weiter oben. Ein enger Flur führte tiefer in die Schatten hinein. Mit jedem Schritt entfernten sie sich weiter vom Eingang.

»Ich dachte, wir gingen aus. Irgendwohin«, sagte Jane.

»Ja, tun wir auch. Zu dem Ort, den ich dir zeigen wollte.«

»Werden Sie uns nicht von jemandem hinbringen lassen?« Incolore war eine papierdünne graue Silhouette, die in beständiger Gefahr war, völlig vor dem Hintergrund zu verschwinden. Sie ging mit langen Schritten, und Jane mußte sich beeilen, sie nicht zu verlieren.

»Nicht nötig. In meinem Haus gibt es Türen, die überall hinführen, wohin ich möchte.« Sie hielt mit ausgestreckter Hand inne und warf einen Blick über die Schulter, und die raubtierhaften Augen funkelten. Es war wie die Ruhe vor dem Sturm. »Hier hindurch.«

Jane trat durch die Tür und war geblendet vom Sonnenlicht.

Als ihr Sehvermögen zurückkehrte, wuchs um sie herum ein Krankenzimmer zusammen. Der antiseptische Geruch war unverkennbar, ebenso die halb zugezogenen Krankenhaus-Vorhänge, vor denen Staubteilchen in einem Licht tanzten, das dick und golden wie Honig war. Dennoch wußte Jane genau, daß es im meilenweiten Umkreis von Pentecost kein Krankenhaus gab.

Absätze klapperten laut im Flur. Incolore ging hinüber und schloß die Tür. Ruhe kehrte wieder ein. Das Portal hinter ihr, durch das sie eingetreten waren, schloß sich spurlos. In der Mitte des Raums stand ein Glassarg, daneben ein Infusionsbehälter.

In dem Sarg schlief eine Frau.

Sie war hager und ausgemergelt und wirkte abgespannt. Die Kopfhaut unter dem dünnen weißen Haar war rosafarben, das Gesicht hatte tiefe Falten. Zuerst dachte Jane, die Frau sei tot, und dann, daß sie nicht so sehr alt, sondern vielmehr erschöpft sei. Im Schlaf hatte sie eine Art traurigen Frieden gefunden. Die Brauen und die Haut an den Augenwinkeln waren zusammengezogen, als spähe sie in eine große Ferne. Aber der Mund war entspannt und unbesorgt. Sie hatte keinen freudigen Gesichtsausdruck, sondern den Ausdruck von jemandem, der nach einer langen Schlacht gegen das Leiden einen hart errungenen Waffenstillstand erreicht hat.

»Sie ist eine Sterbliche«, sagte Incolore. »Ein Wechselbalg wie du.«

»Ich weiß ganz bestimmt nicht, was Sie…«, fing Jane an. Als sie dann jedoch den nachsichtigen Ausdruck sah, der sich über Fata Incolores Züge ausbreitete, sagte sie: »Woraus schließen Sie das?«

»Ich bin im Geschäft, mein liebes Kind, erinnerst du dich? Du konntest deine Natur vor mir ebensowenig verbergen wie vor Rocket.« Sie lachte kurz. »Mach dir keine Sorgen, dein Geheimnis ist bei mir sicher. Was soll das bißchen Schwund, wenn das Lager so voll ist?«

Jane ließ einige Zeit verstreichen, ehe sie fragte: »Was ist mit ihr los?«

»Die Krankheit der schlafenden Schönheit.« Fata Incolore tunkte ihren Zigarettenstummel in das Wasserglas und klopfte eine weitere Zigarette aus der Packung. »Sie tritt unter Wechselbälgen eines gewissen Alters auf. Wechselbälge gehören nicht wirklich hierher. Die Welt weist sie ab, oder sie weisen die Welt ab. Das ist schließlich auch dein Schicksal. Erschreckt dich das?«

»Ja.« Jane blickte fasziniert in das Gesicht der Frau – im Versuch, sie zu verstehen, im Versuch zu ergründen, welche fremdartigen Träume im Theater ihres schlafenden Gehirns abliefen. »Nein. Ich weiß es nicht. Wer ist das?«

»Ihr Name ist Elisabeth.«

»Elisabeth.« Jane schmeckte den Namen, genoß die exotischen Silben. Dies war die erste vollblütige Sterbliche, der sie, sich selbst ausgenommen, jemals bewußt begegnet war. »Sie sieht aus, als hätte sie ein schweres Leben gehabt.«

»Wie könnte es auch anders sein?« Auf dem kleinen Tisch neben dem Fenster standen eine Vase mit welkenden Blumen, Incolores Trinkglas-Aschenbecher und eine verdrehte Bonsai-Pinie in einem glasierten Keramiktopf. Incolore hob den Topf auf und hielt ihn in der flachen Hand. »Dieser Baum ist über ein Jahrhundert alt. Weißt du, wie er in die gewünschte Form gebracht wurde?«

»Man wickelt Drähte um seinen Stamm, nicht wahr? Man unterdrückt die Aufnahme von Wasser und gibt ihm zum Wachsen nicht viel Erde. Man beschneidet ihn auch.«

»Ja. Es ist natürlich nur eine Pflanze. Ein zweckdienliches Halbblut erfordert wesentlich mehr Manipulation. Aber wir haben clevere Gärtner. Sie fangen an, indem sie die männlichen Mischlinge und ihre Mütter in kleine Hütten auf einem ummauerten Grundstück verpflanzen, die zu diesem Zweck auf einer südlichen Insel im ewigen Sommer unterhalten werden. Es ist ein lieblicher Ort; du gerietest ins Schwärmen. Das Leben dort ist angenehm. Die Hügel klingen vor Gelächter, und die Mütter werden ermutigt, völlig für ihre Söhne dazusein. Einige weigern sich, und diese jätet man und schickt sie zu denselben Fabriken zurück, die ihre Töchter aufnehmen. Die meisten jedoch – nun ja. Die Göttin hat ihnen nichts anderes übriggelassen, als ihr eigen Fleisch und Blut zu lieben. Sie ziehen ihre Söhne so gut wie möglich auf. Sie versuchen, nicht an die Zukunft zu denken.

Aber in den Gärten sind Diener, Geschichtenerzähler und andere Wärter, die die Kinder auf untergründige Weise an die edle Herkunft der Väter erinnern. Wenn sie alt genug sind, werden die Knaben in Seide gekleidet und auf einen Besuch zu ihrer Elfen-Halbverwandtschaft gebracht. In den Häusern ihrer Väter bedient man sie an allen Ecken und Enden. Sie schmecken zum erstenmal Wohlstand. Ihnen wird nichts verweigert. Sie werden von ihrer großen Verwandtschaft mit äußerster Gönnerhaftigkeit und Geringschätzung behandelt.

Dann kleidet man sie wieder in Wolle und bringt sie in die Hütten zurück.

Durch solche kleinen Mittel werden sie geformt. Ehrgeiz wird ermutigt. Unvermeidlich entsteht Neid. In der Pubertät nehmen Kusinen sie mit ins Bett, bringen ihnen höfische Manieren bei und brüskieren sie in der Öffentlichkeit. Ihre Väter stellen deutlich heraus, daß sie von beflecktem Blut sind, Bastarde, die niemals anerkannt werden. Es bleibt ihren sterblichen Müttern überlassen, die Tränen der Demütigung wegzuwischen. Was wird bei dem Ganzen wohl herauskommen?«

»Sie verachten ihre Mütter.«

»Genau. Wollen wir mehrere Jahre weitergehen – du kannst sie dir wohl gut vorstellen –, bis zu dem Tag, da die besten und am geschicktesten verbogenen jungen Mischlinge zur Akademie eingeladen werden. Ein Drachenpilot zu sein, ist etwas Großartiges und liegt jenseits jeder vernünftigen Erwartung, die sie haben mögen, und nahe, sehr nahe an ihren unvernünftigsten Träumen. Sie haben keine Ahnung, daß das schon vor ihrer Geburt so vorgesehen war.

Ein Botschafter übergeht die Einladung in einer fernen Ecke des Geländes, in einem kühlen Wald bei einem Tor, das sie nie zuvor offen gesehen haben. Der Empfänger muß sofort aufbrechen. Er muß das Tor durchschreiten, ohne für Proviant, den Mantel oder für einen Abschied zurückzugehen. Obgleich er weiß, wie sie sich fühlt, muß er seine Mutter verlassen und kann ihr nicht einmal ein Wort des Bedauerns sagen. Man sagt ihm, er wird sie niemals wiedersehen.«

»Also betrügt er sie«, sagte Jane.

»Er betrügt sie.«

»Aber was ist der Zweck einer derart ausgeklügelten Übung?«

»Schuldgefühle«, sagte Incolore. »Eine so seltene, so kostbare Fähigkeit. Ich gestehe, daß ich selbst sie überhaupt nicht verstehe, obgleich das Vermögen des Hauses Incolore darauf beruht. Aber ihre Funktionsweise ist einfach. Da sie die eigene Art einmal verleugnet haben, verstehen die jungen Soldaten den Schmerz, betrogen zu haben, auf einer in der Tat sehr tiefen Ebene. Ihre Ergebenheit zu dieser Seite ihrer Herkunft gegenüber bleibt kompromißlos und ist glühend über jeden Glauben hinaus. Das ist der wünschenswerteste Charakterzug bei jemandem, der mit so gefährlichen Wesen wie Drachen umgeht und jeden Tag in ihrer Verräterei zu baden hat.«

Anmutig setzte sie den eingetopften Baum nieder.

Jane musterte eindringlich das Gesicht der Frau. Es lag bedrohlich vor ihr, so groß und geheimnisvoll wie ein neuer Kontinent. »Was sieht sie?«

»Nun …«

Die Flurtür klapperte und öffnete sich.

Rocket trat ein.

Bei ihrem Anblick blieb er verwirrt stehen. Er hatte einen kleinen Blumenstrauß in der Armbeuge. »Entschuldigt mich, ich habe nicht …«, fing er an. Dann, völlig durcheinander: »Was tut ihr hier?«

»Ich biete dir ein gutes Versteck, Bruder«, sagte Incolore.

»Ahaa.« Es war fast ein Seufzer. »Daher weht also der Wind!«

Jane runzelte die Stirn. »Würde es jemandem etwas ausmachen, mir zu erklären, was hier vor sich geht?«

»Ich komme jede Woche hierher. Um meine Mutter zu besuchen.« Rocket wandte sich ab und legte das Sträußchen auf den Tisch. Er entfernte die alten Blumen aus der Vase, ließ frisches Wasser einlaufen und machte sich daran, die neuen Blumen zu ordnen. »Meine Halbschwester weiß das. Zweifelsohne hat sie ihre Gründe, uns beide zusammenzubringen.«

Als er sich wieder umwandte, war sein Gesichtsausdruck verschlossen und höflich. Mit leichter Verbeugung reichte er Jane ein Gänseblümchen. »Ich bitte Sie, meiner Familie zu vergeben, Madame. Wie ich sehe, nehmen Sie nicht freiwillig an dieser Farce teil.«

Jane sah auf die Hände hinab, auf die Blume, die darin lag.

»Oh, sei nicht so spießig«, sagte Incolore. »Jayne, zieh die Bluse aus und zeig meinem Bruder, was für hübsche Brüste du hast!«

Jane spürte, wie sie rot wurde. Aber Rocket sagte nur: »Beleidige das Mädchen nicht, Lesya. Mit solchen billigen Tricks erreichst du gar nichts, erst recht nicht, daß wir uns ineinander verlieben.«

Lesya lächelte hart und verschränkte die Arme. Ihre langen schwarzen Nägel gruben sich abstoßend in die Haut der Unterarme. »Es ist ausgesprochen ärgerlich«, sagte sie, »wenn einem ein Strich durch die Rechnung gemacht wird.«

Ein Hauch von Belustigung belebte Rockets Miene. »Du sprichst es überdeutlich aus.«

»Oh, nun nimm das doch nicht so ernst. Auf der einen Seite bist du von den Mahnungen an Tod und Vergänglichkeit umgeben, und auf der anderen Seite hast du hier Jane, ein Musterexemplar deiner dummen loyalen Natur. Besser kann man's sich gar nicht wünschen. Ihr beide könntet mir eine Menge Ärger ersparen, wenn ihr wie wahnsinnig der Lust verfallt.«

Rocket achtete nicht auf die Worte seiner Schwester, trat zum Sarg und legte eine Hand darauf. Kurzzeitig blieb er so stehen. Dann drehte er sich um. »Mit eurer Erlaubnis«, sagte er, »werde ich auf dem gleichen Weg gehen, wie ihr gekommen seid.« Er griff in die Luft. Etwas klickte, und ein Portal öffnete sich in die Schatten hinein. »Fata Jayne«, sagte er und begegnete ruhig ihrem Blick, »ich bleibe Ihr ergebener Diener.«

»Hintern und Hüften sind bei ihm gesprenkelt«, sagte Incolore. »Wie bei einem Faun.«

Er schlug das Portal zu, und die Luft in seinem Kielwasser zitterte.

Incolore seufzte. »Die Loyalität der systematisch Betrogenen. Gibt es etwas Traurigeres?«

»Mir fällt da schon einiges ein.« Jane steckte sich das Gänseblümchen hinters Ohr und schüttelte die strähnigen Haare zurecht. »Was zum Teufel wollten Sie da eigentlich erreichen?«

Fata Incolore hob ärgerlich die Schultern. »Natürlich habe ich mich eingemischt. Das ist das A und O von allem. Nichts weiter. Ich habe gedacht, ihr beide hättet das Potential, das Leben des jeweils anderen gewaltig zu verwirren. Es wäre erheiternd gewesen.«

»Erheiternd? Was für ein Scheiß ist das denn? Sie sind eine Macht – wissen Sie mit Ihrem Leben nichts Besseres anzustellen?«

»Es ist wichtig für mich, mich in euer kurzes Leben einzumischen. Mich davon zu überzeugen, daß es etwas bedeutet. Mich zu verankern ...« Incolore hielt inne. »Zu ...« Sie zuckte krampfartig am ganzen Körper. Ein Arm zitterte unkontrollierbar.

Plötzlich schrie sie auf. Licht strömte ihr aus den Augen, blitzte aus dem offenen Mund. Es war, als hätte sie ein Gott beim Haar gepackt, damit sich die nuklearen Feuer zeigten, die in ihr loderten. Das Licht klatschte gegen die Wand und stach Jane in den Augen. Sie zuckte zusammen, warf einen Arm hoch, um sich dagegen zu schützen, und rief: »Was ist los? Was soll ich tun?«

»Ich habe … Tabletten«, keuchte Incolore. »Im … Im Haus Incol …« Sie brach abrupt ab und kniff Augen und Mund ganz fest zusammen. Als sie beides wieder öffnete, war das Feuer erloschen, und die Gesichtszüge wirkten wieder normal. Aber es waren nicht mehr dieselben Züge wie noch einen Augenblick zuvor.

»Gwen!«

Mit einem Lächeln des Wiedererkennens legte Gwen einen Finger auf die Lippen und blinzelte. Jane wollte ihre alte Freundin fragen, wie sie die Opferung auf dem Fußballfeld überlebt hatte, wie sie dazu gekommen war, in der Incolore wiedergeboren zu werden. Aber da erschlafften Gwens Züge, und das Gesicht wurde grau. Hörner sprossen ihr aus der Stirn. Zischend packte sie Jane an den Schultern und senkte einen Mund mit nadelspitzen Zähnen auf ihren Hals.

Jane zuckte zurück. »Das läßt du mal schön bleiben!«

Die Kreatur schwankte und richtete sich auf und wurde dünner, größer. Einen Augenblick dachte Jane, sie würde sich in eine Schlange verwandeln. Aber dann verfestigten sich die Züge, und sie hatte eindeutig einen Mann vor sich.

»Oh, das ist ja zum Auswachsen!« knurrte Lord Corvo. »Sag Incolore, wenn sie sich nicht besser beherrschen kann als …« Er hörte mitten im Satz auf, beugte sich vor und wurde zu jemand anderem.

Verzweifelt suchte Jane mit den Armen in der Luft nach dem Portal zurück ins Haus Incolore. Aber wie immer man es auch fand, welchen Kniff man anwenden mußte – es ging über ihre Fähigkeiten hinaus. Es bestand keine Hoffnung für sie, Incolore selbst nach Hause zu bringen.

Dann durchlief Incolore eine letzte Veränderung. Sie stach Jane einen Finger unter das Kinn und zwang sie, ihr in die Augen zu sehen. Entsetzt erkannte Jane den scharfen Verstand der neuen Züge wieder.

»Ach, du meine Güte!« lachte Jouissante. »Welch eine Gelegenheit!«

Mit samtweichen Fingerspitzen berührte sie vollkommene Lippen. »Wo anfangen? Soll ich dir ein bißchen von diesem und ein bißchen von jenem stutzen, kleiner Liebling? Gefiele dir das?« Dann, als Jane einen verzweifelten Schritt rückwärts tat: »Puuh! Natürlich gefiele es dir, wenn ich es so wollte. Aber vergeuden wir keine Zeit mit solchen Trivialitäten. Wir müssen etwas Denkwürdiges tun, etwas wirklich Wundervolles.«

Mit einer jähen Geste öffnete Fata Jouissante das Schattenportal.

Sie faßte Jane beim Arm und zog sie durch die Tür zurück ins Haus Incolore.

Jouissante zog Jane geradewegs durch das Haus der Schatten und eine schier endlose Wendeltreppe hinauf, die wie ein Rückgrat aussah. »Wir alle sind Blasen der Erde«, erklärte sie. »Hast du das gewußt?«

»Bitte!« schrie Jane. Verzweifelt rief sie im stillen nach Melanchthon. Sie konnte ihn nicht anrufen. Sie griff in die primitiven Tiefen ihres Gehirns, wo er normalerweise hockte und reglos und wachsam wartete.

Der Drache war nicht dort. Wiederum hatte er sie verlassen.

»Du bist Alchemikerin und verstehst, daß alles aus den gleichen Bestandteilen gebaut ist. Der Unterschied zwischen einem Baum und einem Troll besteht lediglich in der Organisation.« Kalter Dunst wehte durch das Treppenhaus, das lediglich hier und da von Kohlepfannen erhellt wurde. Sie waren verschmierte Flecken in den rauhen Nebeln, rochen nach Holzkohle und hatten unruhige rosafarbene Herzen, weil die Kohle mit der Feuchtigkeit zu kämpfen hatte. »Wenn das Selbstverständnis eines Baums groß genug wäre, könnte er furzen und Fleisch essen.«

»Warum erzählen Sie mir das alles?«

»Man sollte glauben, die Nutzanwendung sei offensichtlich.« Treppenabsätze flogen vorüber. »Fragst du dich niemals, warum die Mächtigen mit Ärger, Verlagen und Neid so rasch bei der Hand sind? Warum es bei uns so viele Fehden, Affären und Skandale gibt? Wir haben es so gewollt. Unser Verständnis der Welt und unserer selbst ist so groß, daß es keine klare Trennlinie mehr zwischen den beiden gibt. Wir sind beständig in Gefahr, völlig ineinanderzufließen. Und Incolore – zweifle niemals daran – ist groß unter uns. Manche flüstern sogar, daß ... Nun, schon gut. Unsere Fehler sind der Sand, der uns davor bewahrt, geradewegs von der Oberfläche der Existenz zu rutschen.«

Jane verlor den Halt und wurde ein Dutzend Stufen hinaufgeschleift, wobei sie sich sträubte wie eine widerspenstige Lumpenpuppe. An einem Treppenabsatz hielt Jouissante gerade lange genug inne, damit Jane wieder auf die Beine kam, und stürmte daraufhin weiter nach oben. Ihre Absätze schlugen Funken aus den Stufen.

»Aber wenn ... wenn ... wenn Sie nicht wirklich Sie ...« Es fiel schwer, unter diesen Bedingungen einen klaren Kopf zu bewahren. »... wenn Sie in Wirklichkeit Fata Incolore sind, warum dann ... warum benehmen Sie sich dann so, als ob ...?«

»Bist du geistig zurückgeblieben?« wollte Jouissante wissen. »Rede ich mit mir selbst? Identität ist eine Fiktion. Das begreifst du doch sicherlich. Die Fatas Incolore und Jouissante sind einfach Spiele, die die Materie spielt. Ich bin nicht mehr Lesya Incolore als du.«

Sie stiegen noch immer hinauf. Fata Joissantes Energie war offenbar unerschöpflich. Jane jedoch wurde der Atem knapp. Ihr Kopf war wie benebelt. Eine Sekunde lang schien es, als drängten sich die Geister aller ihrer Opfer um sie, zerrten sie am Haar, zwickten sie mit kleinen kräftigen Fingern, verlangten schweigend die Rückgabe ihrer gestohlenen Namen. Jane schüttelte den Kopf, und da waren sie verschwunden.

»... könntest du fragen. Gelegentlich wird ein Kind ohne wahren Namen geboren. Es hat keinen flüchtigen Körper – verstehst du? Kein Selbst. Es hat Augen, Gehirn, Finger sowie Organe an den richtigen Stellen und in der richtigen Anzahl. Aber es ist gefühllos. Es weiß nichts. Es reagiert auf nichts.«

Gib mir meinen Namen zurück, sagte Esmeree. Jane drehte sich um, und sie war nicht da. Ich möchte, sagte Wibble sagte Appolidon sagte Gandalac. Gib mir sagte Lip mein sagte Gloam Leben sagte Hypallage zurück. Es waren zu viele, um ihnen zu folgen, und keiner von ihnen war dort, und Jouissante redete und redete.

»In diesem Fall wird das Kind für das Wohl des Staates beansprucht. Man schickt einen Drachen durch das Traumtor, der die niederen Welten beraubt und die flüchtigen Körper – dort nennt man sie Seelen – der sterblichen Kinder erntet. Nichts Materielles kann in die obere Welt zurückgebracht werden. Ah, aber Seelen ...!«

Ich fühle mich nicht schuldig, sagte Jane zu den Phantomen. Geht weg. Sie wirbelten um sie herum, waren weit weniger greifbar als die skelettierten Überreste herbstlicher Blätter. Sie rüttelten ärgerlich an ihr, schlugen ihr mit der Kraft einer eigensinnigen Motte gegen die Lippen. Es war erstaunlich, daß Jouissante keines davon sehen konnte.

Jouissante warf einen Blick über die Schulter zurück. »Wenn du nicht achtgibst, bin ich gezwungen, dir die Augen auszudrücken.«

»Bitte!« keuchte Jane.

Schließlich erreichten sie den letzten Treppenabsatz. Jane stolperte und blieb atemlos, erschöpft und dankbar stehen. Jouissante warf eine Elfenbeintür auf. »Dies ist der Sitz ihrer Macht – die Hirnschale.«

Sie traten ein. Kühles weißes Licht zerstreute und bannte die Phantome.

An den Wänden standen Reihen von elfenbeinernen Truhen, und auf dem Fußboden lagen weiße Läufer. Von der niedrigen Decke hingen Lichtschienen herab. Eine blasse Wand teilte den Raum so in zwei Kammern auf, daß man entweder in die eine Kammer sah oder in die andere, jedoch nie in beide gleichzeitig. Jede Kammer enthielt einen Stuhl mit gerader Lehne, der den Bleiglasfenstern in den Augenhöhlen zugewandt war. Jouissante zog Jane in die linke Kammer. »Wir stehen im Schädel der ersten Incolore. Wenn du dich sehr still verhältst, spürst du die Kraft ihrer Persönlichkeit, wie sie tief im Knochen summt.«

Wenn das stimmte, dann war Fata Incolores Ahnin sogar noch seltsamer gewesen, als man anhand der Überreste hätte glauben mögen. Denn ein überwältigendes Gefühl flüchtiger Existenz pochte von überallher durch Jane hindurch. Hier, das spürte sie, hatte nichts den Wunsch, es selbst zu bleiben. Für das Schreibpult aus Weißahorn spielte es keine Rolle, ob es Briefe enthielt oder Motoröl, stocksteif dastand oder in der Erde vergraben war, in prasselndem Regen nach Blut kreischte oder bloß in Flammen ausbrach. Ein Alabasterkrokodil sah so aus, als wollte es gleich losfliegen.

»Was – was werden Sie mit mir tun?«

»Das habe ich dir zu erklären versucht, du Dummerchen. Ich denke daran, deinen plumpen Körper zu zerstören und dich in eine Drossel oder einen Zaunkönig zu inkarnieren. Mit eigenem Weidenkäfig.« Sie machte sich daran, die Schränke zu durchwühlen. »Oder noch besser in ein rosafarbenes Schweinchen. Incolore könnte dich an der Leine führen.« Sie blickte kurz auf. »Oh, schau doch nicht so drein! Als Schwein könntest du ein weitaus angenehmeres Leben führen denn als Zaunkönig. Zum einen könnte man dich zur Stubenreinheit erziehen.« Flaschen klirrten und klapperten. »Setz dich auf den Stuhl, aber starr nicht in das Fenster. Es könnte sein, daß es dir etwas zeigen möchte, das dir ganz und gar nicht gefällt.«

Jane blieb nichts anderes übrig, als zu gehorchen, auch wenn sie trotzdem einen kurzen Blick wagte. Das Fenster öffneten sich zu einem leeren Raum mit einem einsamen Paar Arbeitsstiefel fast in der Mitte. Einer lag auf der Seite. Schlamm klebte an der Sohle. Die Schnürsenkel waren schmutzig. Selbst wenn es um ihr Leben gegangen wäre, hätte sie sich nicht vorstellen können, weswegen sich das Fenster auf etwas so Banales konzentrieren sollte. Und dennoch hatte ihre Fängerin recht. Aus irgendeinem unerklärlichen Grund verspürte sie bei dem Anblick ein irrationales Entsetzen.

»In der Hirnschale gibt es zwei Fenster; eines blickt auf Lügen, eines auf Wahrheit. Nicht einmal Lesya Incolore weiß, welches das entsprechende ist.« Jouissante kippte eine Truhe um. Sie trat den Inhalt durch den Raum. »Hier auch nicht! Wo im Namen von Maga Argea kann es sein?«

Etwas an dem Stuhl oder möglicherweise der Raum selbst war der Trägheit förderlich. Jane blickte auf ihren Schoß hinab. Sie war außerstande aufzustehen.

»Aha!« Fata Jouissante hielt triumphierend ein schnurloses Telefon hoch. Nummern piepten. Sie wartete und sagte dann: »Hier ist Fata Incolore. Schick doch bitte ein Schwein rauf, ja? Ja. Nein, es muß ein sympathisches Wesen haben. Süß, ja. Seine Veranlagung ist mir sehr wichtig. Nein, weiblich.«

Jane hörte zu und wußte, daß die Worte Anlaß zur Sorge gaben. Aber es fiel ihr schwer, sich Sorgen zu machen. Die Trägheit, die sie an den Stuhl fesselte, breitete sich im gesamten Körper aus. Wenn sie nicht auf der Stelle etwas täte, täte sie niemals wieder etwas.

Wie von selbst wanderten Janes Finger zum Haar und pflückten das Gänseblümchen heraus, das Rocket ihr vorhin geschenkt hatte. Sie blickte auf die Blüte hinab, schloß die Finger darum und zermalmte die Blütenblätter.

»Wie rasch kann es hier sein? Oh, und auch ein Seidenkissen!«

Jane starrte auf ihre Hände herab, konzentrierte sich auf Rockets wahren Namen und sprach eine Anrufung. Einen derart mächtigen Spruch hatte sie nie zuvor versucht, aber sie kannte die Theorie in- und auswendig. Tetigistus, flüsterte sie in der arktischen Stille ihres Rautenhirns. Komm her!

Jouissant fuhr herum, das Telefon in der Hand. »Was hast du getan?« schrie sie. »Du hast etwas getan! Was?«

Jane lächelte unbestimmt zu ihr hoch. Die Anrufung hatte sie die letzte Willenskraft gekostet. Sie war völlig passiv. Ihr fehlte sogar der Wille zu sprechen.

Auf der Treppe erklangen Fußtritte. Die Tür öffnete sich, und Rocket trat gebieterisch ein.

Er erfaßte die Lage mit einem Blick und handelte ohne Zögern. Fast zu rasch, um ihm dabei zu folgen, schritt er zu Jouissante und schlug ihr das Telefon aus der Hand. Sie stieß einen erschrockenen Schrei aus, warf sich auf ihn, zog ihm die Fingernägel durch das Gesicht und suchte seine Augen. Er packte sie jedoch geschickt an den Handgelenken und drückte ihr die Arme auf den Rücken. Sie preßte sich mit dem ganzen Körper gegen ihn und wollte ihm mit den Zähnen die Halsschlagader durchbeißen. Darauf hatte er nur gewartet. Für einen Sekundenbruchteil war ihr Ohr neben seinem Mund.

»Kunosoura«, murmelte er so leise, daß ihn Jane unter gewöhnlichen Umständen unmöglich hätte verstehen können. Aber Jane kannte seinen wahren Namen und hatte ihn damit gerufen. Sein geflüstertes Wort durchfuhr ihren Körper.

Kunosoura. Es bedeutete Hundeschwanz.

Lesya Incolores wahrer Name.

Beim Klang dieses Namens verschwand die Illusion einer Fata Jouissante aus dem Gesicht. Bestimmte Gesichtszüge verschmolzen ineinander, einige wurden härter, andere weicher, wieder andere schärfer. Dann war Incolore wieder völlig sie selbst. Die Augen schlossen sich, und die Gliedmaßen wurden schlaff. Rocket nahm ihren zusammengesunkenen Körper auf die Arme.

Er wies mit dem Kinn auf eine Tür. »Öffnen Sie, bitte!«

Gleichzeitig mit der Rückkehr von Fata Incolore war die Kraft verschwunden, die Jane zur Passivität verdammt hatte. Sie sprang vom Stuhl auf und öffnete die kleine Tür, auf die er gedeutet hatte.

Sie brachten die Fata Incolore in einen fensterlosen Raum, an dessen Wänden Reihen von Karnevalsmasken hingen. Rocket legte seine Schwester auf ein Sofa. »In diesem Schränkchen ist ein Apothekenkasten«, sagte er. »Wenn sie zu sich kommt, werden wir ihr zwei der weißen Tabletten geben. Das wird reichen.«

Jane richtete sich auf, nachdem sie sich vergewissert hatte, daß Incolore bequem lag.

Sie sahen sich scheu an.

»Nun«, sagte Rocket schließlich, »ein Glück, daß ich vorbeigekommen bin.«

»Ja«, sagte Jane, »ein Glück.«

»Entschuldigen Sie bitte, Ihnen meine Gegenwart zweimal an einem Tag aufgedrängt zu haben, Madame. Mir ist klar, daß Sie mich nicht leiden können…«

»Hören Sie, ich mag Sie, okay? Ich mag Sie sehr.«

Rocket trat einen Schritt vor, und Jane trat einen Schritt zurück. Er blieb verwirrt stehen. »Dann – warum? Wenn du mich wirklich magst, warum benimmst du dich dann so? Warum versuchst du beständig, mich aus der Fassung zu bringen?«

»Ich möchte dich nicht in diesen ganzen Scheiß hineinziehen«, sagte Jane. »Das ist alles. Hier geht etwas vor, und ich möchte dir nicht weh tun.«

»Tu mir ruhig weh.« Rocket war der steifste, ehrlichste Bursche, den sie je zu Gesicht bekommen hatte. »Solange meine Ehre nicht befleckt wird, magst du mit mir umspringen, wie du es wünschst. Behandle mich wie den letzten Dreck, wenn es dich glücklich macht. Es kann nicht schlimmer sein als der Schmerz über deine Nichtachtung.«

Allmählich glitt ihr die Sache aus der Hand. Um die Dinge wieder ins Lot zu bekommen, sagte Jane so kühl, wie sie nur konnte: »Ihre Schwester ist mit ihren politischen Spielchen völlig Amok gelaufen, Sir. Sie wollte mich in ein Schwein verwandeln.« Plötzlich ging ihr die absurde Natur des Ganzen auf, und sie kicherte erschrocken. »Ein Schwein!«

»Das war Fata Jouissante«, erinnerte Rocket sie. »Aber du bist zu Recht wütend, und wenn ich es auch nicht wiedergutmachen kann, so kann ich wenigstens Erklärungen bieten.« Er seufzte und zwickte sich in den Nasenrücken. »Die Augen der Hirnschale sind empfindliche Mechanismen. Eine größere Verwandlung unter einem Auge durchzuführen, würde es – wie soll ich es nennen? – verzerren. Nein, es würde das Auge *besessen machen*. Es würde sich anschließend weigern, etwas anderes als die Tat selbst anzusehen, immer und immer wieder. Das würde Lesyas Macht unkalkulierbar schmälern. Aber unter dem Banner der Liebe wird manche merkwürdige Tat begangen.«

»Liebe! Zu wem?«

»Nun, Lesya natürlich. Arme Jouissante! Sie lebt in der Furcht vor jenem Tag – und er wird kommen –, da Lesya ins unsichtbare Kolleg erhoben und eine Wächterin wird. Zur Wächterin gemacht zu werden, ist ein schrecklicher Skandal und ist eine ebenso große Ehre. Eine größere Ehre könnte niemand je erstreben. Die Aussicht darauf erweckt in jedem daran Beteiligten extreme Gefühlsregungen.« Er hob die Schultern. »Selbst unter den besten Umständen spielen die Mächtigen solche unsauberen Spielchen, wenn sie sich über die Liebe lustig machen.«

Darüber dachte Jane lange und schweigend nach. Schließlich fragte sie: »Ist der Baldwynn – ein Wächter?«

Rockets ganze Wärme war fortgeblasen wie Nebel von einem Wind. »Woher weißt du vom Baldwynn?« fragte er streng. »Er ist einer der Acht. Niemand sollte den Baldwynn kennen.«

Jane legte die Hand auf Rockets Weste. Sie öffnete die oberen beiden Knöpfe und ließ sie hineingleiten. Sie streichelte ihm mit den Fingern die Brust. Rocket verstummte verwirrt. »Wo wohnst du?« fragte sie. »Ich meine die vollständige Adresse.«

»Caer Arianrod Nord 9743-A Plaza Court D.«

Ein zweites Mal rief sie seinen wahren Namen an. »Geh dorthin«, sagte sie. »Vergiß alles, was heute nacht hier geschehen ist.«

Widerwillig zog sie die Hand zurück.

Und Rocket ging.

Fata Incolore schauderte, als die Wirkung der Tabletten einsetzte. Farbe kehrte ihr ins Gesicht zurück. »Wie es aussieht, bin ich dir etwas schuldig.«

»Ich will Ihre Dankbarkeit nicht.«

»Ja, das habe vermutet.« Lange Fingernägel tippten auf den Erste-Hilfe-Kasten, als wäre er eine kleine Trommel. »Wenn ich dir jetzt sage, ich könnte es so einrichten, daß ein gewisser kräftiger junger Drachenpilot in einer der kommenden Nächte nackt und willig in deinem Bett auftaucht, dann knurrst du mich wahrscheinlich wieder an.«

Jane verschränkte die Arme und schwieg.

»Du bist das erstaunlichste und bockbeinigste Mädchen, das mir je über den Weg gelaufen ist. So jemandem wie dir werde ich vermutlich nie wieder begegnen.« Lesya lachte leicht. »Nun, wechseln wir das Thema. Habe ich dir je meine Sammlung gezeigt?« Ein lässiger Wink mit der Hand zu den Masken an der Wand. Strenge Gesichter sahen leer, zuversichtlich, verlockend seelenlos auf Jane herab.

»Nein.«

»Sie sind sehr wertvoll. Auch sehr nützlich. Besonders gefällt es mir allerdings, daß sie trotz der Hexenkunst, die bei ihrer Herstellung verwendet wurde, keine seelenlosen Mittel zur Bezauberung sind. Es sind Instrumente, deren Nutzen von der Übung derjenigen abhängig ist, die sie trägt.«

»Ich kann Ihnen nicht folgen.«

»Nimm die hier, zum Beispiel.« Sie hob eine gefiederte Halbmaske von der Wand. Flügel schwangen sich spöttisch von den Augen der Maske weg, die Brauen und Nase bedeckte und den Mund freiließ. »Allein um sie zu aktivieren, sind drei Ochsen geopfert worden. Dennoch liegt der größte Teil ihrer Macht im Geschick, mit dem man sie gebraucht.«

Unwillkürlich schüttelte Jane den Kopf.

»Der Zauber der Maske ist stark genug, daß du nicht erkannt wirst, solange du nicht sprichst. Eine derartige Maske kann man – und tut es oftmals – für ein gelegentliches erotisches Abenteuer benutzen, um den Ruf zu wahren. Aber ihr wahrer Zweck besteht darin, daß du damit etwas Verbotenes tust, wonach du dennoch ungeheures Verlangen hast.

Du mußt ihn wahnsinnig begehren, so leidenschaftlich, daß ihm dein irrsinniges Verlangen bei der Vereinigung offenbart wird. Du mußt schamlos bis ins Herz hinein sein; du mußt dich zu Handlungen hinreißen lassen, die du niemals für möglich gehalten hättest, und du mußt sie genießen. Du mußt danach streben, deinen Geliebten zu schockieren. Du mußt ihn an die Grenzen seiner Leistungsfähigkeit treiben – so daß er, wenn du dich beim ersten schwachen Licht der Dämmerung von ihm erhebst, nicht einmal mehr den kleinen Finger rühren kann, um dich am Gehen zu hindern, obgleich er es gern täte.

Die ganze Zeit über, während ihr euch liebt, wird er dir in die Augen sehen, an deren Farbe er sich – wegen der Fähigkeit der Maske, ein Wiedererkennen zu verhindern – nicht erinnern kann, und er wird seine feurige Liebe darin brennen sehen. Seine Augen werden Spiegel seines Selbst sein, und sie werden ihn in einem schmeichelhafteren Licht zeigen, als er sich je gesehen hat. Sie werden ihm ein Wesen zeigen, das aus Flammen besteht.

Er wird wissen wollen, wer du bist – *du darfst nicht sprechen.* Wenn er fragt, liebe ihn, lächle und sieh beiseite. Er wird sich Färbung und Proportionen deiner Brustwarzen gründlich ansehen und versuchen, deine Brüste zu ergreifen, um zu sehen, wie gut sie seine Hände füllen, wieviel von jeder Brust in seinen Mund paßt. Er wird sich dein Stöhnen und Seufzen ins Gedächtnis einprägen und dich kitzeln, um die Musik deines Gelächters zu erlernen. Er wird im Herzen Geruch und Geschmack jedes deiner Körperteile bewahren, die sanfte Mulde deines Halses, die warme Stelle im Innersten deiner Schenkel, den Geschmack deiner Muschi selbst und wie er sich in jedem Stadium deiner Erregung verändert.

Es ist nur natürlich, nach der Identität von jemandem zu fragen, der einen so offensichtlich liebt. Und so läßt du deinen Geliebten mit etwas zurück, das zunächst vielleicht lediglich eine milde Neugier ist. Vielleicht hat er ein paar Vermutungen, wer du sein könntest. Beiläufig – zunächst – macht er sich auf die Suche nach dir.

Natürlich kann er das einzig sichere Beweismittel für deine Existenz nur durch den Akt der Liebe erhalten. Du mußt es so einrichten, daß du nicht nur eine der vielen bist, die er mit sich ins Bett nimmt. Du wirst auf jede einzelne davon eifersüchtig sein, es ist dir eine Qual, obgleich es nichts nutzt. Jedesmal, wenn er eine im Bett hat, wird er ihren Schweiß schmecken, die Kniekehle und die flaumige Linie lecken, die von ihrem Kreuz zur Spalte ihres Gesäßes führt, und er wird denken: Nein. Sie ist es nicht.«

Lesya hängte die Maske an die Wand zurück, und ihre Hände waren so anmutig wie Schmetterlinge. »Was als bloße Neugier anfängt, wächst ihm bald völlig über den Kopf. Monate verstreichen. Er ist besessen. Jene Rivalinnen, die zu fürchten du die besten Gründe hattest, sind eine nach der anderen von seinem Benehmen beleidigt und vertrieben worden – denn welche Frau vermag nicht zu sagen, wann der Mann, mit dem sie im Bett liegt, an eine andere denkt? Doch du entziehst dich ihm weiterhin geschickt. Dein Geliebter benimmt sich allmählich wild und unnormal. Ihn beherrschen lediglich noch Liebe und Verlangen.

Das ist dein Eröffnungszug.«

Es war spät, und wenn Jane je Corindes Gunst wiedererlangen wollte, so mußte sie am Morgen strahlend und ausgeruht sein. Sie wäre jetzt gern gegangen, aber Incolore war noch immer wie aufgedreht. Sie sprachen über Lord Corvos Schwierigkeiten mit seinen Geliebten und Fata Jouissantes Chancen auf einen Senatorenmantel. Sie redeten über den Krieg. Sie debattierten die Verdienste von Hermelin-Eingeweiden als Katalysator für hautbefeuchtende Sprüche und ob die gesteigerte Wirkung die zusätzlichen Ausgaben rechtfertigte.

Schließlich erhob sich Jane zum Gehen. An der Tür hielt sie inne und fragte, als wäre ihr plötzlich etwas eingefallen: »Diese Maske – kann ich sie ausleihen?«

»Meine Liebe. Warum habe ich sie dir wohl gezeigt?«

Jane wollte direkt nach Hause gehen. Aber irgendwie trugen sie ihre Füße von Termagant weg in Richtung auf Caer Arianrod. Ich werde nicht hineingehen, dachte sie in dem Aufzug zu Plaza Court D hinauf. Ich gehe nur in seinen Flur und dann gleich wieder hinunter. Die Aufzugtüren öffneten sich, und sie trat auf den Teppich hinaus. Ich gehe zu seiner Tür. Ich werde nicht anklopfen.

Sie klopfte an. Fata Incolores Maske, an einer Schnur befestigt, baumelte ihr noch immer von der Hand herab. Ungeduldig schob sie sie in die Handtasche.

Rocket öffnete die Tür. »Jayne«, sagte er ausdruckslos.

»Darf ich hineinkommen?«

22

Jane erwachte am frühen Morgen. Sanft löste sie sich aus den Laken und aus Rockets Armen.

Sie zog sich rasch an, stopfte ihre Unterwäsche in die Handtasche und achtete darauf, Incolores nicht benötigte Maske mitzunehmen. Rocket schnarchte leise. Sie sah auf sein schlafendes Gesicht hinab. Der Mund stand ihm offen, wodurch er ziemlich einfältig aussah, und das fand Jane geradezu unwiderstehlich. Sie hätte ihn geküßt, fürchtete jedoch, er werde erwachen, und sie wollte ohne großes Aufsehen verschwinden.

Die Straßen waren so gut wie leer. Die Luft war frisch und kühl und die Stadt überflutet vom frühen Morgenlicht. Jane schritt rasch dahin, sie rannte fast und schwang die Arme, um sich warm zu halten. Nach einer Weile trällerte sie einen alten Pop-Song vor sich hin:

»Hast du mich vermißt? Hast du mich geküßt?
Stör dich nicht an meinen Schrammen…«

Ein Raubvogel-Mädchen hörte sie singen, lachte, sprang in die Luft und war verschwunden, verloren inmitten des blendenden goldenen Glanzes der Morgendämmerung, der von einer Million Glasfenster zurückgeworfen wurde. Jane schüttelte das Haar und hob die Stimme:

»Nimm mich in den Arm und küß mich,
küß mich, wo du magst...«

Ihre Stimme hallte von den Gebäuden und den weichen Backsteinwänden wider. Oh, wie gut fühlte sie sich!

Es war ein wundervoller Morgen, ein vollkommener Morgen! Diese Stimmung hielt den ganzen Weg über bis nach Termagant an.

Hoch oben quoll schwarzer Rauch aus dem Gebäude. Lange Rußstreifen zogen sich an seiner Seite herab. Die Straße war vollgestopft mit Evakuierten aus Termagant. Verwirrte und aufgeregte Nixen, Orends und Teggish-Quappen irrten ziellos umher, während Mannequins, Powries und Leshiye aufgeregt miteinander sprachen und dabei wild nach oben zeigten. Drei Candymen hatte eine große Glocke herausgeholt und schlugen langsam und stetig Alarm.

Sie starrte hinüber. Weit oben gab es einen Lichtblitz, dem ein fernes Rumpeln folgte, wie Donner. Jane war zumute, als hätte man ihr in den Magen getreten. Jegliche Freude brach in sich zusammen. Es war vorüber. Alles war vorüber.

Eine Grünjacke ritt heran und schob die Menge mit der metallenen Brust seines Reittiers gewaltsam vom Gebäude weg. »Zurückbleiben!« befahl sie Jane.

»Aber ich muß rein!«

»Niemand geht rein. Das ist Sache der Polizei!« Er legte die Lanze gegen sie an, und sie mußte wohl oder übel den Rückzug antreten. Weitere Grünjacken kamen und sperrten das Gebäude ab.

Etwas regte sich in jenem dunklen Teil ihres Gehirns, den der Drache in der Nacht zuvor geräumt hatte. Melanchthon war zurückgekehrt, eine wortlose und bezwingende Gegenwart. Ein drängendes kaltes

Gefühl erfüllte Jane. Sie mußte an den Absperrungen vorbei. Sie zog Incolores Maske hervor und untersuchte kritisch das Innere. Die Funktionsweise war ihr im großen und ganzen klar. Sie war sicher, sich damit unsichtbar machen zu können, wenn sie nur etwas Salmiaksalz, Tinktur der Röte und ein Holunderblatt auftreiben konnte. Die Maske würde innerhalb von fünf Minuten ausbrennen, aber fünf Minuten wären ausreichend.

An der Ecke befand sich eine Apotheke. Sie lief los.

Alle Passagieraufzüge waren von der Hitze in den brennenden Stockwerken angezogen worden wie Motten von einer Kerze. Aber die Lastenaufzüge waren einfachere Wesen, die per Hand bedient wurden. Jane rief einen herab.

Dreimal während der langsamen, bebenden Fahrt hinauf ins dreiundsiebzigsten Stockwerk erfolgten Explosionen. Jedesmal hielt sie die Kabine an und wartete, ob die Maschinerie beschädigt wäre oder die Welle eine Unwucht bekommen hätte. Jane befürchtete, das Feuer könnte ihr den Weg versperren, aber als sie auf der eigenen Etage eintraf, lag darüber nur ein leichter Rauchschleier. Es war plötzlich ganz ruhig geworden. Auf der Zunge schmeckte sie verbranntes Plastik und verkohltes Holz.

Jane trat in den Flur, dessen Fußboden sich geneigt hatte. Ihre Maske wurde heiß, und sie riß sie sich vom Gesicht. Von Blasen bedeckt und zerbröckelnd, fiel sie zu Boden und ging in Flammen auf. Jane ließ sie brennend hinter sich zurück.

Die Tür zu Apartment 7332 fiel bei ihrer Berührung aus dem Rahmen.

Ihr Apartment war dem Erdboden gleichgemacht und das Mobiliar völlig zertrümmert worden. Die Innenwände waren verschwunden. Hier und da hingen ausgefranste, nach außen gebogene Latten wie Fächer von der Decke herab. Der Drache stand völlig frei da, eine Klippe schwarzen Eisens.

Ferret lag in der Mitte des Raums, an der Seite ein kurzes zweischneidiges Schwert. Es war ein Athalm – Jane erkannte es am schwarzen Griff und dem kaum wahrnehmbaren Zerren der magnetisierten Klinge wieder.

Er war tot.

Winzige, verschrumpelte schwarze Körper lagen über den Fußboden verstreut und bildeten an den Wänden Verwehungen. Zu Tausenden waren die Meryons hier zu Tode gekommen. Jetzt endlich war ihre Nation ausgestorben. Obgleich sie ja eklige kleine Faschisten gewesen waren, merkte Jane, daß ihre Auslöschung sie mit Entsetzen erfüllte.

Ohne bewußte Absicht kniete sie neben Ferret nieder und strich ihm über das kurze silbrige Haar. Es war weich, so weich. Im Tod war sein Gesicht offen, harmlos und unschuldig. Zu spät bereute sie es, niemals freundschaftlich mit ihm umgegangen zu sein. Was hätte er für ein Freund sein können! Und jetzt war er dahin.

»Wer hätte gedacht, daß soviel Energie in ihm steckte?« murmelte sie.

»Nicht die ganze Zerstörung war sein Werk«, knurrte Melanchthon. »Weniger als die Hälfte.«

Sie sah ihn an.

»Dein Meister Ferret war ein Narr. Er wollte das Vergnügen haben, mich selbst gefangenzunehmen. Aber er war kein solcher Narr, daß er nicht eine Nachricht hinterlassen hätte. Bald werden andere hier sein, und sie werden alles andere als Narren sein. Ich hätte gern einen weiteren Monat zur Vorbereitung gehabt. Aber für unsere Bedürfnisse haben wir genügend Macht und sogar noch mehr. Es ist Zeit zu gehen. Es ist Zeit für uns, durch das Höllentor zu schreiten und unseren Angriff auf das Spiralschloß zu starten.«

Jane hob den Kopf.

Sie hätte sich vernichtet fühlen müssen. Ferret war tot, die Meryons waren tot, und gewiß waren auch andere während des Kampfs zwischen Melanchthon und Ferret gestorben. Wenn sie aus Termagant ausbrächen, würde es draußen – auf den Straßen vor dem zusammenbrechenden Gebäude – jeden erwischen. Und das wäre lediglich der Anfang einer allgemeinen Schlächterei. Sie hatten sich auf eine Suchfahrt der Zerstörung eingelassen, sie gingen gegen den größten aller Feinde vor, sie würden sterben und im Tod die Auslöschung der Geschichte suchen. Es war das Ende aller Dinge.

Sie fühlte sich großartig.

»Haben wir genügend Energie?« fragte Jane, während sie bereits über die Trümmer eilte und die Sprossen zur Kabine hinaufstieg. Sie warf ihre Windjacke und die Bluse durch die Öffnung ins Wohnzimmer und schlug die Luke zu. Ihre Fliegerjacke erwartete sie. Sie streifte sie über und zog den Reißverschluß hoch.

»Sie muß reichen.« Melanchthons Worte waren sanft, doch sein Tonfall war zuversichtlich und paßte sich seiner Kraft und seinem zerstörerischen Potential an. Einer nach dem anderen sprangen seine Motoren an. Die Wände klapperten, und die weiche grüne Instrumentenbeleuchtung flackerte. Da war ein Helm – Jane streifte ihn über und steckte das Haar hinein. Die Kabine roch nach Leder und Schmieröl. Sie legte sich die Sauerstoffmaske über den Mund.

Jane ließ sich auf der Liege nieder, packte die Gummigriffe und drehte. Die Nadeln stachen ihr tief ins Fleisch. Die Panoramaschilde schlossen sich ihr um den Kopf. Wieder einmal ruhte sie im warmen Zentrum des Drachensensoriums.

Zu drei Seiten von Termagant standen so viele Wolkenkratzer, daß es keinen gefahrlosen Kurs zwischen ihnen hindurch gab. Sie mußten ostwärts fliegen, in die aufgehende Sonne hinein. Bereits jetzt fielen Teile vom Gesims und Backsteine hinab, die durch die Schwingungen der Drachenmotoren losgeschüttelt worden waren. Jane rief die Waffensysteme auf, und die Kontrollen bauten sich rangartig in drei Reihen vor ihr auf wie die Manuale jener großen Orgel, die die Lady beim allerersten Sonnenaufgang gespielt hatte.

Alles war am Platz. »Bist du bereit?« fragte Jane.

»Vor meiner Existenz schon war ich bereit.«

»Dann gehen wir's an!«

Sie hatten beim Herausbrechen drei Stockwerke zu Staub zermahlen. Jane sah ganz kurz, wie der pyramidenförmige obere Teil von Termagant langsam zu einer grauen Wolke zerfiel, wie die Umrisse verschwommener wurden, während die Wände zerbröckelten. Im weiten Umkreis zerbrachen die Fensterscheiben und erfüllten die Luft mit einem funkelnden Dunst aus Kristallen, der rotglühend vom Ruhm ihrer Düsen kündete. Dann waren sie verschwunden. Immer dünner breitete sich die Große Graue Stadt unter ihnen aus, das enge Maschengeflecht von Straßen und Gebäuden wich nach und nach den Einzugsgebieten.

Tief kamen sie über Whinny-Moor herein. Sie flogen in Baumwipfelhöhe, hätte es irgendwelche Bäume gegeben. Die Schlammzonen und Industriegebiete, die Hütten, Öltanks und Müllkippen für Chemieabfall blitzten unter ihnen auf und waren verschwunden. Das Licht machte die flachen Tümpel und Flüsse silbern und trat Regenbögen von den Ölschlämmen los. Schmale Straßen zuckten und wanden sich wie Schlangen.

»Hoch! *Hoch!*« kreischte Jane, und der Drache strich knapp über eine Reihe von Hochspannungsleitungen hinweg. Er verfehlte sie nur um Meter, und in seinem Kielwasser peitschten sie wild hin und her. »Das war zu knapp, verdammt noch mal! Warum gehst du nicht höher?«

»Wir unterfliegen ihr Radar«, knurrte Melanchthon. »Du hast von Radar gehört, nehme ich doch an.«

Die Drachenwerke waren ein verschmierter Fleck am Horizont.

Jane brachte die beiden Kanonen on-line und rief die Zielsysteme auf. Ein Fadenkreuz tauchte im Zentrum ihres Blickfelds auf. Es trieb leicht auf und ab, während sie den Bodenkonturen folgten. »Erster Vorbeiflug«, sagte Jane. »Wir nehmen uns das Fronttor und die ZeitUhr vor und blasen den Stein der Göttin zu Staub.« Sie fühlte sich wild, frei, rachsüchtig, abscheulich – unaufhaltbar. »Knallen wir der Hure einen vor den Latz!« Sie wußte, daß es keine Göttin gab; lediglich als Metapher für das ansonsten Unbegreifliche. Sie wußte, daß die Kräfte, denen sie sich entgegenstellten, ebenso unpersönlich wie unermeßlich gewaltig waren. Aber so war es für sie zufriedenstellender.

»Das wird kaum ihre Aufmerksamkeit erregen«, knurrte der Drache. Er war gewillt, sich mit ihr zu einigen; wenn er von einem etwas verstand, dann waren es die Mechanismen des Hasses. »Schieb der Alten 'ne Rakete direkt in den Arsch, das wird ihre Aufmerksamkeit erregen!«

Jane justierte die Trimmung einen Hauch und zog dadurch das Fadenkreuz auf die Fabrikmauern hinab. »Und das werden wir tun!«

Tief und wild donnerten sie mit Unterschallgeschwindigkeit auf das Fronttor hinab. Hinter ihnen erblühten doppelte Feuerklumpen. Melanchthon drehte rechts ab, und dann flogen sie über den Verschiebebahnhof und ließen Höllenfeuer und Elfenbrand hinabregnen.

Drachen kreischten, krümmten sich vor Qual, brannten und schrien auf jeder Frequenz des elektromagnetischen Spektrums nach Rache, sogar noch während sie starben. Einem Drachen gelang es irgendwie, sich in die Luft zu erheben, ehe ein Brennstofftank riß. Er explodierte und stürzte Purzelbäume schlagend in die Seite der Schmiede.

Melanchthon lachte, und Jane lachte ebenfalls, sie sang und jubilierte, als sie für einen zweiten Angriff hart herumschwenkten. Aus allen Gebäuden ergossen sich schwarze Punkte. Flammen schossen von der Schmiede hoch. Zwischen den wahnsinnigen Schreien der Drachen erhoben sich statisch gestörte Stimmen im Funk, die verlangten, sie sollten sich identifizieren, die um Hilfe riefen, die sie warnten, die befahlen, Streitkräfte sollten zur Verfolgung in die Luft steigen.

Sie wurden von Turbulenzen gepackt, das Kanonenfeuer sprang wild umher und nahm eine Seite der Montagehalle mit. Jedoch hatte noch genügend Feuer sein eigentliches Ziel getroffen und die Reste der Frontmauer zu Schutt zerblasen. Jane glaubte, winzige Gestalten zu sehen, kleiner als Ameisen, die in den Rauch eilten und die Gelegenheit zur Flucht ergriffen. Los, macht euch davon! dachte sie. Sie jagten über den Verschiebebahnhof und stellten sicher, daß der erste Überflug seine Arbeit getan hatte. Dort unten herrschte jetzt ein Inferno. Durch den Rauch sah sie zwei Drachen in einem blinden Zweikampf – sie tobten sogar noch im Augenblick des Sterbens. Andere wanden sich noch immer in den chemischen Flammen. Von keinem drohte Gefahr.

Jane schwenkte den Drachen gerade für einen dritten Angriff herum. Der größte Teil der Mauer war jetzt zerstört. »Sie kommen!« rief Melanchthon. Auf dem Radarschirm zeigten sich drei Blips, die über den Horizont stiegen.

»Noch einmal!«

Nachdem alles vorüber war, hielt Jane die Bewaffnung off-line. Sie mühte sich, Gebäude 5 auszumachen, wo ihr Schlafsaal gewesen war. Sie bildete sich ein, es zu sehen, doch als sie es herausgepickt hatte, war es auch schon hinter ihr verschwunden. Es war wie die erhellte Sicht während eines Blitzes gewesen. Lauft! befahl sie den Kindern schweigend. Seht euch nicht um! Wenn Thistle und Dimity noch gelebt hätten, hätten sie es geschafft, da war sie sicher. Sie waren Opportunisten. Aber einige der anderen …

»Ich habe meinen Teil des Abkommens eingehalten«, sagte Melanchthon. »Sieh zu, daß du deinen Teil einhältst. Halt stetig geradeaus und schwenk nach rechts, wenn ich es dir sage. Bei ihrer Geschwindigkeit haben sie einen ungeheueren Schwenkradius. Dadurch können wir einiges von dem Vorteil wettmachen, den sie uns gegenüber haben.«

»Kapiert.«

Ihre Verfolger sahen aus wie erstaunlich feine Miniaturen, nicht größer als Sandkörnchen. Jane hörte ihre Stimmen über Funk; die kühlen, hochmütigen Stimmen der jungen Technokraten sowie die wütenden Stimmen ihrer Maschinen.

»Wir haben Sichtkontakt. Hawk, halt dich bereit. Hat jemand eine positive Identifizierung?«

»Roger. Stell einen Punkt ein. Da ist unser Schurke, schon gut.«

»Reiß ihnen die verdammten Eingeweide raus!«

»Spitfire, du bist zu weit weg.«

»Ich will dem Scheißkerl einen ins Rektum schieben!«

»Hawk, Spitfire, macht eure Luft-Luft-Raketen bereit! Bringt sie on-line!«

Jane spürte ihr Gesicht starr werden. Sie kannte diese Stimme! Es war Rocket! Einen schwindelerregenden Moment lang schien es unmöglich – sie hatte ihn schlafend zurückgelassen, Meilen entfernt von jeder Abfangjägerbasis. Doch er hatte Zugang zum Haus Incolore, dessen viele Türen, so hatte Lesya behauptet, sich überallhin öffneten. Wie lange würde er benötigen, seine Basis zu erreichen, wenn man ihn rief? Ganz und gar nicht lange.

»Jetzt!« rief Melanchthon. Jane schwenkte sie hart und eng herum. Die Abfangjäger schossen mit ausgefahrenen Luftbremsen vorüber und schrumpften in der Ferne zusammen. Melanchthon flog jetzt Richtung Norden. Jane gab Gas.

»Volle Kraft!« befahl der Drache, als er sich wieder auf Maximalgeschwindigkeit einrichtete. »Kein weiteres Herumgeplänkel. Wir fliegen geradewegs zum Höllentor.«

»Wo ist es?« Die Navigationssysteme waren keine Hilfe. »Es ist nicht markiert! Ich kann's nirgendwo finden.«

»Wo es ist? Närrin! Das Höllentor ist kein Ort – es ist ein *Zustand!*«

Auf seine Anweisung hin hob Jane Melanchthons Nase direkt nach oben. Ehe er abrutschen konnte, schaltete sie die Nachbrenner ein. G-Kräfte warfen sie auf die Liege zurück. Sie drückten ihr das Gesicht flach und schmälerten ihren Sichtbereich – alles sprang und tanzte; sie getraute sich lediglich, unmittelbar nach vorn zu schauen. Der Drache übernahm die Kontrolle ihrer selbständig arbeitenden Körperfunktionen und pumpte ihr Blut in den Kopf zurück, damit sie das Bewußtsein nicht verlor.

Die über ihnen türmenden Rauchsäulen schrumpften ins Nichts.

»Geh auf Position. Sieh mal, wie sie steigen!«

»Halt dich zurück, Spitfire.«

»Ich denke, ich kann einen Schuß rausdrücken.«

»Halt dich zurück!«

Alphanumerische fliegendreckgroße Ziffern schalteten sich ein und aus, während die Drachen miteinander sprachen. Es waren ihre öffentliche Identitäten. 2928: »Komm runter, Schätzchen. Wir möchten dir eine kleine Lektion in experimenteller Entelechie beibringen.«

6613: »Ha!«

8607: »Hört dein Pilot zu? Ich hab 'ne Botschaft für ihn: Spreiz die Backen, du Pißnelke, und mach dich auf 'nen Schuß Ontologie in Aktion gefaßt.«

Angewidert schaltete sie eine Maskierungsfunktion ein, die nur das ruhige Geplauder der Piloten durchließ.

»Hawk, kannst du dich auf Radar einklinken?«

»Ah, negativ, Rocket.«

»Verdammt noch mal, das ist die verrückteste Taktik, die ich je gesehen habe. Was hältst du davon?«

»Sieht für mich wie ein Entmagnetisierungsmanöver aus.«

»Das sehe ich auch so. Spitfire, geh auf Position zum Wegabschneiden. Hawk, dito links. Ich häng mich an ihn dran und treibe ihn euch direkt in die Arme.«

»Roger.«

»Roger.«

Ihre Verfolger waren ziemlich hoch. Über sie hinauszusteigen, schluckte den halben Abstand, den Jane ihnen gegenüber hatte. »Verfluchte Mistkerle«, sagte Melanchthon. »Sie glauben, sie haben uns in der Falle. Hol die Heckgeschütze hoch. Wenn sie irgendwie in

Reichweite kommen, gib's ihnen. Pust sie einfach weg.«

»O-okay.« Jane wurde wie ein Würfel im Becher eines Riesen herumgestoßen und -geschlagen. Sie konnte lediglich den Anweisungen des Drachen folgen, mehr nicht. Die Instrumentenbeleuchtung flakkerte, als Melanchthon die beiden faßgroßen Gruppen von Supraleitern herauffeuerte, die gerade unterhalb der Bauchluken seines Thorax lagen. »Ich hab nie verstanden, wofür diese Dinger gut sind.«

»Dann sieh's dir an.«

Melanchton warf 350 Grad vergrößerten Außenraum auf die Panoramaschirme. Jane sah elektromagnetische Felder, die sich wie Schwingen von seinem eisernen Körper wegbogen. Aktinisches blaues Licht flammte auf, wo die Felder auf Luft einwirkten, die beim Durchflug des Drachen ionisiert worden war.

»Da geht er hin, genau nach Plan. Es ist ein EM-Manöver, da bin ich verdammt sicher.«

»Kann mir nicht denken, weshalb sie zum Traumtor wollen, aber nichts sonst ergibt überhaupt einen Sinn. Position halten, Spitfire. Das hier geht nach Lehrbuch.«

»Du bist der Boß, Rocket.«

Sie schossen aus der Atmosphäre heraus. Und Melanchthon schaltete die Nachbrenner ab. Die blauen Flammen aus Energie wurden dunkler, wurden zu kleinen Wellen in der Struktur des Raums. Kurzzeitig befanden sie sich im freien Fall. Nach den zermalmenden Kräften der Beschleunigung kam Jane in der jähen Schwerelosigkeit fast der Mageninhalt hoch. Sie schluckte das plötzlich Hochgekommene wieder hinunter und überprüfte rasch alle Systeme. Überall grünes Licht. »Kannst du unsere Verfolger auf einer elektronischen Ebene zuschalten? Ich möchte ein paar private Worte mit ihrem Anführer wechseln.«

»Seitdem sie über den Horizont gekommen sind, habe ich elektronische Gegenmaßnahmen eingeschaltet«, sagte Melanchthon geringschätzig. »Hier. Ihr könnt jetzt virtuelle Zärtlichkeiten austauschen, du und dein Geliebter.«

Rockets Gesicht erschien auf der Panoramascheibe. »Jayne!« rief er erstaunt. »Was tust *du* denn hier?«

Sie konnte nicht antworten.

»Du bist entführt worden«, sagte er ausdruckslos.

Wütend rief sie: »Hör mit dem Scheiß auf! Ich weiß, was ich tue.« Im Hintergrund vernahm sie das undeutliche und nur unzulänglich unterdrückte Gemurmel von Drachen, deren Zorn eine Überzeugung mit sich trug, die stärker war, als jedes Wort es hätte ausdrücken können. Unmöglich, nicht darauf zu achten. Es war, als wäre Janes Knochen und Eingeweiden, den Organen und Gedärmen eine Stimme verliehen worden. »Für mich gibt es keine Zukunft. Mein ganzes Leben lang bin ich Teilnehmerin eines manipulierten Spiels gewesen. Die Würfel waren gefallen, und ich war zur Verliererin erklärt worden, noch ehe ich zu spielen angefangen hatte. Das sind keine leeren Worte! Hatte ich denn jemals eine Wahl? Doch, ja, eine Wahl hatte ich, nur diese eine, genau hier, genau jetzt. Ich kann die Niederlage demütig schlucken, oder ich kann das Spielbrett in die Luft werfen und alle Teile zerschmettern. Nun, ich bin vom ersten Tag an angeschissen worden – ich habe keinerlei Absicht, ein fairer Spieler zu sein.«

Angespannt sagte Rocket: »Du *kannst* nicht durch das Traumtor zurückkehren. Es ist mir egal, was dein Drache gesagt hat. Es ist eine Lüge. Drachen lügen. Du weißt nicht, was dich auf der anderen Seite erwartet. Wenn du hinübergehst, wirst du…« Abrupt erlosch sein Abbild. Aber Jane kannte Melanchthons Stromkreise zu genau, als daß er diesen Trick hätte anwenden können. »… auf immer. Der weltliche Körper, den du zurückgelassen hast, lebt noch immer. Wie Gleiches nach Gleichem ruft. Du wirst direkt darauf zugezogen.«

Die vor ihr wegströmenden elektromagnetischen Störungslinien flatterten wild, als kämpften sie gegen ein widerspenstiges Medium. »Ja, ja.«

»Du wirst nicht wiederhergestellt.« Rockets Drache sagte über die Kopfhörer etwas zu ihm, und er schüttelte ungeduldig den Kopf. »Du wirst in deinem alten Körper gefangen sein. Keine Sprache, keine Reaktionen, keine Kommunikation irgendwelcher Art mit dem Draußen. Vielleicht keine Kontrolle über die eigenen Gedärme.«

»Hör auf, dich wie ein Narr aufzuführen, du Arschloch.« Sie hatte nicht die Absicht gehabt, so harsch zu reden, aber das ständige Gemurmel der Drachen lenkte sie ab. Ihre herüberfließende Wut vereinigte sich mit der jäh wachsenden Anspannung ihres eigenen Drachen und bildete eine straff gespannte Saite der Angst in ihrem Blut. »Ich wollte einfach nur sagen – auf Wiedersehen. Ich wollte einfach nur sagen: kein böses Blut, ja? Das ist nicht viel. Aber du hast immer weitergeredet.«

»Ich muß dafür sorgen, daß du zuhörst. Du weißt nicht …«

Sie schnitt ihm das Wort ab. »Ich weiß alles. Ich weiß das Schlimmste. Du kannst mir nichts Schlimmes erzählen – ich bin vom Baldwynn geküßt worden.«

Melanchthon brüllte auf vor Wut und Erleichterung. Das hatte er vor ihr verbergen wollen: wenn sie Erfolg hätten, bestünde eine Fünfzig-Fünfzig-Chance für sie, anschließend in ihren ursprünglichen Körper zurückgeworfen zu werden. Wenn die Zerstörung weniger als universell wäre, würde sie den Rest ihres Lebens als Gefangene in ihrem eigenen fremden Fleisch verbringen. Aber das machte Jane nichts aus. Sie hatte es schon vor langer Zeit herausgefunden. Ihr Wille war fest und wankte nicht, ebensowenig wie der Wille des Drachen.

»Ich versuche, dir zu helfen, du Närrin!« Endlich war Rocket wütend. »Du begehst einen schrecklichen Fehler!«

»Mir helfen? Was hast du da im Kopf? Wenn ich jetzt umdrehe, werde ich dann frei davongehen dürfen? Kein böses Blut? Ich kann meine Karriere da wieder aufnehmen, wo ich sie verlassen habe? Vielleicht hast du die Absicht, mich zu heiraten und mich zu einer sauberen weißen Marmorstadt auf den grasigen winddurchwehten Ebenen von Mag Mell zu bringen. Ist es das?«

Rocket biß sich auf die Unterlippe. Seine Augen waren wie zwei Kohlen.

Jäh stabilisierten sich die EM-Felder, verschmolzen ineinander, stürzten zu einem schmalen Speer in sich zusammen und verschwanden völlig.

»Wir haben unser Tor«, berichtete der Drache.

Das Höllentor blühte hart an der Grenze des Sichtbaren, eine ungewisse Schwärze vor der sternübersäten Schüssel des Raums. Dahinter gingen zwei glänzende Flecken, Rockets Kameraden, auf eine Position, wo sie erwarteten, daß sich ein völlig anderes Tor öffnete.

Rockets Stimme hob sich ungläubig. »Verdammt, was tust du da eigentlich vermeintlich? Hier draußen ist alles instabil – eine falsche Handlung könnte die obere wie die untere Welt gleichermaßen zerstören. Du kannst nicht durchs Höllentor.«

Er sah so bleich und gequält aus, daß ihn Jane in die Arme nehmen wollte. Ich liebe dich, dachte sie. Ich begehre dich. Aber etwas Starkes und Perverses in ihr wollte ihn nicht trösten, sondern aufstacheln und reizen. Sie verstand diesen Impuls überhaupt nicht, war ihm jedoch hilflos ausgesetzt. Melanchthon kicherte angewidert.

»Paß auf!«

»Ich bin ein Verteidiger«, sagte Rocket mit erstickter Stimme; das Gesicht hochrot, der Zorn kaum verhüllt. »Zählen Sie nicht auf meine Gefühle, Lady. Meine Ehre werde ich für Sie nicht über Bord werfen – ich werd's nicht tun!«

»Das hat auch niemand von Ihnen verlangt.«

Das Höllentor hatte sich aus dem Nichts herausgequetscht. Es war ein linsenförmiges schimmerndes Loch in der Leere. Die beiden anderen Piloten, die etwas ganz anderes erwartet hatten, konnten nicht scharf genug wenden, um ihr hineinzufolgen. Sie machten sich davon, wobei ihre Drachen vor enttäuschter Kampfeslust brüllten. Rockets Reittier hielt sich jedoch weiter hinter ihnen. Es war heiß auf die Jagd und verzweifelt vor Vorlangen, den Kontakt zu schließen und zu zerstören.

»Dies ist die letzte Warnung!«

»Warne nur – du verschwendest deinen Atem. Ich bin jetzt jenseits von Gut und Böse.«

»Jayne!«

Das Höllentor explodierte ihr ins Gesicht.

Sie flogen in großer Höhe über einem aufgewühlten Ozean. Seine Oberfläche schlug Blasen und schäumte, warf Stachel von einer halben Meile Höhe auf, die so strahlend anzusehen waren wie eine elektrische Glühbirne. Einer schoß direkt unter ihnen hoch, und sie konnten ihm kaum ausweichen. Gerade als es so aussah, als wolle er in sich zusammenstürzen, wurde der Stachel rasch in den Ozean zurückgezogen und wieder absorbiert.

»Was zum Teufel ist denn *das?*« fragte Jane.

»Quanten-Unschärfen – Chaos – ungeformte Materie – der Stoff der Schöpfung«, antwortete Melanchthon zerstreut. »Es gibt dafür keine angemessenen Namen. Wen interessiert das auch nur einen Scheißdreck? Tu einfach dein Bestes und sorg dafür, daß keiner davon uns berührt.«

Vor ihnen stürzte eine weiße Muschelform, die Jane mit dem ausgestreckten Daumen hätte bedecken können, langsam durch einen konturlosen Himmel. Spiralschloß!

Rocket schoß eine Luft-Luft-Rakete ab.

Sie flog mit zielstrebigem Zorn. Die Verfolgungsapparate des Drachen übersetzten das Jagdlied der Rakete in ein ansteigendes elektronisches Quietschen. Gerade als es den Höhepunkt erreichte, warf Jane den Drachen nach links herum. Das Geschoß glitt an einem Flügel vorüber. Ein Stachel stieg aus dem Urozean unter ihnen auf, und sie warf den Drachen wieder nach rechts. »Gottverfluchter Mist! Warum können wir nicht über diesen Scheiß steigen?«

»Örtliche Bedingungen – höher als jetzt kommen wir nicht. Vergiß es. Dein Knabe ist zu nahe dran. Feg ihn zurück!«

Verspätet erinnerte sich Jane an die Heckgeschütze und feuerte einen Schuß ab. Rockets Drache glitt zur Seite und wieder zurück und verlor dabei so gut wie nichts an Geschwindigkeit. Jane schwenkte um eine aufsteigende Säule herum und bekam aus dem Augenwinkel mit, wie Rocket unter einer herabfallenden Schlinge von Urmaterie durchtauchte, um einen Bruchteil aufzuholen. Er war schon ein toller Pilot, das mußte man ihm lassen.

Zwei schwarze Explosionen in der Luft hinter ihm – seine Gefolgsleute erschienen in seinem Kielwasser.

»Ju, Kumpel, haste uns vermißt?«

»Hoffe, du hast uns was übriggelassen.«

Sie fielen in Formation. Alle drei verschwanden kurzzeitig und tauchten ebenso kurzzeitig wieder unter den gewundenen, steigenden und fallenden Lichttentakeln auf. Jäh hob sich Rockets Stimme über den Funk, und er sang klar und überraschend hoch:

»Ich weine um meine Lady – sie ist tot!
Oh, weint um meine Lady! Doch unsere Tränen
Schmelzen nicht den Frost; er hält sie in ihrer Not.«

Vor ihr erfolgte eine Eruption aus Sternen, und Jane konnte knapp ausweichen. »Er ist verrückt!« sagte sie. »Was zum Teufel tut er da eigentlich?«

»Er singt dir deinen Grabgesang.« Eine merkwürdige Modulation, fast ein Bedauern, kroch in Melanchthons Stimme. »Ist Corps-Tradition. Achte nicht darauf.« Unter Rockets Gesang rumpelte 8607 tiefer als ein Baß, und die Doppelstimmen von Hawk und dessen 2928 sowie Spitfire und dessen 6613 verschmolzen zu einer:

»Wo warst du, mächtige Mutter, als sie da lag,
Deine Tochter dalag, durchbohrt von dem Speer,
Der fliegt durch die Dunkelheit?«

Eine seltsame unweltliche Schönheit lag in dem Lied. Jane bekam einen flüchtigen Eindruck davon, wie es sein mochte, wenn Melanchthon ihrem Willen untertan und abgerichtet, an Kraft und Intelligenz ungemindert, aber gehorsam gewesen wäre. »Schlappschwänze!« brüllte Melanchthon. »Wenn ihr irgendwelche Selbstachtung hättet, würdet ihr diese Parasiten hinauswerfen und mit mir kommen. Schwanzlutscher! Sklaven!« Aber der Gesang tönte ununterbrochen weiter. Ein Wald chaotischer Wasserhosen trennte sie von ihren Verfolgern, aber langsam und stetig, Stück um Stück, schrumpfte die Entfernung.

»Ich bin noch nicht tot!« rief sie ihnen zu.

Ohne ihr Beachtung zu schenken, beendeten ihre Verfolger den Grabgesang. Das Lied lenkte sie nicht von den aktuellen Tätigkeiten ab, sondern diente vielmehr dazu, ihre Konzentration zu bündeln. Bei seinem Ende waren sie näher heran, als sie es bei seinem Anfang gewesen waren.

»Reit zur Seite, Rocket«, verlangte Hawk gedehnt, »und ich schieß eine LLR ab.«

»Nein.«

»He, hab Vertrauen zu mir. Ich bin ganz nah dran.«

»Nein!«

»Wir nähern uns dem Umkehrpunkt«, sagte Spitfire. »Wir haben noch genügend Treibstoff für weitere zwei bis drei Minuten, wenn wir unbeschädigt zur Basis zurückkehren wollen. Gib uns freie Bahn.«

»Nein, ich habe sie.« Rockets Drache hing quälend am Rand von Janes blindem Fleck, rutschte in ihr peripheres Blickfeld hinein und wieder hinaus. Ironischerweise schützte sie seine Nähe vor den Geschossen seiner Kameraden.

»Rocket, verflucht noch mal. Geh mir aus dem Weg!«

»Eine Annäherung von drei Seiten und ab die Post, Boß. So schreibt es das Lehrbuch vor.«

»Ich habe sie, sag ich dir.«

Er zog langsam näher, hängte sich ganz eng an sie dran, an eine Stelle, wo ihn keine denkbare Fluchttaktik abschütteln konnte. Selbst wenn Rockets Drache nicht jünger, stärker, schneller gewesen wäre – und für Jane bestand kein Grund zum Zweifel, daß das so war –, so war sie doch keine Pilotin. Sie hatte nicht den Bruchteil von Rockets Kämpferfähigkeiten.

Das Spiralschloß näherte sich, wenn auch langsam. Zu langsam.

»Jetzt kommt der Augenblick der Wahrheit«, brummte Melanchthon. Auf dem Navigationsschirm sah Jane vier Nadeln aus Licht auf eine gebogene orangefarbene Linie zukriechen – die äußerste Grenze für die Reichweite der Drachen. Niemand konnte sie überqueren und darauf hoffen, lebend nach Hause zurückzukehren.

Hawk und Spitfire zügelten bereits ihre enttäuschten Reittiere und schwenkten sehr knapp vor der Linie ab. Als ihr Kommandant ihnen nicht folgte, riefen sie ihm mit furchterfüllten Stimmen zu:

»Kopf rum, Rocket!«

»Ju, alter Knabe. Dreh um!«

»Rocket!«

Jane würgte ihre leiser werdenden Stimmen ab. Auf dem Schirm sah sie Rockets Gesicht, das die Augen auf ihr eigenes virtuelles Abbild gerichtet hielt. In dem falschfarbenen Draußen erkannte sie die geschwungene Linie ihres Kondensstreifens, sichtbar in den hohen UV- und niedrigen IR-Frequenzen. Es war die superheiße Ionenspur von einem Hundert wahrer Namen. Sie wurden jetzt sorgfältig gebündelt und für einen einzigen längeren und brutalen Zwischenspurt verschwendet. Rockets Drache hatte jetzt fast die orangefarbene Linie erreicht.

»Jetzt gebe ich *dir* eine Warnung – kehr um!«

»Kommt nicht in Frage«, sagte er grimmig. »Wir gehen zusammen unter.«

»Wie du willst!« jubelte sie.

Auf dem Bildschirm sah Rocket aus wie ein junger Gott. Wütende Kampfeslust strahlte ihm aus dem Gesicht und krachte und knisterte im Cockpit. Seine fliehenden Mitstreiter mußten etwas zu ihm gesagt haben, denn er verzerrte plötzlich das Gesicht. »Sie gehört mir!« kreischte er. »Niemand außer mir holt sie sich!«

»Komm und hol mich, Liebling!« höhnte Jane. »Du sollst alles haben, was du erwischen kannst!«

Rockets Drache überquerte die Linie.

»Scheiße«, brummelte Melanchthon düster und brachte Janes Jubelgeschrei zu einem jähen Ende.

»Scheiß? Was meinst du damit – Scheiße?«

»Find's doch selbst raus!«

8607 befand sich jetzt in Janes blindem Fleck, ein wenig seitlich ihres Auspuffs und außerhalb der Reichweite ihrer Geschütze. Aber nicht außerhalb der Reichweite seiner Raketen. Sie warf ihren Drachen nach rechts, dann wieder nach links. Rocket folgte ihr mühelos und anmutig. Er würde nicht zurückkehren. Und das Spiralschloß war noch immer weit, weit entfernt.

»Wir können ihm nicht entkommen!« rief Jane in jäher Verzweiflung. »Wir schaffen es nicht.«

»Dann gib mir den wahren Namen des Mischlings.«

»Was?«

»Seinen wahren Namen«, knurrte Melanchthon. »Ich habe die Programmierung, und ich weiß, wie ich sie benutzen muß. Gib mir seinen Namen, und ich kann ihm befehlen, sein Reittier unter sich zu zerstören.«

»Nein!«

»Ich weiß, daß du ihn hast. Er brennt in deinem Gehirn wie ein Leuchtfeuer.« Der Drache streckte dunkle Ranken nach ihr aus. Sie hätte ihn leicht ausschließen können, indem sie seine elektrischen Systeme rasch aus- und wieder angeschaltet hätte. Aber bei diesen Geschwindigkeiten konnten sie sich auch nicht die kürzeste Ablenkung leisten. Es hätte sie beide umgebracht.

»Rocket!« schrie sie. »Kehr um! Kehr um!«

Ganz bewußt und auf eine grobe und verzerrte Weise war die Berührung des Drachen schmutzig, als tauche man eine Hand in schwarze Melasse und zöge sie über die Vorderseite einer weißen Baumwollbluse. Flink wie ein Wiesel bohrte sich diese Hand in ihren Hort an Erinnerungen.

Es war völlig irrational, wußte sie. Rocket konnte sich nirgendwo in Sicherheit bringen. »Du mußt mir zuhören!« Sie hörte ihn kichern. Es war ein tiefer und häßlicher Laut, gleichermaßen zusammengesetzt aus Verlangen und Tränen. »Rocket!«

Das Quietschen einer zweiten Luft-Luft-Rakete, die on-line gebracht wurde, tönte vom Warnsystem. Ein scharfes Piepen, als sie nach dem Radarschlüssel suchte. Ein freudiger Aufschrei, als sie ihn gefunden hatte.

»Sein Name!« Der Drache näherte sich seiner Beute. Jane widersetzte sich, warf ihm willkürlich irgendwelche Erinnerungsfetzen in den Weg: Ratsnickle, der den Schwanz in der Hand hielt und sie höhnisch angrinste. Gwen, die ein neues Halsband ausprobierte. Smidgeon, der in den Schatten hinter einem Eisenschrottbehälter saß und weinte, während ihn Rooster angewidert ansah. Der Aufstieg über das gewundene Rückgrat im Haus Incol – gierig schnappte Melanchthon nach dem, was er dort sah.

»Kunosoura!« rief er in dem Moment, als die Rakete abgefeuert wurde.

Für den Zeitraum eines Augenzwinkerns sah Jane eine kugelförmige Wellenfront mit Schallgeschwindigkeit davonrasen. Der wahre Name von Rockets Halbschwester mußte irgendeinen nebensächlichen Einfluß gehabt haben, denn bei der Berührung durch die Front änderte das Geschoß wie verrückt die Richtung und stürzte überschlagend auf den schimmernden Ozean zu. Eine brennendweiße Kuppel stieg auf, berührte es, und das Geschoß hörte ohne Veränderung einfach auf zu sein. Es hatte sich in das eigene Potential verflüchtigt. Ebenso brach Lesyas wahrer Name in die eigenen Silben zusammen und verschwand aus dem Dasein.

Ein drittes Geschoß wurde heraufgebracht. Jane hörte seine Stimme im Kopfhörer, und Rockets Stimme ebenfalls. Er summte leise vor sich hin; ein wahnsinniges Amalgam aus Wut, Lust und Verzweiflung. »Komm schon, Baby! Ein wenig näher. Ja, ja, jetzt hab ich dich. Ich hab dich, du süße Kleine, häßliche Kleine.« Er hielt 8607 stetig und dicht hinter ihr, gerade außerhalb der Reichweite ihrer Geschütze. Das Piepen setzte ein. »Ohhh, ja, jetzt gehörst du mir.«

»Bedeutet dein Wort nichts?« wollte Melanchthon wissen. »Du hast dich die ganze Zeit über mit der Vorstellung getäuscht, du könntest deinen Bastard-Geliebten dazu bringen, dich von deinem Tun abzuhalten, dich vor den Konsequenzen zu bewahren, den Dolch beiseite zu schlagen, dich in seinen Armen aufzuheben und dich zu einem rosafarbenen warmen Bett mit Satindecke zu tragen, wo ihr auf immer so sicher und gemütlich leben könntet wie zwei Maden im Speck. Scheißdreck! Es spielt jetzt keine Rolle mehr, was er fühlt oder will. Er kann jetzt gar nicht mehr anders, als dich zu töten. Das Universum hat dich in eine andere Ecke gedrängt – du kannst töten oder sterben. Etwas anderes bleibt dir nicht. Macht dich das nicht wütend? Lechzst du deshalb nicht nach Rache? Oder willst du ein weiteres Mal vor Dame Schicksal in die Knie gehen? Willst du zermalmt werden, um wieder aufzuerstehen und das Labyrinth der Folter immer und immer wieder abzulaufen? Stell dich doch mal auf die Hinterfüße!«

»Ich …«

Ein freudiger Schrei stieg vom dritten Geschoß auf.

»Sein Name!«

Es war unausweichlich. Nichts, aber auch gar nichts sonst blieb ihr übrig.

»Tetigistus«, murmelte Jane.

Melanchthon brüllte triumphierend, da explodierte das Geschoß unmittelbar vor 8607 im Akt des Abgeschossenwerdens. In Stücke zerrissen, taumelte Rockets Drache davon.

Jane konnte nicht hinsehen. Sie weinte vor Wut.

Tötet die Hure, dachte sie verzweifelt. Wild hoben sich ringsumher die Stacheln. Es waren Hunderte davon, die sich wie Tornados drehten. Wenn ich sterben muß, sollen dies meine letzten Worte, soll dies mein letzter Gedanke sein. Tötet die Hure! Ihr raste das Herz. Tötet die Hure tötet die Hure tötet die Hure tötet die Hure! Die Worte liefen in ihrem Bewußtsein zusammen, wurden zu einem Schrei, einem Mantra, einem hysterischen Gebets, einer letzten grollenden Anerkennung der Macht der Göttin.

Das Spiralschloß wurde immer größer, und kalkweiße Mauern nahmen einen immer größeren Raum in ihrem Blickfeld ein. Jane kam sich vor wie eine Mücke, die einen Kontinent angreift. Melanchthon lachte – *lachte!* –, während sie aus allen Rohren feuernd anflogen. Er war die reine Verkörperung von Wahnsinn und Zerstörung. Der eiserne Korpus des Drachen zuckte spasmisch, als er immer zwei Raketen auf einmal abfeuerte. Ich bin der zerschmetternde Stein, dachte Jane. Ich bin der Pfeil im Flug. Es waren ihre eigenen Gedanken, jedoch schmeckten sie wie die Gedanken des Drachen. Die Kabine heizte sich auf, Schweiß tropfte Jane das Gesicht herab, strömte ihr aus den Achselhöhlen und an den Seiten hinunter, wo ihr Körper bereits naß war und juckte. Was sollte es, verdammt noch mal! Dazu war sie in den öden Jahren des Exils von den Himmeln geboren, gebaut, entworfen worden, um dies zu vollenden.

Dies war der Tod von allem.

Aber während das Spiralschloß weiterhin anschwoll und das Universum erfüllte und der Ozean unter ihnen merkwürdig still wurde, geschah etwas mit dem Drachen.

Es begann mit einer nachlassenden Empfindlichkeit an den Flügelspitzen und breitete sich rasch aus. Säulen alphanumerischer Anzeigen sanken auf Null. Seine Extremitäten wurden taub. Jegliches Gefühl auf der Haut war verlorengegangen. Zustandsdaten in großer Zahl verflachten. Fetzen weißen Dunstes verdeckten den Quantenozean unter ihnen. Sie flogen durch eine lauwarme, oxidierende, milchige Substanz. Korrodierte Stellen wucherten auf der Außenhülle des Drachen. Löcher entstanden auf der Haut.

Die Atmosphäre fraß Melanchthon von außen her auf.

»Was geht da vor?« rief Jane. »Was geht da vor?«

Die Kontrollen reagierten nicht.

»Pein und Verrat!« heulte der Drache. »Verdammnis, Tod und Höllenqual, sage ich – verdammt seien die Elfen, verdammt die Tegs, verdammt die Zwerge und Kobolde, die Nimbles und Grims. Verdammt seien alle in jedem Rang und Grad. Ich richte das Auge des Todes auf sie. Ich rufe auf sie herab das Wort des Zorns. Ich verfluche sie alle mit dem Schrei der Schuld. Verdammt seien sie und alle ihre Herren und Mächtigen, Meister und Stammesmütter!«

»Was kann ich tun? Sag mir, was ich tun soll!«

Große Stücke aus der Substanz des Drachen rissen ab. Jane war wie betäubt von dem schrecklichen Kratzgeräusch, mit dem Metall entzweigerissen wurde. Ein Motor explodierte und fiel ab. Sie wurde hierhin und dorthin geschleudert. Der größte Teil des Drachen war auseinandergebrochen, und was noch übrig war, schmolz dahin, und noch immer raste er, raste gegen die Göttin, gegen das Leben, gegen die Tatsache der Existenz selbst.

»Sag's mir!«

Melanchthons Stimme erhob sich zu einem wortlosen Geheul, als er sich ins Nichts auflöste.

»Tut mir leid«, sagte Jane ruhig. »Tut mir leid, daß es so enden mußte.«

Dem Drachen waren keine Worte mehr geblieben. Seine Sprechsysteme waren zerstört. Aber die Einfühlung zwischen ihm und Jane war groß genug, daß sie noch das Gefühl entziffern konnte, das seinen Todesschrei modulierte. Es war die Befriedigung darüber, daß sie ebenfalls sterben würde. Und das Bedauern, daß sie rasch sterben würde.

Das war der letzte Schrei, den er ausstieß. Er erstarb jäh, wurde rasend schnell zu einem Wimmern und dann zum Schweigen.

Der Drache war nicht mehr.

Für den kürzesten aller Augenblicke schwebte Jane ohne ihn weiter. Die Trägheit trug sie mit unverminderter Geschwindigkeit durch das lauwarme Weiß. Ihr Ziel wurde unermeßlich groß, ohne dabei überhaupt näher zu kommen; möglich, daß sie auf ewig weiterflöge und es niemals erreichte. Jane verblieb gerade genügend Zeit, um sich darüber klarzuwerden, daß sie niemals auch nur die Spur einer Chance gehabt hatten, daß das Spiralschloß aufgrund seiner ureigensten Natur gegen die allergrößten Anstrengungen von Frauen und Drachen gefeit war.

Dann starb sie.

23

Sylvia, die einen schmutzigen weißen Laborkittel trug, beugte sich über ein Elektronenmikroskop.

»Mama?« fragte Jane.

»Schhh.« Ohne aufzusehen, steckte sich Sylvia eine Zigarette in den Mund. »Zünd sie mir bitte an, ja, meine Liebe?«

Jane gehorchte.

»Süße kleine Kerlchen.« Ihre Mutter inhalierte tief und stieß den Rauch durch die Nase aus. »Sie geben sich wirklich alle Mühe, aber es fällt den dummen Dingern so schwer zu begreifen, was ich will.«

Das Labor wirkte erschreckend normal: in einem unbestimmten Beigeton gestrichene Wände aus Schlackenstein, Laborplätze mit Arbeitsflächen aus Ebenholz, keine Fenster. Es war unerklärlich. Janes letzte Erinnerung war der in den weißen Nebeln über dem Quantenozean auseinanderfallende Melanchthon. Und jetzt das hier. Ihr schwirrte der Kopf. Sie fühlte sich seltsam und benommen. Es war wie das Gefühl, das sie immer etwa eine Stunde nach dem Einnehmen von Acid bekam, kurz bevor der Rausch zuschlug. »Wo bin ich?« keuchte sie.

»Du bist im Spiralschloß«, sagte eine männliche Stimme.

Sie fuhr herum.

Der Neuankömmling war in einen Nadelstreifenanzug mit unmodisch schmalem Revers gekleidet. Er trug einen eleganten schwarzen Bowler, dessen Krempe wie zwei Hörner hochstanden. Obwohl das Gesicht verhutzelt und verrunzelt war, saß tief in den Augen eine lebendige Heiterkeit. Der Mund war zu einem Lächeln gekräuselt.

»Miß Jane«, sagte der Baldwynn. »Welch eine Freude, Sie wiederzusehen!«

Jane sah ihn mit offenem Mund an.

»Gestatten Sie?« Er bot ihr den Arm. »Es ist mir eine Ehre, Ihr Cicerone zu sein.«

»Mein was?«

»Ihr Führer.« Er tippte sich an den Hut – ein Gruß für Sylvia –, und geleitete Jane zur Tür. »Das Spiralschloß ist schließlich gewaltig groß, und in gewisse Teile möchten Sie bestimmt nicht zufällig hineinstolpern.« Sein Schritt war lang und energisch. Jane mußte sich beeilen, um mitzuhalten.

»Als ich jung war, hatte ich einen Trans Am.« Die Stimme des Baldwynn war warm und vertraulich, jedoch nicht besonders kräftig. Jane mußte den Kopf senken, um ihn zu verstehen. Das leere Schweigen nach dem Zuknallen einer Schutztür hallte ihr in den Ohren, aber sie erinnerte sich nicht daran, das Zuschlagen der Tür selbst gehört zu haben.

»Das war so ein richtiger Bolide, und ich hatte eine Menge Arbeit hineingesteckt. Damals hatte ich bei der Marinewerft einen Job als Schweißer, und immer, wenn sie uns für ein paar Wochen entlassen haben, hab ich mir einen Kumpel geschnappt, und wir sind auf dem Highway runter nach Fort Lauderdale gedüst. Wir haben uns am Steuer abgewechselt und hatten eine Thermoskanne mit schwarzem Kaffee und eine Hosentasche voller Amphetamine dabei, um uns ein Motelzimmer zu sparen. Wir haben das Radio laut aufgedreht und, öh, Queen und T. Rex gehört, vielleicht auch ein bißchen was vom frühen Springsteen. Eben das, was die örtlichen DJs auflegten. Wenn wir so dahingesaust sind und diese Woge Elektronen von der Ionosphäre herabgesungen hat, dann war es, als wäre den Maschinerien der Nacht eine Stimme verliehen worden. Wenn du lange genug gefahren bist, dringt dir der Highway in den Schädel, und du hast ein ähnliches Gefühl wie beim Meditieren. Du wirst sehr ruhig. Nur die Hände und das Lenkrad bewegen sich. Die Welt fließt unter dir dahin.«

Jane runzelte die Stirn. Mit aller Kraft versuchte sie, seiner Erzählung durch das Dickicht unvertrauter Ausdrücke zu folgen. Ein Zweig zerbrach unter ihren Füßen. Sie blickte hinab und sah, daß sie einen Pfad durch einen dunklen Wald entlanggingen. Von den Ästen der Bäume sprossen keine Zweige, sondern menschliche Körperteile. Ein Ast in der Nähe bestand nur aus Händen, die reglos in der stillen Luft hingen. Eine klare Flüssigkeit sammelte sich unter den Nägeln und bildete Tropfen an den Fingerspitzen, die schließlich mit einem traurigen Platschen auf den Lehm hinabfielen.

»Einmal, als wir zwischen zwei und drei Uhr nachts durch Carolina gefahren sind, haben Jerry-D und ich einen weißen Lotus mit zwei Blondinen in den Scheinwerfer bekommen. Wir hupten und winkten. Sie haben uns den Stinkefinger gezeigt und das Gaspedal bis zum Boden durchgetreten. Ich natürlich auch, aber selbst mit Doppelvergaser war es kein Wettrennen. Wir hatten eine aufgemotzte Karre, sie aber einen absolut heißen Schlitten. Wir mußten kleine Brötchen backen.«

Zu beiden Seiten des Pfads stieg das Land an. Jane blickte hinauf zu den fernen geneigten Bäumen und sah keinen Horizont. Sie folgte ihnen mit dem Blick immer höher hinauf, bis die Bäume schließlich auf der anderen Seite wieder herabkamen. Sie gingen durch eine riesige Röhre oder einen riesigen Tunnel. Es war wie in einer Arterie, die vom Herzen eines unvorstellbar großen Körpers wegführt und sich dabei schwindelerregend dreht und windet. Sie waren von chimärenhaften halbmenschlichen Bäumen umgeben.

»Zehn, fünfzehn Meilen die Straße hinab sahen wir den Lotus bei einem Imbiß. Wir sind rübergefahren, um ein paar Burger mitzunehmen. Und da waren sie wieder. Wir haben ein Gespräch angefangen. Dann ist Jerry-D mit der Fahrerin des Lotus ab. Ihre Freundin ist mit mir weg.«

»Das war nicht unsere Welt, oder?« Jane brachte diese Frage nur mühsam heraus. Wenn der Baldwynn sprach, waren seine Worte zwingend und überzeugend; sie folgte ihnen mühelos. Ansonsten jedoch fiel es ihr schwer, sich zu konzentrieren. »Nicht die obere Welt, meine ich. Es muß die untere Welt gewesen sein.«

»Oh, du glaubst doch etwa nicht, daß ein wesentlicher Unterschied zwischen den beiden Welten besteht? Wie dem auch sei – da rieb sich also eine Blondine in rosafarbener Hose an mir. Ich hatte das Gaspedal bis zum Boden durchgedrückt, und die Blondine hatte mir die Zunge ins Ohr geschoben. Ich schob ihr das Top hoch und drückte ihr die Brüste. Die schimmernde Luft war geladen mit Offenbarung. Little Richard sang ›Tutti Frutti‹ im Radio, und irgendwie kam es mir bedeutsam vor, daß das, was ich hörte, elektromagnetisch verschlüsselt und auf modulierten Funkwellen übertragen worden war, vom Radio als Geräusch rekonstruiert und lediglich irgendwo innerhalb der dunklen Bereiche meines Kopfs als Musik reinterpretiert wurde. Da spürte ich, daß die Welt eine Illusion war, und zwar eine ziemlich schäbige. Sie war nichts weiter als ein Bild, das auf hauchdünne Membranen projiziert wurde. Wenn ich ihnen nur auf die richtige Weise einen Stoß versetzte, könnte ich völlig aus der Welt hinaustreten.

Ich knöpfte der Blondine die Shorts auf. Sie wand sich ein bißchen, um mir dabei zu helfen. Ich schlüpfte ihr mit der Hand unters Höschen. Ich dachte, alles sei Information, da merkte ich, daß ich einen erigierten Penis umklammerte.

Ich fuhr mit dem Kopf herum. Die Blondine grinste mir wild ins Gesicht. Unwillkürlich schloß sich meine Hand fester um ihren Schwanz. Ihre Hand schloß sich um meinen. Die beiden Hände hätten ebensogut dieselbe Hand sein können. Wir hätten eine Person in zwei Personen sein können. Der Wagen machte gerade so etwa hundert Meilen pro Stunde. Ich sah nicht mal hin, wo es langging. Es war mir völlig egal.

In diesem Augenblick erlangte ich den Zustand der Erleuchtung.«

Etwas drehte sich unter ihr. Jane stolperte und sah beim Umwenden, daß eine Hand, die aus den Wurzeln eines Baums in der Nähe gesprossen war, sie am Schuh festhielt.

Sie keuchte und riß den Fuß weg.

Der Schuh löste sich. Die Hand stopfte ihn in ein Maul, das sich im Stamm öffnete, und nagte daran. Jane bemühte sich nicht, den Schuh zurückzuholen, sondern schritt humpelnd hinter dem unerschütterlichen Baldwynn her. »Ich habe mein Bestes getan, um dich am Herkommen zu hindern«, bemerkte er. »Das Spiralschloß ist insbesondere dann gefährlich, wenn man zu früh eintrifft.«

»Das versteh ich nicht!« rief sie. »Was bedeutet Ihre Geschichte? Sagen Sie mir, was sie zu bedeuten hat!«

»Aber so etwas kann nur die Göttin erklären«, sagte der Baldwynn ehrlich verwirrt. »Wer bin ich, um für die Göttin zu sprechen? Ich bin nichts weiter als ihr

Gefährte – und weit davon entfernt, ihr einziger Gefährte zu sein, kann ich dir versichern. Du kannst ihr jede Fragen stellen, wenn du ihr begegnest.«

»Ich habe geglaubt, es gebe gar keine Göttin. Ich habe sie für eine Metapher gehalten.«

»Ganz bestimmt existiert die Göttin. Ich bringe dich jetzt zu ihr.«

Ein Reis wie ein kalter Babyfinger streifte Janes Wange. Sie wich zitternd zurück. Aber der Pfad wurde schmaler, und die Bäume und Büsche rückten enger heran. Dunkle Gestalten bedrängten sie, Arme und Schultern rempelten sie an. Etwas stieß eine Wolke Dieselabgase aus, und dann ergoß sich die Menge, den Baldwynn und sie eingeschlossen, eine Reihe von Stufen hinab. Hilflos wurde sie mitgetragen.

Die Leute ringsumher schwiegen, sprachen kein Wort. Mit gesenkten Köpfen eilten sie mehrere Treppenfluchten hinab. Das einzige Geräusch verursachten dahinjagende klickende Absätze und scharrende Sohlen. Die Graffitis auf den schmutzigen Steinmauern sahen sehr merkwürdig aus. Jane konnte sie nicht lesen. Von allen Seiten drückten sie Mäntel und Umhängetaschen.

Die Treppe machte eine Kehre und trieb sie durch eine Reihe von verchromten Drehkreuzen, die die Menge wie Wolle krempelten. Aus den Schlünden der dunklen Gänge dahinter stieg ein Gebrüll wie von großen Maschinen oder von Flüssen auf, die in bodenlose Abgründe hinabstürzten. Auf der anderen Seite führten die Stufen zu einem dämmrigen Platz hinab. Die Menge zerstreute sich, um den größeren Raum zu füllen, wurde jedoch nicht langsamer. Alle hatten es eilig, waren still und in die eigenen Gedanken versunken. »Jetzt ist es nicht mehr weit«, sagte der Baldwynn. Jane nickte.

Weiter vorn sah sie eine helle Lichtpfütze. Die Menge strömte und wirbelte darum herum, ohne langsamer zu werden. Beim Näherkommen sah Jane, daß ein Kind dort stand, ein Mädchen mit roten Rosen im Haar. Die Haut des Mädchens war heller als Marmor, ausgebleicht und blutleer. Seine Züge waren erlesen und fein und zeigten keinerlei Anzeichen von Schwäche. Es sah zu Jane auf, und die Augen waren vom gleichen harten Weiß wie die Haut, das Kleid, das Haar. »Du!« rief es.

»Ich?« Jane blieb verwirrt stehen. Kein Mensch schenkte dem außergewöhnlichen Wesen die leiseste Beachtung. Die Menge eilte vorüber.

»Du bist so dumm!« rief das kleine Mädchen. »Wie kannst du nur so dumm sein?«

»Ich …«

»Du hast nicht das geringste verstanden, stimmt's?« Es packte Janes Fliegerjacke und durchwühlte die Taschen eine nach der anderen. »Was bist du für eine Idiotin, was für ein hoffnungsloser Fall! Du warst der Grund für Roosters Verletzungen – warum hast du so in Bluggs Büro herumgetrödelt? Du hast Gwen und Peter fertiggemacht, als du ihnen nach meinem Willen eigentlich Trost spenden solltest. Du bist nicht einmal mit Puck ins Bett gegangen! Du – ich habe nicht die Zeit, deine Fehler und Treulosigkeiten aufzuzählen. Wo sind die Sachen, die ich dir geliehen habe?«

»Welche Sachen?« Jane versuchte zurückzuweichen, aber da war das Mädchen wie eine kleine Furie über ihr. Es riß Janes Bluse auf, steckte eine Hand hinein und zog einen kleinen ledernen Fetischbeutel heraus. Jane hatte nicht gewußt, daß sie ihn bei sich getragen hatte. Das Mädchen schüttete sich den Inhalt des Beutels auf die Hand: ein mumifiziertes Objekt, etwa doppelt so lang und dick wie eine Kaninchenpfote, sowie einen kleinen hellen Lichtschimmer.

Jane starrte darauf. Ihr raste das Herz. Obgleich sie diese Sachen nie zuvor im Leben gesehen hatte, waren ihr die beiden Objekte jetzt das Kostbarste im Universum.

»Du hast sie vergeudet!« Das kleine Mädchen hielt den Lichtschimmer zwischen Daumen und Zeigefinger, und Jane sah, was es war: eine Nadel. Das Mädchen warf sie in den Beutel zurück, dann hielt es das größere Objekt hoch. Es war mit kurzem drahtigen Haar bedeckt: ein amputierter Hundeschwanz. Es biß wütend die Zähne aufeinander. »Ich wette, du weißt nicht einmal, *wofür* sie sind!«

Der Hundeschwanz folgte der Nadel. Entsetzlich weiße Finger schlossen sich um den Beutel und bildeten eine Faust. »Du Schwächling! Du Närrin! Du eingebildete, egoistische, selbstgefällige Ziege!« Bei jedem Wort schlug das Mädchen Jane auf die Brust. Bei jedem Schlag raschelten die blutroten Rosen. Schließlich kehrte ihr das Kind höhnisch grinsend den Rücken zu. Die Menge umschloß es, und als sie sich wieder öffnete, war es verschwunden.

Jane blinzelte. Sie knöpfte sich die Bluse wieder zu. Dann zog sie den Reißverschluß ihrer Jacke hoch. Sie stand an einer Kreuzung. Weit und verschwommen erstreckte sich der Platz in alle Richtungen.

In jäher Panik merkte sie, daß der Baldwynn nirgendwo zu sehen war.

Ihr Führer war verschwunden.

In einem grauen Schleier der Verzweiflung wanderte Jane an Schildern entlang wie Bar-B-Q Beef, Discount Vitamine, Deli-Sandwiches, Schuhreparatur, Dollar Expres$, Juwelier und Chinesischer Fast-Wok. Sie dachte: Das war's dann wohl. Eine ziellose Wanderung durch die Ewigkeit. Ein einzigartig fades Schicksal und dennoch ein Schicksal, das merkwürdig angemessen erschien.

Bei diesem Gedanken warf sie jedoch zufällig einen Blick in ein Restaurant und sah den Baldwynn an der Theke sitzen. Er aß ein mit Puderzucker bestreutes Doughnut. Sie ging hinein.

Als sie näher kam, legte er sein Doughnut auf den Teller, betupfte sich die dünnen Lippen mit seiner Serviette und lächelte höflich. »Da bist du ja.«

»Ja«, sagte sie. »Aber wo bin ich?«

»Da, wo du stets gewesen bist; nur deine Wahrnehmungsweise hat sich geändert.« Der Baldwynn stand auf. »Folg mir!«

Er führte sie hinter die Theke und öffnete eine Tür, die sie für die Tür zur Besenkammer gehalten hatte. Sie gingen hindurch.

Sie waren wohl in einem Zimmer. Oder an irgendeinem Platz oder womöglich überhaupt nirgendwo. Sie hätte es nicht sagen können, denn ihre gesamte Aufmerksamkeit wurde von dem Gegenstand vor ihr aufgesogen und verschlungen.

Sie stand vor dem Schwarzen Stein.

Er war gewaltig, mindestens dreimal so groß wie sie. Aber es gab für seine Ausmaße keine Vergleichsmöglichkeit. Er hätte von jeder Größe sein können – größer als Welten, größer als Sterne. Seine Oberfläche war glatt und unregelmäßig. An einigen Stellen war sie wie bei einem Meteoriten nahezu glasig, zernarbt und spiralig gewunden. Größtenteils jedoch war sie schwarz, fest und wirklich. Jane hatte überhaupt keinen Zweifel daran, daß er die Inkarnation der Göttin darstellte.

»Du darfst alles fragen, was du willst«, sagte der Baldwynn und ging.

Jane blickte zum Schwarzen Stein hinauf. Lange Zeit sprach sie kein Wort. Dann räusperte sie sich und fragte: »Warum?«

Es erfolgte keine Antwort.

»Warum?« fragte sie erneut. »Warum ist das Leben so hassenswert? Warum gibt es Schmerz? Warum schmerzt der Schmerz sosehr? Hättest du die Dinge nicht anders einrichten können? Oder blieben dir nicht mehr Wahlmöglichkeiten als uns? Gibt es so etwas wie eine Wahl? Sind wir nichts weiter als Roboter? Warum gibt es Liebe? Hast du uns lediglich erschaffen, damit wir bestraft werden können? Warum werden wir bestraft? Worin bestand unsere Sünde? Wie konnte eine Mutter die eigenen Kinder nur so behandeln? Liebst du uns nicht? Haßt du uns? Sind wir Teile deiner selbst? Bist du so hungrig nach Gefühlen, daß du Teile deiner selbst in uns inkarnierst, damit du Beschränktheit, Furcht und Schmerz erfährst? Ist Allwissenheit so schlimm? Was ist Tod? Was wird aus uns nach dem Tod? Hören wir einfach auf zu sein? Haben Sterbliche mehr als ein Leben? Gab es ein Leben vor diesem einen? Haben wir etwas Unverzeihliches getan? Wird es weitere Leben geben? Werden sie schlimmer sein? Kannst selbst du sterben? Warum gibt es Schönheit, wenn du uns sosehr haßt? Beruht unser Elend darauf, daß es Schönheit gibt? Wären wir glücklicher ohne Schönheit? Warum gibt es Freude? Was willst du genau?«

Es erfolgte keine Antwort.

Eine Zeitspanne, die Stunden, Tage, Zeitalter umfassen mußte, stand Jane reglos vor dem Schwarzen Stein, ehe sie sich schließlich abwandte. Der Baldwynn war neben ihr aufgetaucht und führte sie am Ellbogen davon.

Der dunkle Wald barg jetzt keine Schrecken mehr für sie. In einem Baum in der Nähe öffneten sich jäh siebzehn Augenpaare. Es waren bloß Augen. Gummiartige Hände griffen nach ihr. »Fühlst du dich jetzt besser?« fragte der Baldwynn.

»Ja.«

»Die Göttin hat mich angewiesen, dir jeden Wunsch zu erfüllen.«

»Oh.«

»Was willst du?«

»Ich möchte bestraft werden«, sagte Jane. Sie wußte nicht, was sie sagte. Die Worte rutschten ihr ohne eigenes Zutun heraus, und sie war selbst erstaunt darüber zu hören, was sie gesagt hatte. Aber sie wollte die Worte nicht zurücknehmen. Sie erkannte die Wahrheit, wenn sie sie hörte.

Für lange Zeit sprach der Baldwynn kein Wort. Schließlich fragte er: »Wirst du der Göttin jetzt dienen? Wissend, liebend, gehorsam und in bescheidener Anerkennung dessen, was sie ist?«

»Nein.« Das Wort war wie ein Kieselstein in ihrem Mund. Sie spuckte es aus. »Nicht jetzt, nicht morgen, selbst dann nicht, wenn ich eine Million Jahre alt werde. Niemals.«

Der Baldwynn blieb stehen und nahm ihre Hände in die seinen. »Liebes Kind«, sagte er, »ich hatte schon befürchtet, daß du ein hoffnungsloser Fall bist.«

Sie war wieder im Labor. Jane saß auf einem Hocker, schüttelte den Kopf und sprang hinab.

Ihre Mutter sah von den Armaturen am Mikromanipulator auf. »Du bist zurück«, stellte sie fest. »War der Ausflug nett?«

Jane konnte sich nicht zum Sprechen überwinden. Sie trat zu dem Laborplatz hinüber und machte sich daran, den schludrigen Papierstapel durchzublättern. Es waren alles Fotokopien derselben kreisförmigen Genkarte. Auf jeder Kopie war diejenige Sequenz markiert, die herausgeschnitten und wieder eingesetzt, geprüft und verworfen worden war. Trotz der Hunderte von Kopien, die dort lagen, war nur ein Bruchteil der Möglichkeiten durchgearbeitet worden. »Eine Menge zu tun«, sagte sie geistlos.

»Alles negativ.« Ihre Mutter zog den Mund an einer Seite hoch. »Manchmal wünscht man sich, man könnte die kleinen Mistkerle am Kragen packen und *durchschütteln,* so abgestumpft sind sie. Am liebsten möchte ich sie allesamt in den Autoklav werfen und mit irgendeiner anderen Arbcit von vorn anfangen. Schrankenwärter, vielleicht, oder Gebrauchtwagenverkäufer.«

Es kam Jane jäh so vor, als rede ihre Mutter gar nicht von Genabfolgen, sondern von etwas Größerem und Persönlicherem. Ihre Unruhe mußte sich gezeigt haben, denn Sylvia umarmte sie flüchtig. »Oh, mach doch kein solches Gesicht – es ist nur ein vorübergehender Wunschtraum. Diese Grillen bekomme ich immer wieder, und sie gehen früher oder später fast stets von selbst weg.« Sie ließ Jane los. »Ist ja wirklich nicht ihre Schuld, stimmt's?«

»Nein.«

»Es liegt halt in ihrer Natur.«

»Ja.«

Sylvia drückte ihre Zigarette aus. Aus einer gewissen Unruhe schloß Jane, daß sie unbedingt ans Elektronenmikroskop zurückkehren wollte. »Nun, mein Kind, es war schön, daß du hier warst. Aber gerade im Augenblick habe ich einiges zu tun. Vielen Dank für deinen Besuch, Schatz!«

»Ja«, sagte Jane. »Okay, sicher. Du paßt auf dich auf, hm?«

Sie wollte sich abwenden.

»Wart mal!« sagte ihre Mutter. »Du hast da was.« Sie streckte die Hand aus und pflückte Jane eine kleine schwarze Kreatur vom Kragen, einem Tausendfüßler sehr ähnlich. Die Kreatur drehte und wand sich wütend auf der Handfläche und stach immer wieder hilflos zu.

Ganz kurz breitete sie schwarze Flügel aus. Jane zuckte zusammen. Sie blickte näher hin und sah, daß die Milbe Nr. 7332 war, der Drache Melanchthon aus der Reihe der Mechesiach, der Reihe der Moloch.

»Den brauchst du wohl nicht mehr«, sagte ihre Mutter. Wie beiläufig zerdrückte sie ihn zwischen Daumen und Zeigefinger.

Entgeistert sah Jane ihrer Mutter direkt in die Augen und erblickte darin etwas Weites und Fremdartiges, das lachte. Da erkannte sie, daß Sylvia lediglich eine Maske für etwas unmöglich Gewaltiges war, und in diesem Augenblick erlebte sie ein Entsetzen, das weit über das hinausging, was sie sich als möglich vorgestellt hatte. Dann packte sie eine Hand am Kragen, hob sie hoch und setzte sie anderswo wieder ab.

24

An einem kalten Februarabend wurde Jane aus der Anstalt entlassen. Ihre Mutter nahm sich an diesem Tag frei und fuhr sie in einem alten Subaru mit defekter Heizung nach Hause. Den ganzen Weg über rauchten sie beide. Sie redeten nicht viel.

Jane erhielt eine Stelle als Verkäuferin im Einkaufszentrum. Sie nahm Abendkurse, und innerhalb eines Jahres hatte sie die Zugangsberechtigung zur Highschool. Sie las alles über Chemie, was ihr in die Hände fiel. Im folgenden September wurde sie am örtlichen College angenommen. Sie sparte Geld, weil sie zwischen College und dem Haus ihrer Mutter pendelte. Zu diesem Zeitpunkt hatte sie ihre überflüssigen Pfunde verloren, mit Tennisspielen begonnen und sich halbwegs gut in Form gebracht.

Es war nicht leicht. Es gab Tage, da hatte sie Schwierigkeiten, aus dem Bett zu kommen, weil die Aussichten, je ein normales Leben zu führen, so trübe waren. Oftmals hatte sie Alpträume. Darin stand sie wieder vor dem Schwarzen Stein und verlangte eine Bestrafung. Feindliche Intelligenzen drängten sich kichernd in den Schatten, und diesmal war ihr die Bedeutung des furchtbaren Schweigens der Göttin klar. Bei Tagesanbruch jedoch erinnerte sie sich an den Ausdruck auf dem Gesicht der Göttin in jenem Augenblick ihrer letzten Begegnung, kurz bevor sie sich heil und gesund in ihrer eigenen Welt wiedergefunden hatte. Und sie wußte, es war Liebe gewesen.

Da war es sicher, daß sie nicht bestraft worden war.

Innerhalb von zwei Jahren gelang es ihr, alles in sich aufzunehmen, was die Fakultät ihr beibringen konnte. Nach einer langen Konferenz im späten Januar führte Dr. Sarnoff wegen ihr lange Telefongespräche. Im April hatte er ein Arbeitsstipendium am Carnegie Mellon herausgeholt. Dorthin hatte sie die ganze Zeit schon *wirklich* hingehen wollen. Man gab eine kleine Party für Jane und trank rosafarbenen New York State-Champagner aus Erlenmeyerkolben, und Jane weinte beim Gedanken daran, alle ihre neuen Freunde verlassen zu müssen. Aber sie ging.

Da kamen die Dinge wirklich in Schwung.

Im Rahmen eines Crash-Kurses für vielversprechende Studenten erhielt sie von der Carnegie Mellon-Universität ihren Bakkalaureus und Magister. Ihre Promotion war beträchtlich schwieriger, weil ihre Betreuerin der Ansicht war, daß ein Doktorand, so gut er ja auch sein mochte, es stets besser machen sollte. »Wenn wir uns mit dem Guten begnügen«, sagte Martha Reilly gern, »opfern wir nur die Chance, großartig zu sein. Aber wenn wir uns mit großartig begnügen, werfen wir die Chance weg, ein erstklassiger Chemiker zu werden!« Reilly war ein Tyrann und piesackte Jane, bis sie bessere Arbeit leistete, als sie sich je zugetraut hätte. Immer öfter merkte sie, daß sie sich verrannt hatte. Es mußte etwas Grundlegendes sein, wobei die Sprache der Chemie und ihr intuitives Wissen, wie sie funktionieren sollte, einfach nicht zusammenkamen.

Flüchtig brachte sie einige Dinge zu Papier. Das sollte ihr dabei helfen, die Gedanken zu sortieren. Ihre Betreuerin bekam sie zu Gesicht und schlug vor, sie sollte die Skizzen zur Grundlage ihrer Theorie machen. Also geschah es.

Reilly brachte sie dazu, fünfmal ganz von vorn anzufangen.

Am Tag nach dem Rigorosum schaute Diane herein und teilte mit, es gäbe eine Party in Squirrel Hill. Es war die Abschiedsfete für einen jungen Physikdozenten, den sie kannte, und es sollten auch Studenten von Pitt und Chatham dort sein, also nicht bloß der übliche Verein. Jane war mit ihr einer Meinung, daß es keine bessere Gelegenheit gebe, sich einen anzutrinken und sich daneben zu benehmen. Sie zog sich einen sauberen Rock an, und er griff ihre Handtasche.

Der Parkplatz, den Diane für ihren Miata fand, lag nur wenig näher zum Schenley-Park war als zu der Party. Als sie ausstiegen, hielt Jane beim Geruch nach Geißblatt einen Augenblick lang inne. Es ist Frühling, dachte sie verwundert. Nein, Sommer. Wie rasch die Zeit vergangen war. Sie schloß die Wagentür, und der Knopf der Verriegelung sprang hoch. Sie versuchte es erneut.

»Da stimmt was mit dem Mechanismus nicht«, sagte Diane. »Man muß sie von außen abschließen. Hier, fang auf!«

Jane versuchte, die Schlüssel mit der rechten Hand zu fangen, und stieß sie zu Boden. Sie war jetzt Linkshänderin; manchmal vergaß sie das.

»Wie nimmt's deine Ma auf?« fragte Diane unterwegs.

»Nun, anfangs hieß es: ›Ich weiß nicht, wie du sogar nur in Betracht ziehen kannst, für Schweine wie Du Pont zu arbeiten‹. Aber da ich jetzt ihr Angebot abgelehnt und mich für die akademische Laufbahn entschieden habe, heißt es: ›Jane, das kannst du nicht tun! Das ganze Geld!‹.« Jane hob die Schultern. »Sylvia ist okay. Wir haben unsere Meinungsverschiedenheiten, aber wer hat die nicht? Wo findet das Ganze übrigens statt?«

»Drei Blocks weiter.« Der Bürgersteig führte sie an einer Reihe viktorianischer Gebäude vorüber. Hausnummern aus Buntglas über den Türen und Spargelfarn in den Fenstern.

Jane blickte auf und sah den Mond hoch droben am Himmel treiben. Da wurde sie von einer jähen und grundlosen Melancholie ergriffen, und sie zitterte. »Ich komme mir in dieser Welt wie ein Kind vor«, sagte sie ruhig.

»Pscht! Das ist ein Expreßticket zurück in die Anstalt. Habe ich dir gesagt, was Roger letzten Dienstag für ein Ding drehen wollte?« Locker plaudernd führte Diane sie die Straße hinab. Als sie ihr Ziel erreicht hatten, war Janes melancholische Stimmung vorüber. »Wir sind da!« rief Diane und sagte, womit sie ein früheres Thema wieder aufnahm: »Es ist entmutigend. Warum ist es bloß so schwierig, einen guten Mann zu finden?«

»Das hältst du für schwierig? Dann versuch mal, das Rauchen aufzugeben!«

»Oh, nun hör schon auf!«

Lachend stiegen sie die Treppe hinauf. Stimmen tönten von oben herunter. »Wenn das noch nicht die richtige Party ist, dann muß sie eben herhalten, bis was wirklich Dolles vorbeikommt«, sagte Diane und hämmerte an die Tür. Ein ziemlich angeheiterter Student mit einem Geisteswissenschaftler-Haarschnitt öffnete und sagte: »Getränke sind da drüben.«

Sie traten ein.

Wie vorherzusehen gewesen war, waren die Zimmer entzückend, das übliche schicke Arrangement von Raum und Mobiliar. Die Einrichtung bestand aus einer geschmackvollen Mischung von Hartholzmöbeln und postmodernen Tapeten. Überall drängten sich Studenten. Der Gastgeber hielt sich oben im Loft auf, zusammen mit einem bezopften, ziemlich nordisch aussehenden sexy-Mädchen. Sie winkten ihm zu und erhielten zwei Flaschen Bier. Diane stieß Jane in die Seite und deutete mit ihrer Flasche auf einen teuer gerahmten Druck an der Wand. Ein Piranesi. Aus dem Mundwinkel fragte sie: »Was meinst du – ein Original?«

Jane zitterte.

»O mein Gott!« Sie packte ihre Freundin so fest am Arm, daß Diane lachend protestierte, und wies auf einen Mann auf der anderen Seite des Zimmers. »Wer ist das? Du mußt es mir sagen!« Zufällig oder durch eine Bemerkung von jemandem in der Nähe dazu veranlaßt, sah er auf. Ihre Blicke schlossen sich ineinander. Diane mußte glauben, sie wolle sich lächerlich machen, aber das war Jane egal, es war ihr egal, es war ihr egal.

»Sein Name!« drängte sie. »Ich muß seinen Namen erfahren!«

Anne McCaffrey

Der Drachenreiter (von Pern)-Zyklus

Pern ist ein von den Menschen besiedelter Planet, der in einem periodischen Zyklus immer wieder von einer Katastrophe heimgesucht wird, welche nur für die Drachen und ihre Reiter ungefährlich ist, für alle anderen Kolonisten jedoch eine tödliche Gefahr bedeutet. So helfen die Drachenreiter den Bewohnern von Pern in dieser schlimmen Zeit. Doch sobald die Katastrophe überstanden ist, sind diese heldenhaften Einsätze schnell vergessen, und die Drachenreiter ernten wenig Dank.

Die Welt der Drachen
06/3291

Die Suche der Drachen
06/3330

Drachengesang
06/3791

Drachensinger
06/3849

Der weiße Drachen
06/3918

Drachentrommeln
06/3996

Moreta - Die Drachenherrin von Pern
06/4196

Nerilkas Abenteuer
06/4548

Drachendämmerung
06/4666

Die Renegaten von Pern
06/5007

Die Weyr von Pern
06/5135

Wilhelm Heyne Verlag
München